国内首部探秘典当行业与古玩市场的小说

网络原名《黄金瞳》

打 眼◎著

典当行业：质押借贷，不乏尔虞我诈

古玩市场：珍宝赝品，不乏鱼目混珠

台海出版社

图书在版编目（CIP）数据

典当2／打眼著. -北京:台海出版社,2011.9

ISBN 978-7-80141-871-5

Ⅰ.①典… Ⅱ.①打… Ⅲ.①长篇小说—中国—当代
Ⅳ.①I247.5

中国版本图书馆CIP数据核字(2011)第186521号

典当2

著　　者：打　眼

责任编辑：王　品　　装帧设计：天下书装

版式设计：刘　栓　　责任印制：蔡　旭

出版发行：台海出版社

地　　址：北京市景山东街20号　邮政编码：100009

电　　话：010-64041652(发行,邮购)

传　　真：010-84045799(总编室)

网　　址：www.taimeng.org.cn/thcbs/default.htm

E-mail：thcbs@126.com

经　　销：全国各地新华书店

印　　刷：北京高岭印刷有限公司

本书如有破损、缺页、装订错误,请与本社联系调换

开　　本：787×1092　　1/16

字　　数：400千字　　印　　张：24

版　　次：2011年10月第1版　印　　次：2012年8月第3次印刷

书　　号：ISBN 978-7-80141-871-5

定　　价：39.80元

目录 CONTENTS

第一章　翡翠原石 …… 1
第二章　撞大运 …… 7
第三章　惊心动魄 …… 13
第四章　一刀天堂 …… 19
第五章　一刀地狱 …… 25
第六章　娇蛮警花 …… 31
第七章　蒙混过关 …… 37
第八章　古玩投资 …… 43
第九章　走马上任 …… 49
第十章　古玩行里的猫腻 …… 55
第十一章　勾心斗角 …… 61
第十二章　佳人有约 …… 67
第十三章　跟屁虫儿 …… 72
第十四章　街边偶遇 …… 78
第十五章　成化斗彩 …… 83
第十六章　漏中捡漏 …… 87
第十七章　小问题 …… 93
第十八章　警花出更 …… 99
第十九章　东窗事发 …… 105
第二十章　谁占了便宜 …… 111
第二十一章　玉都平洲 …… 117
第二十二章　五兄弟 …… 123
第二十三章　碎瓷片 …… 128

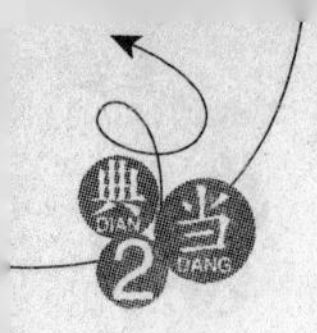

第二十四章　家财万贯，不抵汝瓷一件 …… 133
第二十五章　祭祀玉璧 …… 139
第二十六章　汝窑笔洗 …… 145
第二十七章　盘玉三法 …… 151
第二十八章　古老爷子 …… 157
第二十九章　分金辨玉 …… 163
第三十章　各有心思 …… 169
第三十一章　毛料库房 …… 175
第三十二章　祖传原石 …… 181
第三十三章　红翡绿翠 …… 187
第三十四章　得偿所愿 …… 193
第三十五章　汉代玉蝉 …… 199
第三十六章　阴谋暗算 …… 205
第三十七章　赌石会场 …… 211
第三十八章　血本无归 …… 217
第三十九章　有眼无珠 …… 223
第四十章　疯狂的石头 …… 229
第四十一章　将计就计 …… 235
第四十二章　请君入瓮 …… 241
第四十三章　疯狂赌徒 …… 247
第四十四章　功成身退 …… 253
第四十五章　偷梁换柱 …… 259
第四十六章　天堂到地狱 …… 265
第四十七章　大快人心 …… 271
第四十八章　赌石顾问 …… 277
第四十九章　明拍暗标 …… 283
第五十章　寿星头 …… 289
第五十一章　风起云涌 …… 295
第五十二章　天宇飘花 …… 300
第五十三章　风云突变 …… 306
第五十四章　节节高升 …… 312

第五十五章　乌砂玉黑皮 …… 318
第五十六章　各有得失 …… 324
第五十七章　蓝水翡翠 …… 330
第五十八章　天价标王 …… 336
第五十九章　震撼全场 …… 342
第六十章　一石激起千层浪 …… 348
第六十一章　丈母娘看女婿 …… 355
第六十二章　游子归家 …… 361
第六十三章　心满意足 …… 368

第一章　翡翠原石

“缅甸来的翡翠原石啊，那我们也跟着去开开眼界……”秦萱冰也心动了，把参展的珠宝收到一个密码箱里，由刘川同学拎着，跟着古老来到展厅东南的一个角落里。

这次玉石珠宝展销会分为ABCD四个展厅，面积很大，秦萱冰公司的展位在A展厅，庄睿和刘川从昨天到现在，一直是忙得不可开交，也没工夫闲逛，直到跟着古老来到D展厅之后，才知道这里另有乾坤。

D展厅的面积，和秦萱冰展位所处的A展厅差不多大，只是这里所出售的展品，并不是已经加工完成的饰品，而绝大多数都是一些翡翠毛料，还有玉石原料。

这个展厅里的人数就显得要少了一些，在各个展位游走的人，大多都是加工商或者投资客，要知道，从进入2000年后，翡翠的市场价格一直走高，这让许多手中有些闲散资金的人，也纷纷投入了进来，买一些好毛料囤积在手里，等行情再涨的时候，放出去马上就可以大赚一笔。

进入这个展厅之后，古老对庄睿和刘川说道：“这些都是广东潮汕等地的商人，他们带来的大多都是半赌的毛料，小睿你随处转转就可以了，不过不要随便出手，看中哪块石头了，来告诉我一声，你们两个女娃跟我来。”

交代了庄睿一声后，古老就带着雷蕾和秦萱冰离开了，只留下庄睿和刘川在这里，两人面面相觑，都有点不知所措，他们对赌石完全是一窍不通，不过古老爷子刚才已经说了，这玩意全靠运气，当下两个人走在一起，四处闲逛了起来。

D展厅面积大，但是人比较少，在A展厅柜台里面憋了半天的小白狮和黑狮，撒开欢地跑了起来，这两只藏獒经过庄睿的灵气调理之后，虽然相貌凶猛，但是身上少了一种藏獒本身特有的暴虐之气。除了主人受到攻击以外，白狮和黑狮极少去主动攻击别人，这也是庄睿和刘川，能放心带它们来人多的地方的原因。

这里做翡翠原石的参展商并不多，只有三五家的样子，集中在展厅的一角，占地约几十个平方，他们参加这次展销会的成本就低了许多，根本没有搭建什么展台展位，只是用绳子在十多平方米大的地方围上一圈，然后摆上一张桌子，就算是个展位了，绳子里面的

地面上，摆了大大小小的石头，有不少人在里面，有的拿着放大镜，有的人手持强力电筒，正仔细观察着。

这些石头大的有一两个平方米重达数百斤的，小的只有拳头般大小，按照其个头分类排成几排，在靠近老板所坐的桌子前面，基本上都搭了一个很简单的木头架子，上面放的也是石头，数量不是很多，一个架子上也就是七八块这样子，想必是表现比较好的毛料吧。

在每个出售毛料的展位旁边，居然还摆了大大小小好几个切割打磨机，看着这专业的设备，庄睿想起自己几天前所干的事情，不由在心中暗自汗颜。

庄睿和刘川什么也不懂，干脆凑了过去，看别人是如何辨别这些毛料的。

庄睿和刘川凑到一个蹲在地上的中年男人身边，看了还没有三分钟的时间，坐在这个毛料展位唯一一个方桌前的老板，出言向二人喊道："二位，是新入行的吧？来，你们来看看这几块石头的表现怎么样？"

这两人看了几分钟，也没看出什么门道来，听到老板的招呼之后，就走了过去，看到方桌边还有几张椅子，二人都站了一上午了，也有些累，就不客气地坐了下去。

"老板，这些石头都是你的？对了，你怎么看出我们俩是刚入行的新人？"

这位翡翠原石商人看上去比刘川和庄睿也大不上几岁，闻言笑呵呵地说道："就你问的这话，就是行外话，这不叫石头，这叫做毛料，还有就是，玩这行的，讲究个先来后到，别人正在看的毛料，其他人是不允许插一手的，只有别人看完了或者不要，另外的人才可以去查看，你们二位一来就挤到别人身边去了，你说我能看不出来吗？"

"呵呵，我们不是刚入行的新人。"

庄睿被这老板说得有些不好意思了，出言解释道："我们两个根本就没入行，听说这里有翡翠原石，特意过来见识一下的，要是有什么得罪的地方，你多包涵。"

这年轻老板闻言也笑了起来，说道："没事，鄙人姓杨，单名一个浩字，你们能转悠到我这摊子上来，也算是有缘分，咱们交个朋友吧。"

看到这杨浩如此豪爽，刘川和庄睿也报了自己的名字，杨浩摆弄着桌子上的功夫茶具，和二人闲聊了起来，对那些正在辨别毛料的客人们，却不管不问，这种做生意的态度，让庄睿和刘川心中都有些疑惑。

"呵呵，他们都是行家，不是你说几句好话，就会出手买的，这倒省得浪费嘴皮子了，看中了就买，看不准就换块毛料看，做我们这行的，不需要多说什么，当然，对二位这样的客人，要是能忽悠得你们掏钱购买，我也不介意多说几句的。"

听到庄睿二人的疑问后，杨浩笑了起来，这人和庄睿一样，身上都有种让人感觉很舒服的气质，即使大家刚认识，开起玩笑来，也不使人觉得突兀和反感。

"杨兄弟，这些毛料还分好坏吗？我怎么看着这几个展位，都搭了这么一个架子，是不是架子上放的毛料，要比摆在地上的好，这怎么分辨呢？"

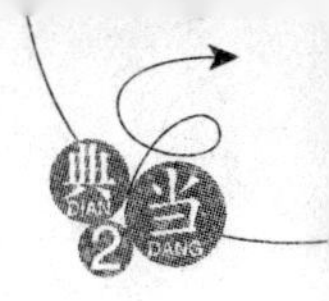

庄睿不会不懂装懂，难得遇到一个年龄和自己差不多，又比较善谈的老板，自然把心中的疑问问了出来。

“二位，这翡翠原石大家都知道，目前世界上还没有任何仪器可以透视到石头的内部，所以一块毛料里面，是否有翡翠，翡翠的品级如何，这谁都不敢打包票，所以购买毛料，也就称之为赌石。

“这赌石又分为两种，有半赌和全赌之别，半赌就是我把这毛料切开一块，这叫做开窗，或者从边上打磨掉一点石头的外皮，这叫做擦石，不管是开天窗还是擦石，其目的都是为了让毛料里面露出绿来，只要出绿了，就证明这块石头里面有翡翠，购买毛料的人就可以根据显露出来的绿意来判断石头里翡翠的种色，这样的赌法，就叫做半赌。”

杨浩一边说，一边从桌子前面的架子上，抱过来一块篮球大小呈椭圆形的毛料来，指着一边的切口说道：“这就是半赌的毛料，你们看，这切口处已经出绿了，而且种水不错，一般翡翠毛料，越是靠近石心的地方，翡翠种色越好，当然，例外的情况也很多，这块毛料说不准里面就会出玻璃种，但也有可能是狗屎地，不过里面有翡翠这一点是可以肯定的，之所以说是半赌，就是赌里面翡翠的品级种色和形状大小。”

“杨兄弟，那你块毛料，值多少钱呢？”

庄睿在观察的时候，已经将这块篮球大小的毛料看了个通透，这块毛料除了擦边那里有大概一寸左右的绿意料之外，里面全是白乎乎的一片，根本就没有翡翠的存在，别说玻璃种了，就连个黑点都没有。

“呵呵，这块毛料的表现不错，看这松花的走向，里面要是出翡翠的话，最差应该也是冰种的，出十几个戒面或者三五个手镯没有问题，我给它定价三百万。”

杨浩摸着手里的石头回答道，听得庄睿倒吸了一口冷气，这果然是赌啊，自己和刘川并没有出言要购买，并且这老板也知道他们不懂，不可能出言欺骗二人的，也就是说，杨浩的确是这样认为的，连出售毛料的老板都看走眼了，要是谁出手购买了这块毛料，那不是要赔到姥姥家啊。

杨浩把这块半赌的毛料放回架子上之后，指着架子旁边地上一堆黑糊糊的石头道：“这些就是全赌的毛料了，价格要比半赌的毛料低出很多，只是里面是否能出翡翠，这就全凭买家的眼力和运气了，当然，全赌毛料也是要看品相的，有些蟒纹松花表现得很好的全赌毛料，其价格也不比半赌的低多少，怎么样，二位，要不要试试手啊？”

这杨浩看来是个健谈的人，或许坐在这里也颇感无聊，知道面前这两个人对翡翠原石是一窍不通，干脆从最基本的地方给两人讲解了起来。

“得了吧，我说杨老弟，你这一个破玩意就三百万，把兄弟这二百多斤给卖了，都买不起，有没有便宜点的？几十块钱一个的，哥们买几个切着玩玩……”

刘川摆摆手，大大咧咧地说道，他和庄睿不同，庄睿见了年龄差不多大的人，都会谦逊一些，刘川是绝对会充当大哥的。

不过看刘川的长相举止，杨浩看得出来，这人是真不懂而不是来找茬的，所以听了这话也没有生气，只是有些哭笑不得，“几十块钱的毛料，你以为是在市场买大白菜啊？”

“刘大哥，你别开小弟的玩笑了，这些毛料不管是半赌还是全赌的，都是从缅甸翡翠矿坑里面运出来的，里面都有蕴藏翡翠的可能性，不说我购买这些毛料的价格，也不说从缅甸运到国内的运费，就是我从广东租辆车拉到这里来，也开销不小呀，几十块一个卖掉，小弟我可是连汽油费都赚不回来的。”

杨浩的话让刘川有些不好意思，挠了挠头问道：“那还有没有稍微便宜一点的呀，这几百万买了，要是里面什么都没有，那不是亏死了。”

杨浩算是看出来了，这刘川就是一混人，也没工夫和他生气，指着刚才那堆全赌毛料道：“刘大哥，你要是想玩玩，去全赌毛料里面挑一块吧，那里的价格从五百到五十万的都有。”

杨浩看看趴在二人脚下的两只藏獒，也知道这两人身价不菲，掏出个万儿八千的去切几块石头，不是没有可能，所以这才刻意结交的。

“五百块钱买块破石头？这不就是撞大运吗？木头，你赌不赌？”

刘川有些拿不定主意，虽然五百块钱不算多，但是他的钱也是辛苦赚来的，不是大风吹来的，于是就想征求下庄睿的意见。

“咱们挑几块便宜的碰碰运气吧，既然来了，就给杨兄弟带点生意。”

庄睿点了点头，那些半赌毛料里面即使有极品翡翠，他也玩不起，现在身上就剩下十多万了，根本就不够赌一块半赌毛料的，倒是这些全赌毛料有些看头，五百一千的要是能开出翡翠来，那绝对是稳赚不赔的。

两个人边说话边站起了身子，正好一个人迎面走了过来，和庄睿与刘川打了个照面。

刘川一眼认出这人正是年后在宋军茶馆里见过的那个许总经理，不由出言喊道：“呦嗬，原来是虚伪兄。好巧啊，你怎么也在这里？”

走个正面，许伟也看见了庄睿二人，不由得在心中暗自叫苦：“哥们都躲到这里来了，怎么还会被他们碰上？”他一来是怕王绲回过劲来找他的麻烦，二来是想看看这次展会的翡翠毛料，这才跑到D展厅来的。

“哦，是庄先生和刘先生啊，这么巧？我是这次展销会的参展商，自然要来的，二位不知道为何在此啊？”许伟鼓动王绲去找几人的麻烦，心里不免有些做贼心虚。

“笑话，天下就你们一家开珠宝公司的呀，你能来，我们哥俩不能来？没看到我们哥俩正准备赌石嘛……”

刘川瞪了许伟一眼，没好气地回答道，本来心情挺好的，遇见这个人，全被搅和了。

“赌石？”许伟眼睛一转，就这俩人还跑来赌石，恐怕连裤子都能输出去，当下开口说道：“刘老板看中了哪块毛料啊？让我也长长见识。”

“你有完没完啊，这儿这么大，去别的地方见识吧。”

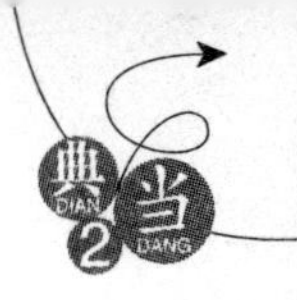

刘川不耐烦地摆了摆手，他看见这人就烦，刚才教训王绲那小子的时候，看到人群里有个熟悉的身影，估计就是这个虚伪的家伙，明明见到自己和庄睿了，还假装现在才看见。

"嘿嘿，咱是做生意的，来的都是客，刘大哥少说一句，和气生财嘛。"

见到庄睿和刘川与后来的这人有些不对付，杨浩连忙站起身来打圆场，刘川嘴里冷哼了一声，扭头和庄睿走向那片全赌石的区域。

许伟不知道是真不识趣还是有意为之，居然跟在了庄睿二人的身后，嘴里还念叨着："这里都是全赌毛料呀，两位不去看看半赌的，那种毛料出翡翠的概率才大，全赌石的风险可是很高的呀。"

庄睿也有些烦躁起来，哥们和你关系没有这么好，死皮赖脸地跟着干吗啊！随之心中动了一下，这厮鼓动他俩去赌半赌石，估计没安什么好心，不过想让自己上当，那就是打错了主意了，想到这里，庄睿开口道："既然许总说了，那咱们就看看半赌毛料，许总也给我们介绍下。"

许伟闻言有些愕然，他没想到庄睿突然改变了态度，当下干笑着道："我也不是很懂，大家探讨探讨。"

杨浩这次所带来的半赌毛料并不是很多，除了架子上七八个体积比较小的毛料外，地上就只有两块重达数百斤的半赌毛料了，都是一边开了窗的毛料，一块已经出绿了，算是赌涨了，价格肯定不菲，另一块的品相也不错，看其蟒纹松花，又没有裂纹，继续切下去的话，出绿的可能性也是极大。

而摆在架子上的那几块毛料，就要数刚才杨浩拿出的那块表现最好了，从边缘就已经擦出绿来了，而且水种不错，如果里面也是这种表现的话，这块石头三百万买下来，基本上是稳赚不赔的。

庄睿走到架子边上，伸手就把刚才杨浩所拿的那个半赌石料拿到了架子一边，从口袋里掏出放大镜，然后蹲在地上看了起来，许伟围着架子上的毛料转了一圈，基本上表现都不怎么样，眼睛不由向庄睿手中的那块毛料看去，身体也随之走了过去。

"喂，喂，说你呢，许总，你是大老板，不会不懂规矩吧，我们哥们正在看的石头，你怎么着都要等我们看完吧。"

刘川的话差点让庄睿笑喷出来，这货记性倒是很好，那老板刚教完，这边立马就用上了。

"二位你们继续，我只是在旁边看看，绝对不多话，你们要是有意买的话，我也不会抬价，这样总行了吧。"许伟挺能忍的，也没有生气，脸上一直都是笑嘻嘻的，刘川拿他也没有什么办法。

庄睿看了半晌，皱起了眉头，站起身之后，对着杨浩说道："杨老板，这块石头能便宜点吗？我下午刚买了辆车，身上不够三百万了。"

杨浩闻言愣了一下，他知道庄睿是新手，居然就敢赌三百万的石头，不过看看旁边的

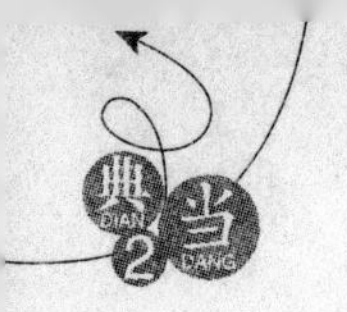

许伟之后，他似乎明白了点什么，原来这两位主在置气啊。

“庄老板，不是我不给你便宜，这价格都是家里的长辈定下来的，我也只能按照这价格卖，自己做不了主的，而且这块毛料的表现真的不错，你用手电看看，里面一点白带都没有，说不定就能出玻璃种呢，到时候别说三百万，翻个几番都有可能。”

杨浩一边说话，一边递过来一个小手电，让庄睿仔细看下，并且说话也由庄兄弟改为老板了。

其实杨浩本人对这块半赌的毛料是十分看好的，只是做翡翠毛料生意的，极少自己去切石，既然已经擦涨了，就绝对不会再去往下切了，这是做毛料生意的大忌。

庄睿没有接杨浩递来的手电筒，而是有些沮丧地说道：“不瞒杨老板说，我现在手头真的不够三百万，这样吧，两百万，你要是愿意卖，我就拿下来，不愿意就算了。”

刘川在一旁听得是直眨巴眼睛，他搞不清庄睿是唱的哪一出戏，不过刘川也知道，庄睿绝对不会空口说白话，这家伙从小准备阴人的时候，就是这么一副正儿八经的模样。

“是啊，杨老板，怎么样，这可是笔大买卖啊，一块破石头能卖两百万，不错了……”刘川瞄了一眼旁边紧盯着那块毛料的许伟，心里也有点数了，开始出言给庄睿架秧子了。

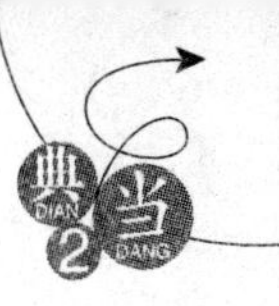

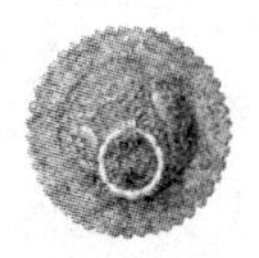

第二章 撞大运

“二位,刚才你们没有购买的心思,我才把底价告诉你们的,实话说吧,三百万是最低价,一分钱不能降了,你二位还是看看别的赌料吧。”

杨浩有点哭笑不得,这几百万的翡翠毛料,居然被刘川称之为破石头,不过他所说的也是实话,这块毛料要是换个懂行的来问,杨浩最少会出到三百五十万或者四百万的价格的。

庄睿闻言之后,脸上很明显地露出失望的神色,死死地盯着那石头一会儿,摇了摇头,拉着还在和杨浩讲价还价的刘川,走向那块都是全赌石的区域。

“哎,我说二位,这块毛料你们不看了吧?”

身后传来许伟略带得意的声音,气得刘川返身过去就想找麻烦,被庄睿一把给拉住了,拖着骂骂咧咧的刘川走到十几米外的全赌石那块地方。

“切,小地方人就是小地方人,没见识,小气吧唧的,几百万的毛料钱都拿不出来,还敢来赌石。”见到二人走远了,许伟脸上露出一丝不屑的表情,张嘴对身边的杨浩说道。

“这位先生也对这块毛料有兴趣?”

杨浩才不管他们之间的恩怨呢,他只关心你买不买他的毛料。

“嗯,我先看看。”

许伟接过杨浩递过来的放大镜和手电筒,仔细地观察了起来,刚才他在旁边的时候,就很看好这块毛料,这表面擦出来的绿意如果能延伸进去,可能里面就会出现极品翡翠,最不济也能把本钱赚回来。

在四月份缅甸有个翡翠公盘,国内外一些大的珠宝商都派人去参加了,许伟由于前段时间所犯的过错,被公司留在了国内参加这次南京玉石展销会,不过也正因如此,公司里精于赌石的专家都前往缅甸了,他现在也拥有几百万购置原料的经费。

“木头,你是不是想引那家伙买那块石头,你怎么就知道那里面不会出翡翠?”

刘川碰了一下正在观察全赌毛料的庄睿,小声地问道。

“我不知道,对那块石头感觉不大好,就像我看古玩一样,这是第六感,懂不懂呀?”庄

睿也没法和刘川解释，干脆推到感觉上去了，反正这玩意谁也说不清楚。

“这位老板，这块半赌的毛料，价格真的不能再少了？”

许伟拿着放大镜和强光手电，足足看了十多分钟，才放了下来，对着等在一旁的杨浩问道。

“许总，看您也是行家，这块半赌毛料的表现您也看出来了，不用我多说，三百万这价格已经是最低了，这要是放在普宁或者别的翡翠原石市场，您是绝对买不到的。”

杨浩刚才听到刘川喊许伟的名字，所以称呼了一声许总，他心里也有些苦涩，临出门的时候，家里长辈交代了，这块石料开价要四百万，实在是没人买，再以三百万卖出去，没想到这个展销会才进行了第一天，自己就给定价成三百万了，回去之后肯定会挨骂。

许伟在心里估算了一下，这擦开的一面所显露出来的翡翠，质地如同鸡蛋清，呈半透明状，没有一丝杂质，应该是蛋青地的，并且其颜色鲜艳明亮，分布均匀，是老坑种的无疑，只要这绿意能渗透进去三厘米厚度，这笔生意就是稳赚不赔，赌涨的可能性极大。

“行，这块毛料我要了，咱不像有些人，几百万都拿不出来，还玩什么赌石，回家捏泥巴去算了。”

许伟故意抬高了声音，让庄睿二人都可以听到，此时他可谓是志得意满，既收购到一块好毛料，又能奚落自己的冤家对头，可惜那位美人儿不在，没能看到这出好戏。

“哼，这孙子真是欠揍，和刚才那个王八蛋有一比了，木头，你感觉得准不准啊，这要是里面真有翡翠，刚才不如咱们就买下来了。”

刘川听到许伟的话后，愤愤不平地低声骂了起来，他手上倒是还有三百多万，不过那都是獒园后期所要用到的。

“刘川，你小子少动那笔钱的主意，我告诉你，就是没钱吃饭了，自个儿去马路上要饭去，那笔钱也不能再动了。”

庄睿闻言板起了脸，严肃地对刘川说道，他知道自己这兄弟傻大胆，性子又急，说不准什么时候被人一挤兑，就会干出出格的事情来。

“嘿嘿，我就是那么一说，没你点头，那钱我一分都不动。”

刘川平时挺横的，不过他除了怕自己老爸之外，就怕庄睿板着脸说话了，这哥们只要是这态度，肯定是认真了，刘川连忙赔着小心说好话。

“行了，那獒园是咱们哥们日后的聚宝盆，自个儿心里清楚就行，挑几块石头，咱们去看看那位许总能开出什么好物件来。”

庄睿瞟了远处正在和杨浩刷卡结账的许伟，有些幸灾乐祸地说道，那块毛料早就被他看得通透，里面的翡翠就擦边那里有薄薄的一层，还不到两厘米的厚度，庄睿虽然不知道翡翠相应的价格，但是他也知道，那么丁点的翡翠，恐怕三十万都达不到，别说三百万了。

许伟和杨浩交易完了之后，也没有离开，坐在椅子上与杨浩聊起天来，他是想看看庄

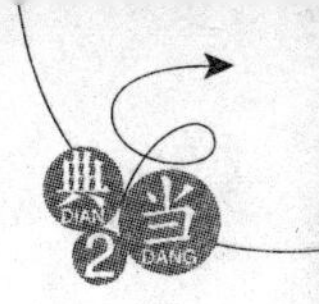

睿和刘川会选个什么样的全赌毛料，如果现场切开的话，自己正好再奚落二人一番。

庄睿现在心里正郁闷着呢，刚才和刘川说完话，他就动用灵气看起这些全赌的毛料来，只是连看了十多块，里面都是一些白花花的结晶体，连一丝绿意都没有，就连那块有三四百斤重，外面有癣，卖相不错的毛料，里面也是空空如也，什么都没有。

“十赌九输这句话，说得是一点都没错，自己连看十多块毛料了，一块出翡翠的都没有，这要是换成懂行的人去看毛料外在的表现，说不准就会买下来一两块，那也是指定了要赔钱的。”

庄睿一边翻弄着地上的毛料，一边在心里犯着嘀咕，他看原石的速度很快，不大工夫，就把身边的二十多块毛料看完了。

“咦，好像有点东西……”

庄睿站起身来，正准备去刘川那边的时候，刚才没有注意到的一块毛料进入他的眼中，这块毛料是椭圆形的，比足球稍微要小一点，从外表上看，和他开出帝王绿的毛料有些相似，外面黑糊糊的，无癣也没有松花，表现很是不好，不过庄睿却从里面看到一丝绿意。

庄睿连忙蹲下身子，仔细地看了起来，这块毛料里面的确是有翡翠，不过只有拳头大小，并且绿意不是很浓，灵气的含量也不多，透明度只是一般，庄睿有些拿不准这块翡翠的价值，不过他还是将这个毛料抱了起来，这块要是杨浩所说的五百一千就能买下来的话，肯定是不会赔钱了。

庄睿想了想，又从旁边拿起一块拳头大小的毛料，这才起身向刘川那边走去，一边走，一边用眼中灵气分辨着脚下的毛料，可惜的是，再也没有一块里面蕴涵翡翠了。

“木头，你也选好了？靠，你那块这么小，能出翡翠吗？你看哥们的这块，比你那个大了好几倍。”

刘川此时也选好了，抱着一块足有五六十斤的毛料站了起来，看样子还有些吃力，不过看到庄睿怀里的石头之后，不由笑着调侃起来。

“块头大有个屁用。”

庄睿没好气地回了一句，顺眼在刘川怀里的那块石头上瞄了一下，这一眼可是让他大跌眼镜，吃惊得差点将怀里的那块石头都没抱住。

刘川所选的那块毛料，虽然个头不小，不过外观的表现很差，这块石头应该也被擦过的。因为其表皮上有着几道很是明显的裂纹，行家都知道，毛料上要是有裂纹的话，十有八九都是废料了，庄睿不懂得这些，他只是看到刘川怀里的那块石头里面，绿意盎然，比自己的这块强多了。

那块毛料就在擦过出裂纹的下方三四厘米的厚度那里，就有绿意出现了，并且逐渐向里面延伸，虽然有些白丝雾状的晶体，但是在石头的中心部位，差不多和自己怀里这块毛料大小的地方，全部都是绿色的，虽然比起自己的那块帝王绿稍有不如，但是这么大面

积的翡翠，庄睿还是第一次看到，不由得有些走神了。

“木头，傻了吧，告诉你，哥们这块一定能出翡翠的。”刘川看到庄睿出神的模样，不由得洋洋得意地说道。

“这小子的运气比我还好啊，就这么一块被他选上了。”

庄睿听到刘川的话后，将眼神从那块毛料上挪开了，打量起刘川身旁的几块毛料来，却发现里面都没有什么东西，不由得在心中暗自腹诽。

“两位老板，这是选好了？”

看到庄睿和刘川一人抱着块石头回到了桌前，杨浩站起身来，帮着刘川搭个手，将他怀里那块大石头放在了桌子上，这么一来，许伟和庄睿所选的毛料放在旁边，就显得不怎么起眼了。

“怎么样？杨老弟，哥们我选的这块不错吧，看这个头，比他们那都要大几倍，里面的翡翠肯定也比他们的多。”

刘川得意地看着自己选来的石头，似乎只要切开，铁板钉钉的就会出翡翠。

刘川这句话的杀伤力有些大，不光是许伟哈哈大笑了起来，就连杨浩还有刚从别处走来的古老爷子和秦萱冰等人，也是忍俊不禁，满脸笑意，只有庄睿在心中暗骂刘川这货走了狗屎运。

“哎哟，古老，快请坐。”

杨浩正笑着呢，一眼看到走来的古老几人，虽然他也被秦萱冰的美丽闪了下眼睛，但是杨浩定力也算是不错，马上反应了过来，连忙给古老让出了座位，就连一直安坐着的许伟，也赔着小心站了起来。

“怎么着，哥们这块石头不好？我还就买这块了，杨老弟，你开个价吧！”

刘川看到众人的神色，不由得勃然大怒，哥们精心挑选的石头，居然被你们笑话，刘川打定主意了，只要不超过五万……不，两万，还是有点贵，嗯……只要不超过五千块，他就买下来。

杨浩闻言看了一眼那块毛料，这块毛料严格说来应该是块半赌的料子，之所以将它扔到全赌石那边，就是因为切过一次，又擦了边，都没出绿，反而出裂纹了，整个就是一废料了，看到古老爷子坐在旁边，杨浩也不敢乱开价，想了一下说道：“有古老在，我也不能蒙你，这块毛料是切过的，表现很不好，刘大哥你要是还想要，三千块钱你拿去。”

刘川闻言没说话，眼睛却看向了古老，古老戴上老花镜，微微摆弄了一下刘川抱到桌子上的那块毛料，一边看一边说道：“这位小哥说的没错，这块毛料出翡翠的概率不是很大，小刘你要是想玩玩，三千块钱就当是交个学费吧。”

“刘川，不准买，三千块钱够我买套衣服的了。”

一旁的雷蕾不答应了，这明摆着的废料，还要花三千块钱，不是傻了吗？

“是啊，有三千块钱干点什么事情不好，非买这块废料。”许伟在一旁幸灾乐祸地

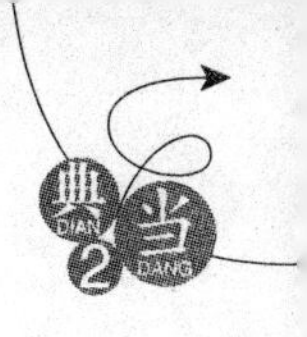

说道。

“嘿，和哥们较劲啊，我还就钱多得没地扔了，我要了，三千就三千……”

刘川被许伟的话激怒了，这会儿也顾不上日后雷蕾是罚他跪搓板还是揪耳朵，二话不说从腰包里数了三千块钱，扔给了杨浩，看得庄睿心中直笑，傻人有傻福这句话，说的就是刘川这号人。

雷蕾看到刘川犯浑了，也不好当众驳他的面子，当下默不作声了，只是心里在想着怎么折腾刘川，外人就不得而知了。

“杨老板，我这两块是个什么价钱，你可别宰兄弟我啊，我就是图个切石的痛快，贵了我可是不要的。”庄睿指着自己挑出来的那两块毛料，对杨浩说道。

“庄老板这两块毛料就是全赌石了，这都是从缅甸老坑里拉出来的，虽然外面的表现不太好，里面却是谁也说不清楚，这样吧，两块加起来，三万块钱，你看怎么样？”

杨浩知道，这次带来的不管是半赌毛料还是全赌的毛料，都不算是很好的，来参加这次展销会，不过是家里人让他自己来开开世面的，说老实话，这里面只有一块好毛料，就是许伟已经买下来的那块半赌毛料。

古老爷子听完杨浩的报价后，也仔细看了一下庄睿所选的毛料，不置可否地摇了摇头。

“三万块钱现如今能买什么东西啊，庄老板一部手稿就卖了三百八十万，这点小钱对庄老板来说还不是毛毛雨啦。”一旁的许伟又说起了怪话，他现在算是对秦萱冰绝了心思，也不怕秦萱冰怎么看他了。

“八千，杨老板你要是同意了，我一会儿就切开，不同意我再放回去……”

庄睿看着杨浩说道，一脸坚定的神色，有了古老爷子那摇头的动作，他不怕杨浩不卖。

“八千实在太少了点吧，我这运费可是都不止……”

“行了吧你，杨老弟，你这话可是不厚道了，从广东租辆车，来回不过万儿八千的，难道你一块石头算一次运费啊？”

刘川没等杨浩说完，就打断了他的话，他整天到处跑，对这些行情倒是了解得很清楚。

“行，八千就八千吧，今儿第一天，咱就便宜卖了。”

杨浩点了点头，答应了下来，他此次来的主要目的已经达到了，那块三百万的半赌料卖出去，回家就有了交代，至于别的都是搭配的，价格多点少点，他都可以拿主意的。

“杨老板你点点，看数目对不对。”

庄睿从身上取出一沓钱来，数出来两千，把剩下的递给了杨浩，他这次回上海，要还老大帮他预支的租房子的钱，还有一些别的开销，所以身上带了三万块钱的现金，现在正好用上了。

杨浩把钱放进验钞机里，刷刷刷地点完之后，看数目没错，将钱收了起来，对着庄睿等人说道：“没错，正好是八千块，几位老板，这些毛料是准备现在切开呢，还是带回去自

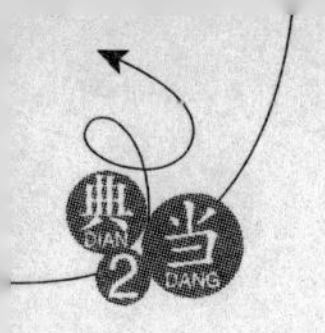

已开？我这里也拉来了解石的工具，倒也方便。”

“我这块就不解了，不知道庄老板和刘老板买的这两块，是否现在就解开？”

许伟出言回答道，他虽然认准了自己购买的这块半赌毛料能出翡翠，不过他对切石没多少了解，生怕自己将里面的翡翠切坏掉了，要知道，这切石的学问是很大的，切出来之后的翡翠价格也往往是天差地远。

“切，干吗不切啊，咱就是图个痛快，看你那小气吧唧的样子，不爽快。”

刘川的话气得许伟直翻白眼，这能比吗？一块三千的和一块三百万的，换成许伟买的是三千的，他也敢切啊。

“木头，还是你先切吧，我先看看。”

等到杨浩把切石机通上了电源之后，刘川打起了退堂鼓，先前话说得太满了，这要是石头里面什么都没有，刘川感觉自己丢不起那人。

看到这边有人要解石，周围前来购买毛料的玉石商人纷纷围了上来，这热闹可是要看，再说了，如果切涨了，里面翡翠成色不错的话，他们也会出手购买的，要知道，由于缅甸等地限制了翡翠原石的输出，现在翡翠原料可是很紧张的。

“师伯，要不然您来切？”

庄睿看向古老，客气了一句，其实他心里根本就没当一回事，石头里面有什么，自己早就看清楚了。

“不用，直接从中间切开吧。”

古老摆了摆手说道。

庄睿不再多话，先将那块拳头大小的毛料放到切石机下面，这是一台国产的切石机，操作起来很是方便，庄睿也没犹豫，直接将锯齿向石头切去。

随着一阵“嘶啦……咔嚓……”声音传过之后，那块拳头大小的毛料，已经从中间被剖开了。

众人一股脑地围上前去，嘴里同时发出一声叹息声，不用问，里面是什么都没有。

不过古老看着庄睿的动作，倒是点了点头，暗中夸奖孺子可教也，这切石和赌石一样，该出手的时候就要果断，不能患得患失的，庄睿刚才的举动，倒是符合了这一点。

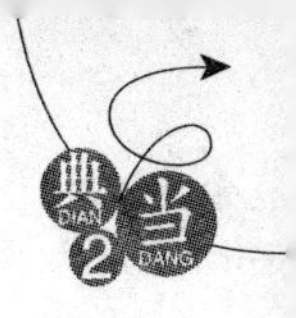

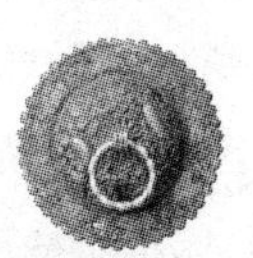

第三章 惊心动魄

“怎么样？庄老板还是要继续切?”

杨浩分开挤在一起的人群，对里面的庄睿问道，这切石有时候挺迷信的，第一块不出绿，后面出绿的机会就会很小，虽然这些都是谣传，不过人云亦云，传得广了，信的人也就多了。

“切……”

庄睿的表现有点像赌输了的赌徒一般，看得一旁的许伟心中大爽，就差没把翻身歌来唱了。

“小庄，先擦下石头吧。”

庄睿的表现把古老爷子都骗过了，这种赌徒的心态，可不适合赌石这行当，要是用这心态去赌石，早晚会输得倾家荡产，老爷子不由出言提醒了一句，让庄睿稳一稳自己的情绪。

“好的。”

庄睿答应了一声，将杨浩抱过来的那个足球大小的毛料，固定在机器上，随着砂轮转动所发出的“滋滋”声，围着毛料的一边打磨了起来。

这块毛料里面的翡翠，都是在中心部位，在石头表面都是些白色雾状晶体，就连蟒纹都没有出现，古老爷子这会儿也是站在机器旁边，仔细地看着打磨后露出来的石面。

“先停一下……”

随着庄睿的动作，破碎石屑飞舞，一时间灰尘遍地，古老忽然喊了个“停”字，庄睿连忙松开了打磨机，只听到砂轮滋滋的空转声。

古老接过杨浩端来的一盘水，将打磨后的石面清洗了一下，然后蹲下来认真地看了一会儿，摇了摇头，对庄睿说道：“切吧，出绿的可能性不是很大，不过要是有翡翠的话，应该是靠近石心的位置了，你稍微切偏一点。”

庄睿听到古老爷子的话后，在心中暗自佩服，果然姜还是老的辣，自己可以用眼中的异能看到毛料中的翡翠，这老爷子只是通过观察了一下外表，就能断定，要是出绿的话，

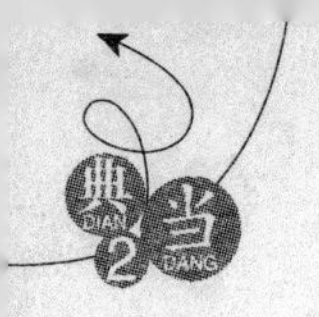

一定是在石心位置。

“切，快切吧，别磨叽呀。”说这话的纯粹是打酱油路过看热闹的游客。

“小兄弟，快点切，出绿了我买下来。”说这话的人，应该就是购买原料的玉石商人了。

由于赌石在内地并不常见，所以别的展馆听说这消息之后，都纷纷围过来看热闹了，这边的翡翠原料可都是摆在地上的，为了保证这些毛料不被人顺手牵羊，展会也派出了大量的保安来维持秩序，一时间，原本有些冷清的D展馆变得嘈杂了起来。

“师伯，您看我从这里切，行吗？”

庄睿拿粉笔在那块毛料上画了一道线，线画得有些偏离石心，这也正是刚才古老所交代的。

“嗯，切吧，玩这行的，没有不交学费的，万儿八千的不算什么。”

古老爷子对这块毛料实在是不怎么看好，出言给庄睿铺垫了一下，生怕他切完之后，心里会有失落的感觉。

庄睿闻言点了点头，开动了机器，他都干出过用钻头钻原石的事情，对切石更是没有一点心理顾虑，两手很稳地掌握住机器，对着所画的白线，用力地切了下去。

戴着那副专门配置的平光眼镜，庄睿也不怕石屑打到眼睛里，只是飞扬的碎石屑打到了脸上，还是有些生疼，当切石机的锯齿将整块毛料分为两半之后，庄睿拿下了眼镜，向毛料看了过去。

“出……出绿了，出绿了。”

不知道是在场的哪个人喊出了声，原本都屏住呼吸看着庄睿切石的众人，纷纷激动了起来，这些人大多都没有亲眼见过切石，此时站在后面的拼命向前挤去，想看看这石中玉出世的真实情况。

这下围在切石机旁边的保安们忙了起来，围成一圈将那些人拦在了外面，里面古老爷子正拿着水清洗着出绿的半边石头，眼中满是惊讶的神色。

“水头还算可以，能达到蛋清地了，绿意虽然比较淡，不过色很正，不错，很不错，做手镯正好，算是中上档次的翡翠。”

古老爷子一边看一边评价道，他不仅是吃惊这块毛料开出了翡翠，更为吃惊的是，庄睿这条线画得简直太准了，正好从出绿的边缘切了过去，没有伤及翡翠丝毫。

“小兄弟，你这块毛料卖不卖啊，我出十万块钱……”

见到出翡翠了，人群里有人喊出了价格，庄睿想了一下，摇了摇头，这块翡翠足有拳头大小呢，十万块出售，那也太便宜了。

“小兄弟，别再切了，再切就垮了，到时候可是连五万都不值了呀。”刚才喊话的人有些不甘心，继续说道。

“小庄，你让让，我先把旁边擦下看看。”

古老爷子卷起了袖子，准备亲自上阵了，这块表现如此差的毛料，居然也能开出蛋清

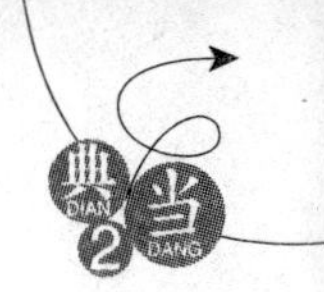

地的翡翠来，让他有些意外，他想看看自己刚才对玉在石心的判断是否正确。

庄睿闻言连忙让开了身子，他可不想出这个风头，并且以古老爷子的经验，既然已经开出绿来了，想必不会切垮掉的。

古老爷子出手很谨慎，先是在切面的背后擦起石来，向里擦了两三厘米的厚度之后，停了下来用清水洗净，看到里面没有出绿的迹象，这才将石头放到切石机上，对准另外一个切面大概三分之二处，切了下去。

周围的人群纷纷伸长了脖子，仔细看着切石机下又分为两块的毛料，有眼尖的已经看了出来，口中发出一声叹息："切垮了，不值钱了，顶多三万。"随之人群里也议论了起来，有为庄睿惋惜的，自然也有幸灾乐祸的。

古老爷子却是不动声色，拿起切开绿的半面，仔细观察了一下之后，又在擦石机上对着没有出绿的切口，打磨了起来。

"小兄弟，不会再出绿了，三万块卖给我怎么样啊？"

"老霍，你够黑的啊，就前面那切口，也值四万了，小兄弟，四万块考虑下吧。"

来此挑选毛料的玉石商人们，纷纷向庄睿开出了价格，庄睿一个都没搭理，眼睛只是盯着古老手下的那半边毛料。

古老爷子那双布满青筋的大手，十分的稳健，在"嚓嚓"的机器与石头的摩擦声中，老爷子双眼紧盯着擦石面，随着碎石屑不断地脱落到地上，古老的脸上也露出一丝笑意。

"涨了，擦涨了，古老爷子真是神啊……"

随着古老脸上的笑容，刚才还在开价的众人，又把注意力放在了毛料上，有离得比较近的人，第一眼看到了擦面露出的绿色。

停下了手里的动作，古老接过庄睿递过来的毛巾，擦拭了下额头的汗水，把那块现在只有两三个拳头大小的毛料放到了桌子上面，拿起强光手电筒和放大镜看了一会儿，笑着对庄睿说道："虽然不是玻璃种的，不过两边所出的都是蛋清地，水头也不错，没什么杂质，色也比较均匀，是做镯子的好材料，估计能取出两副镯子，剩下的还可以做五六个小挂件，大概在一百二十万吧，小睿你看着处理好了。"

古老这会儿也有些累了，坐回到椅子上，这块毛料基本上已经全解出来了，等于是明料了，而且古老爷子也开出了价码，一时间，那些玉石商人都在心中计算起将其购买下来的利益得失，倒是没有人再率先喊价了。

许伟有些妒忌地看着庄睿，心中暗骂这小子运气好，捡漏能得个王士祯的手迹，随手挑了个全赌毛料，居然就开出翡翠来了，虽然他自己手里的这块半赌毛料，出翡翠的概率也很大，但是总归不如别人切开以后心里来得踏实。

"小伙子，既然古老爷子开口了，咱就出一百二十万，把这块翡翠卖给我吧。"

还是刚才第一个要出十万块钱购买的那个声音，只是价格已经提高了十二倍，庄睿此时有点动心了，毕竟他拿着这块翡翠也没有什么用，倒是最近手头比较紧，不如换点钱

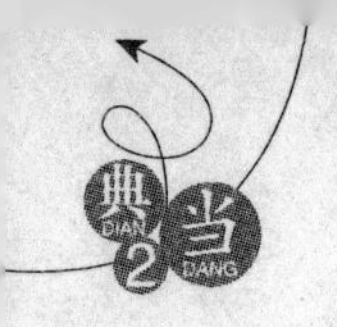

花花。

“老霍，你那摊子够大的了，这点儿毛料让给兄弟吧，我出一百三十万，小兄弟考虑下啊。”一个声音打断了先前那人的话，将价格提高了十万。

庄睿正在犹豫的时候，秦萱冰走到了他的面前，有些不好意思地说道：“庄睿，你……你能不能把这块翡翠卖给我们啊……”

庄睿闻言愣了一下，秦萱冰的请求有些出乎他的意料，秦萱冰看到庄睿没有说话，连忙接着说道：“不是让你送给我，是卖给我们公司，我可以出到一百五十万的价格购买，你看行吗？”

这会儿外面那几个玉石商人已经将价格抬到了一百四十万，不过在听到秦萱冰的话后，就没有人出声了，这块翡翠最多只能取出两副镯子，再加上几个小挂件或者戒面，估计能卖到两百万，还必须是有很好的出货渠道，一百五十万已经超出他们的心理价位了。

“小萱萱啊，你早点对木头以身相许，他还不上赶着要送给你呀，何必现在去求着买。”刘川这货在旁边开始胡言乱语了，听得秦萱冰俏脸绯红，却没有出言反驳。

“死流氓，连我的姐妹也敢调戏了，我问你，你的那块要是还能开出翡翠来，是不是就要送给我？”雷蕾狠狠地掐了一把刘川腰间的软肉，出言问道，不过话一出口，就感觉到自己失言了，这样的问法，岂不是告诉别人，自己已经以身相许了嘛。

“当然，那当然了，咱们是什么关系啊，别说块破石头了，就是哥们自己这二百多斤，那也是随要随取，随叫随到。”刘川听得是心中直乐，越发得意起来。

“庄睿，你别听刘川的，这块翡翠不是我个人要买的，是以公司的名义购买，你要是不收钱，我还真不要了呢。”

秦萱冰怕庄睿难堪，连忙出言解释道，这几年来，不管是内地还是香港的珠宝市场，都面临着玉石原料匮乏的窘境，尤其是秦萱冰家族的公司，近年来在缅甸的翡翠公盘上，都没有购得好的原料，庄睿开出的这块翡翠虽然不大，但是也可以出几件不错的饰品，所以秦萱冰想帮公司购买下来。

“行，就这样吧，萱冰你既然开口了，就按你说的办。”

庄睿点头同意了下来，一百五十万的价格看来是不低了，话说回来，先前不知道翡翠的价格，送给秦萱冰一块价值数百万的极品翡翠，现在要是还送的话，以他和秦萱冰的关系，也有些不合适。

“好的，谢谢你，庄睿。”

秦萱冰闻言马上将雷蕾手里的那个密码箱打开，把桌子上属于庄睿的那块翡翠放了进去，庄睿随意看了一眼，原本放在里面的七八件成品首饰，现在已经消失不见了，想必是古老爷子帮她们卖出去的。

将翡翠收好之后，秦萱冰从自己的坤包里拿出一本支票本，开出了一百五十万的现金支票，交给了庄睿，庄睿眼睛瞄了一下就知道，这现金支票是随时可以支取和转账的，

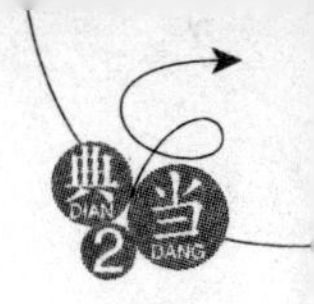

当下也没有客气，接过来收在了身上。

“流氓，你这块怎么样啊？自己上去解？”

庄睿看了一眼桌子上的那个大块头，向刘川问道，他可是心里清楚得很，刘川这块毛料里面的翡翠，不管是块头还是品级，都要高出自己开出来的那一块，想必也是价值不菲。

“我……我还是算了吧，木头你手气好，还是你去开。”

听到庄睿的问话后，一直信心满满的刘川，心里也有些打鼓了，三千块钱倒是无所谓，不过刚才牛皮吹得震天响，这会儿要是什么都开不出来，那就丢人丢大发了。

“行，我来就我来，切出个白板什么的，你可不要怪我呀。”

庄睿也不客气，有些吃力地抱住那块重达五六十斤的毛料，放到了切石机旁。

“古师伯，这块要不要先擦一下？”

庄睿蹲在地上，看着古老爷子问道。

古老坐了一会儿，也缓过劲来了，当下走了过去，仔细打量了一下那块毛料，说道：“今天这事透着邪性，你那块石头明明没有出绿的可能，反而切出来了，这块半赌的毛料已经算是擦垮了的，不过老头子我现在看不准了，这样吧，你从裂进去的这地方擦一下，擦进去四五厘米的样子，要还是开裂，就直接从中间切。”

庄睿看到古老爷子所指的地方，正是下去三四厘米就可以出绿的开裂处，对这老爷子不禁是佩服得五体投地，什么叫专家，这就是专家，看一块几乎是废料的石头，都能对其作出最为准确的判断。

庄睿打开了擦石机，将砂轮向毛料的开裂处打磨了过去，刘川这货不知道从哪里摸出来个太阳镜，戴在脸上，也凑了过来，丝毫不在乎那些飞溅的碎石屑打在脸上。

“绿，出绿了，哈哈，我刘川就说了，这石头里面保准有翡翠，哎哟，我说木头，你就不会把机器关掉呀，你小子一看就不会切石。”

刘川刚才看到石头缝里透出一股绿色，激动得把太阳镜也取了下来，庄睿手中的砂轮机还没关掉，一块碎石屑打得他是眼泪直流，不禁抱怨了起来，却忘了刚才是谁让庄睿去擦石的了。

围在D展厅观看切石的人，大多数都是从事珠宝生意，对赌石绝对不陌生，不过今天也是大开眼界，两块被玉石行的泰斗人物古老爷子都不看好的毛料，居然接连赌涨了，这样的情况，一般只有在各大翡翠公盘中才能得见的。

有人欢喜自然是有人忧了，要说现在心情最复杂的，莫过于两个人，一个是许伟，这家伙连嘲带讽地刺激刘川买下了那块三千块钱的毛料，却没想到自己是给别人送财去的，这心里就像是喝了黄连水一般，苦不堪言。

另外一个人，自然就是这些毛料的原主人杨浩了，他是万万没有想到，在家中不被众人看好的近乎是废料的两块毛料，居然都赌涨了，更为关键的是，自己卖出去的价格，等于就是白菜价，这让他心里那叫一个别扭啊。

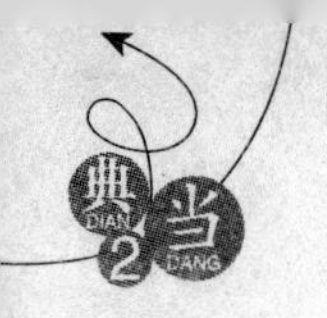

不过还好，围观的这些人听说这两块毛料都出自他的展位，都纷纷进入展位里面去挑选毛料了，这里面有正规的玉石商人，也不乏想碰碰运气的游客们，毕竟刚才庄睿和刘川都是撞大运撞上去的。

庄睿擦石的举动还在继续着，古老刚才过来看了一眼之后，让庄睿继续往下擦，只不过从旁边擦过之后，所显露出来的却不是绿色了，而是白丝雾状的晶体，这让古老在旁边皱起了眉头，这块毛料的表现实在是有些古怪，裂纹那里擦出来的翡翠种色并不怎么样，不过再从旁边擦，却又全是白雾，这样的情况，就是古老爷子也没有遇见过。

其实庄睿现在是有心想将其切开，他完全有把握不伤及里面的翡翠丝毫，只是这样做未免有些过于显眼了，一次可以归功于运气，第二次还是这样，就说不过去了。

“小庄，停下吧，别再擦了，这白雾应该渗进去很厚，你从侧面切一刀，看看里面的表现。”

古老制止了庄睿的擦石，让他动手开切了，听到又有切石看了，本来去选购毛料的众人，纷纷又围了过来。

庄睿不想一下直接切出翡翠，用眼睛测量好距离之后，将毛料切为两半，围观的众人同时发出一声叹息，显然，这一刀是切垮掉了。

“木头，咋样？我这块毛料个头那么大，应该比你那块值钱吧？”

刘川除了自己擦出绿那会儿看明白了，再往后是一直看得云里雾里的，不过听到众人的叹息声，好像自己这块毛料不怎么好，连忙拉着庄睿问道。

“是比我那块好，我说流氓，你也别光看着，自己上去练练手，三千块钱买来的，怎么都要爽一把啊。”庄睿没好气地回答道，他也不想再自己擦下去了，那个切口距离翡翠不过二三厘米远了，干脆让刘川这货自己去擦出来吧。

“我说那位兄弟，这块废料能出绿，就不错了，你们三千块钱买的，我出八千，卖给我怎么样呀？”

二人说话的时候，那位被人称呼为老霍的中年人，仔细地看了一下切口，然后对庄睿和刘川说道。

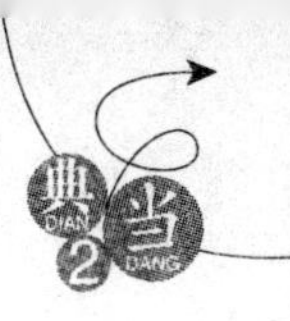

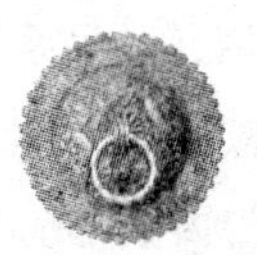

第四章　一刀天堂

“八千,那不是转手赚了五千吗,木头,你说卖不卖?”

刘川有点拿不定主意了,赌这玩意儿真的是很考验心脏承受力的,刚才庄睿切下去的那一刀,让刘川的心脏有点像是坐过山车的感觉,忽上忽下的。

“刚才这位老板还要三万买我那块呢,你说卖不卖?瞧你就这点出息样,去擦石吧,大不了就当三千块钱过了把手瘾。”

庄睿没好气地瞪了刘川一眼,这货要真是八千块钱把这毛料给卖掉的话,保证他过不了十分钟就要去跳秦淮河了。

“你都赚了一百多万了,说话当然轻巧,哥们的三千块钱也不是大风吹来的。”

刘川一边嘟囔,一边拿起了砂轮机,对着刚才的切面打磨了起来,这厮力气大,此时又憋着气,三两下就切进去了三四厘米,只是他眼睛并没有看着切面,而是在东张西望着。

“靠,你猪啊,出绿了。”

庄睿一脚踹在刘川的屁股上,将刘川踢了出去,用清水把出翡翠的切面清洗了一下,刘川闻言连忙扔掉手里还在打转的砂轮机,也顾不得和庄睿生气,爬起来就将身体凑了过去。

“你小子做事情就不能专心点啊,你自己看看,好好的一块翡翠,被你擦出一道口子来。”庄睿拉过刘川,没好气地指着那个切面说道,早知道这样,庄睿还不如自己去解呢。

“哥们这不是不会嘛,木头,你说我这块能值多少钱?”

刘川一脸傻笑着,他压根就意识不到,自己刚才那行为会让他损失多少钱。

“你问我,我问谁去啊,让师伯来看看吧。”庄睿一把拨开刘川,给古老爷子让出了位置。

刘川打磨出来的那个窗门,大概有巴掌大小,经过庄睿用水清洗之后,整块翡翠显露出了冰山一角,其透明如水,绿意盎然,庄睿可是知道,这块翡翠足足比自己刚才那块,要大出了好几倍,并且翡翠里蕴藏的灵气也是极其丰富,应该是品质不错的。

“你们这俩小子,让我说你们什么好啊,这运气,也……也太好了点吧。”

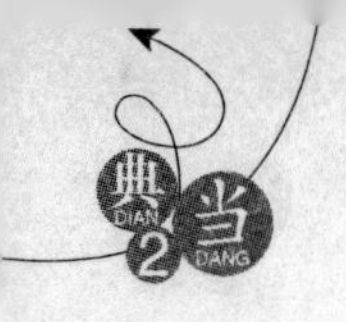

古老拿着手电筒放大镜摆弄了五六分钟之后，才将手里的工具放了下来，看着庄睿二人，颇为感慨地说道。

"嘿嘿，老爷子，你不知道，木头这运气，还都是我带来的呢，我们上小学的时候，从来都是我在前面捡钱，他跟在后面吃灰，我就说嘛，前段时间好事都跑他那里去了，现在也该轮到我了，老爷子，这块翡翠怎么样？是不是要比木头那块好。"

刘川迫不及待地挤到古老的面前，先是一番自吹自擂之后，才询问起自己这块毛料的价值来。

"比他那块好，是冰种的，而且绿色纯正深邃，应该是阳绿，虽然有些杂质，但是比蛋清地的要好很多，并且现在擦出来的只是一角，如果全取出来的话，要比小睿先前那块大出不少的，小伙子，你这一块翡翠，就能吃一辈子了。"

古老看着面前的这个幸运儿，说话有些羡慕，多少沉浸在赌石中一辈子的人，都没有开出过这般品质的翡翠，而这家伙像玩似的，就整出了这么一块，这让古老对庄睿手上的那串天珠，更加为之向往起来，他只能将其归功于是天珠给二人带来的好运。

由于切石的现场是被保安给围起来的，外面那些玉石商人无法近距离地观察这块毛料，严格说起来，这仍然是块半赌的毛料，虽然出绿了，不过只是出了一角，里面的表现究竟如何，谁也不敢下结论的，但是古老爷子刚才所说的话，仍然让外面的玉石商人们激动了起来，冰种阳绿的极品翡翠，这可是制作高档饰品的原料啊。

"让让，让我们进去，我出二百万，小兄弟卖不卖啊？"

"小兄弟，我出五百万，你看怎么样？"

"六百万，我出六百万。"

现场疯狂了起来，要知道，冰种的翡翠相比玻璃地的要差上一些，但也是极其罕见的，尤其又是阳绿，这样的极品翡翠一个戒面都值数十万，打造出一副镯子来，都价值上百万了，更何况依古老爷子所说，这块翡翠个头不小，虽然都没能近前去观察，这些玉石商人已经是纷纷喊出了价格。

刘川这会儿已经是呆掉了，刚才还羡慕庄睿那块毛料开出了翡翠，现在换成了自己，他有点不知所措了，几百万几百万地从这些玉石商人口中喊出来，似乎就像是喊出几十块钱一般，不只是刘川，就连庄睿也是第一次看到如此疯狂的场面。

"老爷子，我……他……这卖不卖啊？"

刘川没主意了，问还在观察着那个擦面的古老爷子。

"刚才谁喊两百万？呵呵，后面再加个零头差不多了。"

古老爷子站起身，叫刘川把毛料抱到切石机上，他观察了半天，已经看清楚了，基本上摸准了里面翡翠的走向和分布，这会儿是准备将整块翡翠都给解出来了。

随着古老爷子的动作，四周骚动的人群逐渐安静了下来，不管是有意购买的玉石商人，还是被那些旅游团拉来的游客，今天都是感觉到此行不虚，均是屏住了呼吸，生怕发

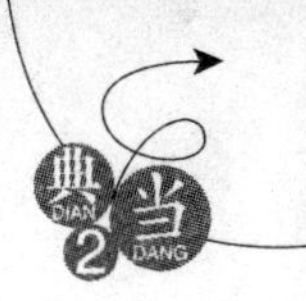

出一点声音惊动了正在解石的古老爷子。

随着古老娴熟的解石动作，片片碎石屑纷纷掉落在地上，而这块深藏石中，几乎被世人遗弃的极品翡翠，也逐渐地显露出了真容，老爷子将外皮完全剥离开来之后，又用打磨机打磨了起来，足足过了半个多小时，一块比足球略小一点，通体呈翠绿色的玉石，呈现在了众人眼前。

"水头是不错，不过绿意的分布有些散，不是很均匀，但也是难能可贵了，小伙子，这就是赌石，一刀天堂一刀地狱，你看着处理吧。"

古老擦了一把汗，将那块翡翠交给了刘川。

"老爷子，您还没说值多少钱呢。"刘川也顾不上玉石表面的灰尘，整个地将之抱在怀里，冲着古老爷子问道。

"别问我，去问他们。"

刘川随着古老手指的方向，看向了四周的人群，不禁打了个寒战，看这些人的眼光，怎么有些像是在西藏被狼群围住的感觉啊。

"小兄弟，你让这保安放我们进去，我们就是看看，又不会抢你的，怕什么啊。"

说话的是那个叫老霍的中年人，此话一出，后面几个玉石商人连连点头，他们这些人都是生意做得不大的玉石商，还没有资格或者说是没有资金参与到各大翡翠公盘里面去，也只能在国内各个玉石展销会里拣点毛料，此时见到刘川开出了极品翡翠，立时就像闻到了鱼腥味的猫，全部围了过来。

"让他们几个进来吧。"

庄睿对那几位很尽职的保安说道，他也想看看，刘川的这块翡翠，究竟是价值几何，按说个头这么大，这么完整的一块翡翠，如果雕成一件工艺品的话，想必也是价值不菲的。

真正有实力有底气拿下这块翡翠的人并不多，保安放行之后，也只有四个人走了进来，其余人自感财力不济，也没有过来凑热闹。

"流氓，把翡翠放到桌子上去，你这样抱着不累啊？"

看见刘川这会儿还是死死地将那块翡翠抱在怀里，庄睿没好气地说道。

"废话，怎么不累啊，累也要抱着，这抱的是钱啊。"

刘川理直气壮地回答道，逗得众人都笑了起来，这会儿杨浩并没有在桌子边上，而是进入毛料区，和那些想试试运气的人谈着价格。

不仅仅是这个展销会有这种情况，就是在各大翡翠公盘里，如果哪一处毛料商人的毛料切出翡翠来了，那么他的摊位立刻就会身价倍增，买家们不只是要沾点喜气，也是因为开出翡翠来的同一批毛料，再出翡翠的可能性，要比没有切出翡翠的那些摊位，概率会大上许多的。

见到庄睿把这些玉石商人都放了进来，雷蕾脸色变了一下，就想走过去，却被秦萱冰一把拉住了，微微对雷蕾摇了摇头，这块翡翠价值不菲，刚才所说的那些都是玩笑话，如

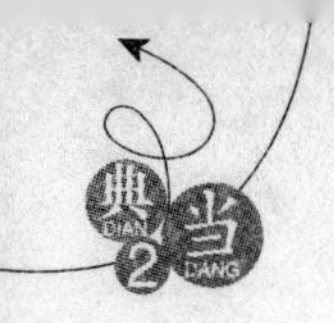

果雷蕾真的问刘川索要，刘川要是给了还好说，如果舍不得的话，那样对二人的感情而言，绝对会蒙上一层阴影。

“木头，真的给他们看？”

刘川总感觉这几个人像是饿狼一般地看着自己，将这块翡翠放到桌子上，肯定没有抱在怀里安心。

“废话，不给他们看你怎么卖掉，你留着这玩意干吗，当饭吃？”

听到庄睿的话后，刘川想想也是，遂把怀里的翡翠小心地放到了桌子上，任由几人观看起来。

“流氓，你是怎么选上这块毛料的啊，老实回答啊，别给我说你能感觉到里面有翡翠这些屁话。”

庄睿心中实在是有些好奇，这块毛料外表难看，又笨重，懂的人一看那擦出的裂纹就不会再看下去了，不懂的人一般也不会选这个几十公斤重的大家伙，为什么刘川这厮偏偏看中它了呢？

听到庄睿的问话后，不仅将秦萱冰和雷蕾的注意力吸引了过来，就连正在喝茶的古老爷子，坐在一旁的许伟，还有那几位鉴赏翡翠的玉石商人，都竖起了耳朵，准备听刘川怎么回答。

“想听真话？”

刘川这会儿拿劲起来了，气得庄睿一脚就踢了过去。

“嘿嘿，哥们在那里面挑了半天，都没看中一块，你想啊，这个头小的石头，里面的翡翠肯定也小，个头大的吧，那几百斤重的，我试着抱了一下，没有抱动，最后就挑了这一块，大小合适，正好抱着也不累，于是就选它了。”

刘川的话让周边十几个人，均是愣住了，先是面面相觑，继而放声大笑了起来，只是这笑声中，包含了妒忌、羡慕等等含义，只有一句话众人都是认可的，那就是傻人有傻福。

“你这小子，呵呵，不错，真不错。”

古老爷子乐得连连摸着自己的胡须，看着刘川那得意洋洋的神情，真是不知道说什么好了。

“古老，我们几个人商量了一下，准备一起把这块明料给吃下来，您看一千八百万这价钱，合适不？”

几个玉石商人看了半晌之后，又在一起交头接耳地嘀咕了一会儿，那个叫老霍的中年人站了出来，出人意料的没有去找刘川这位货主，反而向一旁优哉游哉喝着茶的古老爷子报出了价格。

“你们是准备把这块明料分解开来，做一些戒面和镯子吧，唉，暴殄天物呀，这事别问我，去问那小子，东西是他的，价钱他感觉合适就行。”

古老有些遗憾地摇了摇头，这么一个物件，如果不雕琢成一个摆件的话，的确是有些

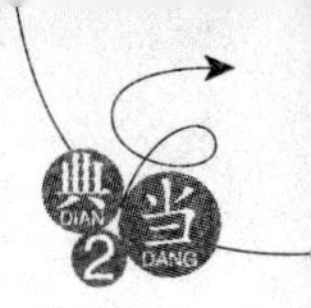

可惜了，但是这些商人从自身利益的角度出发，也没有做错什么，毕竟将之分解之后所制成的那些小物件，出货渠道要比单个的大摆件畅销许多，其价格上也是相差不多的。

“一千八百万！！”

刘川听到那几个人的话后，早就有点头脑发懵了，以前马胖子要买庄睿的藏獒，曾经开出过四千万的天价，不过那藏獒不是自己的，刘川感受不怎么强烈，现在知道自己也会拥有近两千万财产的时候，这才体会到那种诱惑是多么的强大。

“刘老板，刘老板，您倒是说句话啊，一千八百万这价格已经不低了，我们其实也没有多少赚头的。”

老霍这会儿正站在刘川的面前，不过刘川表现得有些奇怪，双眼看着老霍，却是一言不发，对老霍的报价不置可否，让几位准备合伙购买这块明料的玉石商人，心里有些打鼓，生怕被刘川拒绝掉。

“哼，他哪里是不肯卖，那是高兴得傻了。”

一个极具穿透力的女声冷喝的声音，传进了刘川的耳朵里，顿时将这位仁兄惊醒了，看着不远处脸带寒霜的雷蕾，刘川打了个激灵，当下从桌子上抱起了那块翡翠，屁颠屁颠地跑到雷蕾面前，道：“雷蕾，咱刘川是老爷们，说过的话那绝对是一个唾沫一个坑，咱说送给你，就给你了，抱着。”

刘川这货一边说着，一边将翡翠塞到雷蕾怀里，雷蕾有些猝不及防，手忙脚乱地抱住了那块明料，脸上露出一丝感动的神色，她没想到刘川居然真的会将这块价值上千万的翡翠送给自己。

“这小子越来越奸猾了。”场内只有庄睿一人猜中了刘川的心思。

“你还是自己抱着吧，这么重，摔坏了算谁的呀。”

雷蕾将翡翠还给了刘川，不过脸上却是阳光灿烂，笑得很开心。

“刘川，这块翡翠我们公司购买了，出价二千万，我刚刚和总公司联系了一下，他们会乘坐晚上的飞机从香港赶到南京来，你再多停留一天，我们明天再进行交易好吗？”

正当刘川和雷蕾眉眼传情的时候，秦萱冰拿着手机走了过来。

旁边老霍几人不答应了，纷纷出言说道：“哎，这位小姐，这块明料是我们先看中的，你这样做有些不合适吧？”

“这是明料，又不是赌石，大家都有竞争的权利，你们不要欺负我是个女孩子就不懂，古老爷子坐在这里，你们有问题可以向老爷子反映啊。”秦萱冰冷冷地回答道，此刻的她，似乎又回到了两个月之前的模样，让人不敢接近。

“哥们的东西，愿意卖给谁，那就卖给谁，你们几个一边晃悠去吧，雷蕾，都说送你了，这卖多不合适啊，谈钱伤感情呀。”

刘川先是义正言词地拒绝了几个玉石商人，然后脸色一变，笑嘻嘻地对雷蕾说道。

“刘川，这块明料即使对我们公司而言，也是一宗数额较大的买卖了，这不是请客吃

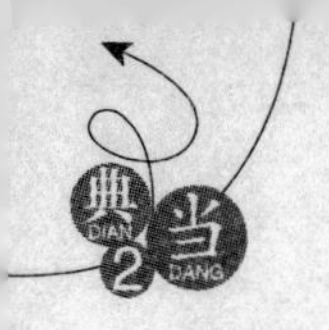

饭送人情，生意是生意，至于你和雷蕾怎么样，不要混为一谈。”

听到秦萱冰的话后，刘川也闭口不言了，一脸为难的模样，看得旁边的庄睿强忍着笑意，把脸扭转到别的方向，这厮纯粹是得了便宜还卖乖，因为刚才秦萱冰打电话的时候，庄睿就注意到了，那假装发呆的刘川，耳朵正不住支愣着，偷听秦萱冰说话的内容呢，装傻充愣这一招，刘川从上小学的时候就学会了。

看着一脸蛮横的刘川，老霍等几个玉石商人也是没有办法，东西是别人的，爱卖给谁，的确是人家的权利，谁让自己等人都是大老爷们，而那位则是个娇滴滴的小姑娘呢。

看着那几个玉石商人有些失望的就要离去时，刘川忽然喊了起来：“几位别急着走啊，我这块明料不卖了，咱们这里，还有位先生呢，他那块毛料，可是要比我的好多了。”

刘川刚才一眼瞄到了许伟，心中不爽，于是出言阴了许伟一把，他话中的意思很明白，哥俩的石头都开出翡翠来了，你那三百万的是不是也拿出来看看啊。

许伟闻言愣了一下，他没想到刘川此时会将他一军，不过接连看到庄睿和刘川从毛料中解出翡翠来，许伟心中也是有些痒痒，自己这块半赌的毛料，表现这么好，没道理不如庄刘二人啊。

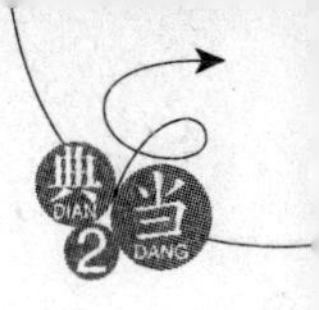

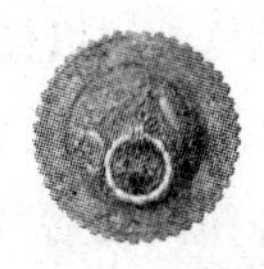

第五章 一刀地狱

“怎么着，许总，这个摊子风水好啊，开了两块毛料，都切涨了，你那块肯定也没跑，去切了算了，留着还是个心思。”

庄睿也在旁边鼓动着，这时那几个本来正要去选毛料的玉石商人，也都围在了桌子旁边，观察起许伟所买的那块开了窗的半赌毛料来。

“水头不错，看不见白雾，没有开裂，三百万买了，值!”

被众人称为老霍的玉石商人，在征得许伟的同意之后，拿着强光电筒仔细地看了好几分钟，下了这个结论。

许伟听了老霍的话之后，斜着眼睛看了一眼庄睿和刘川，心中不禁有些飘飘然，你们两个土包子开出翡翠，那纯粹是撞大运的，咱玩的这半赌毛料，那才是真正考究眼力功夫的呢。

“这位许老板，是否有意将这块毛料出让呢？我愿意出三百二十万买下来，您看怎么样?”

或许是想沾染点庄刘二人的喜气，老霍看中了许伟的这块半赌毛料，向许伟开出了价格。

“我是南方许氏珠宝公司的，负责华南事物，这次来也是为了收购毛料，霍老板，不好意思了，这块毛料我可是一眼就看中了，不比有些人全凭撞大运。”

看到庄睿和刘川仅仅花了万儿八千买的全赌毛料，居然开出了价值上千万的翡翠，许伟心里很是不舒服，要知道，就他手里的这块半赌毛料，即使赌涨了，价格也不过就在七八百万左右，和刘川那块相比，简直就是天差地别。

“哎，我说许白脸啊，咱哥们选毛料，凭的是眼力经验，不然能开出值二千万的翡吗?你要是觉得比我水平高，把你那块毛料解出来，让大家伙们也开开眼，见识一下许老板的赌石水平啊。”

刘川的话引得众人哈哈大笑了起来，这场中任谁也不会相信，他选毛料靠的是眼力，不过刘川那连嘲带讽的话语，激得许伟那张白皙的面孔，变得通红了起来，腾地站起了身

子，道："既然刘老板想见识一下，我就满足你这个愿望。"

"古老，您老人家能否帮我解下这块毛料呢？"

许伟虽然答应现场解石了，不过他对解石并不是很精通，相比庄睿的水平，也强不了多少，所以想请古老爷子出手，这样就可以最大限度地将毛料中的玉石，完整地剖解出来。

按常理来说，玩玉石这行的人，都喜欢解石，亲手从石头里解出翡翠来，那种满足感是无法言喻的，只是古老听到许伟的话后，却是摇了摇头，道："老头子今天解了两块石头，有些累了，许老板还是另请高明吧。"

古老刚才也看过了许伟那块半赌毛料，说实话，他也很看好这块毛料，赌涨的可能性很大，只是今天意外太多了，连着两块被认为是废料的毛料，都解出了翡翠，而且品级还不错，这让古老爷子心中犯了嘀咕，事不过三，难道就应在了许伟这块毛料上？

再者刚才解那两块毛料，的确也耗费了古老爷子不少的精力，虽然看来是庄睿已经开出翡翠了，但是后面擦石抛除表层这些活，都是很精细的，稍有不慎就会伤及里面的玉石，所以老爷子看起来很轻松，其实所花费的精力，要远远超出众人的想象。

不过古老爷子也想知道这块半赌毛料究竟怎么样，于是出言给许伟说道："这样吧，我给你画几条线，你按着我所画的线，先切一刀，然后再看看这块毛料的表现如何。"

本来有些失落的许伟闻言大喜，古老爷子解石的水平，刚才大家都看到了，现在他愿意在毛料上画出切石的线路，和自己去切区别不大，即使切垮了或伤及里面的翡翠，在家族里自己也好交代，毕竟这是在古老指点下去切的啊，许伟念及至此，连忙递上了粉笔。

"木头，你说这小子买的石头里面，到底有没有翡翠啊？看他刚才牛气哄哄的样子，哥们就不爽。"刘川用胳膊肘碰了碰庄睿，小声地问道。

"反正我感觉是不太好，你也知道，我买古董全凭感觉的，那块毛料估计够呛，话说回来了，你管那么多干吗，你小子平白赚了两千万了，自己吃肉还不让别人喝口汤啊。"

庄睿前面几句话的声音很小，不过后面这几句，就有意抬高了声音，让周围十多米处的人，都听了个真真切切。

"那是，那是，就怕有些人连汤都喝不到。"刘川笑着说道。

许伟没搭理这两人，抱着古老爷子画过线的毛料，走到了切石机旁。

这会儿的D展馆，人是越聚越多了，不单是那些玉石商人和游客，就连参展的各个参展商，都跑来看热闹了，毕竟这一个摊位解出两块大涨的石头，传出去也是一段佳话。

更何况现在许伟又准备解石了，如果再赌涨的话，别说是在这本就不算正规交易毛料的展销会，就是在各大翡翠公盘上，那也是极为少见的事情，日后肯定能成为场内这些人茶余饭后的谈资。

偌大的展馆里挤满了人，不过却是寂静一片，没有任何人发出声音来，都屏住了呼吸，看着准备切石的许伟。

"哎哟……"

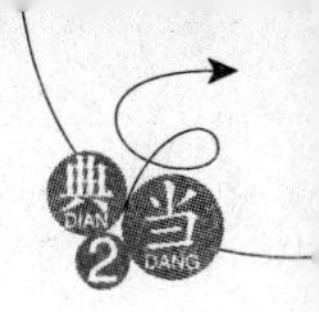

许伟开动了切石机，对准了古老爷子所画的那条白线，正要切下去的时候，耳边传来一个响亮的声音，本来心里就很紧张的许伟，吓得猛地一哆嗦，差点就切到开窗出绿的那一面了，许伟愤怒地抬起头来，却看到刘川正一脸愁容地看着自己。

"我说许大总经理，你就不能麻溜的啊，我这会儿肚子痛得厉害，想去厕所吧，又怕错过好戏了，你抓紧时间，快点切，没看到外面这几百号人都等着呢嘛。"

刘川的话让场内众人齐声在心里骂了出来，不是你出言打断别人，这石头早就解出来了，不过看看刘川那不讲理的脸，也没哪位出来主持正义的。

站在切石机旁深深地吸了口气，许伟镇定了一下心神，开动机器向所画白线之处切了下去，这次刘川倒没有出言捣乱，在一阵刺耳的"咔嚓"声中，那块半赌的毛料被一分为二。

"唉……"巨大的叹息声，从紧围在最前面的人群里传了出去，后面的人不用问，也知道这一刀肯定是切垮掉了，而此时的许伟，正一脸不可置信的表情，呆呆地看着地上那块毛料平整的切面。

古老爷子站起身来，把那开窗的半面毛料拿了起来，看了大约一分钟的时间之后，摇了摇头，道："这块毛料最多能出三五个挂件，基本上算是废了，小伙子，就当是花钱买个教训吧。"

古老爷子的话让许伟是欲哭无泪啊，这教训未免太贵了一些，自己这次采购玉石原料所能动用的资金，也不过就是五百万，现在就白白扔出了三百万，再加上前段时间那个英国珠宝设计师所引起的风波，恐怕在家族里面，向自己歪嘴使坏的人，又找到了一个攻击自己的借口。

近乎粗鲁地从古老爷子手中抢过那半块毛料，许伟又将之切为两半，只是在切面上依然都是略带白丝雾状的石头，丝毫不见绿色的影踪，有点急红了眼的许伟又从出绿的开窗处擦起石来。

半晌之后，许伟终于是神情颓废地停了下来，在其手上，只不过是一块只有掌心大小，呈扁状的明料，就如同古老爷子所说，只够做三五个观音之类挂件的，并且这不过是蛋青地的料子，三五个挂件，能卖个十来万，就算是很不错了。

"木头啊，哥们今天一不小心赚了两千万，你说我买的那辆藏羚是不是档次低了点呀，哥们这身家，最少也要开辆奔驰吧，啧啧，有些人真可怜，连裤子都赌输了，老爷子说的天堂地狱啥的，是不是就讲的那位啊？"

刘川此时的心情，真是畅快无比，就像在三十多度的高温下暴晒了几小时之后，痛快地灌了一杯扎啤下去，从头到脚都感觉到惬意舒爽。

许伟闻言再也抑制不住自己的怒火，不过还保持着理智，没把手中这价值十来万的明料给扔掉，向着刘川就冲了过去，像是要和刘川理论一番。

只是还没走上两步，许伟就被一个刚从人群外面费力挤进来的人给拉住了，嘴里还骂骂咧咧地说道:“许伟你小子居然阴我,那俩小娘们身边有保镖你都不告诉老子,害得老子被人打了一巴掌,你小子给我说清楚,不然我明天就让你从南京滚出去。”

来人正是刚在A展馆出丑的王绲,此时脸上五个手指印子还没有消除掉,拉住许伟就往人群外面拖,想必是要把怒火发泄到许伟的身上。

“滚一边去,自己想玩女人还怪老子。”

一向给人感觉很斯文的许伟,嘴里爆出了脏话,狠狠地甩开王绲的手,却也没有脸再待在这里了,拿着那块翡翠,低着头从人群里挤了出去,而王绲回过神来,看到刘川等人,更是吓得拔腿就跑,生怕跑得慢了,另外半边脸也印上五个手指印。

听着车内音响中刀郎那浑厚嘶哑的歌声,庄睿独自一人驾车行驶在南京至上海的高速公路上,好像又回到了前段时间远赴西藏的情景,看着坐在副驾驶位置的小白狮,庄睿的心情就如同这三月春光一般,明媚畅快。

伸手摸了一下胸前的那块翡翠观音挂件,庄睿心里不禁想起不久前发生在南京那展销会之内的事情,不由笑出声来,一旁的小白狮马上将头扭向主人,一双眼睛里透露出不明所以的神色。

由于在上海的老大接连打了几个电话催促,庄睿在许伟解石之后不久,就告别了古老爷子和秦萱冰等人,独自驾车返回上海了,此次南京之行,不但兜里多了一张一百五十万的现金支票,车内还有一套价值数十万的紫砂茶具,可谓是收获颇丰。

不过最让庄睿高兴的是,在临走之时,秦萱冰送给他一个价值不菲的玻璃地翡翠观音挂件,附加还有一个吻,这次庄睿可是没有放过机会,就在秦萱冰蜻蜓点水般地在他脸上亲了一下之后,庄睿一把将秦萱冰搂了过去,将自己那张大嘴狠狠地覆盖在了秦萱冰的樱桃小口上。

开始的时候秦萱冰还在抗拒,不过在庄睿那极富攻击力的强吻之下,秦萱冰也慢慢地迎合了起来,那叫天雷勾地火,一发而不可收,就连后来雷蕾和刘川走到近前,两人都没有发现,不过这也导致面皮比较薄的秦萱冰直到庄睿开车离开,都躲在展会的展位里,再也没有出来。

庄睿此刻的兜里,还多了两张名片,一张是古老爷子的,在名片上手写了他在北京的住址,并邀请庄睿有机会去北京的话,一定要去认认门。

而另外一张名片,却是那原石商人杨浩硬塞给庄睿的,就在庄睿等人现场解石之后的半小时内,杨浩带来的大大小小百十块毛料,居然被疯狂的玉石商人和游客们抢购一空,又进账二百多万,虽然无法与庄睿和刘川赌涨了的两块明料相比,但是原本计划要销售十多天的毛料,一天不到就卖光了,这也足以让杨浩兴奋莫名了。

给庄睿名片的原因也很简单,杨浩也对庄睿发出了邀请,让他有机会一定要去潮汕地区转转,说是凭借着庄睿的好运气,说不定到时候能赌出一块天价翡翠来,这话说得庄睿是哭笑不得,单凭运气的话,自己是远远不如刘川那厮的,百十块毛料里面仅有的一个

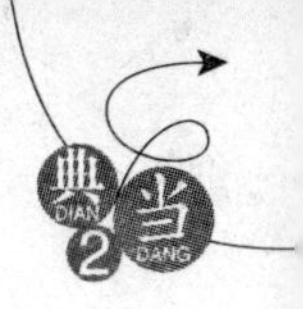

蕴藏翡翠的，就被他给挑中了。

不过庄睿对杨浩的邀请倒是很感兴趣，一来赌石的确是个快速生财的好办法，二来庄睿大学同窗老四就是潮汕人，老四家境不错，邀请过庄睿几次前去游玩了，只是庄睿以前都是忙于生计，未能成行，现在工作对庄睿而言，似乎是可有可无了，庄睿心中打定了主意，日后一定要去大的翡翠交易市场见识一番。

赵国栋在中午的时候给庄睿打了个电话，他们已经返回了彭城，交代庄睿开车去上海的路上一定要小心，并且告诉庄睿，如果在上海过得不顺心，就辞职回彭城，赵国栋现在也知道了庄睿大概的身家，至少不需要为了生计而到处奔波了。

其实庄睿也曾经动摇过去上海工作的念头，只是想想德叔对自己实在不错，为自己争取到了这个经理的职务，还有就是庄睿想系统地学习一下古玩文物包括奢侈品的鉴定，因为他感觉到自己这眼睛的异能来的突兀，说不准什么时候也会突然消失，古玩带给他的惊喜已经有很多了，庄睿也坚定了自己以后就在这行当里面厮混的目标。

……

南京距离上海不过三百多公里的路程，并且全程都通有高速公路，本来两三小时就可以抵达上海的，只是庄睿开的是新车，磨合期没过，所以车速一直都保持在六七十公里，他是接近三点才从南京出发的，等到了上海之后，天色已经黑了下来，看了下时间，马上就到八点了。

阳伟在下午和庄睿通电话的时候就说了，让庄睿去他家里接他，所以庄睿直接将车停到阳伟家别墅区外面的一棵大树下面，这才掏出电话打了过去。

“老大，在这边，看哪里呢。”

见到阳伟双手插在口袋里，背了一个登山包，嘴里叼着根烟，晃晃悠悠地从小区门口走了出来，四处打量了一下之后，居然蹲到门口去抽烟了，庄睿连忙摇下车窗，对着阳伟喊了起来。

“嘿嘿，你小子鸟枪换炮啊，这才几天不见，你真的买上车了？我还以为你电话里面骗我的呢，快下来，换位置，让老大我来开……”

虽然庄睿电话里面已经给老大说过了，不过看着这崭新还没有上牌的大切诺基，阳伟还是吃惊不已，打开驾驶室的车门，连拉带拽地把庄睿从驾驶位子上拖了出来。

“这，这是，吓死我了！”

坐到驾驶位上之后，阳伟正晃着屁股调座位呢，猛然看到一个犹如狮子般的大头伸到面前，吓得他连声叫了起来。

“白狮，去后面……”

庄睿嘴里喝了一声，将白狮赶到车后排，看着惊魂未定的阳伟说道：“干吗这么大惊小怪的，我不是给你说了嘛，要带一条藏獒来的，放心，只要你不对我动手动脚的，白狮是不会咬你的。”

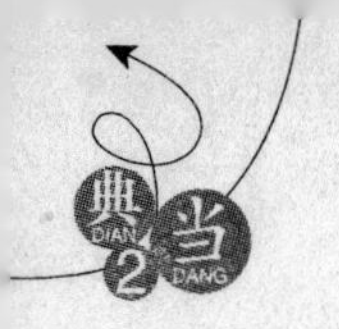

听到庄睿的话后，阳伟才醒过神来，心有余悸地从倒车镜里看了白狮一眼，道：“我有病怎么着啊，闲得蛋疼才会对你动手动脚的，换成个美女还差不多，老幺，你不是说是只幼獒吗，这块头这么大，哪里像是幼獒，怕不是有一两岁了吧？”

“一两岁？那是你没见过成年的藏獒，回头给你看看白狮它老子的照片，等我的白狮长到一两岁的时候，肯定就像只小狮子一样，对了，我让你办的养犬证怎么样了，办下来没有？”

庄睿宠溺地看了一眼后排的白狮，伸出手去抚弄了一下白狮的大头，这才回过身体和阳伟说话，上海是国际大都市，对养宠物的限制，要比彭城严格许多，庄睿怕老大搞不定白狮的身份证，那样的话，就要整天将白狮关在家里了，庄睿可不想这么做。

“废话，哥们办事你还不知道，不过这家伙和你从网上发来的照片相比，大了一圈啊，嗯，要说办这养犬证，你要多谢谢德叔，正好你们典当行前段时间出事，德叔用典当行的名义申请养一只大型护院犬，这才被批下来的，要是换个单位都没戏。”

阳伟一边说话，一边打开了自己带来的那个登山包，从里面拿出一个绿皮小本子，递给了庄睿，庄睿看到，包里还有几套换洗的内衣，不由奇怪地问道：“你随身带着这些内衣干什么？准备离家出走呀？”

“扯淡吧你，我这是给你买的，你在闸北那出租屋里面的破衣服，我都给扔掉了，看你那内衣的领子，磨得都发白了，还好意思穿？老幺，你以后也是当经理的人了，仪表上一定要多注意啊。”

阳伟没好气地瞪了庄睿一眼，不过接下来的话，却让庄睿心里暖烘烘的，老大虽然身上也是缺点多多，不过还是继承了上海男人心细、会照顾人的优点，以前在大学宿舍的时候，隔三差五地就会带兄弟们出去撮一顿，很是得到另外四条光棍的拥护。

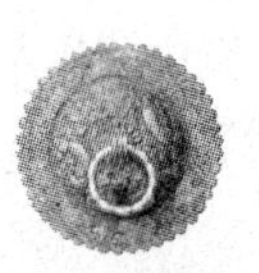

第六章　娇蛮警花

“走吧，别说那些煽情的话，你小子发财了，这车没事借我开开就行了……”

看到庄睿脸上的表情，阳伟一挥手制止了庄睿刚要说出口的话，顺手发动了车子，不过听到阳伟的话后，庄睿的脸色马上苦了下来，都说汽车是男人的第二个老婆，这小老婆也不是不能借，关键阳伟不是那种怜花惜玉之人，什么车到了他手上，过不了三天，准会进次修理厂，偏偏他还就是爱开车。

“老大，你的那辆桑塔纳呢？怎么不开出来？”

庄睿小心翼翼地问道，在他心里，给老大开个奥拓都嫌奢侈。

“别提那车了，我换了个广本，不过前几天被人蹭了一下，掉了点漆，送修理厂去喷漆了。”阳伟有点不自然地答道，那表情看上去就很心虚，这事恐怕是阳伟碰了别人的车了吧。

“行了，这都八点多了，别磨叽了，你还没吃饭吧？找个大排档吃点，回头带你去新居，我今天也住你那，告诉你，找那房子可是花了我不少心思，对了，每月三千块钱的房租，要预先交三个月的押金，你要是手头紧，押金就算我的了，以后退房了再给我。”

阳伟不想再提关于汽车的话题，连忙出言转移开了庄睿的注意力，这招移花接木他在大学里就经常使，哥几个都被他忽悠得不轻。

“钱不是问题，身上就带着呢，回头我拿给你，你还是好好开车吧。”

见到阳伟已经将车驶上了马路，庄睿连忙将安全带系上了，这车有四个安全气囊，只要阳伟不往大半挂卡车下面钻，一般也不会出事。

马路两旁的路灯很亮，阳伟一手握着方向盘，一手指着前面不远处的一辆警用摩托车，说道：“你连老大我的车技你都信不过？咱怎么说也比你早开了四五年车，咦，老幺，你看前面那个骑摩托车的警察，是不是个女的呀？”

庄睿循着阳伟手指的方向看去，在前方靠近马路路牙的地方，的确是行驶着一辆摩托车，就是那种通体白色，后面挂着两个备用厢，车牌为警字号开头的警车，这种车在二十世纪九十年代大行其道，是巡警们必备的装备，只是到后来各城市禁摩，警用摩托车也

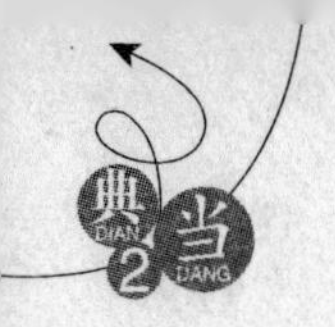

随之逐渐地退出人们的视线，大多都是用于迎宾开道或者交警处理突发事件了。

上海在2002年年底的时候，就在全市范围内集中开展取缔无牌无证两轮摩托车的行动了，其后更是严格控制摩托车牌的发放，两年过去了，市面上的摩托车少了很多，庄睿平时见的最多的，就是这种白色警用摩托车了。

“嗯……是个女的，怎么啦?”庄睿仔细看了一下，从帽檐下方露出的长发，的确显示出了那位警察的性别。

“多新鲜啊，当然是女的了，你看那腰肢，多细呀，老幺……咱们超过去看看，这年头，漂亮女警可是比恐龙还要少的。”

要说伟哥才情学识为人处世，那都是一等一的，不过他有个毛病和刘川差不多，就是见了漂亮女人，总会显示一下属于男人的肌肉，这是让庄睿最难以忍受的，整个一发情的大公鸡啊。

方向盘在阳伟的手上，他根本就没有征求庄睿意见的意思，脚下油门一踩，车速骤然提高了起来，瞬间就超过了前方二十多米处的警车。

“哎……唉，我说伟哥，你把好方向盘啊，别……别打方向啊，快撞上去了。”

庄睿本来把脸扭向车窗，也想看一下这位警花的容貌，没想到却发现自己的车和那位女警的摩托车越靠越近，本来有五六米的距离，转眼之间就几乎挨上去了，这让庄睿大惊，回头看向阳伟时，这哥们正伸长了脖子往外看呢，手里的方向盘不自觉地一点点在向摩托车方向挪近。

要说伟哥车技臭，那是众所周知的，本来这情况，只要他稍微将方向盘往马路中间的位置打偏一下就可以了，谁知道伟哥手忙脚乱之下，左右都分不清楚了，方向盘却又向那摩托车方向靠近了一点，庄睿隔着车窗都能很清晰地看到那位警花的容貌了。

只是没等庄睿细看，可怜的骑士就被这突如其来的大切诺基挤到路牙上去了，摩托车身一歪，整个地向一边侧倒了下去。

阳伟这下也知道自己闯祸了，不过这厮的确不适合开车，反应神经太慢了一些，在将人挤倒在地之后，又向前开出了三十多米，才想起来一脚踩死了刹车。

“老幺……我刚才撞到那人没有啊?”

阳伟从倒车镜里看向后方，那人倒在地上迟迟没有起来，这让伟哥心神大乱，有点不知所措地对着庄睿问道。

“好像没有吧，我没看到这车和摩托车有接触，可能是那警察看见车距近了，自己摔倒的，咱们回去看看去。”

庄睿也不敢确定，不过放下车窗之后，庄睿伸出头去，发现车身一侧并没有剐蹭的痕迹，这才肯定没有碰到那个警察。

“没撞到就好，不关哥们的事情啊，那人起来了，应该没多大事，咱们还是走吧……”

不知道为何，一向都很怜香惜玉的伟哥，今天如此心硬，居然要开车走人，这让庄睿

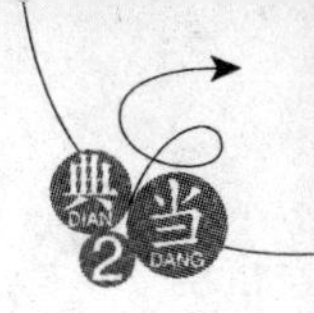

有些哭笑不得，抬手指了一下前面的监控器，说道："往哪里走啊，没看到前面有监控？就算我这车子没牌照，人家警察在系统内对讲机一喊，我敢保证你开不出五公里远，就要被堵住。"

"你还愣着干什么啊，我先下车，你把车倒回去，要是碰到别人了，抓紧送医院。"

庄睿推开车门就走了下去，小白狮紧跟着跳下了车，在车上待了五六小时，它也憋得慌了，阳伟张嘴动了动嘴唇，似乎想说什么，终究没有说出口。

这条马路是阳伟所住别墅区通往市区的一条专修马路，分为左右两个路道，中间有路牙隔开的花圃，来往的都是别墅区里的住户，也不知道这女警为什么会开个摩托车行走在这条路上，一边想着，庄睿一边快步向那边走去，三十多米不过是短短的几步，在庄睿加快了脚步的情况下，很快来到倒地的摩托车旁。

"这位同……志，不，小姐，也不对，警官，你没事吧？"

庄睿来到近前，看到这女警察好像伤到了脚，原本站起了一半的身体，摇晃了几下，又坐回到地上，庄睿有心相扶，不过看样子好像是个比较年轻的女人，终于还是没有伸出手去。

从制服上看，倒地的人确是个女警察，不过此时帽子已经摔掉了，头发披散在额前，加上背对着灯光，庄睿一时看不清她的长相。

"你被摩托车压住试试，看看有没有事情，我说你这个人是怎么回事？把人撞倒了，也不知道搭手扶我一把。"

一个清脆的女声传了出来，庄睿听声音似乎并不是上海话，倒是有些京腔在里面，女警察随之抬起了头，不过她也看到正向后倒过来的大切诺基，知道并不是眼前的这个男人撞倒的她。

"哦，对不起啊，实在对不住。"

庄睿也感觉自己傻站着有些不合适，看着别人摔倒在地，也不知道先把人扶起来。

嘴里道着歉，庄睿一手抓住了女警官的右臂，将之搀扶了起来，正好阳伟把车倒到跟前，庄睿拉开副驾驶一边的门，让女警察坐了进去，自己又跑去把倒地的摩托车也扶了起来，到现在庄睿都没有来得及注意这女警官到底长的是什么模样。

苗菲菲看着忙忙碌碌的庄睿，原本心中的一腔怒火，现在似乎也没有这么强烈了，在她刚被挤倒的时候，见到那辆大切诺基根本就没有停车的意思，气得她伸手就摸向腰间，却忘了自己现在改作交警，已经不配枪了。

苗菲菲正像庄睿所猜想的那样，她不是上海人，甚至在此之前，只来过一次上海，原来她是在北京一家分局刑警队里实习的，不知道家里的那几个老顽固是怎么想的，可能是出于让她下基层锻炼之后可以快速提拔的原因，非要将她发配到上海来，并且干的还是交警。

虽然一来就过了实习期，并且当了个副中队长，只是苗菲菲的性格直爽，实在和上海

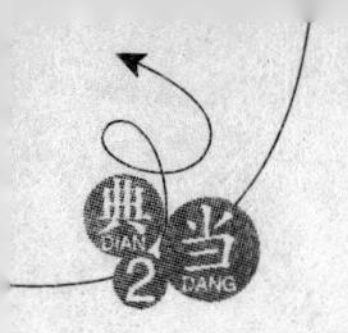

这个城市有些格格不入，来了三个多月了，就连朋友都没有交到一个，这期间也不乏一些警队自我感觉良好的精英分子请她吃饭，只是她对上海男人不怎么感冒，去过一两次之后，对以后的邀请，就全部拒绝掉了。

和家里要求了几次，要换个警种，都被家里拒绝掉了，说是让她安心基层，好好锻炼，以后会调回北京的，只是苗菲菲对这整天骑个摩托车满大街转悠的日子，实在是过得腻歪，今天没想到刚出家门，就被这辆车给挤倒了，倒是有些事情可以做了。

"这位警官，我……我实在不是故意的，您看……这样吧，我先送您去医院好不好？"

阳伟正好是对着苗菲菲的背身，看不到她的正面，只能背对着苗菲菲道歉了。

"不是故意的？我要是不让一下的话，你还不就撞到我身上去了，少废话，下车，驾驶证，行驶证还有身份证先拿出来。"苗菲菲本已经熄灭下去的怒火，又被阳伟点燃了起来，连头都没回，直接向阳伟索要起证件来。

"警官，好像不需要身份证吧？"阳伟弱弱地问了一句，他三天两头地和交警打交道，需要什么证件都是门清。

"叫你拿出来你就拿，哪里来的这么多废话啊，信不信我把你这车给扣了！"

苗菲菲闻言愣了一下，这查看身份证好像是以前在刑警队实习的时候留下来的习惯，到了上海之后，她都没处理过几次交通事故，所以在索要证件的时候，习惯性地加上了身份证。

苗菲菲看到庄睿还在用手扶着摩托车，不由奇怪地问道："哎，还有你，你在那傻站着干什么，不会把摩托车支好呀，那条狗是你的吧，把城市养犬证拿出来，我要检查。"

"警官，这车脚蹬好像被摔坏了，我要是不扶着，马上还要倒在地上。"庄睿有些无奈地说道，心想这交警管的事可真宽，我养狗关你交警什么事情啊？

"你不会把它靠在这汽车上啊……"

苗菲菲今天找到一些做刑警时的感觉，将两个大男人训来训去，很有满足感，似乎这交警当起来也不错。

"车是我的，刷花了又不能要你赔钱。"庄睿嘴里嘟囔着，看了一下路牙的高度，把坏了的脚蹬撑在路牙上，一松手，居然站稳了。

"警官，我的驾驶证，这车是刚买的，还没有来得及上牌办理行驶证，不过发票什么的都在，绝对不是黑……"阳伟磨磨叽叽地拿了自己的驾驶证，从车头转到副驾驶这边，将驾驶证递了过去，一抬头，正好看到苗菲菲的正面，嘴里那个"车"字，却再也说不出口了，而拿在手中的驾驶证，也递不出去了。

苗菲菲虽然是北方人，脾气直爽，但是长了一副南方婉约女子的相貌，眉眼清秀，鼻梁娇挺，一头长发柔顺地披在肩膀上，如果不是穿着这一身警服，就像是油画里雨中伫立在周庄水乡里的古代女子一般。

庄睿此刻也走了过来，看见苗菲菲也是愣了一下，不过他的自制力要好过阳伟，暗中

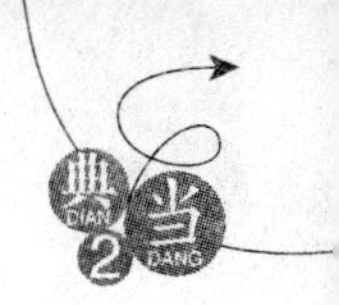

用胳膊肘捅了一下老大，阳伟这才清醒了过来，急忙将手里的驾驶证递了过去。

“阳伟，上海人，年龄二十六岁……”

“至今未婚，单身……”

伟哥听到那清脆的声音把自己的名字读了出来，身上的骨头都酥软了，鬼使神差地打断了苗菲菲的话。

“你的驾驶证副证呢？交通违章记分卡呢？”

苗菲菲没有搭理阳伟，而是看着手里的驾驶证，皱起了眉头，交通违章记分卡是为了能直观了解驾驶人的违章经历而出台的，这人副证记分卡都没有，说不准这驾驶证就是假的。

“副证……副证前几天刚被扣了，不过警官，我可是参加了培训了啊，记分卡用完了，去换新的了。”

阳伟这会儿才意识到，面前是位交警同志，而自己是违章人员，现在可不是泡妞的好时候。

记分卡不过就是一张纸，阳伟三天两头就要违章一次，积分早就被扣光了，那卡也换了好几次了，今儿不巧，正好和副证一起被拿走了，阳伟还想着明天找关系去取出来呢。

“证件不全，属于违章驾车，扣车，明天去交警大队取。”

苗菲菲不但要扣车，顺手把阳伟的驾驶证也收了起来，让这样的人继续开车，简直就是对广大人民群众的生命安全不负责任嘛。

“哎，警官同志，这车没违章呀，这是我的车，不是他的。”

本来庄睿还有些幸灾乐祸的，此刻听到要扣车，马上紧张了起来，这新车买了才一天，就要被交警队开走，他可是不答应，要知道，交警队里的那些人，整天就开着被扣的车闲逛，碰坏了还活该，谁知道这车被扣了一天之后，会变成什么样子啊，庄睿从小和刘川厮混在一起，对这里的路数很清楚。

“我还没说你呢，这只藏獒是你的吧？不知道城市不能养大型犬和烈性犬吗？把你的养犬证拿出来，不然这狗我也要带走。”

庄睿话声刚起，就惹了一身骚，心中暗自庆幸老大动作够快，否则的话，这万事管的女交警，还真是难应付。

“警官，您看您这脚被压了一下，要不咱们先上医院，或者找个药店买点红花油擦擦？不然您这怎么开车走啊？”庄睿递上了那个绿皮的养犬证，讨好地说道，他是希望这位女警官手下留情，千万别拿自己的新车出气。

“对，对，我家里还有红花油，警官，要不我去拿来给您先用上？”

阳伟也是一脸讨好地说道，要说平时有点小违章的情况，找找熟人也就过去了，不过今天可是老虎头上拍苍蝇，这女警官要是执意处理，恐怕就是自己那些熟人都不好出面说情，毕竟是惹到系统内的人了。

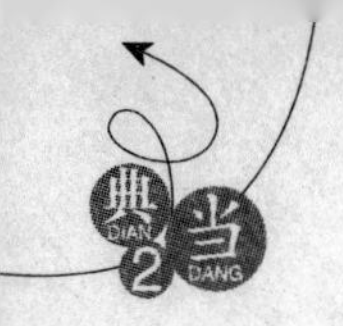

苗菲菲闻言活动了一下右脚，只感觉到一阵钻心的疼痛传来，忍不住痛呼了一声，拉开裤脚才发现，右脚腕处已经肿了起来，用手指轻轻触碰一下，就像是被针扎了一般，苗菲菲知道，这极有可能是伤到了骨头。

“老大，有药还不快去拿，没看到警官同志疼得厉害吗？”庄睿向阳伟使了个眼色，这会儿表现得殷勤点，等会儿处理起来，总归不好意思下手太狠的。

“好，我这就去，警官同志，能把你的摩托车借给我用下吗？”

阳伟想了一下，开车把这女警察拉家里去，那是不可能的，要是被老妈知道了，自己以后就甭想开车了，看着靠在路牙上的摩托车，伟哥试探着问了句。

“当然……不行了，这是我们警用车，不能给你开的。”

苗菲菲想都没想就拒绝了，其实她正想着找个由头请一段时间假呢，眼下伤了刚好有了借口，她就不信自己家里那两个老顽固，能眼看着自己在外面吃苦受罪。

“那……那您先等会儿，我一会儿就拿回来。”

要想显示出诚意，那是需要用行动来表现的，老大想了一下，干脆撒丫子就往回跑，搞得苗菲菲以为他要逃避责任呢，大声喊道：“你回来，你跑不掉的，我这有你的驾驶证，敢跑我就治你个驾车蓄意伤人。”

见到老大以百米速度，几个呼吸之间就跑出了视线之外，庄睿看着这外表柔弱，但是举止却很刚毅的女警，出言说道：“警官，他不是跑，他是回家给您拿红花油去的，对了，我是中医世家出身的，对跌打损伤有些经验，要不要我帮您看下？”

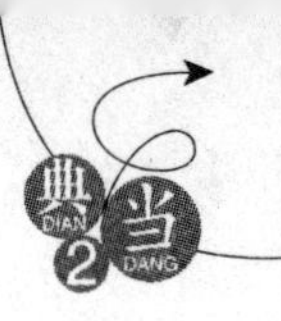

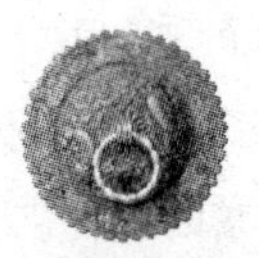

第七章 蒙混过关

“你？真的假的啊？”

苗菲菲有些不相信地问道，不过看庄睿的相貌，倒是像个老实人，不像刚才那家伙油头滑脑的，要是阳伟说这话，苗菲菲指定以为他是想占自己便宜。

“当然是真的啊，这样吧，警官同志，我要是把你的脚伤治好了，咱们今天这事就当是没发生过，要是治不好，那随您处置，怎么样？”

庄睿等的就是苗菲菲这句话，让他把新车开到交警队去，他可是舍不得，不得已要动用下眼中的灵气了。

看到庄睿表现得如此自信，苗菲菲也相信了几分，本来想以脚伤作为借口溜回北京的，不过现在动一下都疼得厉害，听面前这人说可以治好，她不是全相信，但是这人或许有办法帮自己缓解一下疼痛也说不定的。

“好吧，不过你要是敢骗我，我保证让你以后都看不见这辆车。”

苗菲菲的话让站在庄睿身前的白狮有些不满，喉咙里发出了阵阵低吼声，原本蓬松的毛发炸开，死死地盯着苗菲菲。

“别捣乱，去，跑远点去玩。”

庄睿好不容易得来的机会，哪里会让白狮破坏掉，揉搓了下白狮的大头，让它自己跑去撒欢了，看向苗菲菲时，却发现面前的这警官脸色微微有些发白，不知道是否被白狮吓到了。

“警官您别在意，藏獒性子烈，受不得威胁，您放心，等会儿要是不能让您下地正常行走，我这车就送给您了。”

庄睿一口一个“您”字，让苗菲菲听得很舒服，在上海这地，整天听到的不是“侬”，就是“阿拉”，别提多别扭了，这会儿听听庄睿的半吊子京腔，倒是很亲切。

“你养藏獒，可千万不要让它咬人了，这种狗很凶的，往往都是把人往死里咬，出了事情你也是要负责任的。”苗菲菲把手里的养犬证还给了庄睿，说话间却是不自觉地交代了庄睿几句。

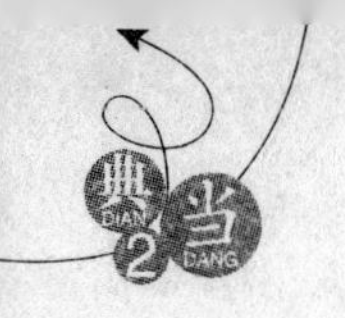

庄睿也听出来面前这女警官说话的口气，没有刚才那般生硬了，连忙说道："警官您放心，我这狗通着人性呢，只要没人逗它，是绝对不会先咬人的，对了，警官您贵姓啊，看您这年纪，可能比我还小几岁吧？"

"我姓苗，今年二十四岁，你问这个干什么？"

庄睿不经意地套着近乎，苗菲菲一时不防，顺口说了出来，话出口后才感觉不对，顿时恼怒了起来，努力地想摆出警察的威严来。

"柏梦瑶这丫头片子的招数，还真的挺好使的。"

庄睿心中无不得意地想着，在去西藏的这一路上，柏梦瑶总是找庄睿说话，然后在闲聊之中看到庄睿心理防备不强的时候，就会突然问出一些非常私人的话题，每次都成功地套出庄睿的心里话，就连庄睿是处男这么隐私的事情，都被那丫头问了出来，次数多了以后，庄睿都几乎不敢和柏梦瑶说话了，此刻用上这招，果然也把这苗警官忽悠住了。

"今天实在是对不起啊，苗警官，我同学那车技真是不怎么样，不过他绝对不是有意的，您抬抬手，今儿就放我们一马吧。"庄睿一脸可怜相地哀求道。

"你不是中医世家的吗？把我的脚伤治好了，这事儿我就当是没发生过，不然的话，扣车，扣证！"

苗菲菲心里有点小生气，亏得自己还是公安大学刑侦专业毕业的，居然被面前这个可恶的小子套出了姓名年龄，此刻就想故意难为下庄睿，她也学过一些战场救护知识的，知道自己的脚刚才被摩托车压住的时候，很可能伤到了筋骨，已经不是推拿几下就可以治好的。

"行，您放心，治不好您砸我招牌，对了，苗警官，您是北京人吧，我就爱听北京话，那味道十足。"庄睿蹲下身体，一边说话一边准备把苗菲菲的裤脚给卷上去一些。

"我自己来……你不用套我的话，治不好我的脚，说什么都白搭。"

苗菲菲这次没有上当，不过让一个大男人卷裤脚脱鞋脱袜子什么的，即使苗菲菲性格很外向开朗，也是有些吃不消的，制止了庄睿的动作之后，她有些吃力地将右脚抬高了一些，把鞋袜脱了下来。

当苗菲菲把鞋袜去掉之后，她看着自己的脚腕处，倒吸了一口凉气，好像伤势比自己想象的还要重一些，整个脚腕已经像是发酵的馒头一般，肿了起来，颜色甚至微微有些发紫，不动还好，稍微活动一下，就会传出刺骨般的痛楚。

庄睿看着苗菲菲那娇小秀气的脚变成这般模样，也是心中不忍，暗自下了决定，以后坚决不能把车给老大开，这简直就是辣手摧花嘛，想着心思，庄睿把后车门拉开，在自己那个大旅游包里翻找了一阵，拿出一瓶黑糊糊的药膏来。

"苗警官，你这伤看起来吓人，其实一点事情都没有的，没伤到骨头，只是软组织挫伤加上脚腕子有些错位，我这里有上好的藏药，给你敷上之后稍微推拿校正一下，就没事了，不用担心。"

庄睿做出一副很随意的样子对苗菲菲说道，所说的话自然全都是信口胡扯的，反正自己日后也不可能和这漂亮女警有什么交集，而且他手里的藏药其实是治疗风湿老寒腿的，庄睿专门带给德叔的，都是藏民们自己熬制的，也没有商标什么的，不怕被苗菲菲看穿。

苗菲菲见到庄睿居然随身带着药，心里对他中医世家的身份，倒也又多信了几分，试想，除了医生，谁没事车上带着药膏啊，不过她还是出言问道："你既然有药，干吗还要让刚才那人回家去取？"

"哥们要不把老大支开，我怎么给你治病呀？难道告诉老大我回家两个月学得一身好医术？鬼才信呢。"

庄睿暗自在心中腹诽着，嘴里还一边编着瞎话："苗警官，我刚才不是一着急给忘了嘛，那小子活该，谁让他开车不长眼睛的，这离他家有一二公里，就当让他锻炼一回身体吧。"

庄睿的话让苗菲菲笑了起来，面前这人相貌普通，不过说起话来倒是蛮风趣的，她是不知道，庄睿这全都是被秦萱冰和柏梦瑶几个女人锻炼出来的，要是换作两个月之前的庄睿，保证在苗菲菲面前，会紧张得连话都说不出来。

再拖下去恐怕老大就要回来了，庄睿没有再多话，蹲下了身子，打开药膏盒盖，用右手小指挑出一些来，然后左手将苗菲菲的右脚微微抬高了一些。

"疼……你轻点呀……"

"放心吧，我会很温柔的，一会儿保证你不喊疼了……"

要是不看这画面，被老大听到两人的对话，肯定会误会，实际上庄睿正在把小指上的药膏涂抹在苗菲菲的脚腕处，同时眼中也释放出一丝灵气，从那略带紫青的皮肤里渗透了进去。

"啊，好凉呀，好像真的不疼了……"

"当然了，我不是说过了吗，开始疼一下，一会儿就舒服了。"

"你们，你们在干什么啊？"

一个弱弱的声音插了进来，伟哥满头大汗，气喘吁吁地在看着两人。

庄睿回过头来，看着老大满脸惊愕的样子，不由笑了出来，说道："我帮苗警官上了一点药，对了，你拿的红花油呢？"

也难怪老大吃惊，从他刚才的角度，只能看到庄睿的背部，再听着那几句暧昧的话语，使得本来联想力就很丰富的伟哥，不自觉地想到那啥上去了，虽然这也算是大庭广众之下，但人的欲望是没有止境的，保不准两人刚才就干了点什么。

"苗警官？"

这么快连姓什么都知道了，听到庄睿的话后，伟哥更是认定了二人有奸情，那叫一个悲痛欲绝啊，哥们二十分钟跑了三四里，拿来了红花油，却让老幺捷足先登了。

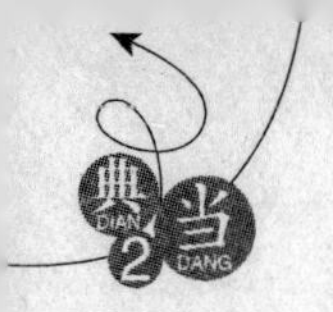

“愣着干吗啊，给我。”

庄睿从老大手里抢过红花油，又蹲下了身子，倒了一点红花油在手心，使劲地搓热之后，擦在了苗菲菲的脚腕处，看他那熟练的动作，还真有几分跌打医生的范儿。

其实就在庄睿用灵气治疗过以后，苗菲菲就没有再感觉到疼痛了，在庄睿和阳伟说话的时候，她试着活动了一下脚腕，除了红肿还没有完全消退，似乎和平时也没有什么不同，她不知道的是，庄睿只是用了非常少的一丝灵气，否则的话，就连这点红肿，也会马上消失掉。

红花油接触到皮肤之后，苗菲菲先是感觉到一股清凉，随后就变得炙热了起来，好像庄睿掌心有魔力一般，一股热力从脚腕传了上来，舒服得苗菲菲忍不住呻吟了一声，却把一旁的阳伟看呆了，原来泡妞这样也行啊，心中大悔，这红花油可是自己拿来的，怎么就让老幺用上了？

苗菲菲穿上了鞋袜，试着下地走了一下，果然不疼了，她对庄睿也有些另眼相看了，按她自己的猜想，伤筋动骨一百天，怎么着也要休息两三个月，没想到居然真被庄睿给治好了。

“谢谢你，你们家传的医术，还真的挺高明的。”

苗菲菲也知道，自己被这辆大切诺基给挤倒，其实不关庄睿什么事情的，所以对了说出了“谢谢”两个字。

“家传医术？老幺，你可是没……”

“伟哥，还不谢谢苗警官大人有大量，人家不和咱们计较了啊。”

庄睿连忙出声打断了阳伟的话，背向苗菲菲，不停地冲老大挤眉弄眼，现在可不是讨论这个问题的好时候，抓紧开车走人，那才是正理。

伟哥那也是心灵剔透之人，闻言立即对苗菲菲说道：“苗警官，今天这事的确是我不对，开车不用心，您看我也认识到错误了，能不能把我当……当那啥，就放我一马吧。”

阳伟本来想说的是把我当个屁给放了的，不过话到嘴边，才想起来对女士说这话有些不雅，又生生地给咽回到肚子里，不过这话的意思，苗菲菲却也听懂了，虽然她以前也经常和一帮老爷们开玩笑，也被阳伟这话说得俏脸通红。

“车，我就不扣了……”

“谢谢苗警官，您真是说话算话……”庄睿一脸喜气地说道。

“不过，你的驾驶证就留在我这里了，自己明天去驾校违规人员培训班报到去，什么时候技术过关了，什么时候来找我要回驾驶证，我是XX分区交警中队的。”

苗菲菲随后的话，却让伟哥大为沮丧，扣了驾驶证，这等于是要了他的命根子啊，伟哥正想出言哀求的时候，转念一想，这姐们让我找她去要回驾驶证，一来二去不就熟悉了嘛，伟哥立马转忧为喜，连连点起头来。

其实要论起阳伟的驾驶技术，虽然臭了一点，不过他开车足够小心，能跑四十绝对不

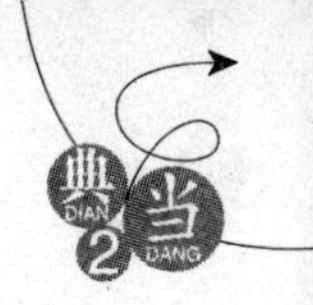

会跑八十，加上上海人那特有的慢性子，开了几年车倒也没出过什么大事故，基本上不是追尾就是把别人的车给蹭掉漆之类的小问题，因为刚才这条路，来往的车很少，所以伟哥也是有些得意忘形了，这才险些酿成大祸。

“这男人真是有病，本被扣了还这么高兴。”

苗菲菲暗自在心中腹诽了一句，这要是被伟哥听到，肯定会大受打击的，苗菲菲又开口说道：“我摩托车的修理费用，会到时候一起开在罚单里面，你自己去银行查询就可以了，十五个工作日内，必须将罚款缴清。”

苗菲菲说完之后，也没搭理头点得像小鸡啄米似的阳伟，对着庄睿点了点头，开着摩托车掉了个头，扬长而去了，不过却不是去巡逻，而是返回了她在别墅区的住所，难得有这么好的理由，肯定要休息几天了，至于请假，那简单得很，别人都知道她是空降下来镀金的，没有谁会在几天病假的事情上难为她的。

“这……这算怎么一回事啊，老幺，你说我跑了这半天，拿回来红花油也给她用上了，连个谢字都没有，反倒把哥哥的证给扣了，这女人……”

“行了，我说伟哥，你以后开车真的要小心点了，就你今天这行为，那警官告你个蓄意伤人，一点都不过分，我看你还真是去驾校好好学几天吧，我可不想听到哪天你的车钻进卡车底下的消息。”

庄睿打断了阳伟的话，苦口婆心地劝了几句，心里话是你这一路痴加开车那臭水平，干吗整天非要摸个车开，阳伟他爸妈给他安排过好几个司机，都被他拒绝掉了。

“知道了，走，老幺，哥哥带你撮一顿，给你接风。”

伟哥答应了一句，随后就把这点不快抛之脑后了，反正他驾驶证被扣，已经不是一回两回了，说完话后，阳伟习惯性地打开驾驶座那边的门，正要上去的时候，才想起驾驶证都没了，不由悻悻地让给庄睿，老老实实地坐回到副驾驶上。

“白狮，回来了。”

庄睿打了个呼哨，不知道钻到哪里去了的白狮，立即冲了出来，犹如一道白色闪电一般，窜上了庄睿已经打开的后车门。

“还别说，老幺，你这条藏獒，可真的要比强子他那条好多了。”

阳伟嘴里的强子，庄睿倒是见过几次，也是上海一位富商的后代，俗称富二代的，不过那人没有老大上进，整天遛狗逗鸟的，要是让他去拍晚清的电影，不用化妆就是一副八旗子弟的模样。

“和我的白狮比？他也配！老大，我这白狮，别人可是出价四千万，就强子那土狗，也敢叫藏獒？”

庄睿脸带不屑地说道，阳伟倒是不知道这事情，连忙追问了起来，庄睿一边开着车，一边把自己这俩月的情况，有选择性地说了一下，听得伟哥大呼过瘾，之后又接连埋怨庄睿去西藏不喊着他了。

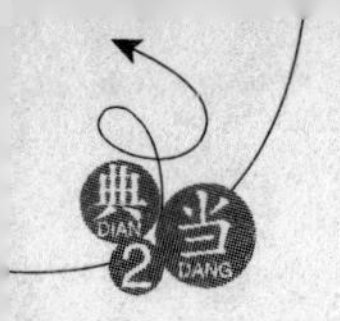

经过这事一折腾，现在都快到九点半了，两人驶出这条路之后，找了一家路边的大排档，随便吃了一些，又打包了一些卤菜，要了一箱子啤酒搬到车上，这是准备回到庄睿的新居，哥俩接着喝点，按伟哥的话说，接风酒必须要喝的。

“我说老大，您老人家能给个具体点的地址吗？我自个儿找，不用你指路了。”

庄睿一边开着车，一边不满地对阳伟说着话，两人吃完饭不过刚十点钟，可是现在都快十一点了，在阳伟的指路下，愣是没找到他租房子的那个小区，阳伟非要说是给庄睿个惊喜，一直没告诉他小区的名字。

“那小区叫翠苑，就是在这附近，你也知道，我对这里不是很熟悉，往右转，好像就是右边。”

伟哥有些尴尬地摸了摸鼻子，他哪里是对这里不熟悉，除了他家方圆数公里的路熟悉之外，似乎上海就没几处他熟悉的地方了。

“得了吧，再听你的，咱们俩今晚上就别想睡觉了。”

庄睿没搭理阳伟，直接拐向左边的一条岔道里，翠苑那地方他知道，早说不就完事了。

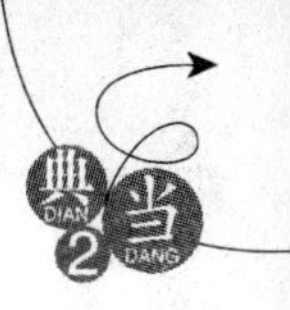

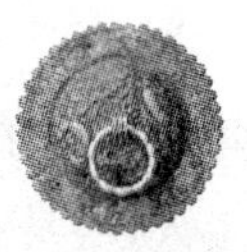

第八章　古玩投资

翠苑算是上海比较早的一批高层住宅楼，距离中外闻名的外滩很近，离庄睿工作的典当行也不是很远，开车十几分钟的时间，要是以前就住这里，庄睿也不用每天地铁公交车地来回折腾了。

住在翠苑里面的人，都是有点身份或者小有资产的，这里的房价也贵，1997 年的时候不过三千多一平方米，而到了现在，七千一平方米都不见得有人会卖，近些年来，靠近外滩这边的地皮房价，那是涨得飞快。

听到阳伟说是把房子租在翠苑，庄睿心里的确有点惊喜的感觉，电梯高层住宅，他可是向往了很久了，以前坐公车回闸北那潮湿阴暗的出租屋，经过那些林立在马路两旁的高档住宅写字楼，那时的庄睿，只有羡慕的份。

将车开到翠苑小区的门口，阳伟翻出一张房卡递给了保安，然后回头对庄睿说道："明天还要办个车卡，不然你这进进出出的很不方便。"

庄睿点了点头，按照路牌的指示，把车停入地下停车场，带着白狮和阳伟上了电梯，阳伟给他租的房子在十八楼，听伟哥那话的意思，站在阳台上，风景很是不错。

"怎么样，老幺，这房子三千块钱的月租，值了吧？"

上到十八楼，打开房门，庄睿一进到房子里面，立刻就喜欢上了。

这是一个三室两厅的套房，进门处就是一个玄关，玄关上摆了一个观世音菩萨的陶瓷佛像，客厅不是很大，但是装修得很雅致，一排灰色的布衣沙发正对面的墙上，挂了一个三十四寸的大液晶电视，在 2004 年就买上液晶电视，想必这房子的主人，也是身价不菲的。

庄睿四处打量了一下，顺手把那些卤菜放到餐厅的玻璃桌子上，走到卧室去看了一下，两间卧室另外还带有一间书房，里面的床上用品都是新的，想必是老大更换的，只是这家伙也没安什么好心，给自己留了一个房间，肯定没打什么好主意。

这套房子其实并不大，三室两厅不过一百平方米出头，但是地段好，距离外滩很近，小区环境静雅，二十四小时都有保安巡逻，再加上是十八楼，可以站在阳台上观赏外滩景

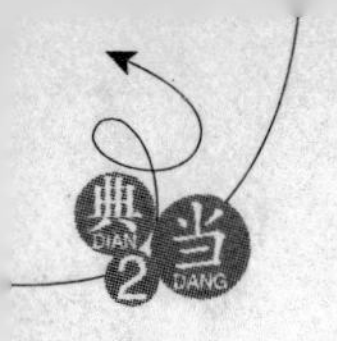

色，房间里面家具齐全，这样的房子，对外出租，三千元的月租确实算不上贵。

听老大介绍，这家房东也是一妙人，据说其还是前朝的一位遗少的后代，只是这位二代遗少继承了祖宗的庞大家产后，却死活也不肯继承祖宗文化，是位超现实派旅沪画家，整天就对《瓦平松的浴女》、《向维纳斯撒娇的丘比特》之类的身上衣服穿得不多的国外名画感兴趣，现在在留给庄睿的那间卧室里面，还有个抱罐子的半裸女郎呢，可能是缺少艺术细胞的缘故，庄睿刚才欣赏了半天，还是觉得没有新华书店卖的那些人体艺术摄影杂志好看。

不过也亏得这位遗少思维超前，把房子布置得也很和国际接轨，空调彩电冰箱洗衣机是一应俱有，就连电话都是附带传真和来电显示的，更为难得的是，在那间书房里面，居然还有几个桃木架子，上面虽然是空空如也，不过看得出是专门为了摆放古玩而制作的。

“老幺，你先冲个凉吧，完了出来咱们哥俩喝点，你把这两个月的经历，好好地给我说说。”老大的声音从客厅传了出来，庄睿拿出几件换洗的内衣，走进了浴室，里面不仅有热水器，还有洗衣机，正好把换下的脏衣服给丢了进去。

走出浴室之后，老大已经在阳台上摆放了一个小圆桌，这阳台也装修得颇为别致，在阳台的一角，居然修建了一个袖珍小假山，还做了水循环处理，里面养着几条庄睿喊不出名字的金鱼，正悠闲地游来游去，庄睿见状，也不禁佩服这房主的奇思妙想，竟然把山居野景与现代文明，很好地融合在了一起。

“老大，这房东人现在哪里啊？”

庄睿把放在门边的一箱啤酒抱了过来，启开一瓶递给了阳伟，自己也拿出一瓶开开，两人也不用杯子，碰了下瓶子，对嘴就喝了起来，那叫一个痛快。

阳伟夹了一块卤肉放进嘴里，含糊不清地回答道：“不知道，只是听说那人把祖宗留下来的物件，给折腾完了，最后得了一笔钱，跑去国外研究什么行为艺术去了，纯粹的一败家子，你问这个干吗？”

“这房子不错，要是有可能的话，我想买下来。”

庄睿看着阳台外面的外滩美景，真是动了这番心思，自己在上海买了房，就可以让母亲过来一起住了，就算母亲放不下彭城的那些老姐妹，也可以每年来住上几个月，自己也能尽尽孝心。

最为关键的是，庄睿对这套房子极为满意，即使日后自己不在上海发展，也能留着投资的，现在上海的房价几乎一天一变，涨势很猛，很多外地像是温州那边的资金，都进入了上海房市，房价上涨的大势已经波及国内各个城市，就连庄睿一个多月前在彭城购买的那套房子，都上涨了20%呢。

“你要买这房子？”

阳伟闻言愣了一下，在得到庄睿确切的答复之后，说道：“这房东本来就是要出售这

房子的，不过开价稍微有些高，就一直挂着没卖出去，我和这物业的经理认识，所以帮你租下来了，老幺，这套房子那房主要卖九千一平方米，比一般小高层的电梯房要贵出一两千块钱的，你确定要买?”

阳伟其实想问庄睿有没有这么多钱，不过没好意思直接开口，就拿房价来说事了，他说的也是实话，在2004年初，上海的平均房价在每平方米五千元左右，地段稍好一点的高层也就是每平方米七千块钱上下，这位前朝遗少的后代将其标价九千元一平方米，的确是少人问津。

只不过这二人都不会知道，再过个三五年，由于外滩附近的地皮基本上不予审批了，导致这里的房价飞涨，这套房子的价格，最少也要往上翻个四五倍，恐怕五六万一平方米，都不见得能买到。

“价格高点问题不大，这房子地段不错，以后房价只会涨不会掉的，现在不买，可能以后想买都买不到，对了，你不说我差点忘了。”

庄睿正说着话，忽然像是屁股着火了一般跳了起来，飞快地冲进了浴室，把扔到洗衣机里的上衣找了出来，从里面取出了那张一百五十万的支票，幸亏自己没有使用洗衣机的习惯，要是刚才洗完澡后顺手开了洗衣机，那这一百五十万可就要泡汤了。

回到阳台上，庄睿把手里的支票递给了老大，说道：“伟哥，这些钱应该够买这套房子了，这事就麻烦你帮我办了吧，剩下的钱，你扣除所交的押金还有这些开销，到时候给我就行了。”

阳伟接过支票，看了一眼数字，笑道：“你小子还真是发财了，一百多万就随便往外扔，要知道，哥哥我现在每月的零花钱，不过才万儿八千的，以后我可是要找你打秋风的。”

问了庄睿之后，阳伟才知道这钱就是今天庄睿在南京赌石得到的，咂吧了半天嘴愣是说不出话来，看来这有时候财运到了，挡都挡不住的，不过见到以往混得最差的小兄弟发财，阳伟心中也很是高兴。

他们在大学所学的专业，一向都是阴盛阳衰的，班里总共就五个男生，自然分配到一个宿舍去了，老大自然不用说，整个一坐地虎，老二是北京人，平时很少提到家里，不过背景肯定很深厚，刚毕业就进到北京一家部委工作了，现在混得自然不差。

老四家在广东，看其花钱的大方劲比老大都过之而无不及，想必家境不会差的，这五兄弟就老三和庄睿家境普通，老三是陕西省渭南人，靠近西安，父母都是农民，家境算是最差的了，不过他回家后工作安排得不错，现在小日子过得也是有滋有味。

至于阳伟说的要宰庄睿的那些话，倒也不是虚言，在阳伟小的时候，他们家算是比较穷的，从小阳伟过的也是一般人的生活，直到二十世纪九十年代初期才开始发展起来的，阳伟父母对他管教得比较严，每月最多给他万儿八千的，从他开的那些破车上就能看出来，和他父母一个等级的富商子女，哪个不是开着宝马法拉利的。

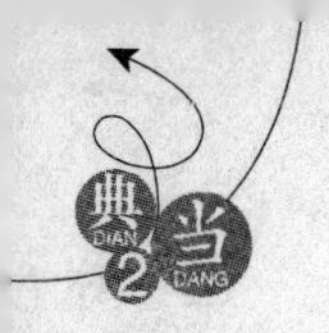

“行了吧你，别膈应我了，你那老子拔根汗毛都比我的腰粗，还要来打我的秋风。”

庄睿一脸鄙视地看着阳伟说道，随手又启开两瓶啤酒，现在已经是快四月了，夜风吹在脸上并不是很凉，看着外滩的灯光美景，喝着啤酒侃大山，庄睿的心情说不出的畅快。

“别提我老子，整天把钱往那些破铜烂铁上面扔，买的是真的还好说，可那一屋子假货，到现在还舍不得扔，不说了，喝酒。”

伟哥的怨念很深，前段时间他没钱花了，从老爸房间里拿走一个据说价值一百多万的花瓶，准备给卖掉换俩钱花，谁知道拿去给德叔一看，整个就一现代工艺品，一百多块还差不多，气得伟哥当时就把那花瓶砸了，后来还被自家老子骂作是败家子。

这哥俩一直喝到夜里两点多，在阳台上扔了一地的酒瓶子，这才各自回屋睡觉去了，只是庄睿第二天就要上班，睡下没几个时辰，就被手机定的闹钟惊醒了，去老大房间看到他睡得像头死猪，也没打扰他，洗漱一番后，带着白狮下了楼。

早上七点五十分，庄睿将车停到典当行后院里面，将装着那套朱可心紫砂茶具的盒子夹在腋下，左手拿着那副联圣的对联，右手拎着个方便袋，里面是带给德叔的礼物，然后带着白狮走进了典当行，迎面碰到了出纳胥玲正在和银行的人交接钱款。

“庄……睿，哦，不，庄经理早。”胥玲一眼看到庄睿，连忙打着招呼。

“小庄，来上班啦，恢复得怎么样？”

“好小子，不错，有种，你受伤那会儿，哥几个还说要去看你呢，谁知道你那么快就出院了。”

见到庄睿进来，平时和庄睿关系不错的几个银行押款员都围了上来，七嘴八舌地问起庄睿的情况。

“正说要谢谢你们哥几个呢，要不是你们来得及时，兄弟我恐怕早就见阎王去了，等过几天，我请几位喝酒，到时候可一定要赏脸啊。”

庄睿连忙团团作揖，感谢这几位的关心，他苏醒过来之后，听德叔说了，那天眼睛被子弹擦过之后，要不是银行的这几位来得快，歹徒要是补上一枪的话，庄睿今天恐怕还真是不能站在这里了。

“嘿，这小家伙长得真是可爱啊。”

一个押款员看到跟在庄睿身后的白狮，不由伸出手去，想抚摸下白狮的头部，冷不防白狮猛地一冲，那押款员足有一米八左右的身高，居然被白狮扑倒在地，要知道，现在的白狮不过才两个多月大，身形和德国黑贝差不多大小，但是力气却是大得吓人，庄睿在和它嬉闹的时候，不经意都会被它压在身下。

此时的白狮身上的毛发根根竖立，一张大嘴半张着，正对着那人的咽喉，身旁的人毫不怀疑，这一口下去，绝对能将人的喉管撕裂开来。

“白狮，回来！！”

庄睿吓了一跳，连忙把手上的东西放到身边的桌子上，一步冲上前去，搂住了白狮的

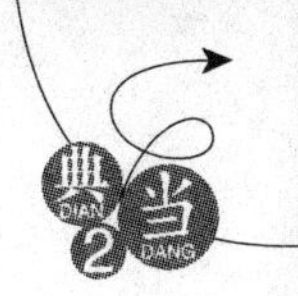

大头，低声出言安抚着这小家伙，而那位押款员已经吓呆了，躺在地上迟迟没有爬起来。

“庄兄弟，这是藏獒吧？乖乖，可真是厉害，那天要是有它在，再来三个劫匪也是白搭。”直到白狮安静了下来，旁边众人才回过了神，纷纷出言夸奖着白狮，而此刻的白狮，却是柔顺地趴在庄睿脚下，乖巧得甚至像只宠物狗，丝毫都看不出刚才那股暴虐的杀气。

庄睿有些无奈地看着小白狮，这小家伙平时的乖巧模样，让庄睿有时候都几乎忘记它是一只雪山獒王了，只是在它感觉到自己受到了冒犯的时候，才会露出一丝狰狞，现在有自己在旁边看着还好，要是自己不在身边，这小家伙肯定会毫不犹豫地咬下去的。

“庄经理，你请喝茶。”

押款员的交接工作完成之后，纷纷告辞离开了，偌大的典当行除了两个保安就剩下自己了，这时胥玲端了一杯茶过来，有些怯生生地看着庄睿，一副楚楚可怜的模样，原本和小白狮有的一拼的爆炸发型也理顺了，看起来比以前舒服了很多。

“嗯，谢谢，你先忙吧，德叔来了没有？”

庄睿接过茶，客气了一下，他心中正纳闷呢，按理说这交接钱款的事情，都是出纳的分内工作，出事那天胥玲早退，完全可说是玩忽职守了，没想到居然没有辞退她，还让她担任出纳的这个职务，庄睿有些搞不明白了。

“庄经理，德叔还没来，不过看时间应该快了吧。”

胥玲小心翼翼地回答着庄睿的话，不知道为什么，这次见到庄睿，好像他比之前威严了许多，很是有些领导的味道，这种气质显然并不是因为庄睿穿了身西装就形成的。

“小庄，这都当上经理了，上班还是比我老头子早啊，不错，呵呵……”

德叔爽朗的笑声从门口传了过来，庄睿连忙迎了上去，德叔穿着一件老式的青衫马褂，脚上蹬着双布鞋，精神矍铄，颇有几分仙风道骨的感觉。

“哟，这小家伙不错呀，小庄你从哪里淘弄来的？”德叔看着白狮，脸上露出几分凝重的表情，他的眼光可不是那几个押款员能比拟的，一眼就看出了白狮的不凡。

“德叔，这说来可就话长了，我还给您带来几样好物件呢，您给掌掌眼吧。”

庄睿笑容可掬地回答道，德叔平时待他就像是自家小辈，而庄睿对德叔也是非常的敬重。

“哦，看来你是真的开窍了，咱们古玩这行当，不仅是与天斗，更多的是与人斗，这里面可是乐趣无穷啊，走，去你的办公室，咱们爷俩好好叙叙。”

德叔摆了摆手，示意庄睿把东西带上，率先往二楼走去。

典当行一共分为两层，一层是大厅和收款的地方，一角处还有一个绝当区，不过自从抢劫事件之后，绝当区就搬到了二楼，在一楼通往二楼的楼梯口，是有保安把守的。

二楼除了挪出来一块地方用作绝当物品的出售区之外，就是几位鉴定师和经理办公室了，以前德叔兼着典当行的经理，所以那间挂着经理办公室牌子的房间，一直都没有人使用，知道庄睿快要上班了，德叔也让人把那间办公室收拾了出来。

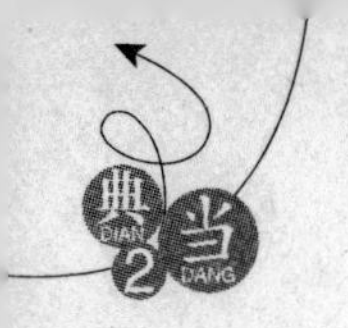

推开办公室的门后，迎面就是一张很气派的大班桌，上面放着一台崭新的电脑，在大班桌的右侧，有一排环形的沙发，围着一个透明茶几，庄睿转了一圈，发现这个办公室内还配备了洗手间和一间小的休息室，中午的时候可以小憩一下。

“怎么样，小庄，这间办公室可是比我老头子的那间好多了，这经理当起来，是不是感觉不错呀?”德叔看着庄睿一脸欣喜的表情，出言打趣道。

“德叔，那怎么好意思啊，要不然咱们俩换一下吧。”庄睿连忙开口说道。

“别，就这样挺好，你这儿的椅子，我坐着还不舒服呢，来，给我看看你都带了些什么东西。”德叔摇了摇头，他的办公室布置得很具有古典气息，里面摆满了各色真假古玩，他就愿意待在那种氛围里面。

“德叔，咱们边聊着边看，我这经理可是当得两眼一抹黑，什么都不知道呀，您老一定得提点我几句，不然这经理的位置，还是您来坐吧。”

庄睿笑嘻嘻地先去将房门关上，然后把手上的东西放到了茶几上，他的资历实在是太浅了，没有德叔的支持，这经理恐怕也是当不下去的。

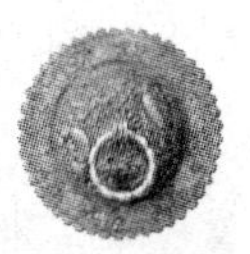

第九章　走马上任

“咦？小庄啊，你不是说只有大方的一副对联吗？这紫砂壶是从哪里来的？我好像在谁那里见到过，你等等，我想想……”

德叔也不客气，自己将庄睿带来的那个木盒子给打开了，一见到那套十一件装的紫砂壶，就愣住了，回过神后马上拿起了壶身，仔细打量了起来，庄睿也没说话，看到屋里有个电热壶，就起身从饮水机上接了一壶水烧了起来。

“嘿，我想起来了，这不是‘死要钱’那老东西的物件嘛，怎么跑到你手上了？”

德叔那双充满了青筋的大手，狠狠地在茶几上拍了一下，把正在烧水的庄睿给吓了一跳，就连进屋后一直趴在门口的白狮，也猛地站了起来，喉间发出了低吼声。

庄睿连忙走了过去，先看了下茶几，幸亏这玻璃比较厚实，否则的话，非被他拍碎了不可。

“德叔，您可要小心点，这茶几拍碎了没什么，要是把您的手伤了，那可就罪过了。”

“我都说了不喜欢这劳什子办公室，好好的木头桌子不用，非要整这些破玻璃玩意儿，对了，小庄，我刚才说得没错吧，这套壶应该是朱可心1953年的时候，参加全国工艺品大会带过去的，我在钱姚斯那老东西手里见到过。”

德叔抱怨了几句，眼睛紧盯着庄睿，等着他说出答案，紫砂这物件也是属于杂项，德叔在这上面沉浸了几十年的工夫，自问绝对不会看错。

庄睿闻言之后，也是对德叔佩服不已，这上手还没有三分钟的时间，不但将壶的传承来历说得一丝不差，就连壶的出处都给讲了出来，这种功夫，可不是只会分辨真假的庄睿，能装得出来的。

“您说得一点儿都没错，这物件，正是我和钱掌柜的打赌，赢回来的，估计这会儿那老爷子还在心疼呢。”

庄睿对德叔竖起了大拇指，然后把逛夫子庙古玩城的那段经历叙述了一遍，当然，眼中的异能自然是不能说的，庄睿只是讲在自己拿起这紫砂壶的时候，钱掌柜的眼神有点慌乱，这才赌赢了的。

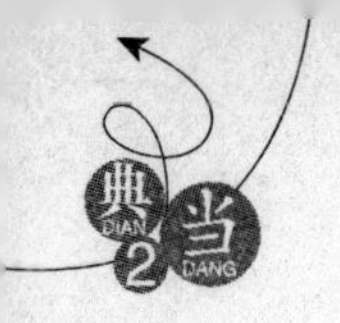

“好！好！赢得好!！那老东西简直就是个貔貅，什么东西到了他手上，那就是只进不出了，除非你掏钱买，想要淘换，那是门都没有，没想到居然栽在你的手上，好，下次我见了那老东西，非要臭上他几句不可。”

德叔似乎和钱姚斯还有些过节，此刻笑得老怀大慰，脸上的皱纹都舒展开了，看这模样，估计是心中比喝了蜂蜜还甜。

笑过钱姚斯之后，德叔对庄睿说道：“来，把你那老天珠摆出来，给德叔见识一下。”

要说庄睿心中最信任的人是谁，德叔绝对是其中之一，相处了一年多，庄睿知道，这老头对他好，纯粹是出于爱护之心，没有任何的功利掺杂在里面，所以闻言之后，毫不犹豫地将天珠手链取了下来，向德叔递了过去。

德叔连连摆手，道：“放在茶几上，这物件我不过手。”看来德叔也是知道天珠这忌讳的。

此时电热壶的水烧开了，“嘟嘟”地响了起来，庄睿连忙走过去，刚拔下插头，兜里的手机忽然响了起来，庄睿拿出来看了一下，是个陌生的上海本地号码，也没多想，就按了接听键。

“喂，是庄睿吗？我是苗菲菲……”

“你好……”手机里传来的女音，让庄睿感到一头雾水，苗菲菲是谁啊？

庄睿的记性一向都非常好，只要他听到过的名字或者是比较短的数字，他都能分毫不差地记在脑海里，可是“苗菲菲”这个名字，却是很陌生，庄睿可以肯定，自己绝对没有听到过这个名字，不过，电话里的声音，倒是有几分耳熟。

“喂，你怎么不说话啊？我是苗菲菲啊。”

手机里继续传来那个清脆的声音，好像庄睿就应该知道苗菲菲是谁似的。

“对不起，你打错电话了吧，我不认识苗……等等，您是苗警官吧？”

庄睿本来正想挂掉电话的，脑子里突然出现了一个面目清秀的女警模样，和这熟悉的声音一结合，马上就猜出了对方的身份，“你”字立马也变成了“您”字。

庄睿的表现，让电话一端的苗菲菲很不满意，要自己说了两次名字，才记得起来，这说明昨天他根本没有把自己放在心上嘛。不过苗菲菲也不想想，大家萍水相逢，昨天那情况又等于一个是兵一个是贼，躲都躲不及，谁还会特别留意去记着你呀？

“苗警官您好，请问有什么指示吗？对了，您怎么知道我的手机号码啊？”

庄睿自问从早上起床到现在，绝对没有任何违反中华人民共和国交通管理条例的地方，不知道这位像治安警多过像交警的女警官，找自己有什么事情，而且自己可以肯定，昨天也没有给这位女警官留电话。

“那个……就是……其实也没什么事，我就是想在上海逛逛，可是又不知道去哪里，打个电话问问你，看你有时间没有，陪我出去转转吧，会不会打扰你了呀？”

电话一端的苗菲菲说完这番话后，心里直感觉到别扭，自己本来就没什么意思啊，怎

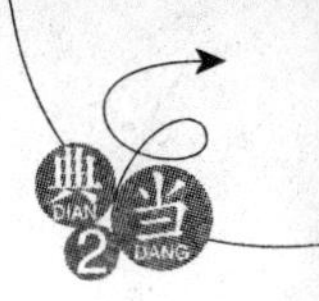

么这话这么难说出口，好像自己在哀求他一般呢？

苗菲菲以脚伤的名义，在队里请了五天假，本来想飞回北京，找那些刑警队里的师兄师姐聚聚的，可是昨天夜里和老爸通电话时，老爸发话了，有伤就好好养着，不要到处跑了，气得苗菲菲在电话里和老爸大吵了一通，不过胳膊拧不过大腿，终究还是在老爸连威胁带哄骗下，选择了留在上海。

苗菲菲性子活泼，在家里待不住，这一下请了五天假，她都不知道要做些什么才好了，昨天想了半夜没想出头绪来，今儿一早看到阳伟的驾驶证，不由想出了个点子，那个叫庄睿的似乎不怎么讨厌，可以让他做导游，在上海好好玩几天啊。

要知道，苗菲菲来上海上班快三个月了，又挂着个小领导的职务，每天都是单位家里两点一线，一来是没有时间去游玩，二来也没有合适的人陪着她，所以就连南京路那样热闹的地方，她都没有去过。

之所以找庄睿陪同，是苗菲菲感觉庄睿人比较老实厚道，而且说的是北方普通话，交流起来很舒服，至少不用去猜对方话里的意思，在交警队的时候，和一帮子上海本地的交警对话时，苗菲菲十句里面有九句都是用猜的，根本就听不懂。

虽然她没有庄睿和阳伟的联系方式，不过这点小事自然难不倒她的，打了个电话去队里，在内部电脑系统里面调出阳伟的资料，电话就有了，然后苗菲菲打了个电话给阳伟，从他嘴里得知了庄睿的电话，阳伟昨儿喝得有点高，直到报出庄睿的手机号码后，还不知道电话是谁打过来的，趴在床上继续和周公下棋去了。

“喂，你在听吗？你别误会啊，我请了几天假，可是脚又没事了，就想找个朋友出去转转，你要没时间就算了。”

电话这边庄睿也在纳闷呢，找哥们去逛街？这让庄睿感觉到有些不可思议，所以愣了一会儿神，也没有说话，直到手机里又响起苗菲菲的声音，他才清醒了过来，连忙说道：“苗警官，今天白天肯定是不行，我休了两个月假，今儿是第一天上班，可是不能翘班啊，这样吧，晚上我请您吃饭，也算是帮我同学给您赔礼道歉了。”

要说庄睿这俩月，也算是历练出来了，情商大涨，这要是放在以前，肯定会琢磨这漂亮女警官是不是对自己有意思，现在的庄睿却知道，事情就是如苗菲菲所言，人家确实是闲得无聊找个人陪陪，美女相邀，即使没什么想法，庄睿也不好意思拒绝的，更何况，他也想帮老大把驾驶证要回来。

“又不是你撞的我，要你道什么歉，告诉你同学，不把技术练好了，本子别想拿回去，他对自己生命不负责任，我还要对广大人民群众的生命安全负责呢，这是原则问题，没得人情讲。不过嘛，你要请吃饭，本警官倒是可以赏脸的，嗯，吃完饭还是能出去逛逛的，就这样，你把单位地址告诉我，晚上我直接过去找你。”

苗菲菲清脆的声音，在电话里如同机关枪一般，突突突地说了一大串，根本就没有给庄睿插嘴的机会，这也让庄睿心中大汗，传说中的京片子，居然被自己给撞上了，这姐们

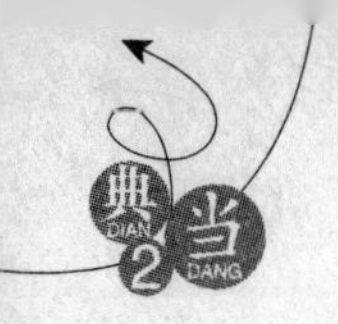

说了那么多话，基本上都不带停顿的，不去考主持人而当了交警，真是够可惜的。

看着那边德叔已经鉴赏完了天珠，正泡好了茶等着自己，庄睿也不想多说下去了，连忙报出了典当行的地址，挂断了电话。

“怎么着，是个女孩子吧？”

德叔老而弥坚，一眼就从庄睿的脸色上看了出来，他以前也给庄睿介绍过一个女孩认识，只是那女孩嫌庄睿职务低，并且在上海没房没车，与庄睿接触了两次之后，就不见影踪了，搞得德叔十分不好意思。

“没什么的，德叔，您别用那眼光看着我啊，认识个女孩不犯法吧，咦，好茶，德叔，您这茶叶从哪里来的？”

庄睿坐了下来，两根手指捏起了紫砂壶盖，凑近鼻端闻了一下，顿时一股清香扑鼻，忍不住出言夸了起来。

“你小子运气好，昨天老朋友来看我，送了点好茶给我，今天刚好带了点来，我这还没回办公室，不就被你拉来了？”

德叔指了指放在茶几上的一包已经打开了的棉纸，庄睿仔细看去，在棉纸的中间，只有婴儿巴掌大小的一块黑糊糊的东西，怎么看都不像是茶叶啊。

庄睿有些不相信刚才那扑鼻的香味，居然会是这黑糊糊的东西泡出来的，在给德叔面前的茶杯里斟满茶水后，又给自己倒了一杯，饮入口中，顿时感觉到一股说不出的味道，充斥在味蕾之间。

这茶的味道和庄睿喝过的茶叶都不相同，刚喝入口时，庄睿居然有种喝中药的感觉，不过仔细一品，那股浓醇的香味，就充斥在了口舌之间，其味滑口，回味甘美，顿时让庄睿感觉到舌根生津。

苦本来是茶的原性，古代称茶为“苦茶”，最早期的野生茶，茶汤苦得难以入口，先苦而后才能回甘，这个道理庄睿也明白，只是这茶初饮时的味道过于古怪，才使得他后面感觉的甘甜，也是沁入心扉。

“怎么样，小庄，这茶味很特别吧，告诉你，这就是普洱茶，咱们这边喝的不多，不过这茶也可以算是收藏品，就我这么一小块，那可是价值万儿八千的，要是清朝遗留下来的普洱茶砖，更是无价之宝了。”

德叔的话让庄睿吓了一跳，这么一丁点儿，估计还没二两重，居然能值上万块钱，那刚才自己这一口，岂不是要喝掉好几百了。

“德叔，这茶有这么贵？不是都说新茶才好喝吗？”庄睿有些不解地问道。

“你说的那是单纯的饮品，那样的茶叶，放个一两百年的时间，都会变成灰烬，而这普洱茶却不同，放置的时间越久，其香味越是浓醇，所以也可以作为收藏品来收藏的。”

“1963年故宫在整理茶叶库房时，当时发现其他茶叶都已经成灰，只有‘万寿龙团’等普洱茶仍然完好，堪称‘会呼吸的古董’，‘可以喝的文物’，那块普洱茶砖只不过重二点

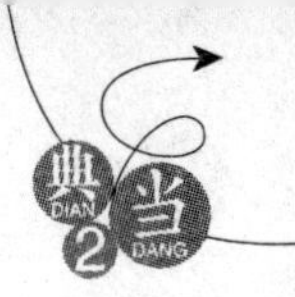

五公斤，前段时间赴普洱展出时，单单是其保费，就高达一千九百九十九万元了，你可以想想，这茶本身价值几何。"

庄睿闻言咋舌不已，他没有想到，连茶叶都可以收藏，自己的学识实在是太浅薄了。

"小庄，你刚才的问题，从这茶叶里面就可以回答了，你年轻，资历又比较浅，没有根基，这些都是你的弱点，不过我看好你，是因为你接受新鲜事物的能力极强，而且悟性很高，这一点尤其重要，古玩这行当，没有点运气和悟性的话，一辈子都玩不出门道来的。"

"做事就如同饮茶一般，先苦后甘，那两个什么海龟肯定是看不惯你坐经理这个位置的，而你就要学会隐忍，多学多看少说，等你有能力的时候，也就可以潜龙飞天，一鸣惊人了，你懂我的意思吗？"

庄睿重重地点了点头，他虽然无意在这里干多长时间，但是这个经理的位置，的确可以将他磨炼得更加成熟，不管庄睿以后作何选择，都是有益无害的。

"德叔，你把我现在要做的工作，和我交代一下吧。"

庄睿以前只负责财务，不过他看到德叔整天喝喝茶聊聊天的，似乎这经理并不需要做什么事情。

"呵呵，这么快就想要进入角色啦，其实咱们典当行一共就五六个人，管理起来很简单，经理的职责主要就是对外接触，和那些拍卖行建立一个长期良好的合作关系。"

"因为咱们是投资公司的下属公司，你还要做出一份投资报告，对典当行的资金走向，制定一个大概的投资意向，当然，你是学金融专业出身的，这对你来说，应该不是什么难事，小庄，如果你的投资建议得到采纳，并且回报丰厚的话，这里面可是有着相当不菲的提成奖金拿的，那俩小子一直窥视着这个经理的职位，其实也就是冲着这笔钱的。"

德叔的话让庄睿对自己日后的工作，有了大致的一个纹路，他还真不知道，作为典当行的经理，居然还可以对典当行的自有资金做出投资建议，想必投资公司既然有这个规定，那肯定对这建议也会加以重视的。

德叔嘴里的那俩小子，就是典当行另外两位典当师，一个叫赖劲东，他很少下来大厅，一上班就钻进二楼办公室，庄睿的财务办公室虽然也在二楼，但是几乎没怎么和他照过面，出纳小玲和另外一个女孩私下里都叫他懒得动，赖劲东专门鉴定国外艺术品，典当行里的这类物品并不是很多，所以他也比较清闲，每天躲在办公室里不知道做些什么事情。

另外一个典当师叫做王一定，擅长的是一些国内外奢侈品的鉴定，他倒是经常下到一楼大厅，不过都是和那个绝当区的营业员嬉闹，对庄睿也是很少正眼相看。

这两个人都是三十出头的年龄，在这个圈子里混了一段时间了，也都是科班出身，只是这两位平时自视甚高，一直不受德叔待见，只是来典当奢侈品的人不在少数，国外艺术品也偶然能得见，不然的话，德叔早就让这两个家伙卷铺盖滚蛋了。

"德叔，您之前的投资重点，主要是在哪个方向？"

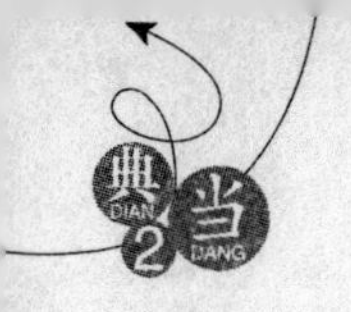

庄睿现在对房地产的市场相当看好，只是地产投资数额相对比较大，他虽然对典当行的资金多寡很了解，但是他也不能保证上级部门就会批准自己的建议，所以想稳当一些，先问问德叔的建议。

“我？老头子活了一辈子，只懂得古玩，当然是投资在这上面了，我去年投资方向主要有两个，一个是钱币的投资，不是那些古代铜钱，而是国家发行的纪念币，去年投资了一千六百万在这里面，到今年三月份，这些纪念币涨幅达到了30%，算是不错，小庄，你知道我去年光是奖金就拿了多少吗？”

德叔说得有些得意了起来，去年的这笔投资，开始时并不被人看好，甚至那两个海龟鉴定师还提出了异议，并分别以个人名义对总公司提出了建议，不过投资公司领导出于对德叔的信任，还是批准了德叔的投资建议，今年过年结算的时候，那笔钱币的增幅，让所有人都大吃了一惊。

仅是这一笔投资，就让典当行纯盈利四百八十万，而原本对德叔还有几分看不起的王一定和赖劲东，这些日子更是深居简出，不好意思面对德叔了。

庄睿这几个月都没有在典当行，他也不知道这两个月典当行资金的走向，于是开口问道：“德叔，您那些钱币都卖掉了吗？怎么不留着继续增值呢？”在庄睿想来，奖金都发下来了，自然那些钱币应该都是处理出去了。

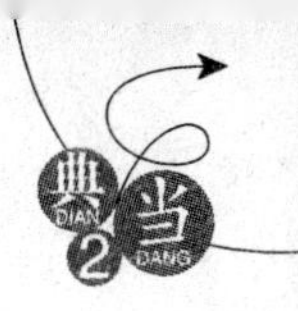

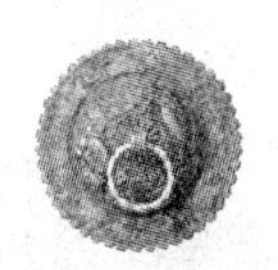

第十章 古玩行里的猫腻

“卖掉了一千万，还持有六百万，去年老头子我光是奖金，就拿了一百万，小庄，投资公司给予的奖励达到盈利金额的30%，你小子可要好好干，以后钱途会很光明的，在上海买车买房都不算什么难事了。”

德叔显然不知道庄睿现在的身家，他也没看到庄睿是开车来上班的，要不然也不会有这番话了，不过德叔对庄睿真的是没的说，之所以卖掉还在增值当中的那些钱币，就是为了给庄睿留出一些投资资金，让庄睿能从中得到益处，否则的话，资金全都积压在了前期投资上面，庄睿也就只能拿份死工资了，德叔此举可谓是用心良苦。

德叔之所以答应在这家典当行任职，并不是为了工资，以他的身家，百八十万的还不会放在眼里，主要是因为在典当行工作，可以有机会接触到更多的古玩，对一辈子痴迷古玩的德叔而言，这才是最为重要的。

“德叔，您这样做自己损失太大了，其实我现在的生活还算是不错，在这两个月里，我也淘到了几个好物件，在彭城的时候……”

庄睿听完德叔的话后，心里也很感动，德叔此举等于是把每年几十万的分红拱手相让了，庄睿略微想了一下，出言把自己淘得王士祯手稿和在西藏得到唐伯虎真迹的事情，给德叔讲述了一遍。

“嘿，我说你小子，怎么今天表现得这么镇定，没有一点儿新官上任的兴奋，原来是身价不菲了呀，臭小子，你这两个月淘宝捡到的漏，比我老头子这一辈子捡漏的次数都不少了，敢情你还在和我打埋伏啊。可惜了，那几个物件你都卖了，不然老头子我也能开开眼界，不行，中午你要请客，我得宰你一顿。”

听完庄睿的话后，德叔两眼放光，狠狠地拍了下大腿，庄睿这两个月来的经历，的确如同德叔所言，就是玩了一辈子古董的人，也不见得能捡到一次大漏，而庄睿这几次的捡漏，就足以让他这辈子吃喝不愁了。

“没问题，德叔，中午您说去哪吃，咱就去哪，我这运气好，还不是您平时教诲的，要不是您见天地给我讲解古董知识，我连啥是古玩都不知道呢。”

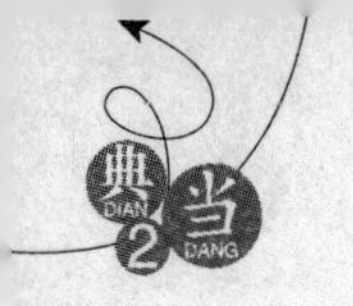

庄睿不露声色地拍了拍德叔的马屁，德叔却很受用，俗话说千里马好找，伯乐难寻，德叔一直都看好庄睿能在古玩界有所发展，现在这榆木疙瘩开窍了，德叔不禁是老怀大慰。

“对了德叔，您的另外一个投资是什么？”

庄睿看到德叔春风得意的样子，想必另外一项投资肯定也是有赚无赔的。

“那是山西的漆器，也是属于杂项里面的一类，我早几年就在收藏这类藏品，在1996年之前，一件不错的漆器盒子，大概七八十、一百多块钱就能收上来，到现在能卖上八九千上万块钱了。”

“小庄你想想，这不过七八年的时间，涨了多少倍啊，我估摸着这物件的行情还要看涨，去年就投进去了五百万，专门派人去山西各地收购漆器，这笔钱的走向你应该知道啊，那会儿还是你在做账的。”

德叔的话让庄睿脸上感觉有些发烧，在他去年的工作当中，庄睿只是履行了自己所学到的财务职责，做好了他的份内工作，至于资金的流向和用处，他根本就是一无所知，反正有财务制度的监督，他也不怕有人私自挪用资金，直到此刻德叔说起来，庄睿才感觉到即使作为一名财务人员，他似乎也不是那么合格的。

“漆器的投资是要长期的，三五年之后才能看到效果，那会儿我可能就不在这里做了，小庄，到时候这果子，老头子我让给你来摘。”

德叔接下来所说的话，让庄睿一阵感动，面前这老人的确是真心维护自己，没有一思功利心掺杂在里面，庄睿感觉自己也不能再掖着藏着了，于是开口说道：“德叔，我和朋友在家乡搞了一个獒园，并且投资了一些生意，其实原先是想辞掉典当行的工作的，不过我想跟您多学习一些古玩知识，这才回来的，至于以后是否还在这里工作，我自己也说不准。”

德叔闻言愣住了，他没有想到这才两个月不见，庄睿的变化会这么大，从当初一个每月拿几千块钱工资就高兴不已的毛头小伙子，现在居然已经开始自己创业了，不过对庄睿的想法，他还是很赞成的，年轻人是应该多出去闯一闯。

“行，这样也好，以后那些龌龊的事情，你就少管一点，老头子我把自己会的东西，尽量都教给你，走吧，咱们出去开个会，和两个海龟碰下面，等会儿我说话，你不要插嘴啊。”

德叔想了一下之后，交代了庄睿一句，然后分别给另外两个鉴定师打了个电话，让他们半小时以后去会议室集中，庄睿不明白德叔所说的龌龊事指的是什么，颇是有些莫名其妙。

德叔看着庄睿一脸茫然的表情，笑着说道：“怎么着？不明白？以后你和典当行交道打多了，自然就知道了。”

“德叔，您……您说的这是真的？”

庄睿一脸不可思议的表情看着德叔，刚才德叔的那番话，对他的震动实在太大了。

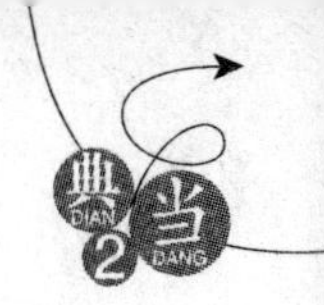

由于心中实在是有些好奇，庄睿就追问德叔在典当行里能有什么龌龊事情，毕竟他也在这里工作一年多了，虽然不怎么过问典当行的业务，但是也没有见到发生过什么让人难以接受的事，德叔刚才的一番话，反倒是勾起了他的好奇心。

被庄睿追问得紧，德叔也就说了出来，原来在各个典当行，也都有典当师走眼的情况发生，毕竟现在文物作假的手段越来越高明，很多文物甚至做得比大开门还要真实，让人难辨真假，这实在也不能怪这些鉴定师水平不行，如果不用仪器鉴定的话，恐怕就是一些大师级的鉴定专家都会上当。

按理说，典当行收了这些假物件之后，应该予以封存或者是销毁，但是他们购入这些物件的时候，往往都花了数量不菲的一笔资金，如果按照正规渠道处理掉的话，损失不小，于是有些典当行就连同拍卖行，对这些假古玩进行拍卖，并出具典当行的死当文书，由拍卖行进行炒作，以假充真，欺骗一些水平不是很高的古玩爱好者或者是普通藏家。

由于多数人，都有着一种占便宜的心理，有了典当行出具的死当文书，再有拍卖行宣传海报彩页上的大力吹嘘，加上起拍价比较低，使得很多人趋之若鹜，往往这类拍品是最容易拍出的，只是那些自以为淘到宝贝的买家，所买的物件其实都是假的。

近年来，一些富起来的民企老板开始投入古玩新行当，有的一掷千金，专拣“顶尖”国宝，有的狮子大开口，上来就是“统吃”，还有人迷信从海外“淘宝”，而这一部分有钱人，也就是典当行和拍卖行下刀子宰人的对象了。

“我老头子骗你干什么，不过这事儿你知道就行了，不要往外传，很容易得罪人的，虽然说是家有家法，行有行规，但是现在这年头，没多少人注重这个了，你要是说出去砸了别人的饭碗，那可是要有人找你拼命的。”

德叔看到庄睿一脸不忿的样子，连忙郑重地告诫了他几句，这种事情牵连很广，甚至都有一些跨国大型拍卖公司的参与，势力极大，可不是哪一两个人就能撼动的，他是怕庄睿一时冲动，把这事情给捅出去，那以后庄睿也就无法在这行当里面立足了。

就算是德叔自己，有时候在某些压力之下，也会拿出三两件打眼的物品，交给拍卖行去拍卖，只是这个典当行成立的时间太短，这样的事情只发生过一两次而已，不过这也是德叔决定卸任经理职务的原因之一。

“德叔，这些有钱人也都算得上是精英人士，没这么容易就上当吧？他们难道不会请人去鉴定？”

庄睿有些不解，要说去店铺地摊买到假物件，那还情有可原，不过动辄数万或者上百万去购买古玩，那买家一定会很慎重才对，典当行和拍卖行想糊弄这些人，应该也不是一件容易的事情。

别人不说，就庄睿认识的那山西马胖子，去参加各种拍卖的时候，都会带着一个专门的鉴定师前往的，在西藏那次的草原拍卖会上，由于马胖子是在旅游期间，才没有鉴定师跟随。

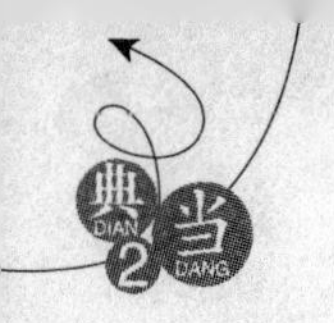

德叔闻言苦笑了一下，道："小庄啊，有很多事情不是你想的那样简单的，打个比方说，就连我一时半会都分不出真假的物件，你指望别的鉴定师在短短的拍卖过程里，就能辨认出来？有很多买家把拍到的物件，在家里摆上几年，都不会知道那东西是假的。

"我再给你打个比方，现在浙江省在玉器古玩行当'进出玩耍'的大概有四五千人，但真正识货的行家也就几十号人，大部分是民间爱好者，还有一些则是其他方面生意成功了，转行到玉器古玩来'玩玩票'。

"圈内一些人就看中这些老板财大气粗，又爱面子，便有意设套，让其往里钻，这常言道：黄金有价玉无价，很多人以为玉是无价之宝，漫天吹嘘身价就能涨上去了，其实与金银一样，玉也是有价的，而且在行家眼里，一般估价不会太悬殊。"

德叔一边说，一边从腰间解下来一个白玉貔貅的把玩件，递给了庄睿，然后接着说道："这玩意是我自己去收的一块和田玉料，找人加工的，按我自己的估价，大概能卖一万五千块钱，前几天有人给我出价两万二，我没有出手，这东西还算精致，自己留着玩不错。

"小庄，我说的两万，这只是圈内价，如果拿到市场上去，在大商场或珠宝店里出售，这样一只挂件至少要值十来万，这就是圈内圈外的差距，有的老板喜欢在商场杀价买珠宝玉器，自以为捡了大便宜，殊不知却让圈内人看了笑话。

"我给说个真事，就是过年前后才发生的，在浙江有位'实力雄厚'的老板，也爱上了古玩收藏的行当，在年前的时候，他花了十万元好吃好住请到了北京的一位玉器鉴定专家，那人我也认识，这老板让专家给他花费了很大力气，从国内外收集来的玉器作鉴定，专家看了以后推却说，鉴别古玉至少要半年时间，一下子不好下结论，就匆匆告辞离开了。

"那老板过完年后，把我给找去了，让我帮着看看，你知道吗，那几十件所谓的最值钱的古玉，就没有一件是宋代以前的，有几件是明清玉，已经很不错了，更多的是仿古玉，当然，玉是真玉，但是用仿古技术复旧的新玉，这价值就大不一样了。"

庄睿被德叔这番话都说愣了，原来这行当里面还有这么多的陷阱，不过他还是有些不解，出言问道："德叔，这些购买古玩或者像你说的购买玉石的人，他们在拍卖行里拍到假玩意儿，能善罢甘休吗？这些人可不是平头老百姓，任人欺负的，难道就不会去找后账？"

德叔笑了笑，这会儿说得有点口渴了，给自己倒上一杯茶，喝完之后才说道："小庄，你还是太嫩了，你能想到的东西，难道专门吃这行饭的那些，会想不到？拍卖行的发票上只写'工艺品'，与广告海报彩页上的宣传，完全就是两码事，你吃了亏打官司也没有用。

"那些收藏古玩玉器的大老板也许都是商界奇才，在他们的本行内是佼佼者，但是隔行如隔山，能在本行业取得成功未见得在其他行业也同样成功，而且玉器古玩鉴赏是'童子功'、'太极拳'，没有十年八载的磨炼，是入不了门的，老头子我玩了一辈子，打眼的次数也是不少啊，更何况那些看了几本书就自以为专家的老板了。"

德叔这番话说得庄睿有些脸红，他就是属于自己看了几本书，自认水平不错的那一

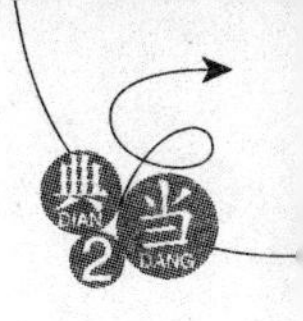

类人，不过庄睿与那些老板还是不同，至少想让他走眼交学费，那些作假的人，恐怕要将假古玩里做出灵气才行了。

“行了，咱们去会议室吧，时间也差不多了，今天开个会，算是明确你的任命。”

德叔说完后站起身来，接过庄睿递给来的玉貔貅，挂在了腰上，庄睿眼尖，看到在德叔腰间，居然还挂有三四个玉器，这整个一卖玉的嘛！

德叔走到房门处，忽然想起了什么，转身又对庄睿说道：“胥玲那小丫头是贪玩了点，现在是留用察看期间，你要是觉得不行，完全可以炒掉她，不过她这段时间表现得不错，就别跟她一般见识了。”

庄睿点了点头，这才明白早上一进典当行的时候，胥玲对自己的态度为什么会那样恭敬了，敢情留不留她全在自己一句话啊，不过庄睿也懒得和她计较，遭遇抢匪那是天灾人祸，话又说回来，没有这件事情，恐怕自己的眼睛，也无法拥有异能了。

典当行的会议室其实也是一间办公室改装的，并不大，一张能围坐七八个人的圆桌，此时在圆桌旁边只坐着胥玲和赖劲东，还有绝当区的营业员三个人，至于王一定却是不见影踪，德叔不由把脸拉了下来，他亲自打电话通知的，居然比自己来得还晚。

“小赖，王一定呢？”

“德叔，刚才来了个客户，有几件珠宝要王一定鉴定下，这会儿正在他的办公室呢，可能要稍晚一些过来。”赖劲东对德叔的态度，比之以前要好上许多，不过看到庄睿只是微微点了下头，一副爱理不理的样子。

听到王一定在接待客户，德叔的脸色缓和了下来，让庄睿坐到桌边的首位上，德叔环顾了一下几人，说道：“今天我宣布一件任命，经过投资公司的领导研究决定，任命庄睿同志为典当行的经理，负责日常各项行政事务，大家以后有什么问题，都找庄经理就好了，也希望大家在日后能像支持我的工作一样，去支持庄经理的工作。”

德叔说完这番话之后，赖劲东原本还在微笑着的脸，慢慢地变得僵硬了起来，庄睿接任典当行经理的事情，在典当行内部，除了德叔知道以外，只有胥玲通过在投资公司的关系了解到一点，而赖劲东和王一定，都是完全不知道此事。

庄睿在赖劲东的眼里，以前只不过是个刚毕业的小屁孩，要经验没经验，要背景没有背景，二人从来都没有把他当成是竞争对手，他们两人倒是知道德叔过一段时间会卸任掉经理的职务，所以这段时间二人对德叔都是敬重有加，希望德叔能在投资公司领导面前，帮他们美言几句，加点分数。

可是没想到这在年前抢劫事件里受伤的庄睿，今儿第一天上班，居然就变成了自己的领导，这样和王一定明争暗斗了半年之久的赖劲东，一时间完全无法接受这个事实。

“德叔，像这样的事情，投资公司应该有文件下达吧？”

赖劲东有些不甘心地问道，他知道德叔和庄睿的关系好，难保这事不是德叔自己决定的。

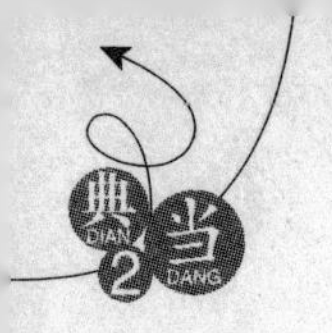

“当然有,庄经理的任命文件,下来已经一个多月了,只是他一直都在养伤,所以我就没有公布,大家都看下吧。”

德叔从自己的包里拿出一份红头文件,文件排头上面写得清清楚楚:任命庄睿同志为典当行经理,赖劲东接过之后,面色变得如同死灰一般难看。

“我来说几句吧,大家都认识,也不用自我介绍了,我现在把典当行以后的工作安排说一下,胥玲继续负责出纳的工作,每天要做好和银行的钱物交接,小谢还是负责绝当区,至于赖鉴定师……”

庄睿说到这里,顿了一下,将发呆中的赖劲东给唤醒了,赖劲东看到这份文件之后就明白了,除非自己辞职不干,否则的话,以后就得受庄睿的领导,此刻听到庄睿提起他的名字,眼睛不由得向庄睿看去,同时在心中暗自打定了主意,要是庄睿触及他的专业领域,那他马上就会递交辞呈。

“至于赖鉴定师,专业知识在业内都是很有名气的,这样吧,日后有关于奢侈品和国外艺术品方面的绝当物品的拍卖,就由你和王一定鉴定师去和拍卖行交涉吧,具体事务我不过问,而且我也会向投资公司建议,给予你们全权负责的权力。”

庄睿的这番话,让本来心如死灰的赖劲东完全傻掉了,他和王一定争夺了半年多的经理位置,一来是为了那笔投资资金,二来就是为了能和拍卖行建立合作关系的职权,这里面的猫腻可是多了去了,要是操作得好的话,一年赚个一两百万,问题都不是很大。

以前德叔把这个权力死死地抓在了手上,按照赖劲东的想法,庄睿当上这个经理之后,肯定也会牢牢掌握这项权力的,却没有想到,他上任伊始,居然就将和拍卖行沟通的权力下放给了他们二人,还要正式上报投资公司,这让赖劲东感觉到犹如做梦一般。

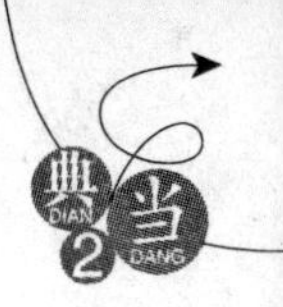

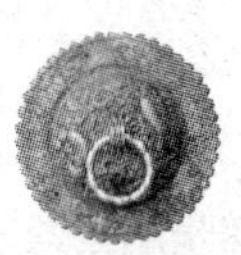

第十一章 勾心斗角

“庄睿,哦……不,庄经理,你说的都是真的?”

赖劲东有点不确定地向庄睿问道,这经理不抓实权,只管些鸡毛蒜皮的小事,那还叫什么经理啊。

“当然是真的,我学的是金融专业,日后典当行的投资资金由我来安排,至于和拍卖行的接触以及业务洽谈,就由你和王一定鉴定师两人协商解决,术业有专攻,毕竟这是你们擅长的专业嘛。”

庄睿的话让赖劲东打消了心中的疑虑,原来庄睿只是想抓住投资资金那一块,然后可能怕自己和王一定给他使绊子,这才将与拍卖行合作的肥肉让给了自己二人。

“看来要想个办法,怎么把王一定那块的业务给抓过来……”

赖劲东所负责的这块业务是国外艺术品,这开业一年多了,也不过就收到几幅外国的油画,价值一般,虽然已经是死当了,不过送拍的意义不大,倒是王一定那里有许多死当的珠宝奢侈品,价值不菲,送拍的机会也多,所以赖劲东这会儿的心思,已经从庄睿就任经理转移到如何从王一定那块蛋糕上去分一杯羹了。

“庄经理虽然年轻,可这做事真是有魄力,不过这和拍卖行接触,总是要有一个能拍板决定的人,我个人和拍卖行打交道比较少,王一定嘛,大家也都知道,为人稍微有些轻浮,我看还是庄经理来负责这一块好了,不然到时候我和王一定是群龙无首啊。”

赖劲东先是夸奖了庄睿一番,然后就提出还是由庄睿负责,不过他话中的意思很清楚,你不来管的话,就要在我和王一定两人之间,选出一个负责拍板的人来,这交道打多了就会熟悉,可那王一定为人轻浮,经常和女孩子勾勾搭搭的,庄经理你应该知道如何选择了吧。

“等下王鉴定师来了以后,咱们大家再商量一下,德叔,你看怎么样?”

庄睿没有接赖劲东的话茬,刚才那番话,都是他和德叔商量过之后,才作出的决定,本身典当行和拍卖行之间的那些事,德叔就不愿意沾手,庄睿也不想去做那些违心的事情。

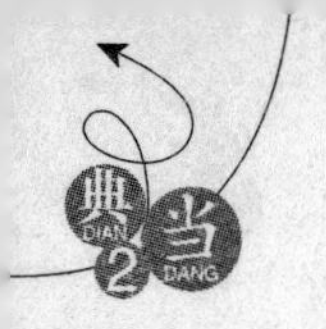

庄睿和德叔两人一合计,干脆把这块让出去,让那俩海龟去争,不管两人谁想掌控这一块,必然要得到庄睿的支持,这样庄睿拉一个打一个,或者两边充好人,怎么做都行,而对庄睿的日常工作,得到了甜头的二人,想必也是会大力支持了,至于业务分割这一块要上报投资公司,那就是德叔的老成之举了,即使日后出现什么纰漏,那也完全和庄睿没有什么关系了。

“德叔,有什么事情要找我商量啊?今天生意不错,刚才那个客户拿了一个镶嵌了巴西祖母绿的项链来,要求死当,我鉴定过了,这项链是有些年头的,应该是上世纪初期的,我给他定价六万块,她也答应了,德叔,你看怎么样?”

随着王一定的声音,会议室的大门被推开了,王一定得意洋洋地走了进来,看向胥玲和绝当区的营业员小丽的时候,还促狭地眨了眨眼睛,自以为很潇洒。

王一定个头不高,只有一米七左右,五官长得还算端正,只是脸上早年长青春痘的时候,被他挤得坑坑洼洼的,实在是影响仪容,不过王一定向来都感觉自己男人味十足,是个女人就该看上他似的。

王一定进屋后眼睛先是在胥玲那鼓囊囊的胸部狠狠地盯了一眼,这才看到坐在圆桌中间的庄睿,皮笑肉不笑地对庄睿说道:“哎哟,咱们的大英雄回来了啊,刚好,那客人还在等着呢,你和小玲去给他开票把钱付了吧。”

“老王,以后要叫庄经理了,投资公司下文件了,咱们典当行日后的经理,就是庄睿,你说话注意点。”

赖劲东把手里的那张任命文件给王一定递了过去,脸上不乏奚落的表情,刚才王一定的表现,看在庄睿眼里,肯定会对其减分不少。

“经理?庄睿?”

王一定也有些呆了,怎么接过的那张任命文件书都不知道,脸上一副不可思议的表情,傻乎乎地站在那里盯着庄睿。

按照王一定的想法,这个典当行的经理早就已经是他的囊中之物了,论资格,论工作能力,他自问在典当行里除了德叔,无人能比,至于赖劲东,一年不过鉴定三五个物件,如何能与他相比。

现在人们的生活水平普遍提高了,国内外的高档奢侈品,也进入一些率先致富的人的生活中,但是有些生意人难免会遇到资金周转不开的时候,如果需要在短时间内进行融资,选择银行进行借贷,可能要花费上月的时间,远水难解决近渴,这些人就会拿出一些比较贵重的物品,来到典当行抵押,用以换取做生意所用的周转资金。

生意赚了,东西还可以赎回去,典当行只收取很少的一些费用,不过要是生意赔了,根据典当行业规定,当期结束后,典当者不赎当、不续当五天后,这些死当的当品就成为绝当品,典当行有权将其出售,算是和原主人无关了,而在绝当品中,最常见的可能就是各种金银首饰类的奢侈品。

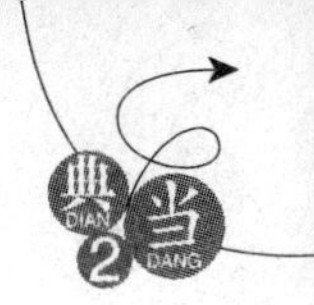

要说在这典当行里，恐怕除了德叔所做的古玩鉴定的业务之外，就要数王一定的奢侈品了，这也是王一定心中认定了经理位置非他莫属的原因。

“老王，愣住干什么呀，快点坐下，庄经理正分配咱们的工作呢，你好好听听，别整天就想着和小姑娘打情骂俏的。”

赖劲东看到王一定脸上的表情之后，越发的得意了起来，他和王一定不同，本身他所学的专业，在国内的收藏市场里面，算是比较冷僻的，所以平时除了拿一份死工资，油水并不是很多。

但是王一定就不同了，这典当行里面每天所收取的当品，有三分之一会儿经过他的手，所以平时王一定也都以典当行的副经理自居，就等着德叔退位让贤了，猛然被庄睿这个毛头小伙子骑在了头上，赖劲东相信王一定肯定不会轻易就范的。

“哦，小庄对我的工作，是如何分配的啊？我正感觉到工作量太大，压力过重，想找个人分担一下或者请几天假休息一下呢。”

王一定坐下之后，神志才慢慢地清醒了过来，看着手中的这份文件，他知道，庄睿就任经理这个事实大局已定，自己没有办法扭转了。

不过王一定和赖劲东不同，他在这行当里算是混得不错，换个典当行或者拍卖公司，一样能混口饭吃，对这份工作，看得没有赖劲东那么重，所以他对庄睿的态度，依然与先前一样，并没有把庄睿当作经理来看待。

庄睿闻言眉头微微向上挑了下，随即笑着说道：“本来想让王鉴定师和赖鉴定师一起负责和拍卖行的合作的各项工作，要是王鉴定师感觉到本身工作繁忙，那我看就让赖鉴定师一人……”

“等等，庄睿，和拍卖行合作的诸般事宜，不都是由德叔负责的吗，关我们两个什么事情？这到底是怎么回事？”

没等庄睿话说完，就被王一定打断掉了，以典当行的名义与拍卖行合作，那可是油水多多，别的不说，就王一定私下里收到的几个打眼的物件，如果走拍卖行的渠道，那不仅能把自己的损失补偿回来，估计还能小赚一笔。此时听得庄睿的话，不管真假，他都要出言打断，否则要真是让赖劲东去负责这一块的话，自己后悔都来不及。

庄睿没有在意王一定的无礼，把刚才自己对赖劲东所说的话，又说了一遍之后，看着王一定道：“王鉴定师是咱们典当行的顶梁柱，要是实在没有精力顾及这块的话，就让赖鉴定师去和拍卖行交涉吧，他平时的工作量要少一点，正是合适的人选，你看怎么样？”

“不妥，这样不妥，老赖虽然平时没什么事做，不过咱们典当行里需要拍卖的物件，那除了德叔负责的古玩之类，就是我经手的这些奢侈品了，可是老赖对这些不熟悉啊，要是在拍卖行说出点不合适的话，岂不是让别人笑话咱们典当行。庄经理，这样吧，我就辛劳一点，把这项工作也肩负起来吧。”

王一定的大脑在经过飞速的运转换算之后，说出了上面的那番话，没错，庄睿当上经

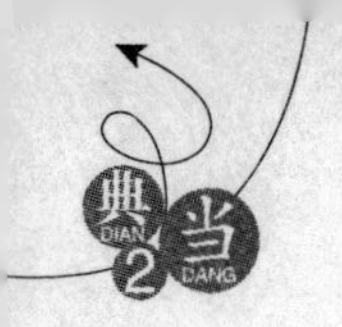

理之后，他是可以辞职不做，也是不愁找不到工作，但是，就算他换了一个新的工作，也是要从头做起，不可能一去就让他独当一面的，所以要是能把握住眼前的机会，自然要比换个环境从头开始强多了，所以他对庄睿的称呼，也随之改变了。

“老王，你这可是血口喷人呀，奢侈品的鉴定，我又不是没学过……”

“你学的倒是不少，这一年多了，经你的手，收上来几个物件啊？”

要说这两人还都有些书呆子的习性，居然不管不顾地当着众人争吵了起来，看得庄睿心中暗自发笑。

“德叔，您老果然是老而弥坚啊，这主意实在是高。”

坐在自己的办公室里，庄睿一边给德叔泡茶，一边竖起了大拇指。

此时已经是下午三点多了，想想上午赖劲东和王一定的争执，庄睿就不由笑出声来，这两人平日里看似精明，居然会为了一个负责人的名目，当着众人吵得是不可开交，到最后还是德叔出面，才劝解开来。

经过一番商议，最后几人达成了一个共识，由两人一起负责典当行和拍卖行的合作事宜，但是牵扯到谁的拍品，就由谁负责该次项目的谈判。如此一来，赖劲东固然没能把手伸到王一定负责的领域中去，王一定也没能总揽这个项目，两人相互牵制，对庄睿而言，就是最好的结果了。

中午由庄睿做东，请典当行所有的员工去吃了一顿，饭店的档次还不差，这一顿饭吃掉庄睿两千多块，不过赖劲东和王一定看向庄睿的眼神，也稍有不同了，他们似乎感觉到，以前这个不怎么招人注意的年轻人，身上居然带有了一种上位者的味道，尤其是庄睿的那辆大切诺基，更是让二人心里没底，不知道庄睿究竟是何来头了。

不管这二人心里有什么想法，表面上都承认了庄睿经理的身份，至于出纳胥玲和另外一个营业员，更是一口一个庄经理地叫着。

“两个读死书的书呆子，这也是德叔我厚道，换个人的话，把那两人给卖了，估计还会帮着数钱呢。不过小庄，赖劲东这人好打发，王一定有点心眼儿，估计回过味来之后，心里肯定不大舒服，估计会给你使点小绊子，你自己多注意点。”

德叔对庄睿的恭维很受用，半眯着眼，品着庄睿泡的茶，右手还在腿上打着拍子，嘴里哼哼着庄睿听不懂的京剧腔调，这一副风轻云淡的表情，看得庄睿是羡慕不已。

“放心吧，德叔，您老都给我铺垫到这一步了，我要是还不能在这典当行立足的话，干脆现在就辞职回家做小买卖去得了。”庄睿自信满满地回答道。

“行了，你把我拿来的那些资料，好好地看看，那里面所记录的物件，大多都在银行保险柜里了，等明个儿有工夫，不对，明天是周六了，我老头子和人约好了喝茶，你小子刚回到上海，也休息两天吧。

“嗯，这里的工作，给那两位去做，要给年轻人表现的机会啊。这样吧，等周一，我带你去银行，把咱们典当行的宝贝给你清点一下，我老头子的任务就算是完成了。”

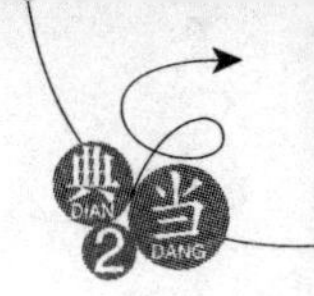

德叔的话听得庄睿忍不住笑了起来，赖劲东和王一定，都要比自己大上五六岁，他们要是年轻人，那自己算什么啊，未成年人？

德叔交代完庄睿之后，借口年轻人不需要喝茶提神，将庄睿的那套茶具搬回到自己的办公室去了，说是借用几天，用这物件来招待朋友，那绝对是倍有面子的事情。

中午的时候，庄睿抽出一点时间，开车把白狮送回到家里，晚上要请人吃饭，带着这小家伙可是不合适，主要是白狮长得太快了，一般两个月的小狗，体形还没有白狮的三分之一大。

把茶几收拾了一下，庄睿坐到大班椅上，随手打开了德叔拿过来的资料，这椅子坐着果然舒服，将整个身体都深深地陷在椅子里，让庄睿居然有种想睡觉的欲望。

"看来自己还是没有享福的命啊。"

庄睿苦笑了一下，拿着资料坐到了茶几边的沙发上，认真地翻看了起来，资料很详尽，从典当行成立以来，所有收取的死当物品，都在里面，还有多角度拍的照片，这也是学习的一个好机会，庄睿看了几页之后，就被吸引住了。

"庄经理，下班了，您还不走？"

外面的天色逐渐暗淡了下来，庄睿的办公室门被出纳给推开了，胥玲轻手轻脚地走了进来。

"啊？现在几点啦？"

庄睿闻言愣了一下，看看墙上挂的钟，居然已经七点多快八点钟了，这会儿庄睿的肚子也感觉到有些饿了，合上了手中的文件，庄睿站起身来。

"对了，你怎么到现在还没走？"

看着站在门口的胥玲，庄睿奇怪地问道，典当行夜里是有保安值班的，并不需要胥玲留下来关门，按照这丫头的习性，平时恐怕跑得早就见不到人影了。

胥玲犹豫了一下，开口说道："庄……庄经理，我是想请你吃个饭，上次那件事情，都是我不对，请你吃饭算是我向你赔礼道歉吧。"

"吃饭？"

正在将散乱的文件整理在一起放到桌子上的庄睿，愣了一下，转回身看着胥玲，道："那事已经过去了，就不用再提了，话再说回来，即使那天你在场，恐怕结果可能会更糟糕，现在也不错，公司领导为了奖励我，让我当上这个经理，按理说我还该谢谢你呢。"

庄睿见自己的玩笑并没有使胥玲笑起来，接着说道："咱们相处也有一年多的时间了，你应该也了解我，我可不是那种小肚鸡肠的人，请我吃饭就算了，中午咱们才聚过，下次还是我请客，把大家都叫上，找个地方去唱 K。"

庄睿说话的时候，心里总是感觉到慌慌的，似乎自己忘记了什么事情一般，可是又想不起来，摇了摇头，拿起大班桌上伟哥送给他的那个真皮手包，就准备下楼开车回家了。

"可是，庄经理，现在也是到了吃饭的时间了啊。"胥玲似乎并没有放弃，还在做着

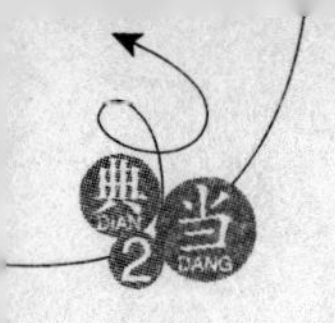

努力。

“吃饭的时间？对了，该死，我怎么把这件事情给忘了。”

庄睿猛地记了起来，自己似乎晚上也是要请人吃饭的，约的时间好像是五点钟左右，现在都七点了，也不知道苗警官为什么不打个电话过来。

庄睿拉开手包，将自己的手机取了出来，这一看之下，不禁连连叫苦，上面居然有三十八个未接电话，其中三十五个都是同一个手机号码拨打的，另外三个是老大打过来的，上午开会的时候，庄睿把手机调成振动，就一直忘了改过来了，这下估计是要把苗警官给得罪惨了。

话说庄睿长这么大，被女孩子主动邀请，这还是生平第一次，没想到就放了别人的鸽子，估计要是被伟哥知道了这件事，肯定会先竖起个大拇指夸庄睿牛气，然后再上去暴打庄睿一顿，毕竟他的驾驶证还在那女警官手里，庄睿得罪她不要紧，万一苗警官心里不爽，把驾驶证扣个一年半载的，那伟哥想哭都找不到地了。

“小胥，今个儿真不行，你不说吃饭我都忘了，晚上和朋友约好了的，我现在都已经失约了，对不住，我先走了啊。”

庄睿顾不上和胥玲多说了，看到她退到了门口，自己就走了出来，反手将经理室的门锁上，匆匆走下楼去，进入自己的车内，没有在意身后胥玲失望的神色。

庄睿哪里知道，就在他担任经理的消息被胥玲知道以后，他的身份就变成了潜力股，而今天见到了他那辆大切诺基，在胥玲心里，更是立刻从潜力股变成了绩优股，这才有了刚才邀约庄睿的那一幕，不过就算庄睿知道，也不会对胥玲加以颜色的，这样的女孩不是他欣赏的类型。

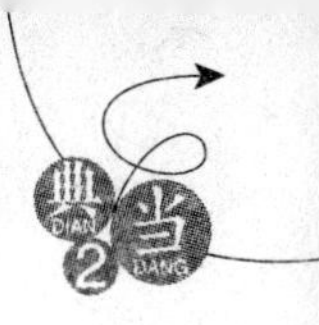

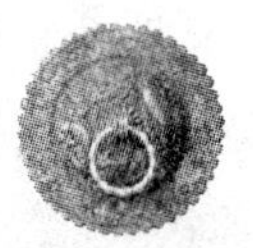

第十二章　佳人有约

“喂，伟哥。”庄睿坐在车里，想了一下，还是先拨通了阳伟的电话。

“老幺，我说你拿个手机不接电话，你要手机干吗的呀，哥哥我打了好几个电话给你，都是没人接，你现在在哪呢？”没等庄睿一句话说完，阳伟那边就喊上了。

“今天开会，手机调成振动了，伟哥，你找我什么事情？”庄睿弱弱地问道，听见阳伟的反应这么大，会不会是那苗警官去找伟哥的麻烦了？

“废话，没事我找你干吗，你不是要买房子吗，我今儿一天就给你办这事了，什么都谈好了，就等你的身份证和本人签字，我这一天没找到你，你说我急不急啊。”

阳伟的声音从电话里传出，却是让庄睿松了一口气，问道：“老大，除了这事，就没别的事情了？今天那位苗警官有没有找你啊？”

“苗警官？你说的是昨天那个陀枪师姐啊？她找我干吗？”阳伟有些奇怪地反问道。

“没找你？那我的电话她是怎么知道的？”庄睿也是莫名其妙。

“电话？对了，早上我睡得迷迷糊糊的时候，好像是有个人打我手机，问你的电话号码，不会就是那位苗警官吧？她找你干什么呀？”

听到庄睿这么一说，阳伟倒是模糊想起来有这么一档子事，不过这年头莫名其妙的电话会接到很多，他虽然看到手机里有个陌生的号码，也没有回拨过去查问。

“没事，你今天还住我那？正往那边赶？那等会儿我回去再说吧。”

庄睿懒得在电话里解释，挂了电话之后，就按照手机上那个陌生的号码回拨了过去，只是接连打了好几个，都没有人接听。

“哒哒……哒哒哒……死吧，师兄，你后面有匪徒，六十度角那里，好了，爆头了……”

在距离阳伟家不远处的一个别墅里，不时地传出一阵枪声，还有个女孩的喊声，要不是别墅隔音设施好，恐怕保安早就破门而入了，光是听这枪声，不知道的还以为这是在伊拉克呢。

“姓庄的，等本小姐下次逮到你，肯定让你好看，气死我了。”

苗菲菲咬牙切齿地用手中的 AK47，准确地将拐角一个露头的匪徒爆头后，恶狠狠地

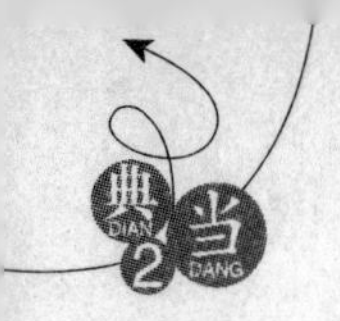

说道，只是她那副长相实在是过于柔弱了一点，就是被庄睿看到，恐怕也没有什么威慑力。

“师兄，谢谢你们，我没事了，先下了啊，改天再找你们打CS。”

苗菲菲对着耳机说了一声，然后就在电脑上退出了反恐精英的画面，刚才这一番厮杀，让她心中的郁闷减轻了不少，只是对庄睿还是怨念颇深，这会儿已经在算计着是不是用阳伟违章的事情，去难为下庄睿了，要是伟哥知道苗菲菲有这想法，肯定会大义灭友，把庄睿交到苗菲菲手上，任尔处置。

其实苗菲菲的性格非常大气，并没有一般小女人的矫揉造作小肚鸡肠，只是今天这事情实在是让她咽不下去这口气，白天在家里闷了一天之后，苗菲菲晚上五点多就到了庄睿所说的那个路口，然后就开始拨打庄睿的手机，没想到从五点半左右，一直打到了六点半，手机里传来的声音都是“您所拨打的电话无人接听，请稍后再拨”的人工语音。

苗菲菲不是第一次约男人一同外出游玩，也不是第一次被拒绝，在北京的时候，和刑警队的那些师兄，经常会三五成群地聚在一起唱K，或者开车去大兴等地郊游，不过刑警的工作有些特殊，来案子了马上拔腿就要走人，所以失约的事情也不是没有。

不过既失约，还没有个解释的事情，这还是头一遭，等了一个多小时的苗菲菲当时气得哪都没去，掉头开车回到家里之后，立刻打电话把一帮子哥们姐们招呼在一起，陪她打了一个多小时的反恐精英，这才将心中的怒火熄灭。

离开电脑桌，苗菲菲这才感觉到肚子有些饿了，拿起手机看了下时间，发现上面有三个未接电话，这不看还不生气，一看之下，被庄睿放了鸽子的怨气，又充斥在心中，本小姐打了三十多次电话都没接，而你居然只打了三次就不继续打了，这让苗菲菲心里极度不平衡。

且不说苗菲菲在想着法子日后要怎么折腾庄睿，开车回家的庄睿在回家的路上，打了两个外卖，他知道老大晚上还是要住他那儿，又叫了一箱子啤酒和几份卤菜，车刚进小区，还没驶进车库的时候，又接到了伟哥的电话。

“老幺，我在你家里呢，你……你在哪儿呢？快……快点回来。”伟哥的声音在手机里似乎带着点儿颤音。

“在停车呢，马上就上楼了，我说老大，咱们有钱也不能这样浪费电话费啊，我挂了，马上上去。”

庄睿停好车，顺手挂掉电话，拎着饭菜上了楼，敲了半天门没人开，庄睿拿出了钥匙打开了门，屋里一片亮堂，老大正端坐在沙发上，庄睿不满地说道：“我说伟哥，我这拎着这么多的东西，你干吗不开门啊？”

“靠，老幺，你把这藏獒放家里也不给说一声，我一进门就被它扑倒了，要不是哥们老实，这小命早就没了，快点，让这家伙别盯着我看，我这心里发毛啊……”

阳伟见到庄睿进来，那是眼泪一把鼻涕一把啊，刚才可是把他给吓坏了，这狗看到有人进屋也不叫唤，直接就把伟哥给放倒在地了，不过在他身上闻了闻之后，居然没下口，

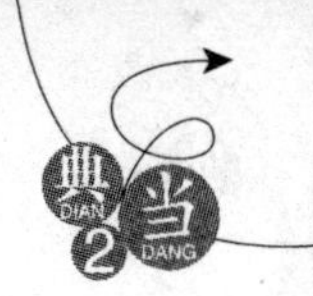

反而把他给放开了，不过那双眼睛一直死死地盯着阳伟，吓得阳伟坐在沙发上是一动不敢动，这姿势从进屋到现在，已经保持了十多分钟了。

“白狮，过来，我告诉你，这是我哥们，以后别吓唬他了啊，这人胆小，还有就是，没有我的命令，绝对不能咬人，听明白没有？”

庄睿说着说着，自己先笑起来了，这话别说是和一只三个月左右的狗说，就是和一个三岁的孩子说，那孩子也听不懂，不过白狮的表现却是让庄睿和阳伟大吃一惊。

庄睿话声刚落，白狮就摇着大头，几步窜到了伟哥的身边，用头部蹭了蹭阳伟的裤子，表现出一股亲热劲，这阳伟估计也是吓傻了，直到白狮跑回到庄睿的身边之后，他才反应了过来，身体连连向后退去，冷不防绊倒在沙发上，跌了个四仰八叉。

“得，别，别过来，回头我就回家睡去，我算是怕了你了。”

看着似乎还想过来和自己亲热一下的小白狮，伟哥连连摆手，一脸无奈的表情。

不仅是阳伟无奈，庄睿现在对白狮也有些头疼，这小家伙……论个头已经不能称之为小家伙了，有点太腻自己了，走到哪就要跟到哪，在彭城还好说，那会儿个头小点，现在却是不行了，上海很多场合都是禁止宠物入内的，可是要把白狮送到刘川的獒园里，庄睿又舍不得，这么长时间一直都是形影不离，让这一人一犬感情极深。

“白狮，过来。”

庄睿走到阳台上，拿出专门给白狮准备的一个小铁盆，将手里的白粥倒了进去，里面还有些肉屑，小家伙也饿了，不等庄睿招呼，就狼吞虎咽了起来。

回到客厅里，看到老大正在茶几上摆酒菜，庄睿开了一瓶啤酒递了过去，让伟哥压压惊，老大这人向来胆子很小，估计刚才是真给吓到了。

“给，签好字明天转完账，这房子就属于你了，今天老三打电话来，我说起这事，他还哭着喊着要杀回上海来宰你呢，我说老幺，这凭自己的本事赚钱买房子，哥几个中间，你是第一个。”

两人吃完饭后，阳伟从自己的包里掏出几份文件，一一摆在茶几上，又拿出一盒印泥来，看得庄睿都有些不好意思了，自己买房子，让老大跑前跑后的，连合同都带回家里签，自己大学这几年，没白交这些哥们。

“一百零三万。”庄睿眼睛从合同上的金额处扫了一眼，也没多问，拿起笔来刷刷地签上自己的名字，伟哥和自己一个专业出身的，这些数字上的东西，想必会处理得很好。

“行了，剩下的钱明天打你账户里去，我先回去了，把你车钥匙给我，唉，算了，我打车走吧……”

阳伟收拾好庄睿签完的合同，就准备离开，他知道庄睿明天不上班，原本准备伸手要车的，可是一想驾照被收走了，又悻悻地把手收了回去。

“对了，老幺，你电话里说那苗警官找你，什么事情啊？”

走到门口阳伟又折返了回来，好奇心不止是女人独有的，男人八卦起来更可怕。

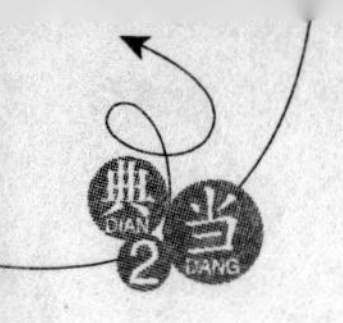

“没什么事，苗警官对上海不大熟悉，想让我做个导游，可是今天工作太忙，我给忘了，后来再打电话过去，就没人接了。”庄睿老老实实地回答道，心里有点小内疚，要是苗警官迁怒到老大身上，就是自己的罪过了。

“你……你居然放美女的鸽子？你没空不知道让我去啊，坏了，哥哥我的驾驶证还在那妞手上呢，老幺，我和你拼了。”

伟哥一脸悲愤地冲向了庄睿，其后果就是，他出门的时候换上了庄睿的一条裤子，自己的那条被白狮给撕破了，白狮很听话的没有咬人，但是庄睿并没有交代它不准咬人裤子啊。

送走阳伟之后，庄睿看了下时间，还不到十点，打开电视看了一会儿，里面拿捏着腔调的肥皂剧让他看得索然无味，而且心里一直惦记着苗菲菲的反应，七点多那会儿一直不接电话，难道是真要拿伟哥出气？

“哥们我换个电话打，看你是接不接……”

庄睿想了一下，把手机拿了出来，看了下上面的号码，用家里的座机打了过去，没响两声，就被人接起来了。

“喂，你是哪位？”苗菲菲的声音从电话一端传了出来。

“苗警官啊，我是小庄，庄睿，今天实在不好意思，上班第一天，早上开会的时候把手机调成振动了，下午在公司看文件，看到七点多，把要请您吃饭这事给忘了，后来打您电话，也没人接，实在是对不起，这事都怪我，我向您赔罪，喂，喂，您在听吗？”

庄睿怕苗菲菲挂他电话，这一大段话说出来，中间都没喘气，说完之后，庄睿发现电话对面没有声音了，还以为苗菲菲挂电话了呢，正要放下话筒，苗菲菲的声音传了出来：“那你要怎么赔罪啊？”

“哥们我以身相许……”这句话被庄睿硬生生地吞了回去，交友不慎啊，刘川和伟哥都是经常把这话挂在嘴边，害得庄睿也差点说了出来。

“明后天我都休息，苗警官您说去哪儿，咱们就去哪，我做司机兼导游，食宿全包，完全免费，您看这行不？”

庄睿这段时间嘴皮子上的功夫，倒是磨炼出来一些。

苗菲菲本来就不是小肚鸡肠的人，早上的时候就听庄睿说起过，他今天是两个月来第一天上班，忙一些也是在情理之中的，刚才庄睿道歉之后，她也就没再生气了，不过捉弄庄睿的心思倒是生出来了，于是问道：“那明天你准备带我去哪里玩？”

“明天……明天……”庄睿一时倒真想不起来要带苗菲菲去哪里。

“你刚才说的都是套话吧？一看你就没诚意，是不是怕我为难你同学，不给他驾驶证呀？”苗菲菲的声音传了出来，急得庄睿额头居然冒出细汗来了。

“明天咱们去城隍庙吧，那里的南翔小笼包，可是远近闻名啊，还有豫园就在那旁边，想购物的话，那儿距离南京路也不是很远，您看怎么样？”

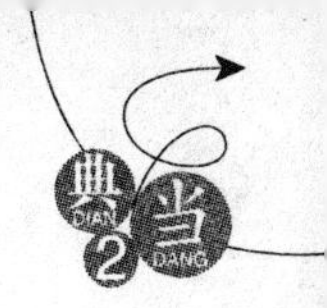

情急之下，庄睿想到了这么个地方，其实他也就是上大学的时候，和老大几个人去过一次，记忆中好像是除了人多，就没别的印象了。

“好吧，明天你要是再放我鸽子，我就……我就……”电话那头的苗菲菲举起了小拳头，想想自己除了扣了阳伟的驾驶证之外，似乎没有什么可以威胁庄睿的，不由有些泄气。

“放心吧，苗警官，要是明天我再失约，那我开车去你们交警中队大门口违章去，给您一个行使职权的机会，这样总行了吧，晚了，不打扰您休息了，咱们明天见。”

听到电话那头传来的答复后，庄睿乐呵呵地挂上了电话，他心里对苗菲菲还是很有好感的，去掉警察的身份不谈，苗菲菲身上没有一般女孩的矫揉造作，脾气直爽，性格大气，是一位很好相处的朋友，不过也就仅限于朋友了，庄睿心里可是没动过什么歪主意。

第二天一早，庄睿先把白狮的饭做好了，虽然白狮不挑食，不过养着这么一只价值数千万的藏獒，任谁也不敢怠慢，收拾洗刷完之后，庄睿就开车直奔阳伟家的别墅区，因为苗菲菲也住在那儿。

“小交警能住得起这里吗？”

庄睿将车停在大门外面，给苗菲菲打了个电话，看着里面一栋栋的私人别墅，不由猜想起苗菲菲的身份来，北京人跑到上海来工作，住的是价值上千万的别墅，要说没什么背景，鬼才信呢。

苗菲菲来得很快，庄睿打开车窗刚点上根烟，就看到一个女孩背着个背包，从大门处走了出来，人到车前，看得对美女几乎产生免疫力的庄睿，也不禁愣了一下。

苗菲菲的个头不是很高，只有一米六七左右，只是她今天没穿警服，而是上身穿了一件紧身的灰色羊毛衫，下身则是一条牛仔裤，虽然脚上穿的是一双平底运动鞋，但还是将其美妙的身材显露无遗。

让庄睿发呆的也正是如此，他没想到脱去了警服的苗菲菲，身材是如此之好，胸前高耸挺拔，盈盈一握的纤腰，修长的双腿，再加上苗菲菲那张不施粉黛娇小动人的脸孔，让人一看之下，很是有种要将之搂在怀里呵护一番的冲动。

“想抽就抽吧，我习惯了，把车窗打开就好。”

苗菲菲拉开副驾驶的门，坐了进来，看到庄睿正手忙脚乱地准备掐灭烟头，浑不在意地摆了摆手，以前她那些刑警队的师兄都是大烟枪，早就被熏陶出来了。

庄睿有些不好意思地把烟头丢出窗外，发动了车子，交警坐在身边还敢抽烟，回头治你个违章驾驶，有理都没地说去。

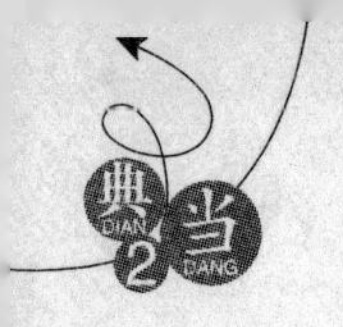

第十三章 跟屁虫儿

上海城隍庙始建于明代永乐年间，始建之时，规模尚小，经明清两代屡次扩建，面积也随之不断扩大，这里是正一派道教宫观，经常以“济世度人”为宗旨举行道教法务，今天是周末，正好有道场，庄睿和苗菲菲手里拿着刚买来的小笼包，五香豆，一边吃一边津津有味地看着那些道士在摆法场。

庄睿也是第一次见到举办道场，只见数十个道士围着城隍殿门口的空地来回走动，诵念经忏，唱赞祈愿，步虚旋绕，步罡踏斗，将信徒的愿望上送天庭，召请神灵莅临醮坛，两旁还有诸多信徒们唱和，场景颇为宏大。

“没意思，像跳大神似的，走吧。”

苗菲菲看了一会儿就感觉到索然无味了，拉着庄睿就要离开。

“那咱们去花鸟古玩市场转转去?”庄睿征求着苗菲菲的意见。

“好啊，我以前在北京的时候，最喜欢逛琉璃厂，咱们去看看这里有什么好东西。”苗菲菲的话让庄睿愣了一下，敢情这还是个行家呢。

上海人把古玩收藏做成了一道民俗旅游大餐，整合得呈现辗转绵延的群落态势，在城隍庙以及豫园附近的古玩市场足足有三四家，连着老街上零星的民俗与古玩店，逶迤形成了一个庞大的古玩收藏群落，蔚为壮观。

全国各个古玩市场，其实都是大同小异，地摊上摆着新新旧旧的东阳木雕，大大小小的藏传古玩如唐卡、藏佛法器，书画、玉器、陶瓷等更是遍地都是，要说有点特色的就是那些老的或者新印刷的月份牌、老唱机、老胶木唱片、二十世纪三十年代的电风扇、老电话机等，倒是让庄睿和苗菲菲驻足停留了很久。

“庄睿，你可是专业人士，你看这块玉是不是古玉啊? 这老板说是明朝的，我看着也像。”苗菲菲手里拿着一块龙形玉佩，兴高采烈地向庄睿问道，在来的路上，庄睿已经告知她自己的工作单位了。

“苗警官，他说这是战国的您也信啊，这沁色一看就是人工做旧的……”

庄睿看着苗菲菲有些无奈地说道，原本还以为她是个行家，到了古玩市场以后，庄睿

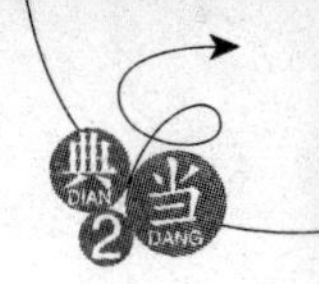

才发现，苗菲菲整个就是一门外汉，那水平和刘川差不多，看着什么都像是真的。

“叫我菲菲好了，咱们是朋友了嘛。”苗菲菲也不生气，放下手里的玉佩，又奔向下一个摊位，言语间透露出一股北方女孩的豪爽。

庄睿摇了摇头，连忙跟了上去，庄睿算是发现了，想在这些地摊上淘到宝贝，那不异于是大海捞针，这一路上经过了三四十家摊位，里面就没一件东西，能让庄睿看得入眼去。

“你干什么，怎么老是跟着我们？是不是想偷东西啊！”

“哎哟，姑奶奶，你轻点，我这胳膊要断了，我不是小偷，真的不是，这位摊主大哥就能作证。”

庄睿蹲在地上，正看着一对玉麒麟镇纸，这对镇纸虽然里面没有蕴藏灵气，不过其造型工艺很是美观，吸引住了庄睿的眼球，正看得出神呢，身边突然传来苗菲菲的声音，还有一个男人不住呼痛求饶的喊声。

“怎么回事？”

庄睿扭过脸去，看到苗菲菲一个拉腕别背，将一个二十多岁的小青年的胳膊反别过来，脸上满是怒意。

“从咱们一进来，这人就跟着，刚才你蹲下的时候，我看他走到你后面，鬼鬼祟祟的不像是好人。”苗菲菲手上微微用力，那小青年又发出一阵杀猪似的号叫声。

“大姐，我真的不是小偷啊，大哥，您说句话呀，咱们抬头不见低头见的，您可不能看着我被冤枉啊。”那小青年看向旁边地摊的摊主，出言哀求道。

“小伙子，他的确不是小偷，也是在这市场里面混口饭吃的，放了他吧。”庄睿身前的地摊老板开口说话了，不过口气里却带着一丝不屑的味道。

“真的吗？以后不要再跟着我们了。”

苗菲菲看到旁边的几个摊主，似乎都认识这小青年，遂把他给放开了，那小青年被苗菲菲一个看上去娇滴滴的女孩治得动弹不得，也不好意思在这里了，低着头就钻进了人群里。

庄睿笑了笑，那小青年的来历他倒是清楚，肯定又把自己二人当作有钱的凯子了，不过见到苗菲菲没有受到影响，还是在兴高采烈地一家家摊位看着，庄睿也就没多说什么，等到过了一个拐角处，庄睿也忘了刚才所发生的事情。

“这位大哥，刚才实在是对不起，我这小兄弟不会做事。”

庄睿猛然感觉到有人在身后拍了一下自己的肩膀，连忙回头看去，却是一个长相忠厚的中年男人，在他旁边站着的，就是刚才被苗菲菲教训的小青年。

“你们干什么？是不是想要报复啊？”

苗菲菲也看到了二人，连忙放下手里正在看着的物件，走了过来，那小青年连忙向后退了两步，说道：“二位，千万别误会，我大哥是有生意和二位谈。”

中年人故作神秘地左右打量一下，小声地说道：“这里说话不方便，咱们换个地方说，

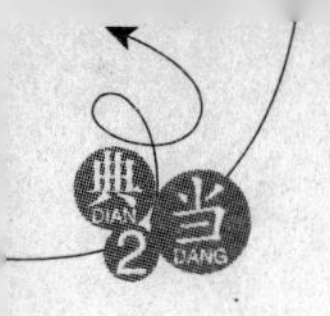

那边人少点，二位辛苦下，挪个步。”

庄睿闻言不耐烦了，这简直和猴子就是同行嘛，这答话的水平，还不如猴子呢，正要挥手打发掉的时候，苗菲菲却是一脸兴奋地问道：“有什么生意？”边说还边拉着庄睿向那人指的地方走去。

来到了那人所指的僻静地儿，其实也就是两个店铺中间没人摆摊的地方，那个中年人神情很严肃地向庄睿二人靠近了一些，说道：“两位，要不要古董？刚从墓里挖出来的，保证货真价实，土腥味都没去掉呢。”

庄睿闻言眉头竖了起来，正要说话时，却被苗菲菲抢了过去，道：“在哪里啊？先拿出来看看，是真的我们就要。”

“这位大姐，这里不方便的，墓里出土的物件，查得比较严，二位要是真想看，随我走几步路，就在旁边不远的地方，保证让您二位此行不虚。”

中年人听到苗菲菲的话后，微微有点兴奋，身体又往前靠了靠。

庄睿急了，一把将苗菲菲往后拉了一下，上身前倾，嘴巴几乎凑到了中年人的耳朵，用仅仅身边苗菲菲和中年人能听到的声音说道：“滚蛋，再给爷下套子，爷把你们全拎到局子里去。”

话音刚落，那中年人脸色大变，扭头拉了一把站在旁边有些莫名其妙的年轻人，转身就走，苗菲菲在身后连喊了几句，那人都不敢停下脚步，转眼间就消失在人群之中了。

“庄睿，你成心捣乱是不是啊？那人说了有出土的文物，我要是顺藤摸瓜，能抓住一个盗墓团伙出来，那样就可以调回北京了，你把他们赶走干吗呀？”

看着消失在人群里的那两个人，苗菲菲气得直跺脚，把怨气一股脑地撒在了庄睿的身上，她虽然学的是刑侦专业，但是到现在还没有独立破过一个案子，这次那么好的机会，居然就被庄睿给破坏掉了。

庄睿看着一脸怒色的苗菲菲，不禁苦笑了起来，说道：“菲菲……”

“叫警官，和你没那么熟。”

“呃，苗警官，您说自己在北京的时候，常去逛琉璃厂，就没遇见过这类人？今天这话也是第一次听说？”庄睿心想这要是不解释清楚，看苗菲菲这模样，恐怕比昨天放了她鸽子还要严重。

“没有啊，以前我去琉璃厂，后面没人跟着的，这和今天的事情有什么关系？”苗菲菲被庄睿问糊涂了。

“您那会儿去琉璃厂都是穿着警服吧？”

庄睿想到一个可能性，出言问道，见到苗菲菲点头之后，接着说道：“那就对了，用北京话来说，这些人就叫做跟屁虫儿，咱们来是淘宝的，他们就是专门宰人的，搞一些假物件蒙骗游客的，他所说的古董倒是出土的不假，只是那些玩意儿都是被他们自己埋进去，再自己挖出来的，您想捉盗墓的，去陕西河南的野地里多转悠转悠，都比从他们身上挖线

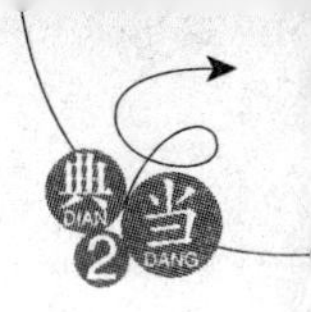

索来的概率大。”

“你说的都是真的？”苗菲菲将信将疑地看着庄睿。

“苗警官……”

“叫菲菲……”

“别介，我还是叫您苗警官吧，过一会儿再招惹您了，我也不用改口了。”

庄睿的话让苗菲菲笑了起来，不过她还是有点怀疑庄睿刚才的话，那个中年人长得贼眉鼠眼的，身上还带股子泥土腥味儿，以苗菲菲的眼光看，十有八九是经常打洞钻穴的地老鼠，要是真抓住个盗墓团伙，那可是大功一件呀。

“苗警官，这也逛了两个多小时了，咱们去那家茶馆坐坐吧，等会儿我给您一说，您就明白了。”庄睿四处看了一下，两人站在角落里其实挺招人眼的，来来往往的人都会瞅上一眼，于是拉着苗菲菲走进旁边的一家茶馆。

这茶馆和街边的建筑一样，都是仿古建筑，里面跑堂的人都穿着不伦不类的古代衣饰，看见有人进来，门口的一伙计，立刻拖着长音大声喊道：“有客到……”马上迎过来一个二十出头穿着旗袍的女孩，只是脚上搭配的是运动鞋，颇有些煞风景，看得庄睿心中暗笑。

二人上到二楼，找了一个靠窗的位子坐下后，庄睿点了一壶普洱茶，要了几样点心，这普洱茶第一次喝时虽然会感觉有些怪，不过喝习惯之后，就能从中品出味道来了，而且还有降血脂的好处。

只是这茶馆所上的普洱茶，喝在嘴里多了一丝苦涩，却少了一点浓醇的香味，和德叔昨天所拿的茶饼相比，那是相差甚远了。

“庄睿，刚才那事你还没给我解释呢，你怎么就知道那两个人不是盗墓的啊？”

茶好茶坏对苗菲菲而言并不重要，北方人喝茶都习惯拿个大茶杯子，口重的就放个小半杯茶叶，一泡就是一天，很少有南方人喝茶的细致，苗菲菲也不例外，吃着点心喝着普洱茶，一双眼睛却是紧盯着庄睿。

看到苗菲菲如此执著，庄睿叹了口气，道：“苗警官，我给您说个故事吧，就是发生在这个古玩市场之内的，不过故事里是否有刚才那两个人，我就不敢确定了。”

“好，好，你快讲。”

苗菲菲此时哪里像个警察，一手抓着小笼包往嘴里塞，一手端着茶杯，两眼放光地看着庄睿，倒像是个准备听大人讲故事的孩子。

“这事牵扯到我的一个长辈，名字咱现在就先不说了，我那长辈在商场算是个成功人士，生意做得很大，这几年不知道怎么回事，就喜欢上收藏了，你也知道，有雄厚的财力做后盾，玩起这行当，那是要比一般人起步高很多的。

“不过我这位长辈心气儿高，看了不少关于古董鉴定类的书籍图片，入行的时候就放言，要凭本事捡漏淘宝，所以像上海城隍庙、藏宝楼、华宝楼这些个古玩市场，他是没少

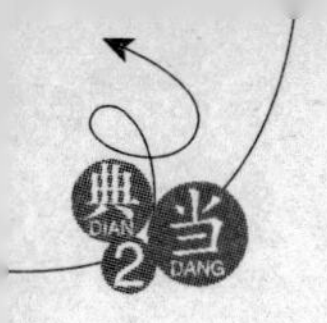

去，东西买了一屋子，不过真物件屈指可数，在去年的时候，那位就转悠到城隍庙里来了。

“和咱们一样，我那位长辈在逛地摊的时候，也有两人和他搭讪上了，出言说是手里有刚出土的古董，要说那位在商场里厮混了不少年，也算是识人无数，看这俩人的言行，的确像是捞偏门的，说不准手里真有什么好东西，再加上他耳根子有点软，架不住两人这么一劝，就跟着去了，你猜，结果怎么样？”

庄睿说到这里卖了个关子，给自己续了杯水。

“怎么样啦？不会是那盗墓团伙改行干起绑架来了，把你那长辈给绑架了吧？”苗菲菲很认真地思考了一下，然后煞有介事地说道，听得庄睿一脑袋瓜黑线，这位师姐的联想力未免太丰富了一些。

“哪儿跟哪儿啊，我那长辈当时跟着两人走了，七拐八拐地进了一家小旅馆，离这里不算远，只是里面环境忒差了点，里面那味道，当时差点没将那位熏得晕过去，后来进入一个房间之后，里面早已等着两个人了。

房间里等着的两个人长得很瘦小，更为关键的是，浑身上下都透着一股土腥子味，就像那些挖煤窑的一样，一眼就看得出来，所以我那长辈心里就信了七八分，等到物件拿出来之后，更是两眼放光了，那是一只宣德炉，应该是出土不久，上面沾满了泥土。”

“什么是宣德炉啊？烧香用的？”苗菲菲出言打断了庄睿的话。

“就您这还经常去逛琉璃厂？要不是穿身警服，恐怕早就被人忽悠得破产了。”

庄睿在心中腹诽了一句，出言解释道：“您说的也没错，宣德炉确实是古代焚香所用的，不过这来头就有些大了。话说明代宣德皇帝在位时，为满足其个人玩赏香炉的嗜好，特下令从暹罗国（泰国）进口一批红铜，责成宫廷御匠吕震和工部侍郎吴邦佐，参照皇府内藏的柴窑、汝窑、官窑、哥窑、钧窑、定窑名瓷器的款式及《宣和博古图录》、《考古图》等史籍，设计和监制香炉。

“为保证香炉的质量，当时那些技艺最精湛的工艺师，挑选了金、银等几十种贵重金属，与红铜一起经过十多次的精心铸炼，成品后的铜香炉色泽晶莹而温润，是明代当时工艺品中的珍品。

“宣德炉的铸造成功，开了后世铜炉的先河，在很长一段历史中，宣德炉成为铜香炉的通称。只是当时进口的红铜有限，宣德三年利用这批红铜开炉共铸造出五千座香炉，以后再也没有出品。

“这些宣德炉都深藏禁宫之内，像咱们这般的普通老百姓，那是只知其名未见其形，再经过朝代更换，这数百年的风风雨雨，真正宣德三年铸造的铜香炉极为罕见。

“俗话说，物以稀为贵，宣德炉数量这么少，自然价格极其昂贵了，为了牟取暴利，从明代宣德年间到民国时期，古玩商仿制宣德炉活动从未间断，别说现代了。

“据说，就在宣德炉停止制造后，当时部分主管‘司铸’的官员，马上就召集了原来铸炉工匠，依照宣德炉的图纸和工艺程序进行仿造，这些经过精心铸造的仿品可与真品媲

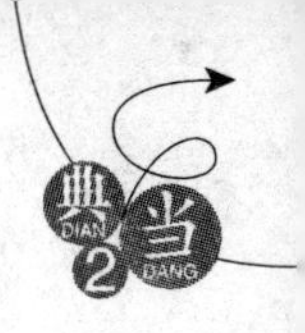

美，专家权威也无法辨别，至今国内各大博物馆内收藏的许许多多宣德炉，没有一件能被众多鉴定家公认为是真正的宣德炉。”

“那你的意思就是，那位长辈所见到的宣德炉是假的了？这也说不准啊，从明朝宣德年间到现在，都过去几百年了，说不定那些盗墓贼就从谁的墓里挖出来个真的呢。”苗菲菲插言道，她是一门心思就认定那一伙人是盗墓贼了。

庄睿被苗菲菲气得直翻白眼，没好气地说道：“宣德炉用料考究，制作极其精良，在民国初年，一尊精美的宣德炉，索价往往高达数十万，可谓无价之宝，要是放在现在，能被考证是真的宣德炉，卖个几千万也不稀奇，你以为那玩意是大白菜，满大街都是，随便挖个古墓就能碰到的呀？

“从宣德年间之后，宣德炉，就不仅仅是指宣德三年铸造的香炉，而是所有带宣德款铜炉的统称，也可泛指和宣款炉形制相近的不带款，或带有其他款的铜炉，真正宣德三年的炉已成了一个谜，咱们现在能见到的宣德炉，绝大部分都不是宣德的。”

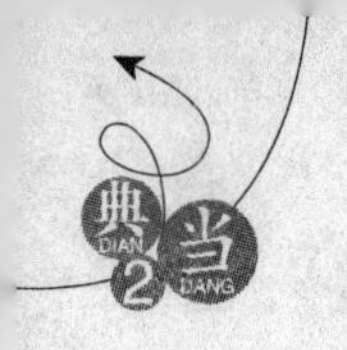

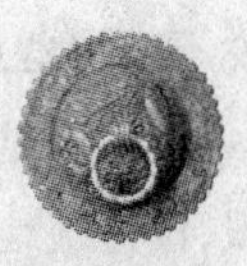

第十四章 街边偶遇

“就算那是假的吧，后来怎么样了？你那位长辈被宰了？”苗菲菲总算不再纠缠真假了，出言问道。

庄睿点了点头，说道：“在那环境里，本来灯光就不怎么亮，我那长辈正在看的时候，又来了两个人，说是也要来看有什么出土的古董的，当时那位就急了，问几个盗墓的这宣德炉要卖多少钱，那俩小个子，张嘴就要五十万。

“五十万对那位来说，不算什么，不过他当时一听这价格，有点透着邪性，但是这炉子他是看中了，心里估摸着有90%的把握就是宣德炉，当时就还价五万块钱，卖就卖，不卖就马上转脸走人。

“谁知道后面来的这两个人，开出了八万的价格，那几个盗墓的也就没搭理我那长辈了，而是商量着和后来那两个人前去取钱，这一下我那位长辈急了，这到了嘴边的肥肉，不能让它跑了啊，当时开出了十万块钱的价，并且马上去到银行将钱提出来，换了这么一个宝贝宣德炉回家了。

“那位长辈回到家里之后，找人专门打了一个柜子，上面还装了玻璃罩和四个射灯，将宣德炉清洗干净之后，供在了里面，以后那是逢人就吹自己捡了个大漏，不过后来请了个专家去看了一下，这物件入土不超过俩月，出土不超过俩星期，整个一现代仿品。

“专家这话说得那位当时就蔫了，气得回头去找那几个所谓的盗墓贩子，不过在这里转悠了小半年都没碰上，全国古玩市场那么多，谁知道那几人又去哪里行骗了啊，其实即使找到了也拿他们没辙的，一没发票二没证人的，吃了这亏只能是自认活该，我刚才不让你跟去，就是不想找这麻烦，瞎浪费工夫。”

“原来是这样啊？这种行为的确是不好定罪，一个愿打一个愿挨，两厢情愿的事情，不过你那个长辈够倒霉的，十万块钱就这样给骗去了。”苗菲菲听完之后，若有所思地说道。

庄睿正要回苗菲菲话的时候，兜里的手机响了起来，接起来一听，伟哥的声音传了出来：“我说老幺，你今天休息吧，中午咱们一起吃饭，回头你到驾校来接我，这教练和我过

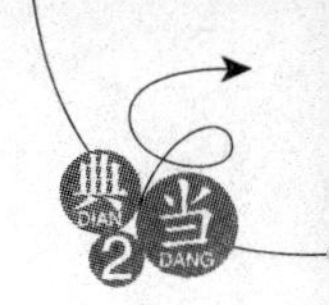

不去，给辆东风141让我练了一上午的原地进出车库，哥哥我两个肩膀都快没直觉了。”

“刚上班要熟悉业务，这两天没空，你自己解决吧，早点把扣分的学时补上，也好找苗警官要驾驶证啊，行了，就这么着吧，我先挂了啊。”庄睿一边说话一边看着苗菲菲，眼中满是笑意。

“我那长辈的儿子更倒霉，前个儿开车挤到位女警官，连驾驶证都没有了。”

挂上手机之后，庄睿乐呵呵地对苗菲菲说道，他嘴里的那位长辈，自然就是伟哥的老子了，像这般事情，在那位身上发生了不知道多少次了，阳父还是秉承着要捡个大漏的思想，锲而不舍地周旋在各个古玩市场之中，不过现在出手的次数少了，上当的概率也减少了很多。

最起码庄睿前几天去伟哥家里，发现在阳父的藏宝室里，没增添多少物件，庄睿当时用灵气在屋里看了一番，发现只有几个物件里面存在着一些稀薄的白色灵气，看样子年代也不是很久远，至于其他的，想必都是假的了。

“你说的就是你那同学的父亲吧？”

苗菲菲闻言笑了起来，不过马上绷起了脸蛋，对庄睿说道：“别想着给他求情啊，他驾驶技术过关了，我自然会把本还给他的，否则休想从我这里走后门。”

“那是，那是，伟哥上午还正在和驾校里的东风141较劲呢，苗警官您放心，咱绝对不给他说情，不过他在驾校的成绩合格，您看是不是就能把驾驶证还给他了？”

庄睿还真没想着要给伟哥说情提前把驾驶证要回来，他就希望对面这位，别给伟哥小鞋穿就行了，晚拿回几天本，自己这车也能多安全几天，庄睿对老大的驾驶技术，已经是很绝望了，开了七八年的车了，还是那水平，指望驾校几天就见效果，想都不用想。

“没这心思就好，提前给他驾驶证，不是在帮他，而是害了他，走吧，咱们再逛逛，晚上姐们请你吃饭，明天咱们去周庄，听说那里的江南水乡风光很是不错，我一直都没有机会去。”苗菲菲站起身来，大大咧咧地说道，此时在她心里，庄睿已经是可以结交的哥们了。

“成，周庄就周庄，谁让哥们得罪你了啊，古人云：唯女子与小人难养也。”

庄睿也嘻嘻哈哈地说道，不知道为什么，和这位性格开朗的小女警在一起，心里很是放松，要是换个人，庄睿还真开不出这玩笑来。

“找死吧你，姐们可是黑带六段，切你就像小菜一般。”苗菲菲闻言向庄睿瞪起了眼睛，只是她的长相太具迷惑力，这眼神看起来倒是像打情骂俏的成分居多一些。

庄睿笑了笑，没有还嘴，招过服务员埋了单，他这个行为让苗菲菲很欣赏，要知道，就在前不久，苗菲菲一位长辈的儿子，所谓的上海IT业内精英请她吃饭，一顿饭吃了三百多块钱，吃完之后那位精英居然掏出一百二十块钱来，把自己点的几个菜钱付了，然后将账单递给了苗菲菲，说现在流行AA制，苗菲菲当时也没说什么，掏出钱来付了账。

拒绝了那位精英邀请她去看电影的建议，苗菲菲回到家里之后，差点没把刚才吃的东西吐出来，而那位精英人士居然还打电话来，说是对苗菲菲很欣赏，想进一步接触，建立恋爱关系，吓得苗菲菲直接把那人的电话号码拉进了黑名单。

……

“小欢，不行咱们就把这东西卖给那店里吧，现在家里已经没钱了，有五万块钱，也够咱爸做七八个疗程的化疗了，你这孩子别那么犟呀。”

在城隍庙一处地段很不好的店铺旁边，摆着一个地摊，相比别的地摊大的有四五米，小点的也有两三米，这个地摊就简陋了许多，只是在地上铺了一张《上海日报》，报纸上面放两个瓷器。

来来往往的人倒是不少，但是很少有在这个地摊上驻足三分钟的，都是停下来说不到几句话，就转身离去了，倒不是因为物件少不吸引游客，而是因为那摊主实在是古怪了点。

但凡有人看中了这两个瓷器之后问价，那个很年轻的摊主开口就是三十万，一分钱不讲价，在地摊上的物件，喊出这价钱，根本就留不住客人的，即使有人看中了，也出不起这价钱，只能摇头离去。

这时在年轻摊主的旁边，半蹲着一个年纪在二十三四岁的女孩，看着弟弟狼吞虎咽地吃着自己带来的饭菜，心里不由感到有些痛惜。

“姐，你别再说了，那人就是一个奸商，爸说了，这东西低于三十万不卖，我去年在大学里面打工还赚了几千块钱，加上你的工资，够爸做三个疗程的化疗了，我就是回头找个地方去刷盘子，也不把这东西卖给那些个奸商，明天我去那些个拍卖行问问，看能不能拍卖出去。”

坐在摊位前的大男孩一边吃着东西，一边含糊不清地说着话，他早上带着这两个瓷器去到好几家店铺，第一家店给出了五万块钱的价格，并且放言这古玩市场内，没人能比他出价再高的了，这年轻人不相信，又接连跑了几家店，却发现正如那人所言，每家都给出了三五万不等的价格，确实是都没有超出过第一家。

好马不吃回头草，这小伙子也有股子倔犟劲，干脆就铺了张报纸摆起了地摊，他是决定今天要是卖不掉，等明天就去找拍卖行拍卖，怎么都不会再去那些个古玩店铺。

……

“小庄子，这上海的古玩市场真的这么假啊？咱们走了这半天，难道就没一个真古董？我每拿起一个你都说是假的，是不是怕我花你的钱买啊？我买这些东西也没要你付账呀。”

“嘿，格格吉祥，回格格话，您这手里拿的东西，不都是真的嘛，干吗非要去买那些开门假的物件，我要是让您买了，回头您再来找我后账，我亏不亏呀。”

苗菲菲的话让庄睿是哭笑不得，不过请她喝了个茶，都没算正式吃饭，他在苗菲菲的嘴里就从庄睿升级为小庄子了，这一路行来小庄子长小庄子短的，说得庄睿老是想起某位老佛爷嘴里的小李子、小安子等人。

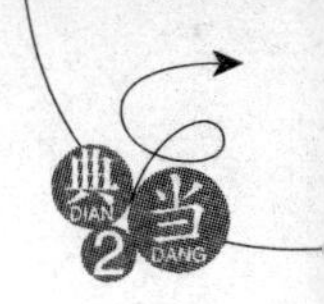

“这东西哪儿算是什么古董呀，只不过是些电影海报，我拿回北京去，给我们家那位最老的老顽固缅怀历史的，他就喜欢看那些黑白电影，还经常用里面的人物教训人。”

苗菲菲扬了扬手里的卷成一卷的几张已经有些泛黄的老画报，别看这些东西不过只有三四十年的历史，可是花了苗菲菲足足有一千多块钱，尤其是那张电影《南征北战》的海报，那摊主就要了六百块钱，说这是新中国成立以来的第一部战争片，全国还保存完好的海报，绝对不超过一百张。

“咦，小庄子，你过来看看，这里有两个瓷器，怎么都是破的还拿出来卖呀。”

苗菲菲此刻蹲在一个摊位旁边，拿起了一个碗状的瓷器打量着，嘴里大声喊着庄睿。

“拜托，这位小姐，这不是破瓷器，只是修补过的罢了，您要是不要，还请让让。”

刚吃完饭的年轻摊主没好气地对苗菲菲说道，这些天父亲的病一直折磨着姐弟二人，即使苗菲菲是个年轻漂亮的女孩，小伙子也没有对她加以颜色。

“我还没看呢，你怎么知道我不要？庄睿，你倒是快点啊，这小伙子挺牛气的，你来看看他这物件是真的还是假的?”苗菲菲也没生气，把手里的瓷器递给了刚蹲下身子的庄睿。

“哎，我说你们小心点，打破了算谁的啊？你放下吧，我不卖你们了。”

那年轻的大男孩急眼了，这瓷器最是脆弱，要是不小心掉在地上，那指定是会碎掉的，小伙子说话的时候，却没发现正在收拾饭盒的姐姐，在听到庄睿两个字后，立刻看向那个刚走过来的男人，眼睛里满是诧异的神色。

“没事，我先看看，要是好东西，摔碎了我会赔，看中了我也会买，你不用担心。”

庄睿也知道物不过手这规矩，只是没法和苗菲菲这外行讲解。

安抚了一下几乎要跳起来的摊主后，庄睿正准备仔细看看这瓷器，却感觉到有一道目光盯在自己的脸上，不由循着那目光看去，却发现是那个男孩旁边坐着的一个年龄也不算大的女孩，只是两人眼神相对时，那个女孩有些慌忙地收回了注视着庄睿的目光。

庄睿看了一眼那个女孩之后，就收回了目光，虽然这女孩容貌长得很漂亮，但是比秦萱冰和身边的苗菲菲还是要逊色三分，并且庄睿可以确定，自己从来都没有见过她，倒是眼前的这个碗状的瓷器，让庄睿感觉到几分古怪。

报纸上原先放着一大一小两个瓷器，大的是一个玉笔筒，应该是青玉材质的，中间镂空雕刻着牧童骑牛图，笔筒上的牧童一手执鞭，目眺远方，悠闲自得，水牛抬蹄蹬步缓缓前行，辅以翠柳绿树，一轮红日，图案布局优美，雕工极其精细，显然是出自名家之手。

不过庄睿的目光，此刻却没有停留在这个笔筒之上，而是完全被自己手中这个呈碗状的小瓷器给吸引住了，与其说是像碗，不如说是个杯子更合适，因为它的体积实在是小了点，庄睿仔细地衡量一下，估摸出这个瓷器杯口径大约在八点二厘米，底径约在三点八至四厘米，高约三厘米，大小和一个三五钱的酒盅差不多。

这个杯子的造型为侈口，唇沿极薄，卧足，薄胎洁白精细，釉面柔润温和泛雅黄色，莹

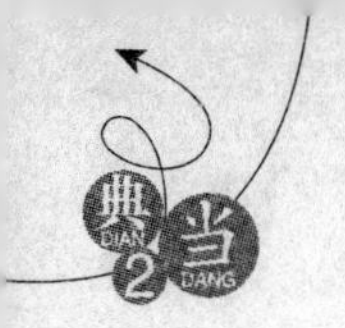

润致密无一丝棕眼，杯子里面光素平滑，但是外壁绘着一幅清秀妍雅的山石牡丹和跃跃欲动的子母鸡画，牡丹花叶疏密有致，排列美观，小鸡浑圆可爱，都作展翅欢腾愉悦之态，两只公鸡一只呈鸣啼状，一只回头张望母鸡觅食，整组画面生动活泼。

翻过杯子，在其底有着“大明成化年制”青花双框六字楷书款，形体方正，笔画平直，极为清晰。

要说这个杯子有不足之处，就是在杯沿的上方，有一处铜钱大小的地方很明显的有着修补的痕迹，并且修补的工艺并不是很好，让人一眼就能看出来，这个物件曾经残缺过，要知道，瓷器脆弱，很容易破碎，而修补瓷器和装裱书画一样，都是个技术活。

有些名贵的瓷器在经历了数百甚至上千年后，难免会有些损坏，而经过高明的匠人修补之后，不是认真观察，根本就无法发觉其修补的痕迹，更有甚者，需要用仪器才能看得出来，而这个杯子修补的手法拙劣，一看就是行外人的手艺活。

“庄睿，这个小酒盅有什么好看的？拿来给我玩玩。”

一旁的苗菲菲见庄睿拿着那个小破瓷器，久久不肯放下，心中好奇，伸出手去就准备抢过来。

“别……这东西金贵着呢，真要是打碎了，格格您最少十年八年的零花钱就没了。”

庄睿连忙让开苗菲菲的手，同时死死地抓住这个小杯子，生怕不小心掉落在地上了，看这大男孩的样子，也知道这杯子的贵重之处，恐怕今天这漏是捡不成了。

“真的假的啊，你知道我一年零花钱有多少？小庄子，这瓷器不都是越大越好看嘛，这个小不点能值几个钱？小伙子，你这个笔筒卖多少钱啊？”苗菲菲对庄睿的话，很是不以为然，以她的眼光看来，那个笔筒倒是不错，镂空雕琢得极为精致，可以考虑买回去摆在自己的办公桌上。

“不单卖，两样加起来一共三十万，二位要是想买，我就说说这物件的来历，不想买的话，请不要耽误我做生意……”

大男孩看庄睿的神色，似乎认出了那个杯子，脸上也不是那么难看了，只是不知道这二人是否能买得起，毕竟三十万元，对于一般人而言，也算得上是一笔巨款了。

“哦？你知道这杯子的来历？那你先说说吧。”庄睿闻言笑了起来，他到现在都没有动用眼中灵气查看，就是想试试自己的眼光如何。

“我们家祖上在清朝曾经任过上海的道台，那也算是三品大员，这两样东西，都是祖上传下来的，要不是我父亲生病了，我们也不会拿出来卖。”大男孩一边说一边接过庄睿递过去的杯子，小心地放在了报纸上。

“可是这杯子是个什么物件，你还没说呢，它怎么就值三十万块钱啊？”

苗菲菲刚才听了庄睿的话后，对古玩市场这些摆摊的说辞，也是有些不相信了，并且这大男孩的故事编得太为粗糙，比起她刚才在别的摊位听到的故事而言，那简直没有可比性。

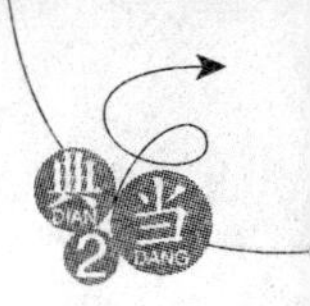

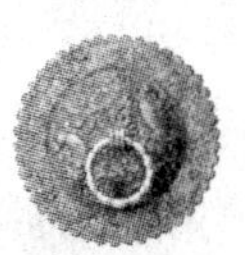

第十五章 成化斗彩

“这是明朝的瓷器，你不懂就别买，反正它就值三十万，少一分我都不卖。”

大男孩被苗菲菲的话激怒了，其实他对瓷器根本就是一窍不通，只是以前听父亲说过，这瓷器是传家之宝，卖出去的话，最少能值三十万，这才瞒着重病的父亲，将瓷器偷偷拿出了家，想变卖掉之后，给父亲看病的。

“小欢，好好说话，发什么火呀，这位小姐，对不起啊，你别生气，我这弟弟是个急脾气……”

男孩的姐姐拉了自己弟弟一把，带着歉意对苗菲菲说道，眼睛却看向了庄睿。

“姐，他们不买，就是来捣乱的，理他们干什么啊……”大男孩心里不怎么服气，嘴里嘟嘟囔囔的。

庄睿听到男孩姐姐的声音后，愣了一下，这声音好耳熟呀，似乎在哪里听到过，庄睿的眼睛不由又打量了那个女孩一番，还是没有印象，他可以确定，自己从来没见过这女孩。

“喂，你要买就买，不买走人，盯着我姐看什么啊，小心我揍你。”

大男孩的脾气还真的很火爆，看到庄睿上下打量着自己的姐姐，马上站起身来，摆出一副凶狠的模样，那女孩的姐姐被他的话羞得满面通红，使劲地把自己的弟弟往后面拉。

“小庄子，人家说得对呀，你盯着一女孩看算什么，她要是报警你骚扰，我现在就把你拎回局子里去。”苗菲菲也在一旁起哄，搞得庄睿哭笑不得，他总不能说是听着这女孩的声音比较熟悉，就多看上几眼吧，这话也太俗套了。

“庄睿，你别生气，我弟弟就是个愣头青……”

男孩的姐姐一口喊出了庄睿的名字，让几个人都愣住了。

“姐，你认识他？”

“你是宋护士？我怎么听着这声音耳熟呢。”

庄睿也顾不上男女之防了，一把抓住了宋护士的手，连连摇着，庄睿这一生中最为黑暗的时光，就算是眼睛受伤那半个多月了，要知道，那会儿庄睿可是承受着失明的巨大压力，也许日后就再也无法看到光明了，而在那段时间里，他所听到最多的声音，除了母亲之外，就是这位宋护士了，所以在听到宋护士喊出他的名字之后，庄睿立即就认了出来。

“庄睿，恭喜你，你眼睛全好了啊。”

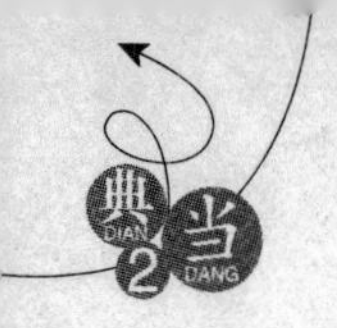

宋星君的手被庄睿抓住,感觉有些不适应,一边说话一边将手抽了出来。

“是啊,宋护士,真要谢谢你那些天的照顾和开导,出院那天我去找你了,可是你的同事说你请假了,没想到咱们今天碰上了。”

庄睿说话的时候,脑子里不禁想起了刚刚恢复视力时,所看到的那两团硕大,不禁有些走神,没有留意宋星君已经把手缩了回去。

“庄睿,怎么回事?你们还真的认识啊?那为什么刚才又不理别人?”

苗菲菲在旁边一脸好奇地问道,这两人都打了好几个照面了,按理说两人要是认识的话,不至于表现得像个路人啊。

“是这样的,我两个月前,在单位的时候……”

庄睿看着面前的好奇宝宝,不得不把之前所发生的事情,给苗菲菲讲了一遍。

“哦,我想起来了,怪不得我也觉得你的名字有点熟悉,我刚到上海的时候,在我们系统内部有一个通告,就是说的上海典当行抢劫事件,里面涌现出一位英雄人物,就是叫做庄睿,没想到是你呀,小庄子,那人不会是和你重名的吧?”

苗菲菲还真听过庄睿的名字,那会儿她刚来上海,又是刑侦专业出身的,对一些重大恶性刑事案件比较留心,所以在文件中看到过庄睿的名字,不过事情过去两个多月了,她哪里会把那个高大全的形象,和自己面前的这个男人结合起来。

“差点挨一枪,我犯得着去冒这名吗……”

庄睿没好气地瞪了苗菲菲一眼,他当时是不知道歹徒手里有枪,要是早知道的话,他那会儿也不会讲那么多废话,直接就趴下按警报器了。

“宋护士,这摊别摆了,这是你弟弟吧,把东西收起来,咱们先找个地方吃饭,受伤那会儿你照顾我十多天,还没好好感谢你呢,你们要是信得过我的话,这物件我来帮你们处理。”

庄睿掏出手机看了看时间,已经是中午十二点多了,刚才他和苗菲菲只是吃了点点心,这会儿也感觉到饿了。

“不,不用了,我们刚吃过……”

宋星君不知道为什么,在面对庄睿的时候,总是感觉有些不自然。

“我是吃过了,姐你还没吃呢……”宋欢小声地嘀咕了一句。

庄睿看了一眼宋星君手里的饭盒,出言说道:“走吧,别客气了,你们这东西不是还想卖出去吗?”

宋星君倒是知道庄睿的工作,在她想来,典当行和古玩打交道的机会一定很多,说不定就有门路,当下也不再坚持了,等弟弟把两个物件用报纸包裹了好几层之后,跟着庄睿走出了古玩市场。

在城隍庙古玩市场里面,也有几家不错的酒楼,只是今天是周末,游客比较多,庄睿问了两家,都没有包厢,干脆走出了城隍庙,开车带着几人去到南京路旁边的一个五星级酒店里。

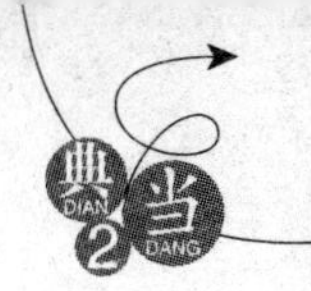

宋星君对庄睿的变化有些吃惊，在她印象里，庄睿是个有些腼腆的大男孩，她也见过庄睿的母亲和姐姐，从她们的穿着谈吐来看，并不像是多有钱的人家，现在见到庄睿开着车，并且显露出来的那股自信，让宋星君都有些怀疑自己是否认错了人。

“宋护士，你们随便坐，苗格格就不用客气了，今儿能请到两位美女吃饭，那也是给咱面子不是。”

进到酒店的包厢之后，庄睿连声招呼众人坐下，并随手把菜单递给了苗菲菲和宋星君。

“我要一个鱼翅燕窝羹，再来一条刀鱼吧，春潮迷雾出刀鱼，这月份吃刚好，对了，燕窝羹要两份，给这位小姐也来一份。”苗菲菲倒是一点都不客气，拿着菜单就点了起来。

“不……别，别，随便点几个菜就行了。”宋星君听到苗菲菲的话后，连连摆手，她虽然不知道那鱼翅燕窝羹的价格，不过只听这名字，想必也不会便宜了。

“没事，燕窝羹美容的，那小气鬼要是不请客，这顿就我来请。”

苗菲菲的话说得庄睿是哭笑不得，我这也没说不请啊，再说了，就凭你那小警察的工资，吃得起这里嘛，还不是一啃老族，不过这话庄睿只敢在心里想想。

宋欢好像没有来过这么高档的酒店，进来之后就左右打量着，当然，怀里还是紧紧抱着他那两件宝贝。

几人坐定之后，庄睿问起宋星君才知道，原来她的父母都是上海的普通工人，父亲已经退休了，前不久检查出来患了胃癌，这才一个多月的时间，光是治疗费用，就花去八九万块钱，几乎将家里的积蓄全花光了，这也是没有办法，宋欢才把家中祖传的这两个物件偷出来准备变卖掉的。

宋欢是和庄睿坐在一起的，坐下之后盯着苗菲菲看了一会儿，又看看自己的姐姐，最后碰了碰庄睿的胳膊，小声问道：“庄大哥，你和我姐姐，真的是在医院认识的？那我姐刚才是怎么回事？明明认识你，还装着不认识的样子。”

“我那会儿是眼睛受伤，包扎的时候，脸部被遮住了一大半，可能你姐姐刚才没认出我来吧，我不也是听到你姐姐的声音，才认出来的嘛。”庄睿的答案让宋欢比较满意，小心地把报纸包着的两件古玩放在身边的桌子上。

看到宋欢小心的样子，庄睿笑了笑，要是换作他自己，恐怕会更加小心，其实就在庄睿把那个鸡缸杯递还给宋欢的时候，他已经用眼中灵气看过了，这的确是一件有年份的老物件，并且从杯中所蕴涵的紫色灵气来看，极有可能就是在明朝之后，各个时期都鼎鼎大名的成化斗彩鸡缸杯。

要说起成化斗彩，那就要先介绍一下明朝成化年之前的历史了，在明朝有位很有名气的皇帝，就是明英宗朱祁镇，虽然年号里面有英明二字，不过九岁即位的朱祁镇，却是个十足的昏庸之主。

朱祁镇即位之后，随着仁宣朝重臣“三杨”的相继去世与引退，加之后宫宦官势力的急剧上升，朝廷的政治日趋腐败，著名的大太监王振就是正统朝宦官专政的代表人物。

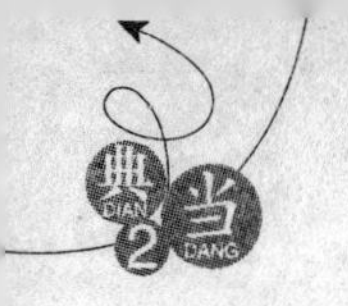

当时的元朝在漠北的势力已经一分为二，瓦剌与鞑靼，两个部落互相征伐，到了英宗朝，瓦剌强大了起来，并不断骚扰明朝的北边，并经常派人以向朝廷进贡为名，骗取赏赐。

因为当时明朝对进贡国家的使者，无论贡品如何，总要有非常丰厚的赏赐，而且是按人头派发，也先也是看中了这一点，派出的使臣不断增加，最后竟加到三千多人。

王振对此忍无可忍，下令减少赏赐，也先以此为名对明朝发动战争，英宗当时年少气盛，想御驾亲征，王振也想耀武扬威，名留青史，于是极力撺掇英宗亲征，于是从京师附近临时拼凑了五十万大军，在英宗的指挥下浩浩荡荡开始亲征。

由于连天大雨，粮饷接济不上，首战不利，英宗决定撤军，但因为王振的关系，贻误战机，在怀来城外的土木堡，明军被包围，最后全军覆没，英宗被俘，王振被明将樊忠杀死，英国公张辅、兵部尚书邝野等大臣战死。

这就是著名的土木堡之变，从那时起，明王朝就开始走向了没落。

庄睿最初知道这段历史，其实还是从梁羽生写的那本武侠小说《萍踪侠影录》里面得知的，当时就是以英宗被俘的历史事件为大背景的。

英宗被俘之后，北京的明朝众大臣为稳定人心，在于谦的领头下，立英宗之弟朱祁钰为帝，为明景帝，后英宗被瓦剌释放后，被景帝囚禁于北京八年，1457 年，朱祁镇趁景帝病危发动“夺门之变”，再次即位，改元天顺。

而成化帝明宪宗朱见深，就是明英宗朱祁镇的大儿子，在朱祁镇复辟之后，他也被重新立为太子，十八岁的朱见深继承了父亲的皇位，开始了他二十三年的统治，年号成化。

朱见深不像他父亲那样富有激情，喜欢冒险，他的性格安静、谨慎、宽和，信任大臣，都说大乱之后必有大治，终成化一朝，除了南方广西的瑶族叛乱、荆襄郧阳山区的流民以外，政局基本上比较平稳，所以，明朝人称成化太平盛世。

由于政局稳定，成化年间的工艺品制作也达到了顶峰，斗彩瓷器就是成化时期的杰作，是成化朝为丰富彩瓷品种而作出的一大贡献，成化斗彩是以青花作纹饰的轮廓线，或作局部图案再填彩色，经低温二次烧成。

庄睿知道，成化斗彩其彩色透明鲜亮，尤其红彩，鲜艳耀目，后仿者难及，黄彩变化多端，绿彩有深浅之分，紫色多如熟葡萄的黑紫或茄皮的浅紫，特殊的是姹紫，色如赤铁，表面干涩无光，上面这几点都可作为识别成化斗彩的特殊依据。

而宋欢手里的那个，如果庄睿自认没有看错的话，应该就是真品成化斗彩鸡缸杯了，这种物件流传到民间的极少，即使那杯子有所破损，其价格也是庄睿难以估量的。

“宋护士，我要是没看错的话，你那个鸡缸杯，应该就是成化斗彩鸡缸杯，这东西 1999 年在香港苏富比拍卖会上，所以两千九百一十七万港元的天价成交的，你们这只虽然破损了一些，不过只卖三十万的价格，还是低了。”

庄睿在心中想了一下，还是把自己的见解说了出来，这要是换一个人，庄睿说不定马上就掏出三十万把这鸡缸杯给买下来，不过自从庄睿上次无意中看到宋星君的胸部之后，对这位照顾了他十几天的女护士，心里着实有些愧疚，也就没想着占这个便宜。

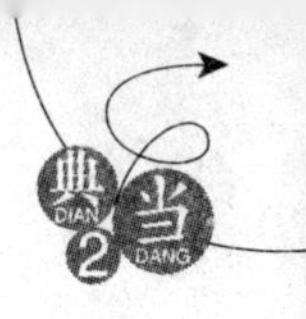

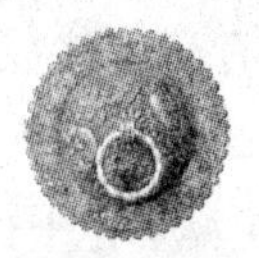

第十六章 漏中捡漏

“这个就是成化斗彩鸡缸杯啊？我知道这东西，价格是挺贵的，小庄子不错，没有乘人之危……”苗菲菲似乎听说过鸡缸杯的名头，闻言之后，立刻将目光投射到那包裹成团的报纸上了。

庄睿这番话说出去之后，宋星君和宋欢二人都呆住了，这姐弟两人没有想到这杯子会如此值钱，当然，庄睿说的是品相完好的成化斗彩鸡缸杯，至于这只价值几何，庄睿也是心中没底，不过想必要比三十万高出一些的。

“苗格格，您是怎么知道这成化斗彩鸡缸杯的？”

刚才苗菲菲也把这鸡缸杯拿在手里把玩了一会儿，没见她认出来，现在居然说听说过，庄睿不由得有些奇怪，他现在也算是清楚了，苗菲菲整个就是一古玩小白。

“哦，我在北京听朋友说的，今年北京那边拍一个电视剧，就是以古玩为背景的，里面有几个道具，是我的朋友提供的，就有这只成化斗彩鸡缸杯，听他说价值三四千万呢，嘻嘻，当时还发生很多好玩的故事呢。”

庄睿闻言不由翻了个白眼，敢情这大小姐的古玩知识，都是从故事里听来的。

“菲菲姐，有什么故事啊？说给我们听听。”

宋星君这会儿和苗菲菲打得火热，在庄睿愣神这一会儿，居然就姐妹相称了，不过想想苗菲菲的性格，倒是可以理解。

“我朋友说，他这几件古玩‘友情出演’的风头，几乎盖过了‘皇阿玛’张铁林、‘警察局局长’李诚儒和‘田教授’李立群三位主演。

“这几件古玩每次出场，都由专门的两位道具师傅护送，其他的工作人员也屏息凝神地自觉回避，那个道具师傅说，每次都得小心翼翼，轻拿轻放，他都快得心脏病了。

“关于‘古玩性心脏病’，剧组里还流传着一件趣事，扮演古玩店老板的葛存壮，就曾经和这个珍贵的成化斗彩鸡缸杯，有一场‘对手戏’，当时葛老爷子还不知道这个只有两寸高的小杯子是价值连城的真古董，拿在手里翻来覆去地研究：‘这个小杯子能值多少钱呀？’

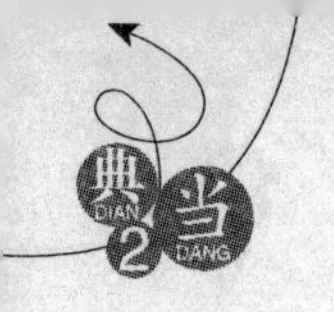

“曾真正玩过古玩的李诚儒一本正经地告诉他：‘葛老师，这杯子的拍卖价是三千万元人民币。’葛老爷子当时手就一哆嗦，赶紧把杯子放在桌子上，据说这条戏过了之后，老爷子背地里连吃了好几颗速效救心丸。

“嗯，这个电视剧好像还没有开始播放，估计要到六七月份吧，到时候你们就能看到了。”

苗菲菲的话让宋欢又把放在桌子边上的那两个物件，往桌子中间推了推，想必是怕自己不小心给碰到地上去。

庄睿听到苗菲菲的话后，在心里想着：“等这电视剧播出以后，恐怕要在全国掀起收藏热了，再想淘宝捡漏，机会就更加少了。”这还有几个月的时间，庄睿甚至都想辞职不干了，多跑几个城市的古玩市场，先去大赚一笔再说。

庄睿猜想的没错，那电视剧上映之后，的确是风靡大江南北，一时间是全民都关注起古玩收藏这个行当来了，就连一些农村老太太拿着个喂猪的陶瓷脸盆，也坐个几十公里的汽车，跑到县城去找专家鉴定，那之后发生的此类事情是举不胜举。

“庄大哥，那你看我们这个东西怎么办，卖是肯定要卖的，你能帮我们找个买家吗？”

宋欢虽然冲动了一点，不过脑袋瓜还是很聪明的，从庄睿和苗菲菲对这鸡缸杯的描述中，他知道庄睿没有欺骗自己的意思，于是就想拜托庄睿帮他们给卖出去。

“先吃饭吧，让我想一想，这个成化斗彩鸡缸杯有些破损，能值多少钱我也摸不准，大家先吃东西……”

看到点的菜都上来了庄睿连忙招呼几个人吃饭，这苗菲菲外表看起来有些柔弱，居然也是个老饕，点的菜无一不是价格昂贵，用材精细的名菜，单说这长江春季的刀鱼，一条都价值不菲，更不用提鱼翅燕窝羹了，那都是按盅算钱的。

“宋欢，你也吃啊，正长身体的时候，多吃点没关系，我先出去打个电话。”

庄睿看到坐在自己身边的宋欢，眼睛紧盯着桌上的菜肴，却有些不好意思下筷子，笑着招呼了他一句，站起身来走出了包厢，掏出手机拨通了德叔的电话。

“喂，小庄啊，这大周末的打我老头子电话有什么事呀，是不是想帮我来值班？”

德叔爽朗的笑声从手机里传了出来，典当行周末也是营业的，不过德叔看庄睿刚到上海，有意让他休息两天，正好今天也有个外地的老朋友来拜访自己，庄睿那套紫砂茶具刚好就派上了用场。

“德叔，我今天和朋友逛城隍庙，见到一件成化斗彩鸡缸杯，您老有没有兴……”

“我没兴趣，小庄，这成化斗彩很少流落在民间的，你看到的物件，肯定是假的，别多费心思了，好好玩两天，后天来上班。”

德叔没等庄睿的话说完，就将其打断了，成化斗彩在故宫博物院都没有能留存几件，那是随便去城隍庙逛一圈就能碰见的？

“别，德叔，您先别挂电话，我给您说，这物件十有八九是真的，从胎釉、器形、纹饰、款

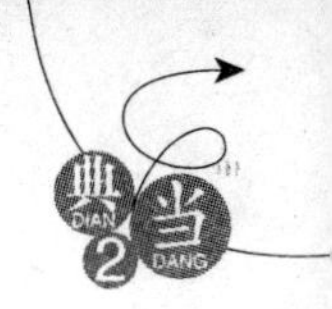

式上看，都和真品一般无二，您老先看看再说嘛。”庄睿听到德叔有挂电话的意思，连忙将这个鸡缸杯夸奖了一番。

“你这臭小子才玩了几天瓷器，就给我老头子卖弄起来啦？我告诉你，成化鸡缸杯是后世仿得最多的，尤其是康熙、雍正、乾隆这三个朝代，很多仿品几乎都是可以以假乱真的，要是能被你看出来，那些作假的早就混不下去了。”

德叔在电话里笑骂了庄睿一句，只是他听到庄睿如此肯定，心里也有些犹豫，接着说道：“不过要是这几个朝代的官窑仿品，倒是也值点钱，那摊主卖多少钱啊？”

“德叔，那摊主是我的一个朋友，您可能也见过，就是我住院那会儿的宋护士，她家里遭了点难处，这才把祖传的物件拿出来卖的，绝对不是古玩市场那些跟屁虫儿下的套。”庄睿听到德叔松口了，连忙把这物件的来历说了出来，也把自己想帮宋护士一把的意思，给德叔说了一下。

“是这么一回事呀，这样吧，小庄，你一会儿带他们到公司来，我看看东西再说，要是真的话，那可就抢手了，不用怕卖不出去的。”

德叔在电话那头沉吟了一会儿，还是决定先看看东西，他对庄睿的鉴定水平，就像是庄睿对伟哥的驾驶水平一样，实在是不怎么信得过。

“行，德叔，就这么说定了啊，我一会儿准到。”

庄睿挂上了手机，心里放下了一块大石头，他虽然对宋星君姐弟两个打了包票，但是以他的人脉，除非去找阳伟的老子，否则还真不知道去哪儿卖，现在德叔答应了给掌掌眼，那就绝对没有问题了，至于这杯子的真假，庄睿那是丝毫都不担心的。

回到包厢之后，宋星君姐弟有心思，吃得并不是很多，倒是苗菲菲没心没肺地将两条刀鱼吃得就剩下鱼刺了，庄睿坐下来吃了一碗米饭之后，略带歉意地对苗菲菲说道：“苗格格，今儿下午不能陪你去逛了，我要回典当行，把这物件拿给老师傅看看。”

庄睿说话时看到宋星君姐弟的脸色变了一下，连忙补充道：“你们姐弟都和我一起去，我这也是为了保险起见，这成化斗彩鸡缸杯只要是真的，我保证能卖出一个好价钱。”

听到庄睿的话后，宋星君点了点头，虽然她知道庄睿为人挺忠厚的，但这涉及数十万金额的东西，如果贸然交给庄睿，别说弟弟不会答应，就是自己也不会放心的。

“我跟你们一起去，反正这几天休假也没事。”

苗菲菲也想跟着去凑凑热闹，这地摊上淘到个成化斗彩鸡缸杯，要是真的话，以后回北京了，在哥们姐们面前，那也是一谈资啊。

“那就一起去吧。”

看到几人都吃得差不多了，庄睿出去埋了单，这一顿饭居然吃掉了他五千多块钱，看来这五星级酒店，还真不是一般人能进得起的。

……

“小庄，这位是成老板，专门玩鸡血石的，也是我的老朋友，你们多亲近亲近。”庄睿带

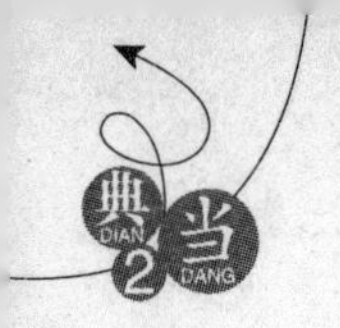

着三人到了典当行之后，直接敲开了德叔的办公室，里面除了德叔之外，还有一个六十多岁的老者，见到庄睿进来，德叔给两人介绍了一番。

“我玩的这些上不了台面，老哥你就别笑话我了，倒是听说小庄经理今天遇到件宝贝，拿出来给我们开开眼吧。”

成老板刚才听德叔说，这年轻的小庄经理在城隍庙淘了件成化斗彩，别说德叔不信，就是对瓷器不甚了解的成老板，那也是不信的。

庄睿闻言从宋欢手里接过来两个物件，把外面的报纸打开之后，将那个成化斗彩鸡缸杯放在了茶几上，至于那个笔筒，庄睿又随手交还给宋欢，他用灵气查看过了，这笔筒虽然雕工不错，但是里面没有丝毫灵气，应该是个现代工艺品。

“呵呵，这品相可是不太好啊，是谁修补的？这不简直就是糟蹋玩意儿吗？”

德叔随手将庄睿放在茶几上的鸡缸杯拿了起来，把玩一圈之后，就看到了杯口破损的地方，眉头不由皱了起来，按理说不是全品相的名贵瓷器，只要修补得好，其价格也是居高不下的，但是这物件先不论真假，这修补的工艺，简直就是惨不忍睹。

“德叔，这个先不说，您先看看这东西，究竟是不是成化斗彩的。”

庄睿的话让德叔又把注意力放在了鸡缸杯上，脸上的神色也慢慢改变了，由先前的漫不经心变得凝重了起来，继而拿着鸡缸杯快步走到他的办公桌前，将桌子上方一盏强光灯给打开了，又从抽屉了拿出一个放大镜，仔细地看了起来。

除了庄睿之外，另外几个人也都是屏住了呼吸，紧张地看着鉴定中的德叔，那位成老板更是一脸不可置信的神色，能让德叔有如此表现，即使这杯子不是成化斗彩，那也肯定是一件弥足珍贵的古玩了。

“好，好东西，唉，可惜，可惜了啊。”

过了足足十多分钟，德叔才把强光灯关掉，走回到他那张檀木茶几前，小心地将手里的杯子放到茶几上，眼中满是惋惜的神情。

“德叔，这是真是假，您给个准信啊。”庄睿是揣着明白装糊涂。

“是真的成化斗彩，只是这品相，可惜了啊，这要是没有磕碰过的，就这么一个小杯子，现在拍出去，最少能值三千万。”德叔看着这鸡缸杯连连摇头，惋惜不已。

“德叔，那现在这杯子能卖多少？我这朋友可是急着用钱的。”庄睿知道宋星君姐弟最关心的就是这个问题，所以问了出来。

“现在这品相，啧啧，去拍卖的话，八十到一百万，要是咱们圈内人收，五十万左右。”德叔砸巴了下嘴巴，似乎对自己说出的价格很不满意。

“能卖这么多？”

一旁的宋欢吃惊得张大了嘴，三千万他是从来没想过，能换得三十万，他就满足了。

“你们这是运气好，碰到了小庄，而且城隍庙那地方没出过几个好东西，老玩家去得都少了，不然这个鸡缸杯真被你们三十万卖掉的话，小家伙，有你后悔的时候。”

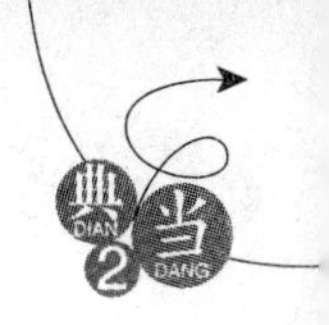

德叔顿了一下又接着说道："这要是让我碰到了，三十万也算是捡了个漏，对了，说个故事给你们听，就是关于这鸡缸杯的，那是新中国成立前的事情了。

"好像是1939年的事情，北京前门大街祥和成挂货铺的掌柜王殿臣，到山东黄县收购旧货。一天，他在一家院子里看到一位中年妇女梳头桌上有一个盛着皂角水的小杯子，色彩艳丽。他不由自主地走了进去，请那妇女将杯子取出一看。

"那杯子高十一厘米，口径约五厘米，制作精细，是一件真正的成化斗彩。他便要买下来，那妇女见他真要，便开了个大口，要一块现大洋。那时候，买一亩地也只要三十块现大洋，哪知王殿臣二话没说，就掏出一块铸有孙中山像的大洋给了她。

"王殿臣回到北京，赶忙与伙计们一起估价，斗起胆子定个八百块大洋，也就是比进价高八百倍。

"这东西摆上去没两天，就被鉴古斋的老板周杰臣看中了，马上就和王殿臣论起了价。

"当时王殿臣披上大袖褂子，就像你们在电视上看到的那样，鉴古斋的周杰臣将手伸入王殿臣袖子里，王殿臣伸出一个八的手势，周杰臣问道：'十，百，千？'王答：'百'，周抽出手说：'我要了'。

"此话一出，王殿臣一下子明白了，价开小了，被内行捡了漏，但已经赚了七百九十九元，也就心满意足了。

"周杰臣回家后仔细欣赏那个小杯子，果然是上佳成化斗彩。造型轻灵秀美，胎质细腻纯洁，白釉莹润如脂，彩色柔和，画的是松鼠偷葡萄。果叶并茂，绘工精细，栩栩如生。如此宝物，只花了八百大洋就到手，怎不高兴？

"古玩行里的同行，都知道周杰臣得了一件好东西，但谁也不肯出高价买。最后周杰臣找到卢吴公司的吴启周，吴只出三千五百大洋，讨价还价后给加到四千大洋，周杰臣一倒手赚了三千二百大洋，当然高兴得没法说。哪知吴启周后来把杯倒到美国，获利逾万元，周杰臣才知道自己被别人捡去的漏更大。

"所以像成化斗彩这样的珍品瓷器，只要是真的，那价格就没谱，就拿今天这个鸡缸杯而言，如果是品相完好的，小家伙你开价三十万，那别人出三百万或者九百万买下来，还是等于捡了个大漏的。"

"德叔，那宋欢把这玩意儿拿到古玩店里去，那些人怎么只肯出价三五万呢，他们不会看不出这是成化斗彩吧？"庄睿问出了宋欢心里的疑问。

德叔看了庄睿一眼，满脸不屑地说道："他们懂个屁，别说成化斗彩的真品成件，那些人就连成化斗彩的碎瓷片都没见过，充其量把玩过清三朝的仿品，估计他们就把这个当成了那时的仿品，能给出三五万的价格来，已经是很不错了，就这品相，即使是清朝的官窑仿品，撑破天也就值个十来万。"

众人这才恍然大悟，原来这成化斗彩的仿品已经出名到以假乱真了，这真物件摆在

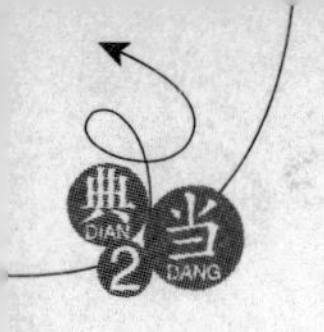

那些人面前，却没有人认识了。

“德叔，您看这鸡缸杯怎么处理才好？”

庄睿看得出宋星君姐弟俩焦躁的神色，也明白这两人的心思，都是想早点将这杯子换成现金，用于救治父亲。

“两个办法，第一就是直接拿去拍卖，以我和拍卖行的关系，估计能安排在一周以内开拍，价格嘛，就是我刚才所言的，八十到一百二十万，扣去拍卖行的前期宣传和15%的佣金，你们拿到手上的，应该在七十至一百万。

“第二个办法嘛，耗费的时间就要长一点，老头子我对修补瓷器还有点心得，可以把这杯子重新修补一下，到时候拍卖的价格估计能提高到二百万左右，不过最快也要半个月才行，这修补瓷器可是个精细活。

“这两个办法，你们任选一个吧，我建议还是等上个几天，修补完了之后再去拍卖，我这可都是看在小庄的面子啊，你们好好考虑下。”

德叔的话让宋星君姐弟两个有些犹豫，站起身走到门口处商量了起来。

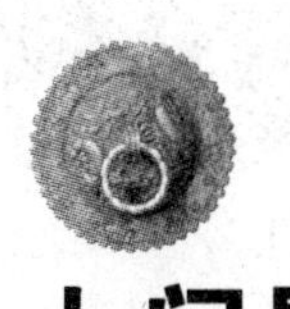

第十七章　小问题

过了大概有十分钟，宋星君姐弟两个似乎商量好了，走了回来，两人都有点欲言又止的样子，最后还是宋欢开口向德叔说道："我们能不能把这个瓷器卖给你们典当行啊，也不要二百万，一百五十万就可以，至于你们是修补了去拍卖，还是自己留着，我们都不管了，这样行吗?"

宋欢也知道自己这建议有些不合情理，说完之后有些不好意思地把目光垂了下去。

宋欢的话让庄睿和德叔面面相觑起来，他们都没想到宋欢居然想出了这么一个主意，这样做也不是不行，只是把风险就全部嫁接到了典当行的身上。

"小庄，要不然你个人把这物件买下来得了，这东西在手上留个几年，即使不卖，也不会吃亏的。"

德叔想了一下，要是按照宋欢那样的做法，有些不合规矩，因为这个鸡缸杯要是典当的话，典当行最多只能出到二十万左右，与宋欢所言的一百五十万相差甚远。

各位看官看到这里就要说了，这鸡缸杯明明值一百多万，为什么典当行收下来，最多才给二十万呢？这也是典当行的规矩，甭管您多好的东西，拿进来之后，肯定是虫吃鼠咬或者是破瓷烂瓦，这也是从以前的当铺里传下来的，现如今虽然这话不喊出来了，但是典当行所给出的价格，一般都是当品本身价值的五分之一左右。

"我倒是想收下来，不过刚买了房子，手头没有这么多钱啊。"

庄睿听完德叔的话，有些无奈地说道，要是昨天说起这事，他那支票还在手上，至于现在，恐怕老大早就把那张支票转账兑换成现金，将那套房子买下来了。

德叔刚才这话，也是想让庄睿占这便宜，他有把握将这瓷器重新修补后，卖出个好的价钱，一转手多了不说，三五十万还是可以赚得到的，只是他不知道庄睿这会儿腰包里面也就剩下三五十万了。

德叔也不是没想过自己把这鸡缸杯收下来，只是宋欢所要的价格有些偏高了，这东西拍卖出去估计也就是个两百多万，再去掉各种开销，拿到手上只能剩下一百多万了，这世上的事情没有绝对的，万一要是流拍或者成交价不理想，那可就是赔本的买卖了，并且

这算是庄睿的私人事情，所以德叔也没有出言将之揽到自己身上。

“嘿，德叔，咱们怎么把捡漏大王给忘了啊。”

看到宋星君姐弟窘迫的表情，庄睿忽然眼前一亮，怎么把这位给忘了？

“你是说老阳啊？嗯，他倒是肯定会要，你打个电话问问他吧。”

德叔一听庄睿的话，就知道他说的是谁，阳父这几年憋着劲要捡个大漏，只是破铜烂铁收了一屋子，没几个真玩意儿，久而久之，圈里的人提起他的时候，都称之为捡漏大王。

阳父这些年家里的生意上了轨道之后，就专门请了职业经理人去管理，平时也没有什么事，多是和老朋友喝喝茶或者去到古玩市场转悠转悠，刚才吃完中饭，正准备着睡个午觉呢，这一接到庄睿的电话，立时就来精神了，嘱咐庄睿谁都别卖，自己马上就赶到。

不过半小时，阳父就赶了过来，听完庄睿的介绍之后，高兴地拍了拍庄睿的肩膀，道：“不错，小庄，阳叔这平时没白疼你，有好物件还能想着我。”

“阳叔，这两位都是我的朋友，这事情我也算是给朋友帮忙，您看这价格……”

庄睿心中其实是把阳父当成了救火队员，对这夸奖实在是受之有愧的。

“一百五十万是吧？这没有问题，不过……”

阳父眼睛转了一圈，落到了德叔身上，接着道：“德老哥，这东西我收下没有问题，价格就按你们说的，不过你们得答应我两个条件才行。”

德叔和阳父很是熟谙，平时开惯了玩笑，笑着说道：“哎哟，你爱要不要，这物件我还怕卖不出去啊？也就是小庄惦记着给你留着，你这老小子居然还要提条件。”

阳父对德叔的话也不以为意，指着那个成化鸡缸杯道：“这第一，老哥你要帮我把这杯子重新修补下，第二嘛……”阳父也是五十多岁的人了，说话间竟然扭捏了起来，看着这一屋子人，颇是有些不好意思。

“说话别大喘气啊，一口气说完。”德叔看到阳父的模样，也是有些好奇他第二个条件是什么。

“这第二嘛，就是这物件，你们不要传出去我多少钱收的，要是答应了，那我就买下来。”阳父终于说出了自己的条件，此话一出，德叔和庄睿，还有成老板面面相觑之后，忍不住哈哈大笑了起来。

“你这老小子，也是快六十的人了，还有着这心思，呵呵，行，我答应你了，还有你们几个，都别把今天这事情传出去啊。”

德叔一边笑，一边对着有些莫名其妙的宋星君姐弟还有苗菲菲说道，这几个人都点头答应下来了，在他们想来，这位阳老板肯定是不想钱财露白，才让他们保密的。

庄睿和德叔却是知道，阳父这要求，其实就是为了满足他的捡漏心理，这几年来他收的物件倒是不少，钱更是花得海了去了，只是没有淘弄到一个精品。

每个城市都有个藏友的圈子，在这个圈子里，谁的藏品多，谁的藏品精，那说话声音才大，才具有权威性，阳父在外面虽然是大老板，但是进入收藏这个行当里之后，却是接

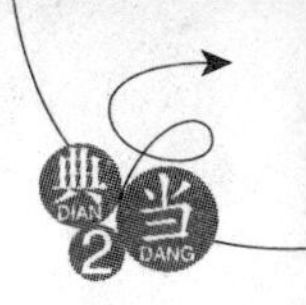

二连三地打眼交学费，所以经常会被圈子里的人奚落，他提出这第二个条件，想必就是要把这个成化斗彩鸡缸杯作为自己的捡漏所得，去圈子里吹嘘一番的，所以德叔和庄睿才会笑出声来。

“老弟啊，你上次打的那个柜子还没扔掉吧？回头等我把这瓷器修补好了，你正好放到里面去，嘿，这多有面子的事情呀，哈哈。”

德叔也不顾忌这些晚辈在场，和阳父开着玩笑，他所说的那个柜子，就是阳父去年为了那个从跟屁虫儿手里买到的宣德炉，专门打造的，上面还搞了好几盏射灯。

看到几人在那边叙旧，庄睿小声地把阳父的事情告诉了苗菲菲等人，听得她们也是抿嘴偷笑，宋星君姐弟因为一直困扰着他们的医药费马上就可以解决了，脸上也是露出了笑容。

“行了啊，我这学费交得可是不少了，别在小辈们面前膈应我了，小庄，你问下他们，看是要银行转账还是要现金支票？要转账的话，我叫人陪你去办。”

阳父吃亏多了，也不在乎德叔打击他，扭过脸来问庄睿要以什么方式交易。

庄睿闻言看了看宋星君姐弟，说道：“还是现金支票吧，就不麻烦阳叔您了。”

“行，下次再有好东西，记着留给我啊，你就是比我家那小兔崽子强，老子一屋子的东西，被他隔三岔五地就摸出去几件给卖掉，整个一败家子。”

阳父的话说得庄睿笑了起来，阳伟倒真是从他那收藏室里摸出来几个物件，不过拿给德叔鉴定之后，却全都是假的，气得伟哥再也不肯进自家老子所谓的藏宝室了。

庄睿接过阳父写好了金额的支票，看了一眼之后，递给了宋欢，见到宋欢打量了一会儿之后，就准备折起来放到口袋里，庄睿连忙制止道：“这支票可千万别折，否则有时候银行会拒收的，你现在去中国银行开个账户，然后把这张支票上的钱，转进你的账户里就行了。”

“庄睿，谢谢你！”

庄睿的话让宋欢吓了一跳，连忙把手里的支票递给了姐姐，宋星君接过之后，小心地放到了坤包里，拉着弟弟站起身来，对着庄睿深深地鞠了一躬。

“别，这是干什么啊，宋护士，要是感谢，我还要谢谢你呢，受伤那会儿要不是你开导我，还不知道会怎么样呢，咱都别谢了，你们抓紧去银行把钱转过去，然后抓紧时间给伯父看病吧，等我有时间，会去医院看望下伯父的。”

庄睿可不敢受这两人的礼，侧了下身子让了过去，这也就是认出了宋星君，否则的话，在城隍庙的时候，庄睿肯定就掏出三十万来，把这漏给拿下了，这一转手可就是一百多万啊，不过庄睿也没有后悔，这次帮了宋星君，也算是还了自己的一个心愿。

“走吧，咱们接着去逛。”

等宋星君姐弟离开之后，庄睿见到那仨老头在一旁聊得不亦乐乎，便带着苗菲菲离开了。

庄睿虽说在上海待了也有五六年的时间了，不过以前除了上学就是打工，去过的地方还真不多，更不要说周边的苏州等地了，第二天一早他就接了苗菲菲，二人驱车赶往苏州的周庄，好好地玩了一天，两天下来，苗菲菲宛然将庄睿当成了哥们。

度过了一个愉快的周末之后，庄睿又投入了典当行的工作之中，他现在的职责大了许多，不仅要抓全盘管理，还要兼顾着典当行的资金投资走向，拍卖行那边的业务，基本上就交给了王一定和赖劲东二人。

转眼之间，就过去了两个多月，这两个月下来，王一定两人倒是将库存的物件拍出去了几件，成绩斐然，至于拍出物件的真假，庄睿并没有过问，他已经明文向投资公司建议了，与拍卖有关的业务都由那两人负责，并且其权利和责任，也由二人承担。

“德叔，您看下这段时间收上来的绝当物品，我感觉有些不对呀。”

在一天下班之后，庄睿将德叔留了下来，把自己手里的一张纸递了过去，纸上面记录了王一定这一个月来所收取的绝当品，上面的金额和收取的物件，很是有些蹊跷。

庄睿递给德叔的这张纸上面，记录了典当行在过去一年的时间里，王一定所收取的死当奢侈品的数量和金额，数量总共为九十八件，涉及金额九百七十二万，其中有四件是王一定看走了眼收下的，损失金额二十九万。

剩余的九十四件珠宝类奢侈品通过拍卖和自售等方式，总共销售出去八十八件，回收金额达到了一千三百六十万，总体上来说，成绩还是很不错的，除了德叔负责的古玩项目和房地产抵押的绝当品之外，王一定的奢侈品业务，算是典当行内部比较重要的盈利点之一了。

但是自从庄睿就任典当行的经理以来，在短短的两个月的时间里，王一定竟然就收下了三十二件典当的奢侈品，而且里面有十五件都是当期为一周或者两周的短期当品，现在时间早都过了，也就成为绝当品，可是昨天赖劲东来到了庄睿的办公室，说是这十五件奢侈品里面，有十二件为赝品，并把物品的名单提交给了庄睿。

庄睿仔细研究了一下，这些假的奢侈品里，有八件是珠宝首饰，三块名表，针对这十一件当品，庄睿昨天下午专门和赖劲东去到银行重新鉴定了一番，发现的确是都是赝品。

而王一定对这十一件赝品珠宝名表，都没有提到，只报上来一台笔记本电脑是假当，按照王一定的话说，他当时看到电脑上贴的标签和数据，都与发票一样，就给了五千元的当金，谁知道过了一周的当期，电脑变成绝当品之后，他拿了个系统软件去装，才发现这电脑是一台经过技术伪装的电脑，参数被刷成了新型号。

典当行为此支出总共有五十五万元，也就是说这两个月的时间，典当行所收到的假当，就已经远远超出去年一年的假当品总额了，而王一定为何隐瞒不报，这让生性比较敏感的庄睿，立刻感觉出这里面所存在的猫腻。

这两个多月的时间里，说老实话，庄睿的大部分精力，都用在了和德叔学习古玩鉴赏的知识上了，把库存的那些名贵的中国传统玉器首饰，再到李可染、孙云天等名家的书画

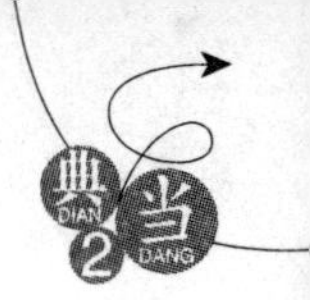

真迹，都看了个遍，又在德叔的引领下，见识了不少上海收藏名家的藏品，可谓是大开眼界，对古玩的认知，无论是从理论上还是在实践中，比起两个月之前，那是不可同日而语了。

秦萱冰和雷蕾在一个月之前，也来了上海一次，不过时间很短，只有三天，庄睿那三天更是扔下了工作，全程陪同，让秦大小姐很是满意，只是可惜刘川不在，没能引走雷蕾这个大灯泡，让庄睿一亲芳泽的想法落了个空。

所以这两个多月里，对典当行的工作，庄睿真的没怎么上心，除了做出一份投资房地产的建议书之外，其余的工作都交给了王一定和赖劲东负责，现在看来，自己的退让使得王一定按捺不住，行事愈加猖獗起来。

德叔看着纸上的这些数据，脸色也逐渐变得凝重了起来，过了半晌之后，将纸放到了茶几上，中指无意识地在上面敲着。

“德叔，以前的当铺里面，有站柜和坐堂的，坐堂的一般都是当铺的大掌柜，大点的当铺里面，甚至还有二掌柜和三掌柜的，这一个物件要是想当出钱来，恐怕要过几个人的手，可是咱们这里奢侈品的鉴定，就是王一定说了算，德叔，这里面恐怕有猫腻吧。”

庄睿的话打断了德叔手指敲击茶几的声音，对庄睿所说当铺里面的情况，他自然是要比庄睿清楚百倍，而现如今典当行里发生的事情，却是让鉴定师们少了许多制约。

“骗当！！”

德叔脸上青筋暴显，从嘴里挤出两个字来，右手把茶几上的纸抓起捏成了一团，以他的经验，再看不出这些端倪来，那他几十年就算是白混了。

“德叔，您先别激动，这事情咱们没证据，要是说穿了的话，王一定肯定是死不承认，咱们拿他也没办法，最多他辞职走人，这事儿还需要慢慢研究下，看怎么样才能抓住他的把柄，让他把从典当行里骗取的钱拿回来，这样咱们的损失才能降低到最小。”

德叔闻言面色缓和了一些，他是十多岁就在当铺里跑堂，对这一行的职守最为看重，所以也对王一定的行为极其痛恨，事情很显然，就是王一定勾结外人，拿一些假的珠宝名表来换取当金，然后等其变成绝当品之后，他再勾结拍卖行里的那些人，用典当行绝当品的名义，把这些赝品珠宝销售出去，如此一来，物件都卖出去了，并且从表面上看，典当行也没有什么损失，但是这事情要是传出去的话，典当行的名声可就要臭了。

而王一定在这个过程里，可以赚到两笔钱，第一就是骗当的资金，二者在拍卖行拍出假的绝当品之后，他也有一笔不菲的提成，从目前涉及的资金来看，就有五十多万了，这足以让王一定铤而走险了。

“小庄，这事情你看怎么处理？这要是放在以前，对这种吃里爬外的家伙，不是乱棒打死就是装在猪笼里面沉到黄浦江里去，现在的年轻人啊，唉……”

德叔真是有点怒其不争，这王一定其实是他一位老朋友介绍过来的鉴定师，去年的工作还算出色，可是今年一旦手里有权了，马上就开始搞起歪门邪道，这让德叔脸上也有

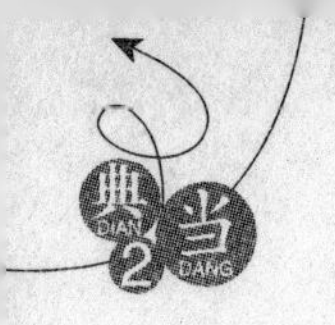

些挂不住。

庄睿笑了笑，说道：“德叔，这事情其实都怪我，要是先前的制度没有改动，他们没有权力和拍卖行接触的话，王一定也不敢这样做，等这件事情处理完了，我会向投资公司递交一份书面报告，并且提出辞职的。”

德叔看到庄睿要辞职，连忙出言道：“小庄，这可不行，这事情的后果还是让我老头子来承担，大不了顾问不做了，我回家颐养天年去，你还年轻，在这岗位上多锻炼几年，还是有好处的。”

“别介，德叔，您老英明了一辈子，可不要晚节不保啊，这事不大，我保证处理得妥妥当当，再说了，德叔，您也知道，我家里的几个生意都做得不错，几次都打电话催我回去了，可是投资公司的领导待我不薄，我也就是借用这事情的名义辞职。”

庄睿说的这番话，一半是实话，另外一半却是借口了，姐夫赵国栋的修理厂生意很是红火，这两个月下来，去掉工资厂房等开支，每月的纯利润都有八九万块钱，庄睿投资的本钱基本上已经收回来了。

刘川的獒园工程也早就完工了，他和周瑞又跑了一趟西藏，带回来两只雄獒和四只雌獒，只是藏獒的发情期在每年的十二月份，现在刘川正在着手准备六月底的山西国际藏獒博览会，准备将彭城獒园的名号一炮打响，他倒是打电话催了庄睿几次，让他到时候一起同行。

而真正让庄睿下定决心辞去典当行工作，还是来自宋军的一个电话，在电话中宋军邀请庄睿参加六月初在平洲举办的一个翡翠交易会，庄睿至今对发生在南京玉石珠宝展销会的那一幕，还是记忆犹新，心中也想去见识一下更大的翡翠交易市场，当时在电话里就答应了下来。

可是庄睿一计算时间，六月初要去广东平洲，月底又要去山西参加藏獒博览会，这等于整个六月都不能待在上海，与其刚上班没几个月就请长假，庄睿干脆就兴起了辞职的念头，反正这两个月中，他填鸭似的补充了不少古董鉴赏的理论知识，再遇到一些场合，也不会露怯了。

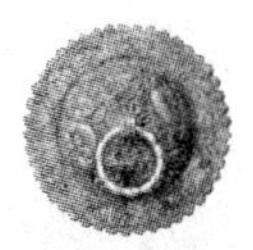

第十八章 警花出更

“那你准备怎么处理这件事情?”

德叔知道庄睿早就志不在此了,也没有出言挽留,这两个月之中,德叔已经将自己沉浸在古玩数十年的经验和体会都教给了庄睿,剩下的就只能靠庄睿自己以后多多接触各种古玩的实物,他也没有什么好教的了。

“德叔,您先看看这些视频。”

庄睿坐到自己的办公桌前,把电脑屏幕向德叔的方向转移了一下。

“这个女人一共出现了十五次,有十一次是出现在典当行的接待室里,德叔您看,她手里拿的就是一块表,另外一些镜头,都是拿的那些假当物品。

“另外有四次,是典当行门口的摄像机拍摄下来的,德叔您再看这个镜头,这女人旁边的男人,是不是王一定?其实这些就足以说明问题了,王一定勾结外人,用赝品珠宝骗取典当行的当金,这已经触犯了法律,我们完全可以报警的。”

庄睿指着电脑中从摄像机里转移过来的画面,让德叔一一看着,他是想通过法律解决这个问题,王一定的行为已经构成了诈骗罪,这些录像虽然不能成为证据,但是作为报警所用的依据,是完全可以的。

“报警?”德叔沉思了半晌之后,缓缓地摇了摇头。

……

“苗警官,您别光顾着吃啊,我今天找你来,是要向人民警察反映情况的。”

庄睿看着桌子对面海喝猛吃的苗菲菲,不由得有些无奈,他就想不通为什么这丫头片子每次都吃那么多,身材还是那样好。

这两个月来,苗菲菲可是把庄睿家当成饭堂了,时不时地就来蹭顿饭,不过,苗菲菲人也很大气,隔三岔五地也会请庄睿吃顿好的,两人还真处得就像是哥们一般,搞得伟哥每次见到这两人在一起,都大呼有奸情。

宋星君从庄睿帮她卖掉那个鸡缸杯,手上有钱之后,父亲的病情也得到了控制,现在逐渐好转起来,这让宋星君对庄睿十分感激,没事的时候也经常会买点菜到庄睿家里帮

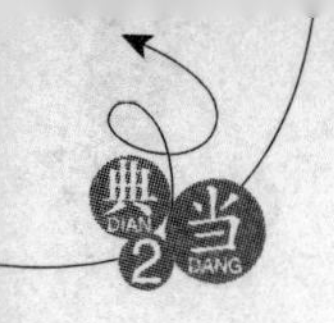

他烧饭，一来二去的，她和苗菲菲也交上了朋友，两人时不时就结伴来到庄睿家里，不过今天宋星君不在，庄睿是单独邀请的苗菲菲。

“你不按照正常渠道报警，找我来干吗啊，我可是一小交警呀。”

苗菲菲吃饱喝足之后，满意地擦了擦嘴，拍拍小肚子，看着庄睿戏谑的说道。

“得，您就说帮不帮吧，不帮我这就打110去，说家里来了一个白吃白喝的恶客。”

“小庄子，不错嘛，学会威胁人了。”

苗菲菲挥舞了一下小拳头，不过还是没有敢打到庄睿的身上，原因就是上次她和庄睿开玩笑的时候，穿的那条裙子被白狮撕成了旗袍装，让庄睿很是饱了一次眼福。

“眼睛往哪看呢，小心我给你挖出来。”

现在已经快进入六月了，天气变得炎热了起来，苗菲菲此刻上身只穿了一件紧身并且有些短的体恤，下身穿了条低腰的牛仔裤，这一伸懒腰，顿时把雪白没有一丝赘肉的小腹，整个都显露了出来，让坐在她对面的庄睿一览无遗。

“咳……咳咳，又不是没看过。”

“你说什么？再说一遍！”

“啊，没说什么，我说您牙好胃口也好，我这一桌子菜都被您给消灭光了。”

庄睿小时候，母亲经常给学生加班补课，他和姐姐都练出一手好厨艺，伟哥从苗菲菲手里拿回驾照那次，庄睿亲自下厨烧了几个菜，苗菲菲自从那次吃过庄睿烧的菜后，就经常买好菜来让庄睿做，伟哥也跟着蹭了不少次。

“给，好好看看，回头给我点专业建议，别整天总是在我面前吹自己刑侦专业出身的，您也拿点真材实料出来。”

庄睿递给苗菲菲一份资料，自己起身去收拾碗筷了，庄睿在这里只招待过四个人，除了苗菲菲和伟哥两个吃货之外，就是德叔了，这饭后洗碗的事情，自然都落在了他的身上。

“庄睿，这个叫李霞的女人，你们留有她的详细资料，既然她和目标有过多次接触，直接将她拿下上点手段不就行了嘛，这事你要找刑侦支队的人去办呀。”

苗菲菲看着庄睿交给她的资料，不禁皱起了眉头，从这个叫李霞的女人和嫌疑人的多次接触来看，应该就是一起内外勾结骗取当金的案子，这样的案子交给老刑侦，不出三天就能破个水落石出。

“嘿，我说格格，这事情要是能报警，我还找您干吗啊，我是想让您私人出面，把这个女人控制起来，或者从她嘴里拿到证据，嗯，这是有点难为您了，不过这才能显示出您的能力来啊。”

庄睿一边拍着马屁，一边把洗好的葡萄等水果端了出来，求人办事要精神物质双重鼓励才行嘛。

其实最开始庄睿也是倾向于报警的，这事就该交给专业人士来处理，可是德叔考虑了一番之后，还是决定先由内部处理，因为这事情要是传出去，影响面实在太大了，不仅

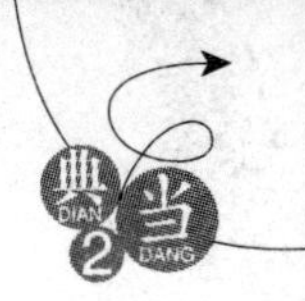

让市民消费者会对典当行产生不信任，就是拍卖行也是难辞其咎，如此一来，庄睿和德叔以及他们所在的典当行，就会成为行业公敌了。

所以德叔和庄睿商量一番，决定由那个签名为李霞的女人先入手，拿到王一定勾结外面骗当的证据之后，就不怕王一定不承认了，想必在退赃和坐牢之间，他会作出聪明的选择的，而以德叔的人脉，日后将这件事情传到圈子里去，恐怕王一定就只能去国外厮混了，不管什么行业，对这种吃里爬外的人，都不会用他的。

"这事情倒也不难，不过小庄子，我要是帮了你，你怎么感谢我呀？"

苗菲菲从庄睿的这份资料中就可以看出来，作案双方都不是什么老手，到处都是破绽，从这女人处入手，想必很容易就可以打开突破口的。

"吃了我两个多月，您也该帮我干点活了吧，以后你就是想帮我忙，都没机会了，这件事情处理完之后，我会主动向公司提出辞职的。"

庄睿的声音有点低沉，这份工作是他毕业以后干得最长的一份工作，虽然决心已下，但是心里还是有些舍不得的，尤其是德叔这个忘年交，更是让庄睿受益匪浅。

"什么？你要辞职！这件事情又不关你的事，你干吗要辞职啊？我帮你处理好不就完了。"苗菲菲的反应有些出乎庄睿意料之外的强烈，倒是像她犯了错误要引咎辞职一般。

"辞职这个念头我早就有了，这事情算是一个借口吧，我母亲年龄也大了，以后可能会在彭城待的时间多一点，当然，上海这里我也有个家，日后会常来的。"

庄睿这话不知道是解释给苗菲菲听的，还是在安慰自己，按照他以前的设想，怎么都要在典当行工作个一两年之后，再出来单干，没有想到这才两个月，就要离开了，早知如此，庄睿也就不会买下这套房子了。

"走就走吧，反正我过段时间也要回北京了，小庄子，那咱们以后见面的机会可就少了啊。"

苗菲菲的情绪有些低落，她在上海除了庄睿之外，几乎没有什么朋友，自从认识庄睿之后，她的业余生活也变得丰富了起来，经常下班拉着庄睿K歌，周末去周边城市旅游，使得苗菲菲这两个月几乎忘记要回北京的事情了，现在乍一听说庄睿要离开，心里有一种很不舍的感觉。

"呵呵，搞得那么伤感干什么啊，北京我以后会经常去的，有可能还会常住一段时间，到时候你是地主，可是要招待好我啊。"

听到苗菲菲要回北京，庄睿也很高兴，孤身一个女孩待在上海，又没什么朋友，是挺可怜的，所以这两个月来，庄睿对苗菲菲都很包容。

"你说的都是真的？你不是骗我的吧？"苗菲菲的眼睛亮了起来。

"当然是真的，我日后去北京宰你的刀子都准备好了，能不去吗？"

庄睿笑着说道，要说他去北京的打算，还是德叔建议的。

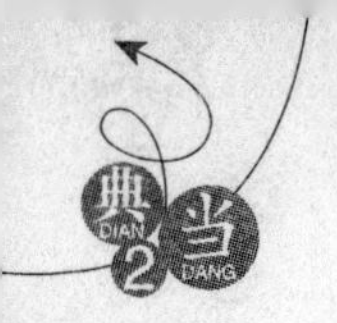

德叔所教给庄睿的东西，大多都是他自己几十年来摸索出来的经验，但是在理论知识上，德叔也是力有不逮，很多物件能说出真假，但是再深层次的历史背景，德叔就说不上来了，所以德叔建议庄睿去读个京大考古专业的研究生。

京大考古学科创建于1922年，是我国在该领域唯一的重点学科，拥有一批学术造诣深、教学水平高的教授和副教授，考古教学和科研水平居于国内领先地位，在国际上有很大的影响力，德叔虽然是野路子出身，不过他有些朋友都在京大任教，德叔推荐庄睿去考老朋友们的研究生，想必也会给自己几分薄面的。

庄睿对报考京大的研究生倒是很有信心，虽然他文科稍微弱一些，但是英语好，由于国内教育体制的关系，很多国粹类的专业招考研究生，都被卡在了英语上，以至于一位著名的国画大师愤而从大学里面辞职，庄睿却是不用担心这一点。

“行，这事我帮你办了，你要记着欠我一个人情啊。”苗菲菲拿起桌上的资料，放到自己包里面。

送走苗菲菲后，庄睿看着已经住了两个多月的房子，心中也有些不舍，这里的环境可是要比彭城家里强多了，庄睿暗暗下了个决定，等回到彭城之后，一定要买个好一点的房子。

现在庄睿身上又有了将近九百万的现金，唐伯虎的那幅《李端端图》，宋军为了图个吉利，给出了八百八十八万的价格，让庄睿的口袋一下子又变得富裕了起来。

“我说小庄，你那个破经理还舍不得丢手啊，抓紧时间，老哥我在彭城等你。”

正想着宋军呢，庄睿放在客厅的手机响了起来，接起来一听，正是宋老板打过来的，却是让庄睿快点处理完上海的事情，现在已经是五月底了，六月五号平洲的翡翠原石交易就要开始了，宋军这次是憋足了劲，筹集了不少资金，准备去大杀四方呢。

“我知道了，宋哥，耽误不了您发财，放心吧。”

应付了宋军几句之后，庄睿点上一根烟，走到了阳台上，这王一定骗当的事情，还是要尽快解决掉。

“辣妹子辣，辣妹子辣，辣妹子辣妹子辣不怕……”

王一定嘴里哼着歌，停好了自己刚买还没一年的本田飞度，这车他越来越看不上了，排气量太小，而且是两厢车，不够气派，前几天他才和阿霞去了一趟车展，看中一款别克君威，大概需要二十多万，王一定想着换了车之后，就把这车送给阿霞开了。

想起阿霞，王一定嘴里不禁又哼起了“辣妹子”这首歌来，阿霞全名叫李霞，是个四川妹子，大学毕业之后就留在上海工作，不过只是个普通的文员而已，在一次偶然的机会里，王一定认识了阿霞，从那会儿起就对其展开了很热烈的追求。

只是现在的女孩，似乎都现实得很，尤其是漂泊在上海这种国际大都市的女人，学识相貌人品在她们眼里重要吗？很重要！不过只要你有钱的话，上面那些条件也就可以放宽一些，甚至于是取消掉了。

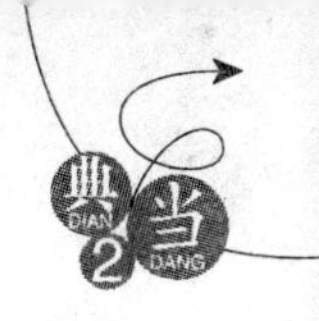

王一定要说起来，年薪有十多万，在上海也算是不错的高级白领的收入了，只是他从国外回来没多久，花钱手脚也大，到现在也只是开着辆十万出头的车，还是租住的房子，所以对自己容貌很自信的李霞，并没有把王一定列为一号男朋友，也就是说王一定的资产，还不足以让李霞放低对他的学识相貌和人品等方面的要求。

交往了半年多了，钱也花了有万儿八千的了，但是王一定连李霞的小手都没碰过几次，更不用说那啥啥了，这让一向自诩英俊潇洒年少多金的王一定很是郁闷，不过两人的关系在一个多月前得到了根本性的变化，更在前几天得到了突破性的发展，这让王一定回想起来，嘴边不禁露出笑意。

“嗯，晚上要阿霞煲个王八炖鸡汤，好好补补。”王一定边想边掏出手机拨打了出去，不过电话里传来对方无人接听的语音，让王一定皱起了眉头，难道是昨天折腾得太狠了，阿霞还在睡觉？

看看手机上的时间，已经是八点半了，自己已然迟到了半小时，王一定连忙下车走进了典当行，随口和胥玲开着玩笑，搞定了李霞之后，他对胥玲兴趣大减，不过每天嘴上还是要占点便宜的。

“上午没事，中午要请拍卖行的老申吃饭，敲定下周的拍品，嗯？怎么还不接电话？”

王一定坐在办公室里，翻看着自己的记事本，随手又给李霞打了个电话，还是没有人接，心里不由恼怒了起来。

王一定的心胸是比较狭隘的，在他让李霞辞掉工作之后，就将其视为禁脔了，每天都要和她通上几个电话才安心，从心理学的角度上讲，这就是一种对自己极端不自信的表现，当然，王一定将这认为是对李霞的关心。

……

“狗屁，这老申真是够黑的，又敲掉我两条中华烟，回头看看那发票能入账报销不，反正这二杆子经理很少看这些东西的。”

中午喝得醉醺醺的王一定，刚走上二楼，就看到了绝当区的营业员小丽，连忙伸手从兜里掏出一张五十元的票子，对小丽喊道：“小丽妹妹，帮王哥去买瓶饮料，这矿泉水喝得没味道。”王一定边说边把钱塞到了小丽的手里，顺手再摸上一把，哈哈笑着向自己的办公室走去。

“王鉴定师，请你过来一下，咱们开个小会。”

随着王一定的笑声，庄睿办公室的门被打开了，庄睿站在门口向王一定招了招手。

王一定打了个酒嗝，醉眼蒙眬地看着庄睿，很不爽地说道：“没事开什么会啊，我这刚陪客户吃完饭，唉，没办法，客户太热情了，硬是被灌了几杯，庄经理，要不是什么很重要的事情，我先回去睡会吧。”

庄睿皱了下眉头，他还从来没有见过像王一定这般犯了事，心里一点都不慌的人，看了一眼手里拿着五十块钱有点不知所措的小丽，庄睿压下怒气，平静地说道：“你还是来一下，有些事情需要问你。”

说完之后庄睿扭头就进了房间里，听到庄睿的话后，王一定酒劲似乎醒了一点，跟在庄睿身后走了进去。

“哎哟，德叔，您也在啊，赖老弟，听说你前段时间收了一幅国外的油画？还是二十世纪初期的？你不厚道，也不说拿来给老哥欣赏一下，今天老申说了我才知道，庄经理，有什么事你快点说，等一会儿说不定就来客户了……”

王一定走进经理室，看到德叔和赖劲东都坐在里面，连忙打着哈哈与两人招呼着，也没等庄睿让，一屁股坐到了沙发上，上下眼皮直打架，往后一靠就想眯会。

“这个东西你先看下，我想，你需要给典当行或者给投资公司一个解释。”

庄睿也没有废话，直接将那张列举了王一定收取假当物品的名单，摆在了沙发前面的茶几上，两只眼睛死死地盯着王一定。

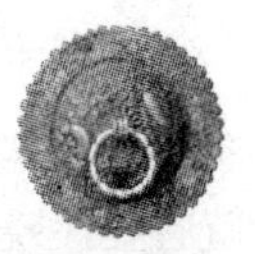

第十九章 东窗事发

“这是什么东西啊?”

王一定还没意识到自己的行为已经是东窗事发了,很随意地拿起那张纸,刚看了一眼,原本眯成一条缝的眼睛,瞬间瞪得溜圆,满脸的酒意顿时清醒了大半。

“庄经理,你这是什么意思啊?这张纸上面写的物件,都是我最近收取的当品呀,你列个单子给我看干吗啊?”

王一定抖着手上这张纸,发出哗哗的声音来,揣着明白装糊涂地向庄睿问道,眼中闪过的那一丝慌乱,却是被一直紧盯着他的庄睿捕捉到了。

看着王一定拙劣的表现,庄睿懒得再和王一定兜圈子了,开门见山地说道:“王鉴定师,大家同事一场,我给你个机会,你自己说出来,这个责任我来背,否则的话,你后果自负!”

“说什么啊?我按照规定收取当品,即使这些是假当,那我也不知道啊,我也是受了蒙骗的呀,你们让我说什么?”

王一定的声音提高了起来,不过在庄睿等人看来,却是色厉内荏,强硬的外表下,掩饰不住他内心的虚弱。

“啪!”

庄睿的右手重重地拍在了桌子上,身体随之站了起来,看着王一定厉声说道:“王一定,机会给你了,再迷途不返,不要怪我不念及同事情谊,我并没有说这些物品是假当的啊,你当时没鉴定出来是假当,为何现在又如此说话?”

王一定把手里的表格又仔细看了一遍,上面只是列举了那十一件假当物品的典当时间和涉及金额,并没有说明这是假当物品,刚才自己却是说漏了嘴。

“有什么好说的啊,不就是收了几件赝品珠宝嘛,话再说回来了,我收这些物品的时候,都是按照真品的六分之一价格收取的,到时候在拍卖行一拍卖,马上就能赚回来至少八成,这一来一去,给典当行可以创造不少利润呢。”

王一定看这事隐瞒不过去了,开始为自己找起了借口,也许他心里真是这么想的,越

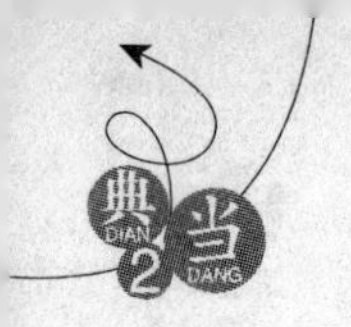

说越是得意,仿佛他做的这些事情,都是为了典当行着想一般,至于假当的当金,那自然是只字不提了。

听到王一定的话后,德叔是气得脸色发青,赖劲东在一旁幸灾乐祸,而庄睿却被王一定说得笑了起来,这还是位在国外学成归来的硕士研究生,居然是如此一个法盲。

以前庄睿看过一个笑话,说是一对博士夫妻结婚三年都没有小孩,到医院一检查,夫妻两人的身体都很健康,这事情就有些蹊跷了,最后一位老医生问了几句夫妻同房的话,这才知道,三年之中,这两口子所谓的性爱,就只是睡在一张床上,其他没有任何实质性的身体接触,这让在场的所有人都大跌眼镜。

当然了,我们的王鉴定师在国外没少去那些红灯区,也曾经多次在高头大马体壮多毛的大洋马身上扬过国威,但是他对于法律知识的了解,却是和那对夫妻对于人体生理知识的了解相差无几。

“王一定,你拿的是中国的护照吗?”庄睿突然抛出这么一个问题。

“是,怎么了?”王一定有些莫名其妙。

“那就好,中国的法律对你很适用,我给你说一下刑法关于诈骗的相关解释吧,刑法第二百六十六条:诈骗公私财物,数额较大的,处三年以下有期徒刑、拘役或者管制,并处或者单处罚金。

“数额巨大或者有其他严重情节的,处三年以上十年以下有期徒刑,并处罚金。

“数额特别巨大或者有其他特别严重情节的,处十年以上有期徒刑或者无期徒刑,并处罚金或者没收财产。

“‘诈骗’,主要是指以非法占有为目的,用虚构事实或者隐瞒真相的方法,骗取公私财物的行为。

“对了,王鉴定师,我再提醒你一句,个人诈骗公私财物二十万元以上的,属于诈骗数额特别巨大,至于你适用于以上的哪一条,你可以对号入座。”

随着庄睿的话声,王一定的身体不由自主地颤抖起来,原本喝得满面红光的脸上,也变得苍白无色,眼中满是惊惧的表情。

“当,当当……”

就在王一定的心理防线几乎要崩溃的时候,庄睿的经理办公室传来了一阵敲门声。

“庄经理,我给王鉴定师送饮料的,这是你每次都要的果粒橙……”

推开门的小丽似乎也感觉到房间中的气氛有些凝重,吐了吐舌头,快步走到王一定的面前,将一瓶果粒橙饮料还有找回的零钱,放到王一定面前的茶几上,快步退了出去。

这要是放在以前,王一定肯定是会拉着小丽的手,故作大方地将找零塞到小丽手里面,只是在今天,王一定再也没有了那个心思,甚至都不知道是如何打开这瓶饮料的,他第一次感觉到,甘甜的饮料喝在嘴里是那样的苦涩,而果汁瓶子上那个穿着短裙露着大腿充满了活力的模特,也第一次在王一定眼里失去了吸引力。

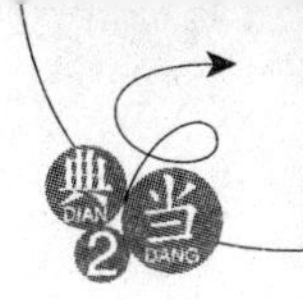

“庄经理，德叔，我是真的不知道这些东西是假的啊，你们要相信我，我可以就此事做出检讨，我可以向投资公司提出辞职，但是，但是我真的没有诈骗的意图啊……”

似乎冰凉的饮料激发了王一定几乎被冻结的思维，他放下手里的饮料，大声地喊起冤来，刚才所说的话也不承认了，对于王一定这种人来说，吃进去的东西，就没想着要吐出来，即使自己现在辞职，也赚够了五十多万在手上，典当行中国多了去了，随便换个城市再找一家，也能混口饭吃。

庄睿没想到王一定居然还是个滚刀肉，不见棺材不掉泪的角色，拿起手机拨打了一个号码，说了一句话。

没过两分钟，经理室的门又被推开了，苗菲菲穿着一身整齐的警服走了进来，把一个录音笔和一份口供放在了庄睿的桌子上，眼睛狠狠地瞪了庄睿一眼，为了拿到这两样东西，她可是花了不少的人情。

“谢谢警官，麻烦警官了，您先去会议室坐会，我们这里再做下嫌疑人的工作，咱们也是本着惩前毖后治病救人的原则嘛。”

庄睿站起身来，装出一副公事公办，我不认识你的模样，把苗菲菲送了出去，背着房间里的众人，却是对着苗菲菲跷起了大拇指。

自从苗菲菲走进办公室之后，王一定强作镇定的脸上，就变得无比慌乱了，原本直起的腰杆，也缩了起来，等到庄睿把苗菲菲送出去，王一定的眼睛更是紧紧盯着办公桌上的那两个物件，但是嘴巴却死死闭着，想必是还存在着侥幸心理。

“这东西你看看吧，看完之后如果还需要听录音，我也可以满足你。”

庄睿把办公桌上的那份口供，扔到了王一定的面前，这份口供和录音笔里面的内容，他在中午的时候就听到过了，为此又被苗菲菲宰了一顿，当时同桌的还有苗菲菲几个帮忙的同事，现在之所以让苗菲菲把这些证据送过来，就是想威慑一下王一定。

“我交代，我该死，我全部都交代，不要抓我去坐牢啊，德叔，您要救救我，庄经理，我真的不知道这是违法的呀。”

看着那张纸上面李霞的口供，还有鲜红的手印以及李霞的签名，王一定的精神世界终于崩溃掉了，眼泪鼻涕俱下，拉着身旁的德叔，就像是抓住了救命稻草一般，号啕大哭。

“行了，嚎什么丧啊！”

德叔一声厉喝，打断了王一定的声音。

“刚才没让警察把你带走，就是给你一个机会，哭什么哭，把事情交代清楚，把赃款退出来，我老头子向庄经理给你求情。”

德叔的话让王一定的情绪稳定了一些，在看到庄睿点头之后，他才相信之前庄睿所说的话都是真的，王一定今年才刚过三十，他可不想蹲个十年大狱之后，再出来享受人生，遂一五一十地把他骗当的过程，交代了出来。

原来，在庄睿当上经理的伊始，王一定并没有动这个歪念头，他只是想怎么样与拍卖

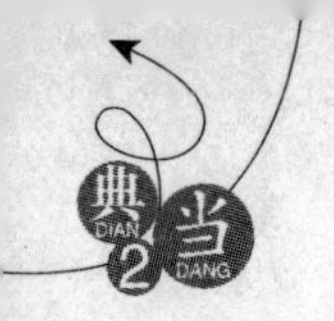

行合作，把自己去年走眼收下的几个假当给拍卖出去，谁知道去年的那四件假当珠宝的拍卖，出乎意料的顺利，没有任何人对于当品的真假提出异议，这让王一定除了拿到一笔不菲的提成奖金之外，心里的贪欲，也愈发膨胀了起来。

王一定在回国之前，曾经去澳门玩过几天，大家都知道，澳门是世界闻名的东方都城，与之相伴的，就是那里发达的典当行业，王一定由于职业原因，去逛了几家典当行，看中了几件制造的几乎可以以假乱真的赝品珠宝首饰和名贵手表，就用很低廉的价格将其买了下来，按他当时的想法，手表是给自己撑面子的，那些珠宝，自然是留着日后泡妞用的。

但是与拍卖行的合作，让王一定重新估量了那些赝品珠宝名表的价值，于是他就找到了李霞，让其拿着那些假珠宝和手表来典当行换取当金，当时李霞并不知道这些珠宝和手表是假的，王一定只是说自己在那里工作，不方便对自己拿去的东西估价，这才让李霞帮忙的。

而原本以为王一定只是个小白领的李霞，没有想到他居然有这么多名贵珠宝，顿时芳心暗许，让王大鉴定师爱情事业双丰收，即使李霞后来知道那些当品是假的以后，看到换回来的数十万的真金白银，也是对王一定倾慕不已，这年头只要能赚回来钱，谁还管你钱是怎么来的，在大多数人眼里，不偷不抢那就不叫犯法。

王一定的确也是这样想的，庄睿的放权，让他能有机会通过拍卖行去处理自己手上的赝品珠宝和手表，通过拍卖这个环节，典当行可以从这假珠宝身上，得到比支付出去的当金，多出好几倍的资金，拍卖行可得到一笔不菲的佣金。

至于王一定本人，那更是双丰收了，能想出这样一举三得的好点子，还曾经让王一定得意了好几天呢，只是他却没有料想到，居然有东窗事发的这一天。

“啪……咔嚓……”

坐在客厅里的庄睿听着厨房处传来的声音，眼角在不断地跳动着，他心中这个悔啊，怎么就答应让那大小姐进到厨房里去的。

“老幺，这是第八个盘子了吧？你家里买得够不够啊？你说她们回头会不会因为碗盘不够用了，直接把饭锅端上来呀？”

伟哥手里拿着电视机的遥控器，不断地调着台，嘴里很关心地慰问着庄睿，不过这话怎么听都露出一股子幸灾乐祸的味道。

“你把嘴闭上吧，不然回头我就给阳叔打电话，告诉他那个‘汉代玉人仕女像’，是被你小子偷梁换柱留下的赝品。”

庄睿瞪了伟哥一眼，没好气地回答道，阳父那件“汉代玉人仕女像”是他收藏中，为数不多的真品之一，一向甚为爱护，不过伟哥前段时间手头紧，去打自己老子秋风的时候，不小心把那个物件给碰落在地上。

事后伟哥怕自家老子发现，托庄睿花了几百块钱买了块劣质玉石，找人按照片重新

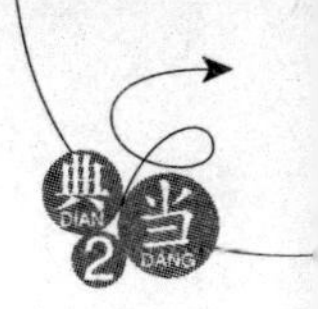

给雕了个，又摆回到阳父收藏室的展架上，这过去了一个多月，居然没有被发现。

“嘿嘿，告我的黑状你也跑不掉的，不扯那个了，老幺，你发现没有，这两个女人，好像都对你有那么一点儿意思啊，你看中哪个了？”伟哥扔下手里的遥控器，凑到庄睿身前，一脸坏笑。

“你就不能别那么庸俗啊，朋友，知道不，都是朋友。”庄睿义正词严的说道。

“切，骗鬼呢，半夜跑去满大街地帮人买裙子，还朋友，说出去谁信？”

伟哥一脸鄙视地看着庄睿，上次白狮把苗菲菲的裙子撕烂之后，那会儿也不过就八点多，庄睿就打了个电话问了下伟哥哪里有女人服饰卖，这把柄就算是攥在了伟哥的手里，时不时地提出来打击下庄睿。

“啪……”

“第九个了……”

庄睿无语地看着厨房，他不知道苗菲菲究竟要打碎多少碗盘才肯出来，今天是庄睿辞职离开典当行的第三天，正好是周末，苗菲菲和宋星君联袂前来，说是要在庄睿离开上海之前，做一顿好吃的慰劳一下他，却没想到这二人一进厨房，庄睿家里就开始杯具了。

王一定骗当的事情，在一个星期之前就已经解决完了，这件事并没有报警，最后还是以王一定退回所骗取的赃款作为一个了解，王一定本人提出辞职，早庄睿三天离开了典当行，听说是离开了上海，至于是否出国了，庄睿也没有细打听，不过他知道王一定为了退赃，把自己那辆车都卖掉了，而那个李霞则是马上转投了另外一个男人的怀抱，使得王一定最后落得个鸡飞蛋打。

庄睿的辞职没有引起什么波动，本身他就任典当行的经理这件事情，在投资公司就有不同的意见，由于德叔的大力支持才得以上任的，现在他辞职之后，正好空出位子安排其他人，除了德叔以外，那是皆大欢喜，新任经理在庄睿辞职的当天，就走马上任了。

德叔本来也是要卸甲归田，辞去典当行顾问的工作，只是现在典当行里新老不继，又缺少鉴定师，只能是勉为其难地再干上一段时间，庄睿临走的时候，本来想把那套朱可心的紫砂茶具送给德叔的，不过德叔坚辞不受，最后以五十万的价格将其买了下来，这也让庄睿的银行存款又增加了不少。

至于在这次典当行变动中，最为失落的人，可能除了王一定之外，就要数到赖劲东了，这位揭发了王一定骗当的主要功臣，原本以为庄睿离职之后，这经理的位置非他莫属，却没有想到又从投资公司空降了一位经理下来，使得赖劲东也是有点心灰意冷，萌生出辞职的念头。

不过这些和庄睿都没有什么关系了，上海的事物他都处理清楚了，除了这套房子和几个朋友之外，他和上海没有任何的瓜葛了，而且后天就要驱车赶往广东，参加在平洲举办的翡翠原石交易会，这让庄睿在有些失落的同时，心中也有些兴奋，宋军嘴里的大场面，让他颇为向往。

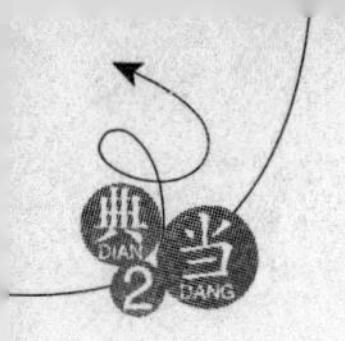

原本和宋军约定的是先回彭城，然后再一起乘坐飞机去广州，不过庄睿想了一下之后，还是决定由上海驱车前往广东，一来是舍不得将白狮留在彭城，二来就是因为阳伟了，伟哥听说庄睿要去广东赌石，那是兴奋地纠缠了庄睿好几天，说什么都要一同前往，并且给身在广东的老四打了电话，三兄弟准备在广东聚首，可是把身在北京的老二和陕西的老三羡慕得不轻。

刘川自从卖掉那块翡翠明料之后，这段时间可谓是财大气粗了，他把彭城的宠物店转让给了李兵，只保留了周瑞的三成股份，然后将精力都投入到了獒园上，这几个月的时间里，刘川和周瑞参观了国内不少家獒园，对于彭城獒园的日后发展，也有了比较清晰的目标。

周瑞这段时间不是很忙，庄睿出于对伟哥车技的极度不信任，打电话让周瑞陪他跑一趟广东，今天夜里的火车，估计明天一早就可以到达上海，休息一天之后，正好赶往广东。

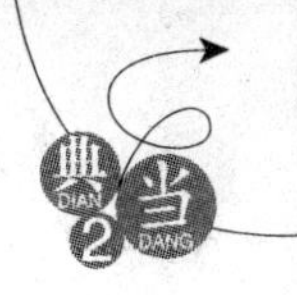

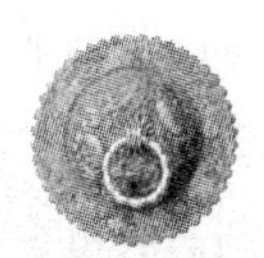

第二十章 谁占了便宜

“好喽,上菜了……”

苗菲菲的声音听在庄睿和伟哥耳朵里,不亚于是天籁之音啊,为了吃到这顿饭,他们俩可是从下午五点钟一直等到现在,电视里的新闻联播都完了半个多小时了,苗菲菲还把家里所有能吃的东西都藏了起来,这哥俩早就饿得前胸贴肚皮了。

“西红柿炒蛋,红烧鲫鱼块,东坡水晶肘子,腊肉炒竹笋,小鸡炖蘑菇……”

苗菲菲和宋星君像是跑堂的一般,将厨房里的菜端了上来,报出的菜名更是让庄睿和伟哥食指大动,拿着筷子坐在餐桌旁边,摆出一副准备战斗的架势,不过菜一上桌,这哥俩彻底傻眼了。

“都先别吃,这是我长这么大,第一次独力烧出一桌子菜来,等等,我先拍张照片。”

上好菜后的苗菲菲没有注意到庄睿和伟哥的脸色,手里拿着一个数码相机,准备给这桌子菜来个永久纪念。

“苗格格,您能给我们介绍一下这几道菜吗?我犯晕,有点分不清楚。”

等苗菲菲拍完照,庄睿拿着筷子指着桌上的菜,对苗菲菲说道,先不说这些菜的味道如何,只看其色,就让庄睿和伟哥不敢下筷子。

那红彤彤像是番茄酱的菜,想必就是西红柿炒蛋了,可是这剩下的几道菜,庄睿实在是分不出来了,都是黑糊糊的一片,味道倒是不错,闻在鼻子里透着一股烧焦了的香味。

“人家这是第一次做菜,品相是难看了点,不过味道很好吃的,真的,我都尝过了,不信你问星君。”

苗菲菲听到庄睿的话后,脸上的兴奋劲没有了,一向爽朗的苗菲菲声音越说越小,神情也变得扭捏起来,说着说着眼眶居然红了,一层雾水在里面直打转。

“嗯,我可以作证的,这些菜味道真的不错,还都是菲菲姐一个人做出来的,我只是打打下手,你看,菲菲姐的手切菜的时候,都不小心划破了。”宋星君在旁边连连点头,她的话让庄睿的目光落在了苗菲菲的左手上,果然在其中指处,有个不大不小的伤口。

“那咱们就先尝尝,格格您吃了我这么多顿,估计也能学到我三分真传了,伟哥,把酒

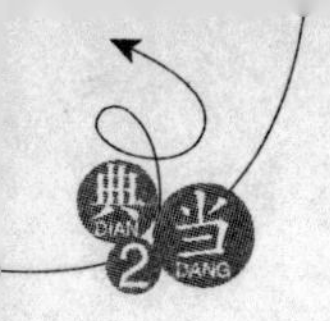

都满上，咱们哥们姐们干一个。”

庄睿心里有些小感动，他知道苗菲菲家里男孩多，就她一个女孩，从小那可是被宠大的，别说做饭了，就是连碗都没洗过，今天整出来这么一桌子菜，也真是难为她了。

酒是伟哥从家里拎来的五十二度的五粮液，给众人斟满之后，大家碰了一杯，谁都没偷奸耍滑，实实在在地喝了下去，庄睿拿着筷子夹了一块像是红烧肘子的肉块，很是鼓了一番勇气之后，放进了嘴里，却感觉到一股鱼香味，原来这道菜是红烧鲫鱼块。

还别说，这些菜虽然卖相不怎么样，这味道还行，微微有些烧焦的鱼皮里面，肉质很鲜嫩，倒是别有一番味道，放下了心思的庄睿开始连连劝起了酒。

或许是离别在即，苗菲菲和宋星君也都喝起了白酒，席间的气氛逐渐热烈了起来，苗菲菲更是反客为主，不断地和庄睿与阳伟碰杯，按照北方人的习俗，这碰了杯的酒，是要一口喝掉的。

三五轮下来，阳伟首先撑不住劲了，要说伟哥的酒量实在不怎么样，一瓶五粮液他喝了不到二两，就已经是双眼迷离了，横着膀子打着晃非要回家找自己老子理论一番去，庄睿知道他没开车，也就任由他离开了。

一瓶五粮液喝完，宋星君有些头晕，借了庄睿的客房去休息了，苗菲菲却还不依不饶地拉着庄睿，非要再喝啤酒，庄睿酒量虽然不错，但他最怕掺酒喝，又是两瓶啤酒下肚之后，庄睿也是酒意上头，看着被他灌倒在桌上的苗菲菲苦笑不已。

“今儿自己恐怕要睡沙发了。”

摇晃着站起身来，庄睿拦腰将苗菲菲抱了起来，一脚踢开自己卧室的门，摸黑走了进去，准备把苗菲菲放到床上，没走几步，小腿就绊到了床沿上，带着怀里的苗菲菲倒在了床上。

庄睿使劲地撑着手臂，想站起来，却感觉浑身一点力气都没有，加上脑中一片睡意袭来，迷迷糊糊地就睡了过去。

“渴，水……”

算上这次，庄睿长这么大只喝醉过两次酒，都是因为白酒和别的酒混在一起喝的缘故，此时的庄睿只感觉到头痛欲裂，嘴巴里像是冒出火来一般，干渴无比，挣扎着想从床上爬起来的时候，庄睿才感觉似乎有什么东西压得自己喘不过气。

因为宿醉而造成的头痛，让庄睿暂时地失去了判断力，他的脑子里的记忆，还停留在昨天喝啤酒之前，两瓶啤酒下肚之后的事情，庄睿已经是完全忘记了。

静静地躺在床上，似乎什么都不想，脑子反而清醒得快一点，“周瑞，对了，好像周瑞今天到达上海，该死的，现在几点钟了，我这样子还能爬起来去接他吗？”

这个问题让还处在迷迷糊糊状态当中的庄睿，慢慢地清醒了过来，因为注意力集中并且想着问题，而使得脑部逐渐恢复了正常工作，不过喉中的干渴丝毫没有缓解，嗓子眼似乎要冒出烟来了。

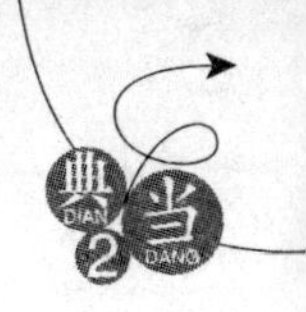

出于习惯，庄睿伸出舌头舔了舔自己的嘴唇，却感觉到唇边有点湿润，庄睿不由把脸扭了过去，伸出舌头吮吸了起来，让他没有想到的是，随着舌头的探出，马上就被一张嘴给包裹住了，并且对方好像比他还要干渴，两条肉舌交集在一起所产生的水分，使得庄睿的大脑又清醒了一点，缓缓地睁开了眼睛。

六月的阳光已经非常的刺眼了，透过没有完全拉上的窗帘，直接照射在了庄睿的脸上，刺眼的阳光虽然让庄睿的视线受到了一些影响，但是近在咫尺的一张面孔，他怎么都不会看不清楚。

“长长的睫毛，娇小笔挺的鼻子，嘴唇，对了，嘴唇还和自己做着口水交流，这人相貌怎么那么熟悉啊？”

庄睿正在脑子里思考对方是谁的时候，那一双大眼睛猛地睁开了，两个互相对视着的人，都能从对方的眼瞳里，清晰地看到自己的面孔。

“我不是眼花了吧？”

庄睿有些怀疑自己的眼睛，是不是又经历了一次异变，连忙伸出右手，准备揉搓一下眼睛，却发现自己的右臂，完全都被压住了，“没有右手还有左手呢，还好，左手能动，看来这一切都是幻觉。”

正准备抬起左手的时候，庄睿才感觉到，自己的左手手心里，死死地抓着一团东西，有点软，还有点弹性，还有些润滑，总之，自己似乎以前有过这种手感，至于是在哪里，以庄睿现在处于半清醒状态的脑袋瓜，实在是有些想不起来了。

不知道为什么，庄睿有些舍不得将左手抽出来，而是又狠狠地捏上了几把，这种手感实在是太舒服了，只是在他左手用力的时候，脸对脸的那张面孔上的眼睛，瞬间瞪得溜圆，原本纠缠在一起的两根肉舌，也突然由于一方的退出，而使得庄睿在吧唧了几下嘴之后，只能无奈地收了回去。

“这梦做得真是真实啊，嗯，一会儿就要醒了，多享受才是实在的。”

正当庄睿闭上眼睛准备继续享受一番的时候，耳边突然响起了一阵堪比帕瓦罗蒂那首“今夜无人入眠”的高音，让庄睿耳朵暂时性失去听觉的同时，大脑瞬间清醒了过来。

“该死，自己不是在做梦！”

此时就算庄睿完全没有和女人如此亲密地接触过，但是智商绝对处于正常水平线之上的他，此时已经明白过来到底发生了什么事！

“这是我家啊，到底发生了什么事情？”

庄睿扭过脸去，打量了一下这个房间，没错，那个绣着恭喜发财中国结图案的落地窗帘，正是自己亲手挑选的，身下的席梦思床垫，也是自己所熟悉的，就是身边这人？是苗菲菲还是宋星君？庄睿记起来昨天好像是和两个女孩一起喝酒来着。

很努力地把头向后仰了仰，庄睿终于看清了，心里也在暗暗叫苦，对面的女孩，居然是自己招惹不起的苗格格，只是这会儿格格似乎也不怎么清醒，在发出一声海豚音之后，

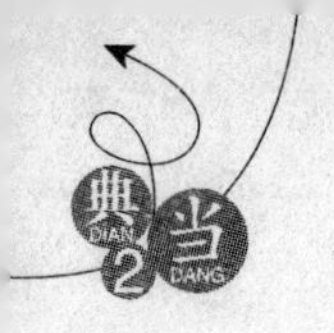

一直都处于呆滞状态。

庄睿不能不承认，自己实在是有些舍不得爬起身来，因为眼前的这一幅画面，是那么的美丽，是那样地充满了诱惑力。

苗菲菲那吹弹可破十分精致的小脸上，一双眼睛睁得大大的，但是处于迷糊状态下的她，眼睛似乎没有焦距感，一脸迷糊的样子，很是使人怜惜，原本扎在后面的马尾辫此刻完全放开了，顺着那件白色的T恤搭在胸前，另有一番风情。

就在庄睿讪笑着慢慢地将左手抽出来的时候，他发现对面的那双瞳孔在逐渐地缩小，而刚才还在与自己较量得难解难分的那张樱桃小口，却在逐渐地长大，庄睿相信，自己要是不制止的话，耳朵恐怕还要再受一番折磨。

俗话说：舍得一身剐，敢把皇帝拉下马，庄睿也不知道是不是因为昨天喝的五粮液酒后劲还没有消除，一时间恶向胆边生，将心一横，就压在了苗菲菲的身上，而且那张大嘴，准确地印到了对方半张着的双唇上，彻底地将对方施展高音摧残自己耳朵的可能性给灭杀掉了。

苗菲菲此刻快要疯掉了，她没有想到自己醒来之后，居然会和一个男人躺在一张床上，更让苗菲菲无法接受的是，在自己已经完全清醒了的情况下，竟然又被对方占了便宜，就连原本要发出抗议声音的嘴，都被对方堵了回去，在这一刻，似乎人民警察的身份无法帮到自己分毫，苗菲菲只能用右手无力地捶打着庄睿的后背。

“男人的气味，就是这样的吗，好像也没有那么难以接受……”

一分钟过去了，苗菲菲原本已经清醒了的脑子，又变得有些迷糊了，一股强烈的男人气息，在不断地向她冲击着，一直在捶打庄睿后背的右手，不知道在什么时候，居然透过庄睿身上的衣服，死死地掐着庄睿后背上的肌肉，紧闭的牙关也松开了，有些情迷意乱的苗菲菲，不知深浅地迎合了起来。

浑身燥热无比的庄睿开始撕扯起自己身上的衣服来，不过在数个回合过去之后，他就放弃了自己的举动，因为庄睿悲哀地发现，自己昨天喝酒时已经松了好几个扣鼻的腰带，此刻怎么都解不开，他现在无比痛恨那些美国的淘金者发明了牛仔裤，紧紧地束缚住了自己那几乎充血快要爆开的所在。

苗菲菲浑身发颤，眼神愈加迷离起来，那只在庄睿身后的手臂所爆发出来的力量，就连庄睿都感觉到呼吸紧促，有些吃不消了。

“你，你们，你们在干什么？”

一声惊呼从虚掩着的房门处传了出来，就像是三伏天里迎头被浇了一盆冰凉的井水，顿时让庄睿清醒了过来，连忙松开紧抱着的苗菲菲，抬头看去，宋星君的身影，刚刚消失在房门处。

“你……我……咱们……”

庄睿很艰难地咽下一口口水，吐出了这几个词不达意的字眼来，而他的身体，此时已

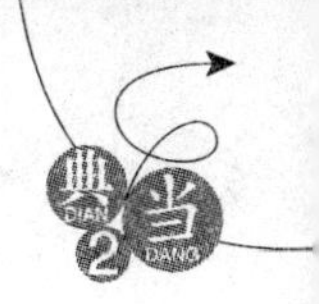

经翻滚到这张大床的一角，双手紧紧地抱着一个枕头，一副可怜兮兮的模样。

纵然是苗菲菲此刻心中充满了羞耻和愤怒，也被庄睿这无耻的模样给逗笑了，敢情这家伙占了便宜还卖乖，苗菲菲拉上被庄睿脱去了一半的T恤，检查了一下身上，除了因为燥热出的一身汗外，似乎没有发生过什么，自己的衣裤都完好地穿在了身上，这也让苗菲菲大大地松了一口气。

“你是你，我是我，没有咱们，我告诉你小庄子，今儿这事情，你要是敢传出去一个字，我拼着警察不干了，都和你没完。”

苗菲菲整理好衣服之后，看着庄睿恶狠狠地说道，那样子就像是大灰狼在威胁着小红帽。

“这究竟是谁占了谁的便宜啊?”

看着苗菲菲雄赳赳气昂昂地转身走出了房间，庄睿脑中冒出了几个大大的问号。

“哥们昨天不会真干了什么吧?”

看到苗菲菲走出了房间，庄睿连忙检查起床上来，还好，虽然床上有些紊乱，但是却没有传说中的血迹之类的东西。

“不管了，苗菲菲都不怕，我怕什么啊。”

在房间里待了一会儿之后，庄睿终于坐不住了，现在已经是六月夏季了，因为早上这番运动，使得他浑身都黏糊糊得很是难受，找了件换洗得干净衣服之后，庄睿大模大样地走了出去。

“星君，做早饭呢，谢谢你啊，呃，昨天喝多了，不过我们什么都没做啊，你别多想……”

庄睿看到宋星君在餐桌上摆着稀粥等早点，马上开口向她解释道，只是这举动颇有点此地无银三百两的感觉，宋星君脸微微一红，低下头去，没有回答庄睿的话，刚才所看到的那一幕，到现在还让她心跳加速呢。

“哎，庄睿，你……你别进去，里面有……”

看到庄睿拿着衣服就要推开洗手间的门，宋星君忽然想起里面有人，连忙大声喊了起来，只是她说得好像有点晚了，庄睿已经拉开了洗手间的玻璃门。

这个房子以前的主人，不知道是出于什么想法，在装修的时候，将洗手间的门搞成双层磨砂玻璃门，在门上还有幅仕女出浴图，配以莲花荷叶，非常精美，这门是向两边推拉的，并且从里面无法锁死，所以在庄睿一拉之下，半边门就被打开了。

“我……你，我……我不是故意的……”

庄睿不知道是吓傻了，还是被里面那美人洗浴图给惊呆了，就那样站在门口。

玻璃门下面每边各有一个小滑轮，做工很精致，质量也很好，所以庄睿在拉开门的时候，基本没有发出什么声音，而里面的人正在洗头，眼睛紧闭着，也没感觉出什么来。

但是随后宋星君喊庄睿的声音，却真真切切地被里面的人儿听清楚了，这正在洗澡

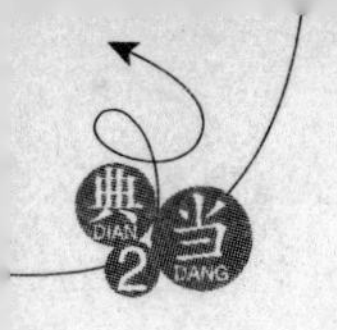

的人还能有谁，自然是刚从庄睿房间里出来的苗菲菲了。

“我……我真的不是故意的……”

苗菲菲睁开眼睛之后，就听到面前的这个无耻男说出了这么一句话来，但双脚像是扎了钉子一般，一动不动，丝毫都没有离开的意思。

“滚！”

苗菲菲顺手拿着淋浴器就砸了过去，却忘记那东西不够长，然后抓住毛巾就丢在了庄睿的头上，顿时，湿漉漉的毛巾上的水，顺着庄睿的头发流了下来，倒是让庄睿清醒了过来，这美人虽好，不过貌似这后果，自己可是承担不起。

想到这里，一直抓着拉门的手，终于依依不舍地将门给关上了，不过脑子里还在回想着刚才的画面，就连头上的毛巾都没拿下来，看得赶过来的宋星君是哭笑不得，一向都很沉稳的庄睿，今天这到底是怎么了？

庄睿也不知道自己是怎么了，天地良心，虽然他很喜欢苗菲菲这种相貌柔弱温柔可人型的女孩，但是他知道苗菲菲的性格与外表，那是绝对不相符的，他可是一直把苗菲菲当做哥们来看待的。

“庄……庄睿，你还站在那里干什么呀？快让开，我给菲菲姐送衣服进去。”

宋星君见到庄睿关上了浴室的门之后，身体依然站在那里不动，心里也是有点火气了。

“那会儿在医院……会不会就是庄睿干的呀？”

宋星君想到这里，看向庄睿的目光也开始变得不善起来，那件事可是让她记忆犹新的。

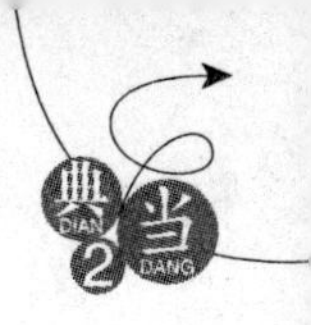

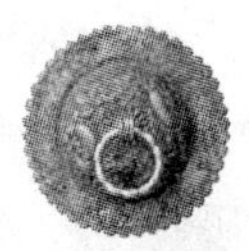

第二十一章 玉都平洲

“我……我，唉，你先让让，我这就出去。”

庄睿现在是哑巴吃黄连，有苦说不出啊，此时听到宋星君的话后，庄睿也豁出去了，上身向前倾着，弯着腰撅着屁股就从宋星君旁边走了过去，只是那丑态依然被宋星君看个正着，原本带着怒气的俏脸，瞬间飞满了红晕。

“满脑子龌龊东西。”

在经过宋星君身边的时候，庄睿耳朵里传来这么一句话，说得庄睿是痛不欲生啊。

“大小姐，这是洗澡还是在里面睡着了啊，怎么还不出来。”

没有了外物的刺激，这会儿庄睿也感觉出来了，膀胱发胀，那股子尿意憋得他是满脸通红，坐在客厅的沙发上，一双眼睛不住地往洗手间的方向瞄着，这鬼鬼祟祟的动作，又让宋星君加深了几分自己刚才对庄睿的认知。

就在庄睿几乎忍不住再去拉一次洗手间的门时，终于，紧闭的玻璃门打开了，苗菲菲拿着一条宽大的浴巾，一边擦着头发，一边向外走着，脸上还带着红晕。

一出浴室，苗菲菲就看到了从沙发上站起来的庄睿，秀眉一竖，苗菲菲刚要开口说话，就感觉到一阵风从身边刮过，庄睿的身影已然消失在她的视线之中，而在身后，传来了玻璃门被拉上的声音，这一切都是在瞬间发生的，苗菲菲张开的嘴都没来得及闭上。

解决完生理问题之后，庄睿三下五除二地把衣服脱掉了，本来身上就黏糊糊的，刚才更是急得硬生生地憋了一身大汗，这时洗个澡，然后差不多就该去接周瑞了。“庄睿，你出来，快点出来。”

苗菲菲这会儿早饭都吃完了，不知道庄睿在浴室里做什么。

“哥们我倒是想出去啊……”

庄睿这会儿也正在浴室里面急得转圈子呢，刚才进来得急，把换洗的衣服都扔在了客厅的沙发上了，而脏衣服都已经被他泡在了水里。

“苗格格，您能不能把沙发上的内衣，帮我拿一下呀，我……我这实在是出不去啊。”

庄睿把洗手间的玻璃门，拉开了一条缝隙，歪着头侧着身体对等在门外的苗菲菲说

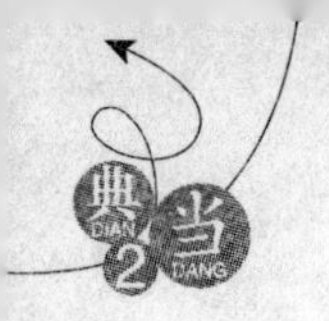

道，这家里有女人就是不方便，以前庄睿都是擦干净身上直接走出来的。

“等着……”

苗菲菲倒是没有难为庄睿，扔下一句话后，就把庄睿的衣服拿了过来。

庄睿放在沙发上的衣服只是一个内裤和一个沙滩裤，并没有上衣，当他穿好之后拉开玻璃门时，苗菲菲的目光，不由停在了庄睿没有穿衣服的上半身。

“小庄子，脱了衣服还很有料嘛。”

庄睿的长相并不出众，属于扔到人堆里不会引起别人注意的那一类，不过庄睿的身材很匀称，在大学时各项运动都玩得起来，虽然毕业快两年了，身材依然保持地很好，从肩胛骨的三角肌连到胸大肌都很发达，比起那些模特来也是不遑多让。

“没料，没料，比起您来，那是差多了，苗格格，您能不能让我过去啊……”

天地良心，庄睿说这话，没有一丝要和苗菲菲比试胸肌的念头，不过这话听到苗菲菲的耳朵里，那可就完全变了味道，原本还饶有兴趣打量着庄睿的苗菲菲，马上将脸绷了起来。

“小庄子，我告诉你，今儿这事，对谁都不能说出去，就当是没发生过，不然我饶不了你。”

苗菲菲一边说话，一边让开了身子，不过就在庄睿和她擦身而过的时候，忽然感觉到腰间一阵剧痛，耳朵边同时传来了苗菲菲的警告声。

“行，对谁都不说，打死我都不说，这样行了吧，再说早上咱们也没发生什么事情啊……”

“你……你浑蛋！”

虽然明明是自己不让庄睿说的，但是看见庄睿装出一副什么都没发生过的样子，苗菲菲心里还是不爽，跺了一下脚之后，气呼呼地推开了庄睿，走进了洗手间。

“这姐们还真是够狠的……”

庄睿低头看了一下，腰间软肉处赫然青了一块，显然是刚被苗菲菲掐的，现在庄睿算是能理解刘川脸上经常显现出来的那副痛不欲生的表情了。

“庄睿，来吃早饭了……”

好像是苗菲菲给宋星君说了什么，宋星君对庄睿的态度，比刚才要好了很多。

“汗，顾不上吃了，谢谢你啊，我要到火车站接人……”

庄睿拿起丢在客厅里的手机，看了一眼，顿时跳了起来，连忙跑到房间里面换了身外出的衣服，找到车钥匙就准备出门。

手机上有六个未接来电，都是周瑞一个小时之前打过来的，庄睿看了下时间，现在是七点半，也就是说，周瑞下车应该有一个小时了，庄睿一边往外走，一边拨通了周瑞的电话。

“咦？伟哥，你在这干吗呢？”

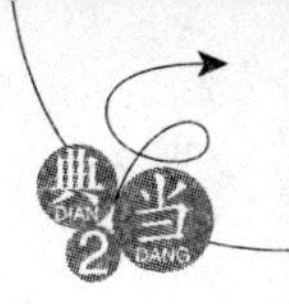

庄睿刚打开房门，一个身体就顺着那假红木包裹的大门，滑进了屋里，不是阳伟还是谁呢，只是伟哥这会儿似乎睡得正香甜，嘴巴还吧唧吧唧的，好像在回味着什么，门外被他吐了一摊子，散发出一股子恶臭的味道。

庄睿看到这般情景，不由苦笑了起来，他住的是一梯三户的房子，这幸亏是星期天，邻居可能还没出门，要不然这意见可就大了。

“喂，老板，我到了……”

庄睿正不知道是先收拾这一摊子，还是先去接周瑞的时候，拨给周瑞的电话接通了，周瑞的声音还是那么简练，从到了彭城之后，他就再也不肯喊庄睿和刘川的名字，都是以老板相称，搞得庄睿很不习惯。

“早上没听到电话，周哥啊，你在车站旁边的肯德基等我一会儿，我估计要四十分钟能赶过去。”

总不能把伟哥扔在这里不管吧，庄睿还是决定先把这里收拾干净再说，这气味实在是难闻。

“不用来接我了，我按你给的地址，到你的楼下了，马上上电梯了，不说了，我先挂了。”

周瑞早上打不通庄睿的电话之后，就自己按着地址找来了，在外面混了这么多年，要是连庄睿家都找不到，那就是笑话了。

庄睿听到周瑞的话后，愣了一下，随之话筒里就传来了忙音，这酒真是误事啊，看着地上睡得正香的阳伟，庄睿弯下腰去，把他拖进了房间，为什么不抱他？开玩笑，一百六七十斤的体重，那是能抱得动的嘛。

“庄睿，你怎么又回来了？有什么东西忘了拿了吗？这不是阳伟吗，他怎么啦？”

看到庄睿的身形从门口玄关处又折返回来，客厅里的宋星君出言问道，紧接着又看见拖在地上的阳伟，脸上的表情那叫一惊讶。

庄睿没回头，对着身后的宋星君喊道：“不用出去了，我要接的人自己找来了，来帮下忙，把他抬沙发上去，这睡得可真死，这样折腾都不醒。”

“嘿，周哥，你上来得倒快，星君，不用你帮忙了，周哥来搭把手吧，小心点，他衣服上有脏东西。”

没等宋星君走过来，周瑞的身影就出现在了门口，虽然搞不清这是怎么一回事，不过听到庄睿的招呼，他还是走进屋里，和庄睿一头一脚地将阳伟抬到了沙发上。

“星君，伟哥好像是昨天就睡在外面了，你看看他有没有什么事，这在地上躺了一夜，别生出什么毛病来。”

虽然阳伟面色红润，时不时地还发出鼾声，庄睿还是有些担心，宋星君是专业人士，自然要她来看了。

“周哥，还没吃早饭吧，先去吃点，等会儿你去睡会，我去把外面打扫一下。”

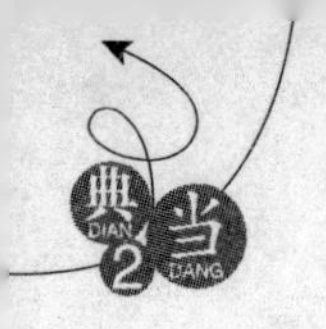

招呼完这个招呼那个，庄睿有点顾此失彼了，交代了周瑞一句之后，拿着扫把拖把去收拾门口那烂摊子了。

周瑞看着沙发上的阳伟，笑着说道："不用睡了，在火车上睡了一夜，起来就下车了，你这朋友没事，就是酒喝多了，拿毛巾擦把脸就能醒了。"

"咦，我怎么又回来了？老幺，老幺呢？"

果然如周瑞所言，在宋星君用凉毛巾给阳伟擦过脸之后，伟哥迷迷糊糊地醒了过来，张嘴就喊起了庄睿。

"别叫了，老大，你快点去洗一下吧，到我房间去找衣服穿。"

庄睿的声音从门外传了进来，这时伟哥才发现自己身上沾染了不少呕吐物，不等庄睿多说，马上也是冲进了洗手间，还好苗菲菲这会儿已经收拾完了，将洗手间让了出来。

"周哥，这是苗警官，我朋友，这位是我住院时照顾过我的护士，你们认识一下。"

庄睿收拾完阳伟吐的那一摊子之后，回到了房间里，把周瑞介绍给众人认识，周瑞还是那酷酷的性格，点了点头后就不再说话了，虽然他也认识秦萱冰，不过显然他对庄睿的私生活没有什么兴趣，这要是换成刘川，保证会把这两个女人的七大姨八大姑都打听出来的。

"庄睿，我们先回去了，你明天离开就不去送你了，对了，我下星期回北京，你到了北京一定要联系我啊。"

看到庄睿来了朋友，苗菲菲和宋星君都起身告辞了，早上那些事情都是误会，苗菲菲虽然吃了亏，但也没迁怒到庄睿的身上，倒是相处了两个多月，这一旦分别，还有点小伤感。

宋星君也是如此，不过她没有多说什么，深深地看了庄睿一眼之后，和苗菲菲一起离开了。

"周哥，两个多月不见，你倒是胖了一点啊，在彭城还习惯吗？"

送走苗菲菲二人后，庄睿和周瑞坐到阳台上，闲聊起来，刘川是个吃货，周瑞跟着他，想必伙食很好，脸色比以前红润了许多。

"习惯，等今年过完年，我把父母都接到彭城去，老板，真是要谢谢你和刘老板。"

周瑞眼中露出感激的神色，不过话还是说得干巴巴的，他就是这样的性情。

"周哥，这次去广东，你还是叫我的名字吧，你看我浑身上下，哪里有老板的样子，这样喊我，我会不自在的。"庄睿实在是受不了周瑞一口一个老板地喊着。

"行，听你的，咦，这是白狮吗，怎么个头长这么大了？那两只小獒还没它一半大呢。"周瑞答应了下来，转头看见了自己身后的白狮，冷不防被吓了一跳，白狮这两个月的个头是突飞猛涨，几乎有一米高了，一身雪白的长毛，猛一看上去，真像一头狮子一般，威风凛凛。

白狮倒是还记得周瑞，大头在他腿上蹭了一下之后，老实地趴在了庄睿的脚边。

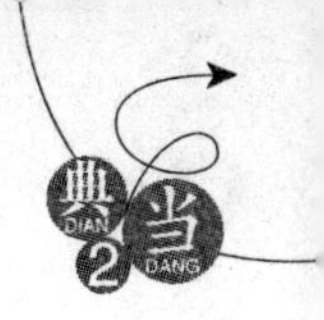

“老幺，我昨天是不是就在你门外面睡了一夜啊？怎么这浑身都酸痛？”这时阳伟也洗完了澡，穿着一身庄睿的衣服走了过来。

“这是我大学同学阳伟，这是我朋友周瑞，这次和咱们一起去广东，你们认识一下。”

“周哥是吧，早就听庄睿提起过你，欢迎来到上海，回头我带你去转转。”

庄睿早就和伟哥提到过周瑞，伟哥性子像他老妈，外向健谈，没几句就和周瑞聊上了，让周瑞对他的第一印象很不错。

庄睿看着正聊得起劲的阳伟，无奈地说道：“行了，你们哥俩别聊了，都去睡会吧，咱们提前一天走，晚上就要出发，估计明天早上就能到广州了。”

“反正我又不开车，对了，老幺，我看刚才那俩妞，表情好像都不怎么自然，你昨天没干什么坏事吧？”伟哥撇了撇嘴，把话题又引到了庄睿的身上。

“你去死吧，早知道就让你在外面继续睡，别扯淡了，你们去睡会，我出去买点东西。”庄睿有点心虚，没敢和阳伟多说，拿了车钥匙起身去超市了，这路上也要准备一些食品和饮用水。

从上海到平洲只有一千七百公里左右，并且是全程高速，路况非常好，两人换着车开，最多十来个小时就能到达，由于上海这边没有什么事情了，所以庄睿想早一点赶到广东，因为老四听说他们哥俩要去，兴奋得今天就跑到广州去等了。

……

平洲，因毗邻全国最大的翡翠玉石市场——广州，连接广东的揭阳、四会、三水、顺德以及香港等地，玉器加工历史悠久，是近三十年著名的翡翠原料集散地。前几年是平洲人去缅甸，或者去云南的瑞丽、盈江及腾冲赌石回来加工。

现在，缅甸几家著名翡翠贸易集团大公司，为了满足中国市场对翡翠毛料日益增大的需求，纷纷在平洲设立办事处，直接运毛料到平洲销售，既方便了中国众多厂家，也增加了原石的价值和经济效益。

所以每年在平洲，都会举办几次翡翠原石交易会，这其中有国内的原料商人，也有来自缅甸等地的毛料商人，每次交易会，都吸引大批国内的玉石厂家和珠宝公司前来参加，宛然是一次翡翠行的盛会。

“伟哥，给老四打个电话，咱们直接去平洲，不在广州停了，让他现在赶去平洲。”

庄睿开着车行驶在高速路上，此时已经车过韶关，再有两个多小时就能到广州了，现在刚过凌晨一点，庄睿就想直接到平洲找个酒店住下，省地来回折腾了。

“老幺，咱们来得是不是有些早啊，这连鬼影都没一个，老四这家伙在哪了？”

给老四打过电话之后，庄睿是一路狂奔，还不到凌晨四点，就赶到了平洲，不过除了几个早起的清洁工人之外，整个城市都是寂静一片。

就在伟哥准备打老四的电话时，一辆很拉风的红色法拉利悄无声息地停到了庄睿的车旁边，玻璃摇下来之后，一张长得很帅气的脸伸了出来，看着庄睿兴奋地喊道：“老幺，

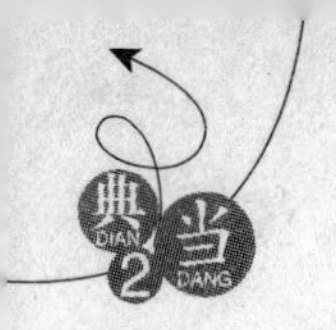

真是你小子啊,老大呢?”

“老大我在这呢,哼哼,老四,你小子真不地道啊,法拉利都开上了,以前在学校还装穷,非要好好宰你小子一顿。”

老大在后排将车窗玻璃摇下来之后,看见老四开的法拉利,顿时眼睛都直了,马上打开车门,钻到了老四的车里面。

“老幺,老二和老三,过几天都会来,咱们哥几个这次算是聚在广东了。”

老四已经订好了酒店,带着几人去酒店开了房之后,由于几兄弟快两年没见了,都很兴奋,也没去房间,干脆坐在酒店大厅里聊了起来。

要说起上海大学98财会系108宿舍的五兄弟,那还真是盛名响彻整个学院,从普通老师教导主任再到校长,从新生到已经毕业的师兄师姐,鲜有人不知道的,原因无他,这几位的名字,实在是太响亮了。

老大就不用说了,虽然此伟哥非彼伟哥,不过知名度是一样的高。

老二是地地道道的北京人,庄睿口中的您字,就是被其人熏陶的,姓岳名经,这名字是他那从牛棚出来的老革命爷爷给取的,据说是为了纪念某个在牛棚里没挺过去而过世的老战友的。

岳经兄自从十二岁的时候理解了这个名字的丰富含义之后,为改名字整整抗争了十多年,其毅力比得上老革命爷爷的八年抗战了,不过很明显他和家中的老爷子,根本不是一个级别的对手。

一直到大学毕业,老二还是用的这个名字,只是其脸皮厚度也随着年龄的增长而变得像城墙一样,在军训后新生见面会上自我介绍时,曾经很详细地为大家分解解释其名字的正确读法和写法,雷倒女生一片。

至于老三的名字,在五兄弟当中名气可是最大的,不过老三出名出得实在是有点冤枉。

老三是陕北人,名字很普通,姓刘,大名叫做刘长发,少有人知的是,老三一身家传的正宗陕北红拳功夫,按他的话说,穿着开裆裤的时候就开始练功了。

刘长发身高一米八左右,是地道的陕北汉子的长相,平时脸上始终都带着一丝憨厚的微笑,至少这憨厚为老三毕业的时候带回家一个漂亮媳妇,这也是其余几个人所没有做到,并为此愤愤不平的。

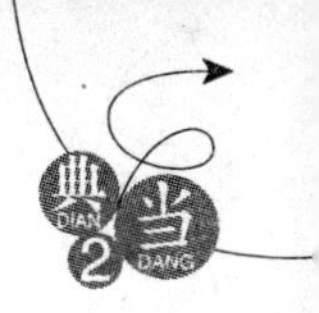

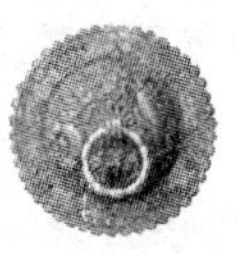

第二十二章 五兄弟

都说出名要趁早,老三刘长发出名在五兄弟之中是最早的,应该说在他们那一届学生中也是最早的。

那是入学后新生军训的第一天,早上六点响起的没有提前打招呼的紧急集合哨,让上海大学的大操场上站满了衣冠不整,睡眼蒙眬的大学生们。

不过男生清醒得倒是很快,因为众多扣错扣子、穿错衣服的女生们,让他们像打了激素般精神了起来,一双双贼眼四处找寻目标,别的系的男生们看向庄睿几人的目光中,那种嫉妒、羡慕、恨不得取而代之的表情不一而足。

军训的教官是上海某武警支队的一位少尉军官,据传是在上海武警总队去年的大比武中获得第一名得以火线提干的优秀军人,不过少尉同志见面之后就给了这一群荷尔蒙过剩的天之骄子们一个下马威,男生们先围着大操场跑十圈,女生们整理自己的内务着装。

学校跑道一圈是四百米,十圈四千米跑下来,累得一个个伸着舌头做土狗状的猛男们,还没来得及喘上几口大气,立刻开始集合听教官训话。

"各位同学,大家好,在今后的一个月当中,我就是你们的军训教官,我本人没上过大学,甚至也没上过高中,在我印象里,大学是神圣的,而大学生们都是天之骄子,放在古代,那都是翰林状元,但是……"

少尉同志虽然提干没有多久,只是在南京武警学院经过了三个月的突击培训,不过已经具备了作为一个领导的演讲艺术,先扬后抑,话说得也很朴实,如果没有"但是"这两个字之后的转折,这次的演讲也算是成功了,但就是"但是"这两个字所衍生的意外,导致了日后大学的无数话题,也是教授喷了校长一脸酒水的罪魁祸首。

"但是,我所看到的,却是一群无组织,无纪律,娇生惯养的大学生,喊了名字要答'到',而不是'哦,啊',如果是在部队里,你们这些人都是不合格的垃圾,上了战场全部都是炮灰……"

教官的话让操场上嘘声大起,不过都是女生,男生们还没喘过气来,再加上从小皮带

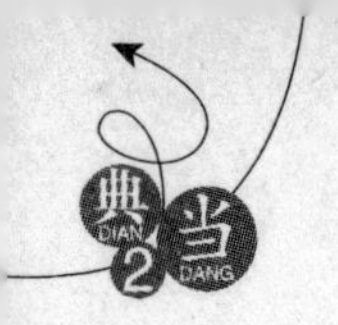

耳光挨得也多，相对脸皮也厚些，对这种程度的语言攻击还能承受。

“怎么，不服气吗？条例条令前天就发下去了，女生头发齐耳，男生平头，看看你们一个个的，衣着不整，留长发……”

说到这里，少尉同志很有气势地准备稍微停顿一下。

“到！”

一个中气十足响亮有力的声音，打断了少尉同志接下来的训话。

突如其来的声音让教官的训话戛然而止，这让难得有机会教训下大学生，并且处在训话高潮状态的少尉同志大为不满，并且关键的是，这一声突兀的“到”字，也让少尉同志将下面要说的，背了好几天的词给忘了。

“谁在说话？”少尉同志厉声喝道。

“报告教官，是我。”

老三的声音在队伍的第一排响了起来，声音之响亮，身体之笔挺，让另外几个跑了四千米还没有恢复过来的牲口们很是佩服老三的体力和胆量。

“哼哼，这是刺头啊，老子专门治刺头的……”

看到老三面不红心不跳倘若无事般的回答，很是有些基层丰富连队工作经验的少尉同志，立即联想到了部队中的刺头兵。

还没有完全从基层班长向军队少尉转变过来的教官同志，本能地向老三走了过去，右腿抬起，向内微弯，一个直踹蹬向老三腹部，力道倒不是很大，估计少尉同志也就是想让老三屁股来个大马蹲吃点苦头而已，要是自己手下的兵，少尉同志早就大耳巴子扇过去了。

让人没有想到的是，老三的双脚根本没动，只是身体稍微向旁边侧了一下，就躲过了教官的右腿直踹，在躲避的同时，老三的右手好像在教官的右脚上拉了一把（只是好像，因为后来老三死活不承认自己出手了），教官的身体立刻擦着老三的身体向前飞了出去，和坚硬的水泥地面来了次亲密接触。

羞愧难当的教官立即向学校反映了这件事情，在学校中引起轩然大波，新生和教官打架这件事情吸引了众多大一到大四无聊人的眼球，虽然经过调查，显示出这是一出由名字误会而差点引发的血案。

其实老三也委屈，跑步时第一，军姿站的最好，凭啥第一个就挨批评还差点挨揍啊，纯粹是欺负老实人嘛。

经过这件事以后，刘长发同学已经是学院有史以来最为出名的杰出人物之一了，并且在军训结束之后的一次意外事件中，108 宿舍的几个牲口们，充分认识到这厮的座右铭就是扮猪吃老虎。

至于老四，从外表上看，是个有点瘦弱长得很帅气的青年，个头在一米七五左右，加上又带个眼镜，典型的一斯文人，大家开始也是这样认为的，老四在介绍自己的时候，绝

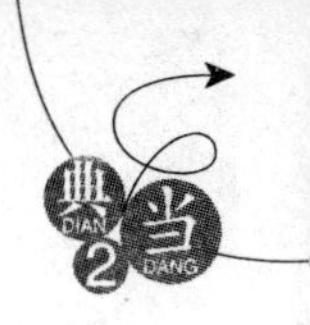

口不提自己的家庭，直至五兄弟打完第一次群架外出庆祝的时候，酒喝多了的这厮，没用别人追问，直接来了个底掉，这要是放在战争年代，都不用使美人计了，给这家伙灌点老酒就啥都招了。

老四的名字叫毕云涛，听他说是自己小时候多病，家里人怕养不活，专门请了香港有名的黄大仙给起的名字。

老四是广东沿海人，出生的那个小镇自从改革开放以来，就是全国最为有名的汽车、摩托车、服装交易中心，说直白点就是大力发展香港与内地之间的贸易往来，互通有无，老四的家族从二十世纪七十年代末期就开始从事该项贸易，从电子表到喇叭裤再到电视机小汽车。

多年下来毕氏家族积攒了大量的财富，由于老四从小身体就不好，不能从事海上作业，家族也有意识培养有知识有文化的下一代，所以老四就成了家族众多兄弟中的唯一一个大学生。

虽说是处在家族生意边缘的人物，但是从小就见过猪跑也吃过猪肉的老四，绝对是兄弟五个当中手最黑的，开学后的第三十二天，也就是军训一个月结束后第一天的那次群架，第一棒就是老四手上的啤酒瓶子先开的荤。

男人的友谊不外乎就是一起扛过枪，一起蹲过仓，一起打过架，一起嫖过娼，庄睿等人的友谊就是从打架开始的。

那是军训结束后的第二天，经过了一个月艰苦卓绝的斗争，终于压倒老二获得老大称谓的伟哥，也为了庆祝军训的结束，决定请大家晚上到学校外面的饭店撮一顿，到了饭店之后，让人感到意外的是，那一群整天哭着喊着减肥的女生们，比他们来得还早，都已经点好菜准备开吃了。

老二和老四脸皮最厚，上前去姐姐妹妹地乱叫一通，居然让女生们同意和五位牲口们一起庆祝，酒过三巡，菜上五味之后，气氛愈加热烈，看得另外一些学生们眼馋不已，可是又不熟悉，也不好意思贸然上前凑热闹。

由于是军训刚结束，新生们都憋了一个月了，所以这饭店也是生意爆满，大多都是新生来开荤的，不巧的是，有七八个大三体育系校篮球队的人也来吃饭，位子本来就不够，篮球队的人和老板嚷嚷了一阵准备离开的时候，看到老二那厮志满意得地在花丛中左右敬酒的样子，顿时生出要教导一下学弟们尊老爱幼光荣传统的心思，顺便也能在女生面前显摆一下。

想找茬很容易，长得足有一米九多，五大三粗的一个师兄，上前故意踢了老二一脚，然后就开始告诫众人做人不要太张扬，脚不要伸得太长，如果绊倒了师兄，把师兄摔伤了的后果是很严重的，可是他没有想到的是，这几个血性比较足的师弟，脾气着实不太好，就在老二准备摸酒瓶子的时候，坐在他旁边的老四已经站到椅子上，直接用手里还剩下半瓶酒的啤酒瓶子帮着这位师兄开瓢了。

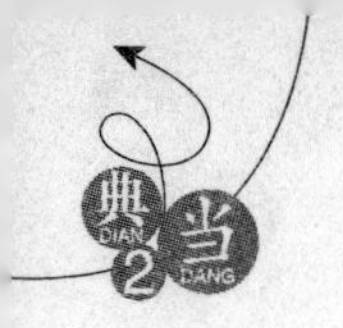

在学校里横行惯了的老生们哪吃过这种亏啊，又是在一群养眼的学妹眼前丢人，顿时七八人围上来，老三和庄睿倒是想劝几句，不过在脸上挨了几拳之后，也不讲要以德服人了，七八个老生里面倒有五个是被老三一个人放倒在地的，伟哥和岳经兄合作愉快，放倒了一个，庄睿从小也没少打架，拎着酒瓶子也放倒了一个。

大获全胜的几人在女生们走了之后又换了个地方喝了起来，第二天迎来的就是学校的处分，好在是在校外打架，学校也了解几个新生是不会主动去招惹老生的，加上老大是本地人，家里活动了一下，最后只是让几人赔偿了医药费，给放倒人数最多的老三一个记过处分了事。

经此一役之后，五兄弟大名那是威震全校，另外老三居然因此收获了爱情，当时在场的陕西的一个女生，对老三后发制人的厚道行为和强大武力赞不绝口，一来二去过了一年之后，俩人不知道怎么就勾搭上了，这让老四郁闷了好久，自己站在椅子上挥瓶砸下的潇洒连贯动作，居然没人欣赏。

同窗四年，老二要回北京继承家族传统混官场，老三要陪着女朋友回家乡，老四更是家族内定的账房先生，只有庄睿被老大的连番忽悠外带哄骗留在了上海，整个就是一高不成低不就，世界500强的企业上海也有啊，奈何别人看不上庄某人。

不过还好，庄睿也算是苦尽甘来，现在论起身家，虽然底蕴没有那哥几个厚实，不过要说起手上能支配的钱来，他反倒是最多的。

老四和庄睿伟哥从2002年毕业之后，到现在还差几天正好是两年没见，谈起学校中的往事，都是唏嘘不已，也没了困意，从四点多一直聊到六点，外面天色已经蒙蒙亮了。

聊了一会儿庄睿才知道，老二过几天是以出差的名义前来，而老三则是请假来的，机票什么的全由老四出了，可能还会带家属，这下五兄弟算是聚齐了。

“老幺现在混得不错啊，出门都带上保镖了，厉害。”等周瑞回房间休息之后，老四跷着大拇指对庄睿说道。

“别膈应我了，你那一辆法拉利都能买我两辆车了，周哥是我朋友，可千万别说什么保镖之类的话。”庄睿连忙纠正老四的话，他们几个在这里说没事情，要是不小心被周瑞听到，那就不好了。

老四指着庄睿笑道：“你小子就不懂什么叫幽默，还是以前那老样子，对了，老幺，你现在真是打算在古玩这行当里面混了？我可是听说平洲每次举办原石交易会之前，都有鬼市的，你不去看看？”

“这里有鬼市？”

庄睿闻言愣了一下，跟了德叔这几个月，古玩行里的门道，他也知道了不少，听老四这么一说，还真是动心了。

“四哥，你说的是真的，平洲这地方会有鬼市？”

庄睿有些不大相信，在几个大城市都难得一见的古玩鬼市，在平洲这小地方会有？

“我家老爷子说有，他去年的时候来过，具体怎么回事，我也不知道。等下我找人问问，应该能找到。”毕云涛虽然是广东人，但也是第一次来平洲，鬼市的事情是他听家里长辈提起过，想到庄睿现在混古玩行了，这才顺口提了一句。再细问下去，他也不知道了。

毕云涛对平洲不感冒，在他眼里，平洲就和乡下差不多。就现在住的这个酒店虽然号称是四星级，不过和广州的三星级酒店比起来，那都差了很多，而且这段时间由于要开原石交易会，客房价格几乎能与五星级酒店相比了。

刚才毕云涛就劝庄睿住到广州去，反正距离不是很远，开车的话不用一个小时就可以赶过来，只是庄睿和宋军约的就是在这家酒店见面，并且在这小地方带着白狮也方便，他总不能走哪里都办一张养犬证吧。

“哎，靓女，来一瓶……对，就是你。”

毕云涛从沙发上站了起来，对着服务台前的一位服务员喊道，庄睿和老大抬头看了一眼，连忙又把头低下了，心里对毕云涛那是佩服得五体投地。

“美女，和你打听个事情，听说这里有大清早摆摊的，是不是真的啊？你知道在哪里摆的吗？不知道也没关系，您这样的美女，怎么可能去逛地摊啊。”

毕云涛功力够深厚，看着面前那位长着龅牙、满脸雀斑的服务员不仅是谈笑自如，恭维话更是随口就来，听得庄睿和伟哥昨天晚上吃的东西一阵阵地往外泛，就差没吐出来了，他们想不通这宾馆还要不要做生意啊，安排这样一个人站在前台。

“靓仔，告诉你，你还真打听对人了，这事我知道，那些白天值班的人，还真不知道这事情，我晚上值班，有些客人凌晨四五点钟的时候出去，就是去你说的那个大清早摆摊的市场了，我听说啊，那市场里面全不是好人，一个个都鬼鬼祟祟的，还有……”

“等等，你还是先说下，那大清早摆摊的市场在什么地方吧，这天都亮了，去晚了就没了呀。”

这龅牙女服务员可能是值了一夜的班，被憋得不轻，看到毕云涛这么一个英俊的男人喊美女，顿时来了精神，不过扯了半天愣是没说出主题来。

“不就在玉器街上嘛，从这里出去，往前走三百米拐个弯就到了，那地方有什么好去的，听说都是卖些破铜烂铁的，哪有在这里吹着空调舒服，我说靓仔，咦……人呢？”

龅牙女服务员正说得高兴呢，突然发现原本坐在沙发上的三个人，全消失不见了，就连一直老老实实趴在地上的那条大狗，都不见了踪迹。

“痴线！有靓女聊天还乱跑。”

龅牙女龇了龇牙，扭着水桶腰转身回到了服务台里面，不过她今天的心情一定会很好，要知道，一年到头难得有人喊她一次美女。

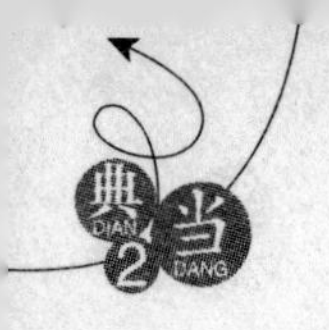

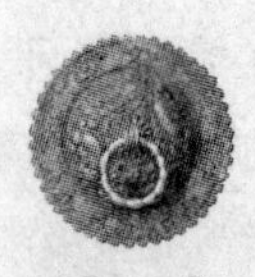

第二十三章 碎瓷片

“老四,我现在算是知道了,要是比无耻,老二绝对比不过你,那样的女人,你也能喊得出美女两个字,哥哥我服你了。”

此时三人已经走在了空无一人的大街上,庄睿身边还跟着白狮,伟哥的声音回响在马路上,很是响亮。

毕云涛闻言撇了撇嘴,不以为然地说道:“这算什么,广东人说话就这样。对了,老幺,你这条狗不咬人吧,要不然在这里很容易惹麻烦的。”

毕云涛看到白狮也跟了出来,不由出言问道,广东虽然不禁止养宠物。不过对大型犬的管制还是很严格的。

庄睿揉了揉白狮的大脑袋,回答道:“没事,白狮很听话的,不会乱咬人,”

白狮小点的时候,长得很可爱,那会儿或许会有人逗弄它,不过现在白狮只能用威猛来形容了,一般人看到了唯恐避之不及,哪儿敢上去招惹它啊,而白狮现在对人多的地方也免疫了,最多龇龇牙吓唬人,不会真咬。

平洲玉器街位于广东省佛山市南海区桂城街道的永安路,在上世纪九十年代中期,就已经是初现端倪了,在行内那是相当出名,玉器的产销量全国最大,位居全国四大玉器市场之首,以加工翡翠A货光身玉器而远近闻名。

自从改革开放以后,平洲个体户如雨后春笋般涌现,散落平洲各地的玉器老行尊、能工巧匠,纷纷自筹资金,到云南中缅边境一带的腾冲、盈江、章风、瑞丽、宛町采购缅甸翡翠玉石回来进行家庭作坊式的加工产销玉器成品。

由于平洲玉器同行擅长做光身件,不但质量好、工艺佳,而且售价廉,很快就蜚声我国内地与港澳台地区以及东南亚的玉器界。

从宾馆到玉器街,不过是几分钟的路程,拐过一个弯来,庄睿等人就看到了这条闻名国内的玉器街。

玉器街从东到西大概有九百余米,上百户居民几乎家家户户都有加工玉器的作坊,是典型的前店后厂营销模式,也有专业加工的作坊如专业的代客开料、代客雕琢、代客抛光等。虽然现在没有几家店开门营业,不过店门口的牌子上,都写着这样的字样。

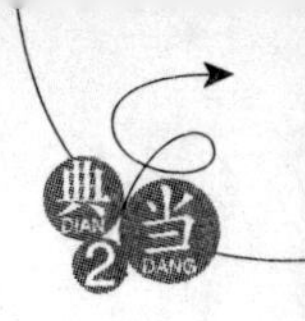

现在不过早上六点多钟，虽然天色已经大亮了，不过太阳还没有出来，再加上昨天这里下了一场雨，这会儿有一些薄薄的雾气。透过这层薄物，依稀可以看到玉器街道两旁，有不少人在走动着，不过这里并没有一般市场上的喧哗，倒真的有些像是鬼门关开小鬼摆摊一般。

“老幺，我怎么觉得这地方透着邪性啊，这里能有什么好东西？再说了，就这天气，有好物件你也看不出来啊，咱们回去得了，等太阳出来了再来。”

阳伟胆子一向很小来到这有些诡异的地方，心里不由紧张了起来。伸手拉住了庄睿，站在街口，显然是不想进去。

“老大，这些摆摊的，可大多都是挖坟掘墓的，身上多多少少都沾染着死人气，你小心点啊，别让哪个冤死的小鬼，把你的魂给勾走了。”

毕云涛知道伟哥平时就怕鬼神之类的东西。故意在后面出言吓唬他，伟哥还偏就吃这一套，死死地抓住庄睿的衣服，说什么都不愿意往前走了。

“我说四哥，你就别吓唬老大了，这种鬼市的机会很难得的。伟哥，你也别怕，跟着白狮，百邪不侵。”

庄睿被毕云涛说得哭笑不得，他现在可是急着想进去，因为按照常理说，平洲这地方一般是不可能有鬼市的，估计是借着这次原石交易会的东风，全国各地的那些三教九流玩古董的人，才会聚集到这里来。

要知道，古玩和玉石，本就是相通的，很多玉石商人往往也都是古董收藏家，也是古董收藏这个圈子里比较有实力的一帮人，所以全国各地的古玩“走鬼”们，都会在这个时间集中到这个地点来。

正如毕云涛所说的，这些人的身份都很复杂，真的出现一些挖坟掘墓的人，那也不稀奇，也往往就是这些人手里，才会出现一些古玩中的精品物件。

“不行，举头二尺有神明，我就先回去了，你们哥俩去逛吧。”伟哥看着影影绰绰的街道，还是打起了退堂鼓。

“得，伟哥，那你就先回去吧，不过我们不回去，俗话说人多鬼也怕，你自己回宾馆的时候小心点。”

庄睿懒得和老大磨叽下去了，说完之后就向着玉器街走去。等会儿太阳出来，雾气散掉以后，这鬼市恐怕也要收摊了。

阳伟听到庄睿的话后，浑身打了个哆嗦，回头看看来路上空无一人的街道，脸色都变了，连忙跟了上去，说道：“别，等等我，我还是跟着你们吧其实这些雾气都很稀薄，离得远了看，好像朦朦胧胧的，走近之后，人和人之间看得还是非常清楚的，根本就不影响视线，伟哥紧跟在白狮的身后，倒真是像庄睿说的一般，过往的人，还真没有敢靠近他的。

“老大，四哥，你们看中什么物件了，可不要轻易开口问价。这地方不同于一般的市场，只要你问了价钱，那就等着挨宰吧。”庄睿一边在前面走着，一边回头小声地叮嘱着阳伟和毕云涛。

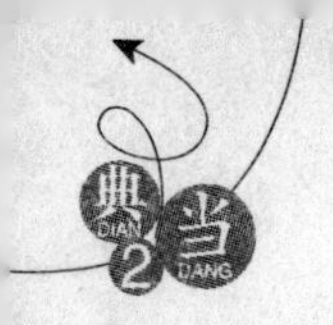

“不问价怎么买东西?”

毕云涛有些不解地问道,他们这会儿走过了三个摊位,都是卖成品玉石挂件摆件之类的东西,庄睿对这些不怎么感兴趣,在平洲的鬼市看玉石翡翠,那不是有病嘛!想买玉器的话,等到白天满大街都是。

毕云涛听了庄睿的话之后,注意观察了一下,发现刚才经过的那几个摊位前,不管是买的还是卖的,还真是没有人说话。

“一个物件,这些卖家往往会给出好几个价钱,你出言问了又不买的话,要是被别人听到了,卖家会赖着你,说是被你泄了底价,这也是老辈传下来的规矩,不过话说回来,不张嘴说话,一样可以谈价钱。你们注意看那些人的动作,就知道了。”

庄睿嘴里说着话,停住了脚步,在一个摊位前站住了,这是个古玩摊子,三米见方的摊位上,摆满了青铜瓷器,古籍善本,还有一些铜钱刀币,玉石倒是不多,只有几块看着有点像古玉的摆件,放在了摊位的中间位置。

“嘿,这个小哥年龄虽然不大,可是位行家啊,过来看看,有中意的我给你便宜点。”

庄睿的话被这摊主听到了,咧开嘴笑了起来,做古玩这行的买卖,不怕遇到明白人,越是明白人越容易走眼交学费,鬼市这地方,那可是真正考究眼力的地方,不明不白地在这种地方栽了跟头的人,多了去了。

摊主说话的时候,有意压低了腔调,估计是个老手,想保持着鬼市的神秘感。

很多人在古玩鬼市这种环境里,看着满大街的古董,心里往往会产生一些偏差,不自觉地就会认为这些物件是真的,其实这些玩意里面出真品和珍品的概率,虽然要比各个城市的古玩市场高一些,但也是十物九假,一个摊子上能有一件真品,那就很了不起了。

“老幺,那些人互相拉着手,是不是在谈价钱?”

伟哥跟着白狮后面,胆气也壮了起来,四边打量了一番,让他看出了点门道来。

“对。”

庄睿点了点头,没多解释,这种讲价的方式,是古时候传下来的,以前讲究财不露白,一个物件的成交价格,买卖双方都是要保密的,所以就发明了这种谈价格的方法。

不过在古代那会儿,人们所穿的衣服袖子肥大,在用手势谈价格的时候,袖子可以把手遮挡住,外人根本无法看到,不过现在只是应景走个形式而已了,即使用这种方法来谈价钱,有心人还是能从手势上看出一二的。

“老幺,你在这看着,我去转转。”

毕云涛这会儿也起了淘宝的兴趣,兴冲冲地掉头去到另外一个摊子上,这就是鬼市的魅力所在,即使你不懂古玩,到了这种环境之中,也会产生一种淘宝捡漏的心理,就像是去到美食街,看着那些美食点心,即使不饿也会食指大动,都是一个道理。

阳伟看到庄睿蹲在地上就不动弹了,他站在那里也有些无聊,此时他也知道这里都是和自己一样的普通人,也不怎么害怕了,遂跟着毕云涛后面去转悠了。

庄睿知道那哥俩家里都是做买卖的,虽然不懂得古玩,但是打小对做生意就是耳熏

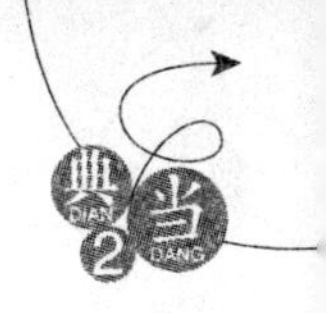

目染，绝对不至于吃什么大亏。

“老板，您这里的物件，仿得也忒厉害了吧。”

庄睿蹲得双腿都有些发麻了，算是将这摊个上距离他比较近的物件，都看了一遍，让他失望的是，就没有一个好玩意儿，根本就没动用眼中灵气，庄睿都能分辨得出来，不过这话不能说假得厉害，否则别人会和你急眼的。

“小伙子，刚才还说你懂规矩呢，这就说行外话了不是？鬼市上的东西，只看不说，爱买不买，你走好，不送。”

虽然庄睿话说得比较含蓄，还是惹恼了这个摊主，马上就下了逐客令，庄睿也知道自己犯了忌讳，有些不好意思地对摊主笑了笑，站起了身子。

就在庄睿准备离开的时候，他的目光被这摊位角落处的一堆碎瓷片给吸引住了，说是一堆，其实也没多少，估计有那么个三四十片，稀稀拉拉地摆在摊子的一个角落里，不注意看，还真发现不了。

庄睿这段时间跟着德叔学到不少东西，尤其是瓷器方面的知识。

这几年随着电视台那个鉴宝栏目的播出，古玩陶瓷收藏已经成为“全民运动”。由于名贵瓷器可望而不可即，瓷片收藏逐渐受到关注，有的瓷器没有原件，瓷片更显异常珍贵了。如宋代五大名窑、明清的官窑和一些特别的品种如元青花瓷的瓷片价格比较贵，好的瓷片能值上万元甚至十几万元。

在瓷器收藏中，珍贵陶瓷一般人很难见到真品，就更别提“上手”了，走到博物馆去参观，也只能隔着玻璃观赏，不能近距离看，更不可能拿在手上仔细研究。

所以像是宋汝窑、官窑、哥窑的瓷片，自宋代起就一直都是收藏家寻觅的珍品，有所谓“纵有家财万贯，不如汝瓷一片”之说，讲的就是珍稀瓷片的价值。

古瓷片还具有量大品全、价格便宜、真品率高、风险性小等优点是普通人从书本到实际学习古瓷鉴定的捷径。

在收藏界，很多人都知道北京有个专门收藏古瓷片的“片儿白”，不光收藏，还开办了一座明唐博物馆，专门展览古瓷片，此外还依靠自己藏品和经历写出了专著，成为收藏界中的大腕。

庄睿只是听闻瓷片收藏现在也慢慢走热了，不过他还从来没见过这样摆成一堆的碎瓷片，不由走到那个角落蹲下身子看了起来，这摊主虽然出言赶人了，那也只是一时气恼。没有将生意往外推的道理，当下也没有做声。

其实相比那些完好的古玩瓷器，在收藏圈子里，还是很多人都认为瓷片利润并不高，增值前景也不大，庄睿也是想把它当做自己学习的资料和鉴定的辅助工具，借以识别陶瓷伪品而已。

“地摊无好货，这话还真是不假。”

庄睿一边拨弄着地上的碎瓷片，一边摇着头，他看了有七八片了，从胎、釉断面就能看出来其烧制工艺粗糙，估计是民间日常用的一些瓷器，没有什么收藏价值。

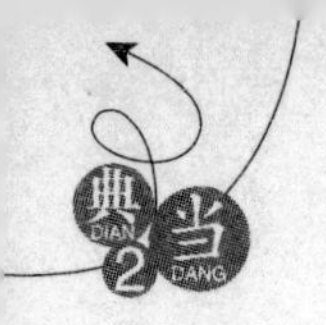

“这样的东西也拿出来卖？咦？”

庄睿两根手指捏起了一个只有拇指指甲大小的碎瓷片，正要笑话这老板财迷呢，却发现这块瓷片与刚才所看到都不一样。

就是因为这所以刚才庄睿一直用手指搓弄着，从指尖传来的感觉很润滑，就连断面也没有扎手的感觉，凭着手感，庄睿觉得这个应该是件不错的官瓷碎片。

庄睿连忙把瓷片拿到眼前，仔细看了起来，从外表上看，这应该是个青瓷，带釉色那一面，呈现一种淡淡的天青色，断面的胎质细密，只是这物件实在是小了点，庄睿根本无法分辨出这到底是什么窑烧制的。

庄睿用眼中的灵气在这瓷片上扫了一眼，发现这瓷片里面竟然还留存着一些淡淡的灵气，并且颜色为紫色，只是这里面的灵气已经非常的稀薄了，而且庄睿可以感觉到，这些灵气还在慢慢地流失，恐怕过不了多久，这里面的灵气就会完全消失掉了。

将手里这个不起眼的小碎瓷片放在了摊位边上，庄睿又继续在那一堆碎瓷里面翻找起来，让他惊喜的是，居然又找出一个碎瓷片，是个瓷器的底盘，不过应该只是一个瓷器底盘的五分之一，从颜色上看，和刚才那个一模一样，在底盘上，庄睿依稀可以看到上面的“士”字。

这个发现让庄睿来了精神，他没有再去一件件地翻找，而是将眼中灵气释放了出去，将这一小堆碎瓷片全部笼罩住了。

去掉开始看过的七八个碎瓷片，这一小堆也不过就剩下了三十余片，庄睿惊诧地发现，在这三十多个碎瓷片里面，居然有十四件瓷片之中，都蕴涵有稀薄的灵气，并且这些灵气的颜色，和他一开始看到的那一片，完全相同。

“会不会是一个瓷器呢？”

庄睿心中冒出一个这样的念头来，这也不是没有可能，一件瓷器被打碎了，碎片存放在一起，也是很正常的。

庄睿把那些含有灵气的瓷片都挑了出来，当然，在挑的时候，他也掺杂了一些没有收藏价值的碎瓷片，他这是怕被摊主看出什么猫腻来，等会儿乱要高价。

古玩这东西，价钱是没有什么谱的，一个玩意儿，你卖一百也行，你开价一万也可以，物价局可是管不到这儿。

其实庄睿是多虑了，那地摊老板在看到他摆弄这些碎瓷片之后，压根就没往这边看上一眼，这些碎瓷片本来就不是他的，前几天在他的摊位旁边，有个河南的“走鬼”摊子。

就在昨天的时候，河南那位摊主好像家里出了什么急事，要赶回河南，当时就在鬼市上把自己摊位上的东西，以很低的价格，全部转给了这个老板，这些碎瓷片儿那会儿就没算钱，算是搭头白送给他的，所以现在这个摊主，对那些破瓷片根本就不怎么在意。

庄睿将这些带有灵气的碎瓷片，一件件地摆在手心里，这些碎片都不大，最小的就是刚才那个指甲大小的，最大的也不过七八公分，形状各异，庄睿摆弄了好一会儿，才大致摆出了个物件出来，庄睿粗粗看了一眼，马上就把这些碎瓷片打乱放到了地摊上。

第二十四章　家财万贯，不抵汝瓷一件

“老板，搭个手吧……”

庄睿把那十六个带有灵气的碎瓷片，还有八九个没什么价值的瓷片摆成了一堆，然后站起身来，指着那堆瓷片对地摊老板说道。

地摊老板闻言从小板凳上站了起来，走到庄睿放在一起的碎瓷片处，蹲下身子拨弄了一下，说道：“这些可是按片卖的……”

“规矩我懂得，你给价吧。”庄睿点了点头，把右手伸了过去。

老板也伸出了自己的右手，五指张开，然后紧握成拳头状，过了几秒钟之后，把拳头松开了，眼睛紧盯着庄睿。

先张开五指，自然是五的意思，然后攥成拳头，也就是说，这地摊老板开价是五十元一片。

庄睿摇了摇头，用自己的右手将地摊老板右手五指一一合拢，只留下了一根食指。

俗话说：漫天要价，就地还钱。庄睿的举动，表明了他只肯出十块钱一片。

这时不过是2004年，北京那位的碎瓷片展览馆刚开了几年而已，并且这时网络不算特别发达，“片儿白”的事迹只是流传在京津一带，就全国而言，玩瓷片的人还不是很多，连带着这些瓷片的价格，也并不是很贵，要是放在几年前，这些瓷片也就是卖个五毛一块的，现在庄睿出到十块钱一片，价格已经不算低了。

至于后面几年的钧窑汝窑瓷片涨到上万元一块的时候，再想从这些古玩地摊上找到真品瓷片，那已经是不大可能了，因为到那会儿，就连瓷片也有做假的了。

“反正这些破瓷片都算是捡来的……”

地摊老板想了一下，又把那些瓷片的数量清查了一遍，最后点了点头，和庄睿握了一下手之后，道：“就按你说的价，成交。”

庄睿闻言也没显露出什么高兴的样子，伸手掏出钱夹，掏出两张一百和一张五十的

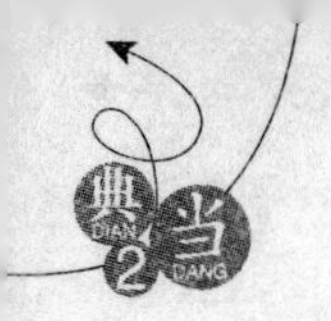

钞票，递给了地摊老板，等那老板接过钱之后，庄睿马上蹲下了身子，也顾不上有些瓷片上都沾染了泥土，小心翼翼地把那十六个蕴涵灵气的瓷片装到了自己的手包里，至于那搭配的碎瓷，庄睿又随手给丢到了摊位上。

“谢啦，老板，咱回见……”

庄睿压抑住心头的兴奋，向那个被他这番举动搞得有些莫名其妙的地摊老板，打了个招呼之后，马上带着白狮离开了，这回头还是别见面的好，否则要是被那地摊老板知道了这些瓷片的价值，恐怕跳河的心都会有了。

“难道那些瓷片里面有宝贝？”地摊老板在心中猜想着，不过这时说什么也晚了，已经是钱货两清了。

走在这青石马路上，庄睿只想大喊几声，来发泄一下心中的快意，只凭这手包里的十来个碎瓷片，庄睿就是此行不虚了。

有些看官就不明白了，这不就是买了些破瓷片嘛，值得这么高兴吗？就算是这瓷片是钧定汝等名窑生出来的，那也不过就值个千儿八百的，放到四五年后，也不过就是万儿八千，这漏检得也不算大呀。

这话也没错，五大名窑的瓷器值钱，这是世人皆知的，但是五大名窑瓷片，还真不怎么值钱，在2004年，即使你拿去卖给片儿白，他也不过能给个四五百一片的价格，那还要看瓷片的大小，不过庄睿收到的这十几个瓷片，组合起来之后，那价格就是无法估量的了。

在庄睿看到那个底座瓷片的时候，他已经认出来了，这是汝窑的瓷器碎片，并且是官窑的瓷器，因为他在碎瓷片里又找到了剩下的几个底座瓷片，将之拼凑起来之后，从原本的一个“士字，变成了“奉华”这两个字。

很多朋友都知道，在宋代，并没有形成瓷器底下写款的制度，只有部分瓷器写款，像汝窑的款识一般分为三种，第一种是甲、乙、丙之类的编号，但这种编号不是烧制的时候写上去的，都是后来才刻上去的。

第二种款识，只写一个字：蔡，一听就是姓氏，不用查，蔡京啊！一人之下，万人之上，以蔡京当时的地位，完全可以使用汝窑。

还有一种就是庄睿手上的这一类了，在瓷器底下写有很明确的文字，而这些文字，往往都有其特殊的意义。

拿庄睿手上这些瓷片拼凑出来的“奉华”二字打个比方，奉化指的就是南宋德寿宫的配殿奉华堂，是宋高宗赵构的宠妃刘贵妃居住的地方，很多写“奉华”的汝窑都是当时刘贵妃所用过的。

史书上记载，刘贵妃其人有才华，会画画，自己有两方章，一大一小，刻着“奉华”两个字，画完以后盖在上面，奉华款的汝窑瓷器都应该是刘贵妃的私人之物，这足可以证明，庄睿包里的这些瓷片，绝对都是南宋的官窑瓷。

最让庄睿兴奋的是，这十几个碎瓷片，都是一只汝窑瓷器上面的，并且一个不多一个

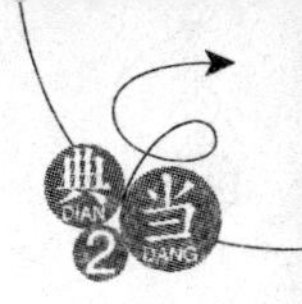

不少，全部都在这里了，也就是说，庄睿用这些汝窑瓷片，完全可以修复出一只完整的汝窑瓷器出来。

汝窑从创烧至今已有上千年的历史，位居宋代五大名窑（汝、官、哥、钧、定）之首，由于其工艺精湛、技术超群，造型多样，富于装饰，不仅为当时民间喜好，北宋晚期更是受到皇室的赏识与宠爱，并于宋哲宗元佑至宋徽宗崇宁五年的二十年间，把它垄断为官窑，专为宫廷烧制。

由于为宫廷烧制御用瓷器的时间很短，要求甚高，产量有限，存世更少，到南宋时就成为“近尤难得”的稀世珍宝，近千年来为藏家所青睐和推崇，著名绘画大师李苦禅先生曾经挥笔写道：天下博物馆，无汝（瓷）者难称尽善尽美也。

当今世界上的博物院数以千计，但能藏有宋汝瓷者不足十家，而这几家博物馆的馆藏汝窑传世物总计亦不足七十件。1992年时，散失于民间的一件直径为八厘米的北宋汝窑瓷盘在美国纽约拍卖时，成交价为一百五十四万美元，而在香港的一次拍卖中，一件宋汝窑三牺尊以五千万港元易主，这还是十多年前的价格，到了今日，一件汝窑珍品的价值已经是无法估量的了。

近代的藏家们更是千方百计地寻觅，将收藏一件汝窑瓷器视为终生的追求与自豪，所以，只要庄睿这件汝窑瓷能修复成为一个完整的作品，即使是修复过的，那其价格，也将是瓷片的千百倍了。

“老幺，捡到什么宝贝了？看你那张脸都笑开了花。”

庄睿正准备去找伟哥和毕云涛的时候，阳伟不知道从哪里钻了出来，手上似乎还拿着件什么东西。

“伟哥，今儿这鬼市，没白来，给你看看。”

庄睿自个儿兴奋了半天，正找不到人倾吐呢，一把拉住阳伟，打开自己的手包，把那些瓷片展露了出来。

伟哥看庄睿说得神神秘秘的，把头伸了过去，这一看之下，大失所望，一脸不屑地说道：“切，都是些破瓷片，我还当你捡到个金元宝呢。”

“破瓷片？伟哥，你老爸花一百多万买的那件，不也是破瓷片吗，告诉你，这些瓷片比阳叔买的那个还要贵。”

庄睿没和伟哥一般见识，得意洋洋地说道，这地摊捡漏所带来的满足感，是一般人无法体会的，其中美妙不足以与外人道。

伟哥有些不大相信，把手伸进包里，拿出一块汝瓷碎片看了半天，也没看出个子午卯酉来，随手把瓷片放回庄睿手包里，将信将疑地问道：“老幺，都碎成这样了，这还能拼凑起来吗？你是不是看走眼了？你听谁说这破烂玩意值钱的？”

“去去去……和你没共同语言，不信拉倒，回头到了上海，就你嘴里的这破烂玩意，我能让你老子掏出五百万来，你信不信？”

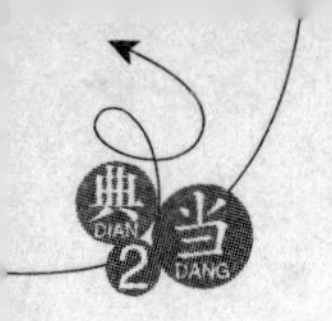

和伟哥说这些，等于是鸡同鸭讲，庄睿没找到一丝满足感，干脆将手包拉上夹在腋下，不和他废话了。

庄睿之所以对汝窑瓷这么关注，其实还是拜被阳父购买了的那件成化斗彩鸡缸杯所赐，在德叔修复那件鸡缸杯的时候，曾经给庄睿说过一个有关于汝窑瓷的真实故事。

德叔进入古玩行，虽然是野路子出身，不过他修复瓷器的技艺，在国内都是很出名的，是全国有名的古瓷修复专家，国内一些专业考古队如果出土到破碎瓷片的时候，都会找德叔来帮忙，而德叔之所以和京大一些考古系教授认识并且关系良好，也是出于这个原因。

在2000年的时候，曾经有一个河南的藏家，专程跑到上海找到德叔，那人姓徐，暂且称之为老徐吧，老徐是专门收藏古代瓷器的。

藏友们都知道，在本世纪的初期，很多藏家没事都喜欢往农村跑，像京津等地的藏家，最喜欢跑河北和山西，而这位老徐因为就是河南汝州市人，对传说中的汝窑瓷就多上心了几分，一到周末有空闲的时候，经常会在汝州周边的农村里转悠。

有一个周末老徐开着摩托车跑到相邻的宝丰县一带，刚开到一处村子的时候，谁知道原本好好的天气，忽然下起了大雨，当时他就到一处农家去避雨，这农家只有一个中年妇女带着小孩在家，说是男人下地干活去了，老徐没好意思进屋，就在外面屋檐下避雨。

那会儿正好是夏天，雨来得快停得也快，没过十分钟就停了，老徐正准备走的时候，这家男主人回来了，不过是被别人扶回来的。

夏天农村人下地干活，有时候都不穿鞋子的，这位也是，赤着脚正干活的时候，看到下大雨了，就急忙往家里跑，刚到路边一脚不知道踩到什么东西上了，顿时将脚底划了一个大口子，当时那是血流如注，还好旁边也有人在地里忙活，就扶着他回来了。

这男主人的脾气挺倔的，临走的时候非要把那块划破他脚的东西挖出来，这不，进到院子里还死死地拿在手上呢。

等到脚包扎好了，这位一看手里的东西，顿时气不打一处来，原来是个碎瓷片，应该是个碗的底座，有小孩巴掌大小，不知道是哪个缺德鬼给扔到地里头去的，当时这男主人骂骂咧咧地就将这破瓷片扔到了院子了，正好扔到老徐的脚边，摔成两半。

老徐是玩瓷的，习惯性地捡起来看了一下，虽然这瓷片上还沾染着泥土，不过那汝窑瓷特有的天青绿釉马上就吸引住了他的眼球，老徐很快就判断出，这绝对是一件汝窑瓷器的碎片。

压抑住心中的兴奋，老徐将已经变成两半的汝窑瓷收到包里，掏出烟来，和那男主人套起了近乎，这年头，谁都不傻，再说时常都会有像老徐这类人，来村子里收一些瓶瓶罐罐的，这要是件整瓷器，这男主人肯定会待价而沽，不过碎瓷片他就没放在心上，把刚才扎脚的地方，很详细地告诉了老徐。

老徐当时那叫一兴奋，将摩托车压在农家，借了把铲子，也顾不上刚下过大雨，道路

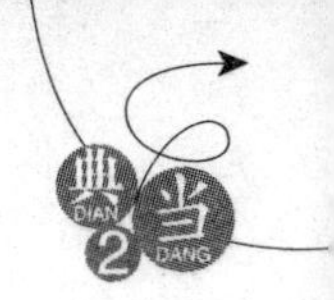

泥泞，花了十块钱请送这受伤男人回来的人，带他去到男主人扎脚的地方，仔细地找寻起来。

老徐整整在那里翻找了五个多小时，搞得一身泥水，一手伤口，居然让他将整件瓷器的碎片全凑齐了，整整十二个碎片，他大致地拼凑了一下，一分不差，是一件汝窑瓷的碗。

古瓷器的修复是一件很考究手艺的活，老徐自知手艺不行，就找了关系打听到德叔的身上，从河南赶到上海，请德叔帮他修复了这个汝瓷官窑碗，而就在2001年的上海一次拍卖会上，这个由十二个瓷片修复的汝窑瓷碗，拍出了四百八十八万的高价，远远的高出了宋星君那件成化斗彩鸡缸杯。

庄睿也是得知这个故事之后，才知道原来这些名贵瓷器，即使是碎瓷修复出来的，那也价值不菲，自己刚才淘到的那十六个碎瓷片，其表面釉色莹润，而庄睿通过灵气看到，断面釉内气泡稀疏有致，如果没猜错的话，这应该也是一件北宋宝丰清凉寺的汝官窑。

现在已经证实了的汝窑地址有两个，一个是张公巷汝窑，另外一个就是宝丰清凉寺的汝官窑，虽然都是汝窑，不过在市场上，北宋清凉寺汝官窑的价格是张公巷汝窑的十多倍。

按庄睿的想法，自己这件汝窑瓷修复之后，怎么也能卖到个两三百万，只花了区区两百多块钱，这简直比抢银行来钱都快啊，并且最初他也是凭借着眼力看出来的，这种满足感是无法用语言来形容的。

不过这会儿庄睿的好心情，全被老大这不识货的家伙给搞坏了。

伟哥看到庄睿一时没有说话，还以为他被自己打击到了，得意洋洋的把手抬高，对庄睿说道："老幺，你看我收的这件瓷器怎么样，告诉你，这可是正宗的汉朝白瓷，我家老头子有件一模一样的，不过我看着他那件还没有我这个好。"

"汉朝白瓷？"

庄睿被伟哥的话给说愣住了，汉朝基本上都是青瓷，而且烧制得都很粗糙，白瓷倒是也听德叔说过，不过那是在青釉烧制时减少含铁量，并且以氧化焰焙烧，很偶然的情况下才能烧制出来白瓷，数量少得可怜，而且和后世精美的瓷器相比，收藏价值也不是很大，这样的物件到今天根本就是很少见到的。

"老大，你家里的那件瓷罐是假的，你不会不知道吧，你这件，啧啧……"

庄睿话中的意思不言而喻，伟哥手里拿的是件日常用的水壶，看其造型倒是很古朴，上面还有一些泥土，不过要说是汉朝的，打死庄睿都不相信。

"哎，我说老幺，你别不相信啊，刚才那摊主说了，这物件是他们从墓里扒出来的，现在被警察给盯上了，这才八百块钱便宜卖给我的，你看看，这壶底下还有款识呢，应该不会是假的吧？"

老大刚开始说的时候，还充满了自信，不过声音越来越小，他这会儿回过味来了，这故事怎么越想越假啊。

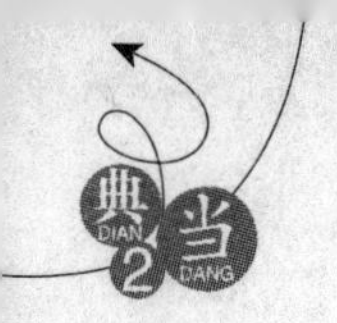

“还有款识？拿来我看看，咱也见识一下带款的汉瓷。”

庄睿忍住了笑，从伟哥手里接过那个瓷壶，翻转过来向壶底看去。

“哈哈……哈哈哈……”

看到壶底的款识后，庄睿实在是忍不住了，也不管这里是鬼市，俗定约成不准喧哗的地方，放声大笑了起来。

“老幺，怎么了？把你乐成这样？”

毕云涛听到了庄睿的笑声，连忙跑了过来，这哥们手里拿着个东西，不过体积很小，像是个玉器。

“没，没事，咱们换个地方说，伟哥实在是太有才了。”

庄睿好不容易忍住了笑，先把那瓷壶塞还到伟哥的手里，省的自己不小心把伟哥这宝贝给打碎了，四周看了一下，庄睿带着两人走到街边的一个巷口处。

停下脚步，庄睿对一脸莫名其妙的毕云涛说道：“四哥，你先看看老大那瓷壶的款识。”

“西汉孝景御制，怎么了？老幺，这有什么不对吗？”毕云涛拿过那瓷壶，将底部的款识读了出来。

“是啊，孝景帝是汉武帝的老爹，在历史上也很有名气的。”老大接着说道，这哥几个历史学得都不错。

“我没说孝景帝不是汉武帝的老爹啊，不过伟哥，你要是生活在西汉，做了这么个瓷器，你款识上会这么写吗？”庄睿忍住笑，反问了阳伟一句。

“官窑不都是要写年号的吗，当然这样写了。”伟哥居然还知道官窑民窑，看样子受到自己老爹不少熏陶。

看着阳伟一脸迷糊的样子，毕云涛忽然反应了过来，哈哈大笑了起来，比庄睿还要夸张，居然笑得蹲到了地上，气得老大一把将他拎起来，说道：“到底哪里不对啊，你小子先别笑，给哥哥我说清楚。”

“老……老大，你实……实在太强悍了，这西汉的人都能未卜先知啊，他们怎么就知道日后还会有个东汉，所以先把款识写成西汉了。”

伟哥一听，顿时傻眼了，老脸红得像猪肝一般，这人实在是丢大发了。

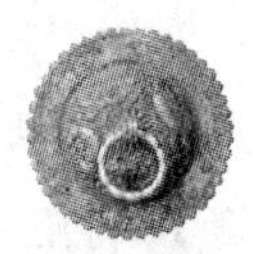

第二十五章 祭祀玉璧

“那小子坑我，走，哥几个回去找他去！”

阳伟被毕云涛笑得有些下不来台了，怒气冲冲地从毕云涛手里抢过那件“西汉白瓷”，回转身就要去刚才买这物件的摊位。

“别，伟哥，别去了，这事就算了吧，八百块钱也不算多，以后在这样的地方多看少出手就行了。”

庄睿连忙一把拉住了阳伟，开什么玩笑，这被人忽悠了已经够丢人的了，再跑去闹，那才真的是没皮没脸了，别人随便编个故事，说成是西汉白瓷，阳伟就信了，这事只能怪伟哥自己，怨不到那摆摊的，摊主没编出家破人亡，变卖传家宝的故事，已经够给老大面子了。

“那不行，老幺，我家老子要是知道这事情，那还不要笑话我好几年啊，不行，你和我一起去，咱们把场子再找回来。”

伟哥现在主要是心里气不顺，更重要的是，他买这瓷器，有点要和自己老子较劲的味道，就从目前这情况来看，应该说伟哥还是要比自己老爸强一点的，为何这样说呢，那是因为阳父每次走眼交学费，那可是少辄数千元，多辄上万的，与其相比，伟哥这八百块钱的确不算什么。

“算了，伟哥，鬼市这地方，走眼那是自己的事情，再回去找场子，平白再丢次面子，在古玩行里面，最不能信的，就是别人编的故事，下次注意点就行了。”

庄睿死死地拖住了阳伟，伟哥也想明白了，这事情只能怪自己耳根子浅，太容易轻信别人了，加上对古玩这门道又不是很了解，吃亏上当是在所难免的。

“我说老幺，你怎么次次都有这么好的运气啊，这些破瓷片儿，都能被你凑成一整件，哥哥我咋就这么倒霉呀。”伟哥这会儿心情也平复下来了，摆个苦瓜脸对庄睿说道。

其实庄睿自个儿心里明白，虽然第一个瓷片是他凭眼力看出来的，不过剩下的瓷片里，有三四个都是用灵气找出来的，因为这几块瓷片上，都沾满了泥土，有一块看上去甚至就是一个泥疙瘩，要不是眼睛感应到里面所蕴涵的灵气，恐怕就要将那些瓷片全部清

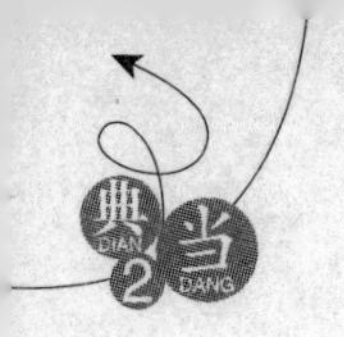

洗干净才行了，当然，那位摊主是绝对不会给庄睿这样的机会的。

“老大，反正阳叔也不懂西汉东汉的，你把这玩意拿回去给他，老爷子肯定高兴，说不定就把那八百块钱还给你了，来，老幺，看看我买的物件……”

毕云涛看着伟哥沮丧的样子，出言安慰了他一句，阳父那玩古董的名声，这哥几个都清楚，只是这话却气得老大差点跳了起来，阳父向来都是自己走眼交学费可以，但就看不得阳伟乱花钱，这事要是被他知道了，肯定会教训伟哥几天的。

“四哥，你这买的是个玉璧呀，多少钱买的?”庄睿接过毕云涛递过来的物件，随口问道。

“不贵，两千块钱，这东西主要是我自己看了喜欢，真假我是分不清楚的，不过感觉不错，就买下来了，老幺你看看，这东西是真的吗?”

毕云涛的性子比阳伟洒脱一些，不过他也怕买个假物件丢份，先声明自己不在乎这东西的真假，只是从毕云涛那张略带紧张的脸上，还是能看出来，他对自己生平买的第一个古玩，还是相当在意的。

庄睿看着毕云涛的表情，有些好笑，边看着手上的玉璧边说道：“四哥，在古玩里面，除了年代久远的古玉之外，玉石这玩意儿，一般没有什么真假之说的，只有品质好坏之谈，你买的这个是个玉璧，在古代最早是用作祭器和礼器的，常出现在重要的国家祭祀大典中，像是祭天、祭神、祭山、祭海、祭星、祭河等。

后来一些有身份的人，也把玉璧用来相互馈赠，随之很多人就把这东西当作佩系的把玩物品，也作为不同身份的标志，以璧为佩饰主要自战国至汉代盛行。

呵呵，还有一种说法，四哥你别介意啊，这玉璧常常也用作辟邪和防止尸体腐烂，为古代帝王大臣们的随葬品，现在已经发掘出来的汉代大墓中，都有众多的玉璧出土，一般是放在死者胸部和背部，有的放在棺椁之间，甚至还嵌在馆的表面作装饰用……”

“等等，等等……老幺，你说我这个玩意儿是从死人身上拿出来的？老大，把你那水给我喝几口，我靠，那多恶心啊！”

毕云涛没等庄睿说完，就打断了他的话，毕云涛的胆子虽然比伟哥大得多了，不过一听在手里把玩了半天的物件，居然是从死人身上摘下来的，那心里就像是吃了个苍蝇一般，别提有多难受了，胃里还没消化的食直往外翻，连忙抢伟哥手里的矿泉水，猛喝了几口。

“切，至于嘛，四哥，这墓里出来的可都是古玉，价值连城啊，别人上赶着抢着要呢，话说回来了，我也没说你这块就是古玉呀，咦？四哥你运气不错嘛……”

庄睿在手上来回把玩搓弄着这个玉璧，本来他没想着毕云涛能在地摊上捡到什么好物件，也就没怎么用心看，不过这仔细一打量，敢情这东西还不错，居然是个两色沁的玉，当然，古玉沁色作假的很多，而庄睿对于玉器上手的并不是很多，不动用灵气的话，他还真无法分辨这究竟是不是一块古玉。

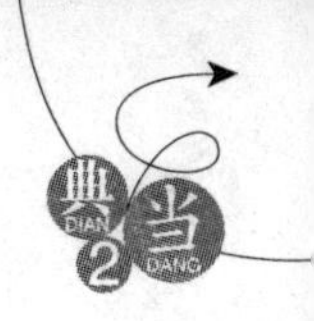

古代以玉作瑞信之物，用于朝聘，一共分为六种，也被后世称之为“六瑞”，古书上曾记载：王执镇圭，公执桓圭，侯执信圭，伯执躬圭，子执谷璧，男执蒲璧，就是用玉器的不同形态，以示爵位等级之差别。

毕云涛买的这应该是一块蒲璧，不是很大，直径差不多只有六七厘米左右，中间穿有一小指粗细的孔，在玉璧表面刻有香蒲状花纹，这种香蒲象征着草木繁茂，欣欣向荣的寓意，这块玉璧原本是个青玉雕琢而成的，只是现在上面有了三种颜色，除了保留了一点青玉本色之外，周围玉质泛黄，还有一块地方呈现出了赭褐色。

根据这玉璧上的沁色，庄睿判断出，如果这两种颜色不是后来染上去的话，这块玉璧应该是有些年头的古玉，而且是从墓里出土的。

“老幺，说话别大喘气，这玉到底怎么样？是哪个年代的啊？”毕云涛不满地说道。

“年代我断不准，不过应该是汉玉，而且是两色沁的，不错，四哥，两千块钱买得不亏。”

庄睿已经用眼睛看过这玉璧了，里面的确有灵气的存在，颜色是紫色，不过数量并不是很多，庄睿猜想可能是这玉璧材质不是很好，又少人把玩的原因吧。

毕云涛闻言之后那是喜笑颜开，他现在也感觉到从这地摊捡漏的快感了，只有伟哥心情不大爽，从庄睿手上抢过那玉璧，对着刚出来的阳光看了一会儿，撇了撇嘴，道：“老幺，你是安慰毕云涛的吧，这玉上面的颜色那么难看，像酱油滴上去了似的，麻麻赖赖的，就这破玩意还价值不菲？”

“老大，你这就是吃不到葡萄说葡萄酸了，没听老幺说啊，这可是汉玉，比你那件汉代白瓷强多了……”毕云涛和伟哥以前也是斗惯了嘴的，这一句话就说到老大的软门上了，老大正要反驳的时候，看了一下手里的这瓷壶，悻悻地闭上了嘴巴。

“伟哥，你这话说得就外行了，不过你本来就是外行，这是沁，这才是古玉的魅力所在。”庄睿笑着解释道。

“什么是沁？分泌物？这玉石还能自己分泌出东西来？”伟哥一听庄睿这话，连忙把手里的玉璧塞给了庄睿，好像这玉璧上面有什么不干净的东西一般。

“唉，和你们说话真累！”

庄睿装模作样的长叹了一口气，其实他是很享受这种为人师表的感觉的。

不过在看到老大已经面色不善，开始摩拳擦掌了，庄睿连忙解释道：“沁这玩意儿，看起来好像学问很深，其实说穿了就是玉器上的‘锈’，和铜铁一样，它也是会生锈的，不过玉器上的锈，并不是玉器本身产生的，而是被外物侵蚀造成的。

“在收藏古玉的圈子里，未曾入土而得以传世的称为‘称世古’，也就是说不是陪葬品的玉，俗名叫做‘自来旧’。

“而作为陪葬品随墓葬埋到土里，后来被人挖出来的，或者因为别的原因埋到了土里，后来又出现的这些玉器，都可以称之为‘土古’，这种玉也有一个俗称，叫做‘出土玉’，

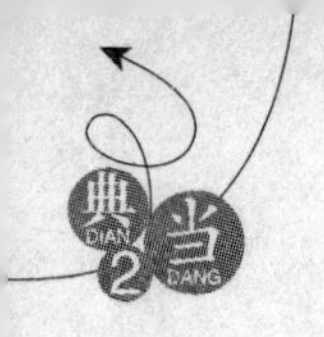

其实咱们现在流传下来的传世古玉，大部分是出土玉。

“而只要是出土玉，几乎无一例外地都会挂上沁色，也就是刚才给你们说的玉锈了……”

“慢着，老幺，按你说的，我这块不就是出土玉了？那这上面的颜色，都是那些……”

毕云涛后面的话有些说不下去了，他想得也没错，这出土玉上面的沁色，固然有泥土造成的，不过更多都是陪葬物品给玉器挂上的沁色。

“你说得没错，四哥，一块古玉在哪里出土，在什么环境下出土，就会挂上怎样的沁，就像一个人的身上的胎记一般。

“几乎出土玉都是必带沁色的，而沁色对于玉器那也是相当重要的，它是考究玉器年代和同期玉文化、工艺美术、雕刻艺术、丧葬文化的重要依据。

“在土里，特别是在墓葬里面，玉器接触的环境很复杂，泥土的多样或随葬的物品的丰富给玉器挂上不同的沁色。

“像是黄褐色大多是泥土或随葬的枕香所沁，青蓝色主要是衣物的染色所致，黑色是封棺的水银侵蚀，白色是吸收了墓葬中的硅质，嘿嘿，四哥，这里面的学问深了去了，小弟我也不是很懂。

“这块玉璧我倒是能看出来一点，玉璧黄色的地方，应该是泥土造成的沁色，不过这赭褐色，应该是铁锈沁，很可能当时在这块陪葬玉璧的旁边，放置有铁器，所以形成了这种颜色。”

庄睿的话证实了毕云涛的想法，这块玉璧上的沁色，极有可能就是死人服饰或者身上什么东西造成的。

“四哥，这沁色里面，还有很多种说法的，像是沁色单一的被称为‘统一不杂’，你这块有两种沁色的就被称为天玄地黄，三色沁叫桃园结义或者三元及第，四色沁称为福禄寿禧，五色沁叫做五福捧寿。

“老大，四哥这运气，可是要比你强多了，这块玉璧虽然材质一般，只是青玉雕琢而成的，不过加上了这两色沁，最少能卖个两三万块钱，可惜这个玉璧双面都是蒲纹，要是这玉璧上有一面的图案是龙纹蒲璧，那至少能值十万以上的。”

庄睿所说的沁色往往都代表了人们良好的祝愿，不过对于毕云涛而言，他脑海中的第一印象，还是放在了这玉璧沁色的形成原因上，浑然想不起玉石本身就有避邪的说法。

毕云涛是广东人，而广东可以说是全国最敬奉鬼神的一个省市，尤其是潮汕以及香港等地区，那可是家家都有一个神龛，用来供奉神灵祖先或者是关二爷，门口的土地财神，那更是随处可见，毕云涛从小耳熏目染，就算是他不信，但是对这些死人身上拿来的物件，还是敬而远之的。

“我呸，死人玩意儿，给我都不要。”

伟哥的话说得庄睿哭笑不得，不说古玉了，就这世间流传下来的各色古玩，恐怕十件里面倒有七八件都是从墓里扒出来的，如果按照伟哥的说法，那也没有人去收藏古玩了。

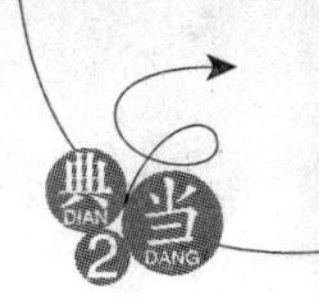

从墓葬中盗取出来的古玩，大多都是珍品，众位可想而知，那些个皇帝大臣们活着的时候地位尊贵，都想着死后在阴间还能继续享受荣华富贵，都是把生前自己最喜爱或者最昂贵的物品随葬，这也能显示出死者生前身后的尊荣。

为了那些墓葬里丰厚的随葬品，盗墓这个行业从古至今就没断绝过，在巨大利益的驱使下，无数盗墓贼铤而走险，发掘古墓，至今在河南陕西等地，还存在着一些盗墓世家，这都是有明文记载的。

在河南陕西等地的农村，往往都流传着这么一句口号：掘坟盗墓，发家致富，可见这些墓葬对于人们的吸引力有多大了。

近代众所周知的盗墓案，就要数原本是土匪出身，后来混到革命队伍里的窃国大盗孙殿英了，孙殿英驻兵河北的时候，将整个清东陵给挖了，把乾隆皇帝的裕陵和慈禧的定东陵给清洗一空，这还不算，临走还收敛了穷奢极欲的清代最高统治者的随葬宝器。

不过孙殿英这事情做得不是很隐秘，不久之后就被清朝遗老们知道了，当时以溥仪为首的所有清皇室联名，将孙殿英盗掘其祖宗陵墓的罪行告到了蒋介石那里，为了平息这些人的怨气，蒋介石声明要严查此案。

孙殿英意识到事情的严重性之后，为了自保，他将盗墓所得中最为昂贵、价值连城的九龙宝剑送给了蒋介石，同时把慈禧墓中盗得的硕大无比的夜明珠送给了宋美龄，宋子文也得到了慈禧墓里的金玉西瓜，另外像是孔祥熙、何应钦、阎锡山等政府要员，都收到许多名贵古玩、字画等宝贝，这惊天大案也就不了了之了。

试想一下，就连宋美龄都能拿着从慈禧嘴里掏出的夜明珠把玩，庄睿有什么好害怕的，而且庄睿对古代这些人本来就没有什么好感，相反对于那些盗墓贼，庄睿反而是大有好感。

你说这些帝王将相死都死了，还非要把这些宝贝留到地下去，虽然有很多珍品古玩是因为墓葬保存下来的，但是像那些字画类的古董，几乎就都腐烂在这些帝王将相的墓葬之中了。

“老幺，这玩意你拿着就行了，要是有人要的话，就给卖掉，没人要你自个留着玩吧，就当四哥送你的礼物，不对，死人物件当礼物送不吉利，就当是……就当是……”

毕云涛想了半天，没想出个啥名目来，不过这玉他是不敢留着玩了，捡漏的好心情，也全被庄睿这段话给搅和了。

“得，您两位还亏得是生在新中国，长在红旗下的，居然还对这玩意儿迷信，四哥，真送给我了？”

庄睿把玉璧放在手心里掂了掂，他可是没这种心理负担，庄睿估摸着这些古玩里面的灵气，有可能就是把玩多了遗留下来的，他才不管是不是死人玩过的呢，话说回来，这东西现在被自己把玩，过上个几十年，自己死掉了，这物件不还是要传下去的。

“给你了，真给你了，咱们回去吧，大吉大利……”

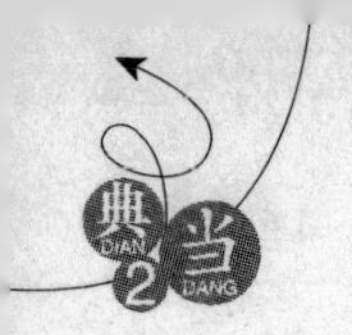

毕云涛不住地甩着手，好像摸了那玉璧，就沾染了死人晦气一般，这会儿他比伟哥还要着急，想必是要回酒店洗洗手上炷香去。

“别啊，四哥，好容易才碰到次鬼市，明天还不知道有没有呢，咱们晚点回去，你带我去买玉璧的摊子看看去。”

这会儿已经早七点多钟了，玉器街上的行人逐渐多了起来，有些店铺已经准备开门了，而鬼市的那些摊主们，大多都收摊走人了，庄睿想碰碰运气，去毕云涛买玉器的摊位看看。

像这些出土的物件，还真有可能就是那些盗墓人所卖的，当然，他们一般都是有固定的客户的，就像是上次庄睿参加的草原黑市拍卖中的古玩，大多都是从各地盗墓贼手里收上来的。

不过也有些跑单的盗墓贼，其主要职业就是各地的摆摊“走鬼”，盗墓只是副业，这些人往往把一些珍品留下来，然后剩下的一些估摸不准的零散小物件拿出来卖，并且是把真假古玩都混在一起，能否淘到宝贝，那就要看各人的本事了。

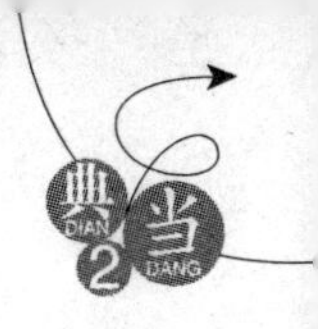

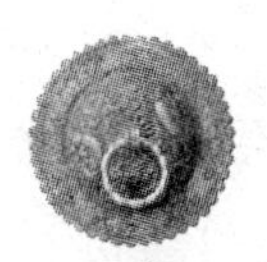

第二十六章　汝窑笔洗

“我不去，要去你自己去，伟哥，咱们先回去。”

毕云涛拉着阳伟就向酒店走去，庄睿看看这玉器街上也没几个摆散摊的了，遂带着白狮也跟着二人转回酒店，不过庄睿心中已经打定了主意，明天要起早再来逛逛，这鬼市里的好东西，要比那些古玩市场里面多多了。

回到酒店之后，那值夜班的龅牙服务员已经不在了，庄睿三人都是松了一口气，面对着这样的极品，恐怕几人连早饭都吃不下去，只是这会儿伟哥和毕云涛显然也没心情吃早饭了，像是屁股着火了一般，回到房间里面洗手去了。

庄睿倒是无所谓，自己到餐厅里吃过早饭，给伟哥和周瑞等人打包了一份带了上去。

庄睿住的是个单间，将早点给那几位送去以后，他去洗了个凉水澡，广东六月份的天气已经称得上是炎热了，稍微活动一下都是一身臭汗。

虽然一夜没有睡觉，庄睿这时还是有些兴奋，躺在床上半天都睡不着，干脆爬起身来，把那十多片碎瓷拿到洗手间里，用牙刷仔细地将瓷片上的污泥清洗干净，有道是：老货不怕新（净），新货不怕脏（做旧），这件汝窑瓷的釉色很均匀，等庄睿清洗干净之后，每一个瓷片上，都散发出一股天青色的淡淡幽光。

庄睿把这些瓷片放到了雪白的床铺上，开始拼凑起来，虽然只是大致地拼凑断裂面，庄睿还是高兴不已，这十六个碎瓷，刚好就是一件汝窑笔洗。

笔洗是一种文房用具，是用来盛水洗笔的器皿，以形制乖巧、种类繁多、雅致精美而广受青睐，其中汝窑出品的笔洗就叫汝窑洗，但流传至今的不多，根据一些统计，现今世界各地，完好的汝窑洗，不超过五十件，只要德叔能修复好这件汝窑洗，那绝对能卖出一个高价来。

找了一块毛巾，小心地将这些瓷片包了起来，庄睿决定参加完这次玉石展销会，马上就回上海找德叔修复这件汝窑瓷。

至于毕云涛淘到的那块汉代玉璧，庄睿没怎么在意，随手放到了房间的茶几上，这玉璧虽说也是价值不菲，不过上面仅有两种沁色，并且玉质也不是很好，他可没兴趣自己去

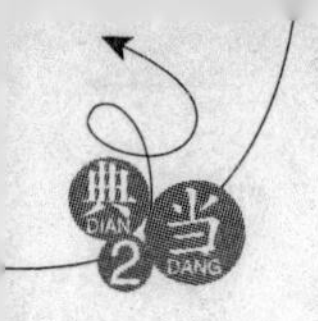

"盘",有机会还是出手卖掉算了。

庄睿睡了一上午之后,才发现自己和伟哥来得确实早了一些,宋军要明天上午才能赶到广州,而远在河南的老三,家在北京的岳经,更是要后天才能抵达,起床吃过午饭之后,阳伟几人就有些无聊了。

"老四,广东可是你的地盘啊,带我们哥俩出去玩玩吧,这里闷死了,早知道不来这么早了。"

几人坐在酒店大厅的沙发上,很是无聊地看着来来往往的客人,这些人大多都是来参加这次平洲赌石大会的,虽然还有三天才正式开幕,不过很多人都提前来做准备了。

"这么多美女还不够你看的呀,你看那个胖子,像不像怀孕十个月的啊,啧啧,他身边跟着的那小妞,长得可真水灵,真是一对狗男女……"

毕云涛可没感觉到无聊,他这会儿眼镜下的一双眼睛,正冒着精光打量着过往客人们带来的女伴。

"切,你是在广东待久了吧,这些货色也能看上眼? 哎,别说,这妞长得还真不错,就是那胖子差劲了点,好花都插在牛粪上了……"

说老实话,广东潮汕地区虽然也出美女,但是大多广东女人都代表了勤劳和忍耐,与美丽没多大关系,伟哥先是出言打击了一下毕云涛,眼睛却是盯向他刚才所说的那对狗男女,不禁也被吸引住了。

其实伟哥和毕云涛身边,从来都是不缺女人的,伟哥在上海也算是个小开了,他爸妈公司里的美女,想和伟哥发生点超友谊关系的,多了去了,至于毕云涛,一看他那辆法拉利,就知道是干什么用的了,这在电视剧里都是那些骚包男的泡妞道具。

这两位今天也是闲得发慌,坐在这里对来往的女人评头论足,庄睿对两人的话题不怎么感兴趣,在一旁与周瑞聊着他们上次去洗澡的事情。

"我说二位老大,你们就不能收敛点啊,看女人就看女人了,别拿手去指点呀,你们这不是在惹麻烦嘛。"

看到阳伟两人闹腾得有些过分,庄睿忍不住说了一句,本来他是想和周瑞去玉器街逛逛的,可是毕云涛和伟哥早上受了点刺激,说什么都不愿意再去了,自己不去还要拉着庄睿,也不让他去。

"怕什么,咱们哥几个聚在一起了,打架也不怕啊,老幺你混了几年,怎么胆子越来越小了呀。"

伟哥对庄睿的态度很不满意,与毕云涛的相聚让他想起很多发生在大学里的趣事,加上他知道一些周瑞的本事,这胆子也比平时肥了许多,庄睿可是知道,老大在上海的为人处世之道,向来都是"以德服人"的。

"得了吧,老大,你们聊着,我去玉器街转悠一下去,回头给你们带几个好物件回来,周哥,你不用去,帮我看着白狮,这白天人太多,不方便带着它。"

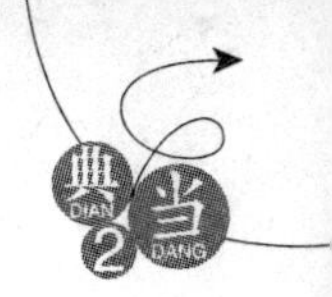

庄睿边说边站起身来，白狮趴在地上，嘴里发出一阵“呜咽”声，不过并没有起身跟着庄睿。

“老幺，别去了，那些玩意有什么看的啊，回头咱们去广州玩玩，我带你们过一把夜生活，哎？那胖子怎么老盯着我们这边啊，是不是想找麻烦？”

毕云涛拉住了庄睿，不让他单独行动，却发现那带着个靓妞的胖子，办理好住房手续之后，并没有离开，而是站在服务台那里，不住地向他们这边打量着。

毕云涛这人虽然敬鬼怕神的，不过对人可是不怕，而且有些蔫坏，这会儿正无聊呢，站起身来就想过去找点麻烦，却不料那胖子居然一摇三晃地向他们走了过来。

“庄老弟，真的是你吗？哎哟，老哥我差点都没认出来……”

隔着还有十多米远，胖子的声音就传了过来，毕云涛一听认识庄睿，这挑衅的话已经到嘴边了，又硬生生地咽了下去。

“马胖子？”

庄睿一直没注意刚才伟哥和毕云涛说的人，这会儿听到声音才看了过去，嘿，还真是熟人，正是在西藏草原上与他和周瑞都有一面之缘的马胖子马老板。

“马老板，您怎么也到这里来了？您也做翡翠生意？”

庄睿一看是马胖子，连忙迎了上去，他对马胖子印象还不错，这家伙虽然一向都是扮猪吃虎，不过对他还算是坦诚，是个可以结交的朋友。

“老弟，见外了不是，上次就给你说了，叫马哥就行了，我要是再年轻几岁，你看像不像小马哥啊，哈哈……”

马胖子在这千里之外见到熟人，也是很高兴，和庄睿开起了玩笑，就他这身板，从中间劈成两个小马哥，剩下的都还有富余。

“马哥，给你介绍一下，这是我大学的两个哥们，阳伟和毕云涛，周哥你也认识的，就不用介绍了吧，这位是山西首富马老板，你们认识一下。”

庄睿注意到马胖子身后的那个女孩，并不是上次去西藏所见到的，不过这种事情自然是不能多问的，转身将阳伟和毕云涛介绍给了马胖子。

“庄小弟，你膈应你马哥是不是啊，什么山西首富，咱就是一土包子，看得起喊声马哥，不然叫声马胖子也行，不过这两个小弟的名字很强悍啊，哈哈。”

马胖子在社会上可不是白混的，察言观色那是他吃饭的本钱，几句话说得伟哥和毕云涛对他好感大增，虽然拿他们的名字开了玩笑，也只是增加了双方的亲近感，并没有使二人生气。

“马哥，上次跟着你的那个哥们呢？”

马胖子这一来，庄睿更是走不成了，干脆将他让到沙发了，坐下聊了起来。

“他也来了，刚才把行李先送到房间去了，我离远看就像你，不过这藏獒个头太大了，我没敢认，庄兄弟，这是当初那只雪獒吗？”

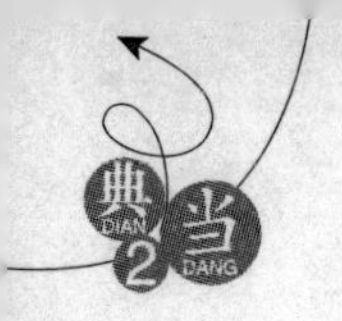

马胖子这身板往沙发上一坐，整整占据了半个沙发，这次跟着他的女孩倒是蛮乖巧的，脸上也没怎么搽脂抹粉的，很安静地坐在马胖子旁边听他们几个人说话。

马胖子看着白狮，一脸不敢相认的神色，他也养了几只藏獒，知道藏獒要长成白狮这体型，最少要一年半的时间。

“嘿嘿，我这只是雪山獒王，比较特殊一点，对了，马哥，你这次来，也是参加这次翡翠原石交易会的吧？”庄睿不想多说白狮，一句话带了过去，转而问起马胖子此行的目的来。

“什么原石交易会啊，就是赌石嘛，我在山西也没什么事，来碰碰运气的，老弟你到时候可是要多指点我一下啊，有什么好物件你看不上的，就指给老哥，我买点回去送人也行。”

宋军买到庄睿那幅唐伯虎的《李端端图》后，在圈子里很是炫耀了一番，虽然宋军和马胖子不是一个圈子内混的人，不过中国讲究的是关系，并且这些关系很是错综复杂，这事没几天就传到了马胖子的耳朵里了。

虽然传话那人也不知道这画的卖家是谁，不过马胖子想到庄睿收的那幅假画，再联想到在草原黑市的时候，朗杰老板说过庄睿是宋军介绍来的，心里也就猜个八九不离十了，所以现在在言语中对庄睿很是推崇，不过这事情他只是猜测，也没有去点破。

伟哥和毕云涛听到马胖子的话后，看向庄睿的眼光，就有些古怪了，他们之前都听庄睿说过马胖子，知道有个山西老板曾经要花四千万购买白狮，这两个人家里也都是做生意的，自问要花四千万买只宠物的事情，他们是做不出来的，以马胖子的身家，走到哪里都能算得上是一号人物，此刻见到马胖子对庄睿这么热情，让他们两个都有些吃惊。

要知道，以庄睿的身份背景与身家财产，和马胖子完全不是一个级数上的，而马胖子刚才对庄睿的那种热情，还隐含着一些巴结庄睿的味道，这就不能不让阳伟和毕云涛对庄睿刮目相看了。

“好物件？对了，马哥，今儿早上我兄弟倒是淘到个不错的玩意儿，你给掌掌眼，看看这东西怎么样。”

庄睿听到马胖子的话后，立刻就想到了毕云涛买到的那个玉璧，虽然毕云涛说不要了，不过庄睿现在也不差这几个钱，加上他也看不上这个玉璧，能卖掉把钱给毕云涛，那是最理想的。

“哦，拿来我看看，马哥可是外行，说错了的话，小哥几个可不准笑我啊。”马胖子玩得杂，只要是古董，有收藏价值的，他都要，按他的话说，这钱放银行有可能贬值，但是古玩不会，只要不发生第三次世界大战，古玩的价值绝对是只涨不落。

玉璧就在庄睿的手包里，这东西也值个几万块钱，和那些碎瓷片一样，庄睿都不放心留在酒店房间的，干脆就都随身带着了，听到马胖子的话后，庄睿从手包里拿出玉璧递了过去。

至于马胖子说他是外行的话，庄睿打心眼里是不怎么相信的，以他那看人的眼光，识

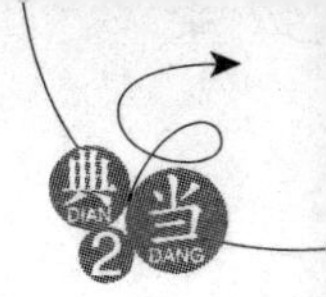

物想必也不会差到哪里去的。

马胖子接过玉璧，在手里搓弄了几下，开口说道："老弟，这玉没盘过，恐怕出土不是很久吧。"

"马哥，您这说的是行话啊，再要是和我说自己外行，我可是要跟你急的……"

庄睿听到马胖子的话后，向他跷起了大拇指，能说出"盘玉"这两个字，就说明马胖子在玉石这类别的收藏里面，是下过一番功夫的。

大家都知道，大凡刚出土的旧玉，在数百上千年的时间里，多遭泥土或者墓葬品的侵蚀，带有各种色沁，但是这些沁从色彩上看，并不完美，反而使古玉显得很晦暗粗糙，所以收存之后，必须以"盘功"使之恢复本性。

"盘玉"也叫做"养玉"，是众多玉器收藏者最大的乐趣之一，所谓"盘玉"，指的是民间流传的一种赏玩玉石的方法，通过盘玉，可以使色泽晦暗的玉石整旧如新，并使玉石的颜色发生很大变化。

因为古玉纵然具有最美的色沁，可如不加盘功，沁色就会隐而不彰，玉理之色更不易见，玉性不还复，就会如普通的顽石一般，像是毕云涛的这个玉璧，从表面上看，色彩黝黑发黄，没有一丝光泽，如果经人盘过之后，就会变得温润淳厚，晶莹光洁。

俗话说：玉可养人，同样的人也可以养玉。

历朝历代的玉石大收藏家都懂得盘玉，这是一种功夫，就像茶道一样，是对某种事物的欣赏和研究，达到了一种境界，并约定俗成一般，形成了一定的程式化。

可以试想，将心怡的玉器随身携带，贴身而藏，精心呵护，经过天长日久的盘玩佩戴，就像是蝴蝶经过蛹的挣扎，使之逐渐蜕去了粗糙的土壳，恢复了往昔的灵性、润泽、色彩，灿烂光华绽放在掌心，那种成就感是无可取代的。

同样的一块玉器，没盘过的和盘过之后的价格，那是相差甚远的，就像是毕云涛淘到的这块玉璧，如果能盘出个古香异彩来，那价格再往上翻上几番也不奇怪。

"庄老弟，别给哥哥我灌迷魂汤，这玉我还要再看看……"

古玉染色做旧的太多了，马胖子虽然上手感觉不错，不过也是不敢掉以轻心，从口袋里掏出拇指大的放大镜，仔细看了起来。

庄睿笑了笑，从马胖子随身携带的装备来看，此行应该是准备已久了的，绝对不是他嘴里所说的来转悠一圈那么简单。

其实以马胖子的身家，这块玉璧他本不会放在眼里的，但是收藏的人都应该有过这种体会，就是当你把一个物件辨别出真假的时候，那种快感可是金钱无法替代的。

此刻马胖子原本那懒散臃肿的表情一扫而空，代之的是那双几乎眯成一条缝的小眼睛中，散发出一股子精光，其专注的样子使庄睿认识到一个完全不同的马胖子，那张肥脸也变得可爱了许多。

过了足足有十多分钟，马胖子才把放大镜放回到口袋里，右手五根像胡萝卜一般粗细的手指，不住地在玉璧上搓弄着，看得出，他这完全是习惯使然，庄睿知道，这应该就是“盘玉”了，他虽然对“盘玉”知之甚深，不过自己并没有操作过，不由看得有些入神。

“嘿，庄老弟，不好意思，拿到手上就想玩玩，我这手法太过拙劣，让老弟你见笑了，这块玉璧还行，上面有两种沁色，加上玉石的本色，算是‘三阳开泰’了，就是没盘过，遇到喜欢盘玉的，价钱能高点，不过一般也就是个两三万的样子……”

马胖子见到庄睿紧盯着自己的右手，连忙停下了“盘玉”的动作，这别人的物件，自己拿来盘不合适的，不过他的眼光很毒，与庄睿估的价也是相差无几。

“马哥说的哪里话啊，这小物件不值几个钱，我兄弟也不怎么喜欢这东西，你要是看中了，就拿去玩吧，别提钱不钱的……”

庄睿把手一挥，虽然这话说得很大气，不过话中点明了东西不是他的，马胖子如果想要的话，自然就会开出价来。

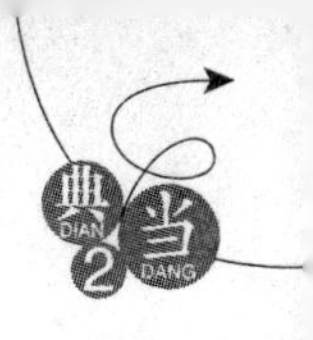

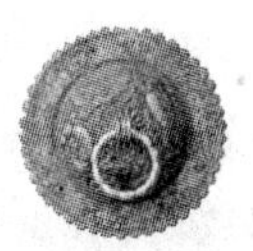

第二十七章 盘玉三法

果然不出庄睿所料，马胖子闻言立即说道："老弟你这是慷他人之慨啊，这不合适，就这玩意，从地摊上买也要个几千块钱，我不能让小老弟们吃亏，这样吧，二万块钱，我要了，你们看怎么样？"

庄睿听到马胖子的话后，看向了毕云涛，他本来就是想帮毕云涛卖出去的，这两千块钱淘到的，转手涨了十倍，毕云涛也应该满意了。

"行，就按马哥说的办……"

毕云涛知道庄睿的心意，也没有推辞，他们几个都没把两万块钱放在眼里，要是再推让的话，平白会被人看不起的。

"庄老弟，你这些朋友脾性都不错啊，挺爽快的，合我胖子的胃口，喏，钱拿去，玉可是归我了呀。"

在2004年那会儿，不管是不是老板，手里都抓着个真皮手包，当然，大多数人拿的都是人造革的，庄睿虽然小有资产，不过他那包其实就是三十块钱从商场买的，不过马胖子用的显然不是假货。

马胖子一边说话，一边从自己的手包里拿出两刀钱来，扔给了毕云涛，不用看，都是粉红色的老人头，上面还带着银行的折条呢。

毕云涛也没矫情，接过钱收到了包里，对着马胖子说道："谢谢马哥了，晚上小弟做东，咱们去广州找个场子乐呵乐呵去。"

马胖子闻言连连摆手，说道："那是你们小青年的事，老哥我是不行了，坐飞机也累了，今天要好好休息。"

"马哥，您这晚上恐怕也休息不了吧。"毕云涛的话让众人都笑了起来，守着个美娇娘，只要是个男人，那觉恐怕都睡不安稳。

这次跟着马胖子的女孩比上次庄睿见到的好多了，长得很清纯不说，人也很安静，只是靠着马胖子坐着，没有什么过分亲昵的举动。

看样子马胖子对这女孩也挺喜爱的，听到毕云涛的话后也没生气，嘿嘿笑着将手里

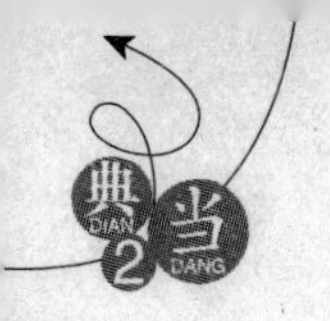

的玉璧递给了女孩，说道："燕子，这块玉还行，拿着好好盘一下，只要能盘出来，不想要了也能卖个十多万。"

"谢谢马哥……"

叫燕子的女孩很乖巧地将玉璧接了过去，只是拿在手上却有点不知所措，看着马胖子问道："马哥，什么叫做盘玉？这玉怎么盘啊？"

"让庄老弟给你说说吧，我只懂得一点皮毛，就不献丑了。"马胖子摆了摆手，盘玉的功夫很深，一块古玉，盘好了可以价值不菲，要是盘砸在手上，也有可能一文不值，这中间的门道很多的。

"马哥，你这可是将我的军啊……"庄睿苦笑着说道。

"你小子懂的东西不少，就是不往外露，那幅唐伯虎的画，是出自你手里的吧？别给老哥装模作样了，让你说说，你就讲一下嘛，燕子，去，给你庄哥点根烟去……"

马胖子似笑非笑地看着庄睿，大有你不说，我就揭你老底的意思，顺手甩给身边燕子一包软中华，让燕子去给庄睿敬烟。

"马哥，这要是喜烟，我就抽了。"

庄睿接过燕子递过来的香烟，和马胖子开着玩笑。

"你还别激你马哥，燕子可是在北京读大学的，这还没毕业，等毕业了我把她娶进门，你可是就要叫嫂子了。"

马胖子对这个叫燕子的女孩，像是真动了心思，言语手脚上都没有像以前那般轻佻，对燕子也很尊重，这不由让庄睿对这女孩多看了几眼，能把马胖子这类人吃得稳稳的，那绝对不是一般人。

"庄哥，你别听马哥乱说，我就是放暑假，陪马哥来这边见识一下的。"

燕子的声音很好听，软绵绵的，就目前表现出来的性格，也很温顺，看得庄睿等人都在心里暗骂马胖子老牛吃嫩草。

"盘玉顾名思义，就是养玉，把古玉经常拿在手里把玩，会让玉质更加圆润，泌色更加完美，不过这里面也有许多讲究，民间盘玉的方法有很多，我也就知道几种而已。"

庄睿一边说话，一边将燕子手里的古玉要了回来，拿在手里把玩着，他虽然没有盘过玉，但是盘玉作为古玉收藏中一个很重要的环节，庄睿在理论上也是知之甚深。

德叔是盘玉的高手，腰间常挂着的玉器，就有五六件，他可是将自己盘玉的经验全部传授给了庄睿，要是只说不练的话，庄睿还是能唬住一些人的。

"老幺，说话别大喘气，哥们也想听听……"

庄睿的话把伟哥和毕云涛的注意力都吸引过来了，就是周瑞也将目光看向庄睿，这手里时常拿着块玉把玩，倒也是一件很赏心悦目的事情，毕云涛这会儿已经有点后悔将这块玉璧卖掉了。

庄睿看了一眼燕子，道："女孩子盘玉可是不多见的，因为这东西不能接触到香水和

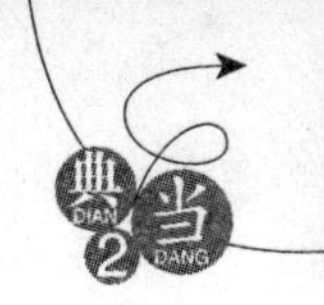

一些化学物剂，不然会使玉器受到侵蚀，外层受损，影响原有的光泽度。”

“我不用香水之类的化妆品的……对不起，庄哥您继续说。”燕子打断了庄睿的话，感觉有些不好意思，做了个手势，让庄睿继续往下讲。

庄睿没有在意，笑了笑，继续说道：“先说下为什么要盘玉吧，大家都知道，古玉大多都是从墓葬里出土的，因为出土的地点不同，所以蚀锈和色沁的性质亦不同。

“打个比方说，南方水坑或地气特别潮湿、地层特别多积水的，这里面出土的古玉就多水锈，北方出自干坑的，多数古玉的土蚀亦多，这块玉璧上面的黄色，就是土沁色。

“由于土吃水蚀，加上干湿不同的经年累月煎熬，古玉即使有最美丽丰繁的色沁，亦会隐而不彰，藏而不露，再加上玉理本身有深浅色，同时亦侵积了不少污浊之气。

“我们若不加以盘之玩之，便玉理不显，色沁不出，污浊之气不除了若要上佳色沁的古玉显出宝石之色，那就必须要用盘法将玉器养出来了。

“玩古玉的圈子里面有这么一句话：藏而不玩，则等于暴殄天物，得宝如得草，这也说明了盘玉的重要性。”

“老幺，说重点，这玉该怎么盘。”伟哥听得有些不耐烦了，出言催道。

“这口有点渴啊。”庄睿吧唧吧唧嘴。

“来，哥哥这有红牛。”马胖子很配合地扔过来一罐饮料。

“嘿嘿，谢谢马哥。”

庄睿也就是和几人开玩笑的，把红牛放到一边，继续说道：“玉器有三种盘法，分别为‘文盘’、‘武盘’和‘意盘’，也有人称之为‘缓盘’、‘急盘’和‘意盘’。

“‘文盘’是指将一件玉器放在一个小布袋里面，每天都贴身带着，用人体较为恒定的温度去蕴养，要等到一年以后，才能在手上摩挲盘玩，直到玉器恢复到本来面目。

“文盘耗时费力，必须有耐性，不能急躁，这也是古人修身养性的一种方法，通常用文盘两三年之后，古玉的色沁才会微显而已，要是玉器入土时间太长，用文盘法，那要盘玩往往十来年、甚至数十年，才能将玉盘出来。

“给你们说个小故事，在清代历史上，曾有父子两代盘一块玉器的佳话，穷其一生盘玩一块玉器的事，这块玉被盘玩得包浆锃亮，润泽无比，现在被收藏在北京的一家博物馆里，有专家估计，这一件玉器已经被盘玩了一个甲子（六十年）以上。

“这种盘法现在很少有人用了，不过要是遇到一件五色沁以上的上好古玉，那还是用这种办法来盘比较好，因为这样盘出来的玉，才足够珍贵。

“本身材质差一点的玉器，要是用文盘的方法盘个几十年，仅凭这功夫，都能卖上个几十万。就像是翰海拍卖公司，就在前不久才拍过一件很普通的玉璜，年代是战国时期的，不过盘得相当好，沁色包浆都很不错，以二百零九万成交的。”

“老幺，我这块也是汉玉啊，这价钱差得也太离谱了吧？”

毕云涛一听这话坐不住了，开口打断了庄睿的话，他倒不是觉得马胖子出价低了，而

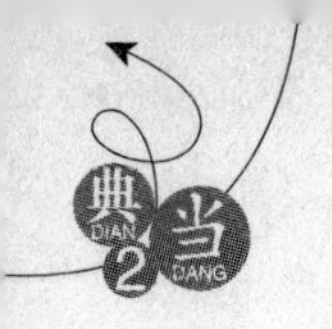

是感觉这都是汉玉，价钱差得这么多，心里有点不平衡而已。

“离谱？四哥，这块玉你要是能手不离玉的盘上个七八年，我敢保证，也能卖个几十万，要是这块玉质稍微好一点，上百万也不稀奇，怎么样，你把钱还给马哥，自己玩玩？”

庄睿笑着看着毕云涛，这盘玉可是个细活，不是真心喜欢玩玉的人，一般都是坚持不下来的，半途而废的人多的是，就毕云涛这性情，能玩上三五个星期，都算时间长了。

“得了吧，你知道我没那耐性的，还有什么速成的盘玉方法，你也说说看，要是方便点的话，我再去淘块好玉去。”毕云涛悻悻地说道，他心里对这个玉璧还是有点疙瘩。

“你以为淘个古玉是去市场买大白菜啊，就你今天这漏，都是运气好才捡到的，没看到伟哥只淘到个汉代白瓷呀。”

“哎，说我干吗啊，老幺，别扯远了，把‘盘玉’剩下的法子说来听听吧。”

老大怕庄睿说出自己早上那汉代瓷器的事情，那事要是传出去，丢人忒大发了，连忙岔开了话题。

“嗯，文盘讲过了，咱们就说说‘武盘’吧，所谓‘武盘’，就是通过人为的力量，不断地盘玩，以期尽快达到玩熟的目的，这种盘法玉器商人采用较多。

“玉器经过一年的佩戴把玩以后，硬度就会逐渐地恢复，然后用旧白布包裹后（切忌有颜色的布，一定是要白色的）雇请专人二十四小时不停，日夜不断地摩擦，玉器摩擦升温，就会越擦越热，过上一段时间之后，再换上新白布，仍然不断地去摩擦。

“这样玉器摩擦受热的高温，可以将玉器深埋地下之中的灰土，快速地逼出来，色沁不断凝结，玉的颜色也会越来越鲜亮，大约有个一年的时间，基本上就可以恢复玉器的原状，但‘武盘’风险很大，摩擦的时候，双手用力要匀称，玉器如果受力不均匀的话，稍有不慎，就极有可能毁于一旦。

“大家要不是做玉石生意的，如果能淘到块好点的古玉，我个人建议还是用‘缓盘’的方法来养玉，虽然时间上长了一点，不过效果很好，在养玉的过程里，也会对这玉器产生感情，这样的玉价值才高。

“不论‘文盘’和‘武盘’两个方法，总之是古玉入土年份愈久，愈难盘出原色原质，原因就是受地气愈久愈多，便愈深入玉骨，精光要慢慢才露出，学玩古玉，只要佩系三两件，每天盘上那么一会儿时间，也可以训练个人的修养与耐力。”

其实庄睿最初在看到毕云涛这块玉璧的时候，也动了一点自己将它盘出来的心思，不过他见过德叔的那几件古玉，最差的都是三色沁，而且还是羊脂玉的，所以就有点看不上这块玉璧了，只是他心中也存了在这次赌石大会上，找块好玉玩玩的念头。

“庄哥，你说的这‘文盘’和‘武盘’，时间都不算短的呀，是不是‘意盘’可以更加快一点？”

这个叫燕子的女孩，虽然一直都表现得很恬静，不过要对着一块玉把玩一年甚至更长的时间，对她而言，也不是一件轻松的事情，毕竟这是把玩件玉器，男人可以挂在腰间，

女人想要贴身携带就不方便了，所以刚才庄睿也提到过，女孩盘玉的并不是很多。

"'意盘'？呵呵，你恰恰想反了，这年头，恐怕没有人会去用'意盘'的方法去养玉了。

"'意盘'指的是玉石玩家们将玉器拿在手上，一边盘弄把玩，另外心里一边还要想着玉的美德，然后不断地从玉的美德中吸取精华，养自身之气质，久而久之，可以达到玉人合一的高尚境界，古代文人雅士，最爱尝试这种方法。

"'意盘'不仅使玉器得到了养护，盘玉人的精神也得到了升华，'意盘'是一种极高的境界，需要面壁的精神，与其说是人盘玉，不如说是玉盘人，人玉合一，精神通灵，咱们常说古玉通灵这句话，说的就是'意盘'的境界。

"不过在历史上都极少能够有人能够达到这样的精神境界，更遑论浮躁的现代人了，所以'意盘'只是传说中的一种境界，大家当个故事听听就行了。"

庄睿说了这么多话，这会儿口中是真的有些渴了，拿起马胖子扔给他的饮料，打开喝了起来，他上面所说的这些知识，都是德叔灌输给他的，庄睿记忆力极好，此刻卖弄出来，在场的人中，没有一人能看出他就是个纸老虎，会说不会做的。

庄睿话声一落，马胖子就鼓起掌来，说道："庄兄弟这番话说得胖子我是茅塞顿开啊，以前就知道把玉拿在手上玩，以为这就是盘玉了，原来里面还有这么多的门道，今儿算是长见识了，老弟，晚上也别去广州玩了，咱们找个地方去喝一杯，老哥我还有些事情要请教你。"

"老幺，你这典当行的经理还真是没白当，说起这些东西来都一套一套的了，回头哥哥我也找块好玉盘一盘。"

伟哥也是听得两眼直冒精光，这要是腰间挂块古玉，没事拿在手里把玩一番，走到外面那也是倍有面子的事情啊，哥玩的不是玉，哥玩的是传承了五千年的文化。

"伟哥，给我也找一块，我也玩玩。"

毕云涛虽然对这些古玉出自墓葬有些忌讳，不过这时也有点动心了，当然，卖出的东西是不能要回来的，不过以他和伟哥的身家背景，想要淘弄一块品质好点的古玉，也不是什么多难的事情。

"这位小兄弟，来，抽根烟……"

一个有点陌生的声音，从旁边传了过来，庄睿抬头一打量，顿时有点犯晕，原本这沙发区就他和伟哥毕云涛还有马胖子几个人，现在除了自己和马胖子坐的沙发之外，另外五六个沙发上，居然满满当当地坐满了人，在沙发的旁边，还站着十来个人，都在看着自己，庄睿虽然当过几天小领导，不过对这场面还是有些发憷。

"各位，有什么事吗？"

出门在外，庄睿也不好拒别人的面子，伸手接过了香烟，旁边马上又有人给点着了火，这突如其来的殷勤，让庄睿很是有些莫名其妙。

给庄睿递烟的那人笑着说道："嘿嘿，小兄弟，你别误会，我是比较喜欢收藏玉石的，

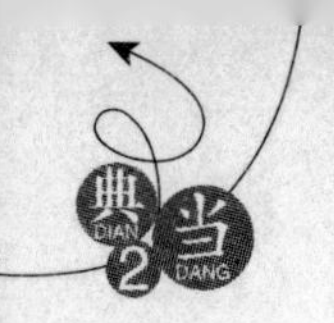

不过买来之后，多是放在了家里，也不知道这玉要养着，今天听了你这一番话，才知道自己这十来年都是白玩了。”

“是啊，以前也知道盘玉，就是不知道这还分几种手法，今儿是长见识了。”

“小兄弟，你再说说这盘玉有什么忌讳没有啊？”

“对，对，小兄弟说说，别整得一块好玉给砸在手里了。”

听到四周人群里的话，庄睿才明白过来，敢情自己在这聊天说的闲话，全被这些人听到耳朵里去了，庄睿心中不禁有些赫然，要是这些人知道他只是个光说不练的角色，不知道心里会有什么想法。

庄睿这些知识，都是从德叔那里听来的，其实里面并没有自己的多少见解，和马胖子几个人吹吹牛没有关系，让他当着这么多人来谈论，他心里还是有些发虚，站起身来，向着四周一拱手，说道：“各位，这只是小子的一家之言，当不得真，诸位都是前辈，并且这玉器各有各的玩法，小子就不献丑了。”

“没事，小伙子，你就说说，老头子我玩了几十年的玉了，只懂得急慢文武盘法，对你说的那个意盘所知不多，今天也是长见识了，不要怕，说说吧……”

出言说话的是位老爷子，看年龄也是六十出头了，坐在庄睿对面的沙发上，鼓励着庄睿继续往下说。

这些年来人们的生活水平提高了，收藏玉器古玩的人，也逐渐多了起来，不过大多数人都是刚入门，买了玉器也是放在家里供着，有些还专门打造些精美的盒子包装起来，就像是围在这里的人，十个里面有六七个甚至都没听说过“盘玉”这个词的。

而意盘早就无人去尝试了，在玩玉石的这个圈子里，基本上不会被提到，也就是新中国成立前一些文人雅士偶尔会提及，德叔才知道这种玩法的，面前这老人年龄虽然不小，也是不知道有“意盘”这一说法。

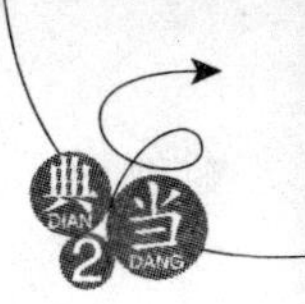

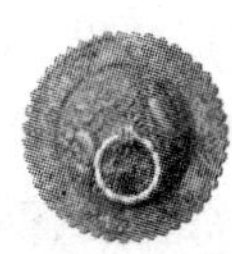

第二十八章　古老爷子

“是啊，让你说，你就说，磨叽什么呀……”

人群后面一个有些苍老的声音传了出来，不过这语气可是有些不善，请人指教还这样说话的，倒是不多，引得众人纷纷侧目。

只是庄睿听着这声音很耳熟，循声望去，却被人群给挡住了，看不到说话的人。

“哎哟，是古师伯您来了！”

庄睿猛然想起这声音是谁了，屁股刚坐下还没沾到沙发上，连忙跳了起来，分开人群一看，果不其然，古老爷子正一脸笑意地站在人群外面看着他。

“古师伯，您也看我的笑话。”庄睿一边说着，一边将古老爷子往里面让。

“嘿，今天没白来，这可是玉石街的泰斗啊。”

“原来这小伙子是古老的师侄，怪不得有这般水平。”

古老的名声在玉石界可是很响亮的，认识他的人也不少，一时间，围在沙发旁边的人，纷纷议论了起来。

“古师伯，您怎么也来这里啦？”

待到古老爷子坐下之后，庄睿出言问道，不过话一出口，就知道自己问多了，以古老爷子的身份，来参加这次平洲翡翠原石交易会，再正常不过了。

“我不该来？难道你就该来啦？”古老爷子今天似乎心情不太好，说话有些冲。

“师伯，我是被朋友邀请来的，要不然我哪知道这里有什么玉石交易会啊。”

庄睿老实地回答道，要不是宋军告诉他这事，他还真的不知道。

“哦？是这样啊，那我倒是错怪你了……”

敢情古老爷子是以为庄睿在南京的时候，赌石尝到了甜头，这次又想来赌一把，他是庄睿爷爷的学生，对庄睿有一份故人之情，是将庄睿当作子侄来看待的，不想见到庄睿沉迷于赌石之中，所以刚才说话的语气很不好听。

“师伯，我以前那都是运气好，这几个月在上海是以学习为主，我可是没再去赌石啊。”庄睿弄明白古老爷子的想法之后，不禁有些哭笑不得，不过对于古老爷子发自内心

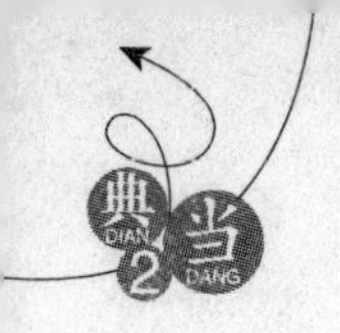

的那份爱护之情，还是心生感激。

“古老，我可是有两年没见您了啊，有时间一定要去我那里坐坐。”

马胖子居然也认识古老爷子，这会儿凑过来和古老打了个招呼。

“原来是马老板啊，你这又是闻到什么味道了，也跑这地方来了？”

古老爷子也不是不食人间烟火的，有时候也会帮一些人鉴定一些东西，两年前曾经给马胖子鉴定过几个古玉，和他算是认识。

“嘿嘿，我这不就是来凑凑热闹嘛，没想到庄兄弟和您这么熟啊。”

马胖子笑得是阳光灿烂，对古老爷子略带挖苦的话，丝毫都不在意。

“小庄和我是世交，马老板以后要多关照一下啊。”

古老大致地说了一下他和庄睿的关系，古老知道马胖子这人不简单，在两年前的时候，他知道马胖子对于玉石一窍不通，但是在他所收藏的十几件古玉里面，只有一块是后面做旧的假玉，其余都是真品，里面甚至有几块相当不错的珍品古玉，对马胖子这么一个外行，居然有如此眼力，古老也是很佩服的，他刚才的话，也算是给庄睿拉个关系。

“古老，刚才这位小哥说的那些‘盘玉’的方法，是不是真的啊？您老给点评一下吧。”

旁边围观的人，见到古老爷子坐下之后，就和庄睿等人聊了个不亦乐乎，有胆大的就出言喊了起来，要知道，古老在玉石行当里面，那绝对是权威性的人物，平时是难得一见的，有这么好的机会向他请教，众人自然是不肯放过。

“古老，您刚下飞机，这里有些嘈杂，您还是先上楼去休息下吧，房间我们都已经安排好了。”这时，原先紧跟着古老的一位中年人，凑过来在古老耳边说道，应该是此次邀请古老前来的官方人士了。

“没关系，我在这里坐一会儿。”古老摆了摆手，不以为然地说道，那人看到古老不肯上楼休息，也没什么办法，去到一边拿出电话拨打了起来。

“小庄，没想到这才几个月不见，你这鉴玉的水平突飞猛涨啊，刚才说的那些都没错，你继续说吧。”古老看到人群里那些期待的目光，心中一动，把话题又扯到了庄睿身上。

“师伯，不带您这样的啊，有您在这，没我说话的份……”

老爷子的话把庄睿说急了，在他面前卖弄玉石知识，这不是关公门前耍大刀嘛，自个儿找不自在。

“坐下吧。”

老爷子一把按住庄睿正要站起来的身子，道：“不管什么行当，都是学无先后，达者为师，你刚才所说的那些都没错，我没什么可以挑刺的，不用怕，继续往下说。”

庄睿这会儿心里也有些明白了，老爷子这是在抬举他啊，以古老的身份说出这样的话来，恐怕用不了多久就会传遍玉石收藏这个行当里，而老爷子的这一番话，也算是将自己领进门了。

果然在古老爷子这番话说出之后，围观的人都开始交头接耳，窃窃私语起来，对于庄

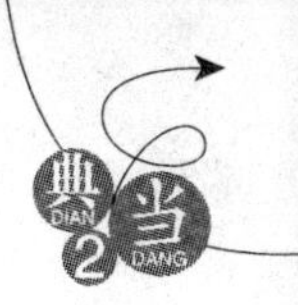

睿刚才那段关于“盘玉”的说法，有些人相信，但是更多的人心中还是存有疑问的，原因无他，就是因为庄睿太年轻了，不过古老爷子这话说出来之后，众人再看向庄睿的时候，那眼神与之前就完全不同了。

“小兄弟，古老既然让你说，你就说说吧。”刚才递烟给庄睿的那人出言说道。

庄睿犹豫了一下，古玉具体盘玩的办法，他倒是也知道，不过全是理论上的东西，万一说错了，那可就贻笑大方了，可这会儿也是骑虎难下，庄睿想了一下，硬着头皮说道：“盘玉的方法，是小子一位长辈传授的，我就说出来大家交流一下，有什么不到的地方，诸位多指正。

“翡翠之类的硬玉咱们就先不说了，说下软玉吧，朋友们要是运气好淘到了出土还没有盘玩过的玉器，最好先不要马上就上手盘玩，而是要先放在清水中泡上二天，如果是新坑（就是刚出土）的玉，水的温度要在七八十度左右。

“浸泡之后的玉器身上，会渗出蛋清状的黏液，这也可以称之为是玉器的包浆，其实大家也都知道，这包浆指的就是古董器物在长期存放、把玩过程中在表面形成的有光泽感的氧化层。

“有些朋友在将玉器浸泡过之后，会用牙刷把玉器清理干净，第二天就会找绳子把它串起来佩戴把玩，这样做其实是不合适的，大家在将玉器取出后，先不要清理那些黏液，而是把玉器放在通风、阴凉的地方放置一至二个月，任其自行干结在玉器表面，黏液干结后玉器会变得更加光洁莹润，谓之包浆，也有称为宝浆的。

这个时候就可以将玉器佩戴在身上了，老爷们可以找跟好点的红绳子系在腰间，女孩子就麻烦一点，尤其是夏天穿裙子的时候，那可就没地放了啊。”

庄睿的话引起周围一片哄笑声，这会儿酒店来往的客人也多了起来，居然里三层外三层地将这沙发区给包围住了，外边有些不知道情况的人，听说古老爷子在里面，还死命地往里挤。

“老幺，你说咱们是不是也该收个费啊，呵呵。”伟哥见到如此盛况，和庄睿开起了玩笑。

“想什么美事呢，这要换是古师伯，那收费就应当应分的了。”庄睿撇了撇嘴，这估计等会儿自己一说完，就要有挑刺的人了。

“小伙子，别聊天啊，这盘玉还有什么忌讳的，一道说出来吧……”见到庄睿和旁边的人聊上了，围观的众人喧闹了起来。

“别的也没什么，大家都知道，盘玉说白了，就是用人身体的油脂去滋养玉，使玉脱离干涩的‘石’性，成为油润的‘玉’性，不过这种油脂可不是鼻尖、脑门上的汗水和油污啊，有些人感觉这地方油大，就会用玉器去磨蹭，这可是大忌，诸位千万不要这么做。

“朋友们用手把玩玉器的时候，一定要把手洗干净，如果像现在这样的天气，最好隔一两个星期，把玉器用清水再浸泡一下。

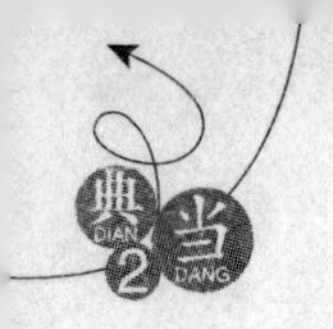

“对了，有些做玉石买卖的朋友，尤其是广东香港这边的，喜欢以金相砂纸打磨抛光玉器，而且特别喜欢用金相砂纸来打磨失光的古玉，这种方法就有些急功近利了，看似收效很快，其实祸害很大，会严重伤害到古玉的元气，古玉表面特有的凝重陈旧的包浆会因此消失掉，变得周身油光锃亮，入手滑不溜溜的奇怪模样。”

庄睿说到这里的时候，围观的人群里面，有好几个人脸上露出悻悻的神色，看样子就是庄睿所说的那些玉石商人了，商人逐利，这种办法去糊弄一些刚开始玩古玉的人，是很好使的，也能卖出高价，不过经过金相砂纸打磨后的古玉，也基本上就算是废掉了。

“一块玉要盘个三五年的，怎么样才算是盘好了呢？”人群里有人发问。

“呵呵，咱们讲盘过的玉，称为熟玉，一般在土里受侵蚀不算很严重，玉质不是太差的出土古玉，经过一两年的盘玩，就可以基本盘熟了，不过有些受侵蚀较严重者，或玉质很差的古玉，费时就会长一些。

“只要把玉器通体盘得油润且细腻，表面尽是包浆，就可以算是熟玉了。

“其实玉的盘玩是否出效果也与玉本身的质地有很大关系的，有的玉石细密度和白度极好，只经雕刻、抛光后就变得如羊脂般润泽，根本不用盘玩，同样的道理，也有些的石性很大的玉石，即使经过人手几年的盘玩也是干涩如石，不过咱们说的是出土玉，盘玩那是必须的。”

庄睿一口气说完这番话后，眼睛看向了古老爷子，道：“师伯，我这可是掏空了，您来说几句吧。”

庄睿说的是实话，德叔教给他的就是这么多，再说下去就会露馅了。

庄睿话声一落，围在这里的众人，目光都看向了古老爷子。

古老非常注重提携玉石行的晚辈，以前也经常去各地玉石协会讲课或者授徒，认识他的人很多，但是，近些年来古老年龄大了，就很少再外出讲课或者出席各种玉石展销会了，今天能有机会听到古老讲评玉石，对于众人来说，也都是莫大的机缘了。

“你这臭小子，居然拿师伯来做挡箭牌了……”

看到众人期盼的目光，古老笑着骂了庄睿一句，随之从腰间解下一块玉器来。

“古玉的玩法，现在比较流行的就是急慢盘结合着使用，刚才小庄也说了，‘意盘’几乎已经没有人去尝试了，不过老头子我在年轻的时候，得到过一块好玉，这几十年了，就是用的‘意盘’之法，就和大家说说‘意盘’的体会吧。”

古老这一番话刚出口，立刻就是四座震惊啊，庄睿先前已经提到了“意盘”的难处，而且也说明“意盘”几乎就是传说中的玩法，没有想到古老居然将这种盘法传承下来了，能亲耳听闻古老讲授经验，众人均是感到此行不虚，低声纷纷议论起来，眼睛更是死死盯着古老手里的那件玉器。

古老一边说话一边把手里的那块玉器递给了庄睿，道：“大家都知道‘至诚所感，金石为开’这八个字，其实这句话就是出自古玉的‘意盘’之法里面，古人说过这么一段话：时

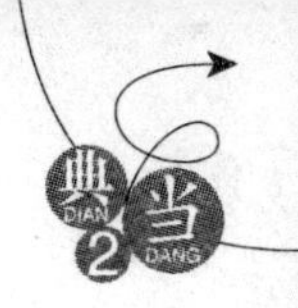

时摩挲，意想玉之美德，足以化我之气质，善我之性情，使我一生纯正而无私欲之蒙蔽，至诚所感，金石为开。

“我这块玉盘了快有四十年了，现在只要拿在手里，就会感觉到自己和这玉，有一种血脉相连的感觉，这玉石就像是有了生命，会呼吸一般，老头子风风雨雨的经历过不少事情，不过只要是这块玉在手，心情就会平静下来，我个人觉得，这就是‘意盘’所带来的功效。”

古老爷子的话使得众人纷纷看向庄睿手里的那块玉器，眼中不乏羡慕的神色，以古老的眼光，玩的玉器想必品质不会差的，一块玉整整盘了四十年，加上玉石本身的价值，几乎可以称得上是无价之宝了。

古老爷子拿出来的这是块玉佩，体积不大，只有小孩巴掌大小，玉佩的正面雕刻着一个异兽，脚踏风云，短翼、龙头上长着双脚、马身、麒麟脚，形状如狮子一般威猛，眼睛突起，嘴中有着长长的獠牙，其细微处雕刻得栩栩如生，毛发毕现。

这造型庄睿倒是认识，应该就是辟邪兽貔貅了，不过让庄睿吃惊的是这块玉的沁色，拿在手里，庄睿仔细地分辨了一下，这个貔貅把玩件，居然有六种沁色，要知道，沁色都是后天形成的，两三种沁色的古玉比较常见，四种以上的就极为罕见了，五种沁色的古玉堪称是无价之宝，这块玉佩竟然有六种沁色，难怪古老爷子会用“意盘”法去养玉了。

系在玉佩上的是一个打着中国结的深红色绳子，庄睿有力拉扯了一下，感觉很是坚韧。

“古师伯，这是块暖玉吗？”庄睿拿着这块玉，手中感觉到一阵的温暖湿滑，不由出言向古老爷子问道。

“对，这就是蓝田产的暖玉，品质很高，我年轻的时候无意中得来的，跟了我足足四十多年了，这些年里虽然也玩过别的玉，不过这块一直没有换，呵呵，很多次都靠着它驱邪避难，逢凶化吉啊。”

古老的话让几个年轻人颇感不以为然，这玉石能辟邪只是传说而已，没听说过谁身上带着块玉就无病无灾了。

“师伯，听说五种沁色的玉都很少能见到，这六色沁的我都没听说过。”

“呵呵，别说你没听说过，见过六色沁古玉的人都不多，故宫博物院里现在藏着三万多块古玉，六色沁的也找不出几块来。”古老谈到这里，脸上也忍不住露出一丝得意的神色来。

“这块是三代古玉，那会儿拿到手上的时候，才出土没多长时间，表面颜色就和石灰差不多，质地像是泥土一般，对着亮光都看不见玉色，现在勉强算是盘熟了，这红色沁多的地方，俗称孩儿脸……”

古老从庄睿手里接过了玉貔貅，很爱惜地在手中摩擦着。

“古老，您这块玉它能值多少钱啊？”老大这个俗人，一张口就问起价格来，不过这也

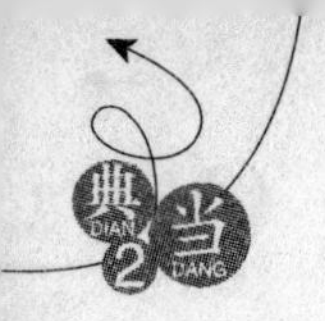

是众人想知道的，均是竖起耳朵听了起来。

“呵呵，这玉跟了我几十年了，你拿座金山来，我也不换……”

老爷子笑呵呵地回答道，却没有点明这个玉貔貅的真正价格，听得老大在心里暗骂了一句：老狐狸。

“古老，这‘意盘’咱们境界达不到，您老能不能说说这古玉的鉴定方法啊，我这玩了几年玉，钱花了不少，买到的古玉就没一个是真的，这玉器行当里的水也太深了吧。”

一个声音从人群里冒了出来，听得众人纷纷点头，在场的人里面，也包括那些玉石商人，哪个都走眼买过假玉。

“现在古玩市场的古玉，十有八九就是假的，真正的古玉价格很高，我不太赞同初入行的人去玩古玉，很难淘到好东西的，白白花钱了不说，还搞得自己心情不好。

“就在前不久，市场上突然出现了一大批仿冒战国、汉代的玉器。像玉车马人，还有玉的编钟，玉的手杖，包括玉的角杯，有的人花几十万，也有的人花了几百万，买了这批玉器。”

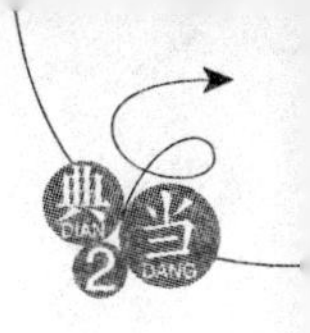

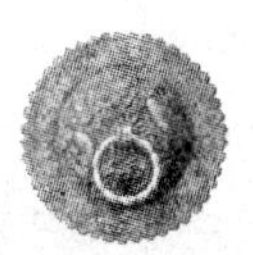

第二十九章　分金辨玉

“老爷子，肯定是假的吧？”人群里有人笑了起来。

“没错，更有甚者，一个人买了六套金缕玉衣，没过多长时间，这些东西，源源不断地出现在了古玩市场里面，而且越来越便宜，这不用拿去鉴定，也知道是假的了，所以大家不要刻意去找寻古玉，否则下一个买了假玉的人，就有可能是你了。”

古老爷子的话，顿时引起围观者的一阵哄堂大笑。

古老摆了摆手，等到旁边安静下来了，说道：“大家不要笑，别说是行外人了，就是行内人，也经常打眼的，刚才所说的那批假冒高古玉，就是发生在我一个老朋友生活中的事情。

“那是我一个老朋友带的博士生，学的就是考古和博物馆专业，小伙子经常会到古玩店里去挑选一些小物件，去年的时候，他在一家古玩店里看到了一批高古玉器，有玉璋、玉刀、玉璧、玉璜、玉角杯等物件。

“据店主人讲，这些玉器的年代为汉代，有些甚至早到商周时期，特别是里面的部分器型，像玉角杯、玉璧、玉璜等属于汉代玉器里的典型器物。

“大家都知道，两千多年前的汉代玉器，被认为是中国玉器发展的最高峰。其中最能代表汉代玉器工艺水平的是生活用玉、陈设玉和佩饰玉等。

“玉角杯是生活用玉里十分重要的器皿，它是王侯贵族使用的一种饮酒器，而玉璧、玉璜既是礼玉，也可作为陈设玉。这些玉器一般采用圆雕和高浮雕技法，体现出精湛高贵的艺术风格。

“这古玩店吸引了圈内的不少同行来鉴赏，这里面有些人，那学生也认识，当时那店老板发现他对这些玉器很感兴趣，就对那学生说，要是想买的话，可以以优惠的价格转让。

这位学生年龄也在三十五六岁了，有一定的经济基础，经过几轮讨价还价，买下了这件玉角杯和其他一部分玉器，其中以玉角杯的价格最为昂贵。此后又多次到这家店买古玉，去年的一年时间里，就买了汉代玉器七十多件，共花费了四十多万元。

“我上个月正好去到那个城市，老朋友托我看了一下，呵呵，结果大家都知道了，全是

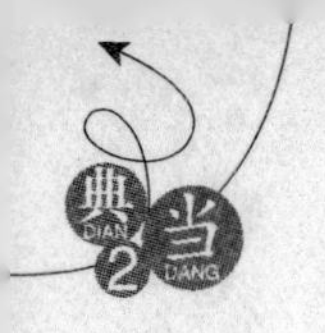

现代玉石做旧的，这些假玉之所以外表看上去古色古香，沁色逼真，是一些专业贩子用特殊手段制作出来的。”

“老爷子，这沁色怎么做假？又如何辨认呢？我去年就栽在这上面了，八万块钱买了一个三色沁的汉代古玉，谁知道一鉴定是假的。”人群里传出一个声音。

“呵呵，那是你贪心了，现在的古玩市场里面，汉玉几乎很少见了，你们要知道，汉朝的玉，它并不是作为商品流通的，它是帝王贵族垄断制作，垄断使用的。

“老百姓用玉是从什么时候开始呢，是三国时期，因为三国时兵荒马乱，盗墓成风，有人盗掘出汉代的金缕玉衣，被三国的曹丕看到以后，金缕玉衣并不像传说那样能保存尸骨，所以废除了金缕玉衣制度，从那会儿起，玉器才走向民间的。

“大点的汉代玉器，市场上基本是见不到了，现在能流传下来的，只有一些小件，像玉剑饰，小的玉璧佩饰之类的，而且只有极少的概率会走向市场，别的东西，十有八九都是假的。

“至于玉器造假，沁色形成的方法就多了，不下于十几种，我大概地说一下吧，一是用药液浸泡法：就是把玉器放入掺有颜色的化学药液中，经过数天浸泡后，就会在表面出现这种沁色，通常显现为红褐、黄褐等色彩。

“这是最为常见的玉器‘做旧’方法，也叫做‘人工染色法’，大多一些不良商人，用的都是这种办法。

“还有一种是在玉器表面形成黑褐状沁色的造假方法，这叫做熏烤法。就是把器物放在烟火中进行熏烤，经过短时间熏烤后的玉器，表面会呈现出一种深埋地下的黑褐色之感，颇有黑漆古玉的味道。

“其实要鉴定沁色的真假也很简单，假的沁色通常是发艳发亮，大家如果对要买的玉器心存疑虑，不妨拿酒精棉，在玉器上面多多擦拭一会儿，看棉花上有没有沁色的颜色，如果有的话，那就值得怀疑了，多半是假的。

“还有就是在强光下，玉的颜色非常一致，并且带有雾状，缺乏过渡色，色彩比较单一，那么这种玉也是值得怀疑的，遇到这种情况，大家最好不要出手购买。

“唉，现在的人啊，越来越浮躁了，在新中国成立前的时候，那些玉石做旧的老人，还是讲点儿‘诚信’的，就是‘瞒年代不瞒材料’，就是在老的或新的正儿八经的和田白玉上雕新工、做旧然后卖大价钱。

“这些玩意儿要是放到了今天，那它也算是‘好东西’喽！只可惜呀，眼前市场上的所谓玉器，玻璃、塑胶、石英，什么都敢拿出来卖。”

古老说到后面的时候，有些激动了起来，这些不良商人的出现，对于玉器行当的发展是极为不利的，就是因为这些人，让许多对玉器收藏感兴趣的人望而止步，道理很简单，试问诸位，如果您购买玉器，连吃几次亏，下次还敢买吗？

现在做假的这些人，虽然文化水平不是很高，但是揣摩人的心理，个个都是好手，市

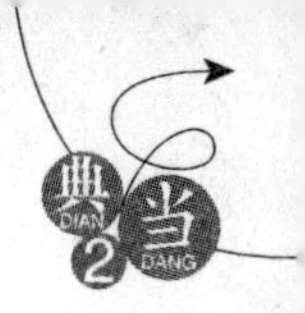

场上什么玉石走俏,他们就能制作出什么样的,不管是做工、材料还是泌色,那都是能以假乱真,别说是刚入行的新人,就是打滚了几十年的老鸟们,“眼神儿”稍差一点都会打眼交学费。

“古老,您看这围了这么多人,酒店都有意见了,您是不是先上楼休息一下?晚上这边还要给您接风呢。”看到围观众人还在七嘴八舌地提着问题,那位跟古老一起的中年人,实在是坐不住了,走到古老面前低声说道。

古老闻言之后,向四周看了看,的确这边被围得水泄不通,遂无奈地说道:“好吧,咱们先上楼,小庄,晚上我没时间了,明天中午咱们一起吃饭。”

庄睿早就被这些人看得不自在了,连忙答应道:“好的,师伯,您先去休息,明天我打您电话。”

庄睿和伟哥几人废了老鼻子劲,护着古老爷子上了电梯,身上都是出了一身臭汗,毕云涛笑着说道:“老幺,你们这古玩界也讲究追星啊。”

“行了,上楼去洗个澡吧。”

庄睿看到沙发区那边的人还没有散去,不禁打了个寒战,等下一趟电梯来的时候,连忙钻了进去。

“等一下……”

就在电梯门将要关闭的时候,庄睿突然看到酒店大门处,走进来一个熟悉的人影。

“怎么了?老幺……哎,我说你去哪啊?”

见到庄睿伸手挡住电梯门,并且从电梯里跑了出去,伟哥连忙喊道,回转身看看一电梯的人都在等着,无奈之下,和毕云涛悻悻地退了出来。

“雷蕾,你怎么也来这儿啦?不是说还要在英国待一段时间的吗?”

庄睿刚才看到的人,却是刘川的女朋友雷大小姐,这会儿庄睿心里也在纳闷,怎么好像自己认识的人,都跑到这平洲来了,先是马胖子,再是古老爷子,现在就连雷蕾也来了。

“庄睿?你不是还在上海上班吗?哦……我知道了,你肯定是冲着赌石来的。”雷蕾在这里见到庄睿,也有些惊喜。

秦萱冰和雷蕾回到香港以后,和庄睿通电话的次数就少了点,尤其最近她们两人去英国之后,基本上一两个星期才联系一次,所以不知道庄睿已经辞职,准备全身心地投入到古玩行当里了。

而庄睿因为自己在上海临行前的那次醉酒经历,也让他感觉到有些对不住秦萱冰,所以就没有打电话告诉她们自己前来广东了。

“咳……咳,就算是吧,我已经从典当行辞职了,以后就会比较闲一点……”

古老爷子认为他是来赌石的,雷蕾亦然,庄睿已经懒得去解释了。

不过虽然这赌石大会是宋军告诉他的,但是庄睿的确是存了来捞一把的心思,跟德叔学习了几个月的古玩知识,并见识到大量的珍品古董之后,庄睿这才感觉以自己那几

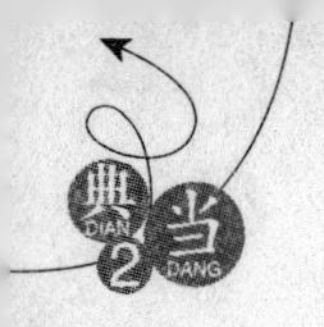

百万的身家，砸到这行当里面，连个声都听不到，如果没有财力的支持，想要留住自己喜欢的物件，那只会是一个笑话。

雷蕾见到庄睿不住地往她身后看着，哪里还会不明白他的想法，不由笑着说道："行了，别到处看了，我这次是和外公来的，萱冰没有跟来，她还在英国，这次接了一个比较大的单子，估计要三四个月才能完成，你要想她了，就飞去英国看她吧……"

"我们很清白啊，不像有些人，啊，比如说刘川，这次没跟来看外公吗？"

庄睿和雷蕾是惯熟的，听到雷蕾打趣自己，马上出言还击，毕竟是女孩子，雷蕾被庄睿说得俏脸通红。

"你什么时候学的和大川似的，也流氓起来了。"雷蕾气得瞪了庄睿一眼。

"他本来就不老实，我可以作证……"

"还有我，美女，我告诉你，在大学那会儿，他住我上铺的，什么事情都瞒不过我……"

两个突兀的声音从庄睿左右传了过来，伟哥和毕云涛不知道什么时候围了上来，像哼哈二将似地把庄睿夹在中间，一脸色迷迷地看着雷蕾。

雷蕾论相貌也是中上之姿，身材更是堪比模特，要命的是由于天气炎热，她今天上身只穿了一个紧身T恤，下身是一条七分短裤，将美好的身材显露无遗，看得伟哥和毕云涛差点流出哈喇子了，这会儿哪里还顾得上庄睿啊。

"我说，你们二位站远点啊，我不认识你们，这是我兄弟媳妇，你们也敢调戏。"庄睿气得推开了两人，这两人的举动要是传到刘川那货耳朵里，这不是破坏兄弟感情吗。

"天啊，为什么名花都有主了啊，老四，咱们哥俩怎么就这么命苦啊。"

伟哥一听是庄睿兄弟的女朋友，顿时一张脸呈苦瓜状，很夸张地抬头望天，连声叫苦，当然，他能看到的只是酒店天花板。

"呵呵，你们是庄睿的大学同学吧？我是庄睿的初中同学，要说他的糗事，我知道的可不比你们少啊，咦，周大哥，你也来了啊。"

雷蕾也被老大夸张的模样给逗笑了，她听庄睿提到过这几个同学，紧跟着又看见在后面带着白狮的周瑞，当下主动和他们交谈了起来，伟哥和毕云涛虽然不会挖庄睿兄弟的墙角，不过和美女聊天，那是一件很赏心悦目的事情，居然站在那里聊得不想走了。

"对了，雷蕾，你外公没和你一起来吗？"

庄睿见到雷蕾随身背着一个小包，只是单身一人，不由有些奇怪，她刚才说是和外公一起来的。

"这里距离香港很近，我从英国回来没什么事做，就先过来了，外公和赌石顾问他们要等到后天才来的。"雷蕾随口答道。

"赌石顾问？是做什么的？"庄睿听着这个名词有些新鲜。

"这你都不知道啊，就是一些对翡翠原石了解比较深的人，基本上每个珠宝公司都有这样的顾问，专门用于公司采购原料时，对原石做出鉴定的，不过我们公司的赌石师傅这

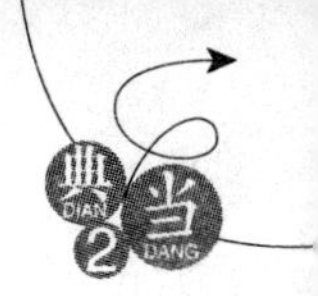

几年运气都不太好，连着两年都没淘到什么好原料了。”

庄睿对雷蕾的话，很是不以为然，两年都没淘到好原料，那也就是接连赌垮了，就连顾问赌石的时候也要看运气好坏，那要顾问干吗啊，还不如自己上去撞大运呢。

庄睿却不知道，赌石顾问对于一家珠宝公司而言，那是相当重要的，他们虽然也要依仗运气，但是更多的时候，是通过观察翡翠原石的外在表现，来判断里面是否能出玉，这眼力也不是一般人能比得上的，他们所看重的毛料，出翠的可能性，要远远高于外行人选中的毛料，试问这世间除了庄睿以外，还有谁能直接看穿这些原料呢。

“行了，别站在这里了，雷蕾你订好房间没有？哦，那你先去休息会，咱们先散了，晚上一起吃饭。”

庄睿看到刚才围着他的那些人，又把目光向这边看了过来，心里不由有些发慌，这些粉丝还真是热情，在得知雷蕾已经订好房间之后，连忙拉着几人回房间了。

“喂，木头，听说我媳妇见你啦，你小子可要给我照顾好了……”

回到房间刚冲了个凉，庄睿就听到手机响了起来。接起来一听，是刘川打过来的。

“你自己个儿干吗不来？这可是见家长的好机会啊。”

“屁，外公算什么家长，她爸妈我早都见过了，今年年底我们就结婚。”

刘川的话让庄睿吃了一惊，他们哥俩在一帮子同学里面，结婚算晚的了，现在刘川居然也要结婚了，庄睿心里不由有点小失落。

“你还好意思说，要不是你把周哥喊去了，我能不去吗，现在獒园就我一人看着，过几天还要去西藏那曲接仁青措姆大哥，我的能忙得过来吗。”

手机里刘川的牢骚话继续传了过来，庄睿知道，仁青措姆在彭城住了几天之后，就返回了西藏，结束了草原牧民的生活，将家安在了那曲，现在和父母生活在一起，六月底的山西国际藏獒交流大会，仁青措姆是必须要去的，否则刘川他们根本无法驾驭得了那只金毛獒王。

“行了，谁让你出主意要建獒园的，回头见了雷蕾的外公，我帮你多喊几声外公啊，哈哈……”

“滚蛋吧你，把我媳妇看好了啊，不准喝酒，不准去唱歌，晚上不准出去，不准和男人说话，不准……”

“停停停，你有完没完，胆子肥自己去说，没事挂了啊。”

庄睿听到刘川像个怨妇似的，在电话里念叨了起来，连忙挂断了手机，长途漫游那可是要钱的。

……

“宋哥，这边……”

庄睿跳下车，接过了宋军手里的包，宋军坐的航班有些晚点，他在机场已经等了两个多小时了。

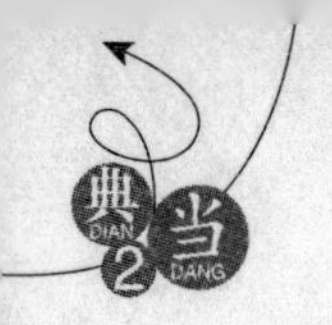

“小庄,我给你介绍下,这位是彭师傅,赌石的眼力很高明,这是我的小兄弟庄睿,你们认识下。”

宋军不是一个人前来的,在他身边还跟了一个四十多岁的中年人,年龄和宋军差不多大,身材瘦高,一双眼睛很是明亮。

庄睿知道宋军这人,一向是眼界比较高的,马胖子那等身家的人,都入不了他的法眼,现在对这彭师傅却是推崇有加,庄睿也上了几分心,和彭师傅寒暄了几句之后,将二人让上了车,向平洲驶去。

“庄睿,我可是听说了,你和大川这小子,在南京出尽了风头啊,你都没见大川回到彭城那得瑟劲,横得像螃蟹似的,就差点要买我那别墅了。”

庄睿知道刘川的性情,赚了上千万,回彭城之后肯定会显摆一番,不过宋军这话说得有点夸张,借刘川一个胆子,他也不敢和宋军嚣张的。

“得了吧,宋哥,我们只是运气好小打小闹玩玩的,比不上你的手笔,不过宋哥,你又不是玩翡翠的,干吗也往这圈子里凑啊?”

庄睿心里一直都有这个疑问,不仅是宋军,还有马胖子,俗话说:隔行如隔山,马胖子和宋军他们都不算是玉器行当里面的人,但是都对这次平洲赌石很感兴趣,让庄睿有些不理解。

“我不过花个几千万玩玩,不算什么,现在就连隶属于国企的一些投资公司,都把资金注入到赌石中去了,庄睿,你首先要明白,现在赌石已经发展到和股市一样,是一个很完善的投机市场了。”

宋军的话让庄睿愣了一下,他没有想到宋军居然会把赌石提升到这种高度。

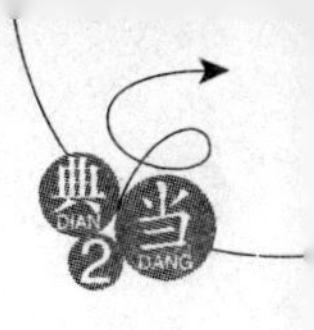

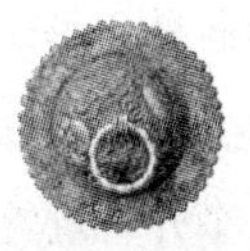

第三十章 各有心思

经过宋军一番解释之后，庄睿才算是明白了过来，敢情宋军此次来，并不是为了赌石而来的，而是想囤积一批翡翠原石的毛料，等到过几年之后，再把这些毛料出手，从中赚取利润。

进入到二十一世纪之后，在通货膨胀预期下，黄金价格疯狂猛涨，而另外一个投机市场，已经淡出人们视线很多年的赌石，也是风生水起，渐渐进入了旺市，在这个投机性超强的市场中，玉石、翡翠被认为是和黄金一样具有保值升值功能的藏品。

由于缅甸等翡翠的出产地，开采已经持续数百年了，尤其是进入到二十世纪以来，有些老坑矿几乎已经被采尽了，更多的人都在寻找新矿区，随之而来的，就是原石毛料的大幅度涨价。

一般赌石的底价都不会太高，但是成交价往往会高出底价的数倍甚至数十倍，在2000年左右的时候，老种毛料赌石的价格不过每公斤二百元上下，到了今年就已经涨到八百元左右了，带翠或者松花外皮表现好的，一块毛料能从八百元的底价叫道每公斤上万元，这都是常事。

要是带翠的老坑种赌石，那价格更是无法估量了，一般老坑种的石头，表现不错的底价最少是二万一公斤，但是其成交价，往往都达到每公斤数十万，一块原料上千万，都是很正常的，这要是在几年之前都是不可想象的，可见翡翠原料的上涨势头。

玉石文化在中国有几千年的历史，因此，从原石到玉器各个阶段的商业都已经“发育”得非常成熟了，有赌石的圈子，有翡翠的圈子，也有玉石成品的圈子，其中风险最大的，自然就是赌石圈子了。

但是还有一类人，他们将赌石的风险转嫁给他人，这些人只是收购原石毛料，并不解石切石，在将这些毛料囤积数年之后，等到价格合适了再把毛料投入市场，宋军和马老板，都是属于这类人群的，而翡翠毛料的价格之所以节节攀升，与他们的资金注入也是不无关系。

按照宋军的说法，在这次平洲赌石大会上，还会有两个国内大鳄级别的人物出现，由于金融危机对实体经济的影响，这些行外资金纷纷进入到翡翠、玉石的投资领域中来，相比金融市场，投资赌石行业更加刺激，运气好的话回报更大。

而且，相比于国外的藏品市场，中国同类市场还不发达，未来将有更大的潜力，赌石圈内最近风传，最近泰国一个行业外的买家，投资一千三百万元，在中国买走了一批玉石。

“宋哥，你这次准备了多少资金啊？到时候也带着小弟跟在后面沾沾光。”

庄睿一边开着车，一边和宋军开着玩笑，由于宋军坐的航班晚点，这会儿已经五点多钟，也到了吃饭的点了，毕云涛安排了广州的一家海鲜酒店，庄睿现在直接带宋军过去，吃完饭再休息。

“老弟，你也想囤货？这东西可是很压资金的啊，要是行情不好的话，砸在手上也有可能。”宋军一脸笑意地说道。

“得了吧，就看你和马胖子都巴巴地赶来，肯定是有赚无赔的，不想带小弟玩你就直说嘛。”庄睿不吃宋军这一套，他们两个年龄相差了十多岁，也可以算作忘年交了，庄睿和宋军说话一向都很直接。

“老弟，你说真的？真想入市？”

宋军闻言认真了起来，他喊庄睿来参加这次赌石大会，只不过是去装裱唐伯虎的那幅画的时候，答应过要带庄睿见识一下赌石的场面，他可是没想到庄睿居然也存了在翡翠毛料市场捞一把的念头。

其实宋军这是高看了庄睿，就以庄睿现在的身家，全部加起来不过九百多万元，充其量只够买一两块表现好点的毛料，根本就没有实力去囤积毛料，等待价格上扬。

庄睿说这番话的意思，只不过是给宋军提前打打预防针，由于手头资金不充裕，庄睿是想到时候要是有看中的毛料，资金短缺的话，可以向宋军拆借一二的。

不过这话自然是不能明说的，要不然宋军就会怀疑了，你怎么就那么有把握自己看中的毛料就能赌涨？

庄睿想了一下，说道：“宋哥，我现在手头上只有九百多万，这你也是知道的，你们的胃口太大，我是沾不上边的，不过你去看毛料的时候，能把我带上就行，一来我跟着见识见识，二来要是有便宜的你们又看不上的毛料，我也捡个漏嘛。”

庄睿那九百多万里面，倒是有八百多万是宋军买画的钱，他自然知道了，对于庄睿的这个要求，他倒是很痛快地答应了，本来就是欠这小兄弟的人情，带他见识一下不算什么。

彭师傅听到庄睿的话后，倒是坐在后面多看了庄睿几眼，他没想到庄睿年纪轻轻的，居然也是身家不菲，不过在他心里，这会儿已经是把庄睿归类到某些太子爷或者富二代身上了。

有些朋友看到这里又要说了，平洲赌石大会上，毛料都是摆在那里的，每块毛料上面都有编号，你看中了自然就可以投标，干吗要让宋军带啊，庄睿有手有脚的，不能自己去看嘛。

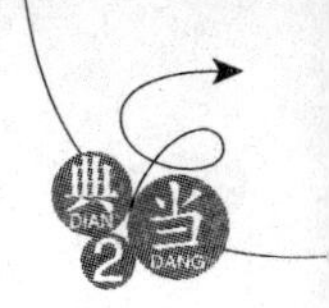

这话也没错，平洲赌石大会上的毛料，一般有两种销售方式，一种就是竞价开标，一块毛料可能有很多人投标，价高者得，另外一种就是一些商家自行组织的赌石会场，可以现场切石，不过进出这里的人，都要有一定的经济基础或者名望，不是那些散客可以随便进入的。

庄睿上面那番话的意思，并不是想让宋军带他进入到这个赌石场所，有古老爷子的名头，明面上的场合，庄睿都能进得去，他之所以让宋军带，是想去那些连古老爷子也没有办法去到的私人场所。

在平洲做翡翠毛料买卖的商人们，大多都在当地租赁有仓库，或者很多就是本地人，家在平洲，这些人除了会拿出一些毛料投入到赌石大会之中，往往也囤积一些毛料待价而沽，其销售的对象，就是像宋军这些资金财力比较雄厚的人了，他们往往都有特定的关系，专门带着这些人去家里或者仓库看货。

在平洲这地方，始终都有一些翡翠毛料掮客们的身影，掮客是古代或者新中国成立前的称呼，现在只有不多的行业里，仍然沿用着这种称呼，其他行业都称为中介或者是经纪人了，掮客们一般不会自设铺号，“惟持口舌腰脚”沟通于买者和卖者之间。他们对双方的买卖不负盈亏责任，只要买卖成交，即可按一定比例收取佣金。

平洲的掮客们，手上都有一些买家的资料和熟悉的客人，他们邀请这些外来客商去毛料商人们家里看货，如果达成了交易，这些掮客们就可以从毛料商人处得到一笔不菲的佣金，不过以庄睿的实力，自然是不会被这些玉石掮客们盯上，所以才会让宋军带他前往的。

这主意其实还是古老爷子给庄睿出的，他知道庄睿想多见识一些毛料原石，就告诉了庄睿这么一个去处，不过古老爷子虽然是德高望重，但一来他不会作为哪个商家的赌石顾问，二来他也不屑于去这些地下赌石的地方，所以自然也不会有掮客来邀请他了。

昨天晚上吃饭的时候，马胖子非要掏钱做东，他倒是流露出带庄睿去那些毛料商人家里看货的意思，只是相比之下，庄睿还是和宋军接触多一点，当时就不置可否，没说去也没说不去。

宋军听到庄睿的话后，也明白过来了，很爽快地说道：“行，你小子不错啊，来了没几天，居然连这门道都打听出来了，晚上就有人约我看毛料，咱们一会儿吃完饭休息一下就去。”

“好嘞……”

庄睿闻言乐了，古老爷子说宋军有门路，这话果然不假。

宋军看到庄睿满脸喜色，出言说道：“老弟，你先别高兴得太早，有些事情我要和你说清楚的，不然到时候可能会得罪人的啊。”

“啊？这还有说法啊，宋哥，你说……”庄睿愣了一下。

“其实也没什么，这样的场合里面，看毛料的肯定不是我们一家，可能还有一些别的

人，这行当里有个不成文的规矩，就是别人在看一块毛料的时候，你不能抢先问价……”

“这个我知道，要等别人不满意或者放下了，咱们才能看，是吧？”庄睿一听这事，出言打断了宋军的话，这规矩早就有人教过他了。

“嘿，这才几个月没见，你小子长进多了啊，不过庄老弟，听哥哥一句话，赌石这玩意运气占大头，你手上的钱不是很多，到时候悠着点，捡些小点的毛料玩玩，可别沉迷下去了啊。”

宋军先是调侃了庄睿一句，不过脸色马上严肃了起来，他还真怕庄睿一冲动，把全部身家都拿去赌了，翡翠赌石的水很深，别说九百多万，就是九千多万赌垮掉的，那也不是没有。

到了毕云涛订位的那家海鲜酒店之后，庄睿发现马胖子居然也跟来了，他倒是认识宋军，不过两人显然没有什么交情，站那里聊了几句就分别坐了。

宋军是典型的官商，第一桶金估计就是倒卖批文赚回来的，而且就是现在做的生意，也大多都和政府有关，而马胖子就是草根的代表了，从跑腿打杂到身家亿万，这其中辛酸自不待言，恐怕这会儿两人心里都有看不起对方的意思。

让庄睿有些意外的是，马胖子除了带了那个叫燕子的女孩之外，跟着他的还有一位五六十岁的干瘦老头，马胖子言语中对那老头很是尊敬，庄睿想了一下也就明白了，这应该就是马胖子所找的赌石顾问了。

“咦，四哥，周哥怎么没来吃饭？”

庄睿四周看了一下，没见周瑞的身影，不由有些奇怪。

“还不是你那宝贝藏獒啊，周哥说他在酒店带白狮，回头让咱们给他打个包带回去。”毕云涛正拿着菜单点菜，头也没抬地回了一句，说得庄睿有些不好意思，带大型犬来广州这闹市区的酒店吃饭，的确有些不太合适。

“庄睿，白狮这越长个头越大，以后带回来会很不方便的。”一旁的雷蕾对庄睿说道，她昨天见了白狮也差点没敢认。

“怎么了？老弟，你那头雪獒长多大了？”宋军对庄睿的白狮倒是念念不忘。

“唉，回头你见了就知道了，得，咱们吃饭吧。”

庄睿苦笑了一声，他也没办法，白狮这体型越来越大，很多地方都不合适带着它了，自己现在已经辞职，回彭城也要重新物色套房子，自家那小区，老人和小孩太多，白狮虽然不咬人，要是吓到别人那也是很麻烦的事情。

这顿饭吃得稍微有些沉闷，庄睿在心里想着是不是等会儿就给刘川打个电话，让他去物色套房子，而宋军也没怎么说话，只是偶尔与他身边的彭师傅交谈几句，马胖子亦然，只有伟哥和毕云涛与雷蕾几个人，倒是聊得蛮投机的。

在快吃完饭的时候，宋军接到一个电话，挂上手机后，看了下时间，然后对庄睿招了招手，说道：“老弟，今儿谢谢你同学的招待了，刚才那做翡翠毛料生意的掮客给我打电话

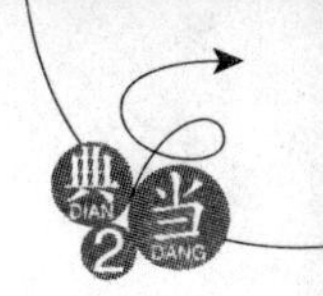

了，再过一个小时，八点钟去别人家里看毛料，怎么样，你有时间吧？”

“有啊，当然有时间，这也快吃完了，我打个招呼，咱们就先走吧。”

庄睿和伟哥毕云涛他们用不着客套，给几人说了一下之后，就和宋军起身了，雷蕾本来也想跟着去见识下，不过她们公司的赌石师傅还没到，去了也没用，也就没开口求这个人情。

就在庄睿快要走出酒店的时候，马胖子一摇三晃地赶了出来，搂住庄睿的肩膀小声说道：“老弟，你这可有点不厚道啊，哥哥先喊你的，你反而跟别人去了，胖哥我可是不高兴了。”

“嘿，马哥，我这次来平洲，就是冲着宋哥才来的，我们早就约好了，要不然昨天我也不会回绝你啊。”庄睿做出一脸苦色，半真半假地说道。

“行，那咱们回头再说，跟着你马哥也不会让你吃亏的，咱的人脉就不见得比别人少。”马胖子听到庄睿的话后，脸色好转了起来，不过这话说得倒像是要和宋军置气一般，听得庄睿苦笑不已。

“成，马哥，明儿你要是有空，咱们再出去转转。”

庄睿连声答应着，马胖子表现出来的热情，让他实在是有些吃不消，别的不说，就他那两百多斤的身体半压在庄睿身上，就让庄睿有些喘不过来气了。

“行，那就这么说定了。”马胖子笑得小眼睛都眯缝了起来，拍拍庄睿的肩膀，将他放开了。

“庄睿，马胖子可是个笑面虎，你和他交往，要注意点……”等车开上了去往平洲的高速路上，宋军对庄睿说道。

“我知道了，宋哥，其实我和他没什么交集，也就是前几个月在草原黑市认识的，这你都知道啊。”庄睿也有些猜不透马胖子的心思，按理说这私下里去挑选翡翠原石毛料，去的人越少，自己才能买得越多，马胖子没道理三番五次地约自己一起去啊。

“嗯，你注意点就好，这死胖子很有一套，有时候你被利用了都不知道。”宋军点了点头，还是多交代了庄睿一句，庄睿这话倒是听进去了，这年头，没有无缘无故的爱，也没有无缘无故的恨。

宋军好像犹豫了一下，接着又开口说道：“老弟，你一会儿要是看中了什么毛料，真的想买的话，我劝你最好不要解石，将石头留住手里，过上个几年，翻上几番问题不大，但是你要解石万一亏了的话，这损失就大了。”

宋军这话是好意，庄睿点了点头，他其实早就在心里打定了主意，这次赌石大会，他只出手购买毛料，至于切石，他还是倾向于日后自己一个人的时候再解，毕竟上次在南京的那次解石，传遍了整个赌石圈子，这次要是再出风头的话，想必一些有心人会将二者给联系起来。

“房子，看样子还是要快点把彭城的房子搞定。”

要是真淘到什么好毛料，恐怕家里的那套房子根本不够放，庄睿这会儿有些头疼了，干脆拿出手机给刘川拨了个电话，让他给自己物色一套房子。

“你要买房子？也是，养着藏獒住在闹市区，的确不怎么方便……”宋军在旁边听到庄睿的电话后，说了这么一句。

“是啊，白狮现在个头太大了，带出去会吓到人的，以后只能住到彭城乡下去了。”

庄睿有些无奈地说道，虽然有车会很方便，但是离开居住了十多年的老房子，到时候肯定有些不习惯，更重要的是，庄睿还没想好怎么劝说母亲搬出去和自己一起住呢。

“我住的那地方，倒是空出来一套别墅，原先那房东犯了点事儿，财产都没罚没了，这套别墅可能也会被拍卖掉，不过这价格可是不便宜……”

宋军的话让庄睿心中动了一下，要说不喜欢云龙山庄的环境，那纯粹是扯淡，别的不说，就那别墅在车库后面的地下室，庄睿就眼馋不已，他曾经在宋军家里看过，那地下室足有三十多个平方，摆上一套小型的切石设备都绰绰有余，而且隔音也好，自己在里面放鞭炮恐怕都没人过问。

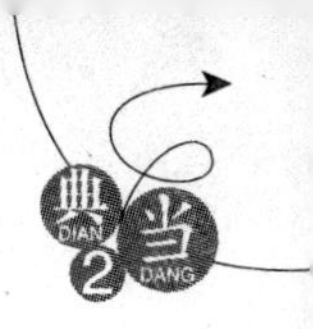

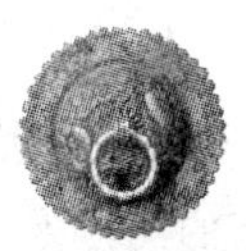

第三十一章　毛料库房

“宋哥，那套别墅大概是个什么价？”庄睿小心翼翼地问道。

“政府拍卖，底价应该不是很高，八百到一千万左右吧，不过盯着那房子的人挺多的，估计成交价应该在一千五百万至一千八百万之间，怎么着，你还真想买？”宋军可是知道庄睿老底的。

“想买！”

庄睿重重地点了下头，随即苦笑着说：“可是我没那钱啊，要不这次我搏一下，赌几块石头看看，我现在九百万的身家，拿出四百万赌一下，宋哥，到时候要是赌垮了，那算是小弟倒霉，要是能赌涨的话，那套别墅的事情，你可要帮我留心下啊。”

“你小子，平时看着挺稳重的，这心思比大川还要野啊，行，只要你能筹集到一千五百万，那套房子我有把握帮你拿下来。”

庄睿面上做出一副咬牙切齿的模样，宋军本来还想着劝几句，不过一看庄睿这样子，也就没有多说什么，以他的身份，到时候放出点风声，说自己想要那套房子，有些人应该会卖他几分面子的。

“行，那我先谢谢宋哥您啦。”

庄睿心中乐开了花，赌石反正不是赌涨就是赌垮，自己有了这个借口，到时候切石涨了，别人应该也只是会认为他运气好，当然，庄某人带着活佛赐予的天珠手链，运气一向都是不错的。

“你小子到时候赌输就有地哭了，我去年就是赌性太重，切垮了两千多万……”宋军看着庄睿的兴奋模样，悻悻地摇了摇头，却是不再说话了。

车到平洲之后，宋军先是让庄睿把车放到酒店停车场，然后就站在酒店门口等了起来，也就是大约五六分钟的时间，一个三十多岁长着小胡子的人迎了上来，一脸歉意地对着宋军说道：“宋老板，实在抱歉，我来晚了点，咱们现在就去吧？”

宋军看样子和这人挺熟的，笑着骂道：“小林子，你小子这次可有点谱啊，去年我那两千多万买的毛料，连翡翠影都没看着，这钱是小事，面子可丢大发了。”

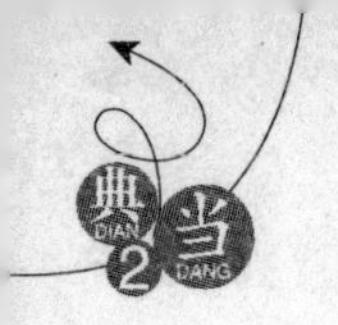

“那是，那是，今天去的这家，他的毛料都是从缅甸果敢老坑里淘弄出来的，想必不会差的，宋老板您今儿红光满面，一看就是财星高照啊。”

小胡子男人陪着笑，向庄睿和彭师傅点了点头，显然将他们二人归类到宋军的随从里去了。

“滚一边去，刚喝完酒，脸能不红吗，别废话了，前面带路。”宋军笑着骂了一句。

“宋哥，咱们这是去往玉器街的啊？”

庄睿跟在小胡子掮客的后面，看到自己走的方向，正是去往玉器街的，不由小声地对宋军嘀咕道，现今这世道，做什么事情都要留上三分心，要知道，在香港横行一时的叶继欢那样的悍匪，可就是广东人啊。

“对，咱们看货的地方就是那里，不过也有可能在仓库，反正都不远，走一会儿就到了……”

宋军边走边给庄睿解释着，原来玉器街上很多店铺的老板，不仅出售成品玉器，也做原石毛料生意的，等晚上店铺打烊收档了之后，就会接待来看毛料的客人们。

“怎么不白天来看毛料呢？相比他们的玉器批发生意，翡翠毛料的生意应该会赚得更多一点吧？”庄睿有些不解地问道。

庄睿说话的声音有些大，前面带路的小胡子转过头看着庄睿笑了笑，没说什么，不过庄睿从那眼神里看出，这人是把自己当作外行了。

“老弟，晚上看毛料，看不清楚啊，这些奸商们巴不得你买一堆破石头回去呢，等到了地方你就知道了，白天晚上区别不大的。”

宋军的话说得庄睿一头雾水，白天晚上怎么可能区别不大，不过看看旁边彭师傅的脸上挂着笑意，显然对自己说的话也是很不以为然，庄睿只能将问题闷在心里了。

倒是走在前面的小胡子转过来对庄睿说道：“这位兄弟不是玩这行的吧？”

小胡子原本以为庄睿是宋军的随从，不过听两人之间的对话，像是朋友居多，心里也有些好奇，要知道，去别人家里看货，一般都是行内人，毕竟是去谈买卖的，而且地点又很敏感，一般情况下，主人对前来看热闹的行外人，是不怎么欢迎的，而且这类人基本上不会购买毛料，掮客们自然就不会有收入，所以他们也对这类人不怎么感冒。

“庄老弟入行不久，不过看到合适的毛料，也会出手的，少不了你小子的佣金。”

宋军知道小胡子心里的想法，出言说了那么一句，顿了一下之后又说道：“前几个月在南京解出的那块价值二千万的翡翠毛料，就是我这小兄弟亲手切出来的，怎么着，放心了吧？”

“宋老板带的人，我怎么可能不放心啊，这位小兄弟真是好手气。”

国内的赌石圈子并不大，来来去去的都是那么一些人，庄睿在南京接连解出两块极品翡翠的事情，早就在圈子里传开了，这小胡子当然也知道了，再看向庄睿的时候，眼中无不是羡慕的神色。

“哼，哥们全凭的是眼力，居然说我运气不错……”

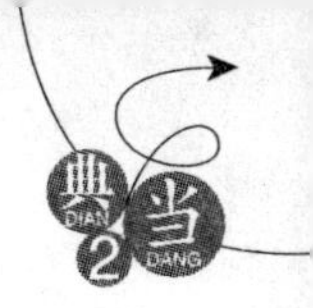

庄睿心里本来有些小郁闷，不过转念间就想开了，既然都认为我运气好，那咱这次再走运一把吧。

玉器街本来距离酒店就很近，说话间几人就来到了街面上，现在刚过八点，不过很多店铺都已经关门了，和白天的喧闹相比，这会儿冷清了许多。

小胡子带着几人从玉器街一个小巷子里拐了进去，来到了一家店铺的后面，庄睿看了一眼，这房子外面也供着土地爷，上面还燃着香，要说有什么不同的话，就是这大门忒宽了一点，厚厚的铁门足有四五米宽，中间还开了一个小门，围墙也忒高了一点，在围墙的两个边角处，居然还有摄像头对着门口。

小胡子对着门旁边的对讲机说了几句广东话，没等上两分钟，院子里就传来了脚步声，紧接着那个小门从里面被打开了，一个长得有些干瘦的中年人把头探了出来，笑眯眯地说道："小林，麻烦你啦。"

小胡子指着宋军道："于老板，这是宋老板，他可是一方大佬啊，你照顾好了，以后不愁没生意。"

于老板连忙让开身子，招呼宋军等人进到院子里，庄睿刚一进去，就听到门口传来一阵低沉的"呜咽"声，循声望去，却是两条黄背白腹的昆明犬，看样子也是训练过了，趴低着身体，很是警惕地看着庄睿等人，估计要不是这于老板亲自出来带人，这两条狗就要扑上来了。

虽然说是咬人的狗不叫，这两条狗看家护院那是很合格了，不过庄睿自然是看不到眼里去，要是带了白狮来，恐怕这两只狗早就夹着尾巴逃跑了。

"嘿嘿，小门小户的，没个几只狗看家护院，这心里不踏实。"于老板招呼了一声，两只昆明犬重新趴在地上不出声了。

"于老板，咱们还是先看看货吧，我这可是下了飞机就赶来了啊。"

别说庄睿了，就连宋军都看不上这两条狼狗，看着于老板还想显摆几句，忍不住开口催道。

"对，对，宋老板，我这些存货，您可是第一批看的人啊。"

于老板没有再废话，带着几人穿过院子，走到一个大铁门的旁边。

宋军歪了歪嘴，恐怕来一拨人这于老板都要这么说上一次吧，这看毛料的次序先后，自然是极为重要的，道理很简单，毛料就那么多，先来的肯定会把表现好的石头买走，后来的就只能去挑拣别人剩下来的了。

"于老板生意做得很大啊……"

庄睿进到院子之后，四处打量了一下，他发现这院子居然是三间店铺的后间打通了的，那也就是说，在前面街面上的三间玉器店，都是这于老板一人的，庄睿对这长得干瘦的于老板不由刮目相看起来，在这寸土寸金的地方，能占据三间店面，想必生意做得不小。

"哪里……哪里，小本生意，全靠诸位老板捧场混口饭吃，这位小兄弟可真是年轻有

为啊。”于老板脸上笑着，出言探了一句庄睿的底，他本来也认为庄睿是宋军的跟班，不过这会儿看来，却是不像了。

“呵呵，我是跟着宋老板混口饭吃的。”庄睿乐呵呵地说道。

“滚一边去，这才几个月，你都从我手里赚了一千多万了。”

宋军很不满地说道，唐伯虎的那幅画加上王士祯的手稿，已经是一千两百多万了。

“几位稍等一下……”

于老板听到宋军的话后，放下了心思，对于他而言，只要是有钱，那都是受欢迎的客人，向庄睿等人告了个罪之后，于老板摸出腰间一大串的钥匙，在那个黝黑的铁门上鼓捣了起来，足足过了三分多钟，这才将大铁门打开。

在于老板拉开铁门的时候，庄睿注意了一下，心里吃了一惊，这铁门居然厚达三十多公分，赶得上银行的金库了。

进到库房里面之后，于老板打开门口的一个灯，随手将铁门关上了，仓库里的光线顿时暗了下来，只有那盏不怎么亮的灯光，在发挥着作用，庄睿这才明白过来，为什么宋军说白天晚上都一样，敢情这铁门一关，外面即使是艳阳高照，那也是一丝光线都进不来。

这个毛料库房并不是很大，只有二十多个平方，在房间的中心位置，摆放着大大小小数十块翡翠毛料，而围着库房一周，打造了一排一米多高的铁架子，上面也摆满了毛料，不过和地上不同的是，这些毛料都是切过口或者开过窗的，而地上的毛料，几乎都是全赌毛料，这受到的待遇自然不同。

“几位，你们随便看。”

于老板从房间一角的冰箱里拿出几罐饮料，分别递给了庄睿等人，他这库房虽然不大，但是里面电视机冰箱空调等物件一应俱全，在一角处居然还有一张行军床。

“彭师傅，麻烦你了……”

这会儿显示出彭师傅的重要性来了，宋军压根就是一门外汉，全指望着彭师傅这只眼睛呢，专门帮别人看毛料的师傅，在赌石行当里面，也被称之为“眼睛”的。

彭师傅矜持地点了点头，放下手中的饮料，直奔墙边的架子而去，看得庄睿有些奇怪，拉住正要跟过去的宋军问道：“宋哥，怎么不看这些全赌毛料啊？”

“你以为我有你和大川那小子的狗屎运啊？”

宋军没好气地瞪了庄睿一眼，不过他知道庄睿比他还小白，到底是出言给庄睿解释了一下。

道理很简单，全赌毛料虽然价格相对较低，并且能开出绿来收益也大，只是这收益和风险是对等的，而且全赌毛料的涨价幅度，远不如表现好的半赌毛料。

对于想囤货出手的宋军来说，自然是选择开过窗或者擦出绿来的半赌毛料了，虽然价格要高出全赌毛料很多，并且赌垮的可能性也很大，但是宋军并不切石，他只是囤货而已，只要翡翠市场的行情一直走高，他就是稳赚不赔的。

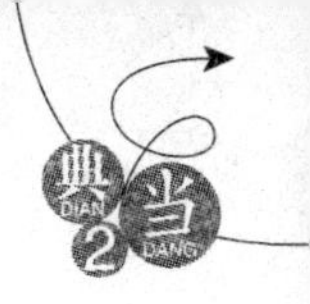

看到庄睿眼睛不住打量着那些地上的全赌毛料，宋军不由皱了下眉头，对庄睿说道："老弟，你要是想解石，最好还是看看半赌的料子吧，这样风险会低很多。"

要说宋军对庄睿，那真是不错了，半赌毛料就这么多，表现好的估计也就是那么几块，他能说出来这话，自然是存了相让的心思了。

庄睿的胳膊被宋军拉着，很是盛情难却地向彭师傅看毛料的地方走去，心里那是怨念百生啊，哥们来这里就是为了全赌毛料，看哪门子的半赌石头啊，不过宋军也是一番好意，庄睿只能先看看半赌毛料了。

彭师傅对平洲赌石显然很了解，这会儿已经是全套工具在手了，尤其是那把粗大的犹如手臂一般的手电筒，其亮度要比这库房里那昏暗的小灯泡强上数十倍，照射得整个库房都明亮了起来。

于老板笑眯眯地也没制止，向几人敬了一圈烟，抽了起来，这看石的规矩是老人们传下来的，看晚不看早，以前赌石都是点上那么一根蜡烛，拿在手里给你看，点灯拔蜡烧到头发的事情时有发生，现在换做个十来瓦的小灯泡，已经是很给面子了。

不过话说回来，客人自己带了工具，那主人也是不能过问的。

"宋老板，我的这些毛料，可都是从帕岗厂的莫加龙和巧乌矿区运出来的，在平洲没几家能从那里直接拉出毛料来的。"

于老板陪在一旁，嘴里絮絮叨叨地给宋军介绍着架子上的毛料。

这些年缅甸政府对于翡翠原料的出口，限制得极为严格，只是缅甸各地军阀割据，各种武装势力参差不齐，大多翡翠矿坑都是由军队与缅甸本地的大商人合股的，国内有些门路的毛料商人要是能交起过路费，也能从各种渠道偷运出一些老坑种的毛料来。

"于老板，帕岗厂的毛料大多都是中低档的啊，你费那么大的劲，不如从雷打厂或者抹岗厂搞点料子出来了，那里可都是出产高绿翡翠的呀。"

宋军和庄睿不明白这些缅甸的老坑矿场，不过彭师傅显然是了如指掌，一句话说得于老板哑口无言，过了半天之后，于老板才苦着脸说道："这位师傅真是行家，连缅甸那边的矿场都这么清楚，可是您也知道，抹岗厂都开采了二百多年了，雷打厂更是几乎快被采尽了，这两个矿坑都控制在缅甸的大翡翠商人手里，我们哪有那个门路啊，帕岗厂虽然高绿翡翠出得不多，不过它们一直都是国内翡翠市场的主力呀。"

彭师傅闻言点了点头，说道："你这话也不错，不过这价格可就是差得多喽。"

"您先看，看好了咱们再谈……"

于老板一张老脸皱得像朵菊花一般，好像受了多大委屈一样。

庄睿在心里暗暗赞了一声，宋军找来的这赌石师傅果然有两把刷子，这要是换了个眼力高明但是对翡翠出产地不了解的人，说不定就被这于老板忽悠了，要知道，虽然都是老坑种的原石毛料，但是其价格也是相差很远的。

"宋哥，您慢慢看，我还是去看全赌毛料去，那玩意儿便宜，我能多解几块，咱那别墅

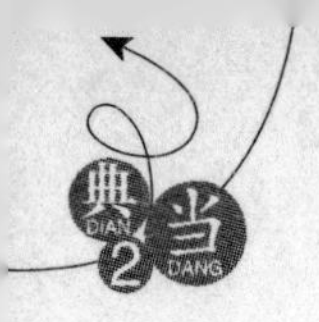

钱可就全指望这些破石头了。”

庄睿跟在宋军的身后，颇是有些不耐烦，他看了好几块半赌毛料，虽然有些天窗开得不错，但是里面的翡翠实在是惨不忍睹，含量少不说，品质还差，看于老板那紧张的样子，想必价格也不会很低，庄睿对这些半赌石头实在是提不起兴趣来。

“你小子赌性还真是大，随便你了，赌垮了可别埋怨老哥啊。”

钱是庄睿的，别人想怎么花，宋军也不能拉着不让不是，见到庄睿一心想去看全赌毛料，宋军无奈地摆了摆手。

“年轻人有冲劲，火力旺，说不定就能开出极品翡翠来呢，小伙子，这地上都是全赌的毛料，你放心，价格绝对公道。”

宋军说话的声音有些大，被于老板听了个真切，连忙给庄睿介绍了起来，在他看来，庄睿这个门外汉显然更好忽悠。

于老板这些翡翠原石毛料是老坑种的不假，不过表现很好的翡翠毛料，都被他收到另外一个仓库去了，准备参加后天开幕的赌石大会，至于这些毛料里面，虽然也有几块表现不错，不过那都是于老板用来钓鱼的，也不是不卖，但是价格不会低于赌石大会上的成交价的。

至于这些全赌毛料，也是同样有好有坏的，但是鸡肋更多，甚至有许多在行家眼里一文不值的毛料都掺杂在里面，这有些是以前留下来没舍得扔的，有些是这次缅甸进货搭配的，总之对于这些全赌毛料，于老板并不怎么上心，庄睿既然要看，他也就抱着能卖一块是一块的心理介绍着。

庄睿那辆大切诺基上，也放有手电放大镜等东西，在下车的时候，他就拿在手里了，这会儿正好装装样子用上了，打开手电筒，蹲下了身子，庄睿假模假样地看了起来。

地上的全赌毛料大小不一，从拳头大的几公斤重的，到数百公斤成人大小的毛料都有，不过外皮的表现都差不多，以灰白和黄色为主，正是典型帕岗厂原石毛料的表现。

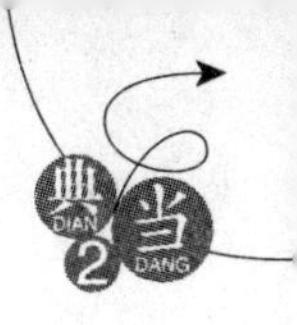

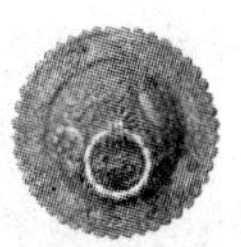

第三十二章　祖传原石

“一刀穷，一刀富这些话，在这里全他娘的都是扯淡，就这些毛料，切下去全是刀刀穷……”

庄睿蹲在地上看了半个多小时，心里不禁暗自骂道，都说平洲是赌石的天堂，他这会儿看了二十多块全赌毛料了，里面就是寥寥数个含有翡翠，但是其数量和质地均是惨不忍睹，切下去的话，肯定是赌垮了无疑。

站起身来，庄睿舒展了一下筋骨，却看到宋军那边已经大大小小地挑选了七八块半赌的毛料，堆积在一起，等彭师傅全部挑选完毕，再一起谈价钱。

“小兄弟，来，抽根烟。”

于老板不知道从哪里突然冒了出来，那干瘦的身躯在昏暗的灯光下，像是幽灵一般，吓了庄睿一大跳。

“怎么样，有看中的没有，第一次来，大家交个朋友，我可以给你便宜点。”

于老板笑嘻嘻地给庄睿点上烟，那副装出来的豪爽劲，看得庄睿直犯腻歪，都是做毛料生意的，这老板就没有当初南京那小伙子受人待见。

“呵呵，我就是一外行，这次跟着宋哥来长长见识的，于老板您先招呼着那边吧，我自己再看看。”

庄睿的话让于老板有些失望，转身走到宋军等人旁边去了。

庄睿继续蹲下身子查看起来，来这么一趟要是毫无收获，他也是不甘心的，就算这些毛料里面都没有好点的翡翠，最起码也能增长一些自己观察毛料的经验，找寻出一些脉络来。

不过庄睿很快就失望了，俗话说：神仙难断寸玉，这话说得一点都不假，庄睿也看到几块外皮布满松花蟒纹，并且风化的表皮颜色发黄，很纯正的帕岗毛料，但是用眼睛仔细一分辨，里面除了白棉丝雾状的结晶之外，空空如也，没有一丝翡翠的影子。

倒是庄睿现在手里在看的这块毛料有些奇怪，这也是一块帕岗的毛料，外皮上的表现只是一般，灰白色的体表上坑坑洼洼的，不是很平整，整块石头呈椭圆形，大概有个三四十斤。

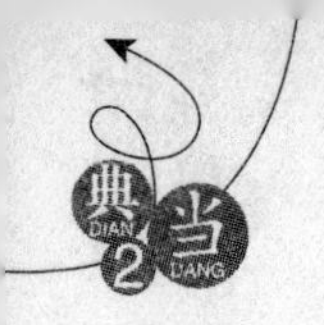

之所以说它奇怪，是因为庄睿发现，这块毛料外皮下去不到三寸厚度的地方，就出绿了，而且是高绿，颜色非常鲜艳，并且在那层绿意旁边，也没有石棉体的存在，面积几乎蔓延到半块毛料这么大的地方。

一般来说，这样的毛料，出极品的可能性极大，要是于老板擦过这块毛料的话，只要开到那个天窗，露出那么一丝绿来，这块毛料最少能卖出五百万以上。

只是接着往里面看去，庄睿就有些哭笑不得了，在这层翡翠的下面，却全是白花花的一片，直到将这块石头看穿，都再也没有一丝翡翠的影子，也就是说，除了外皮下面三寸处包裹了一层极薄成色不错的翡翠之外，这毛料就一无是处了。

看着这块毛料，庄睿心中动了一下，这要是在人多的地方把它的绿擦出来，想必也有人会要的，至于别人买了是赔是赚，那就不是庄睿所关心的问题了，想到这里，庄睿弯腰很费劲地把这块毛料给抱了出来。

于老板一抬眼，正好看到庄睿费力吧唧地正将那块毛料抱到了门口处，不由笑着开口说道："哎哟，小兄弟，你要是看中了记下是那块石头就行了，不用抱出来的，回头用推车推出来就行。"

"呵呵，没事，这都抱出来了，也不算是很沉。"

庄睿这是睁着眼睛说瞎话，在这开着空调的库房里，他都累出了汗，还不是很沉？

"咦，于老板，你这块石头，也是翡翠毛料？"

庄睿在将怀里的那块毛料放下的时候，看到延伸到铁门旁边的支撑架下面的一个脚，比别的地方短了不少，而在那短脚的下面，垫了一块四四方方、大约厚四十公分、宽六十公分左右的石头。

于老板闻声走了过来，看到庄睿所指的那块石头之后，眼睛滴溜溜地转了一圈，说道："当然是毛料了，这可是缅甸打木坎厂老矿坑出来的毛料，是我家里祖传了两代的，一直留着做个念想的。"

"怎么着，小兄弟，看上那块毛料了？"于老板那双小眼睛里透露出一丝狡黠。

"哪里，这块毛料既然是于老板家里祖传的，那还是留在那里好了。"

虽然库房里的灯光比较阴暗，但是于老板眼神中的表情，并没有逃过庄睿的眼睛，还他娘的祖传的，恐怕就是别人捡剩下来没舍得扔的还差不多，庄睿其实并没有用眼中灵气去甄别那块毛料，听于老板这么一说，更是没有兴趣了。

"嘿嘿，这旧的不来新的不去嘛，小兄弟要是有兴趣，不妨先看看，我就当回败家子了。"这于老板的脸皮不是一般的厚，这番话说出来是脸不红心不跳。

"算了，那石头的形状哪里像是翡翠原石，对了，于老板，你看看我选的这块毛料是个什么价钱？"

庄睿才不搭理于老板的话呢，垫架子脚的破石头，也想当钱卖出去，没见过这样的奸商。

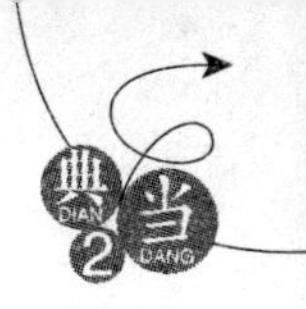

于老板闻言看了一下庄睿挑出来的那块全赌毛料，嘴里念叨着："小兄弟真是好眼光啊，这块毛料外皮的表现可是不错啊，你别看表面粗糙，这灰白色的地带，隐隐就藏着松花，擦下去估计就能出绿……"

"打住，打住，于老板，您要是这样说话，这毛料的价格我也不问了，您自个儿留着擦吧，表现这么差的石头，到您嘴里居然就变成满松花蟒纹的了，您真当我一点都不懂啊？"

庄睿没等于老板把话说完，就气不打一处来，这块毛料的表皮灰白中略微有些泛黄，只能说明它是帕岗老坑里出的不假，但是从哪里看都和表现不错啦不上关系啊，这白要是能渗进石头里去，能出白棉的话，倒是有可能会出翡翠，只是那样的翡翠，品质也不会很高的。

但是这白色中泛着黄色，基本上是不可能有白棉出现的，更是看不到一丝松花的影子，而这于老板空口白话，说得是天花乱坠，庄睿怎么可能不生气，话再说回来了，这块毛料里的那层翡翠，只能是擦石的时候忽悠下人，根本就不值几个钱，庄睿买不买也无所谓的。

"哎哟，小兄弟，这价钱还没说呢，你要是感觉不合适，咱们可以再商量啊。"

于老板听到庄睿的话后，知道面前这小年轻也不是好忽悠的人，当下不鼓吹那块全赌毛料了，做生意的最怕遇到两种人，一种是特别懂行的，专业知识很强的人，这类人最好是实话实说，别想着去蒙弄别人。

另外一种人就是一窍不通的，这种人不管你说得多精彩，哪怕是吐沫星子吐干净了，他们也不买账，还起价来，根本就不按着规矩来，能说得你哭笑不得，于老板就怕庄睿是这类人。

"等等吧，等宋哥他们选好了，咱们一起看……"

庄睿懒得再和这奸商去谈价钱了，虽然那彭师傅看毛料的本事不如自己，但是对于这些毛料价格的了解，自己就远不如他了，等会儿让他看看值多少钱再说吧。

"中，就按小兄弟说的办。"

于老板这次很痛快，他和庄睿想到一块去了，彭师傅是和你们一起来的，等会儿他开了价，面前的这小伙子应该就不会乱还价钱了。

"于老板是河南人吧？这乡音还没改，和我家乡的口音倒是有些相似……"

庄睿看似不经意地随口问道，说话的时候用上了彭城话，彭城本就与河南、山东、安徽等省份搭界，口音颇为相同。

"咦？小兄弟还是咱们河南老乡吗？你说得没错，我是河南人，二十世纪九十年代初期的时候来广东闯荡的，这一晃都十多年了……"听到庄睿那熟悉的口音，于老板也不拿捏着腔调说普通话了，干脆和庄睿讲起了河南话。

"于老板真是厉害啊，这十几年的工夫，就闯下这么大一片产业，这些年没回河南老家看看？"庄睿继续把话题往下引。

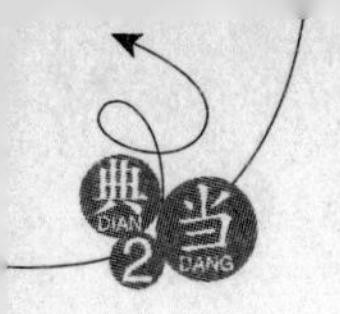

“怎么没回呢，老爷子还在河南农村，就愿意种种菜养点小鸡什么的，说什么都不愿意来这边，说这里人讲话都是鸟语，老爷子年龄大了，我现在每年都要回去看看的……”

难得见到一个老乡，于老板打开了话匣子，滔滔不绝地和庄睿聊了起来。

“哦……原来老爷子也是做毛料生意的啊，这真是祖传两代了。”

庄睿拉长了腔调，看着那压在架子下的毛料说道，脸上带着一副了然的神色，他其实并不是想要那块毛料，只是对于老板这信口开河的毛病，有些看不惯。

“嘿嘿，小兄弟真会开玩笑，咱这不是做生意的行话嘛，那块毛料倒真是打木坎厂老矿坑出来的，在我这里留了七八年了，小兄弟要是看中了，价钱好商量，你先看看，我去招呼下宋老板。”

于老板嘿嘿笑着，脸上自然是没有一丝谎话被揭穿的难堪表情，只是他感觉庄睿这小伙子也挺不简单的，居然不声不响地就给自己下了个套，所以不敢再和庄睿多说了，告了一声罪之后，又转悠到宋军处散烟去了。

地上的全赌毛料，庄睿都看过来一遍了，虽然有些里面含有翡翠，不但品质只是一般，而且那几块毛料的外皮表现都很不错，想必于老板这奸商价格肯定要得很高，庄睿也就没将那几个毛料挑出来，至于半赌的石头，他更是没有兴趣，干脆坐在自己刚抱过来的那块毛料上抽起烟来。

庄睿坐下的方向，正对着那块垫架子的毛料，昏暗的灯光下，再加上烟雾缭绕，那块毛料愈发看不清楚了，无聊之中，庄睿将灵气释放了出去，想看看这块所谓的老坑种毛料里面，究竟有什么东西。

这块毛料的外表极不起眼，整块石头都呈现出一种褐红色，可能是由于时间比较长了，那种褐色有些发黑，石头的表面也没有任何表现，松花蟒纹什么的是一丝都没有，丝毫都显示不出来这是一块翡翠原石。

庄睿眼睛透视进去之后，发现在这褐黑色的表皮之下，居然出现了一些半透明、微透明的白色斑点，呈条带状将整块石头给包裹住了，有如丝絮一般向内延伸着。

“白棉？”

庄睿有些吃惊，这么一块石头里面，居然产生了白棉，大家都知道，翡翠里面“白棉”，大多都是翡翠自身颜色分布不均匀而造成的，也就是说，有白棉的毛料中，大多都会产生翡翠，至于质量好坏，那就是另说了。

这个发现让庄睿对这块毛料产生了很大的兴趣，连忙凝神继续往里面看去，他并没有一下将这石头看穿，而是像擦石一般层层推进，这样不但可以了解原石里面的构造，也能增加庄睿淘宝的乐趣。

从庄睿身体所在的这个侧面向里面又延伸了七八公分的时候，一层薄薄的，呈淡红色的“雾”状结晶映入到庄睿的眼帘之中，庄睿心中不由得紧了一下，下意识地把手中的香烟放到嘴里，狠狠地抽了一大口。

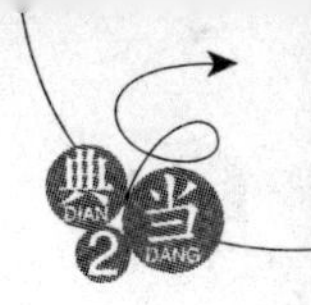

要知道，毛料中出“雾”，十有八九是含有翡翠了，一般来说，白雾下面的翡翠，必定是“正”“艳”“阳”“匀”的极品翡翠，只是这红雾庄睿从来都没有听说过，心中不由得充满了期待。

接着向下看去，红色愈发浓郁起来，突然，一抹有如难以形容的艳红色出现在庄睿的眼前，红得极其妖艳，红得极其耀眼，犹如火烧云一般，刺激着庄睿的眼部神经，一时间，庄睿的思维似乎都停顿了，整个人完全都沉迷到这种亮丽的色彩之中了。

“哎哟……”

没留神之下，烟头烧到了尽头，烫得庄睿叫出了声，引得那边还在看毛料的几个人，纷纷向庄睿看来。

“怎么了？庄睿，有事？”宋军出言问道。

庄睿强忍着不让自己的眼睛看向那块垫底的毛料，做出一副平常的样子，说道：“没事，宋哥，想到月底要去山西，还有事情要交代大川，你们挑好了石头没有啊？”

“马上就好了，还有三五块没看。”宋军回了一句，而彭师傅根本就连头都没抬，依然在看着手里的毛料。

看到几人都没在注意自己的时候，庄睿忍不住又将目光投向了那块毛料，他虽然知道红色为翡绿为翠这句话，但是一直以来，庄睿印象中的翡翠，都应该是绿色的，而现在眼前这块毛料中的玉石，显然颠覆了他的认知。

其实翡翠本来就是有多种色彩的，古人云：“玉有五色”，而翡翠却有六色，由于多了紫色，就变成了绿，紫，白，黄，红，黑六种色彩，其实翡翠的颜色又何止这些，它的变化组合非常丰厚多彩，即便同为绿色，变化也很大，如祖母绿、翠绿色、豆绿色、油青色等。

由于最常见的颜色是绿色，所以翡翠一直都是以绿色为尊，但是近些年来，其他五种颜色也是大行其道，尤其是红色翡翠最为珍贵。

翡翠在中国大行其道的历史并不是很久，虽然出现得很早，但是被世人所认知接受，只是在清末民初的那一段时间里。

翡翠的兴起不得不提起引领这一潮流的两个有名女性，她们都曾在中国近代史上叱咤风云，一位是统治中国长达半个世纪的清代慈禧太后，一位是曾是国民党第一夫人的宋美龄。

清代慈禧太后终生宠爱翡翠玉雕，她死后，很多的翡翠成品和红蓝宝石也一同殉葬，有两个翡翠西瓜绿皮红瓤，黑子白丝，当时就价值五百万两白银。

两棵翡翠白菜，绿叶白杆，菜心上落着一只满绿的蝈蝈，绿叶旁有两只黄色的蜜蜂，价值一千万两白银，可见慈禧太后喜欢翡翠的水平，也标明这位“垂帘听政”的统治者豪华至极，只是这些物件后来均被孙殿英掠走，其中一颗现在台北故宫博物院，而另一颗翡翠白菜则是不知所踪。

宋美龄对翡翠的喜爱也是极为有名，在二十世纪三十年代，有位北京翡翠大王买到

一块翠料，翠色极佳，寻得能工巧匠将它雕刻成一对手镯，样式新奇，玉质艳丽，如水般剔透，上海青帮头子杜月笙以四万元价钱买到手镯。宋美龄见到杜夫人佩带的翡翠手镯，一见钟情，爱不释手，杜夫人只好送给宋美龄。

1997年宋美龄百岁生日宴会时，这位梳着传统发髻身着黑色旗袍的一代名女性呈现在很多宾客和媒体面前时，人们为之一震，只见她佩戴着整套翡翠首饰：翡翠耳钉、翡翠珠链、翡翠手镯、翡翠戒指。整套翡翠首饰颜色质地均属极品，在整套翡翠饰品的打扮下，虽已是百岁老人，但仍是那样雍容华贵。

根据一些行家估计，就宋美龄身上的那一套翡翠饰品，其价值要在一亿元以上，由此可见宋美龄对于翡翠的喜爱之情了。

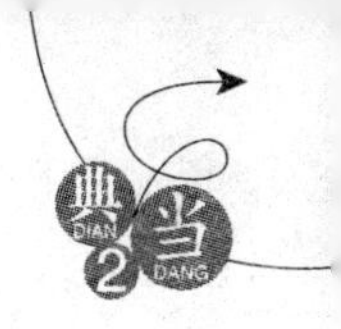

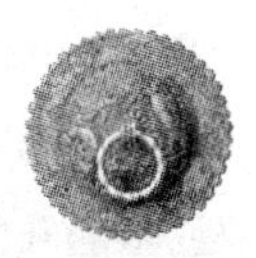

第三十三章　红翡绿翠

由于近代这两位名人对于翡翠的宠爱，翡翠也由此赢得了“玉石之王”的美称。

上面这两位女性所钟爱的翡翠，都是种水好的绿色翡翠，所以在国内兴起翡翠热的初期，人们都对绿翠倍加推崇，在二十世纪八九十年代的时候，带绿的毛料，价格要高出别的颜色的翡翠数倍甚至数十倍，因为别的颜色的翡翠，一般都是杂色混在一起的，所以很多人都对红黄蓝紫等翡翠不屑一顾。

但是近些年来，颜色单一纯正的翡翠，也逐渐受到了人们的追捧，尤其是极品红翡“鸡冠红”制成的血玉手镯，其价格更是高达千万一副，比之玻璃种帝王绿制成的翡翠饰品更为稀少罕见。

而庄睿之所以看着这块毛料傻眼了，就是因为他知道红翡的价值，就在前不久他还在典当行任职的时候，上海与境外合资的一家跨国拍卖会拍出了一副由极品红翡制成的血玉手镯，这两只手镯是以一千三百八十八万的价格成交的。

当时庄睿有幸近距离观察过这对手镯，其颜色和种水，都与这块毛料中的红色玉石极为相似，不知道是不是因为毛料中的玉石偏大，庄睿甚至在心里有种感觉，那对手镯的色彩，好像还没有这块毛料中的玉石亮丽鲜艳。

庄睿从兜里掏出烟来，双手微微有些颤抖地点上了火，深深的将烟雾吸入肺中之后，不知道是不是尼古丁发生了作用，庄睿激动的心情，慢慢地平复了下来，他也没有急着再去看那块毛料，而是很安静地把手里的这根烟抽完，才将目光又重新放回到那块毛料之上。

这一次庄睿的心情，平静了许多，没有再被那亮丽的红色所吸引，而是将整块毛料中的红翡分布情况观察了一番之后，就迅速地将灵气收了回来。

饶是庄睿刚才已经平复过心情了，现在心里还是如同打鼓一般，心脏咚咚地跳个不停，似乎要从嗓子眼里面跳出来，庄睿连忙站起身，回到那堆全赌毛料里，找到自己喝剩下的饮料，一口气全灌入到嘴中，这才重新平静了下来。

庄睿平时也算是极为稳重的人，要说世面也见过不少了，马胖子的四千万都没有让

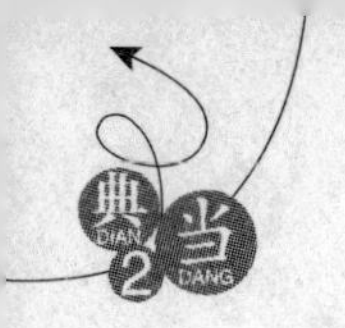

他如此地激动过，但是刚才所看到的景象，使得庄睿仅仅在心中想那么一下，就忍不住心跳加速，血脉膨胀。

这块毛料长宽在四十乘六十公分之间，也算是个大块毛料了，粗略地估计一下，应该在上百斤以上，而庄睿所看到的情景是，在这块毛料的中间，有三分之一处、大约是两个足球大小的地方，全部都是这种水头近乎透明、鲜艳亮丽的极品红翡。

在这块红翡的右下方，还有被红雾隔开的一小块地方，也是红翡，但是水头不是那么纯正，红中略微有些褐色，也就是说，这块一百多斤的毛料中，最少能出产三十斤的极品红翡。

庄睿在心中飞快地运算了一下，那块大的红翡，最少应该能掏出二十对手镯，其余的料子，再雕出百十个挂件把玩件没有任何问题，仅仅是这些东西，就已经价值数亿了，这还没有算旁边那块水种不是很好的料子。

虽然在拥有了眼中的异能之后，庄睿并不缺钱，甚至马胖子开出四千万购买白狮，他也能严词拒绝，但是面对这一块价值上亿的极品翡翠，庄睿再也无法保持镇定了，换成任何一个人，恐怕都难以抗拒这种诱惑。

其实庄睿计算这块毛料的价值有些偏差，一对极品红翡制作的血玉手镯的确能拍出上千万的价格来，但是要是同时出现了二十几对血玉手镯的话，其价格肯定会直线下降，所以要是他想卖出心目中的价格，只能数年放出那么一对来，二十多副手镯全出手的话，恐怕就要几十年。

此刻庄睿自然不会去思考这些，现在他心中只想着如何才能买下这块毛料，要不是心中还残存着的理智告诉他要冷静的话，庄睿甚至都想直接砸出所有的身家，马上将这块毛料拉走，这块毛料一刻不属于自己，庄睿心里一刻都不得踏实。

“于老板，就是这几块了，先拿出来放到一起吧。”

宋军的声音在库房里响了起来，随后于老板还有那个掮客小胡子，推着一个那种很简单的行李推车，把彭师傅挑好并做了记号的几块原石毛料放到推车上，一起拉到了门边的一个桌子前面。

“一共五块毛料，这里面有三块表现都很不错，总重是一百四十公斤，彭师傅是行家，这价格我也不敢乱开，一共是六百六十万，大家都图个吉利，宋老板您看怎么样？”

于老板手里拿着个计算器，逐一看着地上的半赌毛料，噼里啪啦地按着，不一会儿，计算出这么一个数字来。

庄睿这会儿也凑了过去，眼睛看向彭师傅所选的那几块毛料。

这几块都是开了天窗的半赌毛料，从擦出的绿来看，表现都很不错，其中有三块擦出来的绿，水头已经达到了冰种，而且这三块毛料的个头都不小，每块都在四十公斤左右，如果这擦出来的绿意能向里面渗进去的话，不用多，有个七八公分，应该就能取出两三副冰种的镯子出来，那就稳赚不赔了。

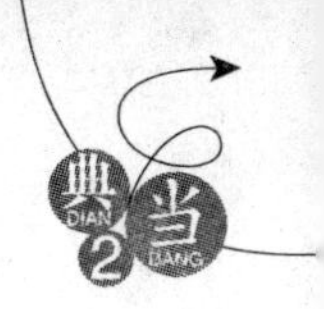

只是这几块毛料出绿的地方，都有一丝很细微的“绺”，这就使得几块毛料变得不确定起来，赌石圈子里面有句行话，叫做“不怕大裂怕小绺”。

裂绺对翡翠的危害极大，大的裂纹很容易观察到，容易看清它对翡翠的影响程度，而绺因为细小并且极易发生变化，或大或小，或深或浅，令人难以捉摸，由于绺所具有隐蔽性和变化性，令人难以把握，故有“不怕大裂怕小绺”的这一说法。

不过伴随风险的，往往也有机遇，翡翠原石变化莫测，带绺的毛料虽然风险极大，里面的玉石结构很可能就会被这些细绺破坏掉，但是也有可能这些都是后生裂绺，所谓后生裂绺，指的是在翡翠生成后才形成的，这样的裂绺，并不会影响到里面的翡翠，而且出极品的概率极高。

大多数人赌石经常是以赌色为主，此外，还有赌种的，赌地的，专门有一些投机心理极强的人，去赌裂绺、赌雾，这样虽然风险很大，但是出裂的毛料价格一般不会很贵，赌涨之后，那收益也是相当高的，与风险能成正比，显然，彭师傅就算得上是这一类人了。

庄睿用手电看完那几块毛料上的细绺之后，随即就释放出灵气，看向毛料的内部，这一看之下，顿时对这位话不多，人有些木讷的彭师傅有些刮目相看了。

庄睿通过灵气看到，这三块毛料的裂绺均是下去三公分左右的地方就出绿了，并且裂绺也消失掉了，里面的翡翠种水也不错，有两块几乎可以达到玻璃地了，另外一块比冰种稍差一点，但即使这样，这三块毛料只要切开，卖出个千把万还是有把握的。

“于老板，你这个价格，可是有点不厚道了啊……”

就在庄睿蹲下身子看这几块毛料的时候，那边已经讲起了价钱，看毛料彭师傅内行，但是讲价还价，就是宋军宋老板所擅长的了。

“于老板，赌裂的风险想必你比我还要清楚吧，这三块毛料，说老实话，我是可买可不买的，这裂下去是涨是垮，神仙都不敢来断，你开出个六百多万的价格，分明就是没有诚意了……”

宋军原本笑眯眯的脸，在听到于老板开出的价格后，忍不住绷了起来，这毛料老板忒黑了一点，居然一块半赌料算成了将近五万块钱一公斤，要是这样的话，还不如去后天的标会上投标呢。

“宋老板，话不是这么说的，这三块毛料开天窗的地方您也看到了，都是阳绿，只要是能渗进去，那就是稳赚不赔，这价格并不算高。”于老板虽然话说得是慢条斯理，不过价格始终不肯相让。

“那要是渗不进去呢？赌石本来就是赌个运气，但是于老板你开的价格太不厚道了，带裂绺的半赌毛料，还只是冰种的，五万块钱一公斤这价格，你要是能卖出去，我宋军就算把你这库房里的毛料全吃下来，又有何妨！”

宋军有点动了火气了，这精瘦老头显然把他们当凯子来宰了，其实宋军还不太了解这看私货的门道，所以才会动气。

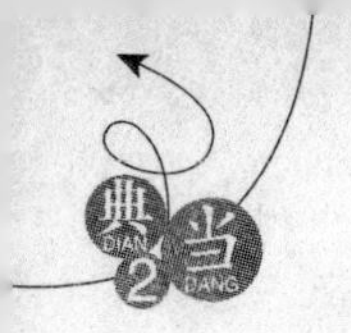

在平洲赌石，一般都三种渠道，第一种就是所谓官方举办的“玉石投标交易会”了，毛料都放在那里，价高者得，这投的是暗标，第二种就是明标了，一块毛料可能有好多人看中，那就现场喊价，自然也是价高者得，这种方式最为刺激，因为购得毛料的人，往往都会在现场解石，赌涨赌垮都在一刀之下，旁人看得最为过瘾。

还有一种就是看私货，这里的价格不怎么透明，往往是毛料商人漫天要价，购买者就地还钱，但是最后成交的价格，基本上双方都能达成一致，不过宋军这会儿显然是有些不耐烦了，说话也就不怎么好听起来。

“咳咳……宋老板，于老板也就是这么一说，价格上还有商量的余地嘛，大家好好商量，别动气，别动气……”

一旁的掮客小胡子看到场面有些僵，连忙出来打圆场，宋军的脸色这才缓和了下去，却是不肯再和于老板谈价了，示意了彭师傅一眼，让他上去谈。

“这三块带了裂绺的半赌毛料，二万一公斤，剩下两块一万……”

彭师傅显然是不怎么会谈价格，语气比宋军还要生硬，这价格报出来后，就再也没有说话，听得于老板那脸色在昏暗左右摇摆的灯光下，显得是那样的阴晴不定。

“彭师傅，这价格有些太低了吧，按这价格来，我连从缅甸拉回来的成本都不够了，您看看，能不能带了裂绺的毛料三万一公斤，剩下那两块，就按您说的，一万一公斤，怎么样？”

于老板想了一会儿，咬了咬牙说道，那脸色像是被人拿了棍子捅了菊花一般，摆出一副痛不欲生的表情。

“三块裂绺的赌性太大，三万不划算，至于缅甸嘛，我在那里待过十多年，于老板这路子我也知道一二，就这价了，要是不同意的话，你就继续留着给别人看，我们就买剩下的那两块半赌料子了。”

彭师傅还是那副不苟言笑的模样，一口咬死了自己所开的价格。

于老板知道自己是遇到明白人了，彭师傅这话里的意思，也清楚他这几块毛料，都是别人看剩下来的，事实确是如此，这几天库房里来了五六拨人了，对于这三块半赌毛料都拿不准，也有人出过价格，但是最多给一万五一公斤，彭师傅所说的价格，已经是最高的了。

于老板在心里这么一思量，这玩赌裂的人不是没有，但也不很多，与其把这几块毛料压在手上，不如卖出去算了，当下说道：“好吧，咱们是第一次交易，来日方长，就当我于某人和几位交个朋友，就按彭师傅的价格成交，不知道几位是现金还是转账？”

在这种地方，是不会收支票的，即使是现金支票，这些毛料商人们也是不会收取的，所以于老板有这么一问。

“转账，于老板计算一下价格吧……”

宋军这话一说出口，库房里的气氛马上缓和了下来，见到生意成交了，宋军脸上顿时

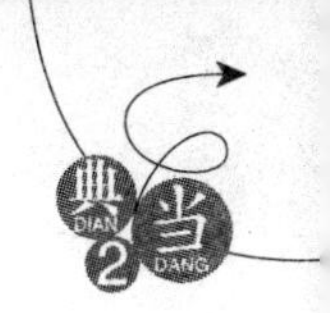

露出了笑意，以他的城府，刚才生气自然是装出来的，不过庄睿没看出来，还在心里腹诽宋军呢，这脸变得也忒快了点。

“三块开裂的毛料一共是一百零一公斤，零头咱们就不算了，一百公斤吧，另外两块加起来是四十公斤，总计二百四十万整。”

于老板拿着计算器，很快就算好了价格，然后拉开门口的那张桌子抽屉，里面居然放着四个连着线的银行 POS 刷卡机，中行、建行、工行、农行全都有，可谓是一应俱全。

“于老板，您别着急啊，我这还有一块毛料没看呢。”

庄睿在一旁有些不爽了，难道哥们买东西就不花钱啦？居然都无视我。

“呵呵，小兄弟别急，你这块毛料我看了，当着彭师傅的面，我也不说虚的，这块毛料表现虽然不怎么好，但也是出自帕岗厂的老坑料子，六千块钱一公斤，你看怎么样？”

于老板刚才和庄睿闲聊的时候，就看清楚了这块毛料，说实话，他对这块全赌料并不看好，要不然早就自己开天窗或者擦出个边来了。

“庄先生，这块料子赌性不大……”

彭师傅蹲下身体，仔细地察看了一下庄睿抱出来的那块毛料，缓缓地摇了摇头，意思很明显，那就是六千块钱都不值，不过庄睿毕竟不是他的老板，话不能说得太透。

“彭师傅，这老坑种的料子价格您也知道，我可是没瞎要啊。”

于老板闻言有些急了，他这里有不少这样的毛料，卖不出的话，就全积压在手上了，虽然六千块钱一公斤的价格不算很高，但是这块毛料应该有二十多公斤重，怎么着也是十多万块钱啊。

“六千块钱一公斤，二十公斤的话可就是十二万元啊，算了，我还是不要了，于老板，我就是想过把解石的瘾头，可是这花十多万解一块石头，太败家子了，算了，算了……”

庄睿听到于老板和彭师傅的话后，掰着手指头算了一下，连连摇头，那模样真像是对赌石一窍不通的。

“小兄弟，账不是这么算的啊，这里面要是能解出翡翠来，怎么着也不止十二万块钱，就是出块拳头大小的翡翠，你也能保本了啊，这不连带着还能过把手瘾呀，一举两得，多好的事情嘛。”

于老板这话说得连自己都不大相信，这块全赌毛料的表现实在是差了点，出绿的可能性极小，要不然早就被人挑走了。

庄睿脸上露出一副举棋不定的神色，看了看地上的毛料，转头向宋军问道：“宋哥，您看呢，我买不买呀？”

“得，你小子别问我，自个儿拿主意，要不然回头一刀切垮掉，我还落个抱怨。”宋军不搭理庄睿这茬，十来万虽然不算多，他也不愿意帮庄睿拿这个主意。

“说得那是啊，一刀下去十来万就没有了，那忒不过瘾了。”庄睿自言自语地说道。

“算我老于倒霉，这样吧，小兄弟，我给你个搭头怎么样啊？”

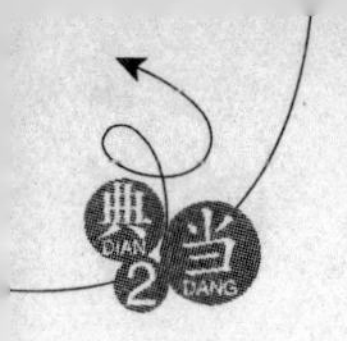

于老板看到庄睿还是倾向于不买，不由得有些着急了，这蚊子再小它也是肉啊，话说回来，十多万也不算是个小数目了，别看这毛料表现不好，他从缅甸拉回来，也要花上好几万块钱的。

“搭头？什么搭头?”庄睿做出一脸茫然的样子，问道。

于老板指着架子脚下的那块石头说道：“喏，那块，就你刚才看的那块毛料，和这块加起来，算是七千块钱一公斤，怎么样，那块只给你算了一千块钱一公斤，不是搭头白送还是什么啊。”

庄睿闻言顿时心中狂喜了起来，他演了这么半天戏，就是准备将话题往那块毛料上面引，没有想到这于老板居然自己提了出来。

“冷静，一定要冷静。”

庄睿在心中不住地告诫着自己，脸上摆出一副不以为然的样子，道：“于老板，兄弟我年龄小，可能说话不好听，您别见怪，就您那块破石头，垫茅坑刚好，还想着卖钱?”

庄睿这话有些伤人，于老板闻言也激动了起来，喊了小胡子给搭了把手，将靠近边角处架子上的几块半赌毛料都拿到了地上，然后弯下腰去，将那块全赌毛料给拉了出来。

还别说，这于老板看起来很精瘦，力气倒是不小，一百多斤的大石头被他连挪带拽的，居然从架子底下给弄出来了，不过于老板也是满头大汗，气喘吁吁了。

“小……小伙子，你让彭师傅看看，这……这要不是打木坎厂老矿坑出来的毛料，我老于要是说了一句瞎话，天打五雷轰。”

于老板看模样不像是装的，真的是生气了，也难怪，这些毛料都是他的宝贝，虽然这块表现很差，没有任何翡翠毛料的迹象，但他的确是从缅甸老坑矿里搞出来的。

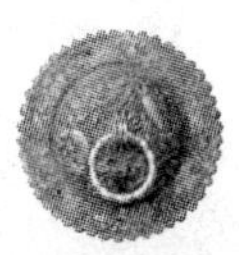

第三十四章　得偿所愿

“外皮褐黑色，略微有些发黄，这表现倒像是打木坎厂老矿坑出来的毛料，不过庄先生，打木坎厂的毛料，大多都是杂色翡翠比较多，虽然也出极品红翡，但是……”

彭师傅蹲在地上看了一会儿之后，站起了身子，把他自己的见解说了出来，不过话只说了一半，显然是不怎么看好这个大块头的毛料。

虽然说一千块钱一公斤的价格，的确不算贵，但架不住这毛料它块头大啊，就按五十公斤来计算，那也要五万块钱了。

“这破石头真的是毛料？能开出翡翠的那种？”

庄睿的话让在场的众人集体失声，这世间没有哪种仪器可以看穿毛料外皮那个皮层，更没有哪个人敢打包票，说哪块毛料里面一定能出翡翠，之所以说是赌石，原因就在这里了。

“的确是打木坎厂老矿坑出来的毛料，但是能不能解出翡翠来，那就难说了。”彭师傅实话实说道。

“小兄弟，我没骗你吧，咱老于做毛料生意快二十年了，这声誉可是有口皆碑啊。”

于老板这会儿刚喘过气来，要不是为了那块价值十多万的全赌毛料，他才懒得和庄睿废话呢。

“可是，我怎么老是感觉花钱买块废石头，这心里堵得慌啊，这样吧，于老板，那块毛料六千块钱一公斤，我就不和您还价了，但是这块毛料你说的是搭头，五百块钱一公斤，我就两块都要了，回头找个地方解开，就当是练手了。”

庄睿脸上表现得很平静，就像是正常做生意讨价还价一般，神色间没有产生一丝波动。

“好吧，老于我今天亏本大甩卖了。”

于老板咬了咬牙，答应了庄睿的报价，那块作为搭头的毛料重一百一十多斤，他留了有七八年的时间了，这期间最少有不下五六十个人看过，均是一眼过后，再也没有兴趣了，本来于老板都动了自己将之解开的念头，但那也意味着风险由他来承担了，这是毛料

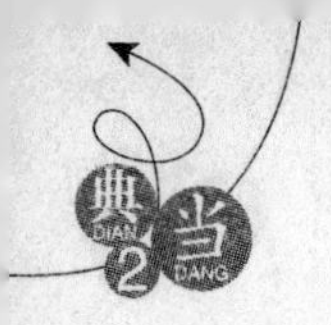

商人的大忌，所以才留到至今，现在便宜点处理出去，他也算是了却一桩心事。

“打木坎厂全赌毛料五十八公斤，两万九千块钱，帕岗全赌毛料重二十六公斤，十五万六千元，两块加在一起，总计十八万五千块钱，小兄弟，我算得没错吧？”

于老板在计算器上将两块毛料的价格计算了出来，不过这两块毛料他赚得不多，也就没有说出要将那五千块零头抹去的话。

“没错，宋哥，你先来还是我先来？”

庄睿点了点头，从钱夹里掏出银行卡来，扭过头去问了宋军一句。

“你这臭小子，上赶着给别人送钱啊，你先吧……”

宋军没好气地瞪了庄睿一眼，在他看来，庄睿买的那两块毛料，不管是囤货还是解石，都没有什么升值的空间，纯粹就是两块赔钱货。

“嘿嘿，宋哥，您不知道，大川那小子解石赚了一千多万后，整天在电话里面膈应我，咱也解出一块上千万的毛料气气他。”

庄睿一脸憨笑着走到桌前，刷卡后输入了十八万五千块钱的金额进去，然后输入密码之后，这交易就算是完成了，而脚下那两块毛料，也完完全全地归属于庄睿了。

刷卡交易可是要比现金交易方便了许多，最起码像是宋军那两百多万要全是现金，恐怕数钱都要花上数个小时，在等宋军刷卡的间隙，庄睿掏出手机来，给周瑞打了个电话，告诉了他于老板这店面的门牌号，让他将自己那辆大切诺基开过来。

“怎么着，你还准备把这两块毛料放车上带回去？”宋军听到庄睿的电话后，一脸诧异地问道。

“是啊，我没地方放啊，先放到车上好了，酒店的保安系统也不错，再说了，就这块头，没两个人他也偷不走啊。”庄睿理所当然地回答道。

宋军听到庄睿的话后，哭笑不得地说道：“你知不知道这世上还有托运这一说法啊？你小子就掏不出那几个托运的钱？”

庄睿还真不知道这些毛料可以托运的，他以为这些东西这么贵重，购买的人肯定会租辆车将之拉回去，没想到居然也能托运。

平洲专门有物流公司做这些毛料商人的生意，再贵的毛料，他们都敢接手办理托运手续，只是这托运费用也是高得离谱，当然了，如果毛料丢失的话，他们也会按照托运单上保价的金额赔偿的。

“算了，我反正要开车回去的，这两块毛料也不怎么大，就一起拉回去吧，说不定这两天我一高兴，就在这边给解开呢。”

庄睿想了一下，还是决定自己将毛料带回去，一来他实在是有点不放心让物流公司去托运那块价值上亿的毛料，二来他是想着凑个人多的时候，将那块表层下面有绿的全赌毛料给擦一下，如果能出手那就最理想不过了。

“随便你吧……”宋军也没拿这十多万的毛料当回事。

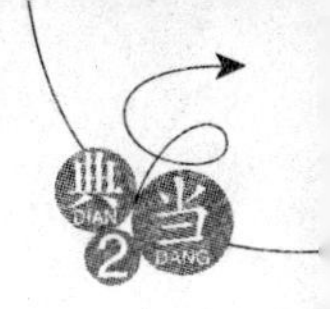

“来……来，几位老板来吃点西瓜，这天热得邪行。”

生意做完了，于老板打电话叫自家老婆子端了一盘西瓜过来，这广东六月的天气已经高达三十五度了，开着空调几人都还是出了一身大汗，吃着冰冻的西瓜，的确凉爽了许多。

吃完西瓜之后，于老板又打了一个电话，这次是叫物流公司的人前来办理托运手续，由于赌石交易的特殊性，一些物流公司都是二十四小时上门收货的，比之内地办理托运方便灵活了许多。

“于老板，开下门吧，我的车来了。”

几人将毛料搬到了推车上，刚刚拉到院子里摆好，门外就传来停车的声音，随后庄睿的手机就响了起来。

“好，这就来。”于老板先是将库房那道门锁好，走到门口从猫眼里看了一下，这才把自家的大门打开。

大门刚一开开，一道白影就从于老板身边窜了过去，吓到于老板脚下一个踉跄，差点摔倒，回头看去，一头犹如牛犊般大小的藏獒，正扑向庄睿。

“这……这，大黄，二黄，上啊！”

于老板的反应算是很快了，马上招呼自家的那两条狼狗去帮助庄睿，但是却发现，自家一直以来都表现得很勇猛的两条昆明犬，此刻正夹着尾巴，躲在墙根趴着呢，再看向庄睿的时候，正好看见那头藏獒，伸出舌头亲热地在舔着庄睿的脸。

“吓了我一跳，你们这两只畜生平时肉吃得不少，关键时候掉链子，没出息的东西。”

于老板拍了拍胸口，他此刻也知道这条藏獒应该是庄睿豢养的了，只是看着自家那两条狼狗的时候，不由得心生郁闷，这都是狗，怎么就差得那么远啊。

“呵呵，于老板，那藏獒我看着都眼馋，知道不，别人出到四千万了，那小子都没卖。”宋军看着白狮的个头，也是有些吃惊，这才几个月不见，白狮的体形已经和成年藏獒没有多大区别了。

“四千万？乖乖……”

于老板和小胡子还有彭师傅听到这句话后，看向那一人一犬的眼神，都凝重了许多，心中对庄睿的评价，更是无限度地拔高了。

“周哥，搭把手，帮我把这块毛料放车上去。”

庄睿招呼了随后进来的周瑞一声，两人吃力地抬起那块重达五十多公斤的毛料，走到了大门外面。

“怎么？不放在后备厢里面吗？”

周瑞看到庄睿并没有打开后备厢，而是把后门给拉开了，不由奇怪地问道。

“放车中间吧，这石头分量不轻。”

庄睿找了一个很烂的借口，钻进了车里，先是把后排坐椅掀起，然后将那块毛料放到

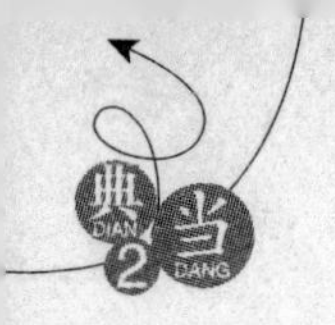

了坐椅底下，再将坐椅放回去之后，由于座椅上的布套遮挡，从外面一点都看不出来，在座椅下面还放着一块五六十斤重的石头。

“你这小子，搞这么块破石头还这么小心。”

宋军跟出来看到以后，不以为然地摇了摇头。

“破石头，要是你们知道里面的红翡，恐怕就不这么想了。”

庄睿也没答话，前后左右围着大切诺基看了一圈之后，才放下心来，除非是有人连这车一起偷走，否则的话，除了在场的这几个人之外，没人能知道这车上还藏着一块毛料。

将红翡毛料放置好之后，庄睿又把那块二十多公斤的帕岗毛料抱到了后备厢里，他是想等有机会将这块毛料擦一下，尽快出手。

几人在院子里等了一会儿，于老板打电话叫的物流公司的人也来了，在将宋军那几块毛料拍照封存并办理了相关手续之后，全都搬上车拉走了。

“小林子，下次找个爽快点的老板，这位实在是太磨叽了。”

走出于老板家来到了玉器街上，宋军从手包里拿出了十多张粉红色的老人头，递给了掮客小胡子。

小胡子接过钱后，连声说道：“一定，下次一定让宋老板满意，明天我安排好之后，再给您电话。”

“别，等下次庄老板单独要看货的时候，我再收这钱吧。”

庄睿看到宋军的动作，也数出了一千块钱，递向了小胡子，却被小胡子推了回来，随手递给庄睿一张名片，上面有他的联系方式。

“宋哥，这人家里的毛料也并不多嘛，他们是不是都将好毛料留起来，准备参加赌石大会了？”

半小时之后，宋军和回到房间冲了个凉的庄睿二人坐在了酒店的咖啡厅里，原因就是宋军想和自己这位小老弟多说几句，他不愿意看到庄睿将购买别墅的希望，都投入到赌石上面。

“这位于老板手头好东西不少，就像刚才这样的库房，他在别的地方还有两个。算是一个‘大户’了，想必在缅甸那边，也是不受欢迎的人物之一。”宋军轻笑了下，不以为然地说道。

“这关缅甸什么事情？”庄睿奇怪地问道。

“废话，当然和缅甸有关系了，缅甸对于翡翠原石的规则相对严格，要求原石必须通过赌石大会的渠道进行销售，但是好的原石，在缅甸召开赌石大会之前，就已经被许多中国这边的买家相中了。

“每一个参与原石毛料买卖的‘大户’，都必须有自己的一条隐秘的渠道，能够绕过缅甸海关，因为真正好的原石是不会参加仰光的赌石大会的，所以有人会铤而走险，把好的原石提前运往国内，而不参加赌石大会，按照缅甸的规定，这属于走私，于老板恐怕就是

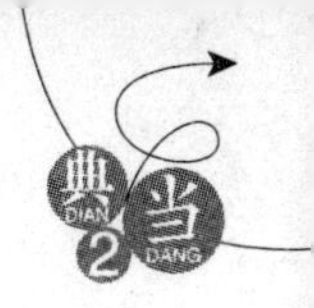

这类人中的一个。

其实翡翠在国内的价格，都是被这些平洲毛料商人们炒起来的，我们入市都算晚了……”

听完宋军的一席话后，庄睿才算是真正了解到平洲赌石的真实情况，比他原来想象的，还要复杂了许多。

原本在二十世纪八十年代的时候，翡翠玉石在缅甸不值多少钱，因为玉石文化只是在中国才有，后来，平洲商人发现了缅甸的玉石，偷偷运往国内，在国内叫出高价。

但是在几年前，垄断平洲市场的几个中国人，发生了利益分配不均的情况，有人把这件事情捅了出来，缅甸政府才开始认真追查。

从那儿以后，缅甸便要求赌石需要进入仰光的交易大厅才能交易，因此，现在做进口原石生意的公司已经没有过去那么招摇了，但是由于以前留有的渠道，专门做原石走私的人还是会聚集在平洲，这些走私公司在缅甸已经打通了人脉关系，直接用车往来运输。

虽然原石的走私还是存在一定的风险，可是一旦被成功运往国内，基本上还是稳赚的。

“对了，老弟，听宋哥一句话，这赌石向来都是报喜不报忧的，你所听到的全都是赌涨的消息，但是赌得倾家荡产的这类人，更是不知凡几。

“你上次和大川，那纯粹是运气好，但是这运气也不能一而再、再而三地跟着你吧？这两块石头买就买了，以后你还是少出手，适可而止吧。”

两人闲聊了一会儿之后，宋军想起自己约庄睿小坐的目的来，苦口婆心地出言规劝道。

“我知道了，宋哥，这次平洲赌石大会，我最多拿出五百万来试试手，不会将资金都投入进去的……”

庄睿对宋军的规劝还是很领情的，别人要不是真心为了你好，犯不着说那些得罪人的话。

“好，你心里有数就行了，晚了，睡觉去吧，明儿一早我打你电话，带你去见识见识鬼市去。”宋军招呼服务员过来埋了单，一脸得意地对庄睿说道。

“呵呵，宋哥，我早就去过了，而且还是小有收获呢……”

庄睿把自己在鬼市中淘到一套汝窑瓷碎片的事情，告诉了宋军，这个物件修复好之后，他是要出手的，所以也不怕别人知道。

“你……你是说，你淘到一只完整的汝窑瓷的碎片？！”

宋军刚站起来的身体，被庄睿一句话说得又跌坐了回去，一脸不可置信的表情，在得到庄睿肯定的答复后，连连摇着头，道：“刚才我那些话算是没说，你小子有多少钱就去赌多少钱吧，你这运气也忒好了点。”

在去电梯的路上，宋军那双眼睛一直紧盯着庄睿的左手腕，嘴里还念叨着，等得空就

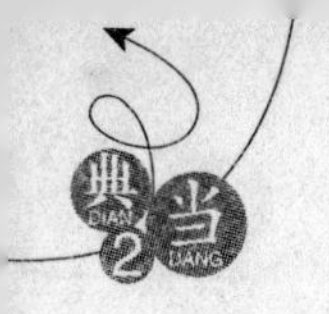

去西藏一次，一定也要搞这么一副活佛加持过的宝贝来，在他看来，庄睿的好运气，无疑是这串老天珠带来的。

……

可能是被庄睿的好运气给刺激到了，第二天庄睿正睡得迷迷糊糊的时候，就被宋军打来的电话吵醒了，约庄睿去鬼市转悠转悠，看了下时间，才刚到三点，无可奈何，庄睿起身洗漱了一下，带着白狮来到酒店门口和宋军会合了。

这次宋军没有带着彭师傅，而是自己一个人，对于古董，显然他的专业知识要强过彭师傅的。

玉器街上隔个十多米远，才有一盏路灯，而且还是节能灯，过了十二点之后，光线十分的暗，宋军和庄睿算是来得早的，这时在玉器街的两旁，已经有人摆起了摊位，还有人刚到，正在往地上铺着摊子。

由于平洲赌石大会在明天就要正式开幕，所以这个鬼市也是最后一天了，有心淘宝的人起得都比较早，这会儿走在玉器街上逛鬼市的人，倒是要比摆摊的还多。

让宋军有些郁闷的是，他所带的那强力手电筒，刚一打开就招来一片骂声，倒是庄睿拿着的小手电无人过问，见到这般情景，庄睿随手把手电递给了宋军，对于他而言，那些带有灵气的古玩，就像是黑夜中的萤火虫，只要存在，就逃不过他的眼睛，白天黑夜没有什么区别的。

“老弟，分开看吧，有事电话联系。”

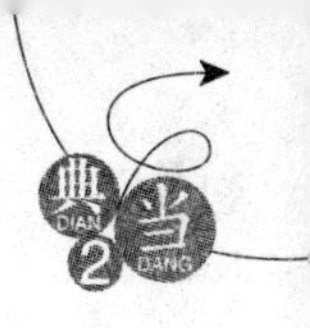

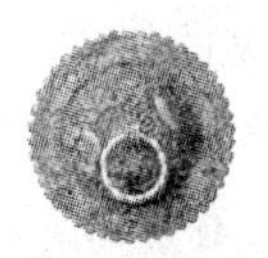

第三十五章 汉代玉蝉

玉器街长有两千余米，虽然这会儿摆摊的人不是很多，也有四五十个摊位了，宋军遂和庄睿分开，独自转悠了起来。

没有了手电，在这昏暗的灯光下上手，也增加不了什么经验，庄睿也懒得一件件去看了，干脆每到一个摊位上，就释放出眼中灵气，把摊位所有的物品都包裹进去，如此一来，只要这些物件里面有古董，基本上都逃不出他的眼睛。

只是让庄睿有些郁闷的是，连看了四五个摊位，都没有发现什么有价值的东西，偶尔有那么一两个蕴藏稀薄灵气的物件，庄睿拿起来一看，也不过都是清末民窑烧制的瓷器，不值几个钱，并且那摊位老板也是知道其价值的，随口开出的价格比拍卖行拍卖的还要高，庄睿连价都懒得还，直接就去往下一个摊位了。

“哎，老弟，你怎么看得这么快？”

庄睿是和宋军分街道两旁开始看的，这还没到一小时，庄睿就转到另外一边的街道上，和宋军在一个摊位上碰到了。

“是不是手电给我了，你看不清了啊，你还是拿去吧，老哥我眼神好点。”

宋军有些不好意思，把手里的电筒递向庄睿。

“别，宋哥你拿着吧，我今儿是陪太子读书的。”

庄睿没有接手电，他这会儿看了二十多个摊位了，一个好物件没瞅到，基本上不抱什么希望了，看来想在这鬼市里淘弄到好玩意儿，也是要靠运气的。

“那我可就不客气了。”

宋军一边说话，一边继续观察着自己刚才在看的物件，过了有七八分钟之后，宋军把手向地摊老板伸了过去，由于天黑，庄睿没有看见他们的手势，不过宋军掏钱的时候，庄睿倒是看清楚了，两刀还没有开封的新币，递到了那老板的手里。

庄睿吃了一惊，在这种地方花两万块钱买东西，不是赚大了就是赔惨了，那玩意儿好像个头不大，被宋军攥在手心里，庄睿一时看不到，忍不住开口询问道：“宋哥，你买的什么物件？”

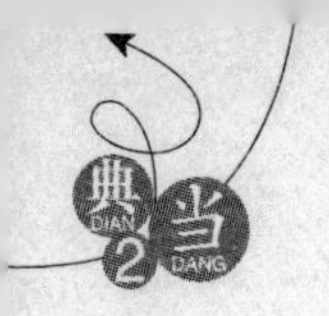

“嘿嘿，老弟，你还真是只招财猫，刚一过来我就捡到个好物件，走，不看了，回酒店。”

宋军神色有些兴奋，拉着庄睿就要往回走，剩下的摊子也不愿意再看了，这其实也是有讲究的，但凡淘弄到一个好物件之后，藏家们一般都不会继续往下看，因为捡到漏的兴奋心情，很可能就会影响到接下来的判断。

“我说宋哥，我这还没看完呢，得，您别拉，我跟你走还不成嘛。”

庄睿本想将余下的几个摊子看完，无奈被宋军连拉带拽的，只能老实地跟着宋军回到了酒店。

“宋哥，到底是什么宝贝，值得你如此大惊小怪的？弟弟我可是一点收获都没呢。”来到酒店坐下之后，庄睿开口问道，语气中带着一丝抱怨，今儿可是鬼市的最后一天，过了这村可就没这店了。

“别急，我还要再看看。”

宋军的话让庄睿差点跌了个跟头，好家伙，敢情宋老板还没看清楚就出手买下来了。

这会儿酒店里的几个大灯也都关掉了，不过在这打开强力手电筒，自然是不会有人过问，宋军把手心里的物件放在了沙发前面的茶几上，然后打开手电，将强光对准了那个物件。

“这是什么玩意儿？”

出现在庄睿眼中的，只是一个体表泛红、拇指大小的东西，上面还沾染了一些泥土，根本就分辨不清楚是什么物件。

“嘿嘿，当然是好玩意儿。”宋军看了半晌之后，将茶几上的东西拿起来，递给了庄睿。

“这知了能值两万？”

庄睿拿到手里，废了好大劲才看出来，原来这是一只用玉石雕刻成的知了，上面的沁色很浓，不仔细分辨，很难看得出来。

“你懂个屁，这叫玉蝉，而且这只是汉代的葬玉，很珍贵的……”宋军没好气地回答道。

听到宋军的话后，庄睿有些上心了，认真地看了起来，这只玉蝉长不过三四公分，宽两公分左右，蝉头眼大，身翼窄小成细长倒梯形，在玉蝉头部中央有个几乎看不出来的小孔，想必是为了穿绳子用的。

这个玉蝉用料不错，庄睿看着像是新疆白玉的料子，但是上面全是深红的沁色，蝉身雕成了正菱形，形象简明概括，头翼腹用粗阴线刻划，寥寥数刀即成，刀法十分的简练，蝉背部双翼左右对称，如肺叶状，整体造型十分规整。

“宋哥，这个就是口含？”

庄睿把玩着手里的玉蝉，向宋军问道，他知道玉蝉多是放置于死者口中，取其清高绝俗、复活再生的意义，但这些都是庄睿从别处听来的，这还是第一次亲眼所见。

古代的玉蝉有三种用途：一是别在帽子上，作为一种高级的装饰，二是穿了绳子挂在

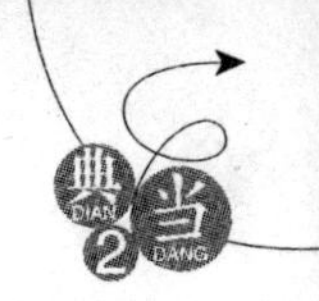

身上，作为佩饰，第三种是随葬品，这是玉蝉最大的用途了，人过世后放在他们嘴里。

从石器时代的红山文化开始，五千多年来，人们一直对蝉有深切的向往，那是源自我们祖先对永生的执著。有专家认为：蝉从幼虫变成成虫，要蜕变，要脱胎换骨，含一枚蝉，寓意重新做人，重新投胎。

“对，这就是‘玉塞九窍’的亡人口中之物……玉琀，老弟，今儿运气真是不错，这可是正宗汉八刀的玉蝉啊，哼，摆摊的那小子，肯定是从哪个汉墓里扒弄出来的。”宋军这会儿还是很兴奋，看来对淘到这物件，极为满意。

“玉塞九窍”顾名思义，就是在人死之后，在身体的九个孔窍里塞进一块玉，这都是很讲究的，死人的两手里有玉，叫玉握，双目也遮盖了玉，叫玉瞑目，而口中的，就叫做玉琀了。

至于宋军所说的汉八刀，就是因为这玉蝉所创造出来的一种雕玉的手艺，特指汉代殓葬玉琀仅在蝉的背部施加工艺的那种，说得宽泛一点的话，背腹两面用工的玉琀，也姑且可以算作“汉八刀”，这种雕工自汉代之后就失传了，所以真正的汉八刀玉蝉，无论从其艺术价值或者对当时工艺研究这两方面而言，都是极其珍贵的。

庄睿在把玩的时候，已经用灵气查看过了，的确是汉代的物件，因为这里面的确蕴藏了灵气，并且呈深紫色，只是数量并不是很多，但是就在庄睿把玩的这个过程中，他似乎感觉到这里面的灵气在缓慢地增加着。

这个发现让庄睿来了兴致，如果自己的感觉是真的，那也就是说，这些古董里面灵气的形成，和人体的滋养把玩绝对脱不了干系。

“宋哥，小弟正想着找个把玩件盘盘的，你这只玉蝉让给我算了，多少钱你开个价。”庄睿不知道刚才那种感觉是不是自己的错觉，再说他之前就想找个好点的把玩玉件，这个玉蝉有三种沁色，玉质也不错，勉强能达到庄睿的要求了。

宋军听到庄睿的话后愣了一下，继而似笑非笑地看着庄睿问道：“怎么着，老弟，你看中这玩意了？”

“怎么了？这还有什么说法啊？”庄睿看到宋军笑得有些古怪，不由开口问道。

“说法是没有，不过这玩意儿价格可是不低啊。”

“哎，我说宋哥，弟弟我又没说不给你钱，该是多少钱，你就说出来不完事了。”

庄睿有些不解，不过就是汉代的一个小玩意儿，体积还这么小，能值几个钱。

宋军听到庄睿的话后，也摆正了脸色，开口说道：“好吧，这样给你说，就在前几个月，我一位老朋友从国外淘弄回来一个汉八刀的玉蝉，那只玉蝉的品相和玉质还有沁色，都远不如我这一只，当时他花了二十万买回来的，你说我这只卖多少钱合适啊？”

“二十万？这倒真是不便宜……”

庄睿听到这价格后，吃了一惊，倒不是他掏不出来这么多钱，而是因为他捡漏从来没花过这么多，他现在在心里思量着，花二十万买这个东西把玩值不值得。

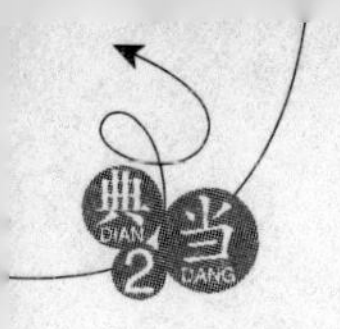

“好吧,宋哥,那人花了二十万,你这只我出三十万怎么样?要是同意的话,回头天亮了找个银行我转账给你。”

庄睿想了一下之后,还是决定要买,古玉一般极难碰到,更何况这只玉蝉还带有三种沁色,盘好了的话,恐怕价值远不止三十万的。

“嘿,老弟,你别急啊,我那朋友花的是二十万美元,我也不要你三十万,你给我二十五万,这玩意儿你拿走。”

宋军等庄睿出言要买之后,慢条斯理地说道,庄睿这才知道,刚才宋军脸色为什么有那副表情了,敢情这么丁点的一个小玩意儿,就能值自己三分之一的身家了。

“得了吧,宋哥,您这是存心气我,您也别激我,我玩不起还不行啊。”

庄睿边说话边将手里的玉蝉递还给了宋军,喊出三十万的价格,他都咬了半天牙,这换成二十五万美元,庄睿连考虑都不用了,直接就把东西还了过去。

这玩意儿虽然不错,庄睿也想搞清楚这物件里面的灵气是否真的可以通过把玩而增加,但是让他花两百多万去做个试验,庄睿才不干这种事情呢,话再说回来了,有这双眼睛在,庄睿还不信自己以后淘不到好点的古玉。

“哎,这里不允许抽烟,说你呢,还到处看。”

庄睿刚躲到机场出口大厅里点上一根烟,没抽上两口,就被一个公益心泛滥的游客制止了。

“对不起,对不起,这就出去。”

庄睿看着面前这个水桶腰的中年大妈,连声道着歉,快步走到了出口处的门口,看着外面的大雨,心里很是郁闷。

这已经是庄睿三天中第二次来机场接人了,今天老三和老二分别从陕西和北京抵达广州,还好两人的班机只相差一个多小时,否则的话,庄睿还要再跑一趟。

广东夏季多雷雨天气,今儿早上逛鬼市的时候天上还有星星,这才过去七八个小时,就已经是雷雨交加了,航班肯定又要晚点了,庄睿在车上等得无聊,干脆跑到出口大厅这儿来等了。

想到早上的事情,庄睿心里还有些纠结呢,就因为开始转悠的方向不对,那么珍贵的一件汉八刀的玉蝉,就从自己手指缝里漏走了,虽然庄睿有些不甘心,后来又回到鬼市搜刮了一圈,但是却没有再找到一件有价值的东西了。

“老幺,这边……”

正在走神之中的庄睿,忽然听到一个熟悉的声音,循声望去,老三正向自己招手呢,在他身边站着的那个女孩叫章蓉,庄睿也很熟悉,都是同一届的大学同学。

“老婆,我就说嘛,老幺肯定是风雨无阻来接咱们的。”庄睿刚走到老三的身边,就听到老三正在和章蓉耳语着。

“发哥,两年没见升级了啊,阿蓉变老婆啦,什么时候给兄弟们发喜糖呀?不对,应该

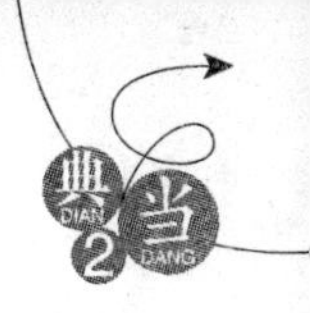

是什么时候给哥几个发红鸡蛋?"

红鸡蛋在内地,可是生小孩后才给的,庄睿的话让章蓉白皙的脸瞬间红了起来,老三倒是一脸憨笑,也不出言反驳,笑嘻嘻地说道:"我们定在六月十八号结婚,从这里回去以后就办喜酒。"

"好啊,发哥,你这是搞突然袭击呀,敢情是拿着老四的钱旅游结婚来了? 回头看他怎么收拾你。"

听到老三马上要结婚了,庄睿有些意外,不过这也在情理之中,老三和章蓉在大学里就谈了三年的恋爱,算上毕业这两年,已经五年了,也是应该结婚了。

"咱们还得在这等一会儿,老二的班机估计还要一小时才能到,走,咱们到那边去休息下。"庄睿四处看了一下,在角落里有几排塑胶椅子,招呼老三和章蓉走了过去,却没有注意到,从刚才下机的人群里,有一双眼睛正充满怨毒地看着自己。

许伟对庄睿已经不仅仅是怨恨这么简单了,他对庄睿简直就是恨之入骨,在彭城的时候,因为庄睿而使得自己炒掉了亲自请来的英国珠宝设计师,令自己在家族里声望大跌,虽然主要原因是因为秦萱冰,但是许伟也把这笔账算在了庄睿的头上。

第二次在南京的玉石展销会上,也是因为遇到庄睿,不但使自己赌石输了几百万,而且还得罪了金陵的地头蛇王一棍,后来被王一棍多方刁难,家族在南京的生意举步维艰,正是缘于此事,许伟被从许氏珠宝华南总经理的位置上,调到西北地区做总经理了。

许伟的这次调动,虽然在公司里的级别待遇没有什么变化,但是一个地处长江三角洲,一个地处刚刚进行开发的大西北,两者之间的贫富差距是显而易见的,这次调动,也是许伟被家族边缘化的一个信号。

以许伟的胸襟和情商,当然是认为自己赌石是受了庄睿等人的挑唆,而自己鼓动王一棍去对付庄睿的事情,则是被他当作是理所当然的了,这世上总归有那么一些人,是很善于发掘自身的长处,掩饰一些微小的瑕疵的。

"大彪,老板我遇到一个不喜欢的人,能不能给他点教训?"

许伟把身体藏到了人群后面,对着自己身旁的一个面相凶恶的男人说道。

被许伟叫做大彪的男人也就是三十岁出头的模样,脸上从眼睛到嘴唇处,有一道伤疤,像是虫子一般爬行在脸上,更增添了几分凶狠,两只宽大的手掌关节处,有一层厚厚的老茧,显然是位练家子。

"断个胳膊还是断条腿? 老板你吩咐吧。"

大彪伸出舌头舔了下嘴唇,眼中露出一丝阴狠残忍的神色来。

"别,不用这样,要是出了事那岂不是把你也牵连进去了?"

许伟被大彪的话吓了一大跳,他倒是想打断庄睿一条胳膊腿,他也不怕大彪被牵连进去,就算是蹲大狱了和他也没半分钱的关系,关键的是,他怕这事情将自己牵连进去就麻烦了,心性凉薄的人,往往也是最会为自己考虑的人。

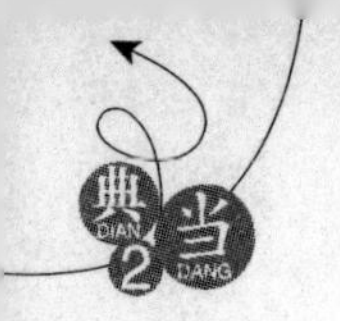

“老板,没事,打他个内伤,让他躺上十天半月的,这很容易。”很久没有听到别人在自己手下呻吟求饶的声音了,大彪脸上露出一丝兴奋来。

“这……行吗?”

许伟有些疑虑地看着大彪,要是能将庄睿打成内伤,他当然是求之不得了。

本来许伟外出一向都是独来独往的,但是上次在金陵的时候,不仅赌石赌垮掉了,而且还被王一棍找了些当地的小痞子修理了一顿,从肉体到精神被双重打击了,这让许伟到了西北之后,马上通过关系找了一个保镖。

这个叫做大彪的人,就是一个客户介绍给许伟的,据说练得一身好功夫,只是家境贫穷,后来走上了歪路,在监狱里蹲了七八年,也是一个狱霸级的人物,出狱后没有什么能力和特长,仗着能打敢拼,就纠结了一帮子地痞流氓,在街面上收取一些保护费。

至于许伟的那个客户,原本和大彪家是老街坊,耐不住大彪六十多岁的老母亲上门求情,也知道大彪心狠手黑,倒是做保镖的不二人选,就把他介绍给了许伟。

对于保镖的新身份,大彪还是很满意的,每天跟着老板吃香喝辣,出入的都是很高档的酒店,原先那些用鼻孔看人的小姐们,现在只要自己感兴趣,马上就会自己扒光了衣服躺到床上去,大彪觉得自己前面三十几年都白活了,这种生活才是自己应该过的。

当然,大彪也是充分地表现出了自己的战斗力,前几天那个得罪了老板的人,被他将满口牙齿都打掉了,而老板对他的表现也很满意,甩手就是一万块钱,这钱赚得比收取保护费可要容易多了。

“老板,您就瞧好吧……”

大彪边说边点起了一根香烟,晃悠着朝着庄睿的方向走了过去。

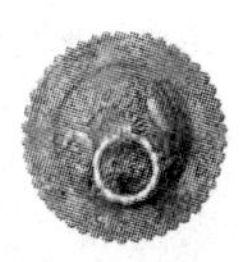

第三十六章 阴谋暗算

找点茬子教训人，这对大彪来说再简单不过了，就在他从庄睿所坐的椅子处走过的时候，左手拿下嘴中的香烟，食指用力在烟头处弹了一下，顿时飞到了庄睿的裤腿上。

“喂，这位朋友，你的烟头烧到我裤子了……”

正在和老三聊得起劲的庄睿，突然感觉大腿上热了一下，这才发现一个烟头刚从裤子上滑落，显然那个手里拿着香烟的人，就是罪魁祸首了。

庄睿有些郁闷，自己抽根烟就有人说，面前这家伙抽烟的时候，刚才那位水桶腰的大妈就不知道去哪里了，庄睿喊住这刀疤脸也没别的意思，就是让他给自己道个歉就完事了。

“是吗？那真是对不起，我来帮你把烟灰打掉吧。”

大彪脸上露出笑意，没等庄睿回话，一只大手就拍在了庄睿的右腿上，正好是膝关节的地方，这一掌下去，就连旁边的老三都清楚地听到“咔嚓”的响声。

“哎哟！”

庄睿冷不提防之下，只感觉到右腿传来一阵钻心的疼痛，尤其是膝盖处，好像断了一般，忍不住地喊出了声，心里马上也反应了过来，这人是来找茬的，庄睿的反应也算是快的，一念至此，左腿向着那人的面门就蹬了过去。

“老幺！你找死！”

老三打小家传的红拳，最注重实战，师兄弟之间切磋都经常受伤，庄睿右腿处传出的响声，让他立马就分辨出来了，估计是骨头断了。

老三虽然为人憨厚，不过看到自己兄弟在面前被人废了腿，顿时红眼了，就在庄睿左脚蹬出的时候，老三的身形也从椅子上蹿了起来，腰胯用力，一拳对着那人胸口处打了过去。

大彪一掌切在庄睿的右膝处，在听到那声脆响之后，就知道自己得手了，对于庄睿蹬过来的那一脚，他只是微微把身体向后侧了一下，就闪了过去，却冷不防从旁边传来一阵劲风，大彪还没看清楚，就被一拳结结实实地打在胸口处。

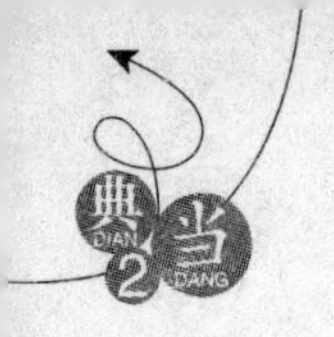

像是被疾驰的列车撞到一般，大彪的身体如同纸糊的一样，向后飞出了两三米远，由于地面光滑，落地之后身体还滑出了几米，口中不住地向外溢出鲜血。

这短暂的冲突如同电光火石一般，发生得快，结束得更快，大彪也算凶悍，刚才被老三那一拳打得口中一直向外呕血，但强撑着爬起来后，飞快地向接机大厅门口跑去，转眼间就消失在了人群里。

“老幺，你怎么样？严不严重？”

老三顾忌庄睿的伤情，没敢追上去，刚才那声脆响他听得真切，应该是被伤到了骨头。

“三哥，我没事……”

庄睿一边说话，眼睛一边在人群里扫描着，这事肯定是认识自己的人做的，否则无缘无故谁会下这个重手？

“嗯？原来是这个王八蛋！”

忽然，一个熟悉的人影在庄睿的视线里闪现了一下，随之就消失在大厅门口处。

“是许伟！哎哟……”

庄睿瞬间明白了这是怎么一回事，大怒之下站起了身体想追出去，却忘记右腿被那人狠狠地打了一掌，痛得又坐回到了椅子上。

“许伟是谁？老幺你别激动，他们再敢来，哥哥我接着。”老三也听出来了，好像是庄睿遇到了仇家。

“没事，三哥，腿就是麻了，等一下就好。”

庄睿说话的时候眼中灵气已经从腿部皮肤中渗透了进去，随着一股清凉的气息，原本刺骨的痛楚在逐渐地减缓着，不多时，庄睿已经感觉不到疼痛了，试着站起来走了几步，却是完全好了。

“老幺，真没事了？别硬撑着啊。”老三还是有些不放心，刚才那一掌显示出对方是个练家子，怎么可能这么快就没事了。

“真的没事了，三哥，你看……”

庄睿来回走了几步，老三这才放下心来。

“庄睿，刚才那人是谁？为什么对付你？”

章蓉刚才被吓坏了，虽然从大彪一掌切在庄睿腿上到老三将他击伤只是短短的一瞬间，但是章蓉就在旁边，看得清清楚楚，就连大彪吐血都没逃出她的眼睛。

“是个小人，没事了，嫂子，这事儿你们不用管了。”

庄睿在心里把许伟祖宗十八代都问候了，不过这事情他不想让老三插手，怎么着老三也是个公务员，搅和进去要是被单位知道了，不是很好。

“刚才那人被我打了一拳，估计没三五个月，起不来床，老幺，你平时进出小心点就是了。”

老三见庄睿不肯多说，也就没有再追问下去，他对自己的拳头还是很了解的，刚才那

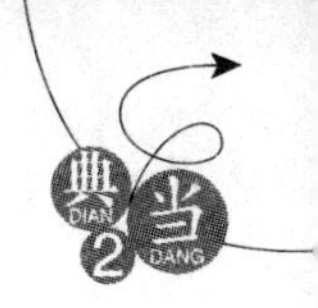

一拳打得很实在，肯定会断几根肋骨，对方硬撑着逃走，内脏的伤势只会加重。

庄睿倒是不担心那人日后会对他怎么样，现在总归是法制社会，许伟反正不敢雇凶杀人吧，只是许伟的这种行为，让庄睿恨得牙根痒痒，下定决心等有机会见到许伟之后，一定要让他尝尝拳头的滋味，虽然已经从精神上打击过许伟好几次了，但是庄睿并不介意在肉体上也让他感觉一下痛苦。

"老……老板，得罪你的那人，这几个月都……都要拄着拐杖走路了，不过没想到他身边有个练家子，我……我被他伤得不轻。"

在大雨内疾驰的一辆出租车里，大彪说话的时候，嘴中还在不住地向外溢着鲜血，这次买卖可是赔本了，他自己心里清楚，自己这伤势，没个半年的休养，说不定就会落下很严重的病根。

"嗯，不错，大彪，这钱你拿着先去找家医院看看，回头有事我再打电话给你。"

许伟从手包里拿出三刀钱来，扔给了大彪，心中是舒爽至极，一想到庄睿拄着拐杖的模样，他就要笑出来，至于大彪，只要死不了，一点点伤那不算什么，三万块钱足够打发他了。

"这六月的天气，怎么突然变得这么冷，姓庄的那小子，不会知道这事情是我干的吧？肯定不会，我都没有露面……"

车到广州之后，许伟让出租车送大彪去医院了，他下车重新打了个的士，刚下车就打了个哆嗦，连忙给司机说个地址，向提前预订好了的酒店驶去，在许伟看来，这次的事情做得天衣无缝，只要大彪不出现在自己身边，庄睿纵然见到自己，也没有证据说明是自己找人对付的他。

这会儿庄睿还没有工夫去对付许伟，他们正在机场接受盘查呢，虽然刚才动静不大，还是惊动了机场警方，不过肇事的一方已经离开，也没有事主报案，从机场监控上来看，过错也不在庄睿等人一方，所以做了个笔录之后，事情也就不了了之了。

经过这么一耽搁，老二岳经坐的航班也到了，几人见面自然是热闹一番，庄睿也没有提刚才所发生的事情，带上老二开车返回了平洲。

伟哥和毕云涛早就在酒店等得心焦了，见到庄睿把人接回来，马上就驱车去到广州给老三两口子和老二等人接风洗尘，伟哥和岳经兄一见面，自然是开始斗起了嘴，不过旁边听着的几人，都感觉到一股淡淡的温情。

吃完饭后，众人又找了一家 K 歌房，一直闹腾到半夜一点多才返回酒店，这其中马胖子和宋军各自找了庄睿一次，想喊他去看毛料，都被庄睿推掉了，岳经和老三这次只有两天的时间，下次还不知道有没有机会聚在一起，所以庄睿十分珍惜这次聚会。

……

一夜无话。

第二天一早，不知道是由于昨天使用了灵气有些疲惫，还是喝多了有些宿醉的庄睿，

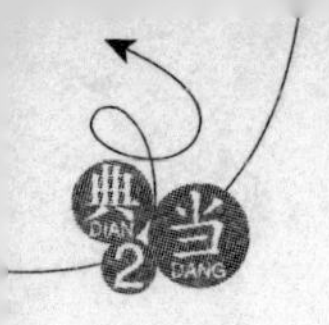

被连续不停的手机铃声吵醒了，拿起来一看，上面居然有二十多个未接电话，除了在平洲的这些人不算，姐夫赵国栋也打了四五个电话过来。

庄睿去洗漱了之后，拿起手机，将姐夫的电话回拨了过去。

“喂，是小睿吗，从昨天就打你电话，一直没人接，可把你姐给急坏了。”电话一接通，赵国栋的声音从手机里传了出来。

“姐夫，我没事，昨天同学聚会，吃饭后去唱歌了，有点吵，没有听到电话铃声，找我什么事情啊？”

庄睿一手拿着电话，一手用力地按着两边的太阳穴，看样子这酒以后还是要少喝，灵气虽然可以治病，但是它不能治醉啊。

“是这样的，小睿，现在修理厂的生意不错，但是现在的厂房有点小了，人手也不足，只能修理一些大型半挂车，像那些利润点比较高的家庭用轿车，修理得比较少，这一块在日后，是很有搞头的。

“我和你姐商量了一下，想把旁边的仓库再给租下来，合并成一个厂房，现在这边就用于卡车和货运车的修理，另外一半厂房，用于轿车的修理，另外再搞一个汽车装饰中心，我上个月去南京的时候，发现汽车装饰的声音很是不错，并且利润极高。”

赵国栋当了几个月的修理厂老板之后，说话办事也变得雷厉风行了起来，在电话中给庄睿分析了一下市场行情，说得是井井有条。

不过庄睿这会儿显然没有心情听这些，捺着性子等姐夫把话说完之后，庄睿开口说道：“姐夫，是不是钱不够用了？扩大规模需要多少钱？我再给你打过去一百万，这些事情以后你拿主意就行了，不用问我的，这行当我是一窍不通，问我也是白搭啊。”

听到庄睿的话后，赵国栋连忙说道：“小睿，钱够用，上个月修理厂的纯利润达到四十八万，租个仓库改造一下用不了多少钱的，我和你姐的意思是，你现在也从上海辞职了，回到家就来修理厂干吧，你上过大学，在外面见识也广，你来当这个老板，肯定要比我强多了。”

闹了半天，敢情是自家老姐和姐夫，怕自己没工作了，这才想着把修理厂扩大经营，让自己来管理，这主意肯定是老姐出的，庄睿在无语之余，也感受到家人所带来的温馨，心中不由感到一阵暖意。

“姐夫，这事就别提了，我现在虽然不在上海工作了，不过比以前还要忙，这会儿正在广东呢，月中还要和大川去山西，家里的生意我实在是顾不上。

“至于修理厂的事情，还是你一手抓吧，不要怕花钱，现在能多抢占一些市场份额，等私家车多了之后，修理厂的生意只会越做越大，你就放手干吧。”

庄睿正说着呢，门口传来一阵敲门声，庄睿连忙对着手机说道：“姐夫，不和你多说了，今天有得忙呢，我先挂了。”

赵国栋听到电话里传来的忙音，不由感觉到有些无奈，这个小舅子现在是越来越让

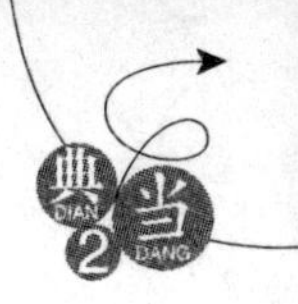

自己看不明白了，不过老婆交代的任务没完成，赵国栋这会儿正想着回家怎么向庄敏解释呢。

庄睿这里可是顾不上赵国栋怎么想了，房门刚一打开，呼啦啦地钻进来七八个人，惊得白狮猛地从床边蹿了出来，要不是庄睿吆喝得早，恐怕面生的老二和老三，就会被它给扑倒了。

"我说，几位哥哥，这才八点钟，你们这是要干什么啊？"庄睿看着一屋子人，无奈地问道。

"废话啊，当然是去赌石啦，今儿不是赌石大会开幕吗？"老二岳经的话代表了众人的心声，一屋子人都在那里连连点头。

庄睿一眼看到慢条斯理的刚从门口走进来的宋军，连忙问道："宋哥，您总不会跟着他们凑热闹吧？"

伟哥昨天把庄睿在南京赌石的事情给这哥几个一说，这几头牲口马上就像是打了鸡血似的激动了起来，就连一向稳重的老三也是跃跃欲试，居然把这次旅游结婚的五千块钱都拿了出来，说是要入股，让庄睿帮着赌一把。

当时老三和章蓉那副充满着希冀眼神的表情，让庄睿现在还是心中发寒，这要是赌输了的话，老三指不定会受到啥刺激呢，吓得庄睿当时就愣是没敢接老三这钱。

这不一大早，几个人打庄睿电话不通之后，就纷纷找上了门来，好像生怕自己去晚了，好石头都被别人挑走了一般，倒是宋军一早也跑到自己的房间来，让庄睿有些吃惊，他总不会像这哥几个一般浮躁的。

"去那么早干吗啊，听领导讲话？先去吃早饭，然后我蹭你车一起去……"

宋军的话让庄睿有些摸不着头脑，问道："宋哥，还要开车去？"

"废话啊，就玉器街那么窄的地方，你以为能摆上几家摊位？走吧，吃完早饭时间就差不多了，对了，你这么多人去，搞到几张邀请函啊？"

"邀请函？那是什么？"庄睿怀疑自己是不是酒还没醒啊，一大早就这么多莫名其妙的问题。

"这赌石大会可不是面向普通游客的，而是专门针对全国各地的玉石商人举办的，必须要有举办方的邀请函才能入内，一张邀请函可以带上两个人，你们没邀请函怎么进去啊，先说好，我也是只有一张，除了彭师傅之外，只能多带一个人。"

其实宋军说的也不尽然，在开始的几天，的确都是各地的玉石商人进场赌石，不过等到赌石大会到尾声的时候，也会面向游客开放的，只是想要淘到好的毛料，概率就会小很多了。

庄睿没想到这赌石大会居然还有这种说法，不由着急了起来，这哥几个都存着心思去见识一番，总不能自己随了宋军进去，把哥们都扔在外面不管了吧？

"雷蕾，对了，雷蕾那里肯定有邀请函，让她带两个人进去，然后再找古老爷子想想办法,大老远地跑来了,总归要让哥几个进去见识一番啊。”想到这里,庄睿掏出了手机,就准备先打给雷蕾询问一下。

就在庄睿准备打电话的时候,伟哥站了出来,弱弱地说道:“老幺,我想起来个事,昨天古老爷子让人带给你几张帖子,我以为是请你吃饭啥的,就没在意,好像随手放在什么地方了。”

庄睿一听,也不拨雷蕾的电话了,直接给古老爷子打了过去,老爷子那边似乎有点吵,有鞭炮声,好像还有舞狮叫好的声音,庄睿问了一下,古老果然给他准备了三张帖子,叫人送过来的。

挂掉手机,庄睿看着阳伟说道:“伟哥,您这要是想不起来邀请函放在哪里了,那可就犯了众怒了啊,别怪弟弟不帮你……”

“别和他废话,兄弟们,打了再说……”

北京小官僚终于找到次整治老大的机会,带头冲了上去,哥几个都是闹惯了的,当下一起上前,老二更是掀起庄睿床上的被子盖了上去,狠狠地把伟哥痛扁了一顿,房间里顿时响起一片鬼哭狼嚎的声音。

“啊,来真的啊?哥哥我可真急了,别,别打了,我想起来帖子在哪里了。”

等到被子掀开的时候,伟哥头发乱得像鸡窝一般,一脸悲愤地站在那里。

“小哥几个别闹了,有帖子咱们现在就走了,去晚了好毛料可都被别人挑走了啊。”宋军的声音从门口传了过来。

“别看着我,我这就去拿还不成嘛。”伟哥见到岳经兄的眼睛又不怀好意地看向他,一溜烟地钻了出去,跑到自己住的客房拿邀请函去了。

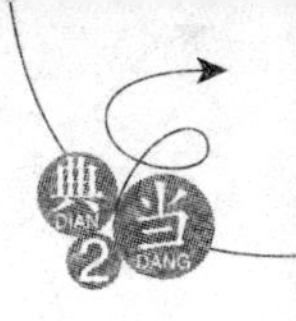

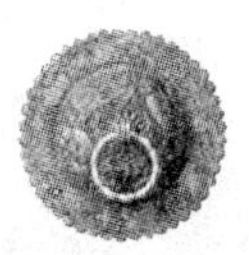

第三十七章 赌石会场

"宋哥,还有多远?"

庄睿开着车,从倒车镜里看向坐在后排的宋军,他这辆车只坐了宋军和彭师傅,前面副驾驶的位置自然是被白狮霸占了,庄睿怕再出现昨天那种事情,所以将白狮带上了。

"马上就到了,喏,看到没,前面有棚子的那里就是。"宋军指着前面马路一侧,示意庄睿把车停靠过去。

这次平洲赌石大会,当然,官方名称叫做"玉石投标交易会",平洲方面在2003年试办以后,好评如潮,吸引了中国以及缅甸的玉石商人蜂拥而至,基本取代了传统讨价还价的玉石交易方式,这次虽然只是平洲玉石协会第二次举办,但是其影响力,已经远超云南赌石圣地腾冲了。

此次玉石投标交易会,不但集中了来自全国各地的翡翠毛料商人,就连缅甸几家著名翡翠贸易集团大公司,也纷纷在平洲设立办事处,直接运毛料到平洲来参加此次赌石大会,所以其影响力直线上升,既方便了中国众多玉器厂家,也增加了原石的价值和经济效益。

主办方平洲玉石协会租用了一个面积很大的露天仓库,作为此次交易会的场所,庄睿把车停在外面之后,带着白狮走下车来,随处一看,在这块算是停车场的空地上,停放了许多名牌车子,就是宋军那样的悍马车,都有好几辆。

在会场入口处的地上,铺满了厚厚的一层鞭炮纸屑,门口还挂着一幅巨大的红色条幅,上面写着"第二届平洲玉石投标交易会"的字样,庄睿他们似乎来得有些晚,现在门口处排了一条长龙,都是拿着帖子准备入场的。

庄睿手中有三张邀请函,算上周瑞是七个人,加上宋军那张邀请函还能带一个人进去,所以正好他这边的人都能入内。

"对不起,这位先生,您的这只宠物不能进去。"就在宋军等人验过邀请函,准备进场的时候,走在最后面的庄睿被大会的工作人员拦住了。

"你们有规定宠物不能入内吗?"庄睿眯起了眼睛,不高兴地问道。

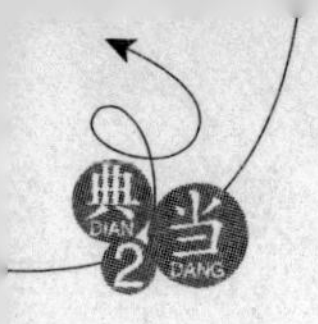

“没有,可是……”

“既然没有,那就请你让开,我这只宠物不咬人的,当然,如果出了什么事情,都由我来负责。”

庄睿不客气地推开那人拦住他的手,带着白狮走了进去,那位工作人员虽然有心想拦住,但是被白狮瞪了一眼之后,顿时胆气一寒,再也没有勇气伸出手去了。

庄睿本来也不是这么不讲理的人,不过一来他怕遇到昨天那种事情,平白吃个眼前亏,二来来参加这赌石大会的人里面,带宠物的多了,刚才进去的那人还牵了一只京巴狗,虽然白狮个头大了一点,但它也是宠物不是,比起价值来,哪个人敢说自己带的宠物比白狮值钱?

“我的妈啊,这里的石头都是翡翠?”

几人走到了这次赌石大会的场地之中,顿时被规模宏大的赌石会场所震惊了。

数百家毛料商人参展,这其中还包括了缅甸的大翡翠商人,单是几百个临时搭建的棚子,就让人有些目不暇接了,更何况每个棚子里如山的翡翠毛料,更是让老大看到满眼都冒金星,恨不得扑上去啃上一口。

“行了,庄睿,今儿一天都是明标,你们随便看吧,那些摊位上的工具,都是免费使用的,可以现场解石,不过老弟你要悠着点啊,别到时候房子钱没赚回来,把自己整成一穷光蛋了。”

宋军虽然不是做玉石生意的,但是进入到这里之后,神情也是有些激动,交代了庄睿几句之后,拉着彭师傅就钻入到人群之中。

“宋哥,我还有事问……”

庄睿话没说完,宋军就消失在他的视线之外了,无奈地摇了摇头,庄睿对身后这哥几个说道:“这里我也是第一次来,你们去转悠吧,几百块钱的石头想切了玩无所谓,但是贵了千万别买。

“赌石其实和赌钱都一样,是十赌九输,别看这里翡翠毛料挺多的,能有十分之一的原石里面有翡翠,那就很不错了,哥几个,这赌石界向来都是传好不传坏,你们听到的都是一夜暴富,其实输的人更多。”

老三闻言撇了撇嘴,说道:“我倒是想买啊,可是钱都给你了,老幺,那可是我和你嫂子半年的工资啊。”

庄睿闻言顿时哭笑不得,他手包里的确装了五万块钱,其中有他自己的一万五千块,其余都是这哥几个凑起来的,美其名曰:赌石基金,还封了庄睿一个基金会理事长的职务,并且把话说在前面了,用这五万块钱买的石头,赌赚了大家平分,赔了庄睿一人出,四比一举手通过,庄睿也只能老老实实地当回领导了。

其实这也就是哥几个凑个乐子,老三虽然家境一般,但是也没指望庄睿真能赌出朵花来,倒是庄睿心里认真了,岳经和老三现在大小都是个公务员,岳经就不用说了,不差

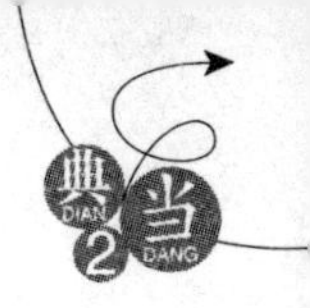

这几个钱，不过老三要是手头宽裕些，对日后仕途的发展也是有好处的，五万块钱虽然不多，但是庄睿还是自信能淘出个宝贝来。

“老幺，那我们去转了，你要是买石头准备切开了，一定要打电话给我们啊。”

伟哥和岳经兄还有毕云涛一商量，决定三人组团单独转悠，至于老三和他媳妇，还是觉得跟着庄睿靠谱点，于是这就分为两伙散开，一左一右进入到会场之中。

庄睿虽然算是经历过一次赌石了，但是在这个场合里面，依然有点不知所措，因为这场面实在是有点太宏大了，偌大的场地之中搭建了上百个简易棚子，数不清的翡翠原石满满当当地摆在各个摊位之中，这里整个就是一石头的世界，数万块原石堆积在这里，场面蔚为壮观。

在每个摊位的棚子处，都挂有一个条幅，上面写着摊主的所属公司，现在提倡产业正规化，这些大大小小的毛料商人，也大多都挂靠在一些公司下面。

庄睿发现，这里的翡翠原石毛料虽然很多，但是大多数赌石均开过“小窗”或开了“小门”，属“半赌”性，只有很小的一部分毛料为“全赌”性，在他走过的这几个摊位里，“半赌”性带翠的老种毛料和老坑毛料是最受欢迎的，而全赌毛料却是少有人问津。

还有一个奇怪的现象，就是很多人都拿着数码相机和纸币，在一些毛料旁边不停地拍照或者写写画画的，而这些毛料上面，都写着一些阿拉伯数字，庄睿有些迷糊了，他在一块表现得不错的半赌毛料处看了半天，居然没有一个人对这块毛料报价。

“老幺，这些人怎么都是光看不买啊？”

老三也有些看不懂，在他眼里，这些石头都是差不多的，无非有些石头上面的颜色古怪一些而已。

庄睿想了一下，这事一问摆摊的就露怯了，宋军这会儿早就不知道跑哪去了，问他也未必有心思回答，“对了”，庄睿脑海中想到了一个人，马上掏出手机查起电话号码来。

“杨兄弟，还记得我吗？我是庄睿，咱们在南京国际珠宝交易会上见过面的。”

还好庄睿把杨浩的手机号码记下来了，他对那个年轻的毛料商人很有好感，像是平洲这样的翡翠原石的盛会，想必杨浩也会参加的，庄睿于是就把电话打给了他。

“当然记得，你就是那招财……”

杨浩自知失言了，嘿嘿一笑，把猫字省略掉了，接着说道：“庄兄弟，这会儿打电话给我，有什么事情吗？我现在在平洲了，上次我在南京表现不错，家里这次让我一个人看个摊位呢。”

果然不出庄睿所料，这杨浩真在平洲了，而且想必杨浩是因为能有机会独当一面，电话中传出来的声音微微有些兴奋。

“我也在平洲，而且现在就在赌石会场里面，你在吗？”庄睿出言询问道。

“在，在，我也在的，八十三号摊位，嘿，你快点过来，我堂弟也在，上次给他说你的表现，他还不相信呢。”杨浩的声音有些惊喜，连忙把自己摊位号码报给了庄睿。

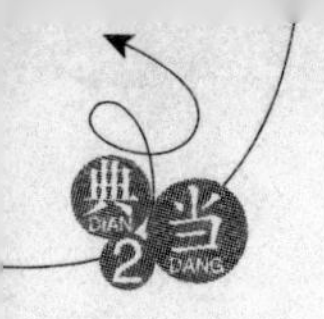

会场里的摊位十个为一横排，庄睿一直走下去，走到第八排的时候，就看到了杨浩，正站在棚子底下到处张望呢。

“哎，庄兄，这边……”

同时间杨浩也看到了庄睿，连忙招手示意他们过去。

“来来来，先吃块西瓜，这天忒热了，这是我堂弟杨俊，老弟，这位就是我说的庄老板，一手切出价值两千多万的翡翠来的。”

广东的夏天变化无常，昨天还是狂风骤雨，今儿就已经艳阳高照了，庄睿等人进到棚子里之后，杨浩从桌子底下拿出一个西瓜，切开之后，逐个地递给庄睿几人。

“老幺，你还有价值两千多万的翡翠啊？”

杨浩的堂弟还没什么反应，倒是老三被杨浩的话吓到了，按他想来，庄睿切出来的翡翠，自然是属于他的。

“那是我一发小买的毛料，我帮着他解开的，可不是我赚了两千多万啊。”庄睿有些无奈地回答道，要是那毛料早一步被自己看到，这别墅的钱还用愁嘛。

“嘿嘿，咱们也别两千万了，今天你能切出个两百万的，哥哥这次广东就没白来。”老三一脸憨笑着说道，庄睿兜里的那五千块钱，可是实实在在每月工资里节省下来的啊，听到庄睿以前的战绩之后，老三对庄睿更是信心十足了。

“庄兄，回头你可要在我这毛料里面挑一块现场解石啊，要是再能开出翡翠来，老弟我那真算是服了你了。”等几人吃完西瓜，杨浩掏出香烟来，笑嘻嘻地给庄睿和老三递过去一根，周瑞不抽烟，伸手推掉了。

“别膈应我啦，上次不也是买了三块才解出两块出绿的嘛，那都是运气好。”庄睿笑着回答道。

“老幺，他们这摆摊的，好货被人挑走了，难道不心疼？”老三有些不明白了，这要是换作他，摊上的值钱毛料被人便宜买走了，保准要心疼几天的。

老三说话的声音有些大，被杨浩听到了，出言解释道：“这位大哥，话不是这样说的，我们只做毛料生意，这要赚取的利润，都已经算在毛料里面了，客人能解出翡翠来，那是客人眼力高明运气好，再说了，这么多摊位，哪个摊位上切出绿来了，对生意也有好处的。”

上次在南京的时候，杨浩带去参展的那些毛料，原本是打算在十天展会期间卖完的，但是出了庄睿那么一档子事情之后，仅仅半天时间，毛料就全卖完了，就是这个道理。

“对了，杨兄弟，有件事我还想请教你呢，我过来这几家，看到的毛料都分成两堆，一边那些毛料上面写的数字，是做什么用的啊？”庄睿刚才进棚子的时候，也看到了杨浩这摊子上，也有些毛料写了数字，想必可以帮自己解答这个问题。

“老哥，这就是你说的招财猫？”

杨浩还没有答话，一旁只有十八九岁的杨俊，用手捅了下自己堂哥，小声地问道，脸

上尽是鄙夷的神色。

“庄兄,你不是在开我的玩笑吧?”对庄睿提出的这个问题,杨浩也有些哭笑不得。

见到这兄弟二人的表情,庄睿知道自己又问出什么行外话了,没好气地说了一句:“我知道还问你干吗,爱说不说啊。”

“得,我说还不行啊,真是佩服老兄你,上次赌石的时候就啥也不懂,愣是被你解出两块带绿的毛料来,估计你这次运气也不错。”

“行了,快点说吧。”庄睿有些郁闷,哥们可都是真材实料,才不是撞大运的呢。

杨浩忍住笑,正色说道:“这次平洲玉石投标交易会一共举办五天,分为明标和暗标两种交易方式,明标就是那些不带数字的毛料,大家可是随意挑选开价,至于这些标上了数字的毛料,都是暗标毛料,客人们可以根据毛料的表现,记下自己看中了的毛料编号,在三天之后统一投标,价高者得。”

听杨浩这么一说,庄睿才算是闹明白了,敢情那些标了编号的毛料,即使看中了,也不能现场购买,只能统一投标,这也算是又长了见识了。

不过这样一来,毛料商人们把表现好的毛料,都归类到暗标里面去了,剩下的这些明标毛料,赌性就会大了很多,但是价格一样会比较低,正适合现在腰包比较紧张的庄睿去赌了。

庄睿正在想着这种赌石方式对他的利弊之处时,杨浩出言说道:“庄兄,我这次可是带来不少好毛料,除了暗标之外,明标也有几块表现很不错,怎么样,买一块解解看?”

“好,我先看看,三哥,你和嫂子也看看,有感觉不错的,只要是价钱便宜,买来切着玩也行,运气好说不定就赚了呢。”

庄睿站起身来,对身旁的老三说道,至于周瑞,他对赌石没有丝毫兴趣,外面烈日高悬,倒不如在棚子里面坐着凉快。

“白狮,去里面等我……”

庄睿走出棚子的时候,见到白狮也跟了出来,连忙吩咐道,他这是怕白狮惊扰了杨浩摊位上的客人,因为这一路走过来,几乎路上所有人看到白狮这大块头之后,都急忙躲到一边给庄睿等人让出路来。

老三和章蓉两口子,可是第一次见到这么多的翡翠原石,虽然不一定每块原石里面都有翡翠,但是保不准哪一块毛料里面,就会出现价值不菲的翡翠来,昨天和老三也恶补了一下翡翠毛料的相关知识,这会儿顾不上头顶的炎炎日光,钻到石头堆里翻弄去了。

庄睿此时心中也有些兴奋,这次可是大场面啊,听着耳边的吆喝声,还价声,仿佛置身于菜市场一般热闹,这种古老而又原始的交易方式所散发出来的独特魅力,使得庄睿心里感觉到无比的刺激和兴奋。

白天看石头,手电筒自然是省了,不过放大镜还是需要的,因为有些毛料上的裂绺十分细小,有的甚至像头发丝一般,不借用放大镜是很难发现的,而且这次庄睿拿的放大镜

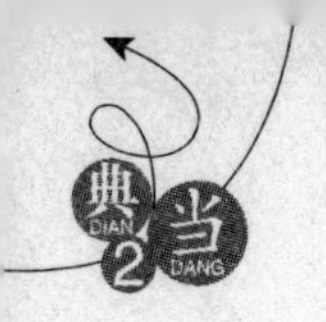

也与之前不同，黑框铜把的放大镜，足有一个成人巴掌大小。

“庄兄，我这次带来的翡翠，都是通过关系从缅甸白璧厂里搞出来的，可都是好货色啊。”杨浩自然知道谁是大主顾，也没去管先进入到毛料区的老三夫妇，而是紧跟在庄睿的身后。

“白璧厂的老坑种？”

庄睿闻言之后，仔细地看了一下地上的原石毛料，这些毛料的外皮大多都是呈灰黄色，比较粗糙，庄睿伸手拿起一块有十多斤的毛料来，在上面用手掌摩擦了一下，感觉毛毛的，很是扎手，并且这些毛料的块头很大，倒是与白璧厂出产的毛料有些相似。

自从那天在于老板家里看货之后，庄睿很是虚心地向彭师傅请教了不少关于缅甸翡翠矿场的知识，他知道白璧厂是个有两三百年历史的老坑，以出产蓝花水闻名，并且时不时地会解出一些极为高档的亮水绿花翡翠来。

“是白璧厂的老坑料不假，不过老板你这些明标的毛料，表现也忒差了一点吧？”庄睿正在看手里这块毛料的时候，身边一个声音响了起来，庄睿循声看去，却是一个戴着副眼镜的瘦高中年人，正蹲在地上看着一块个头很大的毛料，不住地摇着头。

杨浩这摊位上也有七八个人在看毛料，闻言之后纷纷凑了过去，他们这倒不是凑热闹，只是在这种全国性质的赌石大会上，听别人讲评毛料，可是能学到很多经验的。

见到身边围满了人，那个戴着眼镜的中年人有些得意，指着脚下那块足有一两百公斤重的毛料说道：“白璧厂出大料不假，但是大家看看这块毛料，中间就是大裂，老板你要是继续切下去，我们也能看出点东西来，可是切到裂就停了，还没有出绿，这风险可全都在我们身上了啊。”

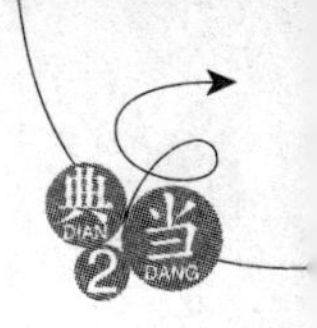

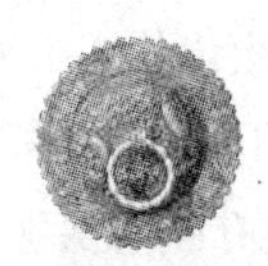

第三十八章　血本无归

庄睿蹲下身子，察看起这块毛料来，这是块全赌的原石毛料，外皮呈灰黄色，只是在这块毛料的中间，大约有一条小指缝般大小的裂绺，将毛料裂开的地方面向阳光，也看不出里面有绿来。

只是这块全赌毛料的表面，布满了稀松的点状松花，这就让人有些看不透了，一般松花下面都会出绿，如果这些绿能连起来的话，倒是不错，但是这裂绺看得实在是让人心惊，赌性有点忒大了，一刀下去不是废料就是大涨，想必杨浩给它定的价格也不会很低。

“各位，咱是做毛料生意的，这石头天生就是这样，里面是否出翠，谁都说不清楚，这赌性大，利润也高啊。”杨浩见到众人议论纷纷，连忙出言解释道。

“杨兄弟，你这块毛料卖多少钱?”庄睿站起身子，向杨浩问道，旁边的众人也纷纷支起了耳朵，看毛料的人不少，但是问价的，在杨浩这摊位上，到现在为止，就庄睿一人。

“八十万，这块毛料外皮表现不错，大家都知道，这松花就是玉肉在毛料表层的体现，要不是这裂绺，这块全赌料肯定是被定为暗标的。”

杨浩的话说得不错，赌性大的毛料，在意味着高风险的同时，也意味着高额的收益，以这块毛料的外皮表现，如果从裂绺处能切出绿来的话，那可就是大涨了，一两百公斤的毛料，只要能掏出一块巴掌大小、种水不错的翡翠来，那就是稳赚不赔的，但是也有可能裂绺将这块毛料的内层结构破坏掉，使其变成废料一块。

“八十万?”

庄睿沉吟不语，他刚才已经用灵气看过这块毛料的内部结构了，的确有翡翠，但是却不是从这裂绺处生成的，也不是在松花的背面，而是在这块毛料右上角处，有连成片的翡翠，颜色浓绿悦目，色纯正不邪，虽然透明度稍微差了一点，但是种水应该能达到干青种，并且块头不小，中间有些白棉将其隔成两块，合起来大约有足球般大小。

在松花下面，也出了一点绿，不过没有连成片，价值不大。

庄睿在心里合计了一下，干青种的翡翠，品质虽然不算是很高，但也是中档翡翠了，可以雕成玉佩、坠、镯还有一些把玩件，这是现在玉器店里众多饰品的主力，也比较受追

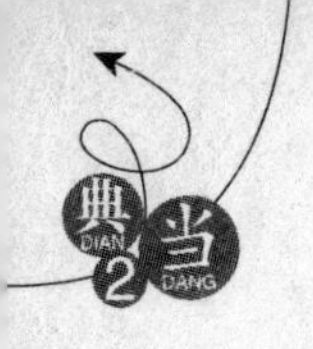

捧，八十万买下来的话，应该能卖到一百五十万至两百万左右的。

“赌不赌？”

庄睿心里有些犹豫，说老实话，他不怎么看得上这块毛料的，而且他也不知道，自己将这块毛料切开之后，是否有人会出价买下来，要是没人买的话，那八十万就砸在手里了。

“老幺，八十万可不是小数目，就是有翡翠，能不能值八十万还是两说呢。”

老三凑了过来，他看到庄睿有点想买下来的意思，不由出言劝道，在老三的心里，和几个月之前的庄睿差不多，对翡翠的认识只是局限在普通商场里面卖的几十上百块钱一个的挂件上面。

“三哥，富贵险中求，我就赌这松花下面能出绿，杨兄弟，这块毛料我要了，咱们去转账吧。”

老三的话反而让庄睿下了决心，这蚊子再小也是肉啊，切开之后，就算只能卖出一百万，那自己也是赚了。

杨浩闻言脸上一喜，刚要答话的时候，旁边那中年男人不答应了，开口说道：“这位小兄弟，这块毛料可是我先看的啊，你这……”

杨浩在一旁接口道：“这块全赌料子是明标，大家都可以出价的。”他话中的意思很明显，那就是你要是想买的话，也可以出价，但肯定要比八十万高才行，有人竞争，那自然是杨浩最愿意看到的。

“等等……我再看看。”

中年人刚才说这毛料表现不好，看样子是存了讲价的心思，此刻庄睿要买，他就有点犹豫了，蹲下身子在松花处又看了起来，过了有三四分钟之后，站起身来，对杨浩说道：“这块毛料的赌性太大，我最多出八十五万，那位小兄弟你要是想要，高出这个价格你拿走。”

中年人此话一出，围观众人的目光纷纷集中到了庄睿的身上，老三在背后连连用手捅着庄睿，让他别买，庄睿也没想到居然出来了个抬价的，犹豫了一下，说道：“这位老哥说得不错，这块石头的赌性有点大，我本来就只想赌八十万的，既然老哥开出八十五万的价格来，那我就不要了。”

这石头里面的翡翠要是玻璃种或者冰种的话，别说八十五万，翻个一倍一百七十万庄睿也敢叫，但是干青种的料子，庄睿实在是不知道到底能值多少钱，心里没底，也就没在继续往下喊。

“庄睿，你可吓坏我了，八十万买块破石头，你现在真是财大气粗啊。”

见到庄睿没有再出价，老三身旁的章蓉也是长出了一口气，庄睿不由感觉有些好笑，这两口子貌似比自己还要紧张，不过转念想想，不过就在几个月之前，自己不也是有这种想法。

杨浩这会儿心里却是有些失望，原本还指望庄睿再将价格抬高一点呢，却没想到庄

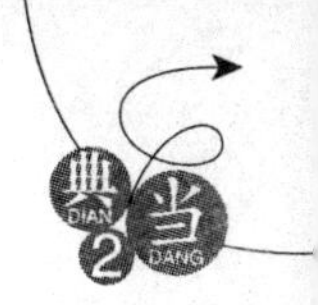

睿居然不要了，不过对庄睿他还是很感激，要不是庄睿率先开价，那中年人还不知道是否会买呢，就算是买，想必也会将价格压低的。

这次平洲玉石交易会，也得到了各家银行的大力支持，在每隔几家店铺之间，就有银行设置的刷卡点，如果成交数额比较大，买卖双方都可以去到那里转账，这会儿就是杨俊看摊子，杨浩陪着中年人去转账了。

没过多大会，两人就回到了摊位上，杨浩指着那块毛料，对中年人说道："这位先生，请问你是要现场解石，还是找人帮你办理托运手续啊？要解石的话，我们有全套工具的。"

"现场解开吧……"

中年人不像是做玉器生意的，倒有点专业赌石的味道，这会儿刚才看热闹的人还没有散去，闻听有人要解石，纷纷围了过来。

不知道是谁喊的这边要解石了，居然呼啦啦地围上来数百人，把杨浩的摊位都给团团围住了，后面还有人死命地往里挤，要不是大会保安来得及时，恐怕杨浩那棚子，都会被挤垮掉。

老三章蓉两口子，本来和庄睿都是在最里层的，刚才也险些被人给挤出去，这会儿可没有人尊老爱幼，要不是老三和庄睿都够强壮，恐怕早就不知道被挤到哪个边角里去了。

"这位老板，不知道您是先擦一下，还是直接切呢？"

见到局面被控制住了，杨浩抹了把额头的冷汗，转身问向那个中年人。

"老板，你总归要帮我把石头搬过去啊……"中年人回答道。

"那是，那是……"

听到中年人的答复后，杨浩招呼自家老弟，还有中年人三个人一起，把那块近两百余斤的毛料搬到切石机旁，看这中年人的举动，像是要直接切了，本来也是，赌裂就是赌裂下面会不会出绿，擦石没有多大意义的。

"庄睿，翡翠真是从这些石头里面拿出来的？"

见到周围狂热的人群，章蓉靠在老三的身上，向庄睿问道，她有点不大相信，精美剔透的翡翠，居然是从这些外表丑陋的石头里面取出来的。

"当然，你等一下就知道了，这赌石很上瘾的，以后要看好你家老公。"

庄睿笑着回答道，他知道这块毛料里面会出翠，中年人用八十五万的价格将其买下来，应该是赚了。

切石机就在摊位旁边，庄睿和章蓉说话的时候，那三人已经基本上准备就绪了。

杨浩把毛料架在切石机上后，擦了把汗，对中年人说道："老板是准备自己切，还是要找个师傅啊？"

在此次玉石投标交易会上，有许多切石的老师傅，专门代客切石或者擦石，这些老师傅经验都很丰富，下刀的力度掌握得很好，在出绿以后可以及时收住，避免破坏到里面的

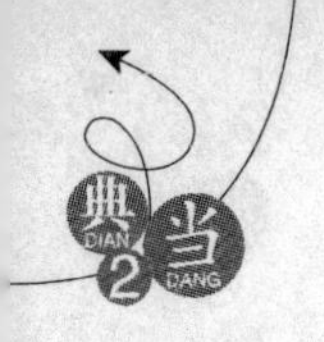

翡翠，请他们来切石，只要花费很少的钱就可以了。

“不用了，我自己来，等会儿我切的时候，你帮我往上面浇点水……”

中年人摆了摆手，示意自己来操作，看模样应该是个赌石老手，在指挥杨浩把石头的切面对准裂绺之后，中年人走到了切石机旁边。

原本还很喧哗的摊位四周，骤然之间寂静了下来，只有远处的摊位还传出一些嘈杂的声音，但是在这个摊位周围，观看切石的人们都屏住了呼吸，双眼死死盯着切石机下面的那块毛料。

“老幺，我这心里怎么也感觉有点紧张啊？这石头也不是我的呀……”

老三的声音引来好几道不满的眼神，好像中年人还没下手切石，都是老三的缘故，其实围观的众人都有这种心理，就像是赌扑克牌一样，在一把赌注比较大的牌局揭晓之前，不管是看客还是当事人，都会情不自禁地感觉到紧张。

“三哥，这就是赌石的魅力了，一刀下去可能这块石头会价值数百万，也有可能变得一文不值，这是富人玩的游戏啊。”庄睿淡淡地给老三解答道，只是庄睿没有意识到，自己也已经踏入到这个游戏圈子里了。

几人说话的时候，中年人还在不停地观察着裂绺，脸上满是紧张的神色，看来这八十五万块钱，对他而言也不是小数目，在过了大约有五分钟左右的时间，中年人把手放到切石机上，终于准备解石了。

随着锯齿轮和石头摩擦所发生的“嚓嚓”声，虽然这么远不可能看到里面的情况，但是围观的众人还是都把心吊了起来，一双眼睛紧紧盯着锯齿切下去的地方。

“嗤嗤……”

突然，中年人把切石机上的锯齿抬了起来，空转的锯齿发出了“嗤嗤”的声音，众人以为出绿了呢，人群里顿时骚动了起来。

“浇点水……”

中年人吩咐了一声，等在旁边的杨浩，连忙用手里的喷壶，把切口旁边的碎屑都给冲洗掉了，中年人拿着一把小排刷，很小心地把切口里面的碎石屑拨弄出来，然后蹲在那里仔细地观察了起来，只是面色显然不怎么好看。

庄睿在旁边看得心中暗笑，从这裂绺处切下去，肯定是白费工夫，就算是将这块毛料一分为二，也出不了一丝的绿来。

“好像是切垮掉了。”

“是啊，赌裂的风险很大的。”

“别乱说，石头没解开，神仙也不知道是涨是垮，说不定侧面出绿了呢。”

一时间，围观的人群中议论纷纷，这些人都是来自全国各地的玉器商人，对于赌石可谓是经验丰富，七嘴八舌地发表着意见，说什么的都有。

“好了，别吵了，又开始解石了。”

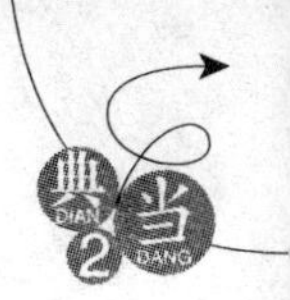

随着中年人站起了身子，面色十分凝重，庄睿敏锐地发觉到，中年人原本很稳健的双手，此刻握在了切石机上，也微微有些颤抖，显然中年人对刚才的切口很不看好，说不定心中这会儿已经在后悔了。

似乎已经打定了主意，打开切石机之后，中年人没有再犹豫，手上用力，直接切了下去，随着“嚓嚓”的摩擦声，整块毛料从中间一分为二。

“唉……”

巨大的叹息声从四周人群里发出，很显然，在毛料两边的切面上，都没有出绿，一般赌裂的石头，赌的就是裂的深不深，如果裂下去的地方没有出翡翠的话，基本上就废掉了，现在这种表现，说明这块石头算是赌输了。

“不可能，这不可能啊，带松花外皮的毛料，怎么可能一丝绿都没有？”

中年人不敢相信自己所看到的这一幕，手中的切石机都忘记了关掉，嘴里一直都在喃喃自语着，镜片下看向地上毛料的眼睛里，透露出的全是不可置信的神色。

“八十五万就这样没了？”

不仅仅是中年人，庄睿身边的老三两口子也惊呆了，这可是八十五万元啊，他们两口子不吃不喝，拿一辈子的工资，也不见得有这么多，这才短短几分钟的时间，就烟消云散了。

“剩下的料子还可以赌的……”庄睿小声地说道。

“还能赌？开裂处都没出绿，就是块废料了，谁还愿意花钱去赌。”

庄睿身旁的一个人接口说道，旁边几人连连点头，这就是赌石的残酷性，出绿立刻身价百倍，但是赌垮了，马上就一文不值。

庄睿闻言心中动了一下，但是也没有说什么，继续看着场地内的那个中年人。

中年人此刻也回过神来了，面如死灰，俯下身体，几乎将眼镜片贴到了切开的半边毛料的切面上，仔细观察着切面上的白色晶体物质，过了半晌之后，颓废地摇了摇头，就那样一屁股坐在了泥土地上。

“松花那部分毛料，还可以擦一下的。”

杨浩在旁边小声地提醒道，摊子上的第一块毛料就赌垮了，对杨浩后面的销售，影响会很大的。

杨浩的这句话似乎提醒了中年人，那人连忙爬了起来，也没用杨浩帮忙，那有些瘦弱的身体，居然将那半边也有七八十斤重的毛料，抱到了切石机上，眼中又重新燃起希望的火光来。

只是这次擦石，也是以失败告终，从松花处擦下去足足有五六公分厚了，依然没有出绿，这时人群里再次发出了巨大的叹息声，有些人已经转身离开了。

中年人还是有些不死心，在看了一会儿毛料的切面之后，将毛料翻转了个身，从切面的位置又切下去一刀，将原本分为两块的毛料切成了三段。

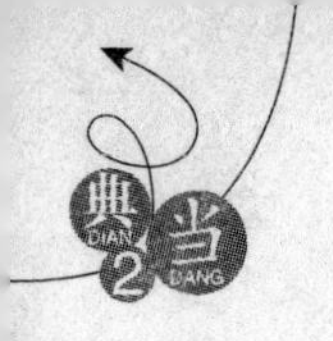

“出绿了，出绿了……”

一刀下去之后，中年人迫不及待地向毛料切面看去，口中大声喊了起来，不过声音在逐渐地变小，在场众人里，只有庄睿知道原因，这一刀将松花下面有些散的翡翠切出来了，但是连不成线，依然不值几个钱。

“种倒是还可以，水头很一般，勉强能达到干青种了，不过没面不成线，挖不出多少翡翠来的。”

听到中年人喊声之后，围在圈子里面的几个人也纷纷上前，观察起那个切面来，看了一会儿之后，都摇着头退了出去。

这时，一个原本是看热闹的玉器商人开口说道：“这位朋友，你这出绿的半边毛料，我出五万块钱买了，怎么样，卖不卖啊？”这块毛料从切面的表现来看，能挖出点翡翠做些挂件。

中年人闻言抬起头来，他实在是没有勇气再切下去了，就这切面的表现来看，里面也很难出抱团的翡翠来，这次赌石，他算是输得血本无归了。

“三块，十万块钱全都归你了。”

中年人也算拿得起放得下，平静了一会儿心情之后，从失败的阴影里走了出来，把三块切开的毛料归拢在一起，对那个开价的玉器商人说道，反正已经是赔了，能赚回来一点是一点儿。

那个玉器商人闻言仔细地查看了一下三块毛料，把第二次切开后半边全是白色结晶的毛料放到一旁，然后指着剩下的两块毛料，对中年人说道：“我只要这两块，六万块钱。”

第三十九章 有眼无珠

那玉器商人出的价格很公道，就眼前这出绿的毛料里面，估计最多只能掏出一些做挂件的翡翠来，其价值也就是在五六万左右，他肯多花三万将另外半边毛料买下来，也算是在赌那半边毛料里，能出点绿了。

要知道，在现在这个平洲玉石交易会上，有三种人存在，一种是像宋军那样的，不切石、不解石，只购买表现好的毛料囤积起来，等待原石价格上涨，第二种就是以眼前这个中年人为代表了，专门为了赌石而来，赌涨了则身价倍增，赌垮了很有可能就是负债累累。

还有一种人，就是刚才出价的玉器商人了，他们往往都是在做玉器面对普通老百姓的终端，当然，这些玉器商人大多也都有自己的玉雕加工厂，他们也是这些毛料变成翡翠后，最大的消费者。

所以哪里只要一传出有人切石的消息，这些人都会一哄而上，赌涨了现场就会喊价，要知道，由于缅甸政府限制原石输出，国内的很多玉器店，都面临着原料匮乏的现象，所以一般只要开出的不是狗屎的毛料，都会被这些玉器商人们哄抢一空的，比较玉器在价格上也分个三六九等，各有各的消费群体。

可能是这个玉器商人给出的价格很公道，中年人等了一会儿之后，见到没有人再愿意开价，于是点了点头，说道："就六万块钱吧，这两块你拿走。"

玉器商模样的人听完后一摆手，一个拎着个黑包的小伙子挤了过去，从包里取出六刀还带着银行封条的钱来，递给了中年人，中年人的神情很不好，接过钱后也没数，直接塞进自己带来的包里，看着地上那一块还属于他的毛料，脸上阴晴不定。

就在中年人站在那里举棋不定的时候，庄睿走上前去，开口问道："这位大哥，你剩下的这点毛料，还卖吗？"

庄睿的话让四周围观的人群里传出一阵嘘声，就连那个中年人也有些惊愕，要知道，别看这些玉石商人们一掷千金去收购毛料，但是他们都是买解出绿来的料子，像地上那块毛料，两边切口都没有出绿，基本上就是废料了，这些商人们一个大子都不会花在这种毛料上的。

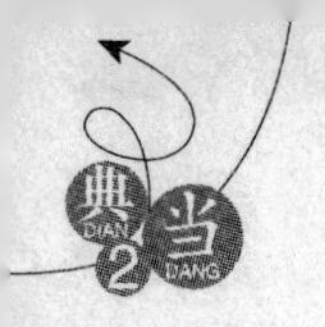

中年人刚才之所以看着这块毛料发愣，就是不知道如何处理，扔掉吧，有点可惜，再往下接着切，中年人都拉不下来这面子，明摆着的废料，还要去切。

“卖，怎么不卖啊，四万块钱，要就拿走。”

中年人这话一说完，人群里的嘘声更大了，这是把庄睿当作凯子了，不过就凭庄睿要买这废料的表现来看，估计这人也精明不到什么地方。

“老幺，你有病啊，都是破石头了，你还买？”一旁的老三急了，连忙阻止道。

“嗯，不买了，都是废料了，还卖四万，您自个留着吧。”

庄睿很不爽地扔下一句话，分开身后的人群，做出要离开的模样。

“哎，这位小哥，价钱可以商量嘛，你要多少钱买？”中年人见到庄睿要走，着急了，庄睿要是不买这块毛料的话，他扔掉的心思都有了，现在能卖点钱，他岂能放过这个机会。

“五千块钱，你要是卖我就切着玩，不卖拉倒。”庄睿摆出一副漫不经心的样子说道。

“老幺，五千块钱可是哥哥半年多的工资啊。”

老三和庄睿一个宿舍住了四年，对他很了解，这会儿见到庄睿是真的想买，也不出言劝阻了，只是嘴里还在嘀咕着。

“嘿，三哥，这场地里随便哪块毛料，可都不止卖五千啊，我花五千块钱让哥几个见识下解石，够便宜了，喂，你卖不卖啊？不卖我走了。”

庄睿听到老三的话后，乐了，抬眼看到那中年人还在举棋不定，开口催了一句。

“一万，一万块钱就给你，反正我八十五万也花了，不差这五千块钱了。”中年人一咬牙，开出了一万块钱的价格来。

“行，我懒得和你磨叽。”

庄睿从手包里取出一万块钱，扔给了那个中年人，也不顾四周传来的鄙视自己的眼神，弯下腰去把那块毛料抱到了一边，因为这会儿买另外两块毛料的玉器商人，正准备切石了。

“那小子纯粹是有病，花一万块钱买块废料，不如去马路边捡块石头来切了。”

“是啊，现在的年轻人呀，不知道天高地厚，以为是块毛料就能出翡翠呢。”

“那小子一会儿估计要切开，咱们留下来看看笑话。”

庄睿这会儿站累了，干脆坐到自己买的那块毛料切面上，耳朵里传来的都是这些话语，老三都不好意思和庄睿站在一起了，这连带着也被别人鄙视了。

“哼，等会儿擦出绿来，少一分钱爷爷都不卖给你们。”庄睿听得也很是不爽，自己乐意花钱，这些人管得着嘛。

要说那中年人，运气真不是一般的差，他第一刀切下去的时候，距离这干青种的翡翠还有七八公分的距离，如果他当时把那块一半的毛料，从中间切下去的话，肯定能把毛料里的翡翠解出来。

但是那中年人偏偏将毛料侧过来，从松花处的侧面去切了一刀，他想法是好的，怕破

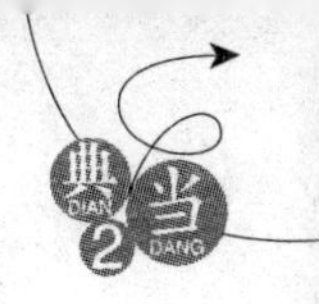

坏掉松花后面的翡翠，但是恰巧那一刀，从这团干青种的翡翠边缘切了过去，庄睿刚才仔细看了一下，切面距离翡翠，只有两公分不到的距离了，要是那中年人手抖一下，或许庄睿就拿不到这块毛料了。

花八十万都买不到的东西，现在花了一万块钱就到手了，此时的庄睿，算是充分认识到了“命里有时终需有，命里无时莫强求”这句老话的含义了。

“唉，又切垮了……”

就在庄睿心中打着自己的小算盘的时候，购买了两块毛料的那个玉器商人，已经将另外一块毛料给切开了，庄睿根本不用去看就知道，那半边毛料里面什么都没有，三万块钱等于打水漂了。

不过这玉器商人随后就把出绿的那块毛料给解开了，从松花处一直往下擦，居然也掏出两块婴儿拳头大小的翡翠来，这让那商人原本紧绷着的脸稍微放松了下，就凭着这两块翡翠，六万块钱已经算是保本了，要是雕工师傅处理得当，说不定还小有盈余。

“庄兄，你不挑块毛料解解看？放心，价格一定按最便宜的给你。”

这会儿聚在摊位旁边的人群，基本上都已经散去了，而进入到杨浩毛料区去选购毛料的，只有寥寥数人，就连原本在那里看毛料的人，都走了好几个，显然是被这次赌垮的事情影响到了。

赌石的人是很迷信的，如果你的摊子上赌涨了，那么人们就会一窝蜂地跑到你这里选购毛料，要是赌垮了的话，情况自然就会反过来了。

庄睿站起身来，拍了拍屁股后面的裤子，指着地下的那块毛料说道：“解啊，我这不刚买了块毛料吗，虽然是下脚料，说不定也能出翡翠呢。”

“庄兄，庄大哥，您就别开小弟的玩笑了，我给你指块好点的料子，你买下来当众切开，就当是帮小弟的忙了。”

杨浩以为庄睿是在开玩笑，有些着急了，今儿是此次赌石大会的第一天，卖出的毛料就切垮掉了，先不说影不影响生意，就这兆头也不吉利啊。

“我闲得没事和你开什么玩笑啊，这毛料都买下来了，自然要切开看看，我钱多啊，拿一万块钱扔着玩？”庄睿没好气地回答道，他不知道这些人是如何鉴别翡翠原石的，怎么就都认死了这块毛料里面出不了翡翠啊。

“得，你要切就切吧，不过动静小一点啊。”

杨浩见庄睿主意以定，也是无可奈何，他让庄睿动静小点，自然就是怕再被人围观后切垮掉，那对他的生意又是一次冲击了。

“行，就我们哥几个切着玩的，三哥，给伟哥他们打电话，都喊到八十三号摊位上来，咱们准备切石啦。”

庄睿拍了拍正翻来覆去看着那块毛料的老三肩膀，示意他把伟哥几人都喊来，自己抱着那块差不多有五六十斤重的毛料，放到了切石机上。

老三电话打了没过五分钟，伟哥岳经兄和毕云涛就勾肩搭背地不知道从哪里钻了出来，岳经兄手里还拿着块拳头大小的毛料，一见庄睿，就献宝似的说道："老幺，哥哥我买了块毛料，你看看怎么样？"

"多少钱买的？"

庄睿一边问着一边将毛料接了过来，入手还挺沉，大概有个三五斤重的样子。

"呵呵，三百块钱买的，听你的话，没敢买贵的，怎么样，这块毛料里面能出翡翠吗？"岳经兄一脸希冀地望着庄睿。

"那啥，二哥，刚才我们这边有人切了块价值八十五万的毛料，最后只解出来六七万块钱的翡翠，整整赔了七十多万，所以吧，您对这玩意儿，还是别抱太大希望了，就当成玩玩得了。"

庄睿刚才在看的时候，眼中灵气很随意地在这毛料中扫描了一下，没有任何出绿的迹象，就是一块带皮风化了的普通矿石，只是不想打击岳经兄的积极性，这才把话说得比较温婉而已。

"老幺，你的意思就是说，这毛料里面什么都没有了，是吧？"岳经一听庄睿的话，顿时苦下脸来。

"有没有谁也不敢说，二哥，那边有切石机，你放上去切一刀不就不完事了。"庄睿笑着回答道，像岳经买的这样的毛料，一百块里面，也难得能有一块切出绿来的。

"切就切，不就是三百块钱嘛……"

岳经兄不服气地从庄睿手里抢过毛料，嘀嘀咕咕地走向切石机。

"靠，这比打牌输钱还快啊！"

在庄睿教会他用法之后，岳经根本就不去管什么纹路之类的讲究，一刀两半，拿起来一看，自然是什么都没有。

"二哥，你让让，我这块石头也要解开。"庄睿拍了拍岳经的肩膀，示意他让出地方来。

"对了，老幺，你不让我们哥几个买贵的，你出手就花一万买块废料，可没经过哥几个的同意啊。"

刚才庄睿购买毛料的事情，老三已经同他们讲过了，这哥几个已经在抱怨先前切石的时候没喊他们了。

"我可是你们封的赌石基金会的理事长啊，要买块毛料，还用请示你们这几个闲杂人员？二哥，要不然这理事长的位置让给你，怎么样啊？"庄睿开玩笑地说道。

"得了吧，五万块钱的基金，哥哥我才看不上呢，行了，快点去切石头吧，按咱们先前说的，赔了反正都是你的。"岳经压根不搭理庄睿这茬，这做了一年多的小领导，怎么说都是他有理。

庄睿在将毛料固定好之后，想了一下，还是很严肃地说道："别，几位哥哥，我丑话先说前面啊，这块毛料算是哥几个一起买的，赔了赚了大家可是都要平摊的呀，要不然我也

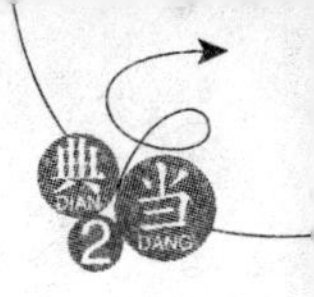

不解了。”

虽然这兄弟五人，感情不是一般的好，但是这年头因为金钱，父子反目，亲兄弟打架的事情多了去了，庄睿说出这话，就是不想等一会儿切出翡翠来，谁的心里落下了疙瘩，那自己就是好心办坏事了。

岳经兄对庄睿的话很不满意，当下说道：“行了，老幺，我说你怎么还当起真来了，那石头里面要是什么都没有，这钱就算是二哥的，总行了吧。”

“嘿嘿，恐怕那几个不答应啊。”

这哥们几个都是不计较钱的主，庄睿放下心来了，拿起了砂轮打磨机，准备先擦石，这块毛料去除掉表层，里面基本全是翡翠，如果下刀切的话，就会将其内部结构破坏掉了，只能一点一点地擦出绿来。

现在距离这赌石大会开幕，也有两个多小时的时间了，不过今天来的人，大多都是圈子里的人，基本上都是在问价看石头，出手买的不是很多，也有几个人在解石，那运气与中年人差不多，都是赌垮了，所以庄睿现在要擦石，呼啦啦地又围上来了一群人。

会场人员流动很大，虽然刚才八十三号摊位赌垮了的消息，传遍了整个会场，但是亲眼看到的，也就那么百十个人，这会儿早就不知道转悠到哪里去了，现在围观的人，都是新流动过来的，也没几个人知道庄睿现在要擦的毛料，是花一万块钱买来的废料。

“小兄弟，你这毛料可是切过的啊，这两边的窗口都没有出绿，基本上就是废料了，这还值得擦吗?”人群里不乏赌石的高手，一位五十多岁，站在切石机旁边的小老头，提出了自己的疑问。

“呵呵，老先生，我们哥几个就是买别人切垮的毛料，练练手的，反正也不值几个钱。”庄睿随口答道。

那老头闻听此话，脸上顿时露出失望的神情，准备退出去的时候，却发现后面都挤满了人，没奈何，只能等庄睿擦完石头再出去了。

“这样的石头还用擦啊，直接一刀两半不完事了。”

“是啊，浪费我们时间。”

围在圈子最里面的人感觉上当了，纷纷出言说道。

“哥们我又没喊你们来看啊……”庄睿没搭理这些人，打开砂轮，对着大约距离翡翠有七八公分的一面，擦了起来。

庄睿不是呈一条线切进去擦的，而是擦出一个巴掌大的天窗来，层层向里面推进的，因为庄睿知道，在这边翡翠的边缘，会有白雾出现的。

经过前面那几人的七传八传，围观的众人也知道这擦的是块废料，都有些不耐烦，圈子最外面的人已经离去了，其余的人也在七嘴八舌地议论着今天自己的见闻，谁都没把这块料子放在心上。

庄睿擦石的动作很慢，每擦进去一两公分的时候，就会用清水将擦面清洗干净，在第

三次清洗过后，一片呈白雾丝状的细小晶体，就呈现在了众人面前。

“咦？出雾了？”

还是那小老头眼睛尖，一眼看到了白雾，也不顾庄睿手中飞快旋转着的砂轮机，马上将头凑了过去，仔细地看了起来。

“不错，小伙子，继续擦，看这样子，很有可能出绿。”老头看了几分钟之后，满脸正色地对庄睿说道。

大家都知道，真正能出翡翠的毛料，外面都有一层皮，在这层皮的下面，一般就是雾，雾的下面才是新鲜的翡翠，一般出雾的毛料，也距离出绿不远了，当然，并不是所有的毛料都会带雾，也不是有雾一定就会出绿，这都是前人的经验所谈，不过出雾的毛料，出绿的概率是相当大的。

“前面那位老爷子，这雾的表现怎么样啊？”

这时擦出雾来的消息也传了人群里，先前嘈杂的声音顿时不见了，他们都是行家，自然知道出雾代表着什么，后面有性子急的人，就喊了出来。

“白雾中微带绿色，下面应该有翡翠，并且这翡翠的绿还很不错，种水不敢说，但是这绿肯定是正、艳、阳、匀的，不错啊，小伙子，你这块是赌涨了。”

虽然庄睿还没有擦出绿来，但是这老头凭借着眼力，已经将里面的翡翠说得八九不离十了，庄睿心中也是暗自佩服，这块毛料里的干青种翡翠，的确是种水一般，但是绿头不错，很是浓艳。

“小兄弟，听说你这块毛料是一万块钱买的，我出十万，卖不卖啊？”

“就凭齐老板的那句话，这毛料也不止十万的，小兄弟，我出十五万，怎么样？”

点评毛料的这老头，在赌石圈子里好像挺有声望的，一时间众人都是议论纷纷，这还只是白雾中带有一丝绿，居然就有人给庄睿出起了价格来，当然，这些人自然是想占便宜的，擦出绿来之后，这价格可就是要突飞猛涨了。

“老幺，这……这就涨了十五倍啦？咱们卖不卖？”

老三可是全程跟着庄睿的，他没想到这眨眼的工夫，原本被认为是废料的石头，居然就能卖出十五万的价格来，这让老三还算强劲的心脏“咚咚”地跳个不停。

“不卖，这才到哪里啊……”

庄睿根本就没有搭理那些喊价的，连头都没抬，这价格翻个百倍还差不多，他心里给这块毛料的定价是一百五十万，原本心中还是有些忐忑的，生怕解出来没有人买，不过看现在这样子，估计是解出来后，这些人要抢着买了。

要说庄睿就是个生手，他还是不怎么了解国内的玉石市场，现在国内硬玉饰品，都面临着原料匮乏的现状，在这种全国性质的赌石大会上，只要你能开出绿来，根本就不用愁没有下家购买，有些玉器公司为了保证货源，留住顾客，对表现不错的翡翠毛料开出的价格，甚至都会与成品价格相差无几，只赚取很少的利润。

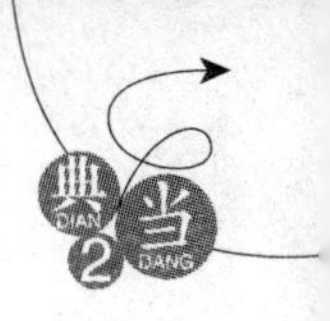

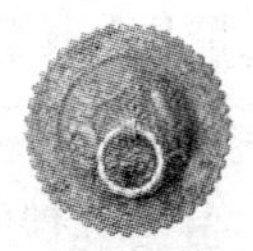

第四十章 疯狂的石头

“疯子买，疯子卖，还有疯子在等待！”这就是翡翠毛料赌石大会上最真实的写照。

随着砂轮机和石头摩擦所发出的声音，这块毛料的边缘，终于现出一抹绿色，等到擦出婴儿巴掌大的一个天窗之后，庄睿停下了手，接过章蓉递过来的纸巾，擦了一把额头上的汗。

“阳绿，是阳绿，色正而不邪，不错，很不错，可惜了，这种水要是能达到玻璃地的话，这块毛料就不得了了……”还是那个姓齐的小老头率先上前查看，一边看一边摇着头，那模样仿佛是庄睿擦垮了一般。

“小兄弟，别往下擦了，再擦有可能会垮掉啊，我出三十万，卖不卖啊？”

“四十万，种虽然是干青种，不过这阳绿做出来的首饰最好卖，我出四十万。”

几位玉器商人上前看过擦出的天窗之后，纷纷给庄睿开出了价格，听得从来没有见识过这种场面的伟哥等人，均是面面相觑，不敢相信自己的耳朵。

喊价声此起彼伏，庄睿擦把汗喝了口水的工夫，这块只开了一点天窗的毛料，居然就涨到了六十万元，庄睿脸上露出了笑容，等这块毛料变成明料之后，看来价格应该不会低了。

站在庄睿身边端茶送水的杨浩，此时也是满脸兴奋，庄睿心中动了一下，把手中的砂轮机递给杨浩，说道：“杨兄弟，下面你帮着我解吧。”

“我来解？”

杨浩闻言先是一愣，继而大喜，庄睿让他去解这块毛料，可是送了天大的人情给他了，要知道，这块毛料出自他的摊位，再经他手解出来，那就是最好的宣传了，就在庄睿刚才擦出绿来的时候，围观的众人，已经在纷纷打听这毛料的出处了。

“嗯，顺着这出绿的地方往旁边擦，我估摸着里面这块翡翠不会小。”

虽然把毛料让给杨浩去解了，但是庄睿也不希望杨浩直接去切石，还是出言提点了杨浩一句。

“我知道，先把外皮都擦开，看看表现怎么样。”

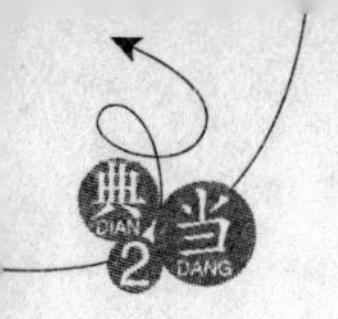

庄睿如此信任自己，再加上这么多人围观，杨浩自然不能搞砸了，他说的办法是最为稳妥的。

“老幺，你可是真神了呀，你怎么就知道，这块石头里面一定会有翡翠啊？”

见到庄睿让出了擦石的位置，这哥几个殷勤地围了上来，递水上烟外带一个人点火，伺候得是无微不至，还是由伟哥代表，问出了哥几个心中的疑问。

“我知道个屁，你们四处打听去，有老坑种的毛料卖一万块钱的吗？我就是图便宜，解出绿来就赚了，赌垮了哥几个也能掏起这钱。”

庄睿自然不会说实话，不过这理由倒是让伟哥几人心中释然了，他们自己刚才也去转了一圈，知道像这么大块头的毛料，少说都要十万以上，这三分之一块毛料要不是别人赌垮了的，一万块钱根本别想买到。

“原来是撞大运的啊……”

几人齐齐向庄睿竖起了中指，擦汗的毛巾收回去了，烟还没点着火就灭了，只有老三还算是厚道，不过刚准备递过来的消暑降温的王老吉，变成了普通矿泉水。

庄睿知道哥几个和他开玩笑，也没在意，将注意力放到了准备解石的杨浩身上。

杨浩不愧出身于玉石世家的人，虽然年纪和庄睿差不多，但是解石的经验很丰富，尤其是一双手，极其稳定，握着砂轮机，不停地将天窗旁边的石屑擦开。

随着天窗处的不断变大，围观众人眼中的瞳孔也在不断地缩小着，此刻所有人的注意力，都被那“嗤嗤”的擦石声吸引过去了。

过了大概有二十分钟的时间，杨浩满头大汗地停了下来，不是他不想继续解下去，而是额头上的汗水，已经滴到了他眼睛里，双手由于长时间发力，也有些不稳定了，必须停下来休息一下，在旁边的杨俊马上将切好的西瓜递了过去，用湿了水的毛巾帮自己堂哥擦着汗。

这块毛料已经解开了一半，露出大概有半个足球般大小的翡翠，值得庆幸的是，现在所露出的翡翠，颜色非常的均匀，浓郁的绿色在阳光的照射下，就像是刚钻出泥土的小草一半，显露出勃勃生机。

“小伙子，不要再擦了，这边缘又擦出雾来了，可惜了，要是早一步停手，这块毛料最少能值一百五十万左右，现在来看，估计最多一百二十万了。”

齐老头又第一个冲过去，仔细地观察起皮层下面的翡翠来，从赌石的角度上而言，杨浩刚才算是失手了，因为他没能观察到下面的白雾。

不过庄睿并不在意，因为他知道，再擦过去两三公分左右的距离，白雾下面还会出翡翠，并且在另外一半，除了薄薄只有两公分左右的皮层之外，全部都是翡翠，体积比现在露出来的这些，还要大上三分之一。

“小兄弟，你看这块毛料，基本上解得差不多了，准不准备卖掉啊，刚才齐老说了，价值一百二十万，我现在出一百三十万，怎么样，卖给我得了……”

一个长得白白胖胖的中年人，从人群里挤到庄睿的身边，拿出打火机，双手合拢帮庄睿点上了火，然后开出了价格，从现在这块毛料的表现来看，这白胖子商人给的价格，还算是公道。

"刚才都干吗去了？鄙视哥们的人里面，就你的声音最响……"

庄睿看了这胖子一眼，缓缓地摇了摇头，心中大爽，这会儿都不发表经验之谈了吧。

"这块毛料嘛……"

庄睿开口说话了，听得众人都竖起了耳朵，只是说出这么一句就停了下来，使得众人都在心中暗骂。

喝了一口水之后，庄睿接着说道："自然是要卖的，不过都已经解到这个份上了，就解成明料来卖算了，大家要是有兴致的话，就多等一会儿吧……"

"一样的，一样的，不过等会儿解出来，小兄弟你可是要优先考虑下我啊。"

广东六月份的室外温度，已经达到了三十五摄氏度，现在众人可都是在炙热的阳光下站着呢，白胖子不停地拿着一条毛巾擦着汗，嘴上说着漂亮话，心中其实在骂着庄睿呢。

这明料和半赌毛料的价格能一样嘛，解成明料来卖，价格就透明了，加上虎视眈眈地盯着这块毛料的人也不少，想便宜点吃下来，可就不是一件容易事了，这会儿围观的众人里面，不少人都在暗骂庄睿是个小狐狸。

"庄兄，这擦出雾来了，下面是切还是……"

杨浩休息了一会儿，缓过劲来了，有点不好意思地看着庄睿，他也知道，要是在擦出白雾之前停手，这块毛料的价值就会高出很多，只是那会儿已经擦了十多分钟了，注意力也没有一开始那样集中，难免出点问题。

"没事，接着擦，咱们多费点工夫，看看这白雾后面还有没有绿。"

庄睿的话不禁让众人大骂他贪心不足，现在这块翡翠，就已经是从雾下面擦出来的了，还想着背面也能出绿，有几个精通赌石的人甚至都想和庄睿打赌，要是再能擦出绿来，他们干脆找块豆腐一头撞死算了。

"好，听你的。"

杨浩站起身来，重新拿起了砂轮机，沿着白雾处擦了过去，可能他心里也没抱多大希望，动作比之前要快了许多，刚刚擦出三公分左右的距离，砂轮与毛料相接触的边缘处，又出现一抹动人的绿色。

"涨……擦涨了……"

杨浩停下砂轮机，用水冲洗了一下出绿的地方，大声喊了起来，原本有些喧闹的人群，突然间就寂静了下来，一块被公认了的废料，居然接连两次擦涨，这个事实让众多自诩精通赌石的人，都大跌眼镜。

"大涨啊，杨俊，快去拿鞭炮……"

杨浩用略带颤抖的声音喊了起来，虽然不管从体力还是精神上，杨浩都已经很疲惫

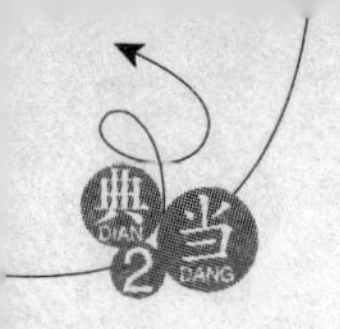

了，但是手下的这块毛料，就像是罂粟一般刺激着他的神经，刚才的白雾，现在的阳绿，这种大起大落，真不是一般人能承受起的。

杨俊听到堂哥的招呼之后，马上从人群里挤了出去，再回来的时候，双手捧着一盘叠在一起好几层的红纸鞭炮，杨浩接过鞭炮，分开围在棚子周围的人群，将鞭炮挂在棚子一角上，对着庄睿说道："庄兄，你来点吧。"

这赌涨了放鞭炮，历来都是毛料商人的规矩，而点燃鞭炮的人，一般都是毛料主人，这也是有说法的，就像是舞狮之前给头狮点睛一般，是一件很荣耀的事情。

庄睿是不懂这规矩的，大大咧咧地上前，用手中的烟头点燃了鞭炮，顿时，震耳欲聋的鞭炮声，在整个会场中响了起来。

今天被邀请来参加开幕式的客人，大多都是赌石圈子里面的人，听到鞭炮声，自然明白了发生什么事情，都放下手里正在看着的毛料，纷纷循声找来。

原本只有一两百人围观着的摊位，这下更是被围得水泄不通，并且后面的人还在死命地往里面挤，这些人来此地的目的，就是想买些好点的毛料回去，赌涨一般就意味着有毛料出售，他们不拼命才怪呢。

见到自己摊位前挤满了人，杨浩一张脸那是乐开了花，当下也不累了，一鼓作气将庄睿那块毛料解了出来。

呈现在众人面前的这块毛料，应该称之为翡翠明料了，此时已经揭开了神秘的面纱，整块翡翠呈球状，比足球略大一些，绿意分布得相当均匀，在阳光下看，犹如一个碧玉西瓜一般。

近距离观察可以发现，在这块翡翠的中间，有一层约两公分左右的白雾，很规则地将翡翠泾渭分明地分成了两半。

不过有些可惜的是，这块翡翠是典型的白壁厂毛料，色正则水头一般，透明度不是很好，刚刚能达到干青种，如果这要是冰种的话，最少能值上千万，要是玻璃地的话，恐怕价值就要上亿了。

"小兄弟，真是好彩啊，一块废料能解出这么大一块翡翠，刚才你也说了，这块翡翠会出手，我出二百万，你看怎么样？"

"我出二百零五万……"

"二百零八万……"

"我出两百五十万，不，这价不好听，两百五十五万……"

早前最先开价的那个白胖子，这会儿又是第一个喊出了价格来，但是没等庄睿回话，几个刚观察完毛料的商人，也纷纷喊出了价格，最后那人的喊价，引起现场众人的一片哄笑声。

听着那像是买大白菜一般的喊价声，老三此刻早就傻眼了，呆呆地对身旁的章蓉说道："老婆，你确定他们喊的是两百五十五万，而不是两百五十五块钱？不行，这怎么感觉

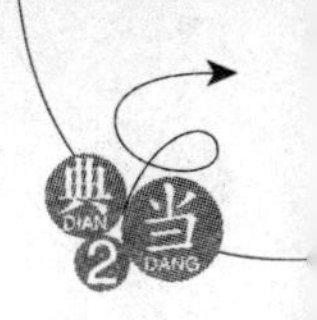

像是做梦一样啊，老婆，你掐我一下……"

"哎哟，你倒是轻点掐啊……"老三只感觉到胳膊处传来一阵剧痛，这下人倒是清醒了。

"不是我掐的。"章蓉此时也被这场面震惊住了，哪有工夫去搭理老三。

伟哥站在老三身后，一脸坏笑地说道："嘿嘿，老三，要不要哥哥再掐一下啊？"

"别，我眼皮子浅还不行啊。"老三一把拨开伟哥又伸过来的手。

在庄睿这几个同学里，伟哥的家境就不用说了，虽然家里管教很严，但是几百万也不会放在他的眼里，至于毕云涛，那可是开法拉利的主，当然也不会在意这点钱，也就是岳经兄和老三手头比较紧一点，他们所受到的震动也是最大的。

岳经兄的表现倒是比老三强了很多，他虽然对这个数字蛮震撼的，但是家里也是有亲戚长辈从商的，再加上他打小也没怎么缺过钱花，只是对于这本来一文不值的破石头，突然之间变得身价百倍，充满了好奇。

杨浩所放的鞭炮声，吸引了更多的玉器商人前来，竞价也变得愈加激烈了起来。

虽然这块翡翠明料种水一般，算不上高档翡翠，但是中国人对于翡翠的第一直观印象，就是绿色，所以色正的翡翠，在市场上是最受欢迎的，这块料子绿色浓郁，并且分布均匀，无论是做镯子还是挂件，都是现在市场上的主力军，所以这些玉器商人们谁都不肯放弃，喊出的价格也是节节攀升。

"二百九十五万！"

刚才那位略带斯文的白净胖子，此时就像一个赌红了眼的赌徒一般，面红耳赤地喊出了目前场内的最高价。

从这块翡翠明料本身的价值而言，这个价格已经差不多到顶了，毕竟干青种的料子，只属于中档翡翠，虽然绿头很好，价格能卖得稍贵一点，但是面向的还是普通老百姓居多，消费力有限。

在那个白胖商人喊出这个价格以后，场内沉寂了下来，每个有意染指这块明料的人，都在心中计算着利益得失，将这块翡翠买下来，少赚一点没关系，但要是赔钱，众人自然不愿意出手了。

现在场中约莫有二十个人在竞价，从两百六十万以后，就变成一万一万地往上加价了，但是这白胖商人从两百九十万一口喊到了两百九十五万的价格上，看样子对这块翡翠是势在必得了。

看到没有人再愿意出价了，就在庄睿准备答应下来的时候，突然，一直蹲在地上观察这块翡翠的齐老头站起身来，伸出三根手指头，淡淡地说道："我出三百万！！"

听到了齐老头的报价，那白胖商人一张没有丝毫皱纹的脸，马上变成了苦瓜脸，对着齐老头说道："齐老哥，您这价钱开得有点高了吧，就不能让小弟一回。"

"韩老弟，我刚才仔细看了，这块翡翠要是我自己动手的话，能掏出三十副左右的镯子出来，加上戒面、挂件这些小物件，也就是三百来万的东西，你又不是不知道，我店里存货也不多了。”

齐老头刚才蹲在地上，一直都在计算着这块翡翠能雕出多少个物件，以他的手艺而言，用三百万的价格购买下来，应该还略有盈余，只是这利润就相当的稀薄了。

“得，老哥，我不跟您争了，两百九十五万我买下来，可能都要亏一点，算了，这料子是老哥您的了。”那个韩老板苦笑了一声，没有再出价了。

“老幺，那老头不是说这翡翠能做出三百多万的物件吗，怎么这姓韩的说两百九十五万他就要亏钱啊？”伟哥用手碰了碰庄睿，小声问道。

“伟哥，你怎么不去问那老头，我也不知道呀。”庄睿哪里知道这里面有什么猫腻，对于他而言，东西卖出去了，价格也合适，这就行了。

倒是站在一边的杨浩回答道：“那位齐老板是有名的手艺人，正宗扬州雕工的传人，只有他这样的雕刻师傅，才能把这块翡翠利益最大化，一般普通的工匠去雕琢这块翡翠，恐怕有一些就要被损耗掉的。”

齐老板三百万的价格，震住了场内的众多玉器商人，他们都看过这块翡翠了，自问要是自己买下来，估计制成成品之后，很难卖出三百万的价格来，所以足足过了有三五分钟，场内再也没有人出价了。

石头赌涨了，解出来的明料也卖出去了，在庄睿和齐老板去转账的时候，围在杨浩摊位上的人群，也逐渐地散去了，很多人都跑到杨浩摊子上去选购毛料了，这就是赌涨所带来的人气。

不过在刚才切石的地方，还站着两个人，一个是最初花了八十五万购买那块全赌毛料的瘦高中年人，脸上露出一副说不出的表情，也不知道是哭是笑，另外一个却是那个买椟还珠的玉器商人，均是呆立在场地中央，过了半晌之后，才离开。

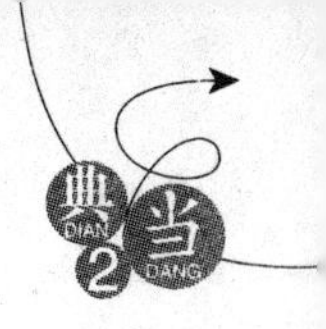

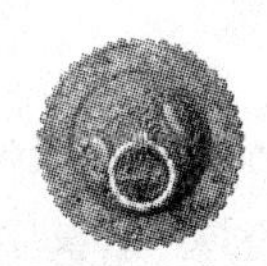

第四十一章 将计就计

从庄睿出手捡漏到解出翡翠，一直都在现场的章蓉看到那两个人黯然的表情，有些不忍地说道："老公，你说那两个人受到这样的打击，会不会疯了啊？"

"应该不会吧？"老三不敢肯定地回答道，这事情要是放在他自己身上，老三都不知道自己会不会被刺激得发疯掉。

杨浩这会儿去招呼那些选购毛料的商人们去了，他知道这几个人都是庄睿的朋友，故而留下堂弟杨俊陪着他们。

听到章蓉的话后，站在旁边的杨俊嘴一撇，满不在乎地说道："肯定不会，这才多少钱啊，不过八十多万而已，只要那人赌涨一次，就都赚回来了，赌石本来就是有赚有赔，眼力不行，运气不好，这很正常的。"

虽然年龄不大，但是出生在玉石世家的杨俊眼界可是很高的，在赌石圈子里，向来都是报喜不报忧，可是杨俊清楚，因为赌石赌垮掉而变得倾家荡产的人，绝对要比赌涨一夜暴富的人多多了。

杨俊这会儿对庄睿也是服气了，自家老哥说得没错，这绝对是一只招财猫啊，就连买块被公认的废料，都能解出三百万的翡翠来，看样子在南京花了八千块钱赚了三千万的事情，也是真实的了。

"哎，说哥几个，都杵在这里像电线杆子似的，也不怕热啊？"

庄睿晃晃悠悠地一个人独自回来了，刚才带着的那块翡翠已经不见影踪，想必是转过账之后，被齐老板带走了。

"臭小子，分钱啊，兄弟们，抢！"

伟哥一声令下，四兄弟如狼似虎般地把庄睿围在了中间，八只手瞬间将庄睿的口袋翻了个遍。

"别摸，去棚子里，在这不嫌热呀。"

几个人嬉闹了一会儿之后，庄睿领头走进棚子里，杨俊不知道从哪里又摸出一个西瓜切开，哥几个在烈日下晒了大半天，嘴都有些渴了，每人拿起一瓣吃了起来。

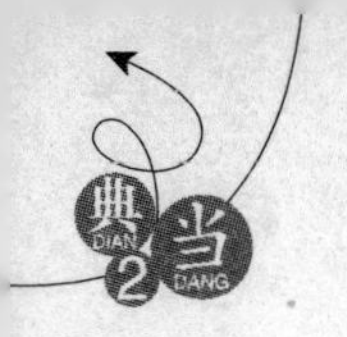

“三百万，六个人分，每人五十万，喏，一人一张卡，密码是123456，不记名的，你们有时间去银行转到自己的卡里就行了。”

伸手擦了下嘴边的西瓜汁，庄睿从手包里面掏出六张工商银行的卡来，扔在了桌子上面。

这哥几个虽然都挺兴奋的，不过谁也没伸手去拿桌子上的卡，因为他们都感觉到，这样分配有点不太公平，能解出翡翠来，毕竟都是庄睿一个人的功劳。

老三沉默了一会儿，开口说道：“老幺，咱们不是五个人嘛，你办成六张卡做什么？不过这样也好，这钱你拿双份，剩下的我们哥几个一人一张。”

伟哥等人连连点头，都表示赞同，先前那个所谓的赌石基金不过是哥几个开玩笑的，谁都没当真，几百万说多不多，可是也不少，有些普通家庭一辈子也未必能赚到，伟哥等人都不想被这钱伤了感情。

庄睿没搭理老三，而是看向了章蓉，说道：“嫂子，你回去可要教训下三哥啊，他这根本就没拿你当回事呀，咱们六个人，他偏偏少算了你，啧啧，这事……”

老三听到庄睿这话，马上就明白了他的意思，连忙开口道：“庄睿，这样不合适，真的不合适，我们这钱拿的本来就很惭愧了，不行，绝对不行。”

“三哥，别推辞了，这都是先前咱们说好的，再说了，你和嫂子手头宽裕点，以后在工作上也不至于犯错误了，还有二哥，到时候小弟去北京，还要你关照呢。”

庄睿不待老三说话，拿起两张卡塞到了他的手里，另外还有一张翡翠原石的交易合同，有了这东西，老三手中的一百万，才是合情合法的。

两张银行卡虽然轻飘飘的没有什么重量，但是拿在老三的手里，却像是有千钧一般重，压得他有些喘不过气来，他知道庄睿是有意照顾他，但是这份情实在是过于沉重了。

“行了，老三，给你了就拿着吧，别再矫情了，老幺现在是资本家了，听说丫还开了獒园和汽修厂，别和他客气啊，以后生个大胖小子，哥几个都去当干爹。”

岳经兄见到老三眼圈有点发红，像是动了感情了，连忙伸手从桌子上拿起一张银行卡，很夸张地放到自己的钱夹里，然后四处看了看，摆出一副防贼的模样，逗得众人哈哈大笑，原本有些凝重的气氛，顿时变得轻快了起来。

其实也怪不得老三激动，庄睿拿到第一个三百八十万的时候，其表现也不比老三强多少，这感觉就和中彩票差不多，有种被天上掉下来的馅饼砸中了的感觉。

“庄老弟，你怎么在这坐着呢？”

庄睿几人正啃着西瓜聊着，一个声音插了进来。

“嘿，马哥，你也来啦，怎么样，收获如何？”

庄睿回头一看，一头大汗的马胖子带着那女孩，刚走进棚子，身上那汗，早就将上身那件T恤衫给浸透了。

马胖子进来之后也没客气，捞起桌子上的西瓜就吃了起来，还没忘给身边的燕子递

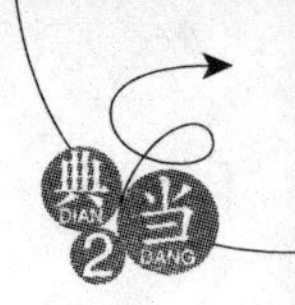

上一块,吃完之后抹了抹嘴,说道:“甭提了,今儿倒霉透了,我那赌石师傅昨天晚上不知道吃坏了什么东西,今天一大早就上吐下泻,没法,我把他送到医院吊水,自个儿先来转转。”

好毛料一般都被定为了暗标,而赌石大会还有三天才开暗标,马胖子也不急,过了今儿还有两天时间呢,他主要目标还是放在暗标上,因为暗标大多都是开过天窗表现不错的毛料,最适合囤货。

“就凭你老哥这眼力,还要什么‘眼睛’啊,自己去看不就得了……”庄睿知道马胖子眼力奇毒,所以说了这么一句。

“老弟啊,术有专攻,像我这一瓶子水不满,半瓶子水晃荡的人,最容易走眼吃亏了。”

马胖子这话说得不错,他以前玩古董的时候,可以从卖家的神态举止中判断出古玩的真假来,但是这翡翠毛料,就是卖家也不知道里面究竟有没有翡翠,所以马胖子也是没辙。

“对了,老弟,这个摊位是八十三号吧?我刚进场就听人说这里赌涨了,这才赶过来看看的,是个什么情况啊?给老哥介绍一下。”

马胖子说话的时候,眼睛在桌子上剩下的几张卡上面扫了一眼,再一看庄睿的表情,顿时将眼珠子瞪得溜圆,吃惊地问道:“庄老弟,这……这,刚才赌石的人,不会就是你吧?”

庄睿苦笑了一下,说道:“还真的就是我,不过没赚多少钱,一共才三百万,不入老哥你的法眼。”

“我说你小子……这运气怎么就这么好啊,不行,回头你要给我挑块毛料去。”

马胖子一双眼睛上上下下打量着庄睿,把他看得有些发毛,不管什么人,心里有秘密,总归是怕被别人看出来的,庄睿连忙说道:“马哥,我给你选毛料没问题,要是赔了的话,我可不管的啊。”

“赔了我也认了,就凭你小子手上那串活佛天珠,想赔都难。”

马胖子的这话,倒是让庄睿松了一口气,看来所有认识他的人,都把他的好运归功于这串老天珠上了。

庄睿在和马胖子聊天的时候,没有注意到,在距离这个摊位不远的地方,一双恶毒的眼睛,正死死地盯在庄睿的身上,眼中满是怨毒,似乎还带有一丝不解。

许伟刚才是听到鞭炮声,才赶过来的,虽然来到得有些晚,但刚好看得庄睿与齐老板成交那块翡翠明料,向旁边人一打听,才知道庄睿仅仅花了一万块钱,居然赌涨了,这让许伟想起上次在南京赌垮的三百万,对庄睿愈加怨恨起来。

“大彪这小子办事也不牢靠,不是说庄睿挨了他那一掌,最少要在床上躺个把月的吗……”

看着庄睿谈笑风生的样子,哪里有一丝受伤的模样,许伟不由在心里恨恨地想着。

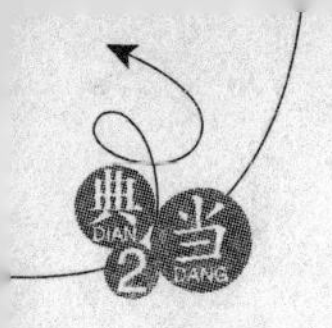

在许伟身旁，还站着两个人，一位是六十出头的老者，这是他们家族参加此次平洲赌石大会的赌石师傅，另外一个人，也是鬓角斑白，年纪在六十岁左右，穿了一身白色的练功服，双目顾盼之间，带着一股说不出来的气势，想必应该是久居上位之人。

“走吧，去那个赌涨的摊位看看，赵师傅，这次就拜托你了。”

穿着白色练功服的老者淡淡地说了一句，率先向庄睿所在的地方走了过去。

这位老人就是许氏珠宝的当代掌舵人许振东，许氏珠宝的大本营就在广州，本来参加平洲赌石大会是另有其人，但是昨天许振东突然接到几个最重要的玉石供货商的电话，要求与其终止玉石原料的供应，并且没有说明原因。

就在几个月之前的缅甸翡翠公盘上，许氏珠宝也是铩羽而归，花费了八千多万投标赌回来的毛料，只收回一千多万的成本，对许氏珠宝可谓是一个很大的打击，相对许伟在南京赌垮的那三百多万，根本就不算什么了。

在缅甸损失惨重，再加上国内的供货商要解除合同，如此一来，许氏珠宝马上就要面临原料匮乏的窘境，所以许振东才亲自出面，希望能在平洲买到一些好点的翡翠毛料，以解燃眉之急。

许伟是许振东的亲侄子，对这个海外学成归来的侄子，虽然在这半年之中出了一些事情，许振东还是寄予了厚望，将他调到西北分公司，也是有意要磨砺一下他，所以这次赌石大会，许振东还是将许伟带在身边，想让他多接触一些专业上的知识和玉器行的同仁们。

“嗯？许伟，怎么还不走？”

许振东走出七八米外了，回头一看，许伟还站在原地，不由皱起了眉头。

“哦，来了，大伯。”

许伟打心眼里不想去八十三号摊位，因为那样一来，他肯定会和庄睿照面，虽然大彪现在没有在他身边，而许伟心里也有十足的把握可以肯定，庄睿并不知道机场所发生的事情是他干的，但是俗话说做贼心虚，许伟还是不想正面与庄睿有任何的接触。

正和马胖子等人胡侃的庄睿，突然感觉到有一道目光一直注视着自己，扭过脸向棚子外面看去，正好和许伟眼神相对，庄睿心中被压抑的怒火瞬间燃烧了起来，身体霍然站起，喊道：“许伟！”

走在前面的许振东听到喊声，向庄睿处看了一眼，对身后的许伟说道：“许伟，是喊你的吗？要是你朋友，就过去打个招呼吧，我和赵师傅先去看毛料。”

故意走在庄睿身后方向的许伟，不禁心中叫苦，还是被庄睿看到了，许伟怕大伯知道自己和庄睿之间的矛盾，硬着头皮还是走了过去。

“他叫许伟？老幺，是不是在机场算计你的那个人？”

听到庄睿口中喊出来的名字，老三也腾地站了起来，满脸怒容。

白狮似乎也感觉到了庄睿身上散发出来的敌意，口中发出“呜呜”的低吼声，眼睛死

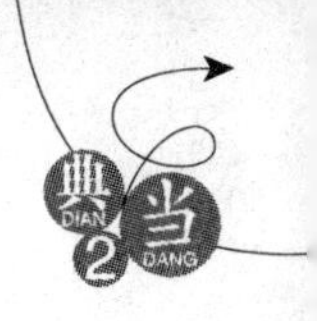

死盯着走进来的那个身影。

庄睿见到老三和白狮的样子，心中的怒火倒是平息了许多，不是他不想在这里教训许伟，而是怕白狮发起野性，将许伟给生生撕掉，要知道，虽然白狮一向都很听话，但万一发起狂来，庄睿也没有能力制止的，要是这样的话，那就得不偿失了。

“三哥，别激动，我自己来解决。”庄睿强行把老三按回到椅子上，自己迎着许伟走了过去。

“原来真是许总啊，我还以为眼睛花认错人了呢，对了，许总可真是敬业，昨天才下飞机，今儿就来参加这交易会了，啧啧，真是佩服。”

庄睿夹枪带棒的话，让许伟心中打了一个激灵，“莫非他昨天认出我来了？”看着棚子里几双不善的眼神，许伟有些懊悔进到棚子里面来了，这要是打起来，眼前亏是吃定了的。

压制住心中的恐慌，许伟做出一副莫名其妙的样子，说道：“庄老板昨天看见我了？不会吧，我一个星期前就来到广州了，可能是你认错了人吧？”

看着许伟那虚伪的面容，庄睿费了好大劲，才控制住自己没往那张脸上打出拳头的冲动，心中在飞快地盘算着，怎么才能报那一掌之仇。

断了许氏珠宝供应商的事情，是庄睿拜托古老爷子做的，不过即使这样，也消除不了庄睿对许伟的恨意。

“庄老板，我还要去选购毛料，就不多聊了，改天有时间，我做东，大家在一起坐坐，以前的一些小误会不算什么嘛。”见到庄睿的面色忽晴忽暗，许伟心中发虚，连忙打了个哈哈，转身就走。

“选购毛料？”

看着许伟转身离开的背影，庄睿嘴角划出一道弧线来。

昨天在机场挨的那一掌，是庄睿活了这二十多年以来，吃过的最大的一次暗亏，如果不是依仗着眼中灵气，恐怕要在床上躺几个月了，要不是苦于找不到许伟，庄睿估计昨天就打上门去了。

在找不到许伟的情况下，庄睿昨天把自己和许伟之间的矛盾，原原本本地告诉了古老爷子。

古老爷子对于庄睿这个世侄，算得上是照顾有加，在听到庄睿在机场发生的事情以后，马上就打电话联系了国内最大的几家玉石原料供应商，切断了许氏珠宝的原料货源，当时庄睿就在旁边，所以对许伟等人今天来这里的目的，也猜到了几分。

庄睿从小就不怎么崇尚暴力，虽然架没少打，但那都是因为刘川太冲动，几句话没说完就操起拳头练起来了，作为兄弟没有不帮忙的道理。

但是更多的时候，庄睿还是喜欢在背后阴人，那种让别人吃了哑巴亏，有苦没地说的样子，才能使庄睿感觉到报复后的快感。

打你一顿最多只能让你疼上十天半月的，像是许伟这种人，肯定是记吃不记打，庄睿

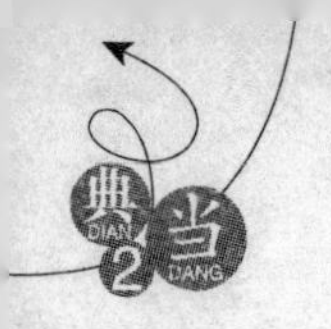

此时在心里已经想到了一个办法，但是否可行，还要看许氏珠宝对毛料的渴求心理了。

拿定了主意之后，庄睿对坐在椅子上气鼓鼓的老三说道：“三哥，我车上后备厢里有块毛料，你帮我取过来吧，今儿手气顺，咱们再解一块。”

“现在你还有心思切石头？”

老三有些不解，昨天那人的举动，纯粹就是奔着要废了庄睿来的，此时见到仇家，他没想到庄睿居然还想着解毛料。

要说庄睿的朋友里面最了解他的人，除了刘川之外，就要数阳伟了，昨天机场发生那事情阳伟也知道，但是他更知道庄睿的性格，绝对不是那种有仇不报的人，刚才伟哥注意到庄睿脸上的坏笑，心里也明白了几分。

看出了几分端倪的伟哥，张嘴冲着老三嚷嚷道：“老三，你什么时候见老幺吃过亏啊？让你去，你就去，别那么多废话。”

庄睿看到老三还是有点不情不愿的，开口说道：“三哥，去吧，我心里有主意。”

老三一听这话，明白过来了，敢情庄睿想玩阴的啊。

要知道，在上大学的时候，因为他们班里四十多个女生，只有这五个男生，势单力薄，所以别的系的牲口们，没少因为体内荷尔蒙发作，给他们使小绊子找茬，但是每次吃亏的，都还是那些牲口们，有两个甚至在临毕业的时候还背上个学校记大过的处分，当时的那些坏点子，可都是庄睿出的。

想到这里，老三接过了庄睿的车钥匙，二话没说，转身就跑出了棚子，就连庄睿在身后喊他，都没听见。

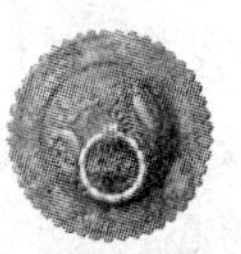

第四十二章　请君入瓮

会场的面积挺大的，这里距离场地外面的停车场，大概有个七八百米的距离，过了足足有七八分钟之后，老三满头大汗地抱着庄睿那块毛料，回到了棚子里面，看得庄睿是哭笑不得。

“我说三哥，你着的是哪门子急啊，这里有推车，可以推着走的，你倒好，偏偏要抱过来。”

庄睿的话引得众人笑了起来，这块毛料可是不轻，足有四五十斤，老三虽然身体好，这会儿也累得是上气不接下气了。

“我说呢，这抱着毛料一路走过来，那么多人看我，敢情是当傻子看的呀？”老三挠了挠头，也不生气，嘿嘿憨笑着。

“看你那傻样，快擦擦汗。”一旁的章蓉心疼了，连忙递过去一条毛巾。

老三顾不得擦汗，看着庄睿问道：“老幺，你这块石头里面，也有翡翠？”

“这事谁能知道啊……不过既然买了，当然要解开看看。”庄睿摇了摇头，他总不能说自己能看到里面的翡翠吧。

“杨兄弟，借用一下你们的切石机可以吗？”

这块毛料不是从杨浩摊位上买的，所以庄睿要先征求一下主人的意见。

“我去问问我哥，应该没问题的。”

杨俊答应了一声，转身跑向毛料区，杨浩这会儿正满头大汗地给选购毛料的客人们做着介绍呢。

“老弟，你这块毛料，是和宋军去掏宅子买的吧？哥哥喊你去，你就不搭理我……”

马胖子在一旁出言问道，语气里带着股子幽怨，听得庄睿浑身打了个冷战。

庄睿正找着借口应付马胖子呢，看到杨俊回到棚子里，马上站起身来，说道：“马哥，我就是随便玩玩的，哎，杨俊回来了，咱们去解石吧。”

“庄大哥，我哥说了，等一下有个客人要切石，他完了你们再解好吗？”

杨俊有些歉意地对庄睿说道，按理说，借下切石工具本不算什么的，可是刚好赶上有

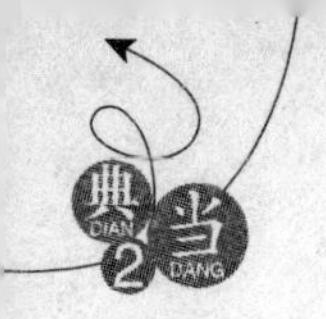

人买了毛料准备解石，杨浩也没办法，肯定是要先安排自己客人的。

庄睿摆了摆手，说道："没关系的，我们也去看看。"

就在庄睿等人准备走出棚子的时候，坐在那里一直没怎么说话的周瑞，开口说道："庄睿，把白狮带过去，这块毛料我看着就行了。"

庄睿知道周瑞是怕自己再被人袭击，犹豫了一下之后，摇了摇头，道："周哥，没事的，三哥功夫不错，护得住我，不用担心。"

"那我跟着你。"周瑞站起身来，跟在了庄睿后面，昨天发生的事情，让周瑞心中一直都挺自责的，他觉得要是自己跟着庄睿，那种事情肯定不会发生。

庄睿无奈地笑了笑，抱着白狮的大头嘱咐了它一番，然后和众人向解石处走去，准备观看别人切石。

虽然会场摊位众多，但是每一次解石，都会吸引大量的玉石商人们围观，因为他们只采购原料，一般不参与到风险特别大的赌石之中，要赌也都是赌一些开过天窗比较有把握的毛料，所以购买别人赌涨后的毛料，也是他们的主要进货渠道。

见到是庄睿这个刚才赌涨了的红人，围观的人群也给他们让出一条路来，庄睿进去一看，乐了，这可真是冤家路窄啊，原来这里准备解石的人，正是许伟一行三人。

许振东赌的是一块半赌毛料，整块毛料有点像橄榄球，两边尖中间粗，有三四十公斤，在表皮上的松花处，开了个婴儿巴掌大小的天窗，倒是出绿了，水头也可以，不过颜色有些淡，并且在一团浅绿中，掺杂有一些白色晶体状物质，也就是白棉的存在，从表现上来说，这块毛料很一般。

庄睿向前挪了挪身子，靠近杨浩，问道："杨兄弟，他们出了多少钱？"

"三十万，对了，庄兄，我知道你和那个人有些过节，看在小弟的面子上，换个地方解决如何？"杨浩小声地说道，他也认识许伟，这个冤大头三百万赌垮的那块石头，就是杨浩亲手卖出去的。

"放心吧，我是来赌石的，又不是来结怨的。"

庄睿看着站在自己对面不远处的许伟，眼睛里闪过一道寒光，随即将目光放到切石机上的那块半赌毛料上，释放出了眼中的灵气。

有如丝线一般的灵气，随着庄睿的眼神，渗入到毛料的表层里，一个结晶体的世界，无数的细小粒子状颗粒，呈现在了庄睿眼前。

庄睿发现，在那块天窗的后面，倒是有绿，并且块头还不小，但是这些绿没有连成片，而是被一层层灰白色呈丝絮状的白色斑点，给包裹分割开来，最大的一块翡翠，也不过只有七八公分大小，形状还不是很规则，连一只镯子都掏不出来。

不过这些翡翠种水不错，勉强能达到冰种了，透明度很高，全部分解出来，雕成一些小的挂件的话，三十万的本钱倒是能赚回来的。

这次解石是由赵师傅亲自操刀，前几个月去缅甸公盘的时候，由于他的失误，使得许

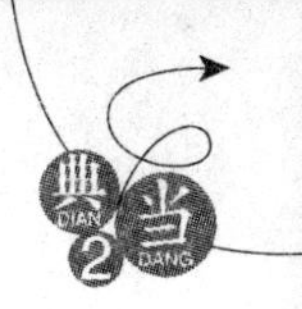

氏珠宝损失惨重，这也让赵师傅心理压力很大，如果在这次赌石大会再次赌垮的话，即使许振东不说什么，他也没有脸面再留下来了。

对于现在国内大多数珠宝公司而言，他们并不缺钱，只是缺少制作玉器的原料，所以赵师傅选的这块毛料，只要能解出不低于三十万的翡翠来，就算是赌涨了。

因为这块毛料的翡翠之中掺杂了白棉，所以从擦石开始，赵师傅就很小心，一点点地将毛料外面的皮层擦开，而里面和翡翠玉石交错在一起的白棉，更是耗费了赵师傅全身的精力。

整整过了一个多小时，才将毛料里面的翡翠取了出来，而赵师傅整个人几乎都瘫掉了，不过让他欣慰的是，这次赌石虽然算不得大涨，但总算是没赔。

在知道这块毛料是解开自用之后，围观的玉石商人们早就散开了，庄睿等人看了一会儿，也感觉到很无趣，遂回到棚子里去等待了，而许振东将许伟留着解石现场，也和杨浩说说笑笑地来到了棚子里。

"许老板，不知道令侄给你介绍没有，上次在南京解出天价翡翠的人，就是这位庄老板。"

杨浩不太清楚庄睿和许伟之间的恩怨，本着来者都是客的道理，将庄睿介绍给了许振东。

"庄先生真是年少有为啊，如此年纪就能在赌石圈子里扬名立万，可是不容易呀。"

许振东倒是知道一些庄睿和许伟之间的矛盾，当然，肯定不是从许伟口中得知的，所以许振东现在说的这话，虽然听起来像是在夸奖庄睿，其实却是暗指庄睿年少轻狂。

"哪里，许老板才是老当益壮，家族里也是人才鼎盛，我们做小辈差得还远。"

庄睿自然是不肯示弱，你既然想护犊子，我就连你一起骂进去，都老成这样了，还要亲自出马来赌石，那句人才鼎盛，更是在赤裸裸地打脸。

许振东笑了笑，没有再说下去，一把年纪的人了，和庄睿这二十来岁的小青年斗嘴，胜负都是失面子的事情，只是许振东并不知道面前这人就是切断他公司原料货源的罪魁祸首，否则的话，别说是斗嘴了，许振东恐怕打架的心思都会有了。

"大伯，咱们那块毛料解开了，里面的翡翠成色还可以。"

两人正说话间，许伟扶着赵师傅走了进来，一手还拎着个包，显然里面装的就是刚解出来的翡翠料子，许伟一边说，一边献宝似的打开了个那个包，拿出一块明料，递给了许振东。

"嗯，还不错，能达到冰种了，辛苦赵老弟了，这玩赌石，讲究的还是经验啊，人能走一次运，不见得一辈子都走运，许伟，好好向你赵叔叔多学习一点，不要整天坐井观天，妄自尊大。"

许振东在家族之中，是个很强势的家长，但是对外却非常的护短，这会儿右手一边把玩着这块卡片大小的翡翠，嘴里一边教训着许伟，但是话中的意思，却是直指庄睿，就连

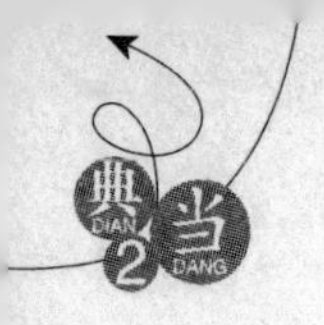

杨浩都听出不对劲来了。

“呵呵,我这人就天生运气好,许老板你们先坐,我要去解石了,刚才解出一块三百万的翡翠,这块毛料也不知道怎么样,三哥,搭把手,帮我把毛料搬过去吧。”

庄睿像是没有听懂许振东的话,笑呵呵地站起身来,招呼众人走出了棚子,老三自然没有让庄睿动手,一人将那块毛料抱到了切石机旁。

“运气,人能靠运气活着吗?”看着庄睿的背影,许振东不屑地说道,这老头的年龄和脾气一般,都挺大的。

“大伯,这小子运气真是不错,在南京的时候,两块废料都被他擦出绿来,其中一块还是大涨,卖出了两千万,刚才那块毛料,也是别人不要的,居然也能赌涨,这小子很邪性的。”

许伟虽然对庄睿恨之入骨,但是对于庄睿的运气,却也是嫉妒得很。

“哦?”

听到许伟的话后,许振东的眼睛不由紧缩了一下,他刚才虽然是说赌石经验最重要,但是许振东知道,翡翠毛料千变万化,经验再丰富,也远不如运气重要的,如果这年轻人真的一直走着鸿运,自己与他交恶,应该不是一件明智的举动。

想到这里,许振东皱起了眉头,向许伟问道:“你和这人怎么认识的?因为什么产生的矛盾?”

许振东只知道自己这个侄子在南京的时候,和这庄睿不怎么对路,但是详细情况,他确实不太了解,这也可见许振东护短的脾性了,对错都没分清,就先护着自家人了。

许振东这种性格,虽然在家族里很是得到拥护,但是对于公司的发展来说,并没有任何的好处,这也是近年来许氏珠宝日渐没落的原因之一。

“是那件英国珠宝设计师的事情。”许伟小声说道,其实那事情和庄睿根本就没有什么关系,但是许伟将那天在场的人,都记恨在心里了。

“走吧,去看看那小子的运气,是否真的有那么好,要是开出翡翠来,咱们也可以买嘛。”许振东眯起了眼睛,向棚外走去,在他看来,许伟和庄睿之间的矛盾,不过是小孩子打架,在利益面前,都是可以妥协的。

“这许氏珠宝的掌门人,就这水平,看来离没落也不远了,对了,庄睿,你怎么和他们结怨了,这一家人可都是小心眼啊。”

马胖子凑到庄睿身边,嘴里嘟囔了一句,难得他肯冒着大热的天气,也跑出来观看庄睿擦石,身边的燕子打了一把花伞,不过只能遮挡住马胖子三分之一的身躯。

“没事,马哥,我和他们没交集的,怎么着,要不要这毛料我让给你解,过过手瘾?”庄睿不想谈这个,故意把话题给岔开了。

“这个……还是算了,老弟你自个来吧。”

马胖子本来有些意动,不过抬头看看高悬的烈日,还是打了退堂鼓。

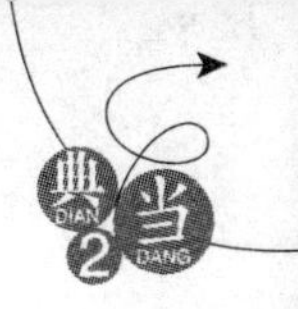

庄睿咧嘴嘿嘿笑了一下，弯下腰将毛料抱起来，固定在了切石机上，他也就是那么一说，这块毛料，除了庄睿自己，不管换成谁来解，必定都要赌垮掉的。

庄睿拿起砂轮机，正准备开动电源，见到老三居然也拿了把伞挡在了他的头上，连忙摆了摆手，说道："三哥，不用打伞，你去照顾嫂子吧。"

随着砂轮转动的声音响起，四周的人群又聚拢了过来，虽然这会儿已经到中午了，但是在平洲这个会场里面，只要是解石，不管在什么时候，都不会缺少观众的。

庄睿从于老板处买的这块毛料，表现只能说是非常的一般，灰白色的体表上坑坑洼洼的，不是很平整，上面也没有松花蟒纹，刚才几个人上前看了一下，都摇着头，很不看好这块毛料。

大家都知道，松花是指原来翡翠原料上的绿，经风化已渐失色留下的痕迹，一般在表层上留有松花的痕迹，也就说明这块毛料曾经形成过翡翠，有经验的人都会根据松花颜色的深浅、形状、走向、多寡，疏密程度，来判断毛料里面绿色的深浅、走向以及大小形状。

表皮没有松花的毛料，出绿的可能性一般都很小，所以这块毛料在众人眼里，赌性就变得非常大了。

对于这块毛料里面的表现，庄睿早就是烂熟于心了，在这不起眼的表层下方两三公分处就出绿了，而且是冰种的阳绿，表现极好，算得上是高档次翡翠了，并且连成一片，几乎蔓延到这块毛料整个面积的三分之二，所以无论从哪里擦，基本上都能擦出绿来。

庄睿眼睛的余光看到许振东带着许伟也围了过来，于是动手开始擦石了，还别说，庄睿的学习能力真的很强，不过在南京解过一次毛料，算上刚才那次，不过解了三块毛料，但是动作很老练，看起来像是沉浸在这行当数十年的老手一般。

许多人把解石想得很神秘，说白了，其实很简单，就是要胆大，心细，手稳，满足了这三点，谁都能上来解，更何况庄睿对毛料里翡翠的走向一清二楚，根本就没有一丝顾虑，要不是这么多人围着看，他早就捡出绿最薄的地方擦了。

庄睿现在擦的这个地方，却是在出绿处的边缘，这里的翡翠是呈线状的走向，庄睿用灵气观察到，如果仅看这条大概有三指粗细的绿线，给人的第一感觉就是这翡翠往里面渗进去了，而且渗入得极深，在行家眼里，这就是大涨的表现。

随着砂轮和石层摩擦所发出的噪声，庄睿很快就在那一处开了一个巴掌大小的天窗，动人的绿意在阳光的照射下，将庄睿的脸庞上，都渲染成了一片绿色。

"涨了，又赌涨了，这小子运气真好。"说这话的人，显然是看了庄睿第一次解石的。

"刚才他也赌涨了？是什么成色的翡翠？"问话的人，自然是后来的了。

"哎，我说，该我看了吧？"

"前面的老兄，露个空出来啊。"

庄睿解石这会儿也算是解出经验来了，在擦出那个小门之后，马上停下了砂轮机，用清水将擦出绿来的地方清洗了一下，然后人就站了起来，让到一边，而等在旁边的玉器商

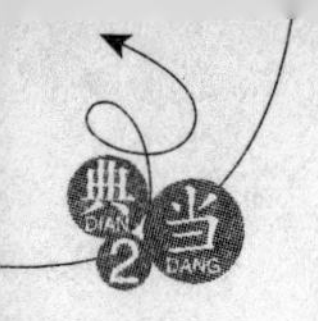

人们,立即是蜂拥而上,十多个人头把那块毛料围得是水泄不通,后面挤不进去的人,还一个劲地嚷嚷着。

在看到那位赵师傅也挤了进去之后,庄睿嘴边露出一丝不易察觉的冷笑,等着就是让你去看的。

里面看完的人让出来之后,外面马上又有人挤了进去,足足过了十多分钟,才算是停歇了下来,庄睿看到赵师傅走到许振东的身旁耳语了几句,然后许振东也挤进去看了一下,出来之后和赵师傅不停地说着话,脸色有些凝重。

只是让庄睿有些奇怪的是,众人看完擦出的天窗之后,居然没有一个人开价的,这让他疑惑之余心中也有些忐忑,“莫非被人看出了什么吗?”

不过庄睿马上就否定了这一点,虽然出绿的地方种水不错,但是仅凭放大镜和肉眼,就想看穿这块翡翠,根本就是不可能的事情。

就在庄睿疑惑不解的时候,那个韩老板,也就是上一块毛料没有争过齐老头的人,开口说道:“小兄弟,这窗口表现是不错,不过你能否再切上一刀呢?”

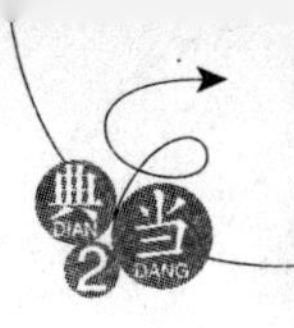

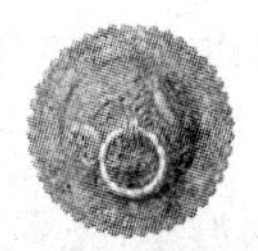

第四十三章　疯狂赌徒

看到庄睿对自己的话有些不解，那个韩老板出言解释道："小兄弟，你也知道，我们都是做玉器生意的，只赌一些赌性不大的毛料。

但是你这块毛料从擦口上来看，种水和色头都很好，冰种加上阳绿，这属于高档翡翠料子了，而且这绿还在往里面渗，就凭这表现，这块料子最少能值五百万以上。

不过对于我们而言，这窗口还是有点小，花五百万赌的话，赌性就点大了，你要是能切上一刀，让我们再看看表现，别说五百万，就是一千万，咱们也出得起这价钱。"

这韩老板的话说得众人连连点头，庄睿也算是明白他的意思了，敢情这擦出来的天窗，表现好了也是罪过，居然使得这些人不敢赌了。

庄睿在这行厮混的时间比较短，有句行话他不知道，那就叫做："擦涨不算涨，切涨才算涨。"

越是贵重的毛料，越是看重刀口处的表现，因为一刀下去，往往都切到毛料的纵深处，好坏自然是一目了然，这也是"一刀穷，一刀富"这句话的由来，像庄睿捡漏的那块毛料，就是因为切过了之后，才被别人判断成为废料的。

"再切上一刀？"

庄睿有些犹豫了，因为他知道，只要一刀下去，肯定会切垮掉的，这块毛料里面的翡翠，都集中在了表层下面，分布极其诡异，不管从哪个位置下刀，都会让这块毛料露馅的，对于韩老板的建议，庄睿缓缓地摇了摇头。

在心里思量了一番之后，庄睿扬声说道："这块毛料是全赌毛料，现在开了个天窗，已经是半赌料子了，要是诸位不感兴趣的话，那我就把它当作暗标来卖了。"

在之前和杨浩聊天的时候，庄睿知道大会的暗标规矩，所有在大会登记注册的摊位，都可以随时添加暗标毛料的，只要拿着毛料的照片到大会管理处登记一下，领一个编号回来就可以了。

庄睿和杨浩的关系不错，这点忙想必杨浩也会帮的，所以庄睿这话并不是无的放矢的。

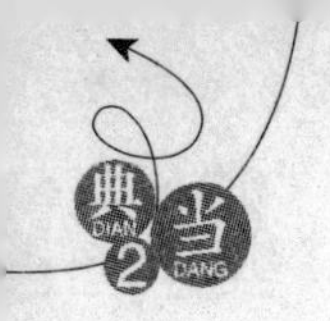

“小兄弟，再等等，我们再观察一下……”

庄睿说出这话之后，有几个人沉不住气了，要知道，明标虽然竞争也很激烈，但是与暗标相比，那还是差了许多，尤其是表现好的毛料，投暗标的人必定很多，而且以一些投资商人居多，这些玉器商人自问以自己的实力，去和那些大鳄们争抢暗标，肯定是力有不逮。

看着那位赵师傅也挤进到人群里，庄睿在心中想道：“是不是再擦一下啊？”毕竟五百万的价格，对于这块毛料现在的表现而言，并不是很高，庄睿自己也不怎么满意。

“各位，请让一让，大家既然拿不定主意，那我接着往下擦吧，这要是变成明料了，你们可就一点风险都没有了啊。”

众人听得庄睿这话，也是有些不好意思，他们刚才所提的建议，完全都是站在自己角度所想的，庄睿如果真是按照他们所说的，去切上一刀，那么风险就全部都承担在庄睿一个人的身上了。

“小兄弟，不用解成明料，要不，你在这块毛料背面再开个天窗怎么样啊？”

韩老板凑近庄睿，递上一根香烟，讪讪地说道，这块毛料要是全部解出来，那价格可就难说了，现场就有不下几十个玉器商人，都在虎视眈眈地盯着，韩某人可是不敢说自己一定就能将解出来的毛料收入囊中的。

其余围观的人，和韩老板也是一个心理，想让这块毛料出绿的地方显露得多一些，他们赌的风险就会降低，但同时又不想让其变成明料，那样的话，即使拿下这块明料，对于他们而言，将其制成玉器之后，利润也会很低了。

“你们倒是打的好主意，万一后面开的天窗出不了绿，这价格可就要打折了吧？”庄睿看了韩老板一眼，没好气地说道。

“呵呵，小兄弟，就凭着这一面天窗的表现，卖出个五百万来，你也不甘心不是？”韩老板不以为然地说道，看见庄睿若有所思的样子，还以为被自己说中了呢。

“行，今儿手气旺，我就再擦一面小门出来，杨浩，你可要准备好鞭炮啊。”

庄睿丢下抽了一半的香烟，摆出一副豁出去赌一把的姿态。

“老幺，有把握吗？”老三刚才可是亲眼看到别人一刀切垮了的情景，对于庄睿继续往下擦，心里充满了担心。

“嘿嘿，三哥，生死由命，富贵在天，这要是再涨了，就凭这块毛料，也够我吃一辈子的了。”庄睿此时的表现，完全就像是一个赌徒。

其实庄睿心中想说的是，他现在就指望着这块毛料买房子呢，这几个月来虽然零零散散地也赚了不少钱，但是和宋军与马胖子那样身家的人一比，庄睿感觉自己忒穷了点。

把切石机上的毛料翻个身子固定住之后，庄睿又开始了擦石，对于别人而言，擦石是要谨小慎微的，擦多深，擦多厚，从哪里擦起，都是很讲究的事情，但是到了庄睿这里，根本就不看，直接拿起砂轮机在毛料上打磨了起来，看得众人纷纷摇头不已，这真是无知者

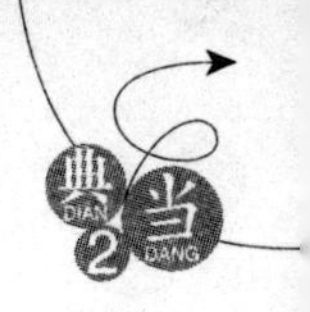

无畏啊。

这块毛料皮层下面的翡翠都很浅，这不过三五分钟的时候，庄睿就擦出了巴掌大的一个小门，晶莹剔透散发着绿色幽光的翡翠，顿时呈现在了众人眼前。

"涨了，大涨啊，鞭炮，鞭炮呢？"

杨浩激动地喊了起来，连忙分开众人，跑回棚子里又拿出一串鞭炮来，挂到棚子一角上，对着庄睿说道："庄兄，你这运气，啧啧，没的说，看这样子，回头我还要再准备几串鞭炮去。"

赌涨放鞭炮，必须是毛料大涨，不是说擦出绿来就放鞭炮的，像庄睿的这块毛料，前后天窗都出绿了，并且种水颜色相差无几，很有可能是一块整料，如此一来，原本价值五百万的毛料，现在的价格就很难估算了。

随着震耳欲聋的鞭炮声，赌石会场又变得喧闹了起来，在今天上午解石的人也不少，但是只听闻到五次鞭炮声，也就是说，一上午的时间里，只有五块毛料赌涨了，几百个摊位，杨浩这里就赌涨了两次，试问他能不高兴嘛。

"杨兄弟，只能说是你这摊位风水好，连赌连涨，嘿嘿，我这是傻小子睡冷炕，全凭火气旺，这一块毛料，恐怕也够我下辈子吃的了。"

庄睿说话的时候，眼睛不住地瞄向许振东站立的地方，声音也稍微放大了一些，相信这些话，许氏叔侄都听在耳朵里了吧。

许伟闻言之后，面色很是不忿，张嘴正要说话的时候，被许振东给拉住了，广东人很迷信运气的，在许振东看来，庄睿这会儿运气正旺，如果和他对着来的话，自己肯定会吃亏。

现在庄睿这个毛料的主人，反而被众多玉器商人给挤到一边去了，他也乐得休息一会儿，今天这场面，的确有点过于刺激了，庄睿此时也感觉到有些疲惫了。

"喂，庄睿，你是不是在八十三号摊位解石呢？我在外面看着那人像你。"

正喝着水擦着汗的时候，兜里的电话响了起来，庄睿接起来一听，原来是宋军打过来的，他刚才一直在和彭师傅看暗标的毛料，赶过来的有点晚，这会儿根本就挤不进来了。

"是啊，宋哥，我把咱们那天掏宅子买的毛料解开了，大涨啊，你快点进来看看。"庄睿装出一副很兴奋的口吻说道。

"我今天是猪油蒙了心了，怎么就不拉着你小子一起转悠啊。"

宋军此时是心中大悔啊，明知道庄睿带着活佛天珠手链，手气好得几乎发烫，自己还甩开了他去选毛料，挂上电话之后，宋军和彭师傅两人，拼了命地往人群里挤去。

"庄睿，你小子回头要去帮我挑块毛料啊，真要去搞副老天珠了。"宋军刚挤进来，说的第一句话，就和马胖子是一样的。

"那位小兄弟呢？这块毛料我出一千二百万，你看怎么样？"

还没等庄睿回话，那个韩老板的声音就响了起来，正四周找着庄睿的身影。

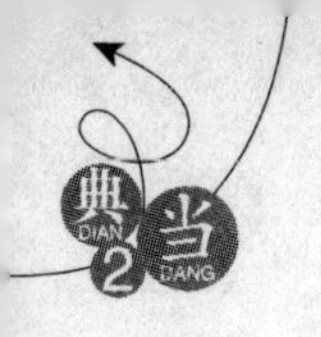

“一千两百万？”

宋军的眼睛都瞪圆了，原本以为庄睿说赌套别墅出来，是开玩笑的话，没想到居然就成真了。

“一千三百万，我出一千三百万。”

“一千三百五十万，小兄弟考虑下啊。”

虽然没看到庄睿的人，不过并不妨碍这些玉器老板们竞相喊价，只是让庄睿失望的是，许振东这会儿还在和赵师傅耳语着，并没有参与进来。

“表现不错，两边开窗的地方，都是阳绿冰种的翡翠，颜色很均匀，并且透明度也很高，很有可能是一整块翡翠料子，可以赌。”彭师傅看完毛料之后，走到宋军身旁说道，同时伸出了两根手指，给宋军比划了一下。

“老弟，我来帮你抬抬价。”

宋军对着庄睿笑了一下，马上高声喊道：“我出一千八百万！”

“宋哥，你别开小弟的玩笑啊……”

这回轮到庄睿的眼睛瞪得溜圆了，他在心里给这块毛料估价是一千五百万，现在宋军居然直接开出了一千八百万的价格来，这毛料里面的翡翠，要是如窗口所看到的倒也罢了，关键这块毛料，它整个就是一水货啊。

宋军可是一直都与自己交好的，大忙小忙的也麻烦过他好几次，如果这块毛料真被宋军拍下来了，庄睿可是不好意思真拿他的钱，当然了，宋军拍下来也不会解石的，他肯定是囤货放个几年之后再出手，未免就会赔钱。

宋军开出的这个价格，让原本有些喧闹的场地，瞬间沉寂了下来，一千八百万的价格算是不低了，就是在暗标里面，除去很少的几块标王级的毛料，这价格肯定也能排进三甲之列的。

“呵呵，庄老弟，别人能买，哥哥我就不能买啦，唉，我当时怎么就没看中这块毛料啊，眼皮子底下的东西，都忽略过去了，彭师傅，不是说你，咱们那会儿看的都是半赌的料子嘛。”

宋军抱怨了几句之后，见到彭师傅的面色不怎么好看，连忙出言安慰了几句，他刚才那话，可是连彭师傅一起说进去了。

“宋总，咱们就是看全赌的料子，我也选不上这块。”听到宋军的话后，彭师傅倒是释然了，苦笑着说道。

宋军点了点头，说道：“也是，这块毛料的皮层表现，的确是不怎么样，老弟，你怎么就看中这样的毛料了啊？居然还能被你赌成了大涨……得了，你也别说了，肯定是那串老天珠带给你的好运气。”

“宋哥，你也知道，我不是没钱嘛，专捡着便宜的毛料买，赌涨了就赚，赔了拉倒，不过这运气还不错，呵呵。”

庄睿对宋军的话很是不以为然，要是老天珠真的能给人带来这样的运气的话，那花个千儿八百万地搞到那么一串，还不要天天走运？

话再说回来，这老天珠要真是有这么灵验，自己在机场也不会挨那一拳头了，想到这里，庄睿就有些牙根痒痒，眼睛不禁向许伟等人站立的地方看去。

这一看庄睿发现，那里就许伟一人呆站着，而许振东和赵师傅两人，又跑到庄睿那块翡翠面前观察去了，不仅仅是许振东二人，还有七八位玉器商人，此刻都围在毛料前面，对于刚才宋军所开出的价格，他们似乎并不怎么在意。

要知道，庄睿这块毛料所开出的两个天窗，表现实在是太好了点，同时擦出了绿来，而都是阳绿的冰种料子，这样的翡翠制成的手镯，色泽纯正，晶莹剔透，除了玻璃种满绿的料子之外，可是说是镯子中的极品了，一副就可以卖出上百万的高价来。

而这块毛料整体有五十二斤重，两边都是擦下去二三公分左右就出绿了，也就是说，毛料里面极有可能是一整块翡翠，并且从两边的窗口可以观察到，这整块翡翠的色泽以及种水的分布非常的匀称，如果众人没有看走眼的话，从这块毛料里面取出二三十斤的冰种阳绿料子来，问题不是很大。

上面说到了，一副镯子就能卖出上百万的价格来，而二三十斤的毛料，又是抱成团的，能出多少副镯子？在场的这些人心中自然早已估量清楚了，单是从这一点计算，这块毛料的实际价值就不低于两千万。

再加上镯子掏空的地方也能雕出不少挂件之类的饰品，并且这些小玩意儿价格也不低，起码都要上万，如此一来，这块毛料的价格更是直线上升，刚才宋军只是加价猛了一点，却不足以震慑这些行家们。

“小兄弟，这块毛料，我出两千万……”

“两千零五十万，韩老板，你今儿手风不怎么顺啊，就别掺和了。”

“放屁，老子到现在也没赌垮啊，倒是你刚才切垮了一块吧？两千零八十万。”

“两千一百万，我说二位都别争了，小弟现在公司正缺少点好料子，让给我得了。”

过了有七八分钟之后，围在毛料旁边的人纷纷散开了，而新一轮的喊价也从那位韩老板开始，又掀起了高潮。

所有人的脸上，都带着一种狂热的表情，那就是要对这块毛料势在必得，就连许振东此刻看向庄睿的眼神之中，似乎都带有那么一丝讨好的神色，不过他现在还是没有出言喊价。

这也怪不得许振东，许氏珠宝成立于新中国成立前，算是国内的老牌珠宝公司了，在二十世纪九十年代初的时候，得到了迅猛的发展，但是自从二十世纪九十年代中期，许振东接受掌舵家族产业之后，由于数次判断失误，导致公司业务萎缩，现在的光景，已经是大不如前了。

而今年许氏珠宝更是雪上加霜，缅甸公盘赌石的失败，不仅使公司损失巨大，更是让

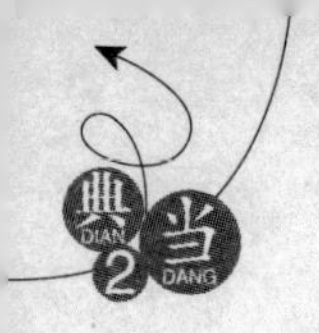

公司高档产品这一块，面临着原料无以为继的局面，加上普通原料的供应商要与其解除供料合同，现在的许氏珠宝，已经是四面楚歌了，要不是凭借着以前剩下的老底子在支撑，恐怕全国各地的分店都会面临断货的窘境。

做玉器行当的人都知道，低档次的玉器虽然最好销售，但是利润并不是很高，有可能一个月卖出数百个低档玉器，还没有三五件高档翡翠制品的利润高，并且店里是否有好货，也是别人衡量你公司整体实力的一种方式。

古老爷子釜底抽薪的那一招，其实并不能动摇许氏珠宝的根本，老爷子虽然交友广泛，但是自古都是商人逐利，只要许氏珠宝开出高价，低档翡翠原料的供货，应该是问题不大，但是高档翡翠的原料，就不是那些毛料商人所能提供的，这必须在各大赌石场所自行解决。

许振东也没有想到，刚才被自己奚落的小子，转眼之间居然就解出了一块高档的毛料，这让他心中也是后悔不已，生怕庄睿拒绝他的报价，这也是他一直都没有出口喊价的原因。

要是庄睿知道许振东心里所想，恐怕更加郁闷，哥们就是在等你喊价呢，所以看到许振东的眼神之后，也回以一个微笑。

庄睿的态度让许振东心中大振，此刻庄睿在他眼里，已经从一个不知道天高地厚的毛头小子，一跃成为一个识大体、懂进退的有为青年了，当下许振东没有再犹豫，高声喊道："许氏珠宝出价两千三百万！"

许振东之所以喊出公司的名称，一来是告诉众人，这块毛料我势在必得，不服气的自己去对比一下，实力比我弱的，就别来掺和了，二来他也有些交好的玉器商人，这也是在向对方讨个人情，有情后补嘛，谁都有遇到难处的时候。

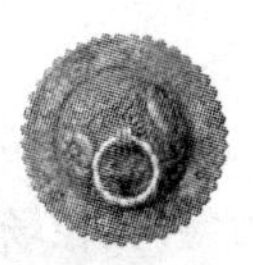

第四十四章 功成身退

“韩氏珠宝出价两千五百万元!”

有实力的珠宝公司,也不止许振东一家,这长得白白胖胖的韩老板,正是近年来风头很盛的韩氏珠宝的老板韩皓维,高档翡翠原料的匮乏,是现今众多珠宝公司都面临的难题,所以对这块毛料韩老板也不会轻言放弃的。

倒是宋军这边偃旗息鼓了,他又不解石,只是为了囤货,如果价格过高的话,他是不会出手的,因为他虽然看好翡翠市场的未来行情,但要是把资金都压在几块毛料上,那绝对是不明智的选择。

这次宋军筹集了八千万的资金,准备在此次赌石大会上好好运作一番,刚才他看了几块毛料,估价就在三千万以上了,现在自然不肯在庄睿这块毛料上投入这么多,毕竟还有许多家摊位的暗标都没有看呢。

“小韩,你们上次在缅甸公盘上可是收获不菲啊,还来和我老头子抢这块毛料?”现在出言喊价的,就剩下许振东与这位韩老板了。

“许老板,您是前辈,这行情您也知道,谁家都没有余粮啊……”

韩皓维也是一步不让,这赌石本来就是十赌九垮,纵观这次赌石大会,也不见得就能再出现一块比这个好的毛料,韩老板自然是不肯相让。

“好,年轻人有冲劲,老头子我出两千七百万!”许振东哈哈笑了起来,一下又将价格提高了两百万,他这也是在向对方表示,对于这块毛料,许氏珠宝是势在必得的。

韩老板有些犹豫了,毕竟这块毛料不是明料,虽然赌性不大,但是还存在着风险,两千七百万的价格已经不算低了,当然,要是这块毛料里面的表现和外面一样,两千七百万还是物超所值的。

“两千八百万!”

韩老板咬了咬牙,又加了一百万,不过在气势上,已经是弱于许振东了。

“三千万!!”

许振东毫不相让,紧接着又将价格抬高了两百万。

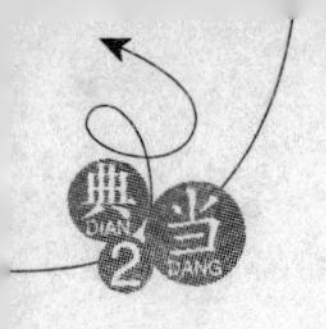

“天哪，这块毛料肯定是今天的标王了。”

“瘦死的骆驼比马大啊，这许氏珠宝还是有实力的。”

一时间，围观的众人议论纷纷，在这种场合里竞相抬价，在某种程度上，也是为自己的公司做了免费宣传。

“三千万!!”

从许振东口中喊出的这个数字，让在场所有人都倒吸了一口凉气。

三千万元的价格在各大翡翠公盘上，也是不多见的，而且今天只是此次平洲赌石大会的第一天，要知道，上届的平洲赌石大会的标王毛料，也不过就是三千万，现在许振东喊出的价格，已经追平了上届赌石大会的标王价格了。

韩老板此时心里也有些踌躇，许振东喊出的这个价格，已经超出了他心中的底价，就像许振东所言，他在两个月之前的缅甸翡翠公盘上，通过明标赌涨了一块毛料，暗标所中的两块毛料里，也赌涨了一块，就目前来说，他的公司的确不缺少中高档翡翠原料。

但是同行是冤家这句话，最是适用于玉器这一行当，能截留别人的翡翠原料，也就意味着少了一个在中高档翡翠上的对手，更何况现在是两人相争，如果自己弱了下去，传出去以后，对公司的声誉也是有影响的，最起码别人会说你没有实力。

“怎么样？小韩，你们在缅甸已经出了不少的风头，至于这块毛料嘛，就让给我吧。”许振东见韩老板久久没有开口，志得意满地说道。

许振东之所以喊出这么高的价格，一来许氏珠宝现在的确是紧缺高档翡翠原料，二来他们在前几个月的缅甸翡翠公盘上铩羽而归，公司声誉也受到了很大的影响，许振东也是想借着这个机会，张扬一下许氏珠宝的实力。

韩皓维头上已经冒出了豆大的汗珠，手上拿着的一条手巾已经湿得可以拧出水来了，一方面是由于天气炎热，另一方面也是被许振东给逼的，这只要出声喊价，就是上百万，稍有差池的话，那后悔都来不及。

“三千一百万!!”

韩皓维几乎是一字一顿地喊出这个价格，白皙的脸皮涨得通红，右手抓着的毛巾也不自觉地在使着力，滴滴汗水从毛巾滴落到了地上。

人群又一次沸腾了，去年“平洲玉石投标会”的标王，是一块玻璃种的暗标毛料，体积不是很大，只有十多公斤，当时是以三千万元的价格，被一个珠宝公司拍走的，今年暗标尚未开标，就打破了去年的纪录，这让在场所有人都是始料未及的。

现在举棋不定的人，就换成许振东了，虽然刚才他露出一副云淡风轻的模样，但是内心所承受的压力还是很大的，毕竟按照他和赵师傅两人的估算，这块毛料花费三千万以内的价格拍下来，应该不会赔钱，但是再高的话，那就说不准了。

喊出三千万的价格，许振东已经是心存花钱打广告的心思了，也自信满满地认为这个价格能将韩皓维吓退，但是让他没有想到的是，韩皓维竟然和他顶到底了，这么一来，

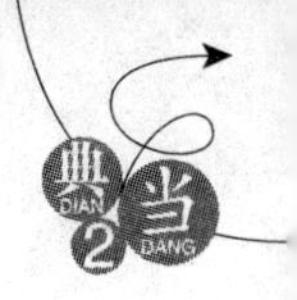

许振东心里也开始犹豫了。

只是许振东现在有些骑虎难下了，刚才所表现出来的强势，现在马上就出言放弃，这要是传出去，在玉器圈子里，恐怕会被人传为笑料的。

“你们的意见呢？”

许振东侧脸向身旁的赵师傅和许伟问道，他虽然是一个很强势的家长，但这会儿也有点拿不定主意了，毕竟许氏珠宝近年来发展不利，资金也不是那样充裕了，三千多万对于他们而言，已经占到整个许氏珠宝近乎一半的流动资金了。

“大伯，姓庄的这小子，手气很邪的，在南京那次他解的那块毛料，开始表现只是一般，价值在三五百万左右，但是解成明料之后，却是大涨……”

许伟虽然和庄睿不合，并不想看到庄睿赚钱，但是他也知道公司近况不佳，缺少高档翡翠料子，所以言语间，还是倾向于将这块毛料买下来。

“从现在的表现来看，这块毛料掏出三千万左右的玉石，估计问题不大，要是高出这个价格，那就不好说了。”赵师傅给出的建议就比较中肯，选择权还是交给了许振东。

要是庄睿听到他们的话，肯定会笑掉大牙的，刘川的那块毛料之所以解成明料，那是庄睿有意为之的，里面既然有翡翠，自然是要解成明料，将其利益最大化之后再出售，要是这块毛料里面真如那两个天窗的表现，庄睿也不会拿出来赌了，肯定会将里面的翡翠完全解出来了。

至于那位赵师傅所说的三千万，更是错得离谱，就这毛料里那三公分左右厚度的一层翡翠，能做出价值三百万饰品来，恐怕就要烧高香了。

“三千两百万！！”

许振东几乎是咬牙切齿地喊出了新的价格，拿下这块毛料，也就意味着今后几个月，许氏珠宝的高档饰品不会断货，这对于一家珠宝公司的声誉而言，无疑是非常重要的。

“我再看看这毛料。”

韩老板拿不住劲了，向庄睿打了声招呼之后，蹲到毛料旁边，又仔细地观察了起来，这会儿的韩皓维，恨不得自己能有一双透视眼，看穿这毛料之中的翡翠。

“古老爷子来了，大家让让。”

杨浩这个摊位所发生的事情，终于惊动了此次赌石大会的官方，平洲玉石协会。

在几位官员模样的人的陪同下，古老爷子穿过人群，来到了圈子的中心，一眼就看到了庄睿，不由愣了一下，他只是听闻这里有块毛料被叫到了三千万的高价，这才赶过来看看的，却没想到庄睿也在这里。

“庄睿，这毛料是你的？”

看到被伟哥几人众星拱月一般围在中间的庄睿，古老爷子有些迟疑地问道。

“嘿嘿，世伯，前几天和宋哥去看私货，买了这么一块，今儿擦了一下，没想到居然赌涨了，运气，全是运气。”庄睿嘿嘿笑着，点头承认了这块毛料是他的。

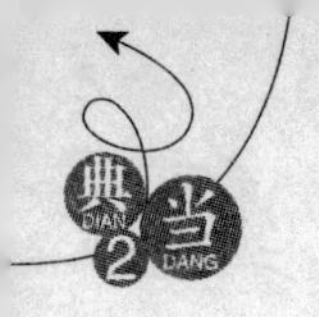

古老爷子瞪着庄睿看了半天，直到庄睿有些发毛了，才开口说道："我玩玉石四五十年了，在赌石这圈子里，也厮混了大半辈子，但是有你小子这般运气的人，我从来都没有见过，我算是明白为什么活佛会赐予你天珠了，敢情你本来就是福缘深厚啊。"

"呵呵，老爷子，那也都是您教导有方。"

"放屁，就这两天工夫，我能教会你什么啊，得了，别占了便宜还卖乖，我去看看你这块毛料。"

古老哭笑不得地摆了摆手，这几天庄睿确实向他请教了不少关于玉石方面的知识，但那些知识和赌石可是没有半毛钱的关系。

韩老板看到古老走了过来，连忙让出身子，满眼希冀地看着古老爷子，希望能从他嘴中得到一些有用的信息，来决定是否购买这块毛料。

但是古老爷子的表现却是让他失望了，在仔细擦看了七八分钟之后，老爷子背手走回到庄睿的身边，没有对这块毛料作出任何的点评。

"古老，您也说说这块料子吧，现在已经喊到三千两百万了，到底值不值啊？"

"是啊，古老，就给我们说说吧。"

不用韩老板张嘴询问，人群里看热闹的，已经吆喝了起来。

"大家都是圈里人，这赌石来来去去就是那么一回事，看切口，看擦面，这出了天窗开了小门，表现如何，就不用我老头子多说了，这些都是看得到的东西，剩下的那可就是全凭运气了。

"不过我这世侄的运气还算不错，在两个月前解出一块冰种满绿的料子，比这块要小了不少，当时卖出了两千万，至于这块毛料嘛，里面是否出整料，这种水颜色是否能和外面一样，也是要看运气的。"

老爷子张嘴说了半天，等于啥都没说，对这毛料的表现一个字都没作出评价来，说得最多的就是运气二字，不过围观的众人都听出那么一层意思来，就是古老爷子对庄睿的运气，是十分看好的。

"好，就凭古会长这句话，我再加五十万，三千两百五十万！"

听到古老爷子的话，韩老板似乎受到了激励，又开出了一个新的价格，同时也在刷新着平洲赌石大会的标王价格。

如此一来，众人的目光又聚焦在了许振东几人的身上。

今儿这明标可是让围观的人大开眼界了，赌石大涨，两雄相争互不相让，价格犬牙交错往上提升着，让人不自禁地产生了一种惊心动魄的感觉。

"韩老板，借一步说话……"

就在许振东还在计算着利益得失的时候，原本站在庄睿身旁的毕云涛，走到韩皓维的背后，轻轻地拍了一下他的肩膀，然后附耳上去，在韩皓维的耳边低声说了几句话。

刚开始的时候，韩皓维的脸色变得极为难看，眼睛不住地看向许振东身边站立着的

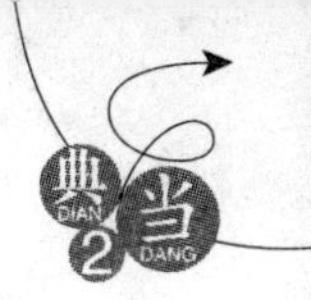

许伟，不过在毕云涛又说了几句之后，韩老板的面色逐渐好转了过来，缓缓地点了点头。

就在此时，许振东也对这块毛料重新报了价，“三千三百八十万。”在三千两百五十万价格的基础上，一下加了一百三十万，看来许振东是想毕其功于一役了。

许振东也是迫不得已才开出这个价格的，古老头虽然没有明说看好这块毛料，不过他话中的意思谁都能听得出来，就是在力挺他那位世侄，如果自己不开出一个有震撼效果的价格，恐怕姓韩的还会和自己纠缠不清。

看来自己的策略的确有效果，许振东发现，此时的韩皓维，脸上再也没有那种势在必得的神色了，双目微闭，似乎在思考着什么。

“韩老弟，怎么样，考虑好了没有，我看这次你就让老头子一次，下次我许振东定有回报的。”

许振东现在对这块毛料的价格也有些发毛了，他也怕这姓韩的不顾一切地来和自己争夺，言语中已经带着一丝恳求的味道了，原先他口中的小韩，此时也变成了韩老弟。

韩皓维听到许振东的话后，似乎拿定了什么主意，半眯着的眼睛随之睁开，看着许振东说道：“许老板这么大的魄力，晚辈自愧不如，这块毛料，属于许氏珠宝了。”

韩皓维为人很仗义，既然退让了，干脆再捧一下许氏珠宝，这几句话让许振东听得很舒服，脸上满是笑意。

许振东怕夜长梦多，这毛料还没到手，谁知道会不会再半路杀出个程咬金来，这边韩某人退出了竞争，许振东马上就对庄睿说道：“庄老板真是好运气啊，这一块毛料，就让老头子几乎拿出了全副身家，怎么样，庄老板，咱们现在去转下账？”

“许老板您也不吃亏啊，经过今天这事，谁还敢小看许氏珠宝的实力呀，双赢，咱们是双赢。”

庄睿笑呵呵地应承了下来，不要钱的好听话，随口就送过去了，似乎他从来都没有和许伟发生过什么不愉快的事情。

许振东听到庄睿的话后，哈哈大笑了起来，庄睿这话正好说到了他心痒的地方，选购毛料只是其一，他开出高出了去年标王的价格竞购这块毛料，也有打响许氏珠宝品牌的意思。

此时的庄睿在许振东眼里，印象大好，要不是身旁人多，许振东都想教训一下许伟了，看这年轻人多懂礼貌，并不是你说的那么不堪嘛。

庄睿和许振东办理了买卖手续之后，在银行转账点进行了转账，庄睿账户里的资金，从九百多万瞬间猛增到四千余万，虽然在这块毛料竞价之初的时候，庄睿就有了心理准备，不过这钱到手之后，还是忍不住心情激荡。

钱货两清，许振东找人搬走了那块毛料，让人有些不解的是，韩老板居然也跟在其后，像是有什么事情需要证实似的。

庄睿等人则被杨浩拉回到棚子里，杨浩从外面饭店里叫了不少菜，非要请庄睿吃饭，

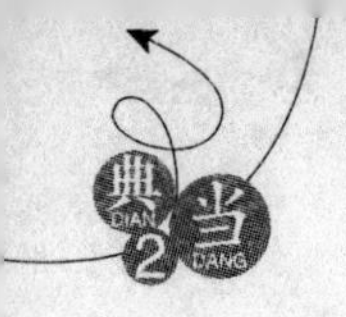

当然，古老爷子以及宋军和马胖子另有去处，并没有在这里混饭吃。

“喂，朋友，有什么事情吗?”

杨浩看到在切石机前，还站着一个年轻人，大概刚二十出头的样子，长着一张圆脸，整个人显得胖乎乎的，手里还拿着一个DV机。

“哦，没事，没事。”

年轻人似乎还没从刚才那惊心动魄的赌石中清醒过来，在回答了杨浩的话后，有些神不守舍地转身离开了。

棚子里的庄睿等人都没有想到的是，在数年之后，一部名为《疯狂的石头》的小制作电影，就从那个年轻人手中诞生了。

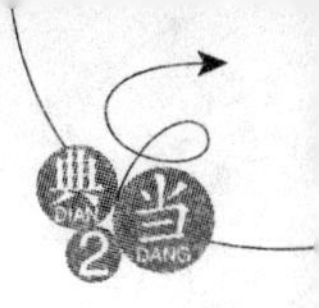

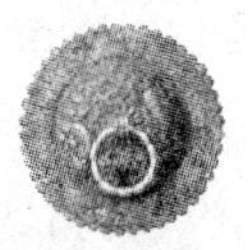

第四十五章 偷梁换柱

广东的六月有些燥热，虽然赌石大会的会场，是在钢铁城市之外，并且场地内搭建的都是竹棚，但是正午的阳光从棚子上方照射下来，空气似乎都发生了扭曲，让人有种快要窒息了的感觉。

竹棚内的那两个电风扇，吹出来的全是热风，伟哥这会儿敞着胸襟，死命地把脸贴在风扇前面，直吹得他那双小眼睛眯成一条缝了，但还是热得难受，不由叫嚷了起来："老幺，不行了，哥哥受不了啦，这他娘的天气快要把人给蒸熟了，回酒店，我要回酒店。"

"回酒店？"

庄睿也有些心动了，话说这一上午的解石擦石，并且对许氏叔侄的算计，也让庄睿从精神上感觉到很疲惫了，见到这哥几个都像霜打的茄子一般无精打采的，再待在这里，似乎也没有什么意义了。

"行，回酒店吧，我也有些累了，咱们今天好好休息一下，明天再来。"庄睿开口说道。

"明天还来啊？老幺，我说你见好就收得了，我算是看明白了，这和赌博没两样，钱来得快去得也快，别看你今天赚了三千多万，说不定明儿就赔了呢。"

岳经兄和伟哥斗了好几年的嘴，这一张口就没好话，正儿八经一毒舌。

"废话，不来哪有钱赚啊，要不是老幺，你能揣进兜里五十万？要没这五十万，说不定啥时候就出现一贪官呢。"

根本不用庄睿说话，伟哥习惯性地就把话茬接了过去，挤兑得岳经兄直翻白眼。

"老幺，你不是让那个韩老板回头找你吗，这一走，他去哪找人啊？"

毕云涛这话让庄睿想起来了，自己的确是约了韩老板，不过这都过去个把小时了，也没见他来，庄睿也不想等下去了。

"哥几个都回吧，杨兄弟，我电话你知道，回头韩老板要是来找我，你把电话号码给他吧。"

见到白狮无精打采地趴在地上，不住地伸着舌头，庄睿也有些心疼，藏獒本就是在高原寒冷地带生活的，带到广东这地方来，的确让白狮遭了不少罪。

"行,你放心吧,这话我一准带到。"

杨浩点头答应了下来,今天庄睿算是给他涨面子了,刚才不少做玉器的老板,准备去吃饭的时候都说了,下午要过来继续挑选毛料。

庄睿起身又给马胖子和宋军打了个电话,想告诉他们明天再继续选购毛料,没想到这俩人早就跑回酒店睡午觉去了,让庄睿一阵无语。

回到酒店之后,庄睿把房间冷气开到最大,白狮这才精神了一些,伺候着给它洗了个澡之后,庄睿才算是放松了下来。

拿出那张工行的金卡,庄睿不由兴奋了起来,看来还是赌石来钱快,一上午的时间,去掉分给老三他们的钱,前后总共进账三千四百三十万元,庄睿是学金融财会专业的,这些钱目前虽然只是一串数字,但是在庄睿的眼里,这笔财富却是无比真实的。

按照宋军所言,彭城的那套别墅有一千八百万就足够了,如此一来,庄睿手里还能有两千多万的现金,拿着这卡,庄睿倒是有些发愁了,以他所学的专业,自然是想把钱投资出去。

不过现在股市低迷,期货市场庄睿是不敢轻易触碰的,想来想去,这钱还是不知道投资在哪个行当里面比较好。

没想出什么头绪,庄睿干脆把卡收了起来,躺到床上准备先睡一觉恢复下精力,这精神上的疲惫,可是无法用眼中灵气消除的。

"不知道那叔侄二人解开毛料之后,会是一副什么样的表情啊?呵呵……"躺在床上的庄睿,想象着许振东叔侄解石之后的表情,不由笑出声来。

……

"韩老弟啊,你今天可是让我多破费了不少钱啊,来,要罚你一杯酒。"

就在庄睿他们回到酒店的时候,许振东做东,正和韩皓维,还有几位在珠宝行颇有实力的老板在一起喝酒呢。

"嘿嘿,到底还是许总有魄力啊,小子是自愧不如,这杯酒我干了。"

事情既然已经出了结果,大家当然都是你好我好了,至于先前抬价使绊子这些事情,在这圈子里不是第一次出现,也不会是最后一次,大家都心照不宣,在韩皓维吹捧了许振东几句话之后,就轻描淡写地带了过去。

菜上五味,酒过三巡之后,韩皓维趁着酒劲,向许振东问道:"对了,许总,我有件事情一直不解,那个毛料的主人,既然和令侄许先生关系不错,完全可以私下里谈嘛,干吗非要摆出个明标,让咱们争来争去,这不是伤和气的事情吗?"

"那小子和许伟关系不错?"

许振东伸在半空准备去夹菜的手,慢慢地缩了回去,一脸诧异地看着韩皓维说道:"韩老弟,你是听谁说的那姓庄的小子,和我们家许伟关系不错?"

这会儿许伟并没有在酒桌上,以他的年龄身份,还不够格参加这样的聚会。

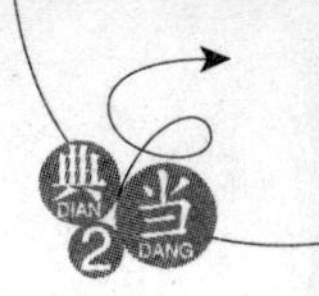

“就是那个姓庄的人说的啊，不对，是他身边的一个人给我说的，说是和你侄子是老朋友了，这块毛料不让我争了，许总，要不是毛料主人说话了，你以为我那么容易就会放弃？”

韩皓维这话说得是半真半假，毕云涛的确给他说庄睿和许伟关系不错，让他不要再抬价了，不过也是许之以利的，毕云涛很明确地告诉了韩皓维，在庄睿手上还有一块极品毛料，如果韩老板卖了这个人情的话，日后庄睿自然会有回报的。

那会儿的韩皓维心中也存了退让的心思了，毕竟看这块毛料的表现，三千多万的价格已经有点虚高了，在听到毕云涛转告庄睿的话后，遂就坡下驴，既卖了庄睿一个面子，也承了许振东的一个人情。

不过庄睿给他的承诺，韩老板自然是不会在酒桌上提起了，就连庄睿和许伟是朋友的事情，他也是心中好奇，随口这么一问而已，并没有打破沙锅问到底的想法。

韩皓维的这句无心之问，却让许振东心中震惊不已，这事情别人不知道，但他可是清清楚楚的，许伟和庄睿之间，或许还谈不上是生死仇敌，但是说破大天，两人也和“朋友”二字扯不上任何的关系。

这时的许振东已经没有了吃饭的心思，而是在琢磨着庄睿的用意。

“难道这小子是想许氏珠宝修好？”

许振东随之就推翻了自己的这个想法，他虽然和庄睿接触不多，但是也感觉到这个年轻人很有主见，并且不是那种趋炎附势的人，再者以他的经济实力，完全没有必要讨好自己。

那就只剩下一个答案了，就是那块毛料有问题，想到这里，许振东浑身的汗毛都竖了起来，虽然这个酒店包间里的冷气开得很足，许振东还是感觉到后背的汗水顺着脊梁直往下滴，几乎流成了小溪一般。

要知道，赌石虽然风险很高，但是利润也是极大的，和古玩行一样，有些不法商人为求暴利，不择伎俩，处心积虑地去设置圈套，以意想不到的作假手法，鱼目混珠，使很多人受骗上当，甚至倾家荡产。

在赌石圈子里，常见的骗术和假冒原石有这么几种，一种被称之为偷梁换柱，就是在质地差的玉石上切断并在切断处移植上与切断大小邻近、质地优秀、颜色鲜美的翡翠，用部分的好质量来袒护全体的坏质量。

还有一种就是一件外观好的赌石，解开后不理想，但是再把它接合起来，恢复本来相貌，这种假冒赌石的接口处的砂，一般都比其他的地方紧细，不成颗粒，但当碰到铁锈皮壳时，普通都很难鉴别，这种骗术被称之为九死一生，很难被识破的。

另外还有仙女散花，这是指在一块种好，但无松花显示的原石上，选好方位，在上面撒上胶水，再将磨好的翡翠粉末撒在外表，修补后埋入土中数十日之后，取出来在原石的表面上，就布满了松花纹路了。

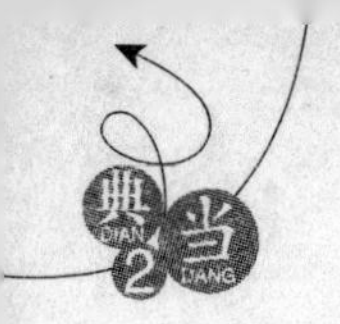

最为拙劣的手法就是鱼目混珠了，这是在原石上选好部位，挖一小槽，然后放上绿色玻璃或绿色牙刷把，甚至绿色牙膏，再经由细心修整即可鱼目混珠，不过这种手法只能骗骗刚入行的新人，对于这些圈内混了几十年的人而言，一眼就可以将之看穿。

此时许振东的心里，正在猜想着庄睿是用了什么手法，居然瞒过了这么多人，低头思考了半天之后，许振东放弃了这个想法，因为庄睿不可能在大庭广众之下，敢冒天下之大不韪，更何况后来赶去的古老头，也绝对不会做他的帮凶的。

不过许振东虽然用这想法宽慰了下自己，可是心里还是感觉有些不踏实，总感觉到这里似乎存在着什么猫腻。

好不容易等到酒席散场，许振东马上就匆匆地赶回到公司，在车上的时候，就让赵师傅和许伟等着他了。

刚刚进入到公司的办公室，许振东就绷着脸对迎上来的许伟说道："许伟，你和庄睿到底有什么矛盾？尤其是近来发生过什么冲突没有？你老老实实地给我说清楚。"

许振东问话的时候连门都没顾得上关，引得办公室外的人纷纷竖起了耳朵，果然是八卦无处不在。

"大伯，什么事？我昨天才刚到广州，能和那小子有什么冲突？"

许伟看到许振东面色不善，没敢说出自己在机场的行为，再说了，大彪是西北人，现在又在医院里，让大彪教训庄睿那件事，只要自己不说，没有人会知道的。

"没有就好，记住，不要去招惹那个人。"

许振东的面色缓和了下来，回身把办公室的门给关上了，在他眼里，自己这个侄子虽然是留学回来的，但为人处世还是稍显骄纵，远不如庄睿稳重。

许伟点了点头，不过还是没敢问到底发生了什么事，让许振东显得如此急躁。

"许总，那块毛料放在库房了，有什么问题吗？"

赵师傅也有些不解，他本来正在和许伟一起吃饭，许振东刚才在电话里急匆匆地让他赶回公司，并且询问了那块毛料是否已经收进库房，平时这些事情自然有人去做，根本不用他们亲自过问的啊。

"老赵，你先休息一会儿，咱们下午就准备解石。"

许振东做了一个深呼吸，不知道为什么，他心中总是有那么一丝阴影，不将那块毛料中的翡翠取出来，估计许振东今天晚上是睡不着觉了。

赵师傅闻言愣了一下，他今天上午已经解过一块毛料了，毕竟也是年近六十的人了，不管是身体还是精神，都有些疲惫，不太适合继续解石了，而且那块毛料还是如此珍贵，万一出现一点纰漏，就会损失惨重的。

想到这里，赵师傅出言说道："许总，今天就算了吧，咱们挑个好日子，拜过关二爷之后再解吧，也不急着这一天两天的。"

广东人是十分看重好日子的，不说婚丧嫁娶，就连平时出外访友，都会看看是否宜

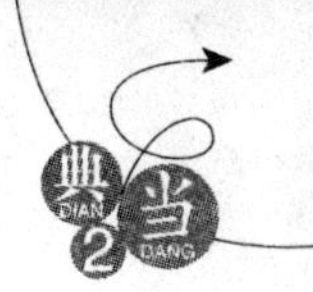

行，这块毛料珍贵异常，要是按照赵师傅的想法，那是要搞一个仪式的。

许振东闻言有些烦躁地摆了摆手，说道："不用再讲究那些了，等下咱们先检查一下，这块毛料是不是做过些什么手脚……"

"在毛料上做了手脚？不会吧，许总，那块毛料可是有几十个人都看过的，咱们也是仔细检查过的，应该是缅甸老坑种的原石，这点不会错的。"

赵师傅听到许振东的话后，吃惊地张大了嘴，不过他也是在赌石圈子里混了几十年的人了，自信以自己的眼光，还不至于连真假毛料都分不清楚。

上文说过，现在有不少人通过各种手段，对翡翠原石作假，但那些手段一般只能蒙混一下初入赌石圈子、像是宋军那样水平的人，像赵师傅这样和翡翠原石打了一辈子交道的人，要是再分辨不出真假，那也不可能做到一家珠宝公司的赌石顾问这个位置上。

许振东这会儿也不想瞒两人了，叹了口气说道："刚才在吃饭的时候，姓韩地告诉我，那小子找人对他说，庄睿和许伟是好友，让他不要再开价了，我这才有些怀疑的，许伟，你自己说说，你们能称得上是朋友吗？"

许振东把在心里憋了半天的话说了出来，也舒服了许多。

"大伯，我遇到他一次倒霉一次，哪里还敢和他交朋友？"

听到许振东的话后，许伟心里也慌了起来，莫非自己报复庄睿的事情被他知道了，现在用假毛料来报复自己？

许伟也不傻，上午听到庄睿的那番话，心里明白自己在机场所做的事情，已经被庄睿知道了，肯定不会这么好心地帮助许氏珠宝拿下这块毛料，不过事实的确是庄睿帮着他们拿下这块毛料的，难道这毛料真的有问题？

许伟这会儿有点迷糊了，按照赵师傅所言，这块毛料明显没有什么问题，但是庄睿的行为又无法找到合理的解释，按理说，庄睿应该百般阻挠他们买到这块毛料才对。

不过许伟哪里知道，庄睿拿出这块毛料来解，本就是针对他而来的，要是被那姓韩的老板坏了事情，庄睿即使赚到了钱，那也不会开心的，所以他才让毕云涛传话给韩老板的。

虽然这事情传出去的话，会让许振东有所察觉，不过那会儿庄睿也顾不上这么多了，万一这毛料没有被许氏珠宝拍到，庄睿的心思可就都白花费了。

"大伯，我从机场回来的时候，我的一个朋友和那小子发生了点矛盾，不过这事和我没关系啊。"许伟不敢再隐瞒机场所发生的事情了，找了一个借口说了出来。

"混账东西，刚才问你怎么不说？"许振东一听这话，顿时面色大变。

"赵老弟，咱们马上就解石。"

许振东这会儿也顾不上去训斥许伟了，这块毛料现在就像是一个毒瘤，长在了他的心脏旁边一般，不解开毛料，他是不会心安的。

"好吧，咱们现在就去把那块毛料解开，不过许总，你也不用那么担心，毛料只要是真的，任那个年轻人有什么手段，总归不能把这块料子变没有的，咱们不会损失什么。"

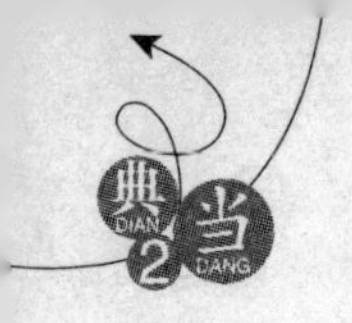

赵师傅的话让许振东心中稍安了一些，他自然不会想到，号称是世界上没有任何仪器可以看穿的翡翠原石，在庄睿眼里，如同摊开的白纸一般清晰，就连一丁点儿的瑕疵，都躲不过他眼中灵气的窥察。

老坑种的翡翠毛料自然不是假的，但是他们所看到的东西，也未必就是真的。

许氏珠宝的总部，是和许氏珠宝加工厂紧挨在一起的，上午所赌的那块毛料，被放在了总部库房里，许振东吩咐下去之后，自然有保安带着工作人员打开库房，将那块毛料用推车推到了工厂处。

许氏珠宝玉器加工厂里的解石机器，要比赌石会场里的那些机器精致了许多，大大小小的擦石机就有十多种，而一些精密仪器，更是可以将翡翠表面尘埃大小的灰尘都给剔除出去。

毛料搬过来之后，几人并没有马上就动手开始解石，而是由赵师傅亲自动手，将这块毛料从上到下的刷洗了一遍，在开出天窗的地方，更是拿着猪鬃毛制成的刷子，仔细地清理着里面的灰尘和石屑，眼睛死死地盯着那里面的翡翠。

这一番冲洗，足足用了十多分钟，赵师傅站起来后，顾不得擦拭脸上沾染的灰尘，对着许振东说道："许总，这块毛料没问题，是真正的老坑种。"

许振东闻言之后，心中松了一口气，问道："有没有动过手脚的痕迹？"

要知道，就算是老坑种的毛料，那也分好坏的，也可以将解过的毛料拼凑起来的，这事情不是没有发生过。

"没有，这是一块整料，应该是出自帕岗厂的，颜色很纯正，不是后来渲染上去的，应该没有什么问题，许总，咱们今天还解吗？"

按照赵师傅的想法，还是换个良辰吉日再解石，他今天的确有些疲惫，万一到时候一个留不住手，将里面的翡翠破坏掉的话，那损失可就大了。

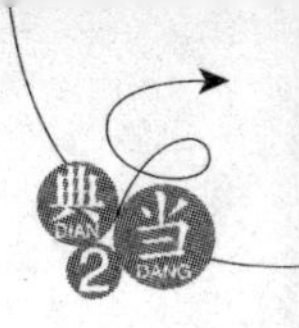

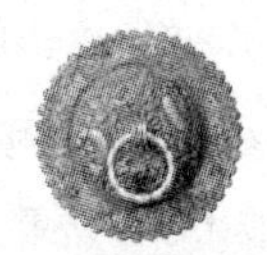

第四十六章　天堂到地狱

"现在就解!!"

许振东重重地点了点头,接着说道:"赵老弟,今天就多辛苦你一下了,等这块毛料里的翡翠取出来了,咱们公司的高档饰品的货源就能解决掉,剩下的几天去赌点中低档次的毛料回来就行了,忙完这几天,老哥不会亏待你的,到时候好好放你几天假。"

"行,那咱们就干吧。"

老板既然开口提要求了,赵师傅只有听从的份,不过在场的这三人都没有想到的是,不用过几天,就今天之后,赵师傅就永远地从许氏珠宝放了大假了。

从毛料中解出翡翠来,和切石不同,切石是一刀下去,是涨是垮马上就能知道,不管是切的人,还是看的人,都会感觉到很过瘾。

但是解石就比较枯燥了,尤其是这种高档翡翠的料子,要用砂轮机一点一点很小心地将毛料外面的皮层擦掉,几十公斤的石头,要解上好几小时甚至数天的时间的。

赵师傅也足够小心,他是从庄睿擦开的第一个天窗处,用砂轮开始打磨的,那地方的翡翠看形状似乎是往石头里面渗进去了,按照赵师傅的经验,旁边应该不会再出绿了。

不过十几分钟过后,赵师傅在那个天窗旁边,居然又擦出巴掌大的一个门出来,顿时将眉头皱了起来,拿了清水将那个门冲洗干净之后,却没有再动手去擦,而是蹲在那里观察了起来。

许伟看到那个新擦出来的门,对于赵师傅哭丧着个脸有些不解,不由出言说道:"赵叔,看来这真的是一整块的翡翠啊,这旁边都出绿了,应该比咱们估量的料子还多一点吧?"

"许少,看看再说吧……"

赵师傅摆了摆手,脸色很凝重,就连许振东也感觉到有些不对了。

在赌石圈子里,有行话叫做"宁买一线,不买一片",这皮层下面相连着的翡翠,让赵师傅心中产生出一丝不妙的感觉来。

当一块翡翠原石的表面绿色,也就是松花,在表皮上呈线状或团状呈现时,特别是当

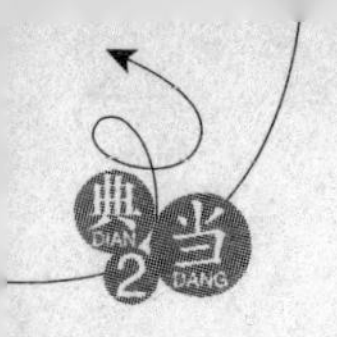

表皮上显露的绿线呈对称散布时，其绿就会向内部延长，甚至贯穿整块原石，这样的毛料，是原石中的极品，一般都能赌出大涨来。

这种毛料，指的是外皮表现好的原石，通过皮层的表现，可以观察到原石内部翡翠的走向，但是许振东花费了三千多万买的这块原石，现在的表现，却是十分的诡异。

这块原石的外层，并没有明显的松花和蟒纹，按照常理说，出绿的概率非常的小，但是偏偏开出来的两个窗口都出绿了，并且是品质非常高的冰种阳绿，加上开的两个天窗又是前后对称，这就会让人误以为，这绿会贯穿整块石头。

但是赵师傅凭借着他的经验，却感觉出一丝不对来，这块毛料像是经过了二次风化的，要真是如此的话，那在这层翡翠下面是否能出绿，就很难保证了。

“赵老弟，有什么不对吗？”

许振东也懂得翡翠原石的鉴定，但并不是很专业，看到赵师傅又擦出绿来之后，他的第一反应和许伟一样，就是这块毛料肯定大涨了。

“现在还不好说……”

赵师傅伸手擦了下额头上的冷汗，毛料究竟如何，他现在也不敢肯定，只能继续往下解了。

随着砂轮和石头的摩擦声，这块毛料也逐渐地展露在众人的面前。

整块毛料的表皮，已经被擦去三分之一了，而在露出石层的这三分之一处，居然全部都出翡翠了，在这加工厂车间内白炽灯的照射下，散发出诱人并且深邃的幽光，最为难得的是，这成片的翡翠颜色分布极为匀称，种水也是相差不多，基本都达到了冰种。

“赵顾问，果然是好眼力啊，这么大一块翡翠，估计最少能取出三十副镯子出来，许总，你可是要发奖金啊。”

“是啊，有了这块翡翠，咱们可是要忙了，一定要加奖金。”

这会儿玉器厂的一些雕刻师傅们也围了过来，其中有些资格比较老的雕工师傅，纷纷出言和许振东等人开着玩笑。

“好说，好说，这天气比较热，回头我先让人在车间里再装两台功率大点的空调，等这块翡翠解出来了，到时候还指望各位师傅呢。”

许振东满脸堆笑，向四周拱手致意，要说翡翠原料是公司终端销售业务的保证，那么这些雕工师傅们，就是一家珠宝公司的基石了，平日里活少的时候，许振东对这些人都是笼络有加，现在更加不会小气了。

要知道，将一块玉石翡翠琢磨成器物，是要经过一系列加工程序的，时间短的话要三五天，要是细活，那三五个月出一个物件，也是很正常的。

中国古代已有一套程序，清代的琢玉程序有捣砂、研浆、开玉、扎埚、冲埚、磨埚、掏堂、上花、打钻、透花、木埚、皮埚等工序，比之现在都要成熟许多，因为有些技艺当代已经失传掉了。

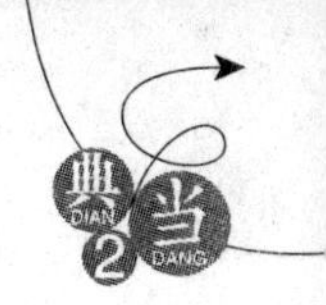

而到了现代，玉器的加工程序，一般分为选料、设计、琢磨、抛光四个阶段，每个阶段都有一定的内容。

选料就不用说了，赵师傅现在干的这事情就是，而设计工作要贯穿玉器制作的始终，因为玉器产品不是定型生成线下来的产品，每件都有一定的变化，设计师们就要根据玉料特点设计造型，使造型舒适、流畅和受人喜爱。

但是最终将翡翠雕琢出来的，还是这些手工艺人们，如何根据毛料的质地、光泽、颜色、透明度等特性，来突出翡翠料子的不同特点，发挥出翡翠玉石的温润冷艳特性，这些工作，是设计师们所无法完成的，必须依靠这些手艺精湛的琢玉师傅们。

更为重要的是，在现代社会，手工艺人已经不多见了，所以在每个集玉器生产销售为一体的珠宝公司里，雕工师傅是最受重视的，很多公司甚至开出高价来相互挖角。

刚才说话的那两个人，就是许振东花了大价钱，从扬州请来的雕工师傅，玉石雕刻的技艺十分精湛，这块毛料解出来之后，肯定是要这二人出手雕刻的。

这几个月以来，由于高档毛料的匮乏，这些雕工师傅们也是十分清闲，不过许振东还要好吃好喝地供着，毕竟这些雕工师傅们一旦流失了，再想请回来可就难了。

至于这块毛料，许振东现在心里已经是没有什么疑虑了，坐在他的这个位置上，各种毛料见过的都不少，像这块毛料的表现，肯定是一整块翡翠，并且比他们先前预计的还要大上不少。

“照目前这情况看，至少能解出价值四千万左右的明料，后面这半年的高档货源应该没有问题了，等明年元月份，再去缅甸参加赌石吧。”

许振东看着在赵师傅手下不停出绿的毛料，心中那是说不出的痛快，这几个月一直困扰着自己的问题，现在终于解决掉了，而他的精力也可以投入到公司的发展上去了。

高档原石的擦石必须要十分小心的，因为只要是手稍有不稳，将砂轮打磨在翡翠表面，那损失可就大了，所以这过了一个多小时，赵师傅还只是解出来了三分之二，这块重达五十多斤的石头，此刻就像是披着纱巾的美女，露出了异常美丽的胴体。

“赵老弟，先休息一下吧，许伟，还不给你赵叔拿水过来……”

看到赵师傅脸上的汗水不住地从额头上滴下来，许振东连忙制止了他继续往下解石，将赵师傅让到了椅子上，许伟连忙递上了毛巾和饮料。

等到赵师傅缓了一会儿劲，许振东出言问道：“老弟，现在基本上能看出来了吧？”

“看来问题不大，这块毛料比咱们购买的价格，还能高出不少……”

赵师傅这会儿也放心了，一块毛料解了三分之二了，几乎是通体碧绿，虽然在连接上掺杂了不少白棉，但不影响整个翡翠的走向，现在赵师傅所要考虑的，已经是如何将这块翡翠切割开了，如何才能将之利益最大化。

许振东听到赵师傅的话后，心情大好，扭过脸对一旁站立着的许伟说道：“许伟，回头你去拜访那个姓庄的，冤家宜解不宜结嘛，别人给了咱们这么大一个好处，咱们也要大度些。”

许伟闻言愣了一下，这不是让他去给庄睿道歉吗？

“大伯，这……这不大合适吧？”许伟是满心不情愿，那个土包子不过运气好点罢了，值得他去结交吗？

许振东绷起了脸，不快地说道：“不合适？怎么着，要我这个老头子亲自去才合适吗？”

“好吧，我去……”见到许振东发火，许伟一脸无奈地点头答应了下来。

“你啊，就是太心高气傲，看不得别人比你强，许伟，这个毛病要改改，否则以后会吃大亏的。”

许振东对这个侄子还是比较看好的，虽然也带有一些年轻人常有的毛病，但是比起家族里那些整天只知道吃喝玩女人的几个小子来，还是要强得多了。

看到赵师傅开始继续解石了，许振东没有再说什么，把目光转到了那块毛料上面。

“嗯？出白棉了？”

赵师傅手中的砂轮机停了下来，许振东和许伟连忙凑了上去，仔细看了一下，不由都松了一口气。

偌大的一块毛料，不可能全部都是翡翠的，即使这剩下的地方全部都是结晶体，影响也不是很大。

“许总，我看就从这些出了白棉的地方，往里面掏吧，先解出一半的料子来，剩下的可以放起来。”赵师傅观察了一会儿之后，给出了自己的意见。

“行，老弟，你是专家，这些事情你拿主意就好了。”

许振东摆了摆手，要不是想看到最后的结果，他现在都打算离去了，毕竟许氏珠宝的总裁，事情还是很多的。

赵师傅这时疲惫的脸上，也显现出一丝激动的神色来，毕竟一块天价翡翠从他手里得见天日，这也是一种莫大的荣耀。

只是过了十多分钟之后，随着原石白棉处的散碎结晶颗粒，不断地从毛料上脱落，赵师傅的脸色也逐渐变得难看了起来，要知道，现在已经掏到了整块毛料的三分之一处，居然还没有出现翡翠，全部都是那些可恶的灰白色结晶颗粒。

许振东也发现了这一点，顾不上飞舞的碎石屑，凑上前去，死死地盯住了不断脱落着碎屑的毛料，原本因为中午喝了一点酒而发红的脸色，一点一点地变得煞白。

又是半个多小时过去了，出现在众人面前的这块毛料，中间已经完全被挖空了，就像是蒜臼子一般向内凹进去一个大洞，又像是一张大嘴，在无言地嘲笑着场内众人。

短短的半小时，许振东就像是从天堂跌到了地狱之中，巨大的心理落差让他的心脏绞痛了起来，眼前似乎有无数个金星在闪烁，耳边轰隆隆的像是在打雷一般，原本蹲在那里的身体，无声无息地滑落到了地上。

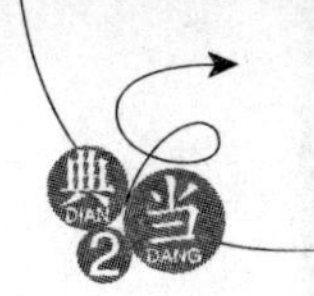

而许伟此时，正双手抓着几乎瘫软在地上的赵师傅，声嘶力竭地喊道："这不可能，这不可能啊，怎么会这样，姓赵的，你不是说这块毛料一定是大涨的吗？"

赵师傅的面容好像在一瞬间苍老了许多，那双原本有如鹰隼一般犀利的眼睛，现在也变得暗淡无光，有些呆滞了，看着抓住自己衣襟的许伟，有如行尸走肉一般地说道："我不知道，为什么会这样啊？没有道理的……是不是咱们没有拜神啊？"

赵师傅实在是不明白，这样一块几乎半是明料了的原石，居然也能解垮掉，在赌石行当里厮混了一辈子的赵师傅，从来没有遇到过这种情形，脑中的一个想法，就是得罪了关二爷了。

"拜个屁神，就是你看走了眼，大伯，大伯？你这是怎么了？"

许伟这会儿完全忘了，自己也是竭力赞成买下这块毛料的，他表现得如此激动，不外乎就是想摆清干系，让许振东不至于怪罪到自己的头上。

只是许伟在回头看向许振东的时候才发现，自家大伯已经瘫倒在地上了，眼睛虽然还睁着，不过看上去毫无光彩，几位雕工师傅正扶着许振东，在给他掐着人中。

过了半晌之后，许振东才悠悠醒转了过来，脑子里有点迷糊，看着几位熟悉的雕工师傅，不明白自己为何会在这里，并且还躺在地上。

许伟看到许振东醒转过来，连忙拨开众人，满脸关切地对许振东说道："大伯，您醒啦，可是吓坏我了，刚刚叫了救护车，等下送您去医院检查下……"

"许伟？老赵？原石……三千三百八十万？"

许振东脑中冒出了这么几个字眼，一些模糊的画面逐渐地清醒了过来。

"老赵，老赵？"

许振东用尽了力气喊着赵师傅，不过声音很小，许伟听到之后，一把拖起还瘫软在地上发呆的赵师傅，拉到了许振东的面前。

"老赵，那块毛料怎么样了？"

许振东心里还存着一丝侥幸，三千多万啊，想到这里，许振东就感觉像是有把刀子在剜他的肉一般。

"废料，最多值一百万，许总，咱们看走眼了……"

老赵这会儿也清醒了过来，不过这个打击有些大，他现在的状态也未必比许振东好多少。

"老赵，这块毛料是不是作过假的？咱们可以起诉他吗？"

许振东现在满脑子就是在想着，怎么样才能追回这笔款子，现在公司的财务状况也很不好，没有了这三千多万，他也没有实力再去竞购高档翡翠毛料，日后公司只能沦落为销售一些低档玉器的小公司了。

"起诉？许总，没用的，买毛料之前咱们是签了合同，做了公证的，钱货两清，即使是假的，现在这样子，咱们也没证据，更何况这块毛料的确是帕岗厂的料子，没有动过手脚，

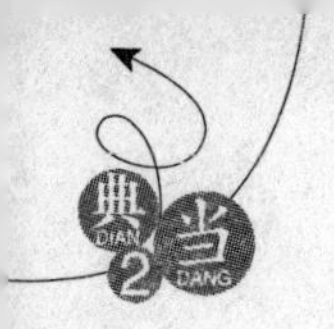

是咱们走眼了……”

赵师傅的话让许振东眼前一黑，差点又晕了过去，庄睿当时在赌石会场给他的那个微笑，顿时出现在眼前，不过许振东从这微笑里面，发现的全是怜悯以及仇视。

许伟在一旁听得不乐意了，干吗口口声声地说咱们啊，不把自己拉进去，看来这老赵是不肯罢休的，顿时指着赵师傅，道：“老赵，明明就是你看走了眼，说什么咱们？要不是看你年龄大，我这就叫保安把你打出去。”

“你……你，好，好……”

看到一向张口闭口喊着自己赵叔的许伟，如此恶言相向，赵师傅顿时气得连话都说不出来了，赵师傅并不打算推诿自己的责任，但当时这块毛料，也是许伟和许振东同时看好的，他虽然名为顾问，但是也没有权力拍板将之买下来的。

听到许伟的话后，许振东眼睛猛地睁开了。

“许伟，庄睿，结怨，有仇……”

这几个字眼不停地在脑中显现，虽然许振东不知道庄睿是否知道这块毛料的真实情况，但是他现在几乎可以认定，庄睿出言使得韩老板相让这块原石，肯定是不怀好意的。

“许伟，你过来……”许振东向许伟招了招手，勉力撑起了身体。

“大伯，您别着急，肯定是庄睿那小子故意的，我回头就找几个人去收拾他！”

许伟听到许振东的召唤，连忙跑了过来，半蹲下身体，将耳朵凑了过去。

“老子我先收拾了你！！”

许振东猛然一声大喝，也不知道从哪里来的力量，身体突然坐了起来，五指张开，右臂抡圆了向许伟那靠过来的半边脸，使劲地扇了过去。

“啪”的一声脆响，许伟这一百多斤，居然被六十多岁的许振东给扇倒在地，半边脸颊顿时红肿了起来，鼻梁上的那副眼镜也不知道掉到了什么地方。

“大伯，你……呸！”

许伟又惊又怒地站了起来，刚喊出一句话，却感觉到嘴里多了点什么东西，吐在手心里一看，居然是两颗牙齿。

许振东此时已经听不到许伟的话了，在扇出了那用尽全身力气的一巴掌之后，他整个人又晕了过去，不过这时车间外面也响起了救护车的声音，几位雕工师傅连抬带架地将许振东送上了救护车，赵师傅也由于身体不适被抬了上去。

转眼间，偌大的加工厂车间内，只剩下了许伟一个孤零零的身影，还有那块张着一张大嘴的毛料，无声地对着许伟嘲笑着。

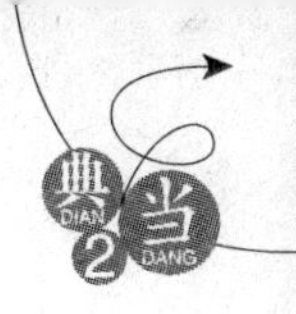

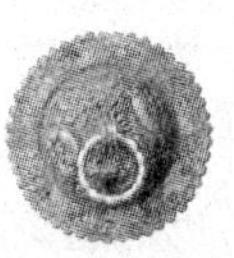

第四十七章 大快人心

庄睿睡了一个很踏实的午觉，只是时间有点稍长，下午两点多钟才睡着的，睁开眼睛之后，庄睿从房间的窗户处发现，外面居然已经是华灯初起，夜幕降临了。

"这么多电话?"

揉了揉眼睛，庄睿拿起手机准备看下时间，却发现自己的电话快被打爆了，上面竟然有五十多个未接电话。

庄睿粗略地看了一下，有伟哥几人打过来的，有雷蕾的电话，还有宋军和马胖子的，古老爷子的电话也在其中，最让庄睿意外的是，还有一个国际长途，要是不出意料的话，应该就是秦萱冰打来的。

"离得这么近，还打电话，有毛病。"

庄睿随手将电话扔到了床上，准备去洗漱一下，刚一下床，白狮就从门口扑了过来，庄睿似乎明白了什么，看来这几个人不是没来找自己，估计是被白狮给挡驾了。

洗漱完之后，庄睿想了一下，先拿起电话，拨通了秦萱冰的手机。

铃声响了两下之后，秦萱冰很快接听了起来。

"庄睿，雷蕾找不到你，电话都打到我这里来了，发生了什么事情啊?"秦萱冰悦耳的声音，从电话里传了出来。

"我不知道啊，今儿上午有些累，下午一直在酒店睡觉，电话铃声在上午赌石的时候调成振动了，没能听到，我一会儿打给雷蕾吧……"

庄睿原本以为秦萱冰有什么急事呢，搞了半天原来是雷蕾要找自己，和秦萱冰聊了几句之后，就挂断了电话，给雷蕾打了过去。

"庄睿，你是不是赚了钱躲在房间里面偷着乐啊，我的电话都不接了?"雷蕾貌似心情不是太好，张口就质问起庄睿来了。

"我……我睡着了没听到啊……"

庄睿有些委屈，这都什么事啊，无缘无故地给自己发什么火，庄睿已经开始同情起要和雷蕾结婚的刘川了。

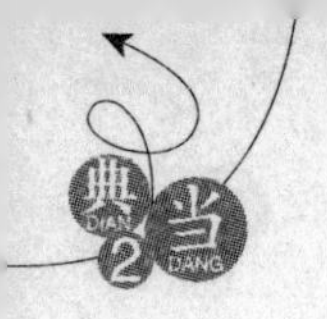

“你和大川还是哥们呢，和我还是老同学呢，有毛料竟然不先通知我，姑奶奶很生气，不过算了，原谅你了，你也算是做了回好事，我现在有点忙，明天再联系。”

雷蕾炒豆子一般唧唧喳喳地说了一通话，没等庄睿反应过来，就把电话给挂掉了。

“喂，喂喂，雷蕾，到底什么事情你说清楚啊，我做了什么好事了？”

庄睿有些郁闷，自己这几天貌似没有扶着老太太过马路，也没学雷锋做好事啊，至于那块毛料，就算是许氏珠宝不买，也不能卖给雷蕾的。

就在庄睿有些愣神的时候，手机突兀地响了起来。

“靠，老幺，你睡死在房间里啦？我们哥几个把房间门都快砸烂了，你都没有听到吗？”

接通电话，伟哥的声音传了过来，旁边有些喧闹，应该不是在酒店里。

“上午实在是有点太累了，刚刚睡醒，正准备给你们打电话呢，哥几个都在一起吧？对了，你们干吗不找服务员给开门啊？”

伟哥闻言立刻怒了，在电话里就嚷嚷了起来：“滚一边去，想让哥们被狗咬啊，我刚敲了两下门，你那白狮就在门口低吼了起来，我敢找人开门吗？行了，别废话了，快点过来吃饭吧，宋老板和胖……哦，不，马老板也都在这呢。”

庄睿哭笑不得地看着趴在自己脚边的白狮，眼中一股灵气瞬间投入的白狮的身体之中，白狮舒服地眯上了眼睛。

“靠，打了几十个电话就是喊我吃饭？”庄睿有些无语。

“不是，还有别的事情，大快人心啊，在酒店二楼的餐厅里，你快点过来。”

伟哥言语中有些兴奋，说完之后就挂掉了电话。

“这都什么人啊，话都说一半的，大快人心？莫非是……”

庄睿想到一个可能性，连忙套上件衣服，安抚了一下白狮，急匆匆地走出了房间。

走出房间几步之后，庄睿又返回身来，把酒店房间的状态改成了请勿打扰，他这是怕服务员进去打扫卫生的时候，被白狮给吓到。

正在等电梯的时候，庄睿的手机又响了起来，看了下号码，是个陌生手机的号，庄睿也没多想，站在电梯门口接了起来。

“喂，庄先生吗？我是韩氏珠宝的老韩，今儿上午那件事情，可真是要谢谢你，不然我就亏大了，您现在有空吗？咱们一起吃个晚饭怎么样？”

电话那头传出的声音有些陌生，庄睿想了一下才记起来，原来是上午和许振东竞价的那个长得白白净净的胖子。

“啊，原来是韩老板啊，上午那件事情我不会让您吃亏的，您放心，我手上还有块好料子，只是没在这里，日后有机会，我一定会补偿给您的。”

韩皓维的话让庄睿有些莫名其妙，上午那件事，是韩老板给了自己面子，怎么还说要谢谢自己啊？

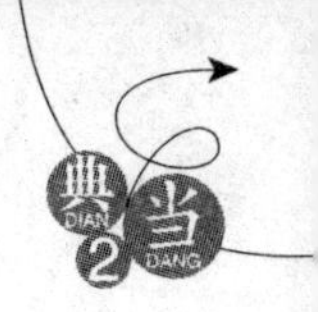

不过幸亏有这胖子和许振东抬价，否则的话，那块毛料还卖不到三千三百八十万呢。

“不是这事，庄先生，您现在要是有空的话，咱们坐下聊聊吧。”

韩皓维心里可是真的很感激庄睿，要不是庄睿找人给他递了话，说不准自己还要和许振东死掐下去，如果真是把那块翡翠拿到手，可就真是欲哭无泪了。

许氏珠宝毛料解垮掉了的消息，在许振东被送往医院的同时，就经过各种渠道流传了出来，那些雕工们本来就都是各个珠宝公司挖角的对象，在看到许氏珠宝损失惨重之后，心里不免也开始给自己找起后路来了，所以现在外面已经是消息满天飞了。

当然，庄睿并不知道这些，他还以为这位韩老板想急着看自己所说的好料子呢。

“吃饭就算了，我和朋友约好了，晚上……呃，现在七点半，八点半的时候您要是有空的话，到我住的酒店来，咱们坐坐吧。”

庄睿说话很客气，原因自然就是他手中的那块红翡了，要知道，这样的极品翡翠，不是一般人消费得起的，都是有着特定的顾客，庄睿是想通过韩老板结识几位那样的人，日后手中的那块红翡也好出手。

只是现在庄睿还没有想好，那块翡翠是解开后卖明料，还是由自己找人雕琢制成成品之后，再销售出去，不过不管选择哪种方式，和韩老板这样的玉器商人打好交道是不会错的。

“行，你是住在玉器街旁边的那个酒店吧？等会儿我一准到。”韩皓维满口答应了下来。

随口和韩老板聊了几句，庄睿下到了二楼餐厅，这才发现，几人居然不是在吃饭，而是在喝茶，广东人喜欢饮茶，很多事情都是在喝茶的时候谈成的，有些人能从早茶、下午茶一直喝到夜里。

上午消耗很大，中午吃得不多，庄睿这会儿是饥肠辘辘了，坐下后也不客气，把面前的肉丸，虾饺，小笼包等点心，一个劲地往嘴里塞。

“怎么了，都看着我干吗？”

喝了一口茶，将嘴里的食物送下肚子之后，庄睿发现这哥几个的眼神都直愣愣地看着自己，不由奇怪地问道。

“老幺，你是不是知道那块石头里面没有翡翠啊？”伟哥心里藏不住事情，马上开口问了出来。

“石头？你说的哪块石头？”

庄睿心中已经猜到了是什么事情，不过他可以透视到原石内部这事，是打死也不能说的，只能装傻充愣了。

庄睿没有想到的是，许伟等人居然回到公司就解石了，原本还以为这事要到赌石大会结束之后，才会被他们知晓呢。

“还能有哪块，就是你卖给许氏珠宝的那个啊，雷蕾都告诉我们了，你和姓许的那小

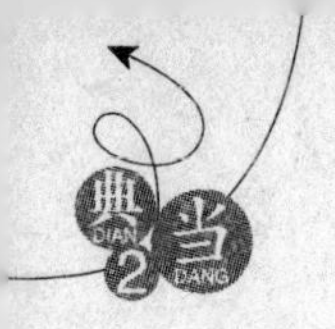

子不对路，老幺，是不是故意想阴他们的？”

毕云涛是当时帮庄睿给韩老板传话的，所以疑心也最大，按庄睿的性格，断没有把好东西卖给仇家的道理啊。

“那块石头里真没有翡翠?!”庄睿装出一副吃惊的样子，看着众人。

“你小子早就知道了吧？”说话的是宋军，庄睿今天办的这事情，漏洞太多，经不起别人推敲的。

“怎么回事，你们先给我说说，我知道什么啊？”演戏真累啊，庄睿这会儿的脸部表情，够得上去拍电影了。

还是老三厚道，看到庄睿着急的模样之后，开口说道：“许氏珠宝回去之后，就将那块毛料给解开了，不过只有外皮下面的表层上，附有一些翡翠，里面整个就是一空心，别说三千万了，三百万都不值，有传言说，是你作假了。”

“放他娘的屁，那石头是我和宋哥一起去买的，今天上午在赌石会场里面，上百个玉器商人都看过，我怎么做的假啊，输不起居然怪到我头上了。”

老三这话可说让庄睿气得不轻，万一在玉器行当里传出个不好的名声，那以后谁还敢买他的东西，要知道，庄睿手上可是还有块价值上亿的红翡呢。

宋军闻言摆了摆手，道：“你小子那么激动干什么，这东西可是签过合同，经过公证的，根本不用搭理他们，赌石赌垮了，造谣生事的多了，没事，老哥我给你作证。”

“是啊，要说这毛料作假了，我也不信，不过庄睿，我怎么就感觉你事先知道了那毛料里的情况呀？”马胖子嘴里啃着个鸡爪，含糊不清地说道，一双眯成缝的小眼睛，颇带玩味地看着庄睿。

“我冤枉啊，马哥，我买那块石头就是图便宜，这事宋哥知道的，话说回来，我要是知道石头里面没有翡翠，我会买吗？我又不知道许伟他们要买。”庄睿喊起了撞天屈。

众人一听，这话也有道理，如果庄睿要知道那毛料里面没有翡翠，肯定不会买，他又不会算命，怎么可能知道许氏珠宝会出这么大的价钱，来购买这块毛料。

庄睿说的这话是三分真七分假，谎话自然就是毛料里面的情形，他是一清二楚的，至于真话，他本来只是想随便卖个几百万的，却没有想到许氏珠宝这个冤大头，一头撞了进来。

“庄睿，你刚才回答岳经的话，说的是那块毛料里真的没有翡翠，这也说明你已经知道了，这事怎么解释啊？”

马胖子认准了庄睿事先知情，所以紧盯着他不放，非让庄睿说出个一二来不可。

“马哥，您这可是难为我啊，我买毛料的时候，就是图个便宜，不过在解石那会儿，感觉倒是有些奇怪，不知道为什么，我就觉得这毛料里面的翡翠，不见得就有外面天窗表现得那么好，所以我才让四哥传话，把毛料让给许伟的。”

看着众人一脸不相信的表情，庄睿苦笑着说：“别问我为什么，我也不知道，就是感觉

而已。”

眼中异能这件事情，庄睿这辈子是打算烂在心里了，要是传出去的话，恐怕不被国家抓去切片研究，也会被某人挟持，天天地帮他们挑原石了。

“庄睿这话我信，宋总，你忘了吗，去年你解开的那块价值两千万的毛料，我当时就说感觉不是很好，想让你囤在手上，以后出手的，可是你最后还是解开了，不也是垮了吗……”

出人意料的，一直很安静坐在旁边的赌石顾问彭师傅开口说话了，而且是帮着庄睿说话的，只是他说话有些直白，把自己的老板气得直翻白眼。

感觉这东西是说不清楚的，就像是地震时老鼠搬家，牛马嘶鸣，是生物的一种本能，庄睿用这点来解释，马胖子也是无话可说，他自己本身在观察别人的时候，也是凭借着一种过人的直觉的。

宋军更是被彭师傅说得哑口无言，他赌垮的那两千万，比之今天也少不了多少。

“哎，我说诸位哥哥，不带这样的啊，我还不知道究竟发生了什么事情呢，谁给我说说呀。”

庄睿只知道许振东他们解石解垮掉了，不过具体情况，他是一点不知，这心里也有些痒痒的。

宋军一脸幸灾乐祸地说道：“有什么好问的啊？一个被气得吐血，一个被赶出了公司，小子，你可真是造孽啊。”

原来，在许振东从医院里清醒过来之后，马上召集家族内的主要人员开会，调整了公司的经营方向，日后主要以经营中低档玉器为主，放弃高端市场。

虽然这样会使得许氏珠宝业务大量萎缩，但这也是没有办法的事情，现在的许氏珠宝，已经不具备与众多珠宝公司竞争的实力了。

至于许伟，则被免去了在许氏珠宝公司内的一切职务，立即冻结许伟所能支配的公司欠款，听说许伟得知这个消息之后，赶到许振东的病房前连连抽自己的嘴巴，都没能让许振东改变主意，日后许伟也只能像家族里那些闲人一样，每月拿个万儿八千的生活费了。

许伟现在虽然是把庄睿恨之入骨，但是他连继续雇请大彪的钱都没了，就连嘴里掉的那几颗牙，都在考虑是镶金还是镶个烤瓷的呢，这真是善恶非不报，时候终未到啊。

这个消息让庄睿胃口大开，风卷残云般将桌子上的小点心横扫一空，吃饱之后刚点上根烟，电话就响了起来，原来韩皓维已经到了酒店大堂了。

玉器街旁边的这家四星级酒店，一向都是玉器商人和各地客户下榻的地方，韩皓维如果不是公司总部设在增城，在广州另有居所，一定也是会住在这里的，他经常到这里拜访客户，对这个酒店倒也熟悉。

此时等在酒店大堂处的韩皓维，对于即将见面的庄睿，心中充满了好奇。

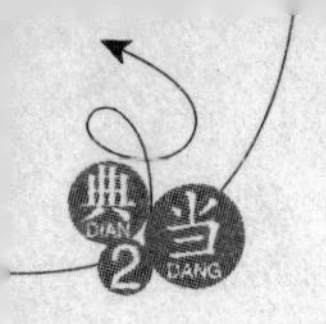

原本韩皓维只是认为庄睿运气好，接连赌涨了两块表现平平的毛料，不过经过一番打听，他对庄睿的印象完全改变了，在南京赌涨两千多万，在平洲更是一上午赚回了三千多万，这已经再不能用运气来解释了。

韩皓维想见庄睿，就是基于心中的好奇，中午和许振东吃过饭之后，他就找到了杨浩，从杨浩口中得知，庄睿和许伟并非朋友，而且关系十分恶劣，这就让韩某人有些浮想联翩了。

韩皓维和许振东不同，许振东是继承的家族产业，而韩皓维是从二十世纪八十年代中期，由缅甸赌石开始，逐渐创建公司，并一步步发展到现在这个规模的，在南方几省已经是稳稳地压住了许氏珠宝一头，对于原石毛料的精通，他的水平甚至在许多所谓的赌石专家之上。

上午庄睿所擦的那块毛料，他也没有看出什么破绽，韩皓维可以认定，毛料绝对不是做了假的，如此一来，这里面就有个问题了，庄睿是如何得知这块毛料的翡翠只是集中在表层的？以庄睿和许伟的关系，肯定不会好心地将一块大涨的毛料卖给许氏珠宝的。

韩皓维当然不会认为庄睿可以看穿这块原石，毕竟那些什么隔墙视物之类的特异功能，早都已经被证明是骗局，就像是大家身旁的人，要是告诉你他有特异功能，恐怕朋友们都会骂上一句神经病吧，即使你那朋友偶尔显露出什么特异之处，估计也会被归类到走狗屎运的类别里去。

韩皓维同样只是认为庄睿眼力高明，有着他所不具备的赌石技巧，这才是韩皓维急着要见庄睿的主要原因。

“庄兄弟，这边……”

看到庄睿的身影从电梯里走出，韩皓维连忙摆手打了个招呼，嘴上自然是叫得亲热无比。

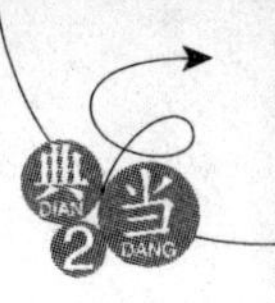

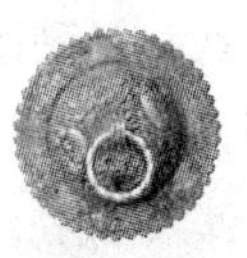

第四十八章 赌石顾问

“韩老板，您好，不好意思，麻烦您跑了一趟……”

庄睿对这位韩老板的印象很好，这人给他的感觉，有点像马胖子，虽然市侩但是却不失可爱，并且没有许振东身上那种盛气凌人的傲气，在电话里面虽然只说了短短的几句，但是让庄睿感觉很舒服。

其实这就是草根创业和二世祖之间的区别了，别看许振东年龄不小，但是许氏珠宝创建于新中国成立前，打江山的时候没他什么事情，新中国成立后家里是资本家，不怎么招人待见，导致他们那一代人，都没有受过很好的教育，学历并不是很高。

由于政策限制，一直到二十世纪八十年代，许氏珠宝才重新崛起，不过那会儿老人没死光，二次创业依然没他什么事，一直等到二十世纪九十年代中期，许振东才坐上了许氏珠宝总裁的宝座，而从那时起，许氏珠宝也逐渐地开始走向下坡路。

而韩皓维是二十世纪七十年代末，国家地质专业的第一批大学生，曾经做过和庄睿爷爷一样的事情，远赴缅甸考察当地的地质地貌，在偶然的机会中，接触到了翡翠原石。

由于那时翡翠原石在缅甸并不怎么受重视，价格也不是很高，眼光独到的韩皓维很快就积累了一笔财富，创建了韩氏珠宝，所以说，不管是从市场营销还是对于翡翠赌石的专业知识，许振东比之韩皓维，那是要差出几条大街那么远。

“咱们去咖啡厅坐坐吧。”

庄睿四处看了一下，他是不想再在酒店大堂里面谈事情了，搞得像大熊猫一般被人围观，正好在酒店的一楼有一家星巴克，两人就坐了进去。

“庄兄弟，今儿的事情，真是要好好谢谢你，不然我老韩这次就要亏大发了……”刚一坐定，韩皓维就掏出烟来，很是客气地给庄睿敬上一根。

“韩老板……”

“别叫老板，听着怪别扭的，老弟你的身家，现在也不见得比我少多少，要是看得起我的话，叫声老韩吧。”

韩皓维虽然是“文革”后的第一批大学生，算得上是高级知识分子了，不过这二三十

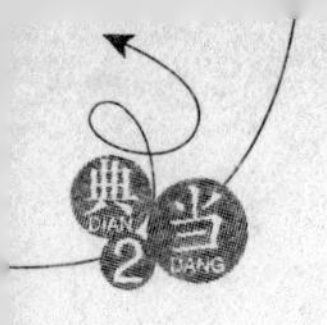

年商海起伏，将他打磨得张嘴一副江湖口吻。

“行，那我就叫你韩大哥吧……”貌似庄睿这圈子里，就是他最小，走到哪里都要喊哥，也不差这一个了。

“韩大哥，那块毛料的事情，我也是刚刚听说的，兄弟是个爽快人，也不说那些虚的，我和许伟不怎么对付，这是真事，当时我就是感觉那块毛料不值这么多，他们买去，也未必就能赚得到钱，这才让人劝了韩大哥你一句。”

庄睿知道，对于韩皓维这样的人，说些伟哥等人相信的扯淡话，根本没用，开门见山地就先说出了自己和许伟之间的矛盾，轻描淡写地将毛料的事情带了过去。

庄睿的话果然让韩皓维对他印象大好，现在平洲乃至全国的赌石圈子里，已经传邪乎了，有说庄睿是祖传下来的毛料造假高手，祖上就是专门和石头打交道的，有说庄睿是玉石协会古老爷子的亲传弟子，还有的说这人有特异功能，手一摸就知道石头里面有没有翡翠，总之是众说纷纭，褒贬不一。

还别说，这些传言倒是都和庄睿沾点边，他爷爷的确是和石头打了一辈子的交道，而古老爷子和他也算是世交，至于最多人嗤之以鼻的那个传闻，倒是猜得最为准确，只是庄睿的特异功能不在手上，而是在眼睛上的。

“老弟当时就是凭感觉吗？”

韩皓维闻言皱起了眉头，他和彭师傅一样，也经历过凭感觉选购毛料的事情。

有一次韩皓维在缅甸一个老坑厂看毛料，本来心情挺不好的，但是当他摸到一块不怎么起眼的毛料时，心里顿时觉得很舒畅，于是就把那块毛料买了下来，从里面居然解出了玻璃种的翡翠，虽然块头不大，但是值个几百万，由于自己经历过这种事情，韩皓维此时对庄睿的话也是信了七八分。

“不瞒韩大哥说，我这块毛料是掏宅子的时候买下的，本来就不怎么看好，当时擦出绿来，都是运气，我也不知道许氏珠宝会对这块毛料感兴趣，总之我自己不看好，许伟买走切涨了是他运气好，切赔了我心里舒坦，呵呵，那会儿就是这心理。”

庄睿知道，一句假话你要是想说的别人相信的话，最好先说九句真话，所以他把这毛料的来历都讲了出来，说得韩老板那皱起的眉头渐渐地舒展开来。

“那是老弟你运气好，对了，听说你还有一副活佛赐予的天珠？”

知道庄睿没有什么特别的赌石技巧之后，韩皓维的注意力转移到了庄睿的那副老天珠上，这事情却是古老爷子有意无意地散播开的，少年得意容易招人嫉恨，把好运转移到天珠上，倒也不失是个好办法。

“那是小弟运气好，得到了活佛的青睐，这串天珠可是珍贵无比……”

见到韩皓维不再纠缠关于毛料的话题了，庄睿心中松了一口气，大谈特谈起这串老天珠来，差点就没把自己说成是那活佛的转世师兄。

庄睿此时也感觉到了，先去让毕云涛传话的举动，有些太过于冒失了，明眼人肯定会

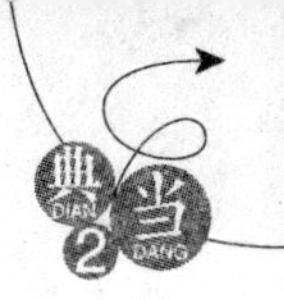

怀疑的，现在他也是在弥补，相信今天和这位韩老板的谈话，很快就会传到赌石圈子里去的。

“呵呵，老弟你真是福缘深厚啊，有了这串天珠，好运自然相伴的……”

韩皓维无不羡慕地看着庄睿手腕上的天珠，不过他也没提想要购买的事情，先不说有人曾经出价到千万以上了，就凭庄睿现在的身家，也不会出售这件佛家至宝的。

听到韩皓维的话后，庄睿摆出一副熏熏然的样子，得意地说道：“嘿嘿，自从有了这老天珠，运气还真是不错，前几天在平洲鬼市的时候，还淘到一套完整的汝窑瓷碎片，修补一下也能值个上百万。”

庄睿此话一出，韩皓维心中仅有的一丝怀疑都烟消云散了，瓷器和玉石那完全是风马牛不相及的，只能说是面前这小子运气太好了。

“庄老弟，老哥想聘请你为韩氏珠宝的赌石顾问，你看怎么样？有没有兴趣啊？”

“什么？赌石顾问？”

韩皓维这个提议有些突然，让庄睿一时间没有反应过来，自己连缅甸有多少个老坑厂都分不清楚，去给人做赌石顾问？

更何况在庄睿的印象里，赌石顾问应该都是像赵师傅那样的老头子，年轻一点的彭师傅，那也有四十多岁了，让自己去做赌石顾问，那岂不是问道于盲嘛。

“老弟你千万别误会，这个赌石顾问可不是让你给我打工的，就是一闲散职务，你也看不上那点顾问费，咱们这样，经你手赌涨了的毛料，你提成赌涨部分的30%，赌垮了的话，全算我的，你看怎么样？”

韩皓维的脑子转得很快，不过是自己临时想到的一个主意，马上就拿出了个章程来。

“韩大哥，你不会是开小弟的玩笑吧？我现在还在跟着古师伯学习有关于翡翠原石鉴定的知识，让我去给你做赌石顾问，你就不怕赔得底掉啊？”

庄睿感觉韩皓维这个想法实在是有些异想天开，虽然他的眼光很准，自己的确是能让他次次赌涨，不过这样一来，仅凭好运气是说不通的，别人肯定会怀疑点什么的，话再说回来，庄睿现在也不缺钱，并不想出那个风头。

俗话说枪打出头鸟，人怕出名猪怕壮。

经过刚才和伟哥他们还有这韩老板的谈话，庄睿已经下定了决心，以后绝对不会再在任何公众场合去解石，至于自己的那块红翡毛料，原本庄睿还在考虑是不是在此次赌石大会上解开卖出去，不过现在庄睿准备把它放到家里，日后慢慢处理了。

“庄兄弟，我都说了，赔的算我的，赚了咱们大家分，怎么样啊？”

韩皓维说话的时候，眼睛不停地瞄向了庄睿手腕处的天珠手链，看得庄睿是哭笑不得，要真是指望这玩意儿，恐怕会输得连裤子都剩不下。

“韩大哥，这事就不用提了，我这次也只是过来玩玩的，对于赌石兴趣不是很大，而且明年要考研，时间也非常紧，不过……我家里还有一块明料，是红翡，等什么时候有时间

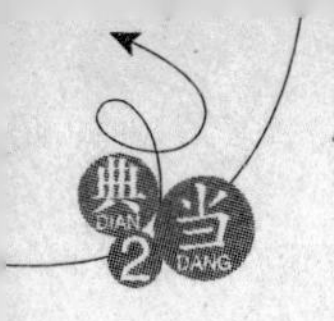

了，我拿给你看看。”

庄睿给韩皓维打了个预防针，并且故意将那块没解开的全赌毛料，说成了是明料，这样即使日后韩皓维见到那块红翡，也不会有什么疑心的。

“行，既然老弟不答应，就当我没说过吧，等有时间，我一定会去看看你那块红翡料子的，这几年别的色料做成的首饰，也是比较好卖的……”

韩皓维有些失望，原本想借助一下庄睿的好运气，却没想到被拒绝了，至于庄睿所说的红翡，他却是并没有怎么在意。

虽然说近几年的玉器市场，红蓝两种翡翠极为走俏，不过那必须是玻璃种艳红的极品红翡、或者是蓝眼睛之类的传说中的料子制成的首饰才行，而这类翡翠料子，数年甚至十数年也难得一见。

一般深红带点褐色的那类红翡，其价值并不是很高的，一般打坎木厂老坑种的毛料，就经常可以解出来，即使是明料，价格也不是很贵。

见到韩皓维对那块红翡没什么兴趣，庄睿也就没再多说，以后将其制成手镯之后，找宋军估计也能卖出去，毕竟那玩意可不是一般人能消费得起的，就是一些大的珠宝商人，也不会把那种东西放在店铺里销售，都是有一些特殊顾客的。

“行了，庄兄弟，今天就不打扰你休息了，明天咱们会场见，哈哈，想到许振东那老家伙明天来不了，哥哥心里就高兴。”

韩皓维虽然今天没能达成什么目的，不过单是能和庄睿交好，他就满足了，至少今天他证实了一点，庄睿的确是古老爷子的世交，等日后和庄睿关系深了，求古老爷子办点事情，相对也会容易很多。

要知道，在国内的玉石行当这圈子里，古老爷子的面子还是很好使的。

“许氏珠宝退出这次赌石大会了吗？”

庄睿对韩皓维的话有些不理解，不就是三千多万嘛，一个在国内都排的上字号的珠宝公司，不会因此而导致资金无法周转吧。

“和退出也差不多了，老弟，不要以为珠宝公司就很有钱，我们的钱大多都积压在玉石原料上了，许氏珠宝今年在缅甸损失了将近一亿，本来账上的流动资金应该就不多了，现在又是三千多万，就算他们还继续参加这次大会，恐怕也只能对一些中低档次的毛料下手了。”

韩皓维的分析很准确，许氏珠宝现在账上只剩下四千万不到的流动资金了，并且中低高三种档次的毛料全部紧缺，现在他们的目标，只能先放在中低档的翡翠毛料上，而暂时放弃了玉器高端市场。

“唉，他们的运气实在是不怎么样啊！”

庄睿言不由衷地说了这么一句，和韩老板对视了一眼之后，心有默契地哈哈大笑了起来，至此，庄睿对许伟那小子的恨意，也淡了不少，从现在起，许伟和他根本就不是一个

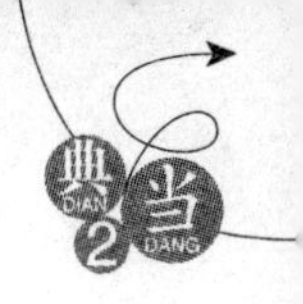

档次上的对手了。

送走韩皓维之后，庄睿忽然感觉到有些疲惫，虽然知道伟哥他们还在酒店餐厅里面海阔天空地聊着，庄睿也不想过去凑热闹了，给老大打了个电话之后，径自回到了自己的房间。

给白狮洗了一个澡，用吹风机将它身上的毛发吹干净之后，庄睿躺倒在床上，双眼有些空洞，脑子里也有些纷乱，现在的这种生活，似乎并不是他想要的。

钱？已经不缺了，即使宋军帮着买下那套别墅，还能剩下个两千多万，庄睿自问不嫖不赌，好吧，即使是又嫖又赌，这两千多万也够他花销一辈子的了，话说他要是去赌钱，这世间上有谁能赢得了他啊？

女人？想到这个庄睿就有些挠头了，二十六岁的老处男，说出去忒有点丢人了，可是和秦萱冰在一起的时候，旁边总跟着个大灯泡，当然，刘川也会认为秦萱冰是个灯泡的，这导致庄睿虽然和秦萱冰手也拉了，小嘴也亲了，但是最后那层关系，一直没有捅破，这让庄睿在刘川面前，很是有点抬不起头来。

再有就是苗菲菲了，对于这个女孩，庄睿很有好感，不过仅仅是好感而已，像苗菲菲那种性格的女孩，是很讨男人喜欢的，但是那天酒醉之后的事情，让庄睿有些难堪，虽然那只是一个酒醉男人的本能所导致的一系列误会，但是庄睿从苗菲菲表情里，似乎发现了一点什么，为了不让误会加深，这几天也没和苗菲菲通电话，倒是宋护士打了几个电话，问了下庄睿的行踪。

想起了宋护士，庄睿简直就是苦恼了，他人又不傻，自从帮了宋护士那件事以后，宋护士就时不时地来家里给他做顿饭，虽然都是吃完饭收拾好碗筷就离开了，不过还是能感觉到这其中的一份情意。

“哥们以前没人看得上的时候，日子还不是一样过，嗯，回头找个时间去英国，一定要把秦萱冰给拿下，省得自己再三心二意的了。”

正想得入迷，丢在一边的手机响了起来。

“喂，德叔，这才几天没见，您老人家就想我了？”

电话是德叔打来的，面对德叔的时候，庄睿总是很放松，有种面对父执辈的感觉，说话也比较随意。

“小兔崽子，人跑了电话都没有一个，我这老家伙还到处帮你张罗着考研的事情呢。”

德叔也准备从典当行里出来了，在这行当里摸爬滚打了一辈子，这余热也发挥得差不多了。

“考研？”

庄睿刚才还和韩皓维提到这事情呢，不过那只是作为借口说出来的，没想到这还没一小时的工夫，德叔的电话就过来了。

“德叔，考研需要什么条件？”

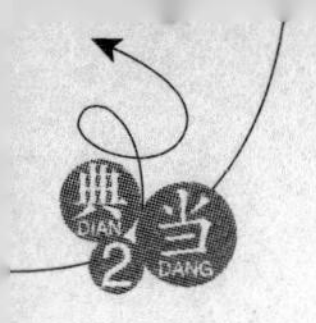

听到德叔的话后，庄睿收敛了心神，他突然感觉到，去学点东西倒是真的不错，自己对于古玩等物件，在理论上的知识，的确有些过于贫乏了，没办法，自己那老师德叔，就是野路子出身的。

“都给你联系好了，你十月去京大找考古系的孟教授，你就考他的研究生，到时候他会帮你报名的，然后十一月要搞什么现场确认和缴费，明年的一月份初考，复试在三月，要是你能考过去的话，录取通知书六月份就可以下来了，我说你小子，给我争口气啊，我推荐过去的人，别让老孟看不起。”

德叔对于时间记得很准确，不过具体事物他就不大了解了，紧跟着在电话里又嘱咐庄睿道：“你去北京住在老孟家里就行了，他就一孙女，嘿嘿，说不定和你小子还能发生点什么呢……”

庄睿刚才还正为了女人烦恼呢，听到这话，打死他也不会去孟教授家里住了，虽然北京的房子比上海还要贵，但是庄睿对于房产投资，向来都很大方的，大不了买上一套好了。

“我告诉你啊，老孟那孙女，今年才二十，很鬼机灵的一个小丫头，相貌更是没的说，身高……”

“德叔，白狮要咬人了，咱们回头再说。”

实在受不了电话里德叔的啰嗦，庄睿借用白狮的名义挂断了电话，回头看看白狮，正用一双很无辜的眼神看着自己。

在床上辗转反复了一整夜之后，第二天庄睿一出门，就被三个熟人给围住了，不，准确地来说，应该是六个人，因为每个人身边，都有个随从。

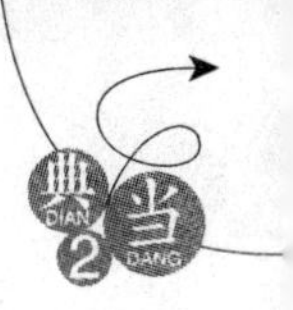

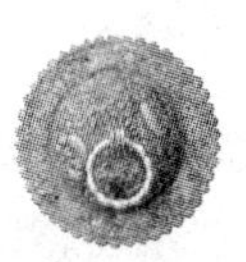

第四十九章　明拍暗标

“你……你们几位怎么凑一起去了?”

看着面前这几个人,庄睿有些惊讶,这几个人虽然相互都认识,不过没道理走在一起的。

宋军似笑非笑地看着庄睿,说道:“你小子的手机打不通,门里又有这大家伙守着,哥哥我只能在这里等着啊。”

“手机打不通?不会啊……”庄睿顺手从口袋里掏出手机看了一眼,确实没电了。

“我说老弟,咱们前儿可是说好的呀,今天你要陪我去选几块毛料,哥哥我这次算是倒了血霉了,我请的那师傅,到现在还在医院里趴着呢。”

见到被宋军抢先开了口,马胖子也不示弱,张嘴就要让庄睿跟他去赌石会场选毛料。

“庄睿,这是我舅舅家的表弟卫子江,今天跟着我去会场玩的,一会儿你可要帮着我看看啊,我们公司现在高档毛料有些断货了,就指望这次平洲赌石了,你要是不帮忙,我回头就告诉萱冰去。”

雷蕾更干脆,直接就威胁上了,不过她身边的那个小年轻,对穿着一般相貌普通的庄睿,有些不以为然,随口打了个招呼,只是眼睛更多地盯在了白狮的身上。

“庄先生,你的这只大狗,是藏獒吧?”卫子江看着白狮,毫不掩饰自己的喜爱之情。

“是藏獒,怎么了?卫小弟也对这个感兴趣?”

庄睿看他年龄不过二十出头的样子,比自己差了五六岁了,称呼也就随意了一些。

“庄先生,我可不是你的小弟,你这条狗不错,能卖给我吗?价钱不是问题的……”

卫子江对庄睿的话有些不高兴,香港人嘴里的小弟,有马仔的意思,他可不认为庄睿有资格这样称呼自己,别说庄睿了,面前这几个人,都够老土的,不知道自己表姐为什么非要来找这个男人帮忙赌石。

卫子江此话一出,顿时让宋军和马胖子都愣了一下,继而再看向卫子江时的眼神,就变得有些古怪了,就你这小样,也想买白狮?

“哦,这藏獒不卖,就是要卖的话,估计你也买不起。”

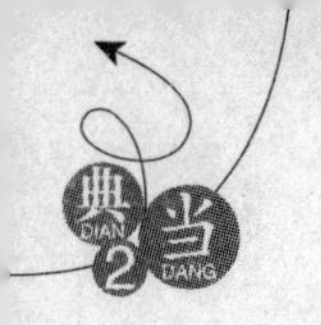

刚摆平了一个许伟，怎么又出现这么一个不知道天高地厚的人，庄睿心里有些郁闷，转过头不再搭理那小子了，而是对着宋军和马胖子说道：“我说，你们都是老大行了吧，可是我今天也没说要去赌石会场啊，咱们明儿去，成不成？”

庄睿哭丧着个脸，连连向几人作揖，今天他是真没打算去赌石的，因为岳经兄和老三明天就要坐飞机离开了，哥几个都已经说好了的，今天去从化漂流，然后再去泡温泉，庄睿从来没玩过漂流，心中也是有些期待，背包里连泳裤墨镜都准备好了，没想到这刚出门，就被几人给堵上了。

“明天，明天暗标就要开标了，到时候黄花菜都凉了，去了有屁用，少废话，跟我走人……”宋军摆出一副我不就讲理了，你能怎么样的态度，看得庄睿是哭笑不得。

“哎，老幺，你比哥哥我动作还快啊，咦，门口围这么多人干吗？”

庄睿对面的房间门突然打开了，毕云涛也拎着个背包，走了出来，后面还躲躲藏藏地跟着个女人，被门外这一群人给吓了一跳。

“四哥，他们要绑架我啊，没天理啦，你来帮我说说……”

“没事，到了广东就是我地头了，回头那两个走人了，咱们哥仨个去玩，你今天陪宋哥他们去吧，赚钱可是正经事。”毕云涛义正语言地回绝了庄睿。

正说话间，伟哥他们都从房间里出来了，对庄睿虽然深表同情，但是一致同意庄睿跟着他们几个去赌石。

“不是吧，我也想去漂流啊，我也要去泡温泉啊，你们这群家伙……”

看着几人嬉闹着走进电梯，庄睿在后面喊着，回敬他的是齐刷刷的四根中指。

不过还好，周瑞留在了庄睿身边，他知道许氏珠宝出的那件事之后，心里就一直提防着，这人一旦疯狂起来，什么可怕的事情都会发生的。

“走吧，庄兄弟，我请喝早茶，完了咱们就去会场，我这次带了三亿多的资金，可是一分钱都没花出去呢。”

马胖子很随意地对庄睿说道，不过在不经意间，很是展露了一下自己的肌肉。

宋军听了没怎么在意，他知道这土财主有钱，倒是雷蕾和她被表弟吓了一跳，他们家族的珠宝公司总资产，还不知道有没有三亿呢。

马胖子这让雷蕾的卫表弟表情有些不自然起来，因为他原本有些瞧不起面前的这几个大陆土包子，没成想别人玩石头的钱，都要比他们家族所有的钱加起来都要多。

“行了，马哥，你别拉，我自己走，还能跑了不成。”

庄睿被马胖子半拉半拽地走向了电梯，马胖子和宋军已经是达成了协议，庄睿看中了的石头，他们商量着来，不会伤了和气的，至于雷蕾，那二人都没放在心上，一个丫头片子，能有几个钱来和他们竞标啊。

雷蕾的确是没有多少钱，本来她是想让外公和舅舅来请庄睿的，只是那二位也听说了昨天许氏珠宝的事情，三千多万买了块废料，有点怕庄睿是个老千，所以没有同意雷蕾

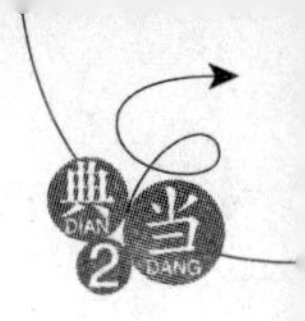

的意见，雷蕾无奈之下，这才拉着表弟自己跑来的，她身上只有一百多万，这还都是她自己的私房钱。

“表姐，他们都是些什么人啊？张嘴就是三亿，是不是吹出来的？”卫子江走在后面拉住雷蕾，小声地问道。

“那个胖子我不认识，不过他说的话应该是真的，另外一个人也是个大老板，肯定比咱们家钱多。”

雷蕾和马胖子不怎么熟悉，不过宋军她是知道的，单是在彭城的车子别墅就价值几千万了，更何况那只是他偶尔才去住的地方。

“有钱也是土老帽，对了，表姐，我刚才说要买那条狗，你干吗拉着我啊，买回去带到香港，多威风呀。”

虽然现在知道了宋军和马胖子是有钱人，但是卫子江对于庄睿依然是不怎么感冒，并且对那条藏獒也没有死心。

“行了，你就别再给我丢人了，就庄睿那条狗，价值四千万，你拿什么买啊？”

雷蕾有些后悔喊这个小表弟来了，平时看他在家里的时候，挺乖巧懂事的，怎么一出来就张狂了起来。

“四千万？”

卫子江被雷蕾的话给吓到了，要知道，他一年能从家族支取的钱，不过是二十万港币，这还是十八岁以后才有的，按照这样算，他两百年从家族里面拿到的钱，也不见得够买那条狗的。

到了餐厅喝早茶的时候，卫子江就变得老实多了，态度也没有那般倨傲了，反而对庄睿等人处处奉承，这让庄睿对他改变了一些看法，只是有些奇怪这小家伙前后变化为何这样大。

其实在二十一世纪初期，香港人到内地来工作的并不多，很多香港人对于内地的印象，还是像以往被资本主义丑话的那样：穷、脏、乱，加上很多香港人到大陆工作的时候，薪金待遇，要比大陆这边的工作人员高出很多，这也就使得他们很自然地产生一种优越的心理。

其实要真的论起来，香港人还是比较“穷”的，虽然香港人的社会福利很好，没有工作的人，每个月都可以申领到三千至一万不等的“综援”，有工作的人一般底薪也在两万以上，但是要知道，香港的日常消费也是极高的，最便宜的一个便当，往往就要五十港币了。

而且香港人并不像很多朋友所想的那般富裕，出则名车住则豪宅，很多香港人所住的房子，极其狭小，一家五六口人挤在个两室一厅的房子里面，像庄睿在上海的那套一百多平米的房子，放在香港好点的地段，需要上千万港币，可以说，90%以上的香港人是买不起的。

雷蕾外公虽然在香港小有资产，不过也称不上什么超级富豪，他们家族公司资产不

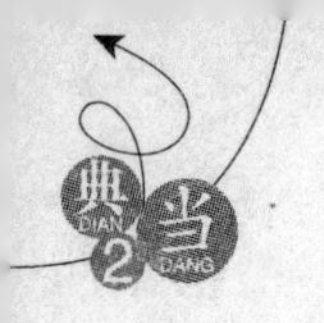

过在亿元左右，这还要算上一些不动产，所以虽然要比大多数香港人生活得好一点，但是家族内的大多数人，其生活水平也就是和内地一些高级白领相差无几，甚至还稍有不如。

试问，遇到庄睿这样随身带着价值四千万宠物狗的人，卫子江还能有什么底气去嚣张，不过他也算是眼皮子挺活的，一顿早点吃下来，已经是满口地庄大哥在喊着了。

几人吃过早点之后，马上驱车赶到了赌石会场，刚一走进会场，庄睿就感觉有些疑惑，入眼处的几家摊位好像都有了一点变化。

“宋哥，这些摊位上的暗标毛料呢?”庄睿仔细观察了一下，才发现原本和明标赌石摆在一起的暗标毛料，此刻全都不见了。

“在里面那个空地上，为了方便咱们这些人选购，昨天大会仿造缅甸公盘，把暗标毛料全部都集中在一起了……”

宋军的话让庄睿释然了，整个大会的暗标全部摆在一起，挑选的确方便了很多。

参加这次平洲赌石大会的毛料商人们，基本上每一家都有数块或者数十块参与暗标的翡翠毛料，这几百家摊位的毛料全部都集中在一起，足有上万块之多。

场地内的原石，按照全赌毛料和半赌毛料区分开来，场面颇为壮观，现在不过刚过九点，里面已经有不少人拿着数码相机和纸笔，在挑选自己中意的毛料了。

明天下午就要开标，等于是说庄睿他们还有一天半的时间来看这些暗标毛料，在宋军等人心里，时间已经是非常紧迫了。

对庄睿来说时间同样很紧张，虽然可以透视这些翡翠原石，不过庄睿那灵气又不像是游戏中的法师，还有群攻技能，数万块毛料，都是分散放置的，就是一块块看下来，恐怕要两天的时间了。

“庄睿，你不是喜欢解石吗？怎么想起来看暗标了?”

雷蕾见庄睿向暗标区域走了过去，不禁有些着急，她可是想让庄睿帮她找出一块好点的明标毛料出来，证明给外公看看自己没有夸大其词。

“宋哥他们买毛料囤货用的，不解石，咱们看暗标就行了，不过我丑话说在前面啊，我这人只看便宜的石头，而且凭感觉，讲不出什么道理来，里面没有翡翠的话，可不要怪我。”

庄睿的话让宋军和马胖子皱起了眉头，他们要囤货，自然要买表现好的毛料了，但是表现好点的毛料，都是价格不菲的，不知道有多少人会在那上面投标，按照庄睿挑选毛料的习惯，根本就不适合他们两人。

“你小子是不是怕老哥没钱啊？只管捡表现好的毛料看。”宋军与庄睿是惯熟了，说话不用那么客气。

“宋哥，你们反正有钱，看到好毛料就拿钱砸好了，干吗非拉着小弟啊，我这感觉又不是很准，上次在南京的时候，不也解垮掉一块毛料吗。”

庄睿打心眼里不想帮他们挑选毛料，经过这几次赌石，庄睿发现，外皮表现好的毛

料，里面出翡翠的概率是要大很多，但这种情况也不尽然，有些极品翡翠的外在表现，并不见得就很出色，像那块红翡就是如此。

宋军和马胖子并不解石，挑选毛料只看外面的表现就行，如果庄睿给他们选出几块大涨的毛料，解不出来也白搭，所以庄睿心里对这二人拉着自己来赌石，很不理解。

“庄老弟，遇到好点的毛料，我们也是可以解开玩玩的嘛……”

马胖子终于说出了自己的心里话，他看到庄睿接连解涨了两块毛料，心里也是有些痒痒的，人都是有赌性的，囤货虽然风险小，但是利润和解石比起来，那就是天差地远了，想必宋军也是有这种想法的。

“马哥说得对，咱们去看明料吧……”

雷蕾自然是求之不得，她的钱可不够投暗标的，就是明标毛料，个头大表现好的，估计她也买不起。

庄睿无奈地摊了摊手，说道：“随便你们吧，我要是能次次感觉到哪块毛料好，我自己个儿不会买了解啊，真拿你们没办法，我都是胡乱看的，猜错了你们可不能怪我啊。”

庄睿说的是实话，要不是宋军和他关系不错，雷蕾又是刘川的准媳妇，庄睿才懒得搭理他们呢，不过庄睿也下定了决心，绝对不会帮他们挑选到好毛料，不然再赌涨的话，自己可就真是有口难言了。

几人听到庄睿的话后，都是面色悻悻，这事他们做得是有点不讲理，别人要是真能感觉出毛料的好坏，他完全可以自己买了解开嘛，以庄睿的身家，在这个赌石会场里，还真是鲜有他买不起的毛料。

“宋总，庄先生说得没错，感觉这事情，说不准什么时候才会突然冒出来，我赌石二十多年了，也就有那么一两回的。”

彭师傅的话，让宋军和马胖子有些犹豫了，他们是有钱，可这钱也不是大风刮来的，平白扔到乱猜的毛料上面，要是解出来都是废料的话，任谁也会心疼啊。

卫子江听到几人的对话之后，拉了拉雷蕾的衣服，小声说道：“表姐，你那点私房钱存了不少年了，别赌了，嫌钱多支援我几个，赌石是我爸和爷爷的事情，关咱们什么事啊。”

在家族里面，卫子江和雷蕾关系极好，听了几人的对话，庄睿给他的感觉可是不怎么靠谱，他不想让表姐的钱平白无故地扔出去。

“没事，我就要让庄睿帮我挑块毛料，越便宜越好，来到平洲不赌石，不等于白来吗?”

雷蕾倒是比那两个男人大气，话说她本身钱也不多，赌垮了最多几个月例子钱没了，不会怎么心疼的，再说了，马上结婚之后，刘川的钱还不就是她的嘛。

“老马，不行的话，咱们还是先看暗标吧，这还一天的时间，我才看了三百多块，再不看的话，这一趟就是要白跑了。”

宋军考虑再三，还是打消了解石的念头，像他们这种年龄和身份的人，虽然心中也有赌石的欲望，但是克制力总归是要比一般人强的。

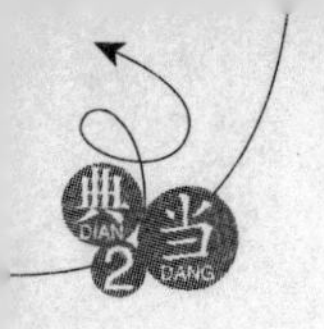

宋军说出这话，也就是不再麻烦庄睿帮他看毛料了，对于庄睿的真实水平，宋军了得的自然是比别人多一点，他先前只不过是想沾染一点庄睿的好运气罢了。

听到宋军的话后，马胖子苦笑着说道："宋老板，你还看了三百多块，我那顾问来到第一天就进医院了，这一趟我可是算白跑了。"

"得了，庄老弟既然为难，咱们也别逼他了，帮别人选毛料，赌涨了还好说，要真是赌垮了，大家心里都不舒服，就这样吧，咱们分头去看暗标……"

马胖子虽然口口声声地说自己白跑一趟，不过从他脸上倒是看不出一丝失望的神色来，以他的身家，来赌石固然是想赚钱，不过更多的却是想感受一下赌石的那种跌宕起伏的过程而已，要不是他带来的赌石顾问住进医院，恐怕马胖子也早出手解石了。

"行吧，便宜你小子了。"

宋军不爽地瞪了庄睿一眼，只是他也知道，这挑暗标毛料，只看表现好坏，他不解石，自然不用担心毛料内是否出绿，庄睿的好运气也就作用不大了。

"嘿嘿，我也去挑几块暗标毛料，宋哥，到时候你可不要和我抢啊，咱没你老底厚。"庄睿嘿嘿笑着，和几人一起走进了暗标区域。

这一块空地是临时清理出来的，有些地方还长有没有清理干净的杂草，空地面积很大，在四周有不少大会保安来回巡视着，甚至还有一些荷枪实弹的武警在守护，这些普通人眼里的破石头，可真真正正地价值千金啊。

每块毛料的旁边，都有相应的标号和起拍价格，毛料并不是按照号码顺序，而是混在一起，这样对毛料商人们，也比较公平，庄睿现在看的这一块，就是三千九百八十号，一块半赌毛料。

这块毛料个头不小，足足有三四百公斤的样子，像是从中间拦腰切了一刀，在切面上，出现了一丝绿，表现只是一般，这里毛料委实太多，庄睿不想浪费时间，直接用灵气透视到毛料里面，却是白花花的一片。

摇了摇头，庄睿看了下旁边的标底，居然是两百八十万，这些毛料商人还真是心黑，出了这么一点绿就敢开出这价格，看来现在的翡翠市场，真的是很火爆啊。

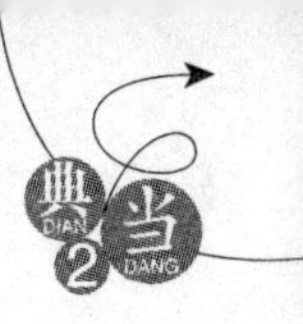

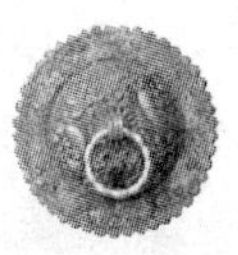

第五十章　寿星头

庄睿对暗标其实还是了解太少，这些暗标的标底，在玉器商人们的眼里，根本就没有什么参考价值，表现好的毛料，这些标底根本就是个渣，想要拿下的话，恐怕最少要在标底的基础上再加个零，至于那些表现差的，就是再便宜，也不会有多少人投标的。

现在看的是半赌毛料，基本上个头都蛮大的，切口或者开天窗处，都面朝上摆放着，让人一眼就可以看到这块毛料的表现如何。

只是庄睿看毛料和别人不大一样，虽然手里也拿着个放大镜，装模作样地弯腰去察看，但是实际上都是在俯身的那一刻，就释放出灵气来观察了，几乎刚蹲下身子看了没几眼，就站起身来走向下一块毛料了。

"庄睿，你这样能看出什么来啊？"

一直跟在庄睿身后的雷蕾忍不住了，她虽然不怎么懂得赌石，不过庄睿这也太草率了一些，根本就没仔细看。

"大姐，刚才那几块毛料，都是新厂的，不是老坑种，表现一般标底还死贵，根本就没有什么可赌性的。"

庄睿停下身子，给雷蕾解释了几句，新厂的毛料大多都是用机械开采出来的，从表皮上就可以看出来，这些毛料颜色一般都不怎么纯正，种水也差，只能算是低档翡翠，庄睿自然是不感兴趣了。

看了有三十多块毛料之后，庄睿不禁有些失望，这些毛料虽然大多里面都有翠，不过要色没色，种水混浊，透明度差，居然连一块达到干青种的毛料都没有。

"咦，庄睿，你来看，这块毛料的造型很有意思啊。"

前面五六米处，传来了雷蕾的声音，她本来就不会辨别毛料，所以跑得比庄睿还要快，只有周瑞带着白狮，一直默不作声地紧跟在庄睿的身边。

"表姐，你这眼光也太差了点吧，这么难看的石头，怎么可能出翡翠！庄大哥，你说是不是啊？"

庄睿刚走到雷蕾的身边，就听到卫子江的话，不由笑了起来。

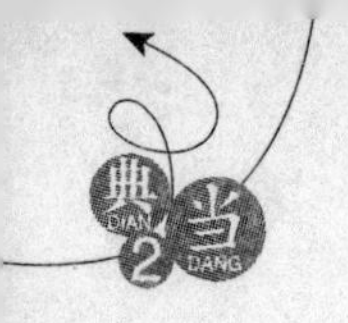

他们又不是像古代宋徽宗那般玩奇石的，选毛料还要讲究个精巧别致、神韵、意境什么的，这翡翠原石只要里面能出绿，谁会去管它外面是什么造型，卫子江这话说得有些孩子气。

“难看怎么啦，我还就是喜欢，庄睿，你来帮我看看，要是还行的话，我就买下来。”

雷蕾听到表弟的话后，有些不高兴了，她本来只是觉得这石头造型太过独特，没有要买的心思，只是听到卫子江这么一说，倒是引起她的好胜心来了。

“我先看看再说……”

庄睿蹲下身体，看起雷蕾所说的这快毛料来。

要说这块毛料，还真是有些难看，形状极不规整，原本椭圆形状头部向外凹出了一大块，倒有点像是电视里面那老寿星的额头，整块毛料上面也没有松花蟒纹，外皮平滑，应该是机械开采出来的新厂毛料。

庄睿试着抱了一下，约莫有个五六十斤的样子，看了一下旁边的标底，不算贵，才十万元的起拍价，庄睿不禁有些奇怪，这样像石头多过像翡翠原石的毛料，居然也被拿出来卖，这里明明是半赌毛料的区域啊，怎么没有看到切开或者是天窗？

将这块丑陋的毛料翻了个身之后，庄睿才发现，不是没开天窗，而是不知道被谁把开了天窗的一面，翻转到对着地面去了。

估计干这种事情的人，心里不外乎两种想法，一种是自己看中了这块毛料，不想被别人看到，另外一种就是这毛料实在是太垃圾了，有人心里气愤不过，才把它翻转过来。

庄睿仔细地观察了一下这个窗口，应该是擦出来的，不是个切面，只有婴儿巴掌般大小，不注意还真看不出来，因为这窗口并没有出绿，而是呈现出颗粒状的白棉和略带灰褐色的雾状硬玉层，两者纠缠在一起，这种表现只能用两个字来形容：垃圾。

“庄睿，这块毛料怎么样？价钱也不贵，你看我拍下来行不行？”

雷蕾和刘川的性格有些相似，受不得别人激，刚才小表弟的话让她很是不服气，只要庄睿说出个还可以，她就决定拍这块毛料了。

“老同学，说实话，这块毛料我是不怎么看好，你看这擦面，没有出绿不说，反而白棉和雾都纠缠在了一起，即使里面有翡翠，品级也不会很高，这块毛料的主人也是穷疯了，仅仅是出了雾，就敢开出十万块钱的标底来……”

庄睿的实话实说让雷蕾面色变得难看了起来，从庄睿的话中，她自然听出来这块毛料价值不大，没有购买的必要了。

庄睿的确也是这样认为的，他觉得根据自己这几天和古老爷子所学到的原石鉴赏知识来看，这块毛料就是个废料，要是放到明料区域摆着卖，没有人会再看上第二眼的，估计是这毛料的主人看到擦出雾来了，摆个十万块的底价在这里碰碰运气的吧。

雷蕾有些失望地站了起来，这半赌的暗标区域里，毛料的价格动辄就是数十上百万，她手上那点钱根本就不够看的，好不容易看到块便宜点的，却被庄睿打击得一点儿信心

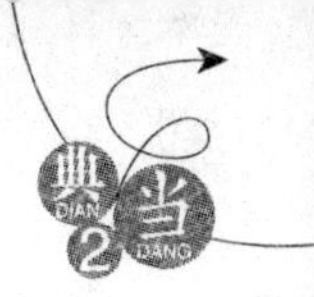

都没有了。

庄睿右手托住那毛料的地盘，使劲地将其又翻了过去，这垃圾毛料，的确不值得浪费别人的时间，毛料翻了个身躺在了草地上，和路边的普通石头比起来，也没有什么两样。

"咦?"

就在庄睿准备起身的时候，眼睛习惯性地用灵气扫了一眼那块毛料，就这一眼，让庄睿挪不开步子了，倒不是说他看到了什么帝王绿玻璃种的极品，而是这块毛料里面所出现的颜色，居然是他从未见过的。

那是一种浅浅的蓝色调，在庄睿的眼睛里，无所遁形地显露了出来，就像是阳光下的海水一般清澈明亮，虽然色彩有点淡，但是种水非常好，透明度很高，要不是里面微有一点瑕疵，几乎就可以达到玻璃种了。

朋友们都知道，冰种翡翠的质地已经是非常透明了，只是比起玻璃种来要稍微差一点点，顾名思义，玻璃种翡翠纯净得就像玻璃一样，内部若有细微杂质都暴露无遗，而冰种翡翠的透明度则退而居其次，虽然也很透明，但毕竟杂质稍多。

而冰种翡翠中质量最好，透明度最高的常被玉器圈子里称为高冰种，意思是指冰种中最好的一种，但又未能达到玻璃种的程度，在庄睿的眼里，这块蓝色的翡翠种水，绝对可以称得上是高冰种的料子，比刘川在南京解出的那一块，种水都要好上许多。

玉石看起来，都会给人一种暖意，但是这块石头里的翡翠，却带给庄睿三分温暖，另外还有七分冰冷的感觉，就如同它的色彩一般，像是一块被冰冻起来的海水。

"蓝水翡翠?"

庄睿脑海中冒出这么一个名词，这也是近年来十分走俏的一种玉石饰品，指的就是底子偏蓝色的翡翠，但并不是所有蓝色翡翠都能称得上这个名字的，在色彩呈蓝色的同时，种也要老、纹路细腻、水头好透度高，再配上颜色，才可以有这样的称呼。

好的蓝料子价格非常高，海蓝系、不带棉，再配好雕工，可以说是很有收藏价值的东西，当然，蓝水翡翠的价格比不得绿翠，因为翡翠的颜色讲究一个绿的正阳，这也是帝王绿价值最高的原因。

蓝水在颜色上偏蓝，自然不属于正色，但是好的蓝水翡翠，其价格也是很昂贵的，传说中的极品蓝眼睛，更是和血玉手镯以及帝王绿是一个等级的，不过以庄睿的判断，这块翡翠也就称得上是蓝水料子，比之他淘到的那块红翡毛料，相差甚远。

不过这块虽然不是很大，只有两个拳头大小的蓝水翡翠，其价值也在五六百万以上了，如果碰到手艺高超的琢玉师傅，能取出一对镯子的话，价值还要更高。

"庄睿，怎么不走啦？你不是说块毛料不好吗?"

雷蕾见到庄睿又蹲下身子去看那块毛料，不禁有些奇怪，刚才那么多块毛料，庄睿都是一眼扫过，为什么单单在这块近乎是废料的毛料上下工夫?

庄睿抬头看了一眼雷蕾，心中泛起了嘀咕："这丫头和大川真是像，跑我前面没几米，

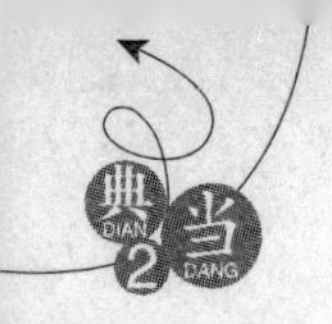

居然就找出块这么好的料子……”

上次在南京也是这种情况，刘川挑毛料时和庄睿选的方向不同，而那个方向内唯一一块有价值的毛料，也被刘川选了出来，这两口子真是不是一家人，不进一家门。

“老同学，你是不是真想买块毛料解着玩啊？”庄睿做出一副漫不经心的样子，出言问道。

“什么话啊，怎么是玩呢，我要解出好翡翠来，气气我外公……”

雷蕾有些气鼓鼓地说道，昨天她向外公和舅舅推荐庄睿赌石厉害的时候，被两位长辈奚落了一顿，虽然也是带着善意有点开玩笑的味道，不过还是把雷蕾气坏了，所以今天一大早才去堵庄睿的。

“想买好毛料，你现在还有多少钱？”庄睿紧跟着问道。

“我……我还有一百一十多万……”

雷蕾闻言有些不好意思，这两天她也都是在这里转悠，知道一块表现稍微好点的毛料，都要百万以上，以自己的那点钱，想赌好毛料，无疑是在做梦。

庄睿笑了起来，道：“老同学，那我看你还是买这块毛料吧，虽然表现很差劲，但怎么说开窗的地方，也出雾了，里面说不定就会有翡翠，但是质量就很难说了，这要看运气的。”

“庄大哥，十万块钱买这东西？”卫子江表示出了疑问，他心里在想，要是好东西，你自己干吗不买啊？

其实庄睿也纠结得很，他当然想自己买下来了，这块毛料不过是十万块钱的标底，就凭这废料表现，估计起拍价就能将其给拿下来，切开之后卖个三五百万绝对没问题，这可是一本万利啊。

只是这块毛料是雷蕾先看中的，庄睿还没这么下作，把雷蕾哄走了自己暗自投标，这样的事情他做不出来，话说回来，等到开标的时候，谁中了哪块毛料，都是会被众人知道的，到时庄睿可就要被人看不起了。

当然，庄睿也没有这么高尚，也是这块毛料价值并非高得离谱的那种，如果里面的翡翠是蓝眼睛的话，庄睿一定会将其搞到手的。

“表现好的毛料，也有可能赌垮，表现一般的毛料赌涨了，那才能带给人惊喜呢，雷蕾，你要不要？不要我就投这个标底了。”

看到雷蕾有些犹豫，庄睿给其加了把火，如果雷蕾真的不要，那他拍下来，也不会再有人说什么了，总比让不认识的人拍去强啊。

雷蕾闻言走了回来，蹲下身翻来覆去地看起这块毛料，当然，以她的眼光，基本上是分不清石头和翡翠原石的区别的，雷蕾只不过是以这种行为，来促使着自己下决心而已。

“我要，反正就是十万块钱，赌垮了就当是给子江零花钱了。”过了几分钟之后，雷蕾下定了决心。

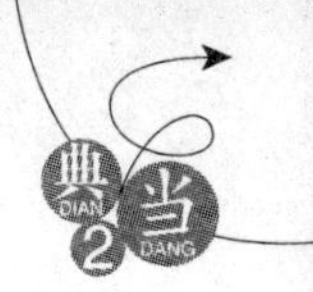

站在雷蕾旁边的卫子江闻言不禁翻起了白眼,很不爽地说道:“表姐,你什么时候给过我十万块钱零花啊?最多才给我三万……”

雷蕾瞪起了眼睛,道:“我打个比方不行啊?再啰嗦的话,以后三万也没有。”

可能是由于外公出于对雷蕾母女的愧疚,在雷蕾到香港之后,对她要比对自己那些孙子还要好,平时很是受宠,所以这些表兄表弟们,对她都是敬畏三分,卫子江听到雷蕾的话后,耸了耸肩膀,没敢再说话了。

“庄睿,你说我投多少钱的标好?”

雷蕾有些拿不定主意,这标底是十万,但是这几天来来往往的,最少有上千人看过这块毛料了,也说不准就会有人另投上一标。

庄睿想了一下,说道:“投个十三万吧,不高也不低……”

像这样的没有出绿的毛料,一般是很少有人会投标的,但是在赌石大会里,也专门有那么一些人,手里有点闲钱,专拣便宜、表现差的毛料下手,赌垮了他们也赔得起,要是赌涨了的话,那可就是一本万利了。

庄睿开出的这个价格,应该比那些人开的价要稍高一点,但是又不会高得离谱而被毛料的主人觉察到什么,如果没有意外的话,应该会如愿中标的。

有的朋友看到这里就会说了,你这开出的拍价越高,那毛料的主人不是就越高兴嘛,这年头还会有人嫌钱多?

其实暗标的投标,比之明标要复杂了很多,里面也有许多技巧可言,在赌石大会中,所有的毛料暗标价格,毛料的主人是可以提前知道的,这也就出现了一种情况,那就是拦标。

所谓拦标,就是毛料主人对自己的毛料拍价很不满意,然后自己给出比拍价稍微高一些的价格来,使之毛料又回到自己的手上,这就是拦标。

打个比方说,甲商人给自己的一块毛料定的暗标起拍价是三十万元,在甲商人心目中的成交价是一百五十万,但是别人所投出的暗标价格,最高只有一百万元,这样就和甲某人心目中的价格相差甚远,然后甲商人就自己出了一百零一万元去竞标,于是这块毛料最终又回到了甲商人的手里,至于是另作处理,或者是参加下一次的赌石大会,都是可以的。

要知道,这些毛料商人们的耐心都是很好的,不会为了急于出手毛料而降低其价格的,往往一块好毛料,因为价格原因,这些人都能在手上放个十几二十年的。

还有一种情况,也会出现毛料主人出手拦标,那就是暗标的投标价格,远远地超出了毛料主人的心理价位。

还是用上面那个例子,甲商人发现自己起拍价为三十万的毛料,居然被人投了八百万的标,出现这种情况的话,那甲商人也会出手拦标的。

因为这些做毛料买卖的主儿,个个都是人精,翻个几十倍的标底,只能说明这块毛料

它的真实价值很高，甲商人自己看走了眼，一般有这样的事情发生，毛料商人们都会选择收回毛料，自己重新擦窗或者切边，使之利益最大化。

当然，这样做有赔的，也有赚的，真实情况如何，只有当事人自己心里清楚，但是通常这些毛料商人们都会赌一把的，因为他们相信，没有人会无缘无故地投出高标的，赌涨的可能性，要远高于赌垮的风险。

所以投暗标，真的是一项技术活，投出的价格，既要让毛料主人满意，还不能让其感觉到价格很突兀，同时你还要击败同样投了这块毛料标底的人，相对而言，比起现场喊价的明标，要复杂了很多倍，这其中不仅要讲究眼力，更要去揣摩别人的心理，缺一不可。

至于这块毛料，表现如此差，想必毛料主人也是放到暗标里面碰碰运气的，不过为了防止那些专门捡便宜毛料赌石的人，庄睿才开出了十三万的价格，应该是可以将之拿下的，对于这样的毛料，一般人投的标只会比之高出个三五千或者一万的，毕竟谁的钱都不是大风刮来的。

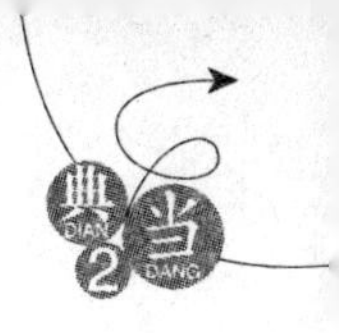

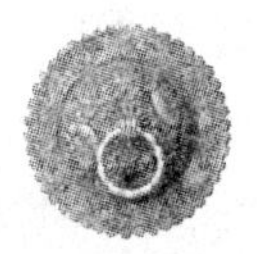

第五十一章 风起云涌

“好，听你的，回头我就去找外公，让他帮我投上这个标号。”

雷蕾拿出纸笔和数码相机，把这块毛料从各个角度拍了下来，抄下了标号，也顾不上庄睿了，兴冲冲地拉着卫子江跑去找她外公了。

庄睿又看了一会儿这块蓝水翡翠，叹了口气站起身来，刘川这两口子运气比自己好啊，截胡的事情这都两次了。

“庄睿，这块毛料里面有好东西？”

一直在旁边没有说话的周瑞，出言问道，他和庄睿处的时间也不短了，知道庄睿每次出手都是有原因的，几乎是次次都不落空。

“不知道，看这料子的表现是新厂机械挖出来的，不过给我感觉不错，雷蕾要是不要，我就拍下来了。”庄睿随口答了周瑞一句，继续向里面走去。

“周哥，你说我要是开个珠宝公司怎么样啊？”

庄睿心中突然冒出这么一个想法来，他这段时间所赚取的钱，来得未免太过容易了一点，时间长了肯定会遭人注意，但是如果有个珠宝公司的话，自己赌得的翡翠，拿回去加工销售，这样一来，别人的关注就会少了很多。

周瑞闻言愣了一下，他没想到庄睿会问他这个问题，想了一会儿才出口说道：“庄睿，我对开公司不了解，不过咱们搞了个獒园，每天就要忙活很多事情，你要是开公司的话，恐怕事情更要多，只要你自己觉得能处理过来，那就开好了。”

周瑞的话如同一盆冷水一般，将头脑有些发热的庄睿浇醒了，周瑞说得没错，要开一家珠宝公司，可不仅仅是有翡翠原料就可以做到的，珠宝设计师，雕工师傅，终端销售店面，还要请员工，做培训，只是想想，庄睿就有些头疼了。

“算了，当我没说吧。”

庄睿有些泄气，继续在暗标区溜达了起来，没有了雷蕾和她表弟在身边，庄睿看毛料的速度更是加快了许多，有时根本就不蹲下，直接扫一眼，就从旁边走了过去，周瑞对赌石是一窍不通，心中也没什么好怀疑的。

转悠了大约半个多小时，庄睿看了有上千块的暗标毛料了，里面居然也是不乏极品

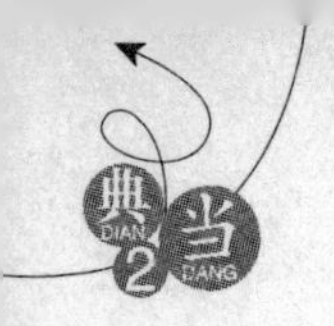

翡翠，不过那标底也是高得离谱。

就像庄睿刚才看了一块外皮窗口表现不错的毛料，里面是玻璃种的翡翠，颜色稍淡，但是体积不小，估计能取出二三十斤的料子来，只是那标底居然高达八百八十万，虽然按照这价钱买下来不会赔钱，但是赚头也不多了，更何况这只是标底，完全有可能拍出上千万的价格来，庄睿才不想凑这热闹呢。

也有几块外皮表现一般的料子，里面也出翡翠了，而且种水非常不错，透明度也高，但却是无色的，这样的翡翠现在市场价格并不是很高，庄睿也是兴趣不大。

这会儿暗标区的人也多了起来，几乎每隔几米的地方，都会有人驻足在观察着毛料的表现，有些表现好的毛料旁边，甚至都围着七八个人，点评论足，各自发表着自己的意见，只是这些人都是来竞拍的，从他们嘴中说出的话，究竟有几分可信度，就值得揣测了。

庄睿也在一块毛料旁边停下脚步听了几句，发现几个人全都是在扯淡，嘴里不停地说着毛料的缺点，死命贬低着，明明是一块表现不错的毛料，被他们说得是一文不值，要是毛料主人在旁边的话，肯定会气得和他们拼命。

随着人逐渐多起来，庄睿看毛料的速度也随之慢了下来，因为几乎每块毛料旁边都有人在看，他必须躲过别人的身体才能释放出灵气，庄睿正想先去全赌毛料区转转的时候，耳边传来了马胖子的喊声："庄睿，来，过来这边看看。"

循声望去，马胖子距离他也不是很远，就在十几米开外，那里围了二三十个人，似乎在争论着什么，刚才庄睿就看到了，嫌吵没有过去，现在马胖子打了招呼，庄睿也就走了过去。

"哎，哎，我说诸位让让啊，咱们昨儿的标王来了，让他给看看……"

见到庄睿走过来了，马胖子吆喝着叫人让出道来，其实他不喊别人也不敢不让，白狮那体形使得众人纷纷向两边躲去。

"听说这人昨天那块毛料卖出了三千多万呢，可真是年轻啊……"

"运气好罢了，不知道许氏珠宝回去就切垮啦?"

"说不定这是这小伙子作的假呢？这世道啊……难说!"

庄睿从人群里走进去，耳朵里传来各种议论声，羡慕者有之，嫉妒的也不少，甚至还有人恶言中伤，看来自己昨天那风头，的确出大了。

听着耳边传来的那些话，庄睿进入到人群里之后，不满地对马胖子说道："马哥，你这事做得可是不厚道啊，这不是让小弟招人嫉恨吗?"

"对不住，实在是对不住，庄老弟，老哥也没想到这些人如此没品啊，整个一群吃不到葡萄说葡萄酸的人，看到别人发财不爽了，有本事自己个儿也去买毛料解啊。"

马胖子向庄睿连连作揖赔罪，说话的时候声音故意放得很大，把周围一群人都骂了进去，他又不在这圈子里面混，也不怕得罪人。

马胖子这话一出口，议论的人纷纷闭上了嘴，脸上都有些悻悻的神色，一时间，原本有些喧闹的地方，居然变得安静了下来。

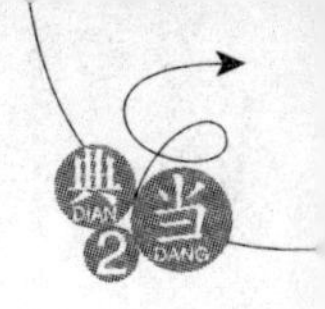

“老弟，来看看这块毛料，能不能赌？”

见到众人不再八卦了，马胖子把庄睿招呼到毛料的旁边，庄睿一走过去，原先在看着毛料的两个人连忙向后退去，不是怕庄睿，而是怕庄睿身后跟着的白狮。

庄睿刚走进这圈子里的时候，就看到了那块毛料，当时他可是被吓了一跳，这块毛料的个头，也忒大了一点，平卧在那里，横高都几乎到了庄睿的胸部，还有两米多长，这整个一巨无霸啊，庄睿估量着，这块毛料最少要有两三吨重，他还是第一次见到这种体积的毛料。

要知道，翡翠是在低温、高压条件下由含钠长石的岩石去硅作用而形成的，并且要长时间处在150℃～300℃，最佳温度是在212℃左右下，铬离子才能均匀不间断地进入晶格，在这种条件下生成的翡翠绿色非常均匀，条件十分的苛刻，以上的各种条件很难同时具备，这就是特级翡翠稀少的原因。

由于翡翠形成的苛刻条件，一般的翡翠原石，个头都不会很大，在三五斤到三五百斤之间，半吨重而又表现不错的毛料，就极为罕见了，眼前的这块可以称得上是巨无霸的毛料，着实让庄睿吃了一惊。

这块之所以称之为毛料而不是石头，是因为它的表现居然很不错，在面朝天上的一面，有着将近一米长，半米左右宽的松花和癣，这就说明，这块毛料在地壳运动的时候，的确形成过翡翠，以后又露出地面被风化了，但是里面是否依然有翡翠，谁都不敢保证了。

毛料表面上的松花像干了的苔藓一样，坑坑洼洼的形成了大大小小好多色块和斑块、有点像池塘边的那些水藓，模样很是难看。

但这些表现在赌石高手的眼里，可是无价之宝啊，因为从松花颜色的深浅、形状、走向、多寡、疏密程度，高手们就可推断出毛料其内绿色的深浅，走向，大小，形状以及品质等。

在这块毛料上放着一瓶只剩下了一半的矿泉水，而松花处有些水迹，想必是刚才别人看的时候浇上去的，因为刚才让开的那两人，见到白狮似乎无害的样子，又凑了过来。

两个人中年龄稍大的一人，出言对庄睿说道：“小伙子，你看这块毛料怎么样啊？”

庄睿摇了摇头，道：“这么大块头的毛料，我还是第一次见，这是全赌毛料啊，怎么会放在这里？”

站在庄睿右侧的那个三十多岁的人，指着毛料一处，对庄睿说道：“呵呵，你还没细看，来，看这里，这里开了个天窗，已经出绿了。”

“嘿，还真是，那这块毛料可就是天价了啊。”

庄睿循着那人的手指看去，在毛料的半腰处，的确开了一个小门，有普通的课本大小，按理说在普通毛料上擦出这样的天窗开，和切过都没什么区别了，但是在这块毛料身上，却又显得是那样微不足道了。

现在是十点多钟，头顶上的炎炎烈日，正好在毛料开“门”的这一边，将这块去除了外皮的地方，照射得分毫毕现，十分清晰，庄睿借着阳光，仔细观察了起来。

说老实话，从这开“门”的地方来看，表现只能说是一般，虽然是出绿了，不过颜色很

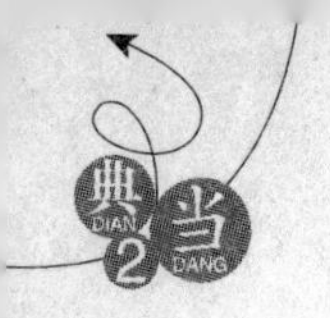

分散，星星点点地左一块右一块的，而且种水也不好，看上去很粗糙，暗淡无光，庄睿用手摸了一下，有点涩涩的，完全没有那种圆润的感觉。

只是这块毛料的体积实在是太大了，这点擦面的表现，肯定不能代表里面的情况，像翡翠这玩意，越是靠近毛料中心的地带，品质越好，说不准这块毛料里面就能出极品呢，所以才围了这么多人来观看。

“看见没有，这才是高人啊，看毛料都不用带放大镜的……”围观的众人里面，又有人出言奚落起庄睿来。

“别瞎说，这光线用不用放大镜影响都不大。”说这话的人显然很厚道。

庄睿闻言苦笑了起来，他今儿本来就没打算赌石的，背包里放的是泳裤和墨镜，这是被马胖子等人硬拉来的，放大镜什么的，都在酒店房间里的。

“庄睿，你看你的，别搭理这些闲人，都是些买不起来看热闹的……”马胖子见庄睿受到些影响，连忙出言说道。

“买不起?”

能来这里的人，谁没有个千儿八百万的身家，庄睿有些不相信，闻言站起身来，走到侧面看了一下这块毛料的标底，顿时倒吸了一口凉气，“乖乖，二千二百二十八万!”

“宋哥，这标底也忒贵了点吧？这表现也只是一般，谁敢往这块毛料上投标啊……”

庄睿说话的时候还是咋舌不已，虽然自己也算是小有身家了，不过想拍这块毛料，那绝对是痴心妄想，恐怕就是别墅不买了，把钱全都砸上去，也不够。

“谁敢？嘿嘿，老弟，你这话也太小看人了，喏，你旁边的那位，可就是位有钱的主啊。”马胖子和庄睿身边的两人似乎都认识，说起话来也很随便。

“死胖子，要说有钱，这会儿场里面数起来，谁也没你钱多吧？我那可是还用着你供应的煤炭呢。”说话的这人是那位年龄稍大的，看面相应该比马胖子还大上个几岁。

“华总，你这话可是在骂人啊，谁不知道你们钱多得都往足球里面扔去了，那玩意可是个无底洞，小弟我是比不起。”

那位华总听到马胖子的话后，脸上露出一副无可奈何的神色来，道：“你以为我们愿意拿钱砸水漂玩啊，有人给你戴上顶发展城市形象的帽子，你不出钱？等着穿小鞋吧。”

可能是这个圈子里的人，和他没有什么交集，华总说起话来也比较直接，看来平时积压得久了，有牢骚没处发。

庄睿虽然不怎么喜欢看足球，但是受到前两年国家队进入世界杯的影响，多少也知道一二，现在国内的足球俱乐部纯粹就是在烧钱，踢球的水平不怎么样，不过那些球员一个个都像是明星似的，整天拿着高薪喊着冲出亚洲，可是听说今年世界杯预选赛，又熄火了。

“说得也是，你看我，就一开煤窑的土包子，整天这里要赞助，那里要捐款的，咱这也是赚的辛苦钱啊。”马胖子大有同感，跟着发起牢骚来。

“对了，你们认识下，这位是山东著名企业家……”

听马胖子这么一介绍，庄睿看面前这人倒是有些眼熟了，原来以前在电视上见过几

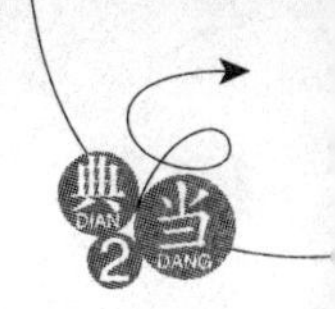

次，是山东一个集团公司的老板，公司产业涉猎很广，这几年开始投资起足球俱乐部来，在国内也是鼎鼎有名的，那可真正是国内的资本大鳄啊，年度风云奖的常客。

“别听那胖子胡扯，小兄弟，你是行家，说说这块毛料怎么样吧？在这个圈子里，我们可都是外行。”

华总对庄睿的态度很平和，没有摆出什么架子，看来这人的地位越高，为人也越加老道，比庄睿见过的那些在人前整天吆五喝六的人，强出不知道多少倍。

庄睿可受不起行家这称呼，连忙推辞道：“华总，您别听马哥乱说，我哪儿是什么行家啊，比起你旁边的那位师傅，是差得远了，咱们先听听他怎么说？”

华总旁边的那人，听到庄睿的话后很是受用，在看到自家老板点头之后，说道：“这块毛料赌性很大，里面有翡翠是可以肯定的，并且从这松花来看，颜色发黑，是深绿色变质风化后形成的，从这点可以判断，里面翡翠的品级，应该不会很低，要不然这标底也不会定得如此高。

现在难以断定的是这毛料里面，翡翠的体积，如果太小了，那就是出了玻璃种的帝王绿，也赚不回来这差价，赌性实在是有些太大了。”

华总带来的这位赌石师傅，显然不怎么看好这块毛料，不过这话是不是出言让别人打退堂鼓的，那就不得而知了。

“老弟，你看呢？”

马胖子不置可否地扭过脸来，看着庄睿问道。

“我还要再看看，刚才都没怎么细看。”

庄睿对这块巨无霸毛料里面的表现，也是有些好奇，说完之后，又蹲下身体，对着那开“门”处看去，眼中的灵气从中蜂拥而入。

用眼中灵气透视物体，庄睿已经做过了千百次，早就很熟悉了，但是这次当灵气剥除掉原石那层外衣之后，里面的情形让庄睿惊呆了。

在表层十多公分深处，呈现在庄睿眼前的，像是一片星空，透明的夜幕中，点点繁星闪烁的亮光，穿透无数的云絮，映入到庄睿的眼帘之中。

“这……这全都是翡翠啊？怎么可能啊？”

旁人只看到庄睿蹲在那里看着毛料的擦面，却不知道庄睿此时心中的震撼。

庄睿所见过最大的翡翠明料，不过就是昨天解出来的那块，但是面前的这个巨无霸毛料之中的翡翠，要比昨天那个干青种的明料大上数十倍，并且种水也要好出很多。

“冰种，一定是冰种翡翠！”

毛料内的翡翠，在庄睿眼里，是那样的纯净透亮，质地十分细腻，由此庄睿判断出，这些翡翠料子即使达不到极品冰种，也能算得上是上品料子了。

唯一可惜的是，这一块毛料，里面居然出了两种颜色，分别是天蓝色和淡绿色，而且这两种颜色就像是碎花一般，星星点点的，并不集中，分布在毛料中的两块区域之内，所以庄睿刚开始看的时候，才会有那种仿佛置身于星空之中的感觉。

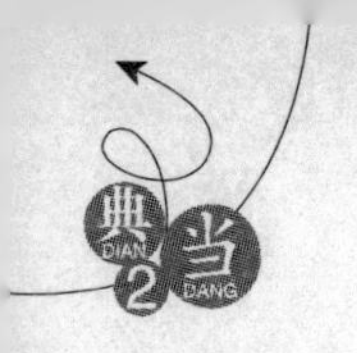

第五十二章 天宇飘花

"冰种飘花翡翠?"

一个名词浮现在庄睿的脑海之中,这还是前几天跟着古老爷子恶补翡翠相关知识的时候听到的,庄睿只是从古老爷子手上见到过一个实物,知道这种飘花翡翠,在近年来很受消费者的欢迎,尤其是冰种的手镯和挂件,都是价值不菲。

冰种飘花翡翠,指的是在冰种的质地之上飘有蓝花或绿花,一般呈散碎丝条状或草丛状分布在翡翠中,其形状各有不同,价格也是有高有低。

达不到冰种的飘花翡翠,只属于低档玉器的行列里,价格极低,但是透明度高,雕工好的冰种飘花翡翠,却是可以名列中高档翡翠饰品的行列之中了。

庄睿知道,飘花翡翠对于雕工的要求相当高,因为飘花的颜色不是唯一的,形状也多种多样,点状,条带状,草丛状,片状,这些飘花所在的位置,对于雕刻成饰品的价值影响也很大。

像古老爷子手上就有一件飘花大肚佛,按照老爷子说,这就叫做"飘花飘肚子",佛的肚子饱满,突出,加之飘有颜色,种水透彻明亮,拿到市场上去卖的话,最少要二三十万元。

当然,如果飘花位置不当,飘在佛的头部或面部,则会极大的影响美观,那价值就会大打折扣了。

现在的翡翠市场上,还有飘花观音也很受消费者的青睐,老爷子随身带有飘花观音饰品的相片,仅仅是从照片上,庄睿就感觉到,观音的身体部位的丝丝飘花,给人感觉如仙如衣,精致异常。

这几年来翡翠市场持续升温,冰种飘花的价格也在一路攀升,特别是好的冰种飘花翡翠手镯的价格,最低都在五万以上,不少商家把花青种当作冰种飘花来卖,但是二者还是有很大区别的,花青种的料子一般都很干涩,没有冰种飘花圆润美观,只能糊弄一些不懂翡翠的消费者。

这块巨无霸毛料,里面最少能取出上百公斤的飘花翡翠来,而且除了靠近外皮的部位,大部分都是冰种高档的料子,庄睿粗略地估了一下价,这块毛料里的翡翠,如果雕琢

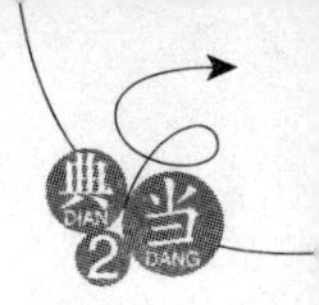

成饰品之后，其价值很有可能要上亿的，就是这些料子，最低也要在五千万以上。

这个发现让庄睿心跳有些加速了，要说不动心，那纯粹是扯淡，只是想想自己手头的资金，庄睿不禁有些泄气，满打满算全部加起来，不过四千万出头，想拍下这块毛料，可能性不是很大。

话说回来，这几天庄睿风头太劲，即使拍下来，他也不敢在现场解石了，这销路也是个问题。

不过让庄睿放弃掉的话，他也不甘心，一时间脑中有些杂乱，双眼定定地看着这块毛料，像是发呆了一般。

庄睿看的时间不短了，马胖子等得有些心焦，见到庄睿站起身后依然双目紧盯在这块毛料上，不禁开口问道："庄老弟，看出什么门道没有啊？"

"没有，看不懂这块毛料，就像是刚从那位大哥所说的，里面肯定是有翡翠，但是品级和数量，这谁都不知道，如果是冰种翡翠的话，底色差一点，数量少一点，恐怕连这标底的价格都不值，要是出玻璃种高绿，那概率未免太小了点，大料无好翠，你们也都是知道的。"

庄睿被马胖子惊醒之后，连连摇头，一副对这块毛料不怎么看好的模样，他说的这些话，都是古老爷子亲口说过的，只不过是照搬而已。

庄睿的这番话，听得围观的众人纷纷点头不已，对庄睿的印象也稍稍改观了一些：人家这小伙子也是有点真才实学的嘛，并不是完全依仗运气好。

"和我看的也差不多，这种大型毛料，必须解开分开来出售，只看这么一个小门，根本都算不上半赌毛料，赌性实在是太大了。"

不知道什么时候，宋军和彭师傅也转悠到这里来了，听到庄睿的话后，彭师傅也谈了下自己的意见。

"得，两位老哥，华总，你们慢慢看，这石头我玩不起，先去看看别的标底了……"

左右自己都得不到，庄睿向几人拱了拱手，转身就要离开，这看得见吃不着的味道实在是不怎么好受，干脆躲得远远的，眼不见为净。

"哎，我说庄老弟，等等我，我今儿一块毛料都没看呢，你也帮我掌掌眼，挑上一块啊……"

看到庄睿转身走出了人群，马胖子不知道在想什么，也紧跟着追了出去。

看着气喘吁吁追上来的马胖子，庄睿苦笑着说道："马哥，咱们前面不都是说了嘛，我这感觉不准头，你总不能让我胡乱给你指一块吧？"

"嘿嘿，咱不说这事，马上中午了，咱们先去吃饭。"

马胖子拉着庄睿，随即转过脸来，说道："燕子，我中午和庄老弟谈点事情，你先回酒店吧，下午我给你电话。"

燕子很乖巧地答应了一声，然后把自己拿着的手包递给了马胖子，马胖子随手从里面抽出一张卡，交给了燕子，道："密码你知道，不想回酒店的话，自己去逛逛街，想买什么

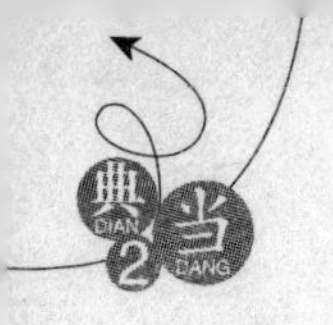

就刷卡。”

燕子转身离开之后，庄睿对马胖子说道：“马哥，什么事情这么神神秘秘的？我可先说好，周哥是自己人，什么事我都不瞒着他的啊。”

当然，眼中灵气的事情，自然是要瞒着的，不光是周瑞，就连对自己老妈，庄睿也从来没有打算吐露过这件事情。

周瑞闻言看了庄睿一眼，眼中闪过一丝感激的神色，却是没有说话，依然是面带警惕地看着四周。

“废话，周兄弟也是老朋友了，我怎么可能避着他啊，让燕子离开，主要是咱们老爷们说话，有个女的在旁边烦心。”

马胖子要比庄睿还会做人，一番话说得周瑞心里也是很舒服。

“马哥，咱们再转会，现在还不到十一点，早上吃的东西还没消化呢。”

庄睿想多看几份标，要是再能碰到像雷蕾遇到的那样的毛料，他就出手拍下来，最多现在不解石，以后放在家里，闲着没事了慢慢解开好了。

“行了，咱们要赌就赌大的，那些破烂玩意看着干吗啊，走走走……”

马胖子似乎有点迫不及待，拉着庄睿就离开了暗标区。

……

广东这地方，就是酒店多，在这赌石会场周围，也有几家不错的酒店，几人要了一个包间，等马胖子把服务员支开以后，庄睿张口问道：“马哥，到底什么事情，现在总能说了吧？”

马胖子这一路上搞得神神秘秘的，让庄睿心里也有些打鼓，这死胖子不会看出点什么了吧？

马胖子双眼紧盯着庄睿，说道：“庄老弟，你说今天看的那块巨无霸毛料，究竟怎么样？老哥想赌一把，给个意见吧……”

“马哥，我不是都说了嘛，这毛料赌性太大，你是准备囤货的，又不解石，买下来不划算，还不如找块……”庄睿坚持着自己刚才的说法。

“老弟，别给我说那些虚头巴脑的话，老哥就问你句实在的，这块毛料你感觉怎么样？”

庄睿一句话没说完，就被马胖子打断掉了，看来庄睿在会场说的那番话，马胖子压根就没相信过。

“能赌，但是看的人太多，这能胜出的标，估计也是个天价了，小弟我是玩不起，才那么说的。”

对着马胖子这样的人，庄睿干脆实话实说了，不过他怎么看出来的自然是不会说，马胖子也不会去问的。

“你一个人玩不起，咱们可以一起玩嘛……”

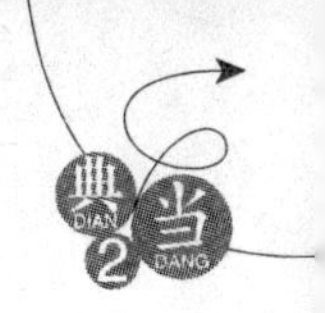

马胖子的话让庄睿霍然惊醒,是啊,自己财力不济,身边这不就坐着个财主嘛。

在广东地区,尤其是潮汕揭阳那边,也是个具有相当规模和历史的赌石胜地,近些年来发展也是很快,尤其是揭阳的阳美村,更是被称为"亚洲玉都",发展相当迅猛。

在潮汕阳美地区,几乎是家家都赌石,赌石的人大多都是亲戚朋友合伙凑份子,然后拿着这些钱去赌石解石,赌涨了赚取到了利润,大家按照份子钱分成,如果赌垮了的话,那就是一拍两散,各自去承担风险。

这种做法和温州人炒房差不多,看准一个城市蜂拥而入,将房价炒高之后,再脱手卖出,从中间赚取差价,这几年来翡翠原石价格猛涨,潮汕赌石团是功不可没。

只是赌石风险要更大一些,赌涨赌垮都是很常见的,这就需要组团赌石的人相对熟悉才不会造成矛盾,一般来说,都是一个家族里的人组团的,很少与外人联合。

庄睿倒是知道这些事情,像他认识的那个杨浩,其家族以前就是靠着赌石发家的,现在转行做起毛料生意来,可以说是稳赚不赔了,恐怕根子里也是受不了那一刀天堂一刀地狱地刺激了。

不过庄睿心里,倒是从来没有想过要和别人联手赌石,一来自己的能力无法说得出口,二来赌石资金的分配和赢利后的分成,都要事先说好,不是很熟悉的人,根本就没有办法合作的。

庄睿听到马胖子的建议后,很认真地思考了一下,说道:"马哥,你就这么看好那一块毛料吗？要知道,我只是从那些松花往里渗进去的表现感觉到,那块毛料可以赌,但是里面的真实情况,谁都不知道,万一咱们要是赌垮了呢?"

马胖子连连摆手,道:"老弟,你错了,我不是看好那块毛料,我是看好你,只要你觉得能赌,咱们就赌,咱虽然是山西人,可不是老抠,几千万我老马还是拿得出来的,就看老弟你敢不敢赌了。"

马胖子这话让庄睿有些左右为难了,这块毛料的确让他有些心动,按照庄睿的估测,这块毛料看的人虽然不少,但是有资本出价竞标的人,应该不会很多,并且这毛料赌性太大,别人也不见得会投出天价标底来,五千万的标底,应该可以将其拿下的。

这个巨无霸毛料没有囤货的必要,如果中标,肯定是要当场解开,以现在国内翡翠市场的行情,七八千万出手应该没有什么问题,说不定还会更高,但是如此一来,自己可又要被推倒风头浪尖上去了。

如果真是五千万中标,估计能赢利三千万左右,和马胖子两人一分,就是一千五百万,说不动心,那绝对是假话,只是这后遗症也让庄睿有些头疼,别的不说,宋军肯定就会来兴师问罪的。

"对了,干脆把宋军给拉进来吧。"

庄睿脑中突然冒出这么一个想法,让宋军和马胖子出头拍下这块毛料,最多三人分钱好了,一千五百万和一千万,差别也不是很大嘛,这年头吃独食,很容易被噎死的。

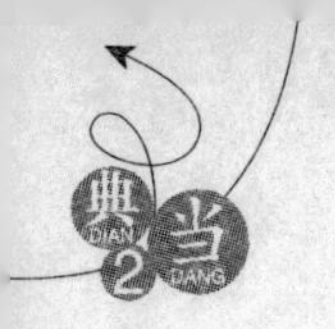

想到这里，庄睿对马胖子出言说道：“马哥，我想了一下，咱们两人赌这块毛料，风险有些大，按照我的推理，这块毛料最终中标的价格，可能不会低于五千万元。

“那也就是说，咱们一人都要出两千五百万，对你来说，这点钱是毛毛雨，不过小弟可是掏不出来，万一要是赌垮了，我可就是倾家荡产了啊，要不这样，咱们把宋哥也拉进来吧，三个人平摊风险，总归比咱们两人好点吧？”

马胖子闻言低头思考了一下，说道：“老弟，那块毛料里面的表现如何，我是看不懂，但是对于揣摩人的心理，那你是远不如我。

“这块毛料虽然看的人不少，但是我敢保证，最后的中标价钱，绝对不会高出四千万的，像咱们刚才见的华总，他最多只会出到两千八百万，多一个大子儿，他都不会出，至于别人，我估计和他差不多，所以咱们投出的标，不用五千万那么高的。

“不过老弟你既然提出来让宋老板搭伙，我要是不答应的话，那就是我老马不地道了，行，这事我同意了，你先给他打个电话，他要是感兴趣，就让他自己个来，那位赌石师傅就不用带着了，你老弟也是不想这事情传出去吧？”

马胖子算是看透了庄睿的心思，知道这事情他不愿意抛头露面，马胖子对人的直觉，灵敏得有些可怕，他能感觉到别人对一件事物的喜爱程度，庄睿当时在会场看到那块毛料里面的翡翠时，心中震撼所导致神色的变化，都没能逃脱掉马胖子的眼睛。

当然，马胖子也只是以为庄睿和他一样，对事物的感觉特别灵敏一点而已，说什么也不会想到，庄睿直接是用眼睛去看的，所有的翡翠原石，在他眼里均是毫不设防的。

“宋哥，你还在会场吗？有件事要和你商量一下，你来XXX酒店吧，自己个来，别带人了。”

庄睿这时已经拨通了宋军的电话，宋军也是心眼通透之人，听庄睿这么一说，找了个借口，让彭师傅继续待在赌石会场，自己打了个车跑来了。

“老马，果然是你把庄睿拐跑了，我刚才一转眼的工夫，就找不到这小子了，说吧，有什么好事情要关照我的？”

没过十分钟，宋军就赶了过来，见到庄睿是和马胖子在一起，并没有感到意外。

庄睿把这事情和宋军大致了说了一下，当然，有关于那块毛料，庄睿只说是自己感觉不错，至于宋军相信与否，庄睿就不管了，反正话已经说出去了，是否加入进来，那就是宋军的事情了。

宋军听过之后，考虑了一会儿，开口说道：“这块标，我本来也有点意思，按照我的想法，三千万左右应该可以拿下来，不过要是你们两个联手，那我肯定会吃个暗亏，行，老弟，老哥算是没白照顾你，这事还能想着我，算我一份，咱们说点具体的吧……”

既然宋军决定加入了，几人就开始商量起细节来，这时马胖子的表现也让宋军刮目相看起来，原来马胖子昨儿一整天，都在观察着这块毛料，有什么人看过，是否有资格出手竞拍，拿定的主意实不实，马胖子都记得清清楚楚，此刻分析起来，说得头头是道。

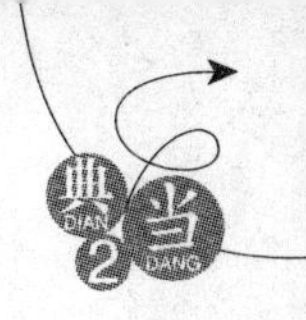

最后几人确定了要竞拍的标价，为了确保拿下而又不至于花费过多，三人决定将标底定在三千六百万，每人出资一千两百万，由宋军出面投标，如果能中标的话，也是在现场解石，这些事情庄睿都不露面，交给这二人去处理了。

谈完之后，宋军拿出随身携带的纸笔，手写了三份协议，等到各人签完字后，也就算是生效了，虽然这份协议并不怎么具备法律效应，不过以他们两人的身份和宋军与自己的关系，庄睿也不怕什么。

几人在酒店吃过饭后，找了一家银行，庄睿和马胖子分别给宋军的账户里转进了一千两百万。

事情办完以后，几人又回到了赌石会场，庄睿说是要自己去转转，在临走的时候，宋军对庄睿说道："这标不能投这么早，不然怕走漏了消息被人拦标了，明天中午十二点投标结束，等到十一点五十的时候，我再去投，庄睿，你还有没有看中别的毛料？到时候我帮你一起投了吧。"

宋军说这话是有原因的，这赌石大会的标，可不是乱投的，只有被平洲玉石协会认可并颁发了会员资格的人，才能出手投标，这些人都有一笔保证金压在玉石协会的账户上，不怕他们中标之后又反悔不要的。

"宋哥，不麻烦你了，我要是有看中的标，自己去办理下手续得了，你们二位忙去吧。"

庄睿早就打听清楚了，临时来参加这次赌石大会的人，可以去到大会组委会缴纳一笔保证金，然后就可以投标了，保证金的金额为投标毛料标底的10%，如果中标了，只要再缴纳90%的余额就可以了。

但要是中标之后反悔不要的话，那10%就会被作为赔偿，支付给毛料主人的。

缴纳保证金什么的，庄睿并不在意，他投标之后，是要将中标的毛料带回彭城的，如果通过宋军投标，没准这位大哥要鼓动庄睿去现场解石，这也是庄睿不愿意让宋军代他投标的主要原因。

走进暗标区之后，庄睿又看到了雷蕾要投标的毛料，想了一下，拿出纸笔抄下了标号，他让雷蕾投了十三万，回头自己也去投个十二万五千元左右的标，万一雷蕾没搞定她家里人，也不会让这块毛料落入到别人的手上。

半赌的暗标区人实在太多，而且开过窗的毛料，标底也都很高，庄睿倒是看中了几块毛料，不过一看那价格，实在是没多少赚头，在半赌的毛料区转悠了一圈之后，晃悠着走向了全赌毛料区域。

全赌的料子不是很多，大概只有七八百份，连半赌毛料的十分之一都没有，松散地摆放在半赌毛料区的一个角落里。

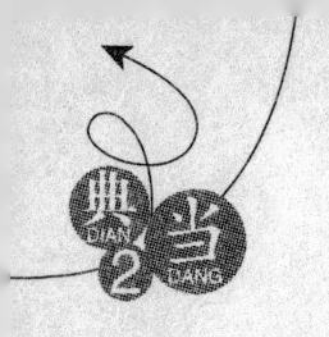

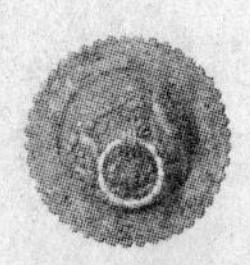

第五十三章 风云突变

暗标的半赌毛料区人不多，只有十几个人在挑选着毛料，这些人恐怕都是和庄睿一个目的，来此捡漏的，因为正经的玉器商人都会去赌半赌的毛料，开过窗的毛料赌性相对要小一点，赌涨了一般也都是将翡翠料子留作自用。

虽然半赌区的人比较少，但是庄睿一路看下去，速度反而比刚才慢了许多，因为他不仅要直接用灵气去分辨毛料中是否有翠，遇到出绿的毛料，他还要停下脚步观察一番，将毛料外皮的表现和标号记在笔记本上。

因为全赌毛料制定标底价格的依据，全都是根据毛料外皮上的松花和蟒纹所决定的，庄睿必须把里面蕴涵翡翠的毛料，外部皮层表现详细地记下来，单凭毛料里面的翡翠，他根本就无法制定出自己要投的标底。

这些暗标毛料都是外皮表现极好，毛料主人才将其挑选出来作为暗标出售的，庄睿发现，这里的全赌毛料，出绿的概率相当大，才不过看了四五十份全赌标，里面居然有二十来个毛料都蕴藏着翡翠，品质先不说，仅凭出绿这一点，就要比那些摊位上的明标毛料强得多了。

只是表现好的毛料，那标底的价格也够高，有好几块出绿的毛料，里面的翡翠还没有标底的价值高，到最后庄睿干脆就只找外皮表现一般的毛料来看，只有这样的毛料，才有可能用比较低的价格中标。

虽然庄睿速度够快，看完这七八百份全赌的标，也是将近晚上六点了，天色已经有些暗下来，会场六点半就要关门，匆匆记下最后一块出绿的毛料之后，庄睿和周瑞带着白狮离开了会场。

回到酒店之后，庄睿发现伟哥他们还没有回来，和宋军通了电话，他却是在广州朋友处了，马胖子有美人相伴，自然是不好去打扰的，庄睿就和周瑞简单地吃了点饭，然后躲进了自己的房间。

明天中午就要开标，而庄睿手中的笔记本上，密密麻麻地记下来三百多块里面有翡翠的毛料，庄睿已经大致地在笔记本上给这些毛料作了分类。

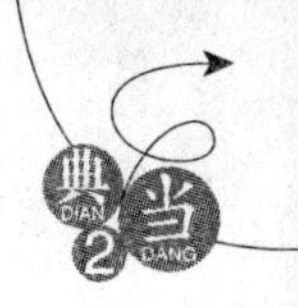

庄睿在各种毛料的下面，用只有自己清楚的符号相代替，这笔记本就是丢掉了，别人也看不出个所以然来。

笔记本上所记下来的毛料，其中达到冰种的毛料有三十六块，颜色浅绿醒目，通体色泽一致比冰种稍差的芙蓉种的毛料有五十多块，剩下的都是豆种、干青种、油清种、金丝种等中低档料子，虽然其中也不乏精品，但是庄睿对这些毛料兴趣不大，他所要关注的毛料，大概有一百块左右。

除了冰种和芙蓉种的毛料之外，还有十多块的无色翡翠料子，虽然没有带绿会使其价格低上很多，不过现在这种无色饰品也很受欢迎，如果能达到玻璃种的更是价格不菲，比之一般正色的冰种饰品也不逞多让。

最让庄睿重视的，是三块蕴涵着玻璃种阳绿的料子，这三块料子都不大，在十五六公斤左右，也就是比个篮球的体积大不了多少，里面的翡翠大概有个两三公斤的模样。

数量虽然不多，但这三块毛料中的翡翠都可谓之是极品，阳绿的玻璃种料子，做出个吊坠或者挂件，其价值都在几十上百万的，庄睿粗略地估计了一下，这三块毛料中的翡翠，每一块都价值在五百万以上的。

只是三块毛料之中，有两块外皮表现极佳，松花蟒纹清晰可见，那股深绿从表皮上就能看出来，并且向下渗入得非常明显，只是标底给出的也很高，都在一百八十万左右，相信投在这两块毛料上的标注肯定不少，庄睿也没有信心将之拿下。

另外一块毛料表现平平，上面有些黑癣，不是太引人注意，标底是二十万，庄睿主要的目标，就是放在了这块毛料上面。

按照庄睿的猜想，这块毛料应该不会有太多人关注，但是也要防备那些想捡漏切石的人，考虑再三之后，庄睿决定将自己的标底定在三十八万，这样既不会显得太高使得毛料主人出手拦标，也不会太低而导致被别人拍走。

至于另外两块毛料，庄睿决定投个两百六十万，能中最好，中不了也没什么，毕竟这世界上好东西多了，不可能都被自己得到吧？

搞定这三块毛料之后，庄睿把精力都放在了那些冰种和无色玻璃翡翠上面，这个工作要比查看毛料繁琐多了，不但要根据毛料的表现定价，还要去考虑别的投标人的心理，要不是怕眼睛的秘密泄露，庄睿甚至都想将马胖子拉过来，那厮绝对是无牌照的心理大师级人物。

在明天中午十二点之前，庄睿必须办理好投标手续，正当他对着自己的笔记本忙得不可开交的时候，门口传来了敲门声。

“哎哟，哥几个不是去泡温泉了吗？怎么都像是被森林里的大猩猩摧残过似的啊？”

庄睿开门一看，原来是伟哥他们回来了，不过早上出发的时候是精神焕发，此刻却是一个个像残兵败将似的，除了毕云涛之外，其余几人均是面色苍白，一副营养不良的模样。

早上这几人没对庄睿伸出援手，庄睿这会儿嘴里的话自然不会太好听，伟哥等人翻

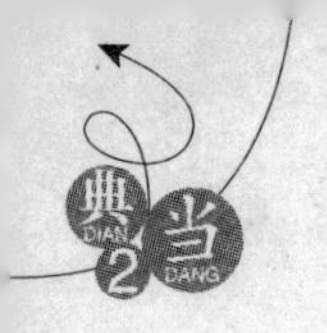

了翻白眼,竖起个中指,纷纷回自己房间了,只有毕云涛精神头十足,钻进到庄睿的房间里。

和毕云涛闲扯了几句,庄睿才知道,原来他们是跟了个一日游的旅游团,早上先是去玩什么大峡谷探险,累得精疲力竭,然后紧跟着漂流,老三两口子坐的橡皮筏子还翻到了水里,下午虽然泡了个温泉,但还是没缓过劲来。

"四哥,还有事?"

毕云涛对这一日游的名堂自然很清楚,早上就没跟着去探险,所以现在才精神奕奕的,不过他此刻赖在庄睿房间里不走,倒是让庄睿有些奇怪。

"老幺啊,今天我们哥几个一合计,为了体现组织上对你关怀,决定给你发个妞,结束你的处男生涯,回头我带过来,你看看怎么样?"

"你说什么? 我靠,痛死我了……"

毕云涛的话,让正在给他倒茶的庄睿手猛地一抖,热水浇在手上,烫得庄睿"嗷嗷"直叫。

"呃,不至于这么兴奋吧?"毕云涛一脸坏笑。

"行了啊,四哥,别开玩笑了……"

庄睿想起早上毕云涛身后的那个女人,心中不禁一热,不过再想想,这都是些公交车,有钱就能上的,那股火热马上就熄灭了下去。

"谁给你开玩笑啊,我说的是真的,哥哥绝对给你找个……"毕云涛很是认真地说道。

"您自己个儿留着享用吧,我这正忙着呢,对了,明天送二哥他们的任务就交给你了,我要去会场投标,嗯,回头白狮守门,不怕死你就带来吧。"庄睿拉起毕云涛,直接给他推出了房间。

送走了毕云涛,用灵气治疗了一下烫伤的手,庄睿又投入到对毛料的分析计算之中,还好数字是他所擅长的,就算如此,也忙到夜里两点多钟,才将确定投标的毛料和准备投的标底统计了出来。

大家都知道,暗标这东西,变数太大,不但投的人多,还要面临着毛料主人出手拦标,所以很多人都是广撒网,连投数十份甚至数百份标。

庄睿也是如此,一共准备投五十三块毛料的标,需要动用的资金在一千八百万左右,几乎占用了庄睿除去拨给宋军一千两百万之外的资金的一大半。

当然,先期只需支付10%的保证金,也就是一百八十万,按照庄睿的估计,自己这五十三份标,能中个十份左右就算是很不错了。

第二天一早,庄睿起床后眼睛还是红红的,和岳经兄与老三等人一起喝了个早茶之后,就依依惜别了,毕云涛送他们去机场,而庄睿则赶到了赌石会场,他要在中午十二点截止投标之前,投出昨天看中的那几份毛料。

今天投标的人显然比前两日多出许多,虽然组委会和银行的工作人员分出了十多个

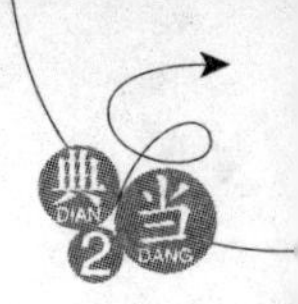

窗口同时接受投标,但是庄睿还是排了半个多小时的队,才轮到他,在往一个指定账户里转入一百八十万并递交了毛料标号之后,庄睿得到了一个编号。

看看距离开标还有三个多小时,庄睿向杨浩的摊位走去,昨天回到酒店曾经接到杨浩一个电话,说是新进了一批老坑种的料子,让庄睿有时间去看看。

只是刚走到半路,裤兜里的手机又响了起来,是宋军打来的,说是有急事要商量一下,叫庄睿去会场门口,庄睿只能掉头往来路走去。

"宋哥,什么事情啊?咱们昨儿不都是说好了吗?"到了大门处,庄睿发现马胖子也在那里等着他呢。

"事情有点变化,恐怕咱们的标底需要调整一下。"宋军的话让庄睿愣了一下。

庄睿之所以手上没留多少钱,敢砸进去一千八百万投暗标,就是因为和宋军与马胖子合伙投的那个毛料,中标之后肯定会当场解石,这样资金就能回笼了,现在听到宋军说事情出了点变化,不由有些着急。

当然,如果没能中标,宋军也会把那一千两百万退还给庄睿的,不过这样就错失了一次赚钱的机会了。

见到庄睿着急的样子,马胖子笑呵呵地说道:"庄老弟,不用急,这变化未必是坏事,不过咱们先前商定的那个标底,估计要加多一些了。"

"先说说什么出了事情吧,要是标底加的多,咱们的风险可也就大了啊。"庄睿想不出到底有什么事情,会让原本商量好的事情,起了变化。

"咱们靠边上点聊……"

宋军发现自己几人加上庄睿那条藏獒,站在门口有些显眼,招呼了几人一声,走到了会场设置的休息区里。

宋军左右打量了一下,看到休息区里没有旁人,然后才小声说道:"我昨天从朋友那里得知,缅甸割据在各地的几个军方,在昨天于仰光达成了一个协议,就是要严格控制翡翠原石毛料的出口,各个新老矿场挖出的毛料,必须统一送到仰光集中出售。

这次缅甸政府是下了决心了,只要是没有通过仰光赌石大会流出的毛料,全部都会被定为走私,抓住之后,会被处以极刑的,恐怕这消息传过来,这次赌石大会上的毛料,价格就要飞涨了。"

"我说宋哥,就这事啊,吓了我一跳,这有什么啊,缅甸那边不是一直都在控制原石毛料的出口嘛,咱们这边不也是照样红红火火,没什么大不了的。"

庄睿一听是这事,顿时放下心来,缅甸政府从二十世纪九十年代末,就出台了许多关于翡翠原石出口的规定,虽然也导致了原石价格的上涨,但是总体来说,影响并不是很大。

"你小子懂个屁,这次是来真的了,恐怕以后进入到国内的毛料,都要在缅甸仰光公盘上被盘剥一道,你想想,本身在缅甸就要投标的毛料,进入到国内之后,这价格不要翻几倍啊。"

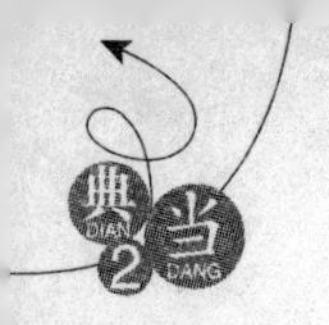

听到宋军的这番话，庄睿也不由得认真了起来，中国是世界上最大的翡翠消费国，如果缅甸政府真的能控制住毛料出口，那对于中国翡翠市场的冲击，无疑是相当大的。

就算是这些毛料商人还有门路进货，那也是在提着脑袋在赚钱了，看来原石价格的上涨，已经是不可阻挡的了。

庄睿开口问道："宋哥，这消息知道的人多吗？"

宋军闻言苦笑，道："我知道你小子在想什么，送你俩字，没戏，哥哥我不是这圈子里的人，都能得到消息，你以为那些整天和缅甸方面打交道的毛料商人们，会不知道这件事情？"

庄睿听到宋军的话后，也是面色发苦，如果这消息能在今天暗标开标之后传过来，那么对此次平洲赌石大会的影响并不是很大，不过这个可能性应该不是很大了，恐怕此次赌石大会的拦标事件和标底价格，肯定会大幅度地增长。

要知道，这个消息传入到国内的话，那对国内的翡翠市场而言，绝对不亚于是一场十级地震，而国内各个珠宝公司，也会因为翡翠原料的储备重新洗牌的，因为在近期内，因为原料价格的上涨，一定会带起一阵翡翠消费热潮的。

"赵老板，您听说了吗，缅甸那边昨儿出了一个……"

庄睿几人正在说话的时候，休息区里进来了几个人，边走边聊着，说话的声音并不大，并且看到休息室有人，马上就停住了嘴，但是这话已经是传入到庄睿等人的耳朵里，听得几人均是面面相觑。

"今年这平洲赌石大会，风雨欲来啊。"等后来进来的这几人神神秘秘地退出去之后，宋军长叹了一声。

毫无疑问，这消息估计已经是满天飞了，此刻三人心里都有些纠结，恐怕先前制定的那价格，绝对是拍不到那块巨无霸毛料了。

宋军向庄睿说道："老弟，此次赌石大会，要是论起资金来，没人能比得过咱们三个，不过你倒是说句实话，那块毛料究竟表现怎么样？值不值得咱们将它拿下来？"

宋军此次来参加平洲赌石大会，一共带了八千多万的闲散资金，加上马胖子的三个亿，还有庄睿的四千多万，要是对着一块毛料使力的话，那真的是无人能挡，不过宋军和马胖子首先要考虑的是，那块毛料究竟能值多少钱，里面到底能出多少翡翠。

"宋哥，我要是知道这个的话，那还用来赌石啊，随便找家赌场，还不能赢个盆满钵溢呀，要不，咱们放弃这块毛料吧？"

在庄睿心里，钱是赚不完的，但是眼睛的事情，那是绝对不能泄露出去的，他虽然知道这块毛料价值上亿，但是也不愿意因此让人怀疑，即使是在和自己关系不错的宋军与马胖子面前，庄睿也是不肯多吐露一分。

"老马，你看呢？"宋军将目光转向了马胖子。

"赌，我这次来，就看中了这一块毛料，我相信自己的直觉，应该是不会错的。"

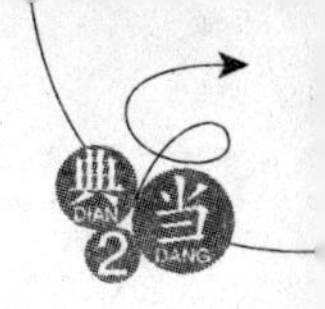

马胖子很随意地说道，对于他而言，恐怕中标之后的解石，才是他所期待的，而且他在这块毛料旁边盯了两天，从那些研究这块毛料人的表情中观察到，这块毛料里面的翡翠应该不错。

“我也感觉不错，宋哥你做决定吧。”

有马胖子先出言垫底，庄睿的胆气也足了一些，别人直觉都说出来了，自己感觉一下也不为过吧。

“既然这样，咱们还是赌一把，翡翠原石价格飞涨，同样的道理，解出来的明料，价格更是会高出原石的涨幅，只要这块毛料中蕴涵的翡翠数量，与咱们估计得差不多，那就不会赔钱的……”

宋军也下了决心，去年解垮了一块毛料，被他那圈子里的人嘲笑了好长一段时间，今年宋军也是憋着股劲，解个大涨的毛料，给那些人看看的。

“宋哥，你还是说说，咱们这标底定多少钱吧。”

庄睿知道这毛料中的情况，自然不用宋军多说，重新制定的标底才是他所关心的。

宋军思考了一会儿之后，才开口说道：“我琢磨了一下，受到缅甸这个消息的影响，恐怕所有的毛料价格，都要上涨一倍以上，像这块大毛料，标底的一倍就是四千多万，加上别人的标注，估计在六千万左右，咱们投个六千三百万，我估计就能将其拿下了。”

“三百万有点不保险吧？咱们既然决定要赌了，为什么不再提高点价格呢？”庄睿提出了疑问。

“老弟，今年缅甸仰光翡翠公盘的标王，不过折合人民币五千八百万元，六千万赌一块半赌毛料的单注标底，已经是非常高的了。

“像你前天那块毛料，前后天窗都是满绿，基本上是和明料都差不多了，许氏珠宝还能解垮，那是运气背到极点了，咱们要赌的这块毛料，天窗表现不好，六千万应该就能拿下，六千三百万，我已经是加多了一点了。

“而且这次缅甸方面的消息很突然，许多赌石的人恐怕都没有做好准备，六千万，嘿嘿，这个数目虽然不算大，但是能拿出来的人，也没几个……”

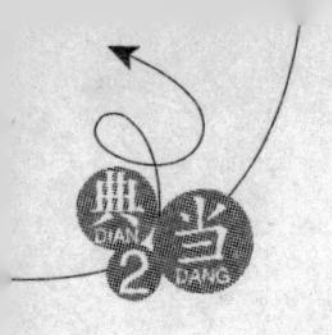

第五十四章 节节高升

宋军的话让庄睿打消了疑虑，看到马胖子也点头赞同，于是开口道："那行，宋哥，就这么定了，我和马哥再给你打过去一千一百万。"

宋军摆了摆手，说道："来不及了，咱们先去投标，恐怕上午这一会儿，很多人都会去改标价的，晚了怕是要错过时间了，如果能中标，我先把这钱付了，等毛料解开之后咱们再算吧。"

对庄睿宋军是知根知底的，不怕他跑了，马胖子在山西有偌大的产业，更是不怕，要是马胖子敢赖账，宋军有的是办法拿捏他。

庄睿和马胖子自然也信得过宋军，当下都点头同意了，三人走出休息室，准备去投标，不过走到距离投标处还有很远的地方，就被那拥挤的人群给吓了一跳。

庄睿早上投标的时候，虽然也要排队，不过每个投标窗口不过是十来个人，现在好家伙，每个窗口都排出了一条长龙，恐怕都是听到消息的人，来更改标价的。

"二位哥哥，这些人都疯了啊？"

看着这火爆的场面，庄睿顿时惊呆了，这都是上赶着送钱的呀。

"行了，你先去排队吧，这还不到三小时就截止投标了，回头我给你解释一下。"

宋军和马胖子对这场面应该是有些心理准备的，赌石之所以如此火爆，都是他们这些人给炒起来的。

挤在排队投标的人群里，庄睿在心里思量着："我是不是也把先前投的几个标底，更改一下呢？"

随着中午十二点的临近，赌石会场的人，也逐渐地稀少了起来，除了那些荷枪实弹的武警与保安之外，挑选毛料的人已经是寥寥无几了，就连各个摊位里的毛料老板们，也都是留下个人看摊，自己跑得没影踪了。

"见鬼，这赌石大会的主办方，未免也太小家子气了，怎么着也多搞上几台空调，可热死我了。"

马胖子不停地拿毛巾擦着汗，满脸幽怨地看着坐在前排主席台上的几个人，那几个人坐的地方，可是正对着空调的风口。

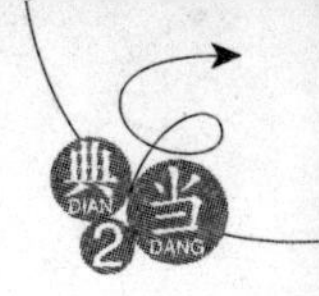

这个开标现场，也是在毛料会场里面，由一个封闭仓库改装的，在主席台正面，十把椅子一排，整整放了三十多排，就这样还有一大半的人站在座椅两旁的通道里，等待着暗标赌料开标。

其实这里边空调也装了有三四台，不过空间实在是太大了，根本就不起什么作用。

庄睿和马胖子还有宋军三人，现在正等在此次平洲赌石大会的开标会场里，他们来得算是早的，抢到了个座位，坐在庄睿旁边的是雷蕾和她的外公还有舅舅，至于雷蕾的表弟卫子江，则是只能享受站在过道里的待遇了。

周瑞刚才带着白狮回酒店了，现在这场合，白狮在这里有些不合适了。

“对了，雷蕾，忘了告诉你了，这次赌石大会上的毛料，很可能会涨价，你那块毛料十三万不一定能拿下来的。”

庄睿也是今天早上才知道这件事情的，然后就忙着去排队投标了，直到现在才想起来，这事居然忘记告诉雷蕾了。

“等你给我说，黄花菜都凉了，那块毛料我投了十八万的标，怎么样，这价钱应该能拿下来了吧？”

雷蕾脸上有点小得意，她可是自己单独去投标的，原因很简单，外公和舅舅不支持她，她只能自己拿出一万八的保证金，投了那块毛料。

庄睿点了点头，却是没有说话，他心里也没底，谁知道这次毛料的涨幅，会到一个什么样的高度，单看刚才投标现场的疯狂，恐怕除了那些毛料商人之外，在剩下的人里面，赢家不会很多。

看着身旁正襟危坐的宋军，庄睿突然想起了早上的那个话题，不由扭过脸去，向宋军问道：“宋哥，我看来这赌石的，估计有40%的人，都不是从事玉器这行当的，难道全部都是你和马哥这样，囤货投资的？”

宋军听到庄睿的问题后，满脸不屑地说道：“他们囤屁的货，都是想来占便宜的，赌涨了可就是一本万利啊，这玩意的买卖又不用缴税，比做传统生意划算多了……”

庄睿想了一下，还真是这么回事，赌石自从进入国内以来，除了按照正常渠道入关收取一点象征性的关税之外，其余的交易，再也没用任何费用的产生了。

不知道是因为什么缘故，对于赌石双方的税收，一直都没有个明确的说法，这样许多传统行业内的人，都涉足了进来，也造成了今日赌石这种略带畸形的繁荣景象。

不过这种情形应该维持不了多久了，国家不可能看着这一块的税收白白流失的，明眼人都看出了这一点，所以趁着现在还没有个说法的时候，将触角伸入到这个领域之中，即使做不长久，捞一把就走，那也是赚了。

“咳咳……”试话筒的声音从前台的麦克风里响了起来，喧闹的开标场地内，顿时安静了下来。

“各位朋友，各位来宾，2004年度平洲玉石投标交易会，暗标开标……”

说到这里，台上那中年人脸上有些不好意思，犹豫了一下，继续说道：“由于临时改变

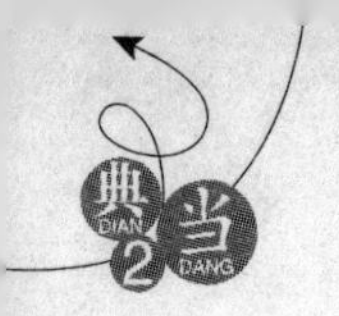

标底的标注过多，统计起来比较麻烦，暗标开标推迟半小时进行……”

听到这番话，台下像是炸雷一般响了起来，有不满的，有理解的，有破口大骂的，也有不以为然的，整个就是一众生相。

不过胳膊始终是拧不过大腿的，众人吵闹过后，只能老老实实地待在这里等候开标，您不乐意，那没关系，往后转下身体，就能看见大门，这里的人巴不得多走几个，就不会那么拥挤了。

“这不是逗人玩嘛……”庄睿有些无语。

“嘿，你小子急什么，别人就算是拿电脑统计，数据不还是要手动输入进去啊，庄睿，看样子你投了不少份标吧？”宋军看到庄睿急不可耐的样子，笑着说道。

“没多少份，我投的价都比较低，宋哥你呢？”庄睿随口把话题转到宋军身上。

“我投了两百多份，不过能中多少，那就难说了，有很多份标由于时间不够，我都没来得及改标底。”

宋军的话让庄睿咋舌不已，原本以为自己投了五十多份标已经算是不少了，没想到别人一投都是上百份的，不过想想也是，宋军这次来的目的，就是囤积毛料的，不把网撒得大一些，根本抓不住鱼嘛。

“咱们进入这行当，有些晚了啊，我听说前些年拍这些毛料，只不过比标底价格稍高一些就能拿下来，现在高上一倍都说不准，要看别人的开价，还要看毛料主人高兴不高兴，咱们算是错过好时机啦。”

马胖子对于自己前几年没有涉足到这个领域内，很是有些耿耿于怀。

宋军不以为然地说道：“得了吧，你要是前几年就开始玩毛料，恐怕这价格早就翻番了。”

“要开标了……”

庄睿听到旁边那两个足有一人多高的大音箱里，传出了“嗡嗡”的声音，顿时紧张了起来，不仅是他，就连原本喧闹的仓库里，也立即变得寂静了下来，整个开标现场，只有那麦克风调试的声音在回响着。

“不好意思，让朋友们久等了，下面平洲玉石投标会，暗标开标正式开始。”

刚才那个声音响了起来，还好，没有领导致辞，直接就宣布了开标，暗标的开标是按照毛料的标号，从一号标开始的。

“一号标，七百五十万元，中标编号580，恭喜这位朋友。”

“二号标，四百三十六万五千元，中标编号23，恭喜。”

“三号标，一千一百八十八万元，中标编号198，恭喜。”

“四号标，二百五十五万元，中标编号68……”

“五号标，九百八十八万八千元，中标编号568……”

……

随着音箱中发出的声音，整个开标现场变得是鸦雀无声，开出的这前五个标底，让场内的所有人都呆滞住了，仅仅开了五份标，居然就出现了上千万的标底，而且全部过百

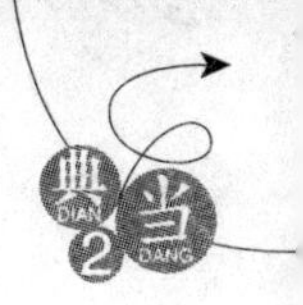

万，这实在是有些过于疯狂了。

随之寂静不知道被谁给打破了，整个现场像是凉水浇进了热油锅里一般，轰然炸响，议论声四起，连音响里还在往下读标的声音都掩盖住了，台上那个拿着话筒的人，有些不知所措地看着台下，暂时停止了继续开标。

庄睿知道标号的顺序，是按照毛料所开的天窗表现制订的，他还依稀记得那块三号标，大概是块四十多公斤的半赌毛料，天窗那里开出的倒是玻璃种，水头透明度都很不错，不过颜色有些稍淡，只能算是上品毛料。

并且庄睿曾经透视过那块毛料的内部，里面顶多能掏出三公斤左右的翡翠，而且很分散，不适合做镯子，这样一来，其价值就会大打折扣了，一千多万的价格，单是靠制成几个挂件戒面之类的饰品，恐怕拍下这块毛料的人，要赔到姥姥家了。

这块标的标底定的是一百万，庄睿也投了，他投的标注是一百二十万，虽然知道自己中标的希望不大，但是他也万万没有想到，最后的中标价格，居然比他投出的价钱整整高出了十倍，自己那点钱，连给别人塞牙缝的资格都没有。

看来这次缅甸方面的消息，对于平洲此次赌石大会的影响，实在是太大了点，如此不计成本的投入，庄睿实在无法想象，这中标的人究竟如何才能赚回来，恐怕那人拿到毛料之后也不敢轻易解石了，不是囤在手里，就是转手倒卖，否则的话，怎么做都是一个赔字。

“这……这他娘的也忒离谱了吧?”

一向表现都很镇定的宋军，此刻也有些失态了，嘴里喃喃自语着，脸上一副不可思议的表情。

“看来以后要进入翡翠生意圈子里的人，没有雄厚的资金，别想玩下去了。”

马胖子的话响了起来，旁边几人均是连连点头，雷蕾的外公和舅舅，更是面带苦色，想必他们也投了这几块毛料的标，结果自然是从脸上就能看出来了。

“马哥，你说咱们投的那个毛料，能中标吗?”面对着如此疯狂的标价，庄睿心里一丁点儿的底气都没了。

“应该……可以吧，不着急，看看再说，先看看……”

马胖子不停地用毛巾擦着汗，语气中也失去了往常的自信。

按照现在这毛料疯狂上涨的势头，那块标底就高达两千多万的半赌料子，是否能如愿中标，还真是很难说，马胖子此次赌石大会，就投了这么一个标，此时脸上也有些紧张起来。

“狗屎，这都是谁投的标价啊。”

马胖子愤愤不平地骂了起来，开标只报投标人的编号，而不报名字，究竟是谁中了标，旁人也不会知晓，如果中标人在事后不解石的话，那毛料的去向估计就成了一个谜了。

“大家安静，请安静一下……”

台上的报标的人声嘶力竭地喊着，过了半天议论声才慢慢地停歇了下来。

“大家不要喧闹，中标的朋友们可以先去缴纳余款，如果在开标四十八小时之内未缴纳余款的，视为自动弃标，保证金不予退还，至于毛料的领取，需要等到所有标底开标完

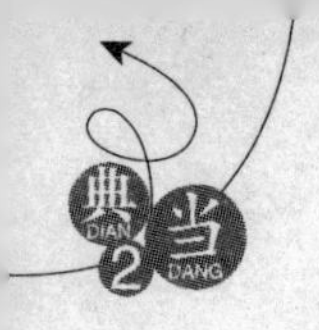

毕，请大家少安毋躁，下面继续开标。”

“六号标，四百八十八万，中标编号98……”

“七号标，一百一十五万，中标编号116……”

“八号标，六百九十五万，中标编号521……”

“等等，我投的八号标也是六百九十五万，怎么中标人不是我啊？”

刚报出三个毛料标底，开标又被打断了，坐在庄睿等人前排的一个中年男人站起身来，大声质问着。

那个报标的主持人显然也不知道情况，和后面几人交谈了几句，又临时从电脑上调出了这个标的资料，才开口说道：“按照大会的暗标投标规定，投标的标价相同时，以投标时间的早晚来计算，投标时间早的为中标方。

“嗯，经过我们查询，521号投标人的投标时间，比先生您早了十分钟，所以不好意思，中标人不是您。”

报标人的话让场内响起一片笑声，这家伙够倒霉的，虽然重新报了标价，不过排队比别人慢了那么一点，就差十分钟的时间，到手的毛料也飞走了。

“老子不是上了个厕所，就不会晚那么一会儿了……”中年人悻悻地骂了一句，满脸不爽地坐了下来，他的话又引起一阵笑声。

不过经过这么一件事，开标现场原本很凝重的气氛，倒也消散了几分，人们也接受了原石大涨这个事实，后面报标进行得很顺利，一直到开出一百个标之后，主持人宣布休息十分钟，接下来继续开标。

已经开出的前一百份毛料标底，居然没有一块流拍的，这在以往各地组织的翡翠公盘上，也是极其罕见的，当然，本身位列前一百位的毛料，表现也都是相当不错的，加上缅甸方面的消息，受到追捧也在情理之中，只是这价格，高得让人有点难以置信。

在前一百份暗标中，庄睿也投了几份，无一例外地全军覆没了，那几份中标的底价，均是要高出他所投出价格的好几倍，对此庄睿只能苦笑着接受了，他现在所祈求的是，这五十多份标里面，能中个三五份的，就可以去烧高香了。

宋军的脸色也不怎么好看，这前一百份暗标，他投有三十多份，但是结果和庄睿一样，都是一无所获，看到屡屡打量自己脸色的马胖子，宋军感觉有点丢脸面了。

其实这也怪不得他，因为庄睿排到队的时候，都已经是十一点多了，暗标投标马上就要截止了，宋军当时并没有太多的时间，去改变自己先前所投的标注，按照原先投标的价格，果然是无一中标。

“雷蕾，你外公他们中标了？”

庄睿看到坐在雷蕾一边的外公和舅舅脸上都有喜色，想来肯定是中了几块毛料。

“嗯，七十八号和九十二号标，就是外公他们中的，庄睿，你说我投的那块毛料，能中吗？”

雷蕾脸上倒是没有什么欢喜的神色，对于生平的这第一次赌石，她心里真是有点儿

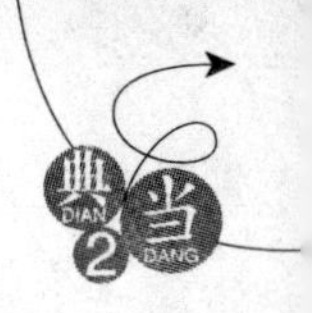

患得患失的。

“你那块毛料估计要等到明天才能开标，表现不好的毛料，中标的概率也大。别急，我刚才投的好几个毛料都没中……”

庄睿本是想安慰下雷蕾的，却是让雷蕾更加焦急起来，恨不得台上那人率先报出她所投的毛料来。

宋军在旁边听得是脸色忽晴忽阴的，那两块毛料他也投标了，却没有想到被雷蕾家族中标了。

过了十分钟左右，在众人的期待下，开标又继续进行了。

“下面要开的标，是全赌毛料区的暗标，有投标的朋友们请注意了。”

由于暗标的毛料标底过多，为了不至于出现上千位的标号，每隔五百位的时候，前面就加一个英文字母，而到了第五百零一份标的时候，就以另外一个英文字母从一开始计数，全赌毛料数量比较少，标号前只有 H 和 I 两个字母。

“H1 号标，一百六十八万，中标编号 12……”

“H2 号标，七十五万，中标编号 58……”

“……”

“H384 号标，流拍……”

这次开标的时间比较长，主持人在台上念的是口干舌燥，不过上万份标，今天下午要开出五千份来，时间段任务紧，原本开一百份标休息一下的决定，也改为五百份标休息十分钟了。

而这个 384 号的全赌标号，也是本场开标以来，第一份流拍的标，前面开出的全赌标，居然全部都被拍走，那里面有庄睿所投的三十八个毛料，又是一无所得，算上已经开出的一百份半赌毛料，庄睿现在只剩下十二个标注，还有一丝中标的希望。

“H428 号标，三十八万，中标编号 518……”

台上报标的人，声音已经变得有些嘶哑和机械了，不过刚刚的这个声音，听在庄睿的耳朵里，不亚于是天籁之音啊，因为 518 这个数字，正是庄睿的编号。

“哈哈，终于中了一个了……”

庄睿兴奋地挥了挥拳头，引得众人纷纷侧目，不用想也都知道，那个三十八万是这年轻人中的了，不过这金额在今天所开出的标价里面，实在是不怎么起眼，并且标号都排到了四百位以后，想必表现不怎么样，所以也没有引起多少人的关注。

“老弟，中了？恭喜你啊，老哥我这全赌暗标的料子，就中了三块……”

宋军的声音有些沮丧，这次他投入的资金不小，网撒得也挺大，但是计划不如变化，仅仅是缅甸那边一个消息传来，就让此次赌石大会变得风起云涌，瞬息万变起来。

可以说，现在国内所有的玉石珠宝商人们的注意力，全部都集中在了平洲，这次赌石大会所成交的毛料价格，也将直接关系到日后国内翡翠市场成品的价格，两者之间的涨幅，那是有着直接关系的。

第五十五章 乌砂玉黑皮

“总算是没有全军覆没吧，宋哥，我到现在也就中了这么一块啊。”

说实话，庄睿心里还是有些高兴的，因为他所中的这块毛料，也是他最为看重的三块玻璃种毛料之一，前两块毛料表现比较好，都排在了前三十以内，分别被人以八百二十万和五百八十万给拍去了，庄睿的希望可就全都放在这块毛料上了。

可能是这块毛料表现一般，别人在加大标注的时候没有注意到，而毛料主人对这个标也不是很在意，没有出手拦标，才让庄睿有惊无险地拿下来了。

又经过一个短暂的休息时间，台上的报标还在继续着，不过和庄睿已经关系不大了，全赌毛料全部都已经开标了，庄睿就中了那么一块，现在台上报的是半赌毛料，也是竞争最为激烈的，虽然后面还有几块庄睿投了标的，但是他已经懒得去关注了，以他所投的标价，根本就没有希望中标。

而庄睿和马胖子宋军三人联合赌的那块毛料，虽然体积够大，但是窗口的表现很一般，所以标号比较靠后，雷蕾的那块半赌毛料也是如此，按照现在的开标速度，恐怕今天是开不出来的，这个悬念还要等到明天才能揭晓。

“宋哥，我先去缴纳中标那块毛料的余款去……”

今儿这开标，要比他前几天解石还要刺激，庄睿这会儿已经感觉有些气闷，反正下面的标和他也没有什么关系，庄睿起身就想去外面透透气。

“走吧，今儿开不出D98毛料的，待下去也没什么意思了，老马，你还留在这?”

宋军闻言也站起身来，他除了全赌毛料中了三个标之外，半赌毛料前一千份标之中，他只中了一份，几乎全军覆没了，此刻也没有心思再待下去了。

“我再看看，你们先去吧。”

这开标现场，整个就是一浓缩的众生百态，这是马胖子最喜欢琢磨的，虽然是热得汗流浃背，却也不肯离开。

走出投标现场，庄睿和宋军去投标处缴纳了中标毛料的余款，庄睿一共投了五十多份标，保证金有一百八十多万，在缴纳了余款之后，反而退回到账户一百多万。

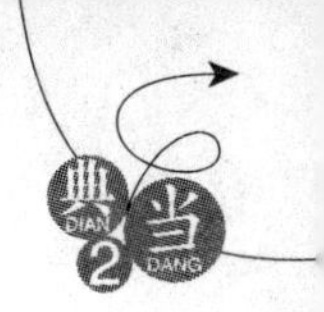

宋军却是倒贴进去不少钱，虽然算上那块巨无霸毛料，他的总投标金额达到了九千多万，但是刚才所中的四块毛料就高达一千八百多万了，所以去掉巨无霸毛料六千多万的保证金，他还要补上一千两百万。

由于要等到所有暗标开标之后，才能提取毛料，所以在缴纳过中标余款之后，几人也就无所事事了，宋军和马胖子显然情绪不是很高，就先回酒店了。

这会儿才刚过下午四点，庄睿想起杨浩那边新进了一批毛料，遂向杨浩所在的摊位走去。

“咦，杨俊，你哥呢，怎么把你丢在这里看店？”

庄睿走进棚子，看到杨俊正气鼓鼓地坐在那里啃着西瓜，一脸不高兴的模样。

“是庄哥啊，我哥去看现场开标了，把我扔在这里，庄哥，你吃西瓜啊，我马上把我哥叫回来……”

想必是不能去投标现场，杨俊有些不高兴，不过看到庄睿来了，杨俊眼睛滴溜溜地转了一圈，拿出手机给杨浩打了个电话。

“庄兄弟，怎么不继续看开标啦？我刚才还见到你的……”

大约过了五六分钟的时间，杨浩气喘吁吁地跑来了，满面通红，不知道是因为天气太热，还是被开标现场那气氛所感染的。

“哥，你陪着庄哥啊，我去开标现场看看去。”庄睿还没答话，杨俊就向自家老哥打了个招呼，一溜烟地跑掉了。

“不好意思，杨兄，打扰你观看开标了。”庄睿向杨浩道了个歉，今天这开标可是大场面，就算是圈内人，也是难得一见的。

“没事，我们就是去凑个热闹，该办的事情，昨天就都处理完了。”

杨浩所谓的事情，其实指的就是拦标，他得到消息的时间，要远早于宋军，在昨天缅甸会议刚结束的时候，国内有门路的毛料商人们，在第一时间就接到了缅甸的电话，所以对于一些明显可以拍出高价来的毛料，他们昨天就用天价将其拦标了。

“杨兄，你们新进的毛料在哪里？带我看看吧……”

庄睿此次所投的暗标，几乎全军覆没，现在就想在明标上找补一下，能赚一点是一点，蚊子再小，它也是肉啊。

“来，庄兄弟，这次进的毛料很不错的，全部都是麻蒙厂的乌砂玉黑皮，这种毛料可是经常会出阳绿的玻璃种啊，就是帝王绿也多少从这种乌砂玉黑皮里面采出来的……”

杨浩带庄睿来到棚子外面毛料区的一角处，大约有五六个平方的地上，堆了有几百块毛料，之所以数量有这么多，是因为这些毛料个头都不大，最大的也不过像个小孩子玩耍的皮球，一般都是拳头般大小。

“这就是麻蒙厂的乌砂玉黑皮？”

看着地上这堆黑糊糊的毛料，庄睿眼睛顿时瞪直了，这毛料他熟悉啊，送给秦萱冰的

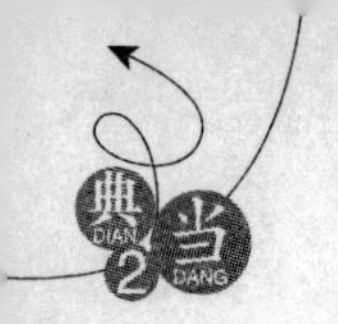

那个蛋黄大小的帝王绿玻璃种的翡翠，就是从这种毛料里取出来的，当时庄睿差点把那几块毛料当石头给扔掉呢。

其实这几天庄睿也见过不少乌蒙厂的料子，只是他见的都是大料，像这些和他爷爷遗留下来的几乎没有两样的小原石，他还是第一次得见。

“呵呵，是啊，你也听过这乌砂玉黑皮的名头？那我就不瞒你了，这些料子的确是乌蒙厂的，不过都是些没有什么赌性的料子，等暗标开标之后，卖给那些游客们切着玩的。”

杨浩做生意还不算是很老到，感觉和庄睿关系不错，此刻就把老底说给庄睿听了。

前文说过，在暗标开标之前的三天，想进入到赌石会场，必须有大会的邀请函，但是暗标开标之后，就面对所有人开放了，那时进来的各地游客，也算是一个比较大的消费群体，最起码他们能将这些毛料商人们头疼的废料处理掉，也是颇受欢迎的。

“既然来了，就看看吧。”

庄睿顶着烈日蹲下了身体，他和别人不同，第一次接触翡翠原石，就是这些像是石头一般的毛料，此刻见了，不禁有些亲热感。

“那你先看，我回去喝口水，这些小玩意儿，你看中了我送你几个。”杨浩交代了庄睿一句，转身回到了棚子里。

拿起一块拳头大小的乌砂石，庄睿仔细观察着，现在他可不是几个月之前的那个菜鸟了，还想着用锤子敲开毛料。

黑乌砂也是翡翠中最经常见的赌石毛料之一，由于黑乌砂外表被一层黑黑的绿泥石等黏土物质的皮层袒护，使翡翠内部与外部特征大相径庭，是赌石中风险性最大的赌石，所谓的“十赌九垮”，也主要就是针对该类赌石。

由于乌砂石多出高绿极品翡翠，所以这类赌石假料也是非常多的，讲究一点的人会用黑色染料进行涂抹袒护，而有些人干脆整点锅灰抹上去，一抓就是一手黑。

买到乌砂玉石，如为真品，成败倒也自得，成得财富，败得经历，但若购入假货，犹如晴天轰隆，心里的波折是不可言喻的，赌石圈子里的人，不少都曾经在这种赌石上栽过大跟头的。

庄睿自然是不会犯这样的错误，他根本就没有动手翻找，在将手里的那块毛料扔回到地上之后，干脆将眼中灵气散发出去，直接覆盖住这四五米方圆的地方。

“嘿，还真是乌蒙厂的老坑料子。”

庄睿通过灵气发现，这几百个毛料里面，居然星星点点地有七八处地方，都向外散发着灵气，不过有强有弱，给庄睿的感觉也是不尽相同，伸手拨开上面垒在一起的毛料，庄睿把最底下的一个，也是蕴藏灵气最充裕的一个毛料，挑拣了出来。

这块毛料比拳头要稍微大一些，庄睿将它拿到面前，仔细地查看了起来，当灵气渗入到毛料之中后，庄睿欣喜地发现，一种熟悉的色彩，呈现在了他的眼前。

“帝王绿，一定是帝王绿……”

当那抹动人的绿色映入到眼帘之中时，庄睿兴奋得几乎喊了出来，透析明亮，绿意盎然，这是他第二次见到如此纯净的绿色，如此透明的翡翠，并且在体积上，要比之前自己解出来的那块翡翠大了许多，足有鸡蛋一般大小。

稍稍平复了一下激动的心情，庄睿紧紧地将这块毛料拿在手中，站起身来向棚子里走去，不过刚走出几步，又转回头随便挑选了几块毛料，这才回到棚中。

"杨兄，看看吧，这几块值多少钱?"庄睿随手把捧在怀里的几块毛料放到了桌子上。

"嗨，我不是说了嘛，这玩意儿虽然是老坑种的，不过不值什么钱，你拿走得了……"杨浩在那几块毛料上扫了一眼，混不在意地说道。

"别啊，这几天你家里的长辈都来了，咱还是付钱买吧，该多少钱就是多少钱，我也不差这几个。"

庄睿是不肯占这个便宜的，哥们这是凭眼力捡漏，可不是要你白送的，啥？作弊？废话啊，这也是本事呀，换个人来你让他试试。

"得了，既然你要给，咱也没有不要的道理，一共四块毛料，你给四千块钱好了。"

杨浩口中喊着不要钱，不过这软刀子他也真下得去手，这些毛料卖给那些游客，不过五百八百一个，他倒是好，要了庄睿一千块钱一个。

庄睿是不了解这价钱的，就算是杨浩要四万，他也会掏，当下从手包里点出四千块钱来，让杨浩写了个收据，这几块毛料就算是属于他的了。

没想到自己的一个无心之举，居然捡到个这么大的便宜，庄睿让杨浩给他找了个蛇皮口袋，将几块毛料装了进去，乐滋滋地回酒店了。

……

"老幺，你昨儿夜里，没干什么坏事吧?"

晚上在和伟哥与毕云涛等人吃饭的时候，庄睿还是笑得合不拢嘴，搞到那两位还以为昨天庄睿带了小妞去房间了呢。

"唉，我和你们就没话说，吃饱了睡觉去，明天带你们去见识下大场面。"

庄睿被打消了兴致，有些郁闷，吃饱饭后也没参加那二人的夜生活，自己回到房间去睡觉了，只是被那块含有帝王绿的毛料刺激得半夜爬了起来，用水将其洗干净了，放到床头才得以安睡。

第二天早七点，庄睿就被宋军的电话给吵醒了，敢情这位哥哥昨天睡得也不怎么落实，庄睿敲开伟哥和毕云涛的门，把两个睡得迷迷糊糊的家伙喊了起来。

几人随便吃了点东西，还差十几分钟八点，就赶到了赌石会场，原本以为来得算是早的，没想到昨天那几十排的椅子，早就被人抢干净了，没奈何，众人只能站在走道里等待开标。

八点钟准时开标，还是那位主持人，不过今儿没有废话，上来就开始报标了，嘶哑的嗓子说明，金嗓子喉宝也不是万能的。

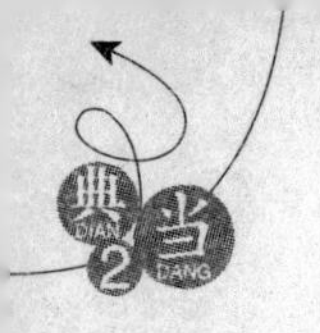

“D96号标，三百八十六万，中标编号257……”

“D97号标，一百二十四万八千，中标编号658……”

听到主持人报到了D97号标的时候，庄睿等人都情不自禁地向前拥挤了过去，因为下面一个标，就是他们所投的那块巨无霸毛料了。

“下面一块标，有着特殊的意义，虽然暗标还没有全部开出，不过在这里我可以告诉大家。

“D98号标，六千六百六十六万，中标编号88，恭喜这位朋友，这个标价也诞生了此次平洲玉石投标交易会的标王！”

台上那位主持人，不顾自己嘶哑的嗓子，大声地喊了出来，而台下的人群，也正像他所预期的那样，瞬间沸腾了。

“六千六百六十六万元，不但是此次玉石投标交易会的标王，也是国内赌石历年来的标王，同时这个标价，也刷新了国内最高单注赌石五千八百八十万的纪录，再次恭喜那位中标的朋友。”

主持人煽动性的话语，让下面的人群再次沸腾了起来，亲眼看到一个纪录的诞生，日后在圈子里也多了一些吹嘘的资本不是。

“需要告诉大家的是，这块D98号标，第二标价是六千五百万元，同样打破了国内的最高赌石纪录，只是这位朋友的运气不太好，输给了编号为88号的朋友。”

主持人的话，使得众人对这块D98号毛料，产生了无限遐思，两个标价都高出了六千万，不知道这究竟是块什么样的石头。

而关注过这块毛料的人，此时就开始卖弄了起来，向旁人说着自己的见解，此时的开标现场，就像是菜市一般，喧闹无比。

“马哥，不就是想解石嘛，回头把我拍到的那块毛料，拿给你解了玩。”看到马胖子一脸落寞的表情，庄睿出言安慰道。

在人群里最为失落的，就要数马胖子了，他此次就赌了这么一块毛料，还被别人给中标了，心中不免有些失意，而且他们开出的标价，连第二都没能排上，这让马胖子对自己的判断力也产生了一丝怀疑。

“不解了，回头去查查编号88的人是谁，不知道哪个王八蛋抬了个这么高的价，早知道咱们报个八千万了，不就是钱吗，喂……我说老宋，咱们又没中标，你跟着高兴个什么劲啊？”

马胖子对那开出六千六百六十六万的人，恨得那是咬牙切齿，嘴里正骂骂咧咧的时候，看见宋军已经挤到前面四五米远的地方，正满面通红地挥舞着拳头，不由拉他一把。

“怎么不高兴？咱们中标了啊！”

宋军的话让马胖子迷糊了起来，就连庄睿也是一脸不解地看着宋军，他们三人商议的最后标底，明明是六千三百万元，比之中标价格要低出三百多万呢，宋军怎么会说是他

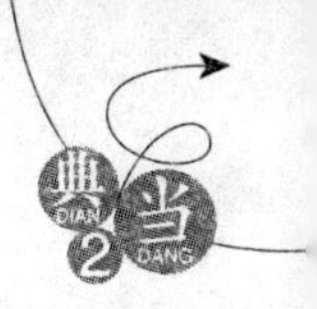

中的标?

看到庄睿和马胖子不解的神情,宋军脸色露出一丝得意来,笑着说道:“先前没告诉你们,那标底我怕低了,又加了三百多万上去,这六千六百六十六万,也比较吉利不是?”

宋军的话让马胖子大喜,也顾不上和宋军不是很熟这个事实了,上前就是一拳,打在宋军肩膀上,道:“哈哈,你怎么不提前打个招呼呢,害得我老马还以为这次白跑了呢……”

宋军此刻心里也是很激动,能理解马胖子的心情,对他的举动也不以为然,出言解释道:“我当时觉得六千三百万不怎么保险,就加多了三百六十六万,之所以没告诉你们,我是想着万一这价再中不了标,那就什么别谈了,要是中了的话,咱哥几个再平摊这个钱,庄睿,怎么样?哥哥我英明神武吧,哈哈……”

庄睿听完宋军的话,也不由向他跷起了大拇指,刚才主持人都说了,第二高的标价就是六千五百万,如果宋军依然按照商量好的价钱去投标,那现在才是竹篮打水一场空呢。

“马哥,刚才你那话,把自己骂进去就算了,可是我和宋哥没得罪你啊,想想怎么向我们赔罪吧。”庄睿坏笑着看着马胖子,刚才马胖子情急之下,可是说中标的人是王八蛋的。

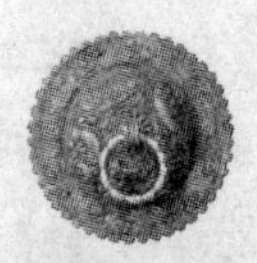

第五十六章 各有得失

“骂人？什么骂人?”宋军刚才冲得比较靠前，没有听到马胖子的话。

“别听庄睿瞎说，没有的事，行了，老宋，那三百多万不用平摊了，由我老马来出，份子依然算咱们三个的。”

马胖子此时心里是真高兴，原本以为不属于自己了的毛料，现在失而复得，让他也大方了起来，并且经过了这件事情，他和宋军的关系也变得熟络了，一直喊着的“宋总”这个称谓，也变成了老宋。

“行啊，你这个山西老抠也肯出血了，那我和庄老弟也不客气了，回头你打我账上一千两百六十六万啊……”

庄睿和马胖子已经各自拨给宋军一千两百万了，如果按照中标价六千六百六十六万来计算的话，庄睿还要掏出一千零二十二万，现在马胖子愿意多出这三百多万，他只要再打给宋军九百万就可以了。

宋军说话的时候也是一脸的神采飞扬，昨天那失落的表情完全不见了，虽然参加此次赌石大会，原定的囤积毛料的计划，因为缅甸方面的原因，没能达成，但是拿下这块标王毛料，也算是不虚此行了。

开标现场现在乱哄哄的，都在纷纷猜测此次标王主人的身份，谁也没有想到就是庄睿他们三人，过了足足有十多分钟之后，会场才安静了下来，开标继续进行。

“D485 号标，九万，中标编号 245……”

“D486 号标，流拍……”

随着开标的深入，流拍的毛料也逐渐多了起来，虽然缅甸禁止对外销售毛料的消息影响很大，但是那些表现极差没有赌性的毛料，这些玉石商人们也不会白白地往里面投钱的。

听到 D486 号标的时候，庄睿的耳朵竖了起来，因为雷蕾所投的那块毛料，标号是 D490，马上就要到了。

“D487 号标，流拍……”

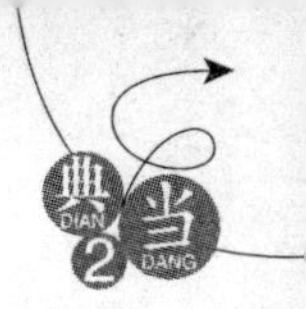

"D488 号标，十二万，中标编号 544……"

"D489 号标，流拍……"

"D490 号标，十八万，中标编号 522……"

听到 D490 号标的标价，庄睿算是松了一口气，虽然不是他自己拍到的，总算也是肥水没流外人田。

其实在昨天传出了缅甸的消息之后，虽然很多人都去改标底，但是他们首先关注的都是那些表现好的毛料，对于这些标号靠后，表现一般的毛料，反而是关注甚少。

就在那块毛料开标还没过三分钟的时候，庄睿的手机就响了起来，接通之后，雷蕾兴奋的声音从里面传出："庄睿，你在哪里？告诉你，我中标啦！"

"呵呵，恭喜你啊，我和宋哥他们合伙买了一块毛料，也中标了，下午解石。"会场太吵，庄睿和伟哥等人打了招呼，边说边拿着手机走了出去。

"好啊，我那块毛料，你也帮着我解一下，怎么样啊？你手气好，肯定能解出一块比大川在南京赌到的还好的毛料。"

雷蕾那边也很吵，不过说话的声音慢慢地清晰了起来，庄睿一抬头，看到她也拿着手机正往外走呢，两人同时看到了对方，不由笑了起来。

"算了吧，老同学，你们家族有赌石顾问，让他们帮你解吧……"

庄睿一口回绝了雷蕾的请求，他现在是一点风头都不愿意出，不过庄睿也有些好奇，雷蕾的那块蓝水翡翠可是自己私房钱拍下来的，按照现在这行情，解开之后，价格肯定也会翻上几番的，不知道到时候她外公是出钱收购，还是直接据为己有呢。

"不帮忙就算了，本姑娘下午亲自解，我有预感，我这块毛料里面的翡翠，肯定不比大川那块差。"

雷蕾自信满满地说道，敢情这丫头不光是和自己外公较着劲，心里和刘川也在比划着呢，不过她的这种预感，庄睿近几天在好多人身上都见到过，解石之前都说有预感会出绿，但是解开之后，个个都变得灰溜溜的，再也不提预感二字了。

"呵呵，雷丫头也在啊，走，先去交钱，中午宋哥请吃饭……"

两人正闲聊着的时候，宋军和马胖子也走了出来，后面的标都是比较差的，宋军也没有投，到现在为止，他一共中了七块标，加上这个巨无霸毛料，已经是心满意足了。

"你们去吧，我中午要陪外公，下午解石的时候，庄睿你一定要来啊，我心里没底……"别看雷蕾刚才自信满满的，心里还是有些发虚。

和宋军等人打了招呼之后，雷蕾又返回到开标现场。

等到雷蕾走后，宋军拍着庄睿的肩膀说道："庄老弟，下午咱们那块毛料，交给你来解，怎么样？"

"谁解都一样，那么大一块毛料，对着中间切就好了，要是中间出不了绿，那就说明咱们赔了，怎么解都没用，马哥出钱多，这第一刀让给马哥来切……"

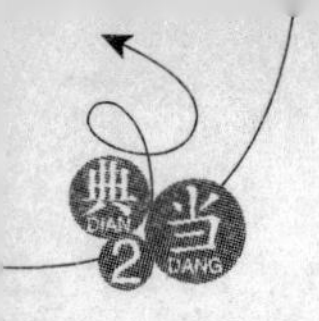

这块毛料可是国内赌石的标王啊，不管赌涨还是赌垮，都会名声大噪的，庄睿可不想出这个风头，闷声发财才是王道。

“好，我来切，胖子我的运气一向也不差的……”听到庄睿的话后，马胖子乐得合不拢嘴了，这种机会可是很难得啊。

宋军也点头答应了下来，事实就如同庄睿说的那样，重达数吨的这样一块毛料，中间要是切不出绿来，那真是白瞎了，普通解石的技巧在这里根本就用不上，一刀下去，真假立断。

不过切开之后取毛料的工作，就要由专业人士来做了，这点也不用担心，宋军请来的彭师傅，还有马胖子请来的那位刚出院的赌石顾问，对这样的工作还是能胜任的。

暗标开标结束之后，赌石会场的人非但没有减少，反而比前几天增加了很多，对于许多人而言，赌石大会现在才算是刚刚开始。

任何一个翡翠公盘上，明标都不会受到特别重视的，表现好的翡翠原石毛料，大多都划归为暗标，不管是行外资金想要囤货，还是玉石商人来收购翡翠原料，或者是潮汕地区的专业赌石团，他们的目标都是对准了暗标。

而缅甸方面传来的限制翡翠原料出口的消息，也使得此次赌石大会风起云涌，暗流涌动，上午那个六千六百六十万元的单注毛料标王天价，就是最好的证明。

现在诸多玉石商人集中在了赌石会场，一来是缴纳余款领取毛料，二来暗标之后必然是解石大会，他们选购毛料的时机也到来了，毕竟有那么很大一部分人，赌石的目的就是解石出售，这些玉石商人就是最大的消费群体。

中午宋军请客，几人驱车跑到广州一家有名的海鲜酒店大吃了一顿，暗标结束对庄睿而言，也基本上意味着此次广州之行快要结束了，下午的解石又不需要他亲自出手，干脆要了几瓶五粮液，和宋军伟哥等人喝了起来。

“庄睿，你帮我和那个卖毛料的人说一声，借用一下他们的解石工具好不好？”

等到酒足饭饱之后，庄睿和宋军已经是带了五六分的醉意，还好马胖子与毕云涛都没喝酒，这才多了两个司机，刚刚赶到赌石会场，庄睿就接到了雷蕾的电话。

“哪个卖毛料的？”庄睿这会儿头还有点晕晕的。

“就是那个好像是姓杨的吧？在南京你和大川买过他毛料的那个人。”雷蕾电话中传出的声音有些焦急。

“哦，是杨浩啊，你直接去找他，就说是我朋友，他会借你的，我现在也过去……”听到雷蕾要解石，庄睿的酒意清醒了几分。

“宋哥，我同学要解石，你们过去看看吗？”挂掉电话，庄睿向宋军和马胖子问道。

“不去，我和老宋先去领毛料去，看他喝的这样子，回头别整错了。”

看别人解石再有意思，那也不如亲自下刀来得爽快啊，马胖子就等着领到巨无霸毛料之后，亲自上场解石呢。

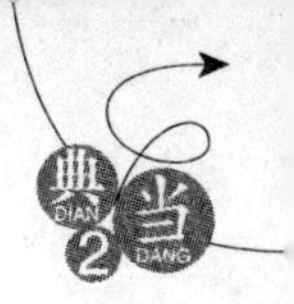

在这个会场里面，有大会免费提供的切石擦石工具，当然，只有一套而已，而雷蕾家族此次收获不错，就想把表现一般的几块毛料先解开，剩下的再带回香港，只是大会提供的解石机旁边，早就排起了长队，雷蕾这才想起庄睿来。

雷蕾家族在前几个月的缅甸翡翠公盘上，也是铩羽而归，如果不是刘川刚巧在南京解出一块冰种毛料来，恐怕在雷蕾家开设的珠宝公司内，中高档的翡翠饰品就要断货了，原本秦萱冰也有意购得那块毛料的，后来还是让给了雷蕾。

刘川和雷蕾的婚事，之所以能这么顺利地通过雷蕾外公那一关，与这件事也不无关系。

此次平洲赌石大会，雷蕾家族一共筹集了四千多万的资金，就是想购得一些原料回香港，而且他们在缅甸有一定的关系，昨天第一时间就得知了缅甸方面的消息，及时更改了所投毛料的标价，一共拍到了十三块表现还可以的毛料，算得上是不虚此行了。

庄睿先是和宋军等人一起，去到银行设置的办事处那里，给宋军转过去九百万，这才带着伟哥和毕云涛，慢悠悠地向杨浩所在的八十三号摊位走去。

距离杨浩摊位还有二三十米远的时候，庄睿就看到，那里已经围了一圈子人，应该已经开始解石了。

今天暗标开标，几乎到处都在解石，所以围在这里的人也不是很多，庄睿等人很轻易地就挤了进去，刚挤到圈子里面，就听到周围的人齐声发出了叹息声。

“垮了？”

庄睿没有先去看固定在解石机上的毛料，而是向站在解石机旁边的几个人看去，果然，这几人的面色都不怎么好看，卫子江更是哭丧着一张脸，一双眼睛死死地盯着解石机上的那块毛料。

看到庄睿进来，雷蕾只是点了下头，却没有走过去，刚才解的那个毛料，是花费了四百八十万拍下来的，从中间切开，虽然是出绿了，但却是品质一般的豆种翡翠，只属于低档毛料，最多价值几十万，可以说这块毛料是输得血本无归了。

“解下一块吧……”

雷蕾外公深吸了一口气，腰板挺得笔直，对自己的儿子吩咐道，这几个人里面，也就只有他最沉得住气，想当年独自一人从大陆偷渡到香港，历经几十年的风雨创下了这份家业，区区几百万的损失，还打击不到他。

这次雷蕾外公准备先解开中标的十三块毛料中的九块，却没有想到这九块中最贵的一块，就出师不利，解垮掉了，这让雷蕾等人心中都兴起一种不好的预感。

第二块毛料大概有个七八十斤重，也是开了天窗的，天窗的表现不是很好，虽然切出绿来了，并且显露在外面的水头还不错，能达到冰种了，但是伴随着绿的，还有一条裂绺。

看来这块毛料就是赌裂的，这样的毛料没有必要再去擦石了，直接对这裂开处切下去，有料没料，一刀立断。

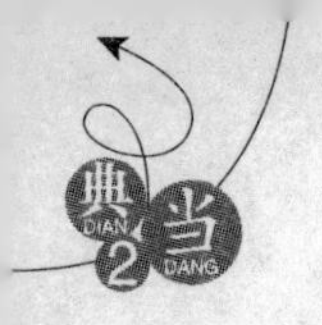

“从裂处切?”

解石的人是雷蕾的舅舅,他是雷蕾外公去到香港之后生的,年龄不过四十,正当壮年,在询问了自己老爸之后,手中的砂轮机对着那块毛料的开裂处切了下去。

“涨了,出绿了,唉,可惜啊。”

人群里眼睛尖的,已经看到了切面,里面有绿,不过裂得有些深,将里面的翡翠给破坏掉了,原本能抱成一团的翡翠,现在却是分散开来,只够做一些小挂件的了。

要知道,翡翠饰品也是分类别的,通常镯子的价格最为昂贵,且不说那些玻璃种满绿或者是血玉手镯了,就是高冰种阳绿或者是飘花翡翠料子的手镯,只要是种水好,颜色正,一般都能卖到五六十万元以上,但是一个同样材质的挂件,最多也就是一二十万,这两者相差得太多了。

“还好,没赔,继续吧……”

雷蕾外公依然是面色不变,这块毛料是六十八万拍下来的,里面的翡翠虽然取不出镯子来,但是也能掏出两三公斤,雕琢出成品来出售,应该不会赔钱。

“雷蕾,你那块毛料呢?”

庄睿转到雷蕾身后,小声问道,他注意了一下,地上并没有那块蕴藏着高冰种飘花翡翠的毛料。

“臭死了,你说你们男人中午喝什么酒啊,以后别把我们大川给带坏了。”雷蕾闻到庄睿口中的酒味,身体向前挪了几步。

“我带坏他?算了吧,那小子早上都喝白的,更别提中午了。”庄睿被雷蕾说得有些哭笑不得,刘川那老子爱喝酒,刘川打小没少因为偷酒喝而挨揍。

“你来得正好,帮我去取毛料吧,刚才我还没来得及去交余款。”虽然在会场搬运毛料都有小推车,不过放着庄睿这个现成的壮丁,雷蕾自然是要抓的。

等庄睿陪着雷蕾交过余款,推着那块五六十斤的毛料返回到杨浩的摊位之后,发现地上又多了三块被切成两半的毛料,而雷蕾舅舅和卫子江的脸色,也变得愈加难看了起来,不用问,在他们离开的这会儿,接连切垮了三块毛料了。

九块毛料总价值两千余万,现在已经切开了五块,只有一块勉强保底,对于近况不佳的雷氏珠宝而言,可谓是雪上加霜了,就连一直表现得都很镇定的雷蕾外公,面色也变得有些苍白。

“外公,让我先解吧,这是我自己拍来的毛料。”雷蕾走到外公的身边,揽住了老人的一只胳膊。

“雷蕾,别胡闹,等我解完了你再解。”

雷蕾外公还没说话,她舅舅就面色不虞地说道,接连切垮了几块毛料,虽然说不上是气急败坏,但是也没什么好脸色了。

“说不定我就能切涨呢,到时候你们要买我还不一定卖呢。”雷蕾不怕这个舅舅,摇着

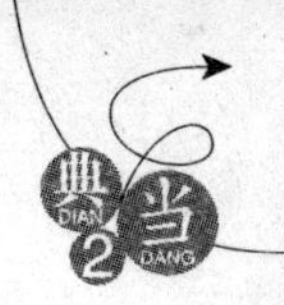

自己外公的手臂，一副不答应就誓不罢休的样子。

雷蕾外公对雷蕾很是溺爱，出言吩咐道："让雷蕾先解吧，这丫头，你要是能赌涨，外公花钱买下来又有何妨啊。"

"庄睿，来帮忙啊，帮我搬上去……"雷蕾的话让庄睿苦笑了起来，哥们自己拍的石头都没管呢，在这倒是成了帮工了。

"庄睿，这怎么切啊？"

等到毛料搬到切石机上之后，雷蕾愁眉苦脸地看着庄睿。

"那有个把柄，你对着石头往下切不就得了，这还用问？"庄睿翻了个白眼，没好气地回答道。

"不是，我是说从哪里切。"

庄睿想了一下，这倒也是，这块毛料里面的翡翠并不大，切好的话能出三对镯子，要是切得不对，那价值就要大跌了。

"从这切，这破石头还需要那么讲究干吗？"

庄睿拿起个粉笔，眼睛看着外面的人群，右手很随意地在那块毛料上画了一道线，他这漫不经心的模样，气得雷蕾直跺脚。

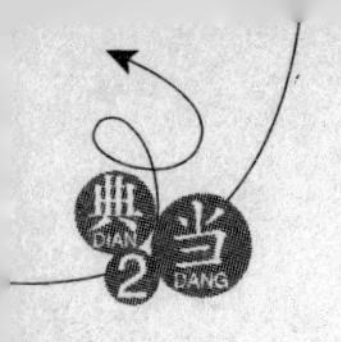

第五十七章 蓝水翡翠

“庄睿,你就不能认真一点吗?”

看到庄睿连眼睛都没放在石头上,就画出一么一条线来,雷蕾本能地就认为,庄睿是在敷衍自己,不仅是她,就是那些围观的人,也多是这样认为的。

“老同学,你本来就是切着玩的,麻利的,干净利索地切一刀不完事了,没看见还有好几块毛料等着切嘛。”

庄睿的话让雷蕾瞪起了眼睛,无奈此时刘川不在,没人给她撑腰,只能气鼓鼓地抬起切石机的手柄,对着庄睿所画的那道线比划了起来。

“雷蕾,还是舅舅来切吧。”

雷蕾的舅舅看她比划了半天,都下不去刀,走过来拍了拍雷蕾肩膀,示意自己来切。

“不,我自己来。”

雷蕾倔犟地摇了摇头,双手向下使劲,飞速旋转的齿轮,沿着庄睿所画的那条线,深深地切入到石头之中,齿轮和毛料所发出的“嚓嚓”声不绝于耳。

这块毛料有五六十斤重,体积也不算少,随着齿轮的深入,雷蕾额头也布满了豆大的汗珠,前额的刘海都已经被汗给湿透了,这切石也是个体力活,雷蕾那双原本很稳健的双手,此刻也微微有些颤抖了。

随着“啪……”的一声轻响,这块毛料终于被切成了两半,雷蕾顾不上去擦拭一下几乎被汗水遮挡住的眼睛,飞快地抱起掉在地上的那半块毛料,向着切口看去。

“怎么没有翡翠啊?”

切口处那白花花的一片,顿时让雷蕾失望起来,却没有发现,众人的眼睛正盯在切石机上那半块毛料的切口处。

“涨……切涨了……”

距离切石机最近的雷蕾舅舅,此刻说话都有些结巴了,他没有想到自己外甥女随便拍的块毛料,那小伙子漫不经心地画了道线,居然就解出翡翠来了,他有点闹不明白了,是自己太倒霉,还是外甥女手气太好了。

“舅舅,你也笑我?没出绿算什么涨啊,别欺负我不懂。”雷蕾还在和地上的另外半块

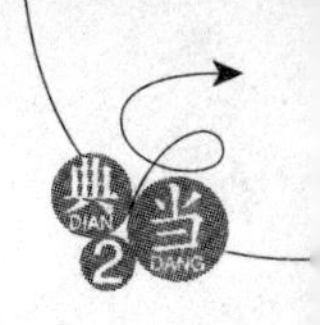

毛料较着劲。

“表姐，说的不是你手上的，你看这边啊，哎哟，你想要我的命啊？”

对于有些粗枝大叶的雷蕾，众人都是颇感无语，还是卫子江提醒了一句，却没料雷蕾听到这话之后，把手上的石头一扔，正好砸在了卫子江的脚面上，痛得他原地跳起了独脚舞。

“涨了，真的涨了啊，这是我的毛料，是我拍到的，你们都让让啊……”

雷蕾拨开正在观察毛料的众人，抢进去之后，也顾不得毛料上的灰尘石屑，抱着就不肯松手了。

“知道是你的，这疯丫头，让让，给外公看看，不白要你的，外公出钱买还不行。”

雷蕾的外公卫老爷子，对自己这个财迷的外孙女，也是无计可施，连哄带骗才使得雷蕾将毛料让了出来。

“这……这运气也忒好了点吧？”

饶是卫老爷子从切石起，就一直镇定自若，但是看到雷蕾这一刀，也不禁是目瞪口呆，倒不是因为毛料中翡翠的成色不错，而是对这切石的功夫，感到了惊愕，如果不是雷蕾亲自切的，他绝对会以为这一刀是出自赌石老师傅之手。

从这块毛料的切面可以看到，这一刀切得是恰到好处，深一分就会伤到翡翠，浅一点就看不到色，简直就像是拿带着透视眼镜切下去的一般。

“那个小伙子呢？这可是真神了……”

卫老爷子扭头找起庄睿来，却是不见了人影，这会儿庄睿正和杨浩坐在棚子里喝茶呢，中午这顿酒，让他现在还有点迷迷糊糊的。

“是我厉害好不好啊？庄睿他都是胡乱画的，是我切得好！”雷蕾听到外公的话，不高兴了。

“说得也是，是咱们家雷蕾厉害，来，你让让，让你舅舅把这块翡翠给取出来。”

卫老爷子回想刚才的情形，的确是那样，那小伙子都没怎么看这块毛料的，应该是瞎猫撞上死耗子，巧了。

只是卫老爷子怎么都不会想到，在暗标区的时候，庄睿就已经将这块毛料看得通透了，该从哪里下刀，他心里自然是有数的。

切面上的翡翠，只露出了一点颜色，在阳光下看，呈现出天蓝色的光泽，大概有拇指甲大小，虽然用清水冲洗了，但也仅能分辨出种水不错，至于其他的，现在还看不出来，所以卫老爷子把雷蕾叫到了一边，让自己的儿子上前去解石。

赌石涨垮之间，都在这一刀上，但是出翠之后，解出翡翠的活计，就是个工夫活了，要慢慢地将出绿周边的石头都打磨掉，雷蕾是干不了这样的细活的。

随着砂轮机的“嚓嚓”响声，碎石不断地掉落在地上，而翡翠所露出的面积，也逐渐增大，现在已经有婴儿巴掌般大小的翡翠，显露了出来，湛蓝的犹如天空一般的颜色，让围观的人惊叹不已。

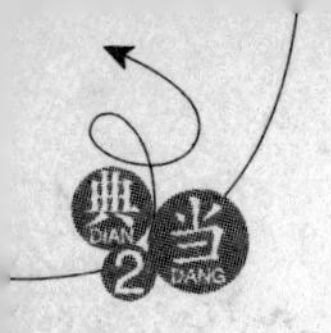

“不错，老爸，是冰种的料子，而且纯度很高，是高冰种，还是很少见的蓝水翡翠，雷丫头，还真有你的啊……”雷蕾舅舅的声音里，充满了喜悦之情。

高冰种的料子，即使是无色翡翠，都价值不菲，稍微带上一些颜色，更是身价百倍，这块蓝水翡翠色泽均称，虽然略显有点淡，不过已经是难能可贵了。

就从这块蓝水翡翠现在的表现来看，都已经要比他们花费一千多万拍到的那块半赌毛料，好上许多了，更何况那块毛料只是擦出绿来的，表现究竟如何，还要切过才知道，是涨是垮，还两说呢。

“小姑娘，这块毛料卖不卖啊，我出三百万买，你看怎么样?”

“这位小大姐，我出三百五十万，卖给俺好不?”

“这可是蓝水翡翠啊，种水也不错，我出四百八十万，这价格可是不低了，谁知道里面翡翠有多大啊。”

围观的众人在看过这个擦面之后，就像是海里的鲨鱼闻到了血腥味，围上来纷纷开起了价，由于受到缅甸方面消息的刺激，这翡翠价格也是猛涨，最后那个人给出的四百八十万，对于这块仍然属于半赌的毛料而言，确实是不低了。

“不卖，我们家里自己用的。”

雷蕾很干脆地回绝了众人的报价，乐得自家老舅是喜笑颜开，这块毛料本来就是雷蕾私自拍下来的，她要是想卖，家里人也没什么话说的。

众人听得这毛料是解开自用的，纷纷散去了，今儿在这会儿场里面，到处都在切石解石，他们来此的目的是要收取翡翠原料，而不是来看别人切石解石的，不大会工夫，在切石机前就剩下了雷蕾几人了。

解石的活非常细致，因为稍不注意的话，就会伤到毛料里面的玉肉，雷蕾舅舅足足忙活了一个多小时，才将这块蓝水翡翠解了出来，要张开五指才能托住的翡翠边上，还掺杂着一些白色晶体物质。

“有七八斤重，估计能取出四对镯子，雷蕾，你这块毛料可是大涨了。”

四副冰种的蓝水翡翠手镯，其价值都要高出五百万了，更何况掏空的那些料子，也可以制作出不少饰件来，十八万拍下来的，当然称得上是大涨了。

“丫头，这块料子外公买下来了，回头算在你的嫁妆里面，对了，你去谢谢你的那位同学，要不是别人给你画的线，恐怕这翡翠的价值就要大跌了。”

卫老爷子看到这块明料，也是高兴得很，现在这会儿场里面数百位玉器商人，面临的都是有钱都买不到好料子的情形，这块蓝水翡翠制成镯子，将就一点，也勉强能算得上是镇店之宝了。

“对了，庄睿呢?”

听到外公的话后，雷蕾这会儿才想起了老同学，跑到棚子里一看，里面就杨浩哥俩了，出言一问才知道，庄睿早在四十分钟之前就离开了。

“庄睿，你人呢? 我解出的那块毛料，大涨了呀，不比大川在南京的那块差。”

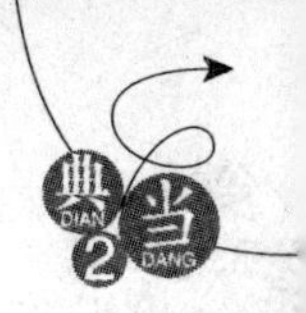

掏出手机，雷蕾给庄睿拨打了过去，当然，报喜只是一方面，更多的还是要炫耀一下嘛。

“呃，恭喜你啊，回头可是要把那块毛料给我看看，我现在大会提供的切石机这边了，宋哥他们准备解石了，这可是今天的标王啊，你要不要过来？”

庄睿那边的声音有些吵，但是标王两个字，被雷蕾听了个真切。

“当然要啊，你们可别急着解，我马上就到。”

六千多万的毛料里面究竟有什么，好奇的人可不光是雷蕾一个，听到雷蕾的话后，卫老爷子几人立刻决定先不解石，将剩下的几块毛料办理了寄存，匆匆赶往大会解石处去了。

一起前往的，还有杨浩，看毛料摊位那光荣而又艰巨的任务，自然是交给拳头没有自己大的杨俊堂弟了。

此时大会解石处可谓是人山人海，外面整整围了七八百号人，要不是最里圈有武警保安维持秩序，这解石根本就没办法进行。

“庄老弟，我这咋有点紧张啊？”

马胖子把腰间的皮带往里紧了一个扣，看着面前的这个巨无霸毛料，对庄睿说道。

雷蕾虽然自诩是个美女，并且今天穿得异常火爆，上身一件紧身T恤配了一件超短牛仔裤，将火爆的身材尽显无遗。

不过在今天这个场合里，人群中间那块巨无霸毛料，显然要比雷蕾的吸引力更大，挤了半天之后，被人群推出来N次的雷蕾，终于放弃了。

而庄睿此刻也没有工夫去关心雷大小姐是否来了，他正给马胖子鼓劲呢，原因是本来自信满满的老马同志，临到头了反而打起了退堂鼓，非要让庄睿去切这第一刀不可，话说庄睿早就打定了低调做人，闷声发财的主意，自然是不肯出这风头了。

“马哥，你爷们一点啊，燕子可是在看着呢，别丢份呀。”

庄睿废了半天的口舌了，好说歹说都不行，这会儿连激将法都用上了。

“滚一边去，你马哥我是不是爷们，燕子当然知道了，还用你来说？”

马胖子凸起了那个大肚子，使劲拍了两下，把站在旁边的燕子羞得满脸通红。

“行了，你不切我来，这么磨叽，以后别说认识我啊……”

宋军等得也有些不耐烦了，这大太阳底下晒着，心里直往外冒火。

“别，还是我来吧……”

被宋军说得有些挂不住脸面了，马胖子使劲地把他那裤腰往上拎了一把，走到了毛料的前面。

这块巨无霸毛料，是用铲车给推过来的，在毛料的正前方，有个一米左右的石头高台，虽然还没有毛料本身高，但是人站到上面之后，刚好可以操作毛料上方那个巨大的切石机。

在大会提供的切石处，有专门针对这种特大型毛料的机器，并且不用将其固定到切石机上，直接摆在地上就可以了，精钢制作的巨大齿轮就悬挂在毛料的上方，马胖子只要抓住把柄，将其向下用力就可以了。

“喂，我说老弟，站这上面怎么头晕啊，我是不是有恐高症呀？”

马胖子爬到了那个小平台上，又出故障了，这不到一米高的地方，他愣是整出来个恐高症，听到庄睿是哭笑不得，恨不得上去一脚把他给踹下来，好像就是在前天，老马同志还给自己吹嘘，在太原买的一套处在十八层的复式房子呢。

“那位胖哥，没事，掉下来兄弟接着你。”

“我看你是白长这两百多斤肉了，不解赶紧滚下来。”

四周围观的人群，也有些不耐烦了，纷纷出言指责了起来，看那架势，要是马胖子再不解石的话，能把他拉下来打一顿，这也不怪众人，大热的天，早点解出来，找个带空调的地凉快去不完事了。

按说以马胖子的见识，本不会这么紧张的，不过他这也是第一次赌石，更是第一次切石，这一刀下去，是六千多万元打水漂了，还是物超所值，都掌握在他手中了，所以马胖子难免会有点患得患失的。

其实这也是宋军不愿意解石的缘故，去年切垮了那块价值两千多万的毛料，可是让他心疼了好一阵子，今年这块标王，说什么他都不愿意亲自动手了。

“王八驴球球的，人死鸟朝上，胖爷怕个球。”

马胖子被下面的人激得大骂了一句山西的方言，启动了切石机的电源，双手握住把柄，用力地向下压去。

直径将近有一米大小的精钢砂轮飞速旋转着，接触到石料之后，立刻发出难听的“刺啦”声，细小的碎石屑向外迸出，不时打在马胖子的手上和脸上。

此时的马胖子反倒来了精神，虽然脸上时不时因为被石屑击中而抽搐几下，不过双手始终很稳健，巨大的齿轮逐渐的没入到石头之中。

“嘶……嚓嚓……”

看到半边齿轮已经切了进去，马胖子连忙抬起了手柄，将齿轮从石头里抬了上来，这块毛料体积过大，一次肯定是切不开的。

就在马胖子关掉切石机电源的同时，几位和宋军熟识的玉器商人纷纷围了上来，有的端水，有人拿着毛刷，开始在那切出缝隙的地方冲洗了起来，更有甚者已经等不及了，拿着电筒就往里面照，想先看出点端倪，等会儿也好报价。

“老赵，你眼神好，看到点什么没？”在清洗毛料的人感觉自己吃亏了，向打着手电筒往里瞅的人问道。

“看不见，太深了，你来看看……”

切石机的齿轮本来就很薄，仅仅是一条缝隙，白天基本上是看不出来什么的，要是没有灯光的情况下，反而能看出点东西来。

“各位，各位先让让，等这块毛料解开了，大家不都清楚了嘛。”

宋军走上前来，虽然他心里比谁都着急，不过脸色还算是很淡定，催促这几位让出空地来，好用机器将毛料翻个身子，继续切石。

“宋老板，您可真是大手笔啊，这毛料要是在中间的话，您这一刀下去，岂不是损失大了？”

一位玉器商人对这种一刀切的方式有些疑问，像这样的巨无霸毛料，最好沿着四边开天窗，擦出绿来之后再慢慢地去解石，像马胖子这般直接从中间下刀子的情况，倒是不很常见。

其实宋军的赌石顾问，彭师傅也提出了这样的建议，不过被庄睿否决掉了，要是按照那种方法，的确是能将毛料中的翡翠很完整地取出来，不过这么一个三五吨的毛料，恐怕要解上好几天，庄睿可是没有这个耐心去等的。

话再说回来，这个巨无霸毛料里面的情形，庄睿很清楚，这块翡翠可不像是雷蕾切出来的那块，稍偏一点就会影响到其价格，整块毛料足足可以取出数百公斤的冰种飘花翡翠来，损失上那么一点，庄睿也不是很在乎。

等到众人让出空来，铲车开进来将毛料翻了个身子，老马同志站在上面又忙活起来了，这次却是驾轻就熟，很快地将这半边切下去半米多深，不过这还没完事，还要再掉个头来切，翻来覆去整整四次，才算是将这块巨无霸毛料，从中间分成了两半。

人在遇到危机或者是狂热的时候，果然是潜力无穷的，一众玉器商人们，居然没有动用铲车，就冲上前去将那两半毛料分别翻了个身，顿时，晶莹剔透的翡翠在阳光的照射下，耀花了场内的每一个人的眼睛。

“我的老天爷啊……”

“上帝啊……”

“哦，安拉……”

“三清道祖，如来佛啊……”

一时间，场内发出了巨大的惊叹声，听到这些声音，庄睿才知道，原来各个宗教在国内，居然还有这么多的信徒。

不过场内更多的人，喉咙里所发出的声音，都是连自己也不知道的音符，纯粹是出于本能呻吟出来。

“涨了，大涨啊，标王大涨啊！！”

不知道是谁喊出来的这个声音，让整个会场都沸腾了起来，后面的人纷纷向前挤去，而前面的人也想冲破武警保安的阻拦，到近处一睹为快，场面瞬间变得混乱了起来，几十个武警保安在人群的冲击下，变得像大海之中的小舟，飘摇不定。

宋军和庄睿也有些着急了，虽然这毛料体积大，不怕被人偷走，可是也架不住有些人敲下那么一两块啊，正在紧急的时候，“砰”的一声清脆的枪响传出，拥挤的人群也随之变得安静了下来。

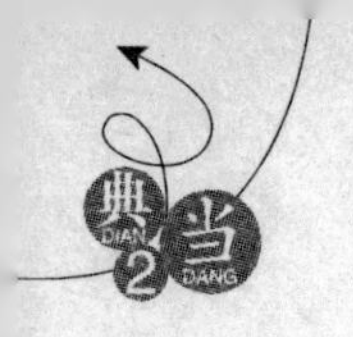

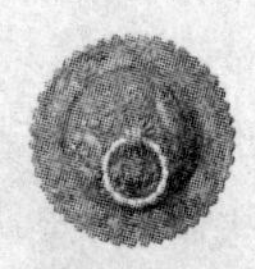

第五十八章 天价标王

“谁开的枪？没有命令谁让你们开的枪？”

听到枪响之后，带队的那个武警中尉着急了，现在这场面，虽然只有枪声能镇得住，不过万一发生流弹伤人的事件，那他这身军装，也就算是穿到头了。

“报告队长，不是我们开的枪……”

一群当兵的也有些莫名其妙，他们的子弹根本就没在弹匣里，而是装在另外一个弹匣，放在子弹袋里的。

“武警同志，是我，是我开的枪。”

正在中尉准备清查的时候，一个手里抓着假发，头上露出地中海的中年男人站了出来，庄睿倒是认识这人，是组委会的一个小领导，专门负责大会开幕的，现在被分配到这里看管切石机器。

而他手里拿的枪，也让惊魂未定的众人如释重负，纷纷笑了起来，原来是把发令枪，估计是刚才这位同志被挤得急了，才掏出这把开幕式所用的发令枪，对天开了这么一枪。

“大家向后退，请配合一下，不要超过这个警戒线……”

有了这个缓冲，武警和保安也迅速行动了起来，拉起了一道中心约有二三十平方米的警戒线，只有得到宋军等人允许的玉器商人，才能进入到里面来观看毛料。

宋军虽然不是做玉器生意的，不过对这行当里几个大鳄级别的商人也多有接触，随着他喊出的名字，十多位玉器商人，进入到圈子里面，其中也包括那位韩老板。

“庄睿，让我们进去……”雷蕾的声音从人群里传了出来。

庄睿循声望去，不禁吓了一跳，此时的雷蕾可谓是惨不忍睹，披头散发不说，胸前那雪白的T恤上，还印着一个乌黑的手印，这要是被刘川看到，非得把武警的冲锋枪抢过来，对着人群来上那么一梭子。

标王赌涨的消息，像是长了翅膀一般不翼而飞，还滞留在赌石会场里的不管是毛料商人，还是玉器老板，都纷纷向会场解石处蜂拥而来，虽然这里早就已经是里八层外八层地被围得死死的，不过这也并不妨碍众人站在远处听热闹。

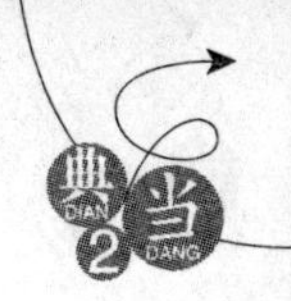

“听说没，里面解出来的是玻璃种的帝王绿，有好几百公斤呢……”

“你就扯淡吧，好几百公斤的玻璃种帝王绿，那还不卖个几十亿啊……”

“听说是玻璃种的，不过是紫眼睛，不比帝王绿差的……”

“没你们说得那么邪性，刚才传出来，好像是冰种的飘花料子……”说这话的是个明白人。

“得了吧，要只是冰种，能围这么多人吗？”

刚才那人的话引起一阵反驳声，这样的事情在圈子外围不断发生着，其争论的核心内容，不外乎就是针对里面那块天价标王的品质和数量了。

距离太远，这热闹看那是看不到的，自然只能听的，来自圈子里的消息正不断地向外传着，这些人实力不济，分不到里面毛料的一杯羹，可是聚在这里发表一下自己的见解，也是一件快意人心的事情。

夏天天气炎热，人们穿的衣服也比较少，来参加赌石大会的商人们，也不乏带着女伴的，当然，都是些年轻漂亮的，所以这人群里也不乏一些揩油占便宜的。

人群里的这位先生就是如此，刚才混乱中已经摸了好几个女孩子了，现在又盯上了一个目标，就是站在他前面不远处的一个女孩，扎着小辫子，脖颈修长，个头高挑，腰身纤细，下身穿着一条紧身牛仔，浑圆的臀部似乎要撑破那牛仔裤一般。

这位戴着个眼镜，看起来很斯文的中年人，用力挤到了目标的身后，眼睛向前平视，一只右手却不动声色地放到目标人的臀部上，不停地抚摸着，心里还在感叹着那惊人的手感。

“啪！”

一声清脆的响声，从中年人的脸上传出，却是那被摸的人士回过头来，一巴掌打了上去，力道之大，直接让斯文中年人脸上的眼镜飞了出去，高度近视的中年人摸索着又从包里拿出一副备用的眼镜，这才看清面前人的相貌。

“变态佬，乱摸什么啊？”

一个浓眉大眼，脸上还长着数个青春痘的年轻男人，正一脸怒容地看着中年人，挥舞着拳头似乎还想教训下中年人。

中年人自知理亏，只能怪自己瞎了眼男女不分，低着头钻出了人群，引得旁观的众人哈哈大笑。

这只不过是人群里的一个小插曲而已，在圈子中间，趁着这会儿包括雷蕾外公等玉器商人，正在查看着那块毛料的时候，庄睿正和宋军马胖子在紧急磋商着关于这块毛料如何出售的问题。

“我说，两位哥哥，这毛料都切开了，咱们打包卖出去不就完事了？”

这是庄睿的意见，刘川这几天已经打电话催他快点回去了，而且他还想着先去上海一趟，把那件汝窑瓷的笔洗交给德叔修复，实在是不想在平洲多耽误时间了。

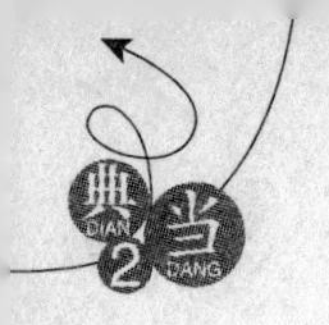

在庄睿想来，从两个切面显示出来的翡翠，已经足可以让这些玉器商人们心动了。

马胖子和宋军闻言却都摇了摇头，他们不同意庄睿的说法，这毛料虽然是切开了，不过还算是半赌的料子，因为分成两半的毛料里面，究竟能挖出多少翡翠来，现在谁也说不准，要是想将其利益最大化，那还要再赌一把。

“老弟，现在这样卖，估计价格也就是在八九千万，咱们既然已经赌了，不如把翡翠全部解出来，然后分成几份来拍卖，这样才划算啊。”

马胖子有些跃跃欲试，刚才的切石大涨，让他感受到一种在燕子身上驰骋的时候，都无法得到的满足感，现在却是想再体会一把。

“老马说得不错，现在翡翠原石毛料的价格大涨，咱们还是解成明料来卖比较划算，我刚才问过彭师傅了，从这两个切面来看，应该能解出上百公斤的翡翠来。”宋军也赞成再赌一把。

庄睿听到两人的话后，也明白过来了，这不继续解下去，这两块毛料还是属于赌石，有风险自然价格就会低上一些，他刚才是有点想当然了，自己知道这毛料里面的翡翠数量，可是不代表这些想购买毛料的玉器商人们也知道啊。

“行，那咱们就解开了卖。”

庄睿和钱又没仇，能多赚一点自然是好的。

“宋老板，左边这半块毛料，我们韩氏珠宝要了，四千八百万，您看怎么样？”

就在庄睿几人商定之后，查看毛料的玉器商人们纷纷围了过来，韩老板离着老远就喊了起来，生怕叫晚了毛料被别人抢去了似的。

“韩老板，这么大一块毛料，你吃得下吗？想吃独食可不行……”

“就是，四千八百万就想吃下来，也忒便宜点了吧，宋老板，我出五千万……”

韩老板的话引起了公愤，指责声四起，不过喊出的这两个价格，倒是有些出乎庄睿等人的意料之外，半块毛料就叫出了五千万，比他们预期的要高出不少，而且看这架势，这价格还能被再抬高一些。

“怎么着，咱们还解不解？”

趁着众人还没到身旁，宋军小声地向庄睿和马胖子问道，看这样子，即使不再解了，两块毛料应该也能卖出上亿的价格来。

“解！”

这会儿坚持解石的人倒变成庄睿了，他心里可是清楚这毛料中翡翠的含量，仅仅是半块里面就掏出上百公斤的冰种飘花的料子来，其价值应该远不止五千万的。

“好，那咱们就解开了卖。”

宋军点了点头，拿定了主意，迎着围上来的玉器商人们走了过去。

“诸位老板，这两块毛料个头太大了点，恐怕被哪一位买下来，其余的朋友都不会甘心吧？我看各位还是稍等一会儿，我们把这毛料中的翡翠给掏出来，到时候分成几份，让

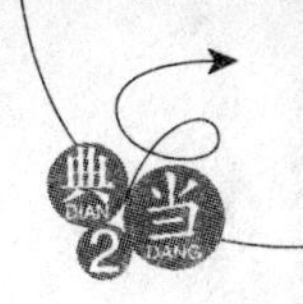

诸位都不落空,你们看这样可好?”

宋军的话把还在争吵着的二十来个玉器商人的注意力吸引了过去,不过他们对于宋军的意见却是有人点头赞同,有人摇头否定。

摇头的原因很简单,从这块毛料的切面来看,里面的翡翠料子肯定不会少,要是当成半赌毛料来买的话,价钱上自然会便宜不少,可是解成明料之后,那就要按照市场价格来了,以现在毛料的涨势,宋军肯定会狠宰他们一刀的。

点头赞同的人也是有想法的,他们之中的人,公司的规模相对较小,一次性拿出数千万或者上亿的资金来争夺这半块毛料,有些力有不逮,不过现在翡翠料子货源紧张,他们又想从中分一杯羹,只能指望这块毛料解开分成数份之后,去争夺其中的一份了。

毛料的老板是宋军,不管这些人有什么想法,最后也只能各怀心思地看着彭师傅还有另外一个人,开始分解起毛料来。

马胖子本来想上去帮忙的,被庄睿给拉住了,刚才的切石是迫不得已而为之的,而现在沿着出绿边缘解石,是一件很精细的活,很考究解石师傅的眼力和稳定性的。

像马胖子那样大刀阔斧地再去整上几刀,不知道要损耗多少翡翠料子,可就是帮倒忙了。

这两半毛料实在是有些太大了,彭师傅和马胖子带来的赌石顾问两人合力解一块毛料,速度都很慢,看这样子,解到天黑,估计都很难将半块毛料给解出来。

这玩意天黑了寄存都是个问题啊,庄睿不禁有些着急,一眼看到和雷蕾外公等人站在一起的杨浩,上前说道:“杨兄,帮下手如何?”

“庄兄弟,这块毛料你也有份?”

见到庄睿如此上心,杨浩心中也明白了几分。

“呵呵,宋哥他们拉着我一起玩的,我占点小头。”庄睿笑了笑没有多说。

“庄睿,这块毛料是你的?”

站得不远处的雷蕾耳朵尖,听到两人的对话之后,马上跑了过来,把准备亲自上前去解石的庄睿给拉了回来。

“不是我自己的,我和宋哥马哥三个人合伙拍的,怎么了?”

对待雷蕾,庄睿自然是要说实话了。

“哦,那你先去解石吧。”

雷蕾倒没有多说什么,让庄睿松了一口气,要是提出啥条件来,庄睿还真有些为难,毕竟这块毛料不是他一个人的。

庄睿清楚毛料内的翡翠走向,下手极快,也不怎么惹人注意,最多不过以为他是个手熟的解石师傅而已,杨浩出身赌石世家,对于解石也很熟练,解石的速度顿时加快许多。

即使如此,这半块毛料也整整解了四五个小时,天色已经完全黑了下来,宋军和组委会的人商议之后,决定连夜将这块毛料解开,在四周拉上了几个强光灯,将这片空地照得

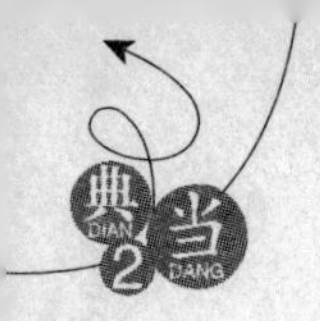

是亮如白昼。

庄睿和杨浩所解的这半块毛料，已然是将整块翡翠都取了出来，一块足有两三百斤重的巨大椭圆形的翡翠明料呈现在众人眼前，在强光之下闪烁着流光溢彩。

“先吃点东西吧，今儿辛苦你们两个了……”

趁着那些玉器商人们去查看毛料，宋军招呼庄睿和杨浩到边上，在一块石头上面铺了张报纸，上面放着几份快餐，还有几瓶啤酒。

“伟哥，你们吃了没有？”

看到忙着往石头上摆放饭菜的老大，庄睿有些不好意思，为了自己的事情，伟哥和毕云涛也在这里陪了他一天了。

“行了，你就快吃吧，这外卖都是我出去叫的。”

伟哥翻了个白眼，他刚才正四处转悠的时候，被宋军给拉了壮丁。

“嗝……爽啊，杨兄弟，你多喝点……”

庄睿中午喝的是白酒，嘴正干得难受，一瓶冰啤下肚，顿时浑身舒坦，看到杨浩也是一瓶干光，连忙又启开一瓶递了过去，今天要不是杨浩帮手，恐怕到半夜这毛料都解不好。

吃饱喝足之后，庄睿重新来到那块翡翠旁边，心中也是颇感自豪，这么一大块翡翠居然是从自己手里诞生的，这让庄睿心里都有些舍不得将它卖掉了。

在这块飘花翡翠明料上，不规则地散布着成丝状与点状绿色和蓝色，在强光白炽灯的照射下，犹如头顶上的夜空一般，明亮而又深邃，使人不自禁地就会迷醉进去。

“种水不错，几乎都能达到高冰种了，只要掏镯子料的时候注意点飘花的分布情况，能出不少精品。”

“老韩说得对，不过这料子肯定也不会便宜的。”

“是啊，韩老板你财大气粗，我们几个可是比不了，到时候你们吃肉，可是要留点汤给咱们几个呀。”

听着身旁几个人的议论，庄睿向还在看着彭师傅切石的宋军走了过去。

“宋哥，这么晚了，咱们这两块翡翠怎么放置啊？”

彭师傅他们这块毛料马上也就全部解开了，两块翡翠品质相差不多，也就是边缘处的大概有那么十几公斤的料子差一点，对整体而言，影响不大。

宋军指着不远处停着的一辆银行押款车，对庄睿说道：“今儿怕是拍卖不成了，我找了家银行，晚上拉回到银行金库去保管，刚才我和大会组委会商量了一下，明天借用他们的仪器，把这些毛料切割开来，到时候会给我们安排一个小型的拍卖会。”

庄睿听完之后点了点头，这也是最好的办法了，虽然现在还有十多个玉器老板没有离开，不过经过大会的宣传之后，招揽来的人只会更多，这样组委会既能提高影响力，他们也得到了实惠，大家都有好处。

又过了半个多小时，彭师傅他们才算是将毛料中的翡翠全部都解出来了，经过一下

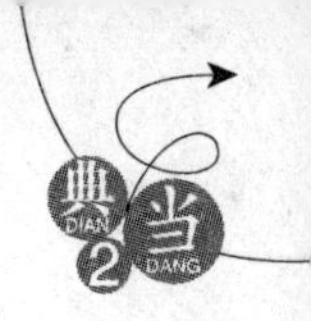

午的解石，两人也是都累得苦不堪言，由马胖子带队，毕云涛当导游，几个人开车去广州桑拿去了。

留下宋军和庄睿，很小心地将翡翠搬上了押款车，跟随银行的人将两块硕大的翡翠送到了银行。

到了银行之后，出面接待的人，居然是这个银行的一把手，而且对宋军的态度是恭维有加，几人皆在行长室里喝着茶。

要不是这银行行长表现出了对宋军近乎巴结的样子，庄睿都几乎忘记了宋军的身份了，这年头，有些事情未必就是有钱能办得了的，要是换作马胖子来，估计这行长都不带搭理他的。

没多大会，下面的人就将手续办理好了，谢绝了那位行长要做东出去潇洒一下的邀请，庄睿经过这一天的折腾，也是精疲力竭了。

回到酒店之后，庄睿连一天未见的白狮都顾不上安抚了，冲洗了一下就上床沉沉睡去，对于他而言，明天的拍卖，将会是更加刺激神经的事情。

第二天一早，庄睿就被宋军叫了起来，两人去到银行，把两块翡翠料子提了出来，依然是银行的车送到会场的，不过不是在会场解石处了，而是安放在开标的那个地方。

现在这里没有什么人，除了几个保安之外，就是庄睿宋军还有马胖子和彭师傅等人了，虽然有些玉器商人一早就来了，但是并没有被允许进入到这里。

原先的几十排椅子被拿掉了一大半，空出来的地上，摆放了一个激光切割仪器，对于翡翠明料而言，是不能用普通的切石机来分解的，那样会使其损耗过大，用激光来切割的话，不仅速度极快，而且基本上不会造成翡翠的损耗。

“老板，这两块明料，可以分割成二十块左右，其中靠着边上的这些，都是油清种的，质地较差，大概有两块，其余的都是冰种的飘花绿，你看这样成吗？”

彭师傅他们是先到这里等着的，翡翠一运来，就忙活上了，在两块料子上画线丈量，过了大概有二十多分钟，才过来向宋军请示。

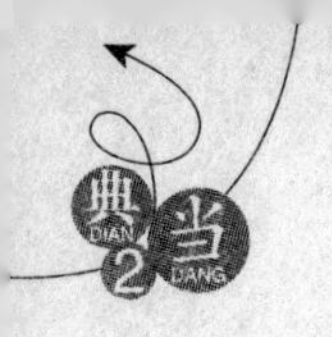

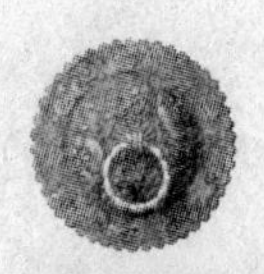

第五十九章 震撼全场

“行,你和小于看着切吧,每块的分量最好都差不多。”

宋军对此没有什么意见,让彭师傅去分割了,现在外面可是还等着上百个玉器商人呢。

组委会的这套激光切割仪器是由当地的玉石协会提供的,专门用来分解贵重玉石的,价格非常昂贵,估计要在两百万美元左右,如果不是要借助这块明料加大影响力,恐怕也不会这么轻易地就借出来。

彭师傅本来就有一手玉器雕刻的活,对翡翠料子琢磨得很透,在他的操作下,一块块晶莹剔透的翡翠被分解开来,并且切边都成弧形,这样也可以使那些玉器商人们买走之后,可以最大限量地掏出镯子,并减少翡翠料子的损耗。

九点半左右,两块硕大的翡翠明料,被分成了二十份,每一块都在三十至四十斤,庄睿等人又忙着将其过磅,称过重量之后,在上面贴上了标签,注明了编号、质地、花色以及重量,等等。

组委会算是对这次拍卖上了心了,提供了场地和仪器不说,又拿来二十个大盘子,上面铺了红绸,将这二十块翡翠摆在上面,呈一字排放在了主席台最前面的桌子上,供那些玉器商人们选择。

不仅如此,在会场里还摆放了几台摄像机,庄睿看了一下,其中居然还有广州电视台的,那漂亮女主持人正拉着马胖子做采访呢,吓得庄睿连忙躲到角落里去坐着了,伟哥和毕云涛倒是跃跃欲试,站在马胖子旁边准备混个镜头。

到了上午十点的时候,会场门口的保安放那些等候已久的玉器商人们进来了,不过这场面要比昨天开标小多了,有资格参与进来的玉器商人们,只有一百多人,算上他们所带的人,也只有两百多人。

开始的半小时,是让这些玉器老板们近距离地去鉴定摆在桌子上的翡翠,从一到二十,上面都有编号,排在最后面的两块,是那两个油清种的料子,上面也都标注了,这些老板们看得很仔细,拿着笔记本在记录着什么,想必应该都是在衡量这些翡翠料子的价

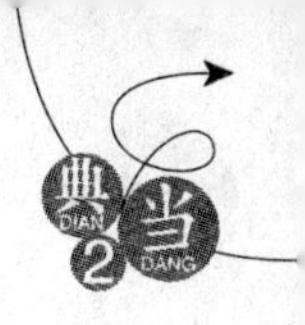

值吧。

除了那两块种水差一点的料子外，其余的都是冰种的飘花绿，每块料子的重量几乎是相同的，有些上面是飘花蓝，这两种花色制成的饰品价格相差不多，都有着自己的消费群体。

按照宋军和庄睿等人刚才的估算，这一块明料，有经验的雕工师傅，最少能掏出十多对镯子，价值在八百万左右了，这还不算剩下的料子制作的饰品，粗略地算一下，这二十块翡翠，应该能拍出一个天价来。

看着那些眼睛里散发着狂热神色的玉器老板们，庄睿拉住宋军小声地问道："宋哥，这翡翠镯子值钱我知道，不过咱们这些料子，足足能做出来几百个手镯，这价格还能卖上去吗？"

"这算什么，老弟，你也太小看咱们国内的消费水平了，别说这些人是分散在国内的各个城市里，咱们就拿彭城来说，五六十万一个的翡翠镯子，百十个都能消化出去，你信不信，这年头，隐形富豪多了去了。"

宋军听到庄睿的问题，很是有些不以为然，接着又说道："这些料子算不上是最好的翡翠，那些玻璃种制成的首饰，就算色彩淡一些，都能卖到上百万，如果是顶级红翡或者紫眼睛之类的料子，那恐怕都能卖到上千万一只，老哥那圈子里面，就有人喜欢玩这个。"

宋军的话让庄睿心中动了一下，等自己闲下来，倒是可以把那块红翡料子给解开，到时候做成几对镯子，让宋军先去试试水。

等面前的这些飘花翡翠都卖掉之后，想必以庄睿的身家，也不需要再出卖那块红翡料子来赚钱了，留下来雕出来自己把玩也是不错的。

"庄睿，你的电话，萱冰找你。"

正在庄睿和宋军闲聊的时候，雷蕾也走进了会场，一眼看到庄睿，连忙举起手里的电话，向他示意着。

"萱冰怎么不直接打到我手机上啊……"

庄睿看了看自己的手机，有电啊，嘴里嘟囔着，有些奇怪地从雷蕾手里接过了电话。

"喂，萱冰，怎么把电话打到雷蕾的手机上啦？"

庄睿说着电话，脑中浮现出秦萱冰那张美得让人不忍亵渎的脸庞，虽然已经和秦萱冰很熟了，也隐约确定了两人之间的关系，但是庄睿在面对她的时候，总是不自觉地就变得正经了起来，很少和秦萱冰开玩笑。

"为什么不能给雷蕾打电话啊？我可是通过雷蕾才认识你的，对了庄睿，我听雷蕾说，你中标的一块毛料，切出了冰种的飘花翡翠是吗？"

虽然秦萱冰电话中的声音如同往常一样，不过庄睿还是从中听出一丝撒娇的味道来，不由心情大好，说道："是我和宋哥还有马哥三个人一起投标的，料子还算不错，等会儿就要拍卖了……"

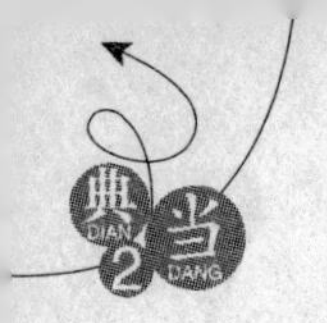

庄睿心中已经隐约猜出了秦萱冰打来电话的意思，不过这块翡翠料子，不完全是他自己的，他也不好出言大包大揽，毕竟这二十块翡翠，都是价值千金，庄睿虽然送得起，却不想在感情里面掺杂进去金钱这个因素。

秦萱冰听到庄睿的话后，停顿了一下，好像在组织着语言，过了一会儿才开口说道："是这样的，庄睿，我们家这次没有参加平洲的赌石大会，昨天我才听雷蕾说起这件事情，我想请你帮个忙，留下两块料子先不要进行拍卖。

我爹地早上已经从香港赶去平洲了，估计再有一个多小时就能到了，到时候会用不低于你们今天拍卖的价格，将那两块料子买下来，你看这样行吗？"

秦萱冰说完这番话后，心中也有些忐忑，她知道自己的要求会让庄睿感到为难，不过这也是没办法的事情，她远在英国，都知道了此次翡翠原石价格大涨的事情，家族本身就缺少中高档的翡翠料子，错过这次机会，下次还不知道翡翠明料的价格会涨到什么程度呢。

"喂，庄睿，说话啊，要是为难就算了……"

秦萱冰等了大约有两分钟，都没听到庄睿的回话，以为庄睿不肯答应，心里不禁有些失望。

其实她却是误会庄睿了，这会儿庄睿压根就没考虑什么翡翠料子的事情，而是在想着秦萱冰那句她父亲要赶来的话，自古都是丈母娘看女婿，越看越喜欢，可是岳丈老头看女婿，那就难说了。

"萱冰，你父亲人怎么样啊？他知道咱们的关系吗？"庄睿没有注意秦萱冰刚才的话，而是把心里的想法问了出来。

"庄睿，你在想什么啊？我爹地根本就不知道咱们之间的事情，我在说翡翠啊。"

远在大洋之外的秦萱冰知道庄睿想歪了，不由气得跺起脚来。

"咱们之间有什么事情啊？"难得有机会逗一下秦萱冰，庄睿在电话里坏笑了起来。

"你……你赖皮……"

秦萱冰的话，让庄睿差点跌了个跟头，他没想到秦萱冰居然会说出赖皮两个字。

庄睿知道秦萱冰脸皮薄，怕再说下去会真的生气，连忙出言说道："好了，翡翠的事情我答应你了，等你父亲来到之后，打我的电话吧。"

雷蕾就在旁边站着，有什么温存的话也不好说，庄睿和秦萱冰又聊了几句，问了一下她的归期，就把手机挂掉了，递还给了雷蕾。

看到雷蕾脸上挂着的笑意，庄睿没好气地说道："笑，有什么好笑的啊，你和大川偷偷摸摸地都要结婚了，还笑我们？"

"对了，这些料子，你们不拍一块？要不要我也给你们预留一块？"

答应了秦萱冰留下两块翡翠料子的事情，庄睿也不在乎再多留下一块了，反正他们也是出钱买，想必宋军和马胖子会给自己这个面子的。

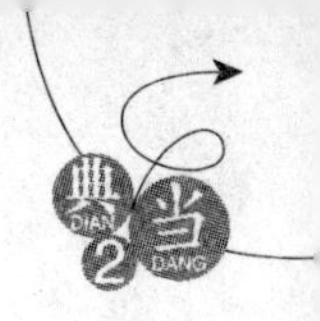

“不用了，昨天我外公筹集了一部分资金，应该可以拍下两块来，这次你可是要大赚一笔啊。”

雷蕾的回答有些出乎庄睿的意料之外，原本以为她也是想让自己照顾一下呢，却没想到是这个回答。

既然雷蕾家族要参与竞拍，庄睿就转身去找宋军了，把这事情一说，宋军也认识秦萱冰，想了一下之后，就点头应允了下来，正如庄睿所想的那样，反正又不是白送的，落个人情，没什么不好的。

马胖子也没有什么意见，在听说秦萱冰和庄睿的关系后，还很大方地表示可以按照拍卖其他料子的最低价，卖给秦萱冰的父亲，听得庄睿直摆手，他现在又没和秦萱冰发生什么实质性的关系，这种行为不免会让别人猜疑的。

看到在鉴定那些毛料的玉器商人们，陆续都回到座位上，宋军知道拍卖马上就要开始，连忙找到负责此次拍卖的人，告诉他那十八块冰种翡翠料子，要留下两块来，东西是宋军的，负责人虽然有些异议，但还是答应了下来。

组委会在最前面那排翡翠的后面，搭建了一个小小的台子，而此次拍卖会的拍卖师，此刻已经站到了台子上面。

主持此次拍卖的人，还是昨天那位开标的主持人，嗓子依然还有些嘶哑，不过可能是有电视台来转播的缘故，精神头倒是十足，这会儿正站在台子上给众人介绍着此次的拍品，手里不知道从哪里找来了个拍卖专用锤，搭配着他那一身黑色燕尾服，倒也有几分拍卖师的模样。

“各位先生，各位女士，各位来宾，欢迎参加此次由宋先生提供拍品，由我本人担当拍卖师的本届标王翡翠明料拍卖会。

“此次参加拍卖的拍品一共有十八块翡翠明料，其中十六块是冰种飘花料子，两块是油清种飘花翡翠，相信刚才朋友们都亲自鉴定过了，十六块冰种明料，每块起拍价为五百万元，每次最低加价为十万……”

“请等一下，抱歉打断了你的话，我想问一下，明明是十八块冰种拍品，怎么变成了十六块啊?”

台下一个声音打断了主持人的话，要知道，少了两块明料参与竞拍，那可就是剥夺了他们两次的机会，这个问题是台下所有玉器商人们都很关心的。

主持人笑了笑，指着坐在后面几排的宋军，说道：“我可是没有权利处置这些珍贵的翡翠，是宋先生临时决定留下第十七和十八号两块拍品，具体的原因，请这位先生去和宋先生沟通一下吧。

“好了，如果朋友们没有别的疑问的话，拍卖正式开始，现在开拍一号拍品，冰种飘花翡翠明料，重四十一点三五公斤，起拍价五百万元，请有意向的朋友们出价。”

听到是宋军扣下了两块毛料，这些人也都是无可奈何，这些翡翠是宋军的，卖与不卖

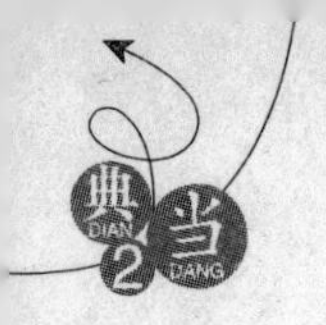

都是别人自己的事情,谁都是无话可说,而且主持人接下来的话,让众人的注意力,都放到了已经开拍了的第一块毛料上了。

只是在主持人喊出了起拍价之后,不知道众人打的是什么主意,一时间没有人出言报价,居然形成了小小的冷场。

"一号拍品,冰种飘花翡翠明料,起拍价只要五百万,有人出价没有?"

主持人到底是半路出家的,看到下面没反应,不禁有点儿着急了,连忙又喊了一遍,可是下面依然无人应声。

其实下面的这些玉器老板们,也都在观望,虽然说现在翡翠原石毛料的价格大涨,不过国内的翡翠饰品的价格,还没有开始上涨,所以这些冰种的飘花明料,到底能卖到一个什么样的价位,他们心里也没有底,所以才造成了现在这冷场的局面。

"我出一千万……"

就在那位主持人准备再吆喝两嗓子的时候,一个声音打破沉寂,引得众人纷纷循声望去,喊价的却是一个年轻人,年轻得有些过分,不过十八九岁的模样,右手举得高高的,生怕台上的主持人看不到他似的。

"这人是谁?"

"这么年轻,有资格参与拍卖吗?"

"一千万,这价格可是有点儿虚高啊……"

"就是啊,小毛孩子乱喊价,会不会是这料子老板找来的托啊?"

看到喊价的这年轻人比较陌生,场内的众人纷纷议论了起来,很明显,这人不是圈子里的,甚至已经有人在猜测他的来历了。

"一千万,这位先生出价一千万元了……还有没有朋友出价,要知道,此次拍卖一共只有十六件冰种翡翠的拍品,过了这村可就没这店了,一千万……有没有高过一千万的?"

见到有人出价,台上的主持人也兴奋了起来,挥舞着右手,不住地鼓动着台下的这些老板们,只是效果似乎并不是很好。

这些常年和翡翠打交道的老板,个个都是人精,五百万元的起拍价,第一口就被喊到了一千万元,这难免让他们的心里有些难以接受,按照他们的想法,这块毛料的真正价格,应该在八百万元左右,所以,主持人喊了足足有五分钟的时间,都没有人再行加价。

"一千万第一次……还有没有朋友出价?一千万第二次,最后一次机会了,一千万第三次,恭喜这位先生,一号翡翠毛料,归您了,啪!"

看到始终都没人出价,台上的主持人很是有些不情愿地把手中的锤子敲了下去,按他的想法,这价格最好拉锯来个好几次,这才能方显他主持的功底。

"请这位先生来办理一下手续。"

这次临时举办的翡翠现场拍卖,远没有那些拍卖行来的正规,也没有给下面那些有

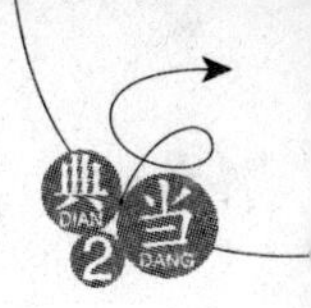

实力竞拍的人准备编号，所以这边锤落声响之后，主持人马上就让那年轻人去办理手续，因为他也不认识这人，如果是来捣乱的，拍了不买，那这次拍卖行就成了笑话了。

“小家伙，这价可不能乱喊呢，你有这么多钱嘛？”

“就是，拍下来没钱买，可是要追究你责任的啊。”

“谁带进来的小孩，没规矩……”

听到主持人的话后，场内鼓噪了起来，众多老板的矛头纷纷指向了那站起身来的年轻人。

不管怎么样，这第一块毛料，已经被拍出去了的事实，是无法改变的了，而那些准备再观望一下的老板们，心里多少都有些后悔，正向那主持人所言的，十六份拍品，拍出一个少一个，别人买走一份，自己就少了一分机会。

“哎，等下再拍第二块毛料啊，我还要买的。”

小青年走到一旁去办理过户手续的时候，还不忘冲着台上嚷嚷了一句，其嚣张的模样恨的台下众人牙齿直发痒，却是没有一个人知道他的来历。

“这小子搞什么名堂？”

在场的众人里，可能除了雷蕾家里的人之外，也就只有庄睿知道这年轻人的来历了，不过他有些不解，为何卫子江直接就将价格抬高到了一千万元，并且还没有与雷蕾等人坐在一起，要说不是出于家族的授意，庄睿是绝对不相信的。

宋军对卫子江也有些印象，用胳膊肘碰了碰庄睿，问道：“庄睿，那年轻人不是和雷丫头一起的吗？”

“是雷蕾的表弟，我也不知道这是怎么一回事。”

庄睿苦笑着回道，按照他们先前的预计，前面几块毛料的价格估计在七百至九百万，没想到第一块就拍出了一千万的价格来，要是按照这个势头，单是这十六份冰种毛料，就很有可能卖出两亿以上的天价来。

庄睿向四周看了一下，没有发现雷蕾，摸出手机就拨打了出去。

“别问我，我也不知道原因，我外公就是这样交代的。”电话接通之后，没等庄睿询问，雷蕾的声音就传了过来。

“下面的第二件拍品，冰种飘花翡翠原料一块，重四十点八斤，起拍价为五百万元，请有意思的朋友们出价。”

就在庄睿等人有些摸不清头脑的时候，卫子江已经办理完了手续坐回到椅子上，而第二轮拍卖也开始进行了。

“我出五百五十万……”

“六百万……”

“一千两百万！”

又是那个让人痛恨的声音响起，而且又喊出了一个让众人目瞪口呆的价格来。

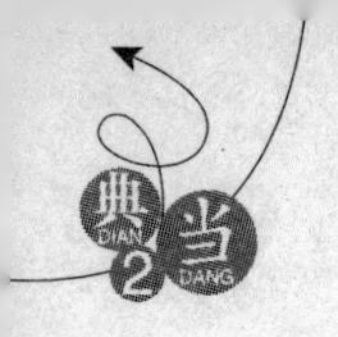

第六十章 一石激起千层浪

“一千两百万……”

这又是一个让众人鸦雀无声的报价，看着那小子高高举着右手的样子，除了庄睿等人之外，在场的所有人，都恨不得上去好好地教训他一番。

“一千两百万，这位先生又叫价了，一千两百万，还有没有人出更高的价格，一千两百万一次……”

别说这些在场的玉器老板们了，就连台上的主持人，对卫子江都没有什么好感，你要喊价那没错，可是你一点点地喊啊，一下子就比别人高出了一倍，这让主持人想展现一下自己拍卖的技巧和风采的机会都给剥夺掉了。

“一千两百万第二次……一千两百万第三次，恭喜您，这位先生，第二块翡翠明料，又将属于您了，啪！”

看到下面众人都没有再抬价的意思了，主持人快刀斩乱麻地结束了这次竞拍，只是敲下去锤子的时候，心中稍稍有些不爽。

庄睿还是头一次发现，原来这些世家子们装起来，也有那么一点儿可爱，当然，此时昂首挺胸地去办理手续的卫子江，看在别人的眼里，那剩下的全部都是可恨。

有些人看着台上仅剩的十四块冰种的料子，心里似乎有点儿明白什么了，上百人争夺这十多块翡翠料子，如果一点点地把价喊上去，低于一千万未必也就能将其拿下，这年轻人一口喊出了两个稍微高出了众人心理承受力的价格，却是很安稳地拍到两块翡翠料子，也不见得就是吃亏了，因为台上剩下的翡翠料子越少，竞争也就愈加激烈起来。

“下面要拍的是今天的第三块冰种飘花翡翠明料，三号拍品总重为四十一点零二斤，起拍价为五百万元，请朋友们出价……”

见到卫子江办理好手续，并坐回到椅子上之后，台上的客串拍卖师才开始喊第三块翡翠料子。

“八百万……”

“八百三十万……”

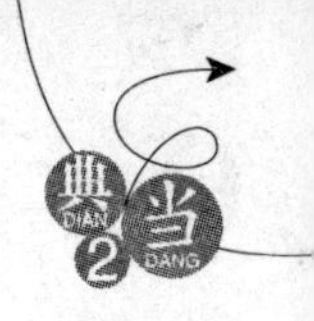

“八百八十万……”

“我出九百万……”

这次下面的喊价与前面两次不同了，没有了开始的试探，第一位报价的人就喊出了八百万，超出底价三百万，而且后面的人也是紧跟不舍，很快就将价格抬到了九百万元以上。

只是在喊到九百万的时候，所有人都停顿了一下，将目光放在了卫子江的身上，那小子不知道是有意还是无意，双臂展开，在椅子上狠狠地伸了一个懒腰，让众人的心“咯噔”一下提了起来，不过还好，他并没有出声报价。

“操！”

所有人心里都对这小子伸出了一个中指，恨不得将其暴打一顿，而那位喊出了九百万价格的老板，心里也安定了一些，没有这个搅屎棍捣乱，九百万应该可以拿下一块翡翠料子了吧？

“九百二十万……”

可惜的是，事态并没有向那位老板心中所想的方向发展，时间还没过去三十秒钟，一个新的报价产生了。

“九百二十万，这位朋友喊出了九百二十万的价格……”

台上的主持人这会儿才感觉出一点主持竞拍的味道来，马上通过麦克风，将最新的报价喊了出来。

场内沉寂了一下，不过这更像暴风雨来之前的寂静，果然，在主持人话音刚落，韩氏珠宝的韩老板，终于也开价了：“我出一千万！”

也许这个价格在两轮之前，可以震慑得住在场的众人，不过有了前面一千两百万成交的事例，韩老板这个价格并没有维持多久，甚至都没用台上主持人重复一次，就被打破了。

“一千零二十万……”

“一千零三十万……”

“我出一千零五十万……”

“好，这位先生出到一千零五十万了，还有没有朋友出价。”主持人被节节上升的报价，刺激得兴奋了起来，这才是他想要的嘛。

“一千零七十万……”

“我出一千一百万……”

似乎诸位珠宝公司的老板们，已经意识到想便宜拿下其中的一块毛料，几乎是不可能的事情了，价格逐渐地被喊高了起来。

直到有人喊出一千一百万的时候，他们才发现，这个价格已经高出第一块翡翠拍出的一千万元了，而那个一连拍到两块翡翠的年轻人，却是再也没有出言报价。

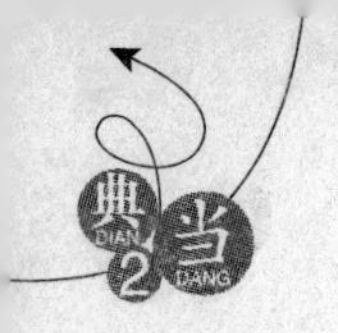

“这哪里是个毛都没长齐的小家伙啊，简直就是只老狐狸。”

所有人都明白了这年轻人喊价的策略，那就是一开始就用高出人们心理承受力的价格，拍下毛料，虽然看似价格很高，但是却规避了与众人竞价的风险，而且现在叫出的价格，也不比他的拍价低了。

“庄老弟，你那朋友家里，有高人啊……”

从卫子江喊出一千万的时候，马胖子就猜出了他的用意，连他也不得不佩服想出这个点子的人，两次喊价，都是底价或者别人出价的一倍，这不仅要对翡翠实际价值有个准确的衡量，也要对众人的心理活动作出判断，非是一般人能为之的。

“姜果然还是老的辣啊！”

庄睿闻言，不禁向坐在卫子江后面一排的雷蕾等人看去，那位卫老爷子似乎感受到了庄睿的目光，回过头来向他笑了一笑。

其实卫老爷子也是心有苦衷的，卫氏珠宝在香港并没有多大的名气，只能算是众多从事珠宝行当里的一员罢了，和秦萱冰的家族是没法相比的，而且就在前几个月，他们在缅甸的赌石也以失败告终，不仅公司面临着原料匮乏的窘境，就连资金的周转，也不是那么灵活了。

所以卫老爷子才以七十多的高龄亲自出马，参加此次的赌石大会，不过昨天拍下来的几块毛料也不是那么尽如人意，要不是雷蕾的那块毛料赌涨，这次又算是铩羽而归的。

而当庄睿的标王毛料赌涨之后，卫老爷子当机立断，连夜从香港的地下钱庄拆借了三千万，用于今天的翡翠竞拍，还好，卫子江表演得不错，用低于老爷子的心理价位，拍得了两块料子，这足以让卫氏珠宝在很长一段时间里，不用再为了中高档的翡翠成品发愁了。

有的朋友看到这里会说了，去借高利贷参加拍卖，要是还不上怎么办啊？其实香港的地下钱庄并没有那些古惑仔之类的电影里说得那么夸张的，大多都是用于一些生意人的短期资金周转，利息虽然高一些，不过也是借贷双方愿打愿挨的。

话说卫老爷子回到香港之后，完全有时间，可以先用这其中的一块翡翠或者自己的产业作为抵押，从正规银行里贷出一笔款子，还掉地下钱庄的借贷的。

“一千一百八十万，这位先生报价一千一百八十万，还有没有朋友开价的？”

且不说庄睿等人各怀心思，这拍卖依然在进行着，价格已经被抬到了一千一百八十万，比之卫子江第二次的拍价也不过只少了二十万而已，看这势头，应该还有人出价的。

“一千两百五十万！”

果然，就在主持人话音未落之际，韩老板站起身来，喊出了目前场内最高的一个价格。

“一千两百五十万……这位先生叫出了一千两百五十万的价格，还有没有朋友加价的？一千两百五十万一次……一千两百五十万两次，一千两百五十万三次，成交，恭喜这位先生，请移步办理下手续……”

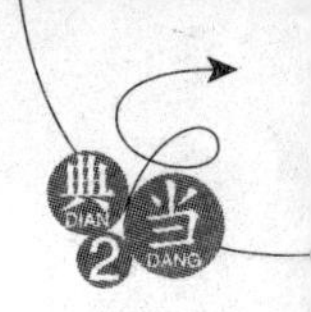

最终,第三块翡翠料子被韩老板以一千两百五十万的价格拍了下来,只是他心里却有点苦涩,这个价位实际上已经超出了他的心理价位了。

不过这也是没有办法的事情,国内的翡翠原料市场涨价,已经是板上钉钉的事情了,随之而来的,必定是中高档翡翠饰品的大幅度涨价,如果不趁着现在囤积一些翡翠原料,再等上一段时间,谁知道价格会被抬高到什么地步,虽然现在明知道有些吃亏,不过谁也说不准,这价格日后就是占了便宜了呢。

"乖乖,老幺,你们这三块料子就拍出了,我算算,一千加一千二,再加一千二百五,就是三千四百五十万了,这本钱已经回来一多半啦……"

坐在庄睿身边的伟哥,粗略地算了一下,不禁吓了一大跳,虽然他们家生意做得不小,但是也对庄睿这吸金速度吃惊不已,如果下面的翡翠料子都能按照这价格卖出,即使庄睿只占有三分之一的份子,那也就要成为一个准亿万富翁了。

庄睿闻言之后,神思也有些恍惚了,他参加此次赌石大会,虽然就是为了钱而来的,不过对于自己就将成为传说中的亿万富翁,他还是没有心理准备的,想想几个月之前,十多万卖出蝈蝈葫芦时的欣喜,和现在的心情,似乎也相差不多嘛,难道说这钱多了,真的就只是一串数字了?

当然,庄睿也只能在心里想想,他要是敢说出去的话,指定会被伟哥和毕云涛暴打一顿,这两位啃老族,现在可是对庄睿的成就……呃,或者说是财富,羡慕不已啊。

"下面开始第五个拍品的拍卖……"就在庄睿愣神这一会儿,第四块翡翠居然已经拍完了。

"第四块拍了多少钱?"庄睿随口向身边的伟哥问道。

"一千三百八十万!"

伟哥的答案,让庄睿的下巴久久没有合上,卫子江的行为,绝对是一石激起千层浪。

"今天的第八件拍品,冰种飘花翡翠明料,重三十九点八八斤,起拍价为五百万元,每次最低加价十万,请朋友们出价……"

拍卖依然在进行着,从第三块冰种料子起,拍价都在一千三百万以上,刚才拍出了第七块翡翠,甚至达到了一千五百八十万,台下的这些玉器老板们的情绪,全都被调动起来了,庄睿等人自然是看在眼里,乐在心里。

"一千三百万……"

"一千三百八十万……"

"我出一千六百五十万……"

在场的玉器老板们,都知道想低价将这些翡翠收入囊中,几乎是不可能的了,于是一开始的叫价,就呈白热化了,不过最后响起的那个有些生涩的喊价,还是把众人吓了一跳,这才叫了三口价,居然就被提到了一千六百多万,引得场内诸人,纷纷循声望去。

"怎么是个老外?"

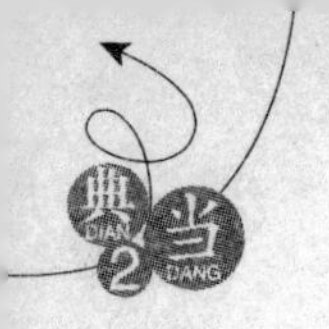

让众人有些吃惊的是，喊价的这位，居然是个高鼻子碧眼的白人老外，看外貌很难判断出他的年龄，穿着也很一般，下身的牛仔裤膝盖处磨烂了好几个洞。

此时这老外正一脸无辜地和众人对望着，对众人略带仇视的目光有些不解，他这会儿心里也纳闷呢，谁也没规定，老外不能喊价啊。

“难道我不能出价吗?”

老外终于抵挡不住来自四面八方的眼神，站起身来，大声对着台上的主持人问道，虽然中国话说得不怎么地道，不过众人还是听清楚了他话中的意思。

台上的那位临时客串拍卖师，也有些不知所措，此次的玉石投标交易会，那可是被冠以国际的名号，应该不禁止外国朋友们参与拍卖吧？

“这位先生，当然，你的出价是被允许的，请坐下吧……”

和身后的人交流了一下之后，主持人给出了答案，虽然让场内诸位老板有些不满，但也无可奈何，价高者得，一直都是拍卖场上颠扑不破的真理。

“别让洋鬼子把翡翠拍走了啊……”

“就是，都出价啊，这么多人抢不过个洋鬼子，说出去丢人呀……”

各种议论声在拍卖现场响了起来，不过都是雷声大雨点小，只说不练，等了足足有三分钟，可能是实在看不过去了，韩老板喊出了一个价格：“一千七百万……”

“一千七百五十万……”

那老外紧跟着又加了五十万上去，这下连韩老板也不作声了，他是来做生意的，又不是来和老外赌气的，话说他已经拍到了两块翡翠料子，对剩下的这几块料子，心里也不是那么渴求了。

其实场内有实力喊出高价的人，并不在少数，只是他们都犯了一个通病，存在着一种侥幸的心理，就是认为还剩有七八块毛料，或许自己就能便宜点买下来，却又忘了刚才被卫子江用最低的价格，接连拍走两块料子的教训。

“这人我好像在哪见过?”坐在庄睿旁边的宋军，皱起了眉头。

“对了，我想起来了，我在缅甸见过这个人，老韩他们应该也都认识啊。”宋军自言自语道。

“宋哥，这老外是个什么来历啊?”

只要出钱，翡翠被谁得到，庄睿并不是很关心，翡翠又不是中国的国宝，谁爱争谁争去，正好将价格抬起来，说不定赚的还是外汇呢，不过对于这个场内唯一的一个外国人，庄睿对他的来历倒是充满了好奇。

“呵呵，这老外是英国人，叫克里斯蒂，在缅甸可是大有名气啊，别看他穿的不怎么样，可正儿八经的是个亿万富翁……”

宋军对这人的来历，也像是从别处听来的，不过要是真的话，这个叫克里斯蒂的英国人，还真是一个传奇人物呢。

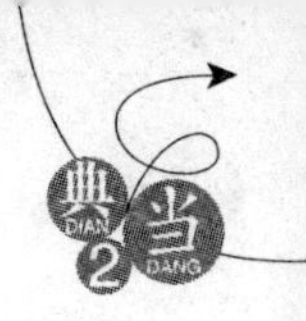

大家都知道，缅甸是赌石兴起的源头，正因如此，很多怀揣发家梦的人，都想尽各种办法，跑到缅甸去冒险，大多都是揣着几十万或者数百万，想着一夜暴富的人。

但是赌石本来就是利益与风险相伴的，一些自夸为行家里手的鉴宝者花几十万、上百万买的“玉石”十有八九都是一块通俗的石头，十赌九垮说的就是这些人，不过也有运气好的，解出来的石头卖出个天价，只是这样的概率，往往连1%都不到。

克里斯蒂原本只是一个英国的小珠宝商，到了缅甸之后，他也曾经赌过几次毛料，但是都赌垮了，后来他就改变了策略，只购买解出了翡翠的明料。

克里斯蒂在缅甸四处查找信息，只需晓得谁手中有切开过的纯净高档的翡翠料子，就会第一时间赶到与之会谈。

在缅甸的赌石人，和国内赌石人的心理有所不同，那里赌涨的人，只要是给现金就会急于出手，而克里斯蒂总能满足他们的要求。

由于买到的大多都是翡翠明料，自身价钱就很昂贵，获取的并不是成倍的利润，但是克里斯蒂一次又一次地转手后博得差价，几年下来，竟成为亿万富翁，这件事情在缅甸已经被传为佳话了。

这时场内也有人认出了克里斯蒂，一时间议论纷纷，不过却是没有人再报价了，主持人等了一会儿之后，落槌定价，第八块毛料被克里斯蒂用一千七百五十万拍走了。

只是，在随后的拍卖中，这些心存侥幸的玉器老板们，就品尝到了观望的苦果，后面八块冰种明料的拍卖，居然没有一块再低于克里斯蒂拍下的价格。

有朋友就说了，卖得贵我可以不买啊，只是现在不买，以后再要买的话，价格只会更高，平洲玉石投标交易会，几乎可以说是国内翡翠价格的风向标，今天所拍出的价格，其实也是给国内翡翠明料的价格，做了一个定位。

拍卖会的火爆，不但出乎了众多玉器老板们的意料之外，就是庄睿等人也是完全没有能预料得到的，从第三块翡翠明料开始，拍出的价格就一路走高。

从第十二块毛料开始，就突破了二千万的单价，到了最后两块冰种料子的时候，更是分别拍出了二千二百八十万和二千四百五十万的天价来。

“今天场内的最后一件拍品，油清种飘花翡翠，起拍价五十万……”

现在场上在拍卖的，是最后两块油清种的毛料，由于两块加起来不过十多公斤，并且质地也相差无几，就将其合并在一起拍卖了。

“五十五万……”

“六十万……”

“六十八万……”

可能是受到前面冰种料子价格的刺激，这块品质一般的油清种的料子，也被众人哄抢了起来，价格节节升高。

“老……老幺，不得了啊，这十六块冰种翡翠，你知道卖出了多少钱吗？”

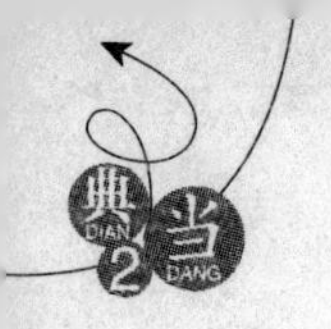

此时这场拍卖会，已经算是进入到了尾声，庄睿正在宋军小声聊着天的时候，伟哥拿着手机，正用上面的计算器算着拍出翡翠的总价，脸上一副不可思议的表情。

“多少钱？一亿多吧？”庄睿随口问道。

“不算现在拍的这个，已经有两亿零四百八十万啊，老幺，你这下可发了……”伟哥激动得像是这笔钱属于自己的一般，把手机上的数字凑到庄睿的眼前。

“靠，真有这么多啊？”

庄睿也被这个数字吓了一大跳，开始时他还计算了下，不过到后面就懒得算了，没有想到仅仅是十六块料子，就已经突破了两亿，如果再算上给秦萱冰留下来的那两块，岂不是……

庄睿没敢再想下去，在拍卖开始时，他也在心里意淫了一番，只是那会儿局势还不明朗，而现在拍卖就要结束了，那些钱可是实实在在的马上就将属于自己了，虽然，只能分得其中的三分之一。

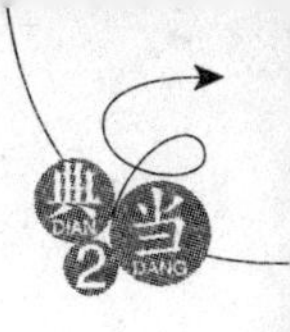

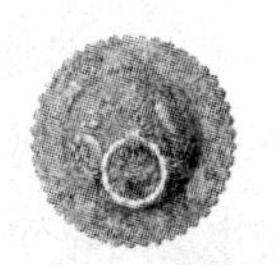

第六十一章 丈母娘看女婿

“啪!”

台上传出一声槌响。

“恭喜这位先生,最后一块拍品,油清种飘花翡翠,一百一十二万,属于您了,各位,今天的拍卖已经全部结束,十七件拍品无一流拍,谢谢朋友们的支持,谢谢大家……”

随着台上主持人的落幕词,此次拍卖会算是圆满结束了,当然,这圆满二字只能形容宋军等翡翠持有者,那些出手拍下翡翠的人,一个个脸色紧绷,没有一丝欢喜的神情。

拍到翡翠的人心有不甘,没有拍到的老板也不怎么甘心,可能除了庄睿等人之外,也就是雷蕾外公他们赚到了,别的不说,那两块翡翠他们要是愿意出手的话,马上就能赚个两千万左右,这就是眼力和经验的重要性了。

“庄睿,电话不要关机啊,一会儿还有人找你。”

雷蕾给庄睿比划了个打电话的手势之后,也随着众人退场了,现在留下来的,就是宋军庄睿几个当事人了,而马胖子正一边和组委会的人说着话,一边熟练地将手里厚厚的红包,分发给几位工作人员,庄睿看到,马胖子往那位嗓子几乎都喊冒烟了的主持人兜里,塞了双份的红包。

这红包是昨天晚上就准备好了的,每个里面是一万块钱,按照马胖子的说法,这叫利是,像是在澳门赌场里面拉下了老虎机的彩金,都是要给工作人员分发红包的。

偌大的拍卖会现场,就只剩下寥寥数人了,两个保安和一个银行的工作人员,再有就是庄睿和伟哥了,其余人都被宋军和马胖子拉走去开庆功会了。

此次拍卖会不仅让宋军等人赚得盆满钵溢,就连主办方也是名声四起,听说中央台新闻频道的人都找上门来了,在和组委会的人商量,这次新闻能不能上中央电视台,对于某些领导而言,这可是实实在在的政绩啊。

当然,最让基层工作人员高兴的,还是那实实在在的大红包,这些人虽然说平时的油水也不算少,但是出手就是上万块钱的手笔,实不多见,就连电视台的那位漂亮主持人都放下了矜持,围着宋军一口一个“宋老板”地叫着。

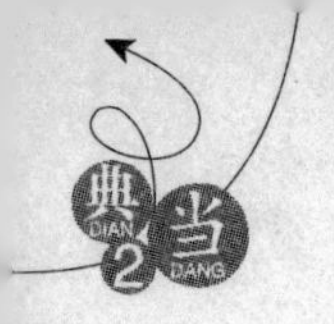

这会儿已经是中午十二点多了，庄睿也早就饿得前胸贴后背了，奈何秦萱冰老爸刚刚打来电话，说是再有半小时就能到了，庄睿只能老老实实地在这等着。

连带着负责转账的银行工作人员，还有门口的两个保安，都陪在了这里，不过马胖子临走的时候又每人塞了一份红包，这几人也算是心甘情愿，开什么玩笑，少吃一顿饭又不会死人，还能赚个万儿八千的，这账谁不会算啊。

“毕云涛这丫挺的真不地道，刚才走的时候口口声声地说是让酒店送外卖来，这都半个多小时了，影子毛都没见一个，老幺，把水递给我，肚子里没食啊……”

伟哥有气无力地躺坐在椅子上，这一上午他可是比庄睿还要兴奋，心算口算笔算再加上手机上的计算机，将上午拍出的十七件翡翠，来来回回地算了好几遍，中间还算错了几回。

不过伟哥听着自己“咕咕”直叫的肚子，已经后悔在这陪着庄睿了，谁叫自己好奇心那么强，非想要见见庄睿那传说中的女朋友的老爹呢。

“行了啊，看你将军肚马上都起来了，少吃一顿饿不死，对了，伟哥，这还有八九天，三哥就要结婚了，你是跟我先回彭城，然后咱们一起去，还是怎么着？”

老三已经回到陕西了，刚刚打了个电话回来，说是这个月二十号办酒席，老二刚请过假，是去不了的，剩下这几个现在都是闲人，已经决定要参加的。

“你先送我回上海，我到时候直接飞西安……”

老三家在渭南，距离西安不过一两个小时的路，伟哥知道从河南进入陕西的路不怎么好走，这次却是不肯再乘坐庄睿的汽车了。

庄睿点头答应了下来，他要先去上海把那件汝窑瓷碎片交给德叔，等这东西修复好之后，他准备自己个留着了，反正现在也不缺钱花，像这样几乎是有钱都买不到的物件，庄睿不会再像以前那样拿去卖钱了。

“庄先生，有两位客人找您……”

庄睿和伟哥正闲聊着，门口那个保安走了进来，后面还跟着两个人。

庄睿连忙站起身来，向来人打量了一下，走在前面的一个男人，五十多岁的样子，身高和自己差不多，长着一张国字脸，面色严肃，给人一种不怒而威的感觉，步伐稳健地向庄睿这个方向走来。

在他身后跟着一位女士，要不是眼角的鱼尾纹显示出了她的年龄，庄睿几乎以为就是秦萱冰从英国回来了呢，不用问，这肯定是秦萱冰的母亲，这简直就是从一个模子里刻出来的。

“不是不知道我们的关系吗？怎么连丈母娘都来了？”

庄睿满脸堆笑地迎了上去，心里微微有些不安，有心想给秦萱冰打个电话问一下，却是已经来不及了。

“庄先生是吧，你好，我是秦浩然，咱们刚才通过电话的，这是我的夫人，很不好意思，

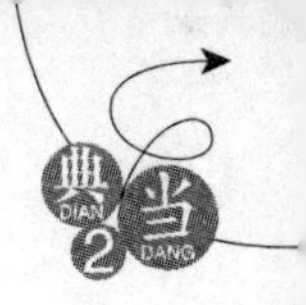

让你久等了。”

走到近前，庄睿还在思量着怎么称呼对方的时候，秦萱冰的父亲就伸出了手，作了自我介绍。

“不敢，我和萱冰是朋友，秦叔叔叫我小庄好了……”

庄睿连忙握住了秦浩然的手，看对方这模样，像是真不知道自己和他家闺女谈恋爱的事情。

“萱冰？庄生，你不是和小蕾是同学吗？”

秦浩然的眉头微不可查地皱了一下，看似很随意地问道。

“是，我和雷蕾是初中同学，有快十年没见了，今年正好遇到，也是那时候认识秦小姐的。”

庄睿在心中暗骂自己大嘴巴，当着对方父母的面，称呼其昵称，不是此地无银三百两嘛！

“哦，原来是这样，我听小蕾说了，庄生可真是年轻有为啊，在这次平洲举办的玉石交易会上，可是大放异彩啊……”

听到庄睿的话后，秦浩然也没有再在这个问题上纠缠，而是露出笑容，夸奖起庄睿来了。

“哪里，秦总才是珠宝行里的前辈，小子只不过是运气好罢了，两位请坐，我去把留下的两块翡翠取来。”

不知道是不是心理原因，在秦浩然露出笑容之后，庄睿心里也轻松了许多，不过叔叔那两个字却是再喊不出口了，别人都指明了你和雷蕾是同学，那就不能从秦萱冰身上论关系了。

两块翡翠每一块都有近二十公斤重，庄睿招呼了伟哥一声，去搬翡翠了，留下秦浩然夫妇坐在椅子那边等着。

“浩然，萱冰的朋友可是不多啊……”

见到庄睿离开，秦萱冰的母亲方怡小声地对自己的丈夫说道，秦浩然听得懂自己夫人的话，那意思是自己女儿的男性朋友不多，秦浩然也知道，岂止是不多，简直就是没有。

“看那小伙子喊女儿的名字，很顺口的样子，应该是经常叫吧？”

见到自己老公不回话，方怡接着说道，女人对这一方面，向来都是很敏感的。

秦浩然看着自家夫人，不以为然地说道：“咱们可是来买翡翠的……”

“买翡翠怎么了？萱冰交男朋友了，咱们还不能过问一下啊？”方怡对老公的态度很不满意，声音略略有些高。

“嘘，你小声一点，别被那小伙子听到了，要不是这么回事，那多尴尬啊。”

秦浩然对自己太太此刻的表现很是无奈，平时在公司里完全是个女强人的形象，现在一谈到女儿，和天下的母亲就没有什么两样了。

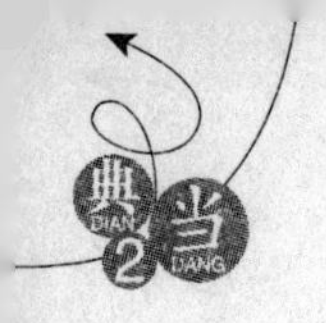

方怡知道自己女儿心高气傲,性格有些冷僻,家里给她介绍了不下于十几个男朋友,没有一个能被女儿看上的,这眼瞅着过了年就要二十五岁了,自己在这年龄的时候,秦萱冰都已经出生了,由不得这个做母亲的不着急。

"浩然,我觉得这小伙子就不错,个头高,长得也很精神,听雷蕾说身家也近上亿了,和咱们家萱冰倒也般配……"

"是啊,这年轻人懂礼貌,知进退,应该是内地哪个家族的子弟吧?……咳,说什么呢?我怎么也被你绕迷糊了,行了,别再提这事了,咱们今天可是来买翡翠的啊,这事你有空问问女儿不就好了嘛。"

秦浩然开始时也被方怡的话给带歪了,话说了一半才醒悟过来,今儿是来看翡翠的,可不是来找女婿的。

"你不关心女儿的事情,我可要放在心上,行了,你去看翡翠吧,我去给萱冰打个电话。"

方怡白了自己老公一眼,拿起手机站起身来,走到一边去打电话了。

这会儿庄睿和伟哥也抱着翡翠走了过来,放到秦浩然旁边的桌子上之后,庄睿开口说道:"秦总,这次赌石大会的标王,一共解出来十八块冰种的飘花翡翠,品质重量和这两块都是相差不多的,您先看看……"

秦浩然闻言站起身来,从包里拿出一个放大镜,对着桌前的翡翠仔细地观察起来,越看心中越是满意,一块是高冰种的飘花绿,一块是高冰种的飘花蓝,都是品质极高的翡翠,正好能填补秦氏珠宝近来中高档玉器的缺口。

"女儿说不准真和这小伙子有什么关系呢?"

放下手里的放大镜,秦浩然脑中冒出一个念头,这么珍贵的上品翡翠,要是拍卖的话,肯定会比自己的出价高上许多,但是女儿一个电话,就让其乖乖地留下来两块,要说这里面没什么猫腻,作为过来人的秦浩然是绝对不相信的。

想到这里,秦浩然的语气也亲热了许多:"小庄,雷蕾刚才给我们说了,你今天一共拍出了十六块翡翠明料,后面四块翡翠的价格,都超出了两千万。

我们来晚了本来就不好意思,这样吧,这两块翡翠,我一共出价四千万,你看这个价格行不行?"

"行!"庄睿想也不想,就答应下来。

"呵呵,你们这么快就谈好了?对了,小庄,你今年多大了?家里还有什么人啊?"

没等秦浩然回话,方怡已经打完了电话,笑眯眯地走了过来,只是问出来的问题,让庄睿和秦浩然都是颇感无奈。

"秦叔叔慢走,方阿姨慢走……"

庄睿举起右手,用力地向已经启动了的香港牌照的奔驰车挥舞着。

看到奔驰车已经开出了十多米远,庄睿正要将手放下来的时候,车窗忽然打开了,方

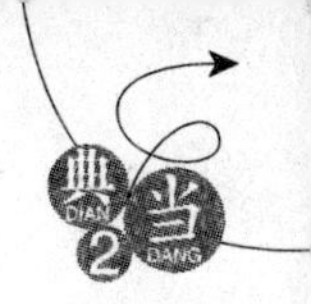

怡对着庄睿喊了一声:“小庄啊,有时间一定要来香港玩,到时候让萱冰陪你呀。”

“好的,好的,一定会去……”

庄睿刚放下一半的右手,像是装了弹簧一般,飞快地又举了起来,只是那脸上的笑容,却是要比哭还难看。

奔驰车终于消失在视线之外了,庄睿整个人也像是瘫了似的,要不是伟哥扶着,庄睿现在就想一屁股坐在地上去。

这两口子哪里是来买翡翠的啊,简直就是查户口的,比以前居委会带着红袖章的大妈问得都要清楚,从庄睿的爷爷到姐姐家的那个外甥女,都被盘问了出来,就连自己养的白狮有多大了,是公是母,那位方阿姨都没有放过。

“不行,要打电话问下萱冰跟她妈说什么了?”庄睿掏出电话就给秦萱冰拨打了过去。

“庄睿,我妈问你什么了?”

“萱冰,你给你妈说什么了?”

电话一接通,两边同时询问了起来。

“你先说!”

“你先说嘛!”

“你妈查我家户口了,就差问我是几婚了……”庄睿没好气地说道。

“呵呵,我只说咱们是朋友,别的没说什么呀,她那人就这样,你别在意啊。”秦萱冰听到庄睿的话后,有些不好意思。

“我倒是不在意,不过你妈好像挺在意咱俩有没有那啥的……”

庄睿想起刚才秦萱冰母亲的问话,不禁感觉到有点好笑,做母亲的生怕自己女儿吃亏。

“你怎么说的?”秦萱冰有点紧张。

“什么怎么说的?我什么都没做,还被盘问了半天……”庄睿顿时气不打一处来,要是真发生了点什么,那倒是不生气了。

“行啦,别生气了,等我回去,最多……最多……”秦萱冰有些说不出口。

“最多什么啊?”庄睿明知故问。

“不和你说了,我这里是半夜了,要睡觉了……”秦萱冰把手机挂掉之后,脸上一片俏红,身上也微微有些发热,似乎向外喷着冷气的空调坏掉了一般。

“老幺,这打情骂俏也完了,丈母娘也盘问过了,咱们该去吃饭了吧?”伟哥苦着脸走了过来。

“妈呀,昨天解了一天的石头也没这么累啊……”

想起秦萱冰母亲的热情劲,庄睿还是心有余悸,还只是朋友,方怡一过来就让庄睿改口叫阿姨,这还不算,说话的时候眼睛一直都在盯着庄睿打量,把庄睿看得是浑身发毛,背后的汗水顺着脊梁骨一个劲地往下滴。

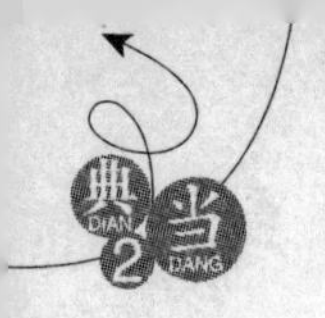

“你小子就得了便宜卖乖吧，别人给你送过来四千万，还倒贴个女儿，有什么累的啊？想哥哥我玉树临风，潇洒倜傥，就是没人看得上……”

“走，走，吃饭去，回头叫毕云涛找几个专业人士伺候你啊。”

庄睿受不了伟哥那幽怨的表情，回到会场招呼了一声那个银行的工作人员，开车向马胖子订的酒店驶去。

……

“一共进账多少？”

坐在银行的贵宾室里，庄睿向正噼里啪啦按着计算器的马胖子问道。

中午吃过饭之后，伟哥和毕云涛就先回酒店了，一直跟着马胖子的燕子，也被他赶了回去，庄睿宋军和马胖子三人直接来到了银行，虽然赌石大会还有五天才结束，正是那些散客们的好时光，但是对于他们而言，此次赌石大会已经是圆满结束了。

“看你小子那猴急样，没见过这么多钱是不是？”马胖子按错了一个数字，很不爽地说道。

庄睿嘿嘿笑着，道：“见过是见过，可那钱不是我的啊，马哥，一共是多少？”

“算上最后两块翡翠四千万的进账，一共是三亿一千八百三十万，那三十万的零头就算是红包钱了，总计是三亿一千八百万，咱们共出资六千六百六十万，纯赢利两亿五千一百四十万，哈哈，这他娘的真是一本万利啊！”

马胖子算到最后，也禁不住激动起来，张口骂出一句脏话。

“看你们俩那模样，老马，你也是身家十几亿的人，就这点儿出息？淡定，淡定啊。”

宋军表现得倒是很安静，端起据说是那银行行长亲自泡的咖啡，喝了一口，不过随之就“呸”的一声吐了出来。

“这咖啡一点儿糖都不放啊？”

“宋哥，刚才别人问你要不要放糖，你说自己加，淡定，淡定啊。”

庄睿忍住笑，用宋军刚才说的话，反击了过去。

“他当然淡定了，那钱可都还在他的账户里呢，老宋，走，转账去，这钱赚得真他娘的爽，胖子我挖了十多年的煤窑了，手面也才就这么点钱。”

平时一直都乐呵呵的马胖子，今儿有些兴奋，转过身拍了拍庄睿，道：“明年一月份，在缅甸仰光有次翡翠公盘，到时候咱哥俩一起去啊……”

“再说，到时候再说吧……”

庄睿心不在焉地回答道，此时他的心思也都放在那三个亿上面了，分到自己手上，那可就是一个多亿啊，要说庄睿不激动，那纯粹是扯淡。

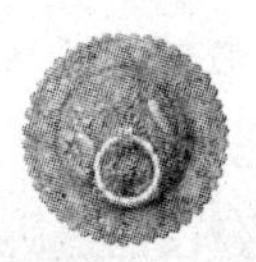

第六十二章　游子归家

“看你们那点儿出息，走，转账去……”

宋军知道，这钱不落在腰包里，俩人都不会安心的，这年头，为了三五万元的撕破脸皮的都有，别说这是三个亿了，就是宋军心里，也是波涛起伏，绝不像脸上看到的那般平淡。

按照事前的协议，三人每人分得一亿零六百万，不过庄睿只拿了九千万，剩下的一千六百万留在了宋军的账户里，那是庄睿准备买别墅的钱，按照宋军的话说，有个一千六百万就差不多了，这事他明天飞回彭城就去办。

算上手里剩下的一千多万，庄睿此时的身家刚好上亿，按照宋军的说法，庄睿现在已经有资格去马胖子那圈子里混混了，当然，这资格指的仅仅是身家，要是想进宋军在北京的圈子，那就不是有钱可以办到的了，还必须要有身份。

转过账之后，马胖子拉住了庄睿，笑眯眯地说道：“老弟，这钱也拿到手了，怎么样，明年跟马哥去趟缅甸吧？我听说那里可都是好货色，咱们现在看到的这些毛料，都是那边挑剩下的……”

庄睿闻言也有些心动，赌石的确是个赚钱的好办法，每天都有那么多人赌涨，并没有什么人注意到自己，有机会倒是可以再捞一把，虽然看着一亿多不少，可是这钱也不禁花啊，买套房子就去掉了十分之一的身家。

“老马，见好就收啊，在国内，是咱们的地盘，有什么事情都好处理，去到缅甸就由不得你了，别到时候有钱没命花……”

庄睿还没回答，宋军就在旁边浇了一盆冷水，缅甸那里的地方势力太过复杂，稍有不慎就会被人盯上，别的不说，就广东做毛料生意的商人，十个里面就有六七个都在缅甸被绑架过，有的人交了赎金买回来一条命，可有的人即使交了钱，还是把小命断送在了异国他乡。

听完宋军的解释，庄睿和马胖子倒吸了一口凉气，他们没有想到缅甸的局势会如此混乱，这在太平了几十年的国内，根本就是无法想象的。

“咳……咳……想去缅甸嘛，也不是没有办法，跟着宋哥我，保证你的安全无虞，可要是跟着老马，那可就难说喽……”

见把二人吓得不轻，宋军咳嗽了两声，将二人的注意力拉了回来。

“嘿，老宋，这话怎么说的？敢情我老马脸上写着有钱两个字还是怎么着？实在不行我在缅甸找一帮子雇佣兵不就完事了……”

马胖子被宋军说得有些不服气，他是从底层混起来的，对道上的一些事情倒也清楚，虽然没去过缅甸，但是也知道在那些有仗打的地方，往往都活动着一些国际雇佣兵。

宋军闻言脸上露出一丝不屑的神色，说道：“雇佣兵？到时候把你这个雇主绑了，你都没地说理去，老弟，听我的，明年国内会有个交流团去缅甸，到时候把你塞进去就行了。”

在北京有那么一帮子人，去年就搞了一个赌石俱乐部，不过他们的性质和平洲赌石有些不同，多是用来比较眼力，找点儿刺激，钱不钱的倒是放在其次了。

宋军有些话没有说出来，这交流团其实就是四九城他们那圈子里的人组织的，借用一下国家的名义而已，有了这个名义，去到缅甸就很安全了，再怎么说这蛮荒小国，也不敢得罪日益强大的中国官方。

“还是算了吧，那边的水这么混，咱不去蹚了，这点钱也够我花一辈子的了。”

庄睿打了退堂鼓，他的兴趣其实并不在翡翠玉石上，相对而言，他喜欢古玩更多一点，那物件里面所沉淀的历史，很容易就让人沉醉进去。

庄睿的话让宋军和马胖子都大为不满，这哥俩想着一个心思，没庄睿跟着，他们这心里不踏实啊。

虽然宋军和马胖子围着庄睿狂轰乱炸了一番，庄睿还是没有给出决定，明年一月份那会儿，他正好要参加京大研究生考试的初考，到时候有没有时间还两说呢。

回到酒店之后，庄睿又被伟哥和毕云涛盘问了一番，其内容无非就是围绕着庄睿的身家问题，晚上喊了周瑞一同吃了顿饭之后，庄睿决定明天就离开广东。

广东这地方是许氏珠宝的大本营，虽然那位现在还躺在床上的许氏掌门人，没有做出什么针对他的举动，但是继续待在这里，庄睿心里总是有些不安。

这次赌石虽然收获颇丰，但是庄睿并不是特别的高兴，因为在赌石中的跌宕起伏和一夜暴富，来得不是那么的真实，人们记住的，永远都是赌涨的人，而更多输得家贫四壁的人，却都被遗忘掉了。

可能庄睿等人此次的赌石，也将会被别人描绘成一段传奇故事，激励着更多的想一夜暴富的人，投入到赌石之中去，当然，这世上也会多出一些赔的倾家荡产的家伙。

见证了自己的赌涨，也同样见证了别人赌垮，在赌石所产生的刺激和神秘之余，庄睿更多的感受到了一种暴虐之气，或者说是人心的浮躁，或许这也正是赌石有这么大的吸引力的原因之一吧。

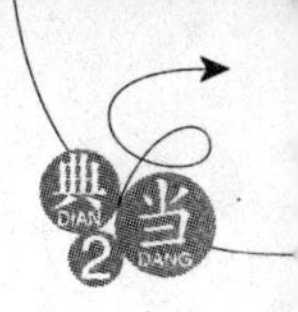

第二天一早，庄睿和毕云涛与马胖子告别之后，就和伟哥及周瑞开车返回上海了，宋军早在昨天晚上就乘飞机回到了彭城，按他的话说，给庄睿买别墅的事情赶早不赶晚，盯着那房子的人可是不在少数。

到了上海，已经是第二天的凌晨了，把伟哥送回了家，庄睿直接就给德叔打了电话，听到德叔已经起来了，又驱车接了德叔，来到了一家茶楼。

庄睿这也是没办法的事情，他没有时间在上海多待，宋军的电话昨天就已经打过来了，别墅的事情全搞定了，就等着他回去签字过户了，买别墅的事情庄睿都还没和老妈商量，这心里也有些七上八下的，就想着早点处理完上海的事情，抓紧时间赶回彭城。

周瑞开了夜车，留着车里补觉了，庄睿和德叔在茶楼坐定之后，要了几笼小汤包和点心，上海的早茶和广东不同，算是各有特色吧。

“你这小子，还真是个贼大胆，赌石那东西，我都不敢去碰，你倒好，把全副身家都赌上去了，还好是赌涨了，再让我知道你赌性这么大，以后别喊我德叔，就此一次，下不为例啊……”

德叔没有去喝庄睿献殷勤倒的茶水，而是板起脸来狠狠地教训了庄睿几句，虽然庄睿也当过几天的经理，但是在德叔眼里，庄睿还是那个刚踏入社会，有些懵懂的小家伙。

“是，德叔，我知道了，这次不过是见猎心喜，以后即使去，也不会像这次一样了……”庄睿知道德叔是为了他好，不过话也没有说死，以后的事情，谁知道呢。

“唉，你小子翅膀硬了，德叔的话都不听了，告诉你，玩收藏，那是玩文化，可以从中得到阅读历史的喜悦，同样，这里面也有财富，并且是带有内涵的财富，至少不会像赌石这样，被别人说成是满身铜臭味。

我让你去考研究生，就是想让你多积累一些理论上的相关知识，考古不同于收藏，但是会接触到许多有价值的文物，并且在断代和鉴定上，有一套比较专业的理论体系，你现在钱也有了，可要给我好好考，到时候要是考不上，白白会让老孟笑话我。”

德叔把庄睿当作子侄，说话也比较随便，这次让庄睿报考老朋友的研究生，他可是拉下了老脸去说情了，所以在这里又敲打了庄睿一下。

“嘿嘿，放心吧，德叔，保证一次通过，咱在学校可是品学皆优的好学生啊……”

庄睿这段时间也查了一下关于考古类研究生的资料，像是古汉语和化学专业，也都是他的强项，应该问题不是很大。

“行了，别贫嘴了，把你淘到的那个汝窑瓷的碎片给我看看。”德叔打断了庄睿的话，他对庄睿电话中所说的碎瓷片，心里也有几分好奇。

庄睿将自己的手包打开，小心地把被毛巾包裹在一起的碎瓷片拿了出来，看得德叔哭笑不得，什么叫业余啊？指的就是庄睿这号人。

不过在毛巾被掀开之后，德叔的注意力已经全部放在了这些碎瓷片上，被清洗干净的块块瓷片，散发着淡淡的天青色，上面有如蛛丝般的细纹，更显其胎质的细腻柔润。

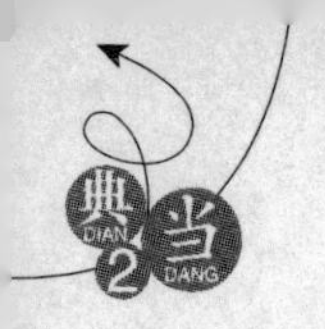

“不错，是汝窑瓷，而且还是北宋时期的汝窑官瓷，这上面的题款是后来刻上去的，不是烧铸之前印的，庄睿，这真是一套碎瓷吗？没关系，即使少了一两片，有点缺口也不怕，这物价，千金不换啊！”

看了许久之后，德叔脸上露出震惊的神色，原本他以为庄睿淘到的是南宋仿北宋的汝窑瓷，现在看来，却是正宗的北宋汝窑，这价格可是要比南宋的高出数倍啊。

“我大致地拼凑了一下，应该是一套吧，反正就拜托德叔您了，修复好了就扔您那吧，我最近也没空来拿。”

庄睿对瓷器了解不多，他还没有认识到，这样一件汝窑瓷，虽然只是碎片，但是在那些瓷器收藏家的眼里，可就是无价之宝啊。

“得，修补好了我存银行保险箱里去，就我家里的那个败家子，说不定就能给偷着卖了。”

德叔苦笑了一下，家家都有本难念的经，大儿子是个书呆子，在大学里教书还算是平稳，可是那小儿子不学无术，三十多岁的人了，还在家里啃老呢，德叔收藏的几个好物件，都被他偷摸着给卖掉了。

“行，德叔，您看着处置吧，我这个月有点忙，过了这个月，我再来看您。”庄睿今天还要赶回彭城，喊服务员埋过单之后，就起身准备告辞了。

“嗯，路上开车小心点，对了，九月底的时候，你一定要过来一趟，我带你去次北京，拜访一下老孟，他现在在陕西考古呢……”德叔送庄睿下楼的时候，嘱咐了他几句。

……

等到庄睿和周瑞驱车赶回彭城以后，天色已经黑了下来，从广东至上海再到彭城，基本上都是周瑞开的车，这会儿已经是累得疲惫不堪了，将车停到楼下之后，就上楼睡觉去了。

“小睿，累了吧，去洗个澡先吃饭，把周瑞那孩子也叫下来。”

进到屋里，庄睿发现姐姐一家也都在，囡囡更是跑着跳到了庄睿的怀里，双手搂住了舅舅的脖子就不肯放开了，母亲依然是那般恬静，不过话语中透露出深深的关切之情。

“囡囡，快下来，舅舅累了，再不听话舅舅不喜欢你了。”

“不嘛，囡囡好久没见舅舅了，我今天要和舅舅一起睡……”

“妈，都打电话说了别等我吃饭，你们先吃吧，周哥累了，让他睡一觉。”

庄睿看着桌子上摆的饭菜，没有人动过的样子，知道一家人都在等自己回来吃饭呢。

“去，和白狮玩去，舅舅要洗澡。”小家伙果然被庄睿的话转移了注意力，喊叫着扑向跟在庄睿身后的白狮。

“妈，给您说个事，我这次出去赚了点钱，想换套房子，你看，白狮的个头这么大了，住在这里来来往往的容易吓到人。”

洗完澡出来之后，坐在饭桌上，庄睿小心翼翼地提出了买房子的事情，虽然感觉自己

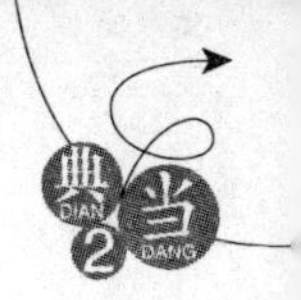

已经成年了,但是在这个家里,还是庄母说了算的。

“老弟,买在哪里啊?”庄母还未回话,庄敏就问了出来。

庄睿看了一眼老妈的脸色,道:“云龙山庄,那里空气好,咱妈早上还能去湖边散散步。”

“什么?买在那里?老弟,那里的房子可都是别墅啊,听说要上千万一套呢。”

庄敏听到庄睿的话后,吃惊得连筷子上夹的一块鸡肉都掉了下去,她知道自己这老弟现在有点钱,可是要买别墅,这也太离谱了吧。

“买就买吧,大惊小怪的干什么,不过小睿,妈在这里住习惯了,来往的都是老同事,平时有人说话也不寂寞,就不去别墅住了,每个星期的周末,我带囡囡去玩一天就行了。”

庄母倒是很开通,并没有感觉买别墅有什么不好,只是在这里住习惯了,并不想搬到别墅去住,不过怕儿子多心,才说了每个星期去住一天的话。

“嗯,我也不会常在那里住的,到时候我给您买辆车,想去的时候您自己开车去就行了。”

看到老妈不反对自己买别墅,庄睿大喜,趁着老妈心情好,接着说道:“妈,还有件事情,我想考京大的考古系研究生,可能这几年会在北京待的时间久一些,要不,等我考上了,您和我一起去北京住段时间吧?”

“北京?!”

庄母闻言愣了一下,脸色变得有些惨白,那双伸出去准备夹菜的手,也停留在了桌子上方。

“小睿,别的地方的学校,没有考古专业吗?一定要去北京?”

庄母把筷子缩了回去,看着庄睿问道,脸上的表情依然不怎么好看。

“妈,德叔在京大有个老朋友,让我去报考他的研究生的……”

庄睿也发现母亲似乎情绪不怎么好,老老实实地回答道,而且他也想起一件往事,在他高中毕业选择大学的时候,似乎就是母亲力主让他去上海的,那会儿以庄睿的成绩,想考到北京的几所名校,也是轻而易举的事情。

“要不,就算了吧,不去考了,我还正懒得往外跑呢。”

看见母亲的模样,庄睿有些不忍,母亲一个人拉扯他姐弟这么大,庄睿是绝对不会让母亲伤心难过的。

“妈,小睿去上研究生是好事啊,去北京就去北京吧,您要是不放心,也跟着去住一段时间。”

庄敏的性格和庄睿恰巧相反,比较粗心一点,刚才又在伺候着小囡囡吃饭,没有发现母亲的情绪有些不对。

“姐,别说了,我也可以考别的学校啊,听说山西大学的考古系也是很不错的,我先打听一下吧……”庄睿打断了庄敏的话,庄敏愣了一下之后,也觉察出了点什么。

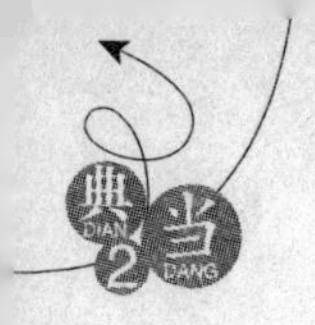

“妈,我们都大了,有什么事情还不能说啊?当年小睿就可以去北京上学的,可是……”

“行了,不要再说了,有些事情你们小孩子不懂……”

庄敏话未说完,就被庄母打断掉了,可能庄母也感觉到了自己的失态,转向庄睿说道:“小睿,妈没事,别辜负了德叔的一番好意,就去北京吧。国栋,你们慢慢吃,妈吃好了。”

庄母说完话之后,就站起身来返回房间了,留下庄睿等人面面相觑。

“姐,你就不能少说几句,知道妈不喜欢别人提起她的往事,看看,又惹妈生气了不是。”庄睿一回到家,就因为考研的事情让庄母不高兴,不由抱怨起自己老姐来。

“你这个没良心的,我刚才可是帮你说话啊,再说了,咱们也都这么大了,妈有心事也能和咱们说说了嘛,没事,我一会儿去劝下,妈每年都会伤心几次的。”

庄敏的性格和雷蕾有些相似,肚子里藏不住话,这么多年来,几乎每次都是她先向庄母询问其往事,挨的训自然也比庄睿要多多了。

“嗯,记住,别提那事了啊,妈想告诉咱们,自然会说的,对了,姐夫,汽修厂现在怎么样了?”

庄睿回到家里,一直还没顾得上和赵国栋说话,交代完自家老姐之后,才问向姐夫修理厂的事情,其实他并不是想去关心汽修厂的情况,而是想换个话题,不再去讨论老妈的过往旧事。

赵国栋给小舅子倒了杯酒,笑呵呵地说道:“很不错,咱们现在大车都修不过来,我又招了七八个人,晚上都要加夜班修车,今天要不是你回来,我就住在修理厂了。”

“那不行,姐夫,你可是每天都要回家啊,要不然我姐肯定说我剥削你了。”

看到自己这个以前三棍子都打不出个屁来的姐夫,如今开朗了许多,庄睿心中很高兴,和赵国栋开起了玩笑。

赚钱为了什么啊?还不就是让自己和家人生活得更好一点,不过庄睿并不会直接去给钱,那样会让人迷失了自我,找不到自己存在的价值的,像现在这样,通过手艺去赚钱,赵国栋心里的满足感,绝对胜过庄睿直接扔给他个百八十万的。

“实在是太忙了,前段时间给你说的汽车装饰也搞起来了,这一块的利润很大,比修车要高多了,等市场打开以后,那才叫赚钱呢。”提到现在的工作,赵国栋很是兴奋。

“老夫老妻的了,几天不回家又能怎么样?”庄敏一脸不以为然。

“姐,你没听说过男人有钱就变坏吗?”

“不,不会,我们修理厂就连那只抓耗子的猫,都是公的。”赵国栋连忙以正视听,很难得地开了个玩笑。

“你姐夫不是那样的人,倒是小睿,你也老大不小了,这眼瞅着过了年就二十六了,到底谈了对象没有啊?”

长姐如母,庄敏对这事的上心程度,可是比庄母还要高的,每次庄睿只要回家,总是

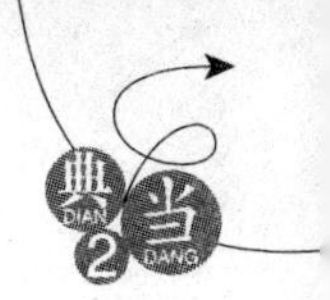

要被庄敏盘问一番的。

“唉，从广东开车回来的，一直都没休息，真累啊，姐，我先睡觉去了，你等一会儿再炒两个菜，把饭热热，端到楼上给周哥送去，他还没吃呢。”

庄睿说着话站起身来，向自己的房间走去，开什么玩笑，被秦萱冰老妈已经狂轰乱炸过一次了，自己老姐可是比她还要强悍许多的。

“你这人真是的，刚才怎么不叫人下来吃饭，你别管了，去睡觉吧，哎，不对啊，小睿，你给我滚回来，刚才我的问题你还没回答呢！”

回答庄敏的是庄睿关紧房门的声音，气得庄敏走过去踢了两脚，房间里的某人自然是装死没听到了。

庄睿这几天也真是被折腾得不轻，连续几天的解石，让他的神经一直都绷得很紧，这不同于身体上的疲劳，是灵气无法消除的，此刻回到家中，在熟悉的房间里，一下子就放松了下来，这一觉整整睡了十多个小时，要不是手机铃声，恐怕就要睡到下午去了。

“喂，哪位？”

庄睿都没睁开眼睛，循着声音从床头摸出手机，迷迷糊糊地问道。

“在彭城了吧？还在睡觉？快点起来，我带你去办手续，中午我就要赶去北京，可是没空了啊……”

宋军的声音从电话里传出，一下让庄睿惊醒了过来，拉开窗帘看了下窗外，却已经是艳阳高照了，炙热的阳光照射进来，房间里顿时明亮了起来。

庄睿一边往身上套着衣服，一边对着电话说道：“宋哥，我可是开车回来的啊，这就起，您现在在什么地方了？”

“你等会儿直接开车来云龙区的房管局，我在这里等你，速度快点啊，嗯，身份证别忘了带……”

宋军还真是有急事，家里那位老爷子昨儿感觉不大舒服，今天就下不来床了，要不是庄睿这事，宋军今天早上就坐飞机赶往北京了。

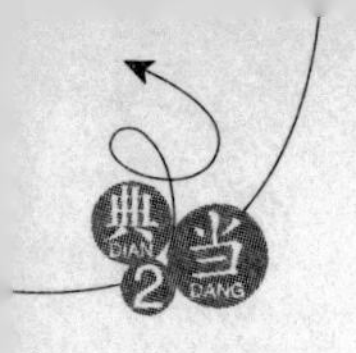

第六十三章 心满意足

“小睿,发生什么事了?这么着急,开车慢点啊。”

庄睿匆匆刷过牙,抓条湿毛巾往脸上胡乱擦了一把,没顾得上吃早餐,就跑下了楼,害得庄母以为发生什么事情了,追在后面问了一句。

庄睿将车倒了个方向,从车窗里探出头,道:“知道了,妈,没什么事,一会儿就回来。”

等庄睿赶到房管局的时候,宋军已经是等得有些坐立不安了,见到庄睿进来,一把将他拉了过去,从包里取出一沓文件,摊在桌子上,道:“每份上面都要签字,那边有印泥,在名字上按下手印,房产证的事情我都交代好了,三天就可以拿证。”

“谢谢你了,宋哥,对了,你这么着急赶回北京干吗?”

庄睿在上海买的那套房子,足足等了将近两个月才拿到房产证,没想到在这里居然三天就可以了,知道是宋军找了关系才会如此的。

“我爷爷身体不太好,我这做长孙的不要回去啊?行了,想要谢你宋哥的话,明年陪我跑趟缅甸……”

宋军没等庄睿回话,看了下表接着说道:“我先走了,你把那些表格填一下就行了,对了,这别墅只花了一千五百二十万,剩下那八十万我就不给你了,这钥匙你拿着,别墅里面留了些物件,抵得上你那几个钱了。”

宋军从包里拿出一大串的钥匙,还有车库大门的升降开关遥控器,放在了桌子上面,他倒不是想贪墨庄睿那几十万,实在是没有时间再去银行给他转账了。

庄睿闻言很是有些不好意思,自己这事肯定耽误了宋军的时间,在起身送宋军出门的时候,庄睿问道:“宋哥,老爷子身体没有大碍吧?要不我跟您去看看?我从西藏还带了点藏药回来。”

庄睿是想着自己要是能见到那老爷子,隔着几米远给他输送点灵气,不说治愈吧,最起码也能缓解一下病情,而且只要自己和宋军的爷爷没有身体接触,任谁也想不到自己身上。

“倒没什么大病,只是年龄大了,加上以前战争年代受过的一些老伤,身体一天不如一天了,没事,你不用担心,以后去北京上学的时候,我带你去见见老爷子。”

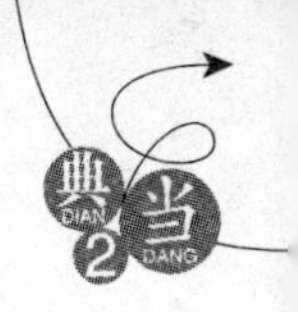

宋军知道,老爷子生病,那牵扯可是不小,对于庄睿所说的藏药,他并没有怎么放在心上,北京那地什么好药没有啊,再说了,就是自己这个孙子想见老爷子,都要经过盘查,更不用提带人进去了。

拦着没让庄睿开车送,宋军打了个的士,匆匆向机场赶去。

庄睿转身回到房管局,把那些文件与表格填好之后,从办事大厅的窗口交了进去,领了一张回执,由于钱款都支付清楚了,也就是说,这套别墅,从现在开始,已经是属于自己了。

现代人住在钢铁都市的鸽子笼般的房子里,心中自然都会很向往那种有着湖光山色的田园风光,而云龙山庄周围有山有水,风景极其秀美,是所有彭城人都心生向往的住所。

庄睿自然也不例外,拿着那栋别墅的钥匙,心里有种马上就要去查看一番的冲动,不过想起刚才告诉老妈一会儿就回家,怕母亲担心,办完了手续之后,庄睿还是驱车向家中赶去。

刚把车开出房管局的大门,兜里的电话就响了起来,庄睿将汽车停靠在路边,接起了电话。

"我说你小子忒不够意思啊,昨天就回到彭城了,连个招呼都没给我打,要不是周瑞刚才给我打了个电话,我还不知道呢……"

刘川的大嗓门从手机里传了出来,这哥们是日盼夜盼等着庄睿回来啊,嗯,主要是等周瑞,周瑞不在,他要看管着獒园走不开,话说没能去广东和雷蕾见面,他都快将庄睿的手机打爆了。

"行了,别废话了,我马上回家,你现在过去吧,中午一起吃饭,对了,买几个熟菜啊,别又让我妈烧菜伺候你。"

庄睿没等刘川把话说完,就将其打断掉了,这哥们要是啰嗦起来,比楼下居委会大妈还有水平呢。

将车开到自家楼下的时候,庄睿看到了那辆比较拉风的悍马车,不得又给刘川打了一个电话,把他给叫了下来,不为别的,却是有点苦力活要让刘川帮忙。

庄睿想到了自己车上的那块红翡原石,这玩意也不能一直放在车上啊,话说每天拉着价值上亿的这块原石,说不担心那是瞎话,现在想想,还是先搬了放在老房子里,等别墅拾掇利索了,再想办法去那边将其解开。

这块原石可是不轻,足足有一百多斤,庄睿一个人可是搬不动的。

"你都到楼下了,上去不完了啊,又把我叫下来干什么?"

刘川穿着个肥大的沙滩裤,脚上趿拉着一双拖鞋,跑了下来,他也是刚到没几分钟,正想着吹吹空调凉快下呢,就被庄睿一个电话折腾了下来。

"好家伙,古代行船有压舱石,你开个车也整块石头压着啊?"

看到掀起座椅之后露出来的那块原石,刘川倒吸了一口凉气,这石头的块头实在不小,要庄睿从里面向外推,一点点地挪出去才行。

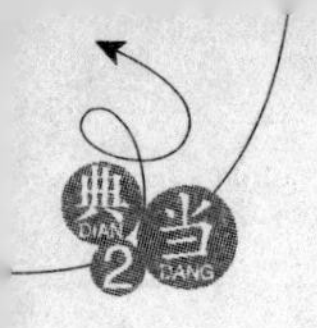

“小睿，好好的搬块石头回家干吗？”庄母看到两人费力吧唧地往屋里抬进来一块石头，不禁吓了一跳。

“妈，我这买别墅的钱，可都是从石头里面赚来的啊。”庄睿把毛料藏到自己床底下之后，才出言向自己老妈解释着。

“干妈，木头这次可是赚翻了，赌石赢了一个亿呢。”

刘川在一旁添油加醋，没能去成广东，他可是把肠子都悔青了，早知道就自己去给庄睿做司机了，指定也能分上一杯羹。

“不违法就好，钱多了不过就是个数字，大川，把小周喊下来，咱们开饭了……”

庄母听了刘川的解释之后，淡淡地说了一句，她知道自己这个儿子从小就会理财，不会乱花钱的。

帮着母亲将饭菜摆好之后，庄睿说道：“妈，一会儿咱们一起去看看房子吧？我拿到钥匙了。”

“我也要去，我要住舅舅的新房子！”

庄母尚未回答，小囡囡就把手举得高高的，生怕将她忘掉了。

“好，大家都去。”

庄母笑了起来，从外孙女搬过来住之后，家里的人气旺了不少，连带着庄母脸上的笑容，也比以前多多了。

吃过午饭之后，庄睿和刘川开着两辆车，拉着庄母和庄敏娘儿俩，还有周瑞也被庄睿拉去了，说是认认门，在汽修厂的赵国栋也从那边开车赶去了，可见庄睿这套别墅在他们心目中的地位了。

云龙山庄物业管理处的办事效率很高，在宋军帮庄睿拿下这里的别墅之后，他们就接到了通知，十八号别墅的主人，已经变更为一个叫做庄睿的人，所以车到了云龙山庄门口，庄睿出示了一下身份证，就直接将车开了进去，比之上次来，待遇不知道要好了多少。

“哇靠，这……这比宋哥那套别墅还要好啊，木头，得给我留一个房间，我和雷蕾没事就来住住，早知道我也找宋哥买上这么一套了。”

刘川将车停在别墅外的大门口，隔着大门看向里面，情不自禁地叫了起来。

“大川，不许说脏话……”

庄母的话让刘川吐了吐舌头，看到庄睿用遥控器打开了大门，连忙一溜烟地钻了进去，他可不想被庄母揪着耳朵教训一顿。

云龙山庄的别墅也是分几个档次的，面积大小不一，这套别墅是带游泳池的，不过前主人将其改造了一下，改成一个池塘，中间有一处高五六米的假山，从假山顶端作了水循环的处理，一道不大但是很漂亮的瀑布，从山顶流到水塘里，池水清清，池塘边的柳树倒垂在水里，让人在炎热的夏季，也感觉到一丝清凉。

围绕着假山建造了极具江南特色的亭榭，走廊却是用透明的高强度玻璃建造的，站在水塘的上面，看着脚下成群的游鱼，让人几乎疑似在江南水乡之中，心情都会不自然地

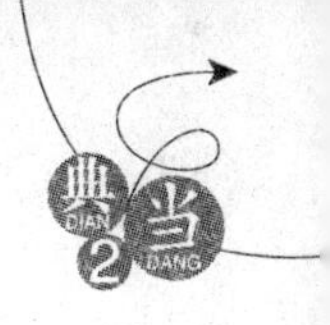

好上几分。

不远处的别墅是一栋三层的小楼，旁边种了许多高大的树木，还有一些藤本植物缠绕于粗大的树木上，攀扭交错，又给人一种置身于热带雨林中的感觉，虽然还没有进入到别墅内部，但是这外边的景观，已经是让人赞叹不已了。

虽然这池塘并不是很大，树木也不是很多，但是却很融洽地结合在了一起，就连庄睿也没有想到，这栋别墅居然会如此独特，这一千五百多万，花得是太值得了。

"小睿，这地方还真是……不错……"

进到门里之后，就连一向都很淡然的庄母，也不禁对这别墅前主人的奇思妙想佩服不已，这是一种意境，可不是单单有钱就能办得到的。

"囡囡，别去捞鱼，小心掉下去。"

庄敏看到女儿往池塘边跑去，吓了一跳，连忙跟了上去，却发现在池塘边有一排不高的栏杆，四五岁大的孩子都翻不过去，更不要说囡囡了，急得小家伙跳着脚指着水塘里的鱼，含糊不清地喊着什么。

白狮在庄睿那个家里，根本就转不开身体，此时也满院子地转悠了起来，每一个角落都跑了一圈，似乎知道这里以后就是它的领地了，喉间不时发出了兴奋的低吼声，吓得池塘里面的鱼儿飞快地向下潜去。

"妈，咱们进屋里去看看吧。"

见到几人都在院中流连忘返，庄睿出言说道，他其实是有些好奇，宋军到底给他留了什么物件，说是能抵得上八十万，看宋军说话那样子，似乎还不止这个价钱。

用手中的钥匙打开了别墅的大门之后，顿时一股凉风传了出来，原本已经停止供应的冷气，在庄睿成为户主之后，也重新开通了，对于这个管理处的工作，庄睿十分的满意。

别墅入门处就是客厅，其布局和宋军的房间差不多，只是屋子里除了四张老式椅子和原本的装修之外，其余就什么都没有了，显得空荡荡的，想必那些家具都被人搬走了。

庄睿对这个倒是不在乎，搬空了正好重新布置，别人的东西用着心里还不得劲呢。

一楼除了客厅之外，还有三个房间，应该是储物间和工人房，里面也是空空如也，二楼和三楼分别有四个房间，最让庄睿感到惊喜的是，这别墅顶层的一个房间，天花板居然是玻璃的，躺在床上就可以仰望夜空，看来这前主人还是一个很有情调的人。

只是庄睿找了半天，都没发现宋军所说的遗留下来的物件，重新走到一楼客厅之后，庄睿心中动了一下，向那几把外表泛黄的椅子走去。

当眼中灵气渗入到椅子中的时候，那木质细腻的纹理之中，蕴涵着淡淡的灵气，庄睿可以肯定，宋军说的物件，就是这几把黄花梨的椅子了。

近年来，黄花梨的古式家具十分走俏，明朝的一个黄花梨方桌，都价值数百万，这四把椅子年代应该是清朝年间的，但是其价格，恐怕也要远远超于八十万的。

看到眼前的这一切，庄睿也对这别墅的前主人起了好奇心了，这套别墅不管是外面的布置，还是里面的装修，可不是一般普通的商人能想象出来的，看了下时间，已经是下

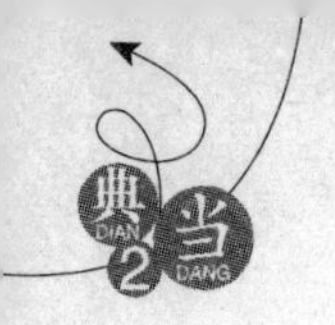

午三点多了，庄睿掏出手机，给宋军拨打了过去。

"宋哥，老爷子没什么事情吧？"

庄睿感觉自己这会儿特虚伪，明明是想问别墅的事情，还要找个别的借口。

"没事，可能是看到我这个大孙子高兴，老爷子已经能下床了……"

宋军话声刚落，庄睿就从手机里听到旁边传出一阵奚落声，不由感到有些好笑。

庄睿忍住笑，说道："宋哥，问您个事，您帮我买的那别墅，前主人究竟是干什么的啊？"

"嘿，老弟，你算是问对人了，这事一般人还真的不知道……"

宋军似乎拿着手机离开了刚才的房间，话筒里传来的杂声少了许多。

"我告诉你，要不是你琢磨着买房子，那套别墅我就自个儿买下来了，算你小子运气好，这房子从装修好，就没有人住过，那前主人也是倒霉蛋……"

宋军在电话里把他知道的事情都说了出来，听得庄睿那是心花怒放啊，他没有想到，这别墅居然还没有人住过，等于是花了二手房的价钱，买了个精装修的别墅啊。

"这买房子也能捡漏？"

挂上电话之后，庄睿还是有些不可思议，不过脸色一直没有断过的笑容显示，这会儿庄睿的心情极好。

要说这别墅的前主人，实在是够倒霉的，那人本是彭城一所大学的副校长，也是国内一位颇有名气的建筑大师，在各个城市曾经有不少出色的作品，年龄也不算大，刚刚五十岁，算是正当壮年。

可能是因为在大学待得久了，静极思动，这位副校长大人活动了一下，平调到另外一个城市去任副市长了，级别和原先一样，虽然都是副厅级，但是到了新的岗位后，却是主管城建和交通的实权的常务副市长，按理说，这专业也对口，新扎副市长大人应该会有一番作为的。

可是前任的校长大人、现任的新扎副市长，虽然是才华横溢，本意也是为了支持地方建设而去做官的，不过他对于糖衣炮弹的抵抗力，实在是差了许多，到了地方执政之后，天天接触的都是灯红酒绿，杯来盏往，逐渐地就迷失了自我，感觉自己那前面五十年，真的算是白活了，没有领略到生活的真谛。

一个城市的政府部门，除了财政局之外，就要数城建和交通这两个系统最为重要了，副市长同志一旦放松了对自己的要求，那各种诱惑也就随之而来，小日子过得是家里红旗不倒，外面彩旗飘飘，很是潇洒，整个人都仿佛年轻了几岁。

不过副市长同志到底是高智商的专业人才，知道兔子不吃窝边草的典故，所以就在原籍彭城买了套别墅，准备用来金屋藏娇，钱？这还用问，自然是有人孝敬了，而且市长同志将自己的专业知识发挥得淋漓尽致，曾经不止一次给他的亲密爱人说过，这栋别墅的装修设计，是他生平最为得意的一件作品。

可惜的是，市长同学空有汉武帝金屋藏娇的雄心，可是却没有汉武帝挥斥天下的本

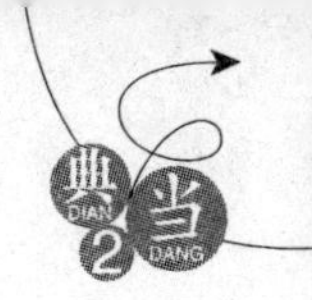

事,就在别墅完工没多久,一封实名举报信把他给拉下了马,二十年的有期徒刑,使其下半辈子只能在监狱里唱铁窗泪了。

不算别墅本身的价值和内部装修的费用,单是这别墅外围的改造,据说就花了两千多万,之所以宋军说庄睿运气好,金钱上占了个大便宜不说,而且那位至今还待在监狱里痛哭流涕的原主人,可是连一天都没能享用过这里。

兄弟市出了这样的丑闻,自然也不能大肆宣扬,于是就委托彭城这边把这套别墅拍卖出去,国家的损失,那是要尽最大可能地挽回嘛,不过这装修什么的,价钱很是不好算,加上宋军从中使力,只能按照现在的房价拍卖掉了。

所以,庄睿此次可以说又撞了大运,文物捡漏不说,这居然又捡了个房漏,也难怪他笑得是如此灿烂了。

就在庄睿和宋军通电话的时候,这观房团也上下转悠了一圈,虽然整栋别墅都空荡荡的,但还是让众人赞不绝口,刘川那厮更是没脸没皮地和小囡囡抢起了房间,据说晚上躺在床上看星星,那是一件很浪漫的事情。

"囡囡,我给你说,晚上天上会有大灰狼来抓小姑娘的,睡在那里不安全。"眼看着好说不行,刘川开始恐吓了。

"你骗人,大灰狼不是从天上下来的。"囡囡不为所动。

刘川挠了挠头,感觉自己听的故事里面,大灰狼就是从天上进到的房子里面啊?

"大川,行了啊,你别那边糊弄囡囡了,我这房子又没烟囱,怕什么啊?"

庄睿看不过眼了,这货编的故事,连三岁小孩都骗不过。

看着刘川一副不死心的样子,庄睿接着说道:"大川,我可告诉你,天上的监控卫星,可是能清楚地拍摄到地面一公分的景象,你要是想来个全球直播的节目,那我就将那个房间让给你。"

"真的假的啊?"

刘川闻言心里泛起了嘀咕,再也不提要那个玻璃顶房间的事情了,他虽然很想和雷蕾一起看星星,可是却不想让自己和雷蕾的爱情动作片,被全球直播啊。

庄睿看到赵国栋一脸羡慕的神色,笑着说道:"姐夫,你们也挑个房间吧,屋子这么多,没事你们都来住住。"

"行,我们在三楼找个房间,整个二楼都给你做新房用。"

庄敏很痛快地答应了下来,这地方的环境确实太好了,周末带女儿来住一下,也是个不错的选择。

"妈呢?"

庄睿正想让母亲也选个房间,却发现庄母没有在屋里。

"我就住一楼吧,年龄大了不愿爬楼了,我带囡囡去院子里待会。"

庄母的声音从门口传了过来,相比这空旷的房间,她更愿意坐在那四角亭里看着池塘中的游鱼。

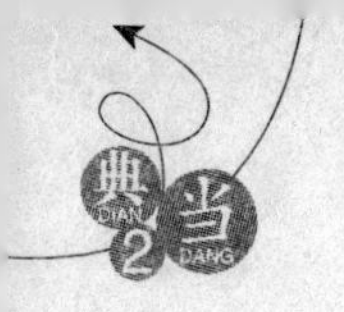

这空荡荡的别墅里什么都没有，待在里面是没多大意思，周瑞和刘川等人，也都陆续地走了出去，只留下庄睿一个人站在客厅里。

“奇怪，不是说有个地下室吗？怎么找不到呀？”

庄睿拿着这栋别墅的图纸，仔细地看着，在这山庄的每一栋别墅里面，都有一个地下室，不过庄睿此刻站着的地方，应该就是地下室入口的地方，怎么看都没用门啊，只是一堵墙上面，挂着一幅画。

庄睿伸出手去，想把画取下来，却发现那幅画居然挂在墙上纹丝不动，试着将之往下拉了一下之后，在楼梯下面的地板上，忽然悄无声息地露出一个两米见方的铁门来，不过这门是紧闭着的，在门上，有三排阿拉伯数字，应该是个带密码锁的安全门。

庄睿想起宋军移交给自己的那些文件里面，似乎有个是说道锁的，连忙打开随身带的包，翻找了起来，果然，在文件里有这个地下室安全门的密码，这道门也很不简单，是专业的安全公司制做的，一般人没有密码，是很难打开的。

庄睿仔细地看了一下关于这道安全门的介绍，在搞清楚了之后，先是按照文件上的密码将门打开，然后又重新设置了一下，从此之后，这道门只有庄睿自己才能打开了。

随着安全门的打开，里面马上亮着了灯光，应该是声控的，庄睿可以看到，有一段木质楼梯，从门口延伸了下去。

“呵呵，这是地下室还是藏宝室啊？”

单是看这地下室的隐蔽性，庄睿就决定了，自己那块红翡毛料，还有从杨浩摊位上得来的帝王绿翡翠，都要搬进这地下室里去，至于解石的地方，庄睿也看好了，可以在车库里放个小型的解石机，把车库门一关，谁也不知道里面在干什么。

地下室并不大，只有十多个平方，有两个进出气孔，冷气也能到达这里面，不会使人感觉到气闷，并且在里面有一排壁柜，就像是古玩店摆放古董的那种，可能是价值不大，来查案的人员，并没有将之拆除。

这也方便了庄睿，这整个就是一现成的收藏室啊，看来前主人不仅在建筑专业上有建树，很有可能还是位收藏家，唯一可惜的是，那些架子上都空荡荡的，连个纸片都没留下。

离开了别墅之后，接下来的几天，庄睿可是忙得屁股都没时间沾板凳了，单是别墅里的床，就要买上十几张，而且各人都还比较有主见，款式还不能相同，就是远在英国的秦萱冰，都很委婉地表达出了自己的意愿，那啥，刚出的水床，似乎很不错啊。

没辙，除了外甥女是晚辈，个个都比自己大，为了满足众人的需求，庄睿甚至驱车跑了一趟南京，三天下来，总算是将别墅里面给填满了。

至于收拾房间的事情就交给庄敏了，距离老三结婚的日子还差五天，庄睿明天就要驱车前往陕西了。

全国古玩市场地址

北京古玩城:北京市朝阳区东三环南路21号

北京潘家园旧货市场:北京市朝阳区华威里18号

上海国际收藏品市场:上海市江西中路457号

天津古物市场:天津市南开区东马路水阁大街30号

天津古玩城:天津市南开区古文化街

重庆市综合类收藏品市场:重庆市渝中区较场口82号

重庆市民间收藏品市场:重庆市渝中区枇杷山正街72号

广东省深圳市古玩城:广东省深圳市乐园路13号

广东省深圳华之萃古玩世界:广东省深圳市红岭路荔景大厦

广东省珠海市收藏品市场:广东省珠海市迎宾南路

广东省广州带河路古玩市场:广东省广州市荔湾区带河路

江苏省南京夫子庙市场:江苏省南京市夫子庙东市

江苏省南京金陵收藏品市场:江苏省南京市清凉山公园

江苏省苏州市藏品交易市场:江苏省苏州市人民路市文化宫

江苏省常州市表场收藏品市场:江苏省常州市罗汉路

浙江省杭州市民间收藏品交易市场:浙江省杭州市湖墅南路

浙江省绍兴市古玩市场:浙江省绍兴市绍兴府河街41号

福建省白鹭洲古玩城:福建省厦门市湖滨中路

福建省泉州市涂门街古玩市场:福建省泉州市状元街、文化街及钟楼附近

河南省郑州市古玩城:河南省郑州市金海大道49号

河南省洛阳市西工古玩市场:河南省洛阳市洛阳中州路

河南省洛阳市潞泽文物古玩市场:河南省洛阳市九都东路133号

河南省洛阳市古玩城:河南省洛阳市民俗博物馆大门东

河南省平顶山市古玩市场:河南省平顶山市开源路

湖北省武昌市古玩城:湖北省武昌市东湖中南路

湖北武汉市收藏品市场:湖北省武汉市扬子街

四川省成都市文物古玩市场:四川省成都市青华路36号

辽宁省大连市古玩城:辽宁省大连市港湾街1号

辽宁省沈阳市古玩城:辽宁省沈阳市沈阳故宫附近

辽宁省锦州市古文物市场:辽宁省锦州市牡丹北街

黑龙江省哈尔滨市马家街古玩市场:黑龙江省哈尔滨市南岗区马家街西头

吉林省长春市吉发古玩城:吉林省长春市清明街74号

山东省青岛市古玩市场:山东省青岛市昌乐路

河北省石家庄市古玩城:河北省石家庄市西大街1号

河北省霸州市文物市场:河北省霸州市香港街

河北省保定市文物市场:河北省保定市 新北街207号

山西省平遥古物市场:山西省平遥县明清街

山西省太原南宫收藏品市场:山西省太原市迎泽路

陕西省西安市古玩城:陕西省西安市朱雀大街中段2号

安徽省合肥市城隍庙古玩城:安徽省合肥市城隍庙

安徽省蚌埠市古玩城:安徽省蚌埠市南山路

甘肃省兰州古玩城:甘肃省兰州市白塔山公园

云南省昆明市古玩城:云南省昆明市桃园街119号

江西省南昌市滕王阁古玩市场:江西省南昌市滕王阁

贵州省贵阳市花鸟古玩市场:贵州省贵阳市阳明路

湖南省长沙市博物馆古玩一条街:湖南省长沙市清水塘路

湖南省郴州市古玩一条街:湖南省郴州市兴隆步行街

台北市建国假日玉市:北市仁爱路、济南路及建国南路高架桥下

台北市光华假日玉市:新生北路与八德路口

台北市三普古董商场:台北市新生南路一段14号

新竹市东门市场:新竹市东区中正路106号

台中市立文化中心周遭:英才路、美村路、林森路、公益路、金山路和民生路等地段

台中市第五期重划区:大隆路、精明一街、精明二街、东兴路和大业路等地段